농담

La Plaisanterie

LA PLAISANTERIE

by Milan Kundera

세계문학전집 29

농담

La Plaisanterie

밀란 쿤데라
방미경 옮김

민음사

차례

1부

두드비크

여러 해가 지난 후에 나는 그렇게 고향에 다시 와 있었다. 중앙 광장(어린아이일 때, 소년일 때, 그리고 청년일 때 수없이 지나다녔던)에 서서 나는 아무런 감정도 느끼지 못했다. 다만 지붕들 위로 (투구를 쓴 독일 병사 같은) 망루가 높이 솟아 있는 이 장소가 널따란 연병장을 연상시킨다는 생각이 들었을 뿐이다. 그리고 모라비아가 예전에는 군사상으로 마자르와 터키인들의 침입에 대비한 성채 역할을 했던 사실이 이 도시의 얼굴에 도저히 돌이킬 수 없는 추악한 낙인을 새겨 놓았다는 생각을 했다.

여러 해 동안 나를 내 고향으로 이끌어 준 것은 아무것도 없었다. 나는 이 도시에 아무런 관심이 없어졌다고 생각했다. 그리고 그것은 당연한 것 같았다. 벌써 십오 년 전부터 다른 곳에 살았고, 이곳에는 이제 아는 사람도 친구도 몇 없었던 것이다.(남아 있는 친구도 피하고 싶다.) 어머니도 내가 돌보지 않는 낯선 무덤 속에 묻혀 있었다. 하지만 나는 스스로를 속이고 있었다. 내가 무관심이라 불렀던 것은 실은 원한이었다. 이유는 알 수 없었다. 다른 모든 도시에서나 마찬가지로 이 도시에서도 좋은 일 나쁜 일 들이 내게 일어났던 것뿐인데. 아무튼 원한이 있었다. 이번 여행을 통해서 그것을 분명히 알게 되었다. 나를 이곳에 오게 한 일, 그 일은 어쨌든 프라하에서도 충분히 할 수 있었는데, 내 고향에서 그 일을 할 기회가 주어지자 느닷없이 억누를 수 없는 유혹을 느꼈던 것이다. 바로 그 일이 추잡하고 저속한 일이라는 이유 때문이었다. 그러니까 내가 지난날에 대한 어떤 간지러운 감상 탓에 다시 그곳에 가려는 것은 아닌가 하는 의심을 일소에 부칠 수 있었다.

다시 한번 조소에 찬 시선으로 그 보기 흉한 광장을 둘러본 뒤, 나는 돌아서서 그날 밤을 위해 예약해 놓은 호텔로 걸음을 옮겼다. 관리인은 “삼 층입니다.”라고 말하면서 배 모양 나무 열쇠를 내밀었다. 방은 그리 마음을 끄는 곳이 못 되었다. 벽 쪽에 침대가 붙어 있고, 방 한가운데에는 작은 탁자 하나와 달랑 의자 하나, 침대 옆에는 거울이 달린 요란한 마호가니 화장대, 문 옆에는 표면이 다 갈라져 일어난 기막히게 작은 세면대가 있었다. 나는 가방을 탁자에 내려놓고 창문을 열었다. 창문은 안마당 쪽으로 나 있고, 호텔 쪽으로 헐벗고 지저분한 뒷면을 드러내 보이는 집들이 눈에 들어왔다. 창문을 닫고 커튼을 내리고 세면대로 다가갔다. 빨강과 파랑으로 표시된 수도꼭지 두 개가 있었다. 모두 틀어 보았으나 양쪽 다 차가운 물만 나왔다. 탁자를 살펴보니 적어도 술 한 병과 잔 두 개 정도는 충분히 놓을 수 있을 것 같아서 그만하면 쓸 만했다. 그런데 불행히도 방에 의자가 하나뿐이라 한 사람밖에 앉을 수가 없는 것이 문제였다. 탁자를 가까이 밀어 놓고 침대 위에 앉아 볼까 했지만 침대는 너무 낮고 탁자는 너무 높았다. 게다가 침대는 내가 앉자 푹 내려앉아 버려서 의자 대신 쓰기에 불편한 정도가 아니라 아예 침대로서 제 구실을 제대로 할지조차 의심스러웠다. 나는 양손을 짚고 침대에 앉아 보았다가 그다음에는 담요와 시트를 버리지 않도록 조심스럽게 구두를 신은 발을 들고서 누워 보았다. 매트리스는 내 무게에 아래로 푹 꺼져 버렸고, 마치 해먹이나 좁은 무덤에 누운 것만 같았다. 이 침대에 누구와 함께 눕는다는 것은 상상할 수 없는 일이었다.

햇빛이 투명하게 비치는 커튼에 망연히 시선을 둔 채, 나는 의자에 앉아 생각에 잠겨 있었다. 바로 그때 복도에서 발소리와 목소리가 들려왔다. 남자와 여자가 이야기를 하고 있었는데 둘이 하는 말이 모두 잘 들렸다. 그들은 집을 나가 버린 페트르라는 아이에 대해서, 그리고 너무 오냐오냐하여 결국 아이를 망쳐 버린 백치 같은 클라라 아주머니에 대하여 말했다. 그리고 열쇠가 열쇠 구멍에서 돌아가는 소리가 나고, 문이 열리는 소리가 들리고, 이어서 옆방에서 다시 말소리가 들려왔다. 여자의 한숨 소리가 들리더니(그렇다. 한숨 소리까지 다 들려왔던 것이다!) 남자가 이번에는 정말 클라라에게 단단히 한마디 하겠다고 단호하게 말하는 것도 들렸다.

나는 일어섰다. 결정은 이미 내려졌다. 세면대에서 다시 손을 씻고, 수건으로 닦고, 당장에는 정확히 어디로 갈지 모르는 채로 호텔을 나섰다. 분명한 것은 단지 호텔 방의 결함 때문에 이번 여행 전체의(상당히 길고 고단한 여행이었다.) 성공을 위태롭게 만들고 싶지 않다면, 전혀 내키지는 않아도 어쩔 수 없이 이곳의 한 친구에게 은밀히 부탁을 해야만 한다는 사실이었다. 나는 소년 시절에 알았던 얼굴들을 모두 떠올려 보았지만 하나하나 떠오를 때마다 곧 지워 버렸다. 부탁하는 일이 은밀한 것이다 보니 만나지 못했던 그 긴 세월 위로 애써 다리를 놓아야 할 것이기 때문이었다. 그것은 싫었다. 그러다가 아마 여기 살고 있을 한 사람이 생각났다. 예전에 내가 바로 이곳에 일자리를 구해 준 적이 있었던 사람으로, 내가 아는 바로는 이번에는 자신이 내게 도움을 줄 기회를 얻으면 아주 기뻐할 것이었다. 그는 엄격하고 도덕적이면서 동시에 묘하게 걱정이 많고 불안정한, 기이한 인물이었다. 내가 알기로 오래전에 그의 아내는 그와 이혼을 했는데, 이혼 사유는 오로지 그가 그녀와 아들이 있는 곳만 빼고 여기저기 아무 데서나 산다는 것이었다. 그가 다시 결혼을 했을 수도 있다는 생각이 들자 불안했다. 그런 상황이면 내 요구가 이뤄지는 데에 문제가 생길 것이었다. 나는 병원 쪽으로 발걸음을 서둘렀다.

병원은 드넓은 정원 여기저기 세워진 여러 건물과 분관 들로 이루어져 있었다. 나는 정문에 달린 수위실로 들어가 탁자에 앉아 있는 수위에게 바이러스 연구실을 대 달라고 했다. 그는 탁자 끝으로 나한테 전화기를 밀어 주면서 "02번."이라고 말했다. 나는 02번으로 번호를 돌렸고, 코스트카 박사는 방금 전에 나가서 지금 출구 쪽으로 가고 있는 중이라는 것을 알게 되었다. 나는 그를 놓치지 않으려고 정문 옆 벤치에 앉아서 푸른색과 흰색 줄무늬 병원 가운을 입고 다니는 사람들을 무심히 바라보았다. 그러다가 그를 보았다. 생각에 잠긴 듯하고 키가 크고 말랐으며 꾸밈 없이 보기 좋은 그가 걸어오고 있었다. 그렇다. 바로 그였다. 나는 벤치에서 일어나 마치 정면으로 부딪치기라도 하려는 듯이 그를 향해 걸어갔다. 그는 좀 언짢은 듯 한 번 보더니 곧 나를 알아보고는 두 팔을 활짝 벌렸다. 내 느낌에 그는 깜짝 놀라며 반가워하는 듯했고 나를 대뜸 그렇게 맞아 주어 나는 기뻤다.

별건 아니지만 한 이틀 걸릴 볼일이 있어서 왔는데 아직 한 시간도 되지 않았다고 하자 즉각 그는 내가 자기를 제일 먼저 찾아와 주었다며 놀라고 기뻐했다. 사심 없이 단지 그를 보러 온 것이 아니라는 사실, 그리고 내가 그에게 한 질문(재혼을 했느냐고 쾌활하게 물었다.)이 실은 저급한 계산에서 나온 것인데 진지한 관심을 반영하는 것처럼 보인다는 사실이 갑자기 언짢아졌다. 그는 (만족스럽게도) 여전히 혼자라고 말했다. 나는 나눌 이야기가 참 많다고 했다. 그는 자신도 그렇다고 하면서, 그런데 다시 병원으로 돌아가 봐야 하는 데다가 저녁에는 버스를 타고 이 도시 밖으로 나가야 하기 때문에 지금 한 시간 정도밖에 여유가 없어서 안타깝다고 했다. 나는 "여기 살지 않아요?"라고 놀라서 물었다. 그가 여기 사는 거 맞고 새 건물의 원룸에 사는데 "혼자 살기가 힘들다."라고 해서 나는 마음을 놓았다. 코스트카에겐 이십 킬로미터 떨어진 다른 도시에 애인이 있는 모양이었다. 그녀는 교사고 방이 두 개인 집을 가지고 있다고 했다. "그러면 나중에는 그 집으로 옮겨 갈 건가요?"라고 나는 물어보았다. 그는 내가 구해 준 이 일만큼 괜찮은 일을 다른 곳에서는 찾기 어려울 것이고, 그렇다고 그의 애인이 여기에서 자리를 얻기도 힘들 것이라고 말했다. 나는 관료 체제가 그렇게 늑장을 부려서 한 남자와 여자가 한곳에 같이 살 수 있도록 일을 신속히 처리해 주지도 못한다고 (진심으로) 비난했다. "괜찮아요, 루드비크. 그렇게 견디기 힘든 것만은 아니에요. 왔다 갔다 하자면 돈도 들고 시간도 걸리는 건 분명하지요. 하지만 혼자 있는 시간을 방해받지도 않고, 그래서 자유롭거든요." 그는 온화하고 여유롭게 이렇게 말하는 것이었다. "당신은, 당신은 왜 그토록 자유가 필요한 거죠?" 나는 물었다. "그러면 당신은요?" 그가 말했다. "저는 여자들을 많이 쫓아다니니까요." 나는 대답했다. 그는 "나에게 자유가 필요한 것은 여자 때문이 아니에요. 저 스스로를 위해서죠."라고 말했다. 그리고 이어서 "저기, 제가 가기 전에 잠깐 우리 집에 가시죠."라고 청하는 것이었다. 바로 내가 바라던 바였다.

병원에서 나와 우리는 곧 새 건물들이 모인 곳에 이르렀다. 건물들은 평평하게 고르지도 않은 먼지 날리는 땅(잔디도 인도도 차도도 없는)에 서로 아무런 조화도 이루지 못한 채 나란히 솟아, 저 멀리 펼쳐진 광대한 평원의 경계에서 어떤 서글픈 배경을 이루고 있었다. 우리는 어떤 문으로 들어가 아주 비좁은 층계를 올라갔고(승강기는 작동하지 않았다.) 사 층에서 코스트카의 이름이 적힌 곳 앞에 멈추었다. 현관을 지나 방에 들어서 보니 만족스러운 것 이상이었다. 넓고 안락한 소파가 한쪽에 놓여 있고, 그 외에도 작은 탁자 하나에 안락 의자 하나, 커다란 책장, 턴테이블과 라디오가 있었다.

나는 코스트카에게 방이 아주 근사하다고 하고서 욕실은 어떤지 물어보았다. 내가 보이는 관심에 기분이 좋은 듯 그는 "평범해요."라고 말하고는 욕실 문이 난 현관 쪽으로 나를 안내했다. 욕조와 샤워기, 세면대가 달린 자그마하지만 아주 마음에 드는 욕실이었다. "이렇게 근사한 아파트를 보니까 생각이 나는데, 내일 오후하고 저녁때 뭐 하세요?" 하고 내가 물었다. 그는 당황스러워하며 "어쩌죠, 내일은 제가 하루 종일 근무하는 날이라서 7시쯤이나 돼야 돌아올 텐데요. 저녁엔 시간이 없으세요?"라고 말했다. 나는 답했다. "저녁에는 시간이 날 수도 있긴 할 텐데, 그런데 그전에 오후 동안 아파트를 빌려주실 수는 없겠어요?"

내가 이렇게 묻자 그는 놀랐지만 즉시(망설인다고 여겨질까 두려운 듯이) "안 되긴요, 얼마든지 쓰세요."라고 대답했다. 그러고는 내가 왜 그런 부탁을 하는지 결코 알려고 하지 않겠다는 듯 덧붙이기까지 하는 것이었다. "묵을 곳이 마땅치 않으면 오늘부터라도 여기서 주무시죠. 전 내일 아침이나 돼서야 돌아올 테니까요. 아니, 내일 아침에도 안 올지 몰라요. 바로 병원으로 갈 거거든요." "아니, 그럴 필요는 없어요. 호텔에 묵고 있어요. 문제는 제 방이 좋지가 못한데 내일 오후에 분위기 좋은 공간이 좀 필요하거든요. 물론 혼자 있으려고 그러는 건 아니죠."라고 나는 말했다. "아, 네, 그렇겠네요." 코스트카는 살짝 고개를 숙이며 말했다. 잠시 후 그는 말을 이었다. "당신을 위해 뭔가 좋은 일을 할 수 있게 돼서 기쁩니다." 그러고는 다시 덧붙였다. "물론 그것이 정말 좋은 일이라면요."

그러고 나서 우리는 작은 탁자를 마주하고 앉아(코스트카는 커피를 끓여 왔다.) 잠시 이야기를 나누었다.(소파에 앉아 보니 푹 꺼지지도 않고 삐걱거리지도 않으며 아주 튼튼한 것이 썩 마음에 들었다.) 코스트카는 이제 병원으로 가 봐야 한다면서 방의 내밀한 요소들을 서둘러 알려주었다. 욕실 수도꼭지를 잠글 때는 끝까지 돌려야 하고, 따뜻한 물은 보통의 경우와 달리 '냉'이라고 새겨진 수도꼭지에서 나오며, 턴테이블의 전선을 꽂는 플러그는 소파 아래 있고, 작은 장 속에는 마개를 딴 지 얼마 되지 않은 새 보드카가 한 병 있다는 것 등이었다. 그러고 나서 그는 열쇠가 두 개 달린 고리를 건네주면서 건물 입구 열쇠와 아파트 열쇠를 가르쳐 주었다. 이제까지 수도 없이 잠자리를 바꿔 가며 정처 없이 살아왔던 탓에 나는 특별히 열쇠를 숭배하는 사람이 되었으며, 그래서 그 열쇠들을 주머니 속에 넣으며 소리없이 커다란 기쁨을 맛보았다.

집을 나서며 코스트카는 자신의 아파트가 "정말로 아름다운 어떤 것"을 내게 가져다주길 기원한다고 말했다. "그래요. 이 집 덕분에 아름다운 파괴를 행할 수 있을 겁니다."라고 내가 답하자, 그는 "파괴가 아름다울 수 있다고 생각하시나요?"라고 물었다. 속으로 미소가 지어졌다. 그가 이렇게 묻는 것을 보면서(부드럽게 묻지만 생각은 도전적인 질문) 십오 년 전쯤 우리가 처음 만났을 때와 변함없이(좋은 사람이지만 좀 우스웠다.) 그가 그대로라는 생각이 들었기 때문이다. 나는 그에게 대답해 주었다. "당신이 하느님의 영원한 작업대에서 평화롭게 일하는 일꾼이라는 거 알아요. 파괴니 뭐니 하는 이야기는 좋아하지 않는다는 것도요. 하지만 어쩌겠어요. 나는 하느님의 견습 석공이 아닌걸요. 게다가 만일 하느님의 석공들이 이 세상에다가 진짜 벽으로 건물을 짓는다 해도 우리의 파괴가 그 건물들에 해를 입히는 경우는 거의 없을 겁니다. 한데 내가 보기엔 어디가나 벽은 없고 무대 장치뿐이에요. 무대 장치들을 파괴하는 건 아주 올바른 일이지요."

우리는 지난번에(한 구 년 전쯤이던가) 이야기하다 헤어졌던 바로 그 지점에 다시 와 있었다. 우리의 논쟁은 이번에는 은유적인 성격을 띠었는데, 그것은 우리가 근본적인 것을 잘 알았고 그래서 다시 얘기할 필요를 느끼지 않았기 때문이다. 우리는 다만 서로 그사이 변하지 않았고, 여전히 서로 다르다고 반복해서 말해야 할 뿐이었다.(나는 코스트카의 이런 다른 점을 좋아했고, 그와 논쟁을 하면, 나는 정말 누구인가, 무슨 생각을 하고 있는가를 언제나 확인할 수 있어서 그와 이야기를 나누는 것이 좋았다.) 그러자 그는 자신에 관한 내 불확실한 생각을 아주 분명하게 하려고 이렇게 대답했다. "지금 말씀하신 건 그럴듯하게 들리긴 하죠. 하지만 말이에요, 그렇게 회의적이신데 벽과 무대 장치를 구별 지어 주는 분명한 근거를 어디서 찾으시죠? 당신이 비웃는 환상이 정말로 단지 환상이기만 한 것일까 한 번도 의심해 본 적은 없나요? 당신이 잘못 생각하는 거라면 어쩌죠? 또 그것이 가치 있는 것들이고, 당신은 그 가치들을 파괴하는 사람이라면요?" 그는 이어서 말했다. "변질된 가치나 가면이 벗겨진 환상은 똑같이 초라한 몰골을 하고 있고, 서로 비슷하게 닮아서 그 둘을 혼동하기보다 더 쉬운 건 없죠."

도시 반대쪽 끝에 있는 병원까지 코스트카를 바래다주면서 나는 주머니 속 열쇠를 가지고 놀기도 했고, 언제 어디서나 심지어 지금 이 신축 구역의 울퉁불퉁한 땅을 걸어가면서도 자신의 진리를 내게 납득시키려고 애쓸 수 있는 오랜 친구가 옆에 있어서 기분이 좋았다. 코스트카는 물론 우리가 내일 저녁 시간 내내 함께하리라는 것을 알았기에 곧 철학은 접어 두고 일상적인 이야기로 말을 돌렸는데, 그러면서도 다시 한번 내일 저녁 7시에 자기가 돌아올 때까지 내가 집에서 기다릴 것인지 확인했고(그에겐 다른 열쇠가 없었다.) 정말 더 필요한 것이 없느냐고 물었다. 나는 손으로 얼굴을 만지면서 수염이 너무 길어 이발소에 가야겠다고 말했다. 그러자 코스트카는 "마침 잘됐군요. 특별 면도를 하게 해 드리죠!"라고 했다.

나는 코스트카의 좋은 제안을 거절하지 않고 한 조그마한 이발소로 따라 들어갔다. 거기에는 세 거울 앞에 커다란 회전의자가 하나씩 있었는데, 그중 둘은 이미 남자 둘이 차지하고서 젖힌 얼굴에 거품을 잔뜩 얹고 있었다. 흰 가운을 입은 여자 둘이 그들 위로 몸을 구부리고 있었다. 코스트카가 그중 한 여자에게 다가가서 무어라고 귓속말을 하자 여자는 면도칼을 수건에 닦더니 이발소 뒤쪽에다 대고 누군가를 불렀다.

곧 흰 가운을 입은 아가씨가 하나 나오더니 면도를 하다 만 남자를 맡았고, 코스트카가 말을 걸었던 여자는 나에게 살짝 눈인사를 하며 빈 의자에 앉으라는 손짓을 했다. 코스트카와 나는 악수를 하고 헤어졌고, 나는 받침대 구실을 하는 작은 쿠션에 머리를 기대고 자리를 잡았다. 너무도 여러 해 동안 나 자신의 얼굴을 보는 것을 싫어했기 때문에 나는 앞에 놓인 거울을 피해 눈을 위로 뜨고 석회를 칠한 천장의 얼룩들을 둘러보았다.

셔츠 깃 안으로 흰 수건을 접어 넣는 이발사의 손가락이 목에 느껴진 후에도 나는 계속 천장을 바라보고 있었다. 이발사는 한 발짝 물러섰고, 이제 가죽 끈에 면도칼이 왔다 갔다 하는 소리만 들릴 뿐이었으며, 나는 아주 편안한 무심함으로 가득한 황홀한 부동 상태 속에 꼼짝하지 않고 있었다. 잠시 후 면도 크림을 듬뿍 바르는 젖은 손가락들이 내 뺨 위에 느껴지자 기이하고 괴상한 생각이 떠올랐다. 내게 아무것도 아닌 모르는 여자, 나 또한 그녀에게 아무것도 아닌 그런 사이의 낯선 여자가 나를 부드럽게 만지고 있었다. 그다음에 이발사는 솔로 비누를 펴 바르기 시작했고, 나는 아무래도 자리에 앉아 있는 것 같지가 않고 얼룩들이 박힌 허공에 떠 있는 것만 같았다. 그리고 그때(쉬는 사이에도 생각은 멈추지 않는 법이므로) 내가 면도날을 날카롭게 갈아 놓은 여자에게 완전히 내맡겨진 무방비 상태의 희생물이라는 상상을 했다. 그리고 내 몸은 허공에 사라지고 오로지 손가락들이 와서 닿는 얼굴만이 인식되었기 때문에, 그녀의 감미로운 두 손이 내 머리를 몸통에 갖다 붙이려는 생각은 전혀 없이 단지 머리 그 자체로만 여기는 듯 들고 (돌리고, 애무하고) 있으며, 그래서 이제 옆 탁자에서 기다리고 있는 날카로운 면도날이 내 머리의 그 아름다운 자율성을 완성하기만 하면 된다는 생각이 스르르 들었다.

얼마 후 손길이 멈추고 이발사가 이번에는 정말로 면도칼을 집으려고 물러서는 소리가 들렸고, 나는 이 순간(생각은 계속 움직이므로) 내 머리의 주인(들어 올리는 여인), 나의 다정한 살인자가 정확히 어떻게 생겼는지 봐야겠다고 생각했다. 천장에서 시선을 내려 거울을 바라보았다. 나는 경악했다. 내가 속으로 즐기던 유희가 돌연 기이하게도 현실적인 윤곽을 띠었던 것이다. 내게 몸을 숙이고 있는 거울 속의 여자, 그녀를 아는 것 같았다.

그녀는 한 손으로는 내 귓불을 쥐고 또 한 손으로는 얼굴의 비누 거품을 꼼꼼하게 긁어내고 있었다. 나는 그녀를 살펴보았다. 그러자 조금 전 그렇게 놀라며 발견했던 그녀의 정체가 조금씩 부서지면서 사라졌다. 그러고 나서 그녀는 세면대 위로 몸을 구부리고, 두 손가락으로 면도칼에서 거품덩어리를 털어 내고는 허리를 다시 펴더니 내 의자를 살짝 돌렸다. 그때 우리 시선이 한순간 마주쳤고, 나는 다시 그녀라는 생각이 들었다. 분명히 얼굴이 약간 다르긴 했다. 마치 그녀 언니의 얼굴인 듯, 안색이 흐려지고 시든, 약간 홀쭉해진 얼굴. 하지만 내가 그녀를 마지막으로 본 것이 십오 년 전이 아니던가! 이 세월 동안 시간은 그녀의 진짜 윤곽을 가리는 가면을 새겨 놓았던 것이다. 하지만 다행히도 이 가면에는 구멍이 두 개 있어서, 그 구멍으로 실재하는 그녀의 진짜 두 눈, 내가 예전에 알았던 그대로의 두 눈이 다시 이렇게 나를 바라보고 있었다.

그런데 그 후에 다시 혼선이 생겼다. 다른 손님 하나가 이발소 안으로 들어와 내 뒤 의자에 앉아 차례를 기다렸다. 그는 곧 내 이발사에게 말을 걸었다. 그는 이 아름다운 여름과 시 외곽에 짓고 있는 수영장에 관해 이야기했다. 이발사는 무어라 대답을 했는데(별 의미 없는 대답이기도 했지만, 나는 그녀의 말보다는 목소리에 주목했다.) 그 목소리는 분명 생소했다. 괄괄하고 무심하고 거의 상스러운 데까지 있는 음성, 완전히 낯선 목소리였다.

이제 그녀는 양 손바닥으로 내 얼굴을 문지르며 세수를 시키는데 이때 나는 (목소리에도 불구하고) 분명히 그녀다, 십오 년 후에 내 얼굴 위에 다시 그녀 손의 감촉을 느끼고 있다, 그녀가 다시 나를 어루만지고 있다, 다정하게 나를 오래오래 어루만져 주고 있다고(절대 애무가 아니라 지금 세수를 시키고 있는 중이라는 사실을 완전히 잊고 있었다.) 다시 생각하기 시작했다. 그녀의 낯선 목소리는 점점 더 수다스러워지는 그 남자의 이야기에 뭐라고 계속 대답을 하긴 했지만, 나는 그 목소리를 믿으려 들지 않고 오히려 그녀의 두 손을 믿고만 싶었다. 이 손길을 보면 분명히 그녀라고 나는 한사코 주장하고 있었다. 부드러운 이 손의 감촉에서 나는 진짜 그녀인지, 그녀가 나를 알아본 것인지 알아내려고 애썼다.

그다음 그녀는 수건을 집어 내 얼굴을 닦았다. 그 수다스러운 손님은 자기가 한 농담에 요란하게 웃음을 터뜨렸는데, 그녀는 웃지 않았다. 그러니까 그녀는 아마도 그 남자가 자신에게 건네는 말에 그리 주의를 기울이지 않았던 모양이다. 그것은 즉 그녀가 나를 알아보았으며, 마음의 동요를 억누르고 있었다는 증거라고 생각하니 가슴이 두근거렸다. 나는 의자에서 일어나자마자 그녀에게 말을 하리라고 결심했다. 그녀는 내 목에 둘러져 있던 수건을 걷어 냈다. 나는 일어섰다. 상의 안주머니에서 5코루나짜리 지폐 한 장을 꺼냈다. 우리 시선이 다시 마주쳐서 그녀의 이름을 부르며 말을 건넬 수 있기를 기다리고 있는데(그 남자는 계속 수다를 떨었다.) 그녀가 무심하게 고개를 돌리더니 아주 빠르고 사무적인 동작으로 돈을 받는 바람에 나는 갑자기 혼자 만들어 낸 환영을 믿은 정신 나간 사람 같아져 버렸고 그녀에게 단 한마디조차도 건넬 엄두가 나지 않았다.

묘하게 개운치 않은 마음으로 나는 이발소를 나왔다. 내가 아는 것, 그것은 다만 아무것도 모른다는 사실이었고, 한때 그토록 사랑했던 이의 얼굴이 맞는지 머뭇거린다는 것이 참으로 야비하기 이를 데 없다는 사실이었다.

물론 사실을 알아내는 것은 어렵지 않았다. 나는 급히 호텔로 가서(가는 길에 맞은편 인도에서 어릴 적 오랜 친구인 야로슬라프, 침발롬이 있는 악단의 단장인 그를 발견했지만, 나는 마치 찌르는 듯한 너무 강렬한 음악을 피하는 것처럼 얼른 시선을 돌려 버렸다.) 코스트카에게 전화를 걸었다. 그는 아직 병원에 있었다.

"저, 아까 소개해 준 그 이발사 이름이 루치에 세베트코바 맞나요?"

"지금은 다른 이름을 쓰지만 그 여자 맞아요. 그런데 어떻게 그녀를 아시죠?" 코스트카가 말했다.

"아주 오랜, 아주 먼 옛날 일이지요." 나는 대답했다. 그리고 저녁을 먹을 생각조차 하지 않은 채, 조금 더 걷기 위해 호텔을 나섰다.(이미 날이 어두워지고 있었다.)

2부

헬레나

1

오늘 저녁은 일찍 잠자리에 들어야지, 잠이 오려나 모르겠지만 아무튼 일찍 자리에 눕자, 파벨은 오늘 오후 브라티슬라바로 떠났고, 나는 내일 아침 일찍 비행기로 브르노까지 가서 버스로 갈아타고 간다, 내 딸 즈데나는 이틀간 집에 혼자 있겠지, 아무렇지도 않을 거야, 그 아이는 우리를 그렇게 찾지 않는다, 적어도 나는, 아이는 파벨을 몹시 따른다, 파벨은 딸아이에게 최초의 우상인 것이다, 그가 딸아이에게 아주 잘한다는 건 인정해야 하리라, 나를 포함한 모든 여자들을 어떻게 대해야 하는지 언제나 잘 알고 있었던 것처럼, 지금도 여전하지, 이번 주에 그는 내게 다시 예전처럼 행동하기 시작했다, 내 얼굴을 토닥거리며 브라티슬라바에서 오는 길에 모라비아로 나를 데리러 오겠다고 약속했다, 다시 대화를 나눠 보아야 한다고 그런다. 어쩌면 그 사람 역시 이렇게 계속할 수는 없음을 인정하게 되었는지 모른다. 우리 사이가 다시 예전처럼 되기를 바라는 걸까. 하지만 왜 이제서야 그런 생각을 하는 것인가. 내가 루드비크를 만난 지금에서야. 괴롭다. 하지만 슬퍼해서는 안 된다. 그래선 안 된다. 슬픔이여, 절대 내 이름과 연관되지 않을지어다. 푸치크의 이 문장은 나의 경구다. 고문당할 때나 심지어 교수대에서까지도 푸치크는 결코 슬픔에 잠기지 않았다. 이제 기쁨 같은 건 촌스러운 것이 되었다 한들 무슨 상관인가. 나는 바보다. 그럴 수도 있다. 하지만 그 속된 회의주의에 물든 사람들도 나 못지않게 천치들이다. 내 어리석음을 버리고 그들의 어리석음을 따라야 할 이유가 대체 어디 있단 말인가. 내 인생을 둘로 가르고 싶지 않다. 내 삶, 내 인생이 처음부터 끝까지 하나이기를 원한다. 루드비크가 그렇게 마음에 들었던 건 바로 그 때문이다. 그와 함께 있으면 내 이상이나 취향을 바꿀 필요가 없다. 그는 평범하고 단순하고 분명하다. 바로 이런 것을 나는 언제나 좋아했고 또 지금도 좋아한다.

나는 나 자신이 부끄럽지 않다. 나는 이제까지의 나와 다른 사람일 수는 없다. 열여덟 살까지 나는 오로지 안정된 지방 중산층의 잘 정돈된 아파트와 그저 공부, 공부밖에는 몰랐고, 현실의 삶은 일곱 장벽 저 너머에서 벌어지고 있었다. 그 후 1949년에 프라하로 오게 되었을 때 그것은 기적이자 결코 잊지 못할 너무도 격렬한 행복이었다. 이제는 파벨을 사랑하지 않는데도, 그가 나를 아프게 했는데도, 여전히 내 영혼에서 그를 지워 버릴 수 없는 것이 바로 그 때문이다. 지울 수가 없다. 파벨, 그는 나의 젊음, 프라하, 대학, 기숙사다. 그리고 무엇보다도 그는 저 유명한 푸치크 학생 가무단이기도 하다. 그것이 우리에게 의미했던 것이 무엇인지 이제는 아무도 모른다. 내가 파벨을 만난 것은 거기에서였다. 그는 테너였고 나는 콘트랄토였다. 우리는 백여 회의 연주회나 공연에서 소련 노래와 우리의 정치 가요들을 불렀다. 물론 민속 음악도 있었다. 우리가 가장 좋아했던 노래들. 나는 모라비아 음악이 얼마나 좋았던지 보헤미아 출신인데도 내가 꼭 모라비아 사람 같은 느낌이 들 정도였다. 나는 그 노래들을 내 인생의 라이트모티프로 만들었다. 내게 있어 그 노래들은 그 시대와, 내 젊은 날과, 파벨과 하나로 얽혀 있다. 나에게 태양이 다시 떠오르려 할 때마다 언제나 나는 그 노래들을 듣는다. 그 시절을 듣는다.

처음에 내가 어떻게 파벨을 좋아하게 되었는지 지금은 아무에게도 말할 수 없을 것이다. 꼭 수준 낮은 소설 같다. 어느 해방 기념일, 옛 시가 광장에서 대단위 집회가 있었다. 우리 가무단도 축제에 참여하여 이리저리 떼 지어 몰려다녔다. 수십만 군중 속의 작은 무리였지만, 단상에는 국내외 정치인들이 있었고 많은 연설과 열렬한 환호가 있었다. 그리고 토글리아티 차례가 돌아오자 그는 마이크로 다가가 이탈리아어로 짧게 몇 마디 했다. 그러자 광장의 군중은 언제나 그렇듯 함성과 박수 속에 구호를 외치며 응답했다. 이 엄청난 소란 속에서 파벨은 어쩌다 내 곁에 있게 되었는데, 그가 그 소요 속에서 혼자 무언가를, 무언가 특별한 것을 외치는 소리가 들렸다. 나는 그의 입을 보고 그가 노래를 부르고 있다는 것을, 아니,

노래한다기보다는 외치고 있음을 알았다. 그는 우리가 자기 노래를 듣고 같이 따라 부르기를 원했다. 그는 이탈리아 혁명가를 부르고 있었다. 그 노래는 우리 레퍼토리에도 들어가 있고 당시 대단히 유행하던 노래이기도 했다. "민중 앞에서 높이 세운 붉은 깃발, 붉은 깃발.(Avanti popolo, alla riscossa, bandiera rossa, bandiera rossa…….)"

그것이 바로 그였다. 그는 이성에 호소하는 것만으로는 결코 만족하지 못했다. 감정에 가닿고 싶어 했다. 프라하의 광장에서 이탈리아 노동 운동 지도자를 환영하며 그 나라 혁명가를 부르다니 정말 근사했다. 토글리아티도 나처럼 감동했으면 싶었고, 그래서 온 힘을 다해 파벨을 따라 불렀다. 동료들이 하나둘 우리에게 합류했고, 결국 가무단 전체가 그 노래를 외쳐 부르게 되었다. 그러나 광장의 소란은 너무나도 막강했고 우리는 그에 비하면 소수였다. 우리는 쉰 명인데 그들은 적어도 오만 명은 되었다. 군중의 압도적인 우위, 우리의 필사적인 대항, 첫 구절을 부르는 내내 우리는 이제 노래는 파묻혀 버리고 말 것이며, 우리가 무슨 노래를 부르는지조차 알지 못할 것이라고 생각했다. 그때 기적이 일어났다. 조금씩 더 많은 목소리들이 우리 노래에 가세하기 시작했고, 사람들은 이해하기 시작했고, 그리고 천천히, 그 노래는, 마치 천둥소리를 내는 거대한 번데기를 벗어나 나비가 날아오르듯, 광장의 그 엄청난 소음을 뚫고 올라갔다. 결국 그 나비, 그 노래, 적어도 마지막 몇 소절은 단상까지 날아갔고, 우리는 머리가 희끗희끗한 그 이탈리아인의 모습을 뚫어지게 바라보았다. 그가 노래에 맞추어 손짓을 하는 것처럼 보이자 우리는 환희에 사로잡혔다. 나는 분명히 그의 눈에 눈물이 고인 것을 보았다는 생각까지 들었다.

이러한 열광과 감동의 와중에 내가 어떻게 파벨의 손을 잡았는지, 어떻게 파벨 또한 내 손을 꼭 쥐어 주었는지 모르겠다. 그다음 광장이 다시 조용해지고 새로운 연사가 마이크 앞에 섰을 때, 나는 파벨이 내 손을 놓아 버릴까 봐 두려웠다. 하지만 그는 손을 꼭 잡고 있었다. 우리는 집회가 끝날 때까지 손을 잡고 있었다. 사람들이 다 흩어지고 난 다음까지도 서로의 손을 놓지 않았다. 그리고 몇 시간이나, 꽃이 만발한 프라하의 거리들을 걸어 다녔다.

칠 년 후, 즈데나가 벌써 다섯 살일 때, 나는 절대 잊지 못하리라, 그는 우리가 사랑 때문이 아니라 당의 규율 때문에 결혼한 것이라고 말했다. 그때 우리는 다투고 있었고, 그 말은 거짓말이며, 그는 나와 사랑해서 결혼했고 다만 나중에 바뀌었을 뿐이라는 것을 나는 잘 안다. 하지만 그래도 그가 내게 그런 말을 할 수 있다는 것은 끔찍했다. 그것도 바로 그가, 이 시대의 사랑은 다른 것이며, 이 사랑은 사람들로부터 멀리 도망치는 것이 아니라 투쟁 속에서 우리를 강하게 만들어 주는 것이라고 언제나 주장하던 그가. 아무튼 우리는 그렇게 사랑을 했다. 12시면 점심 먹을 시간조차 없어서 청년동맹 사무실에서 딱딱한 빵 두 개로 서둘러 점심을 때우곤 했다. 그러고 나면 하루가 끝날 때까지 얼굴도 못 본 채 지내는 때도 많았다. 여섯 시간이고 여덟 시간이고 계속되는 그 수많은 회의들을 마치고 그는 보통 자정쯤 되어서야 돌아오곤 했다. 나는 그가 돌아오기를 기다렸다. 시간이 날 때 나는 그가 여러 회의나 연수회에서 강연했던 원고들을 다시 옮겨 적어 놓곤 했다. 그는 그 원고들을 대단히 중요하게 생각했다. 자신의 정치적 발언이 성공하는 데에 그가 얼마나 커다란 가치를 두었는가는 나밖에 모른다. 그는 연설에서마다 새 시대 사람과 과거 사람은 다르다. 그 차이는 새 시대 사람은 자신의 삶에서 공적인 것과 사적인 것의 구분을 아예 지워 버렸다는 데에 있다라고 수도 없이 되풀이하곤 했다. 그런데 그런 그가, 세월이 흐르자, 나를 비난하는 것이다. 동지들이 그때 자기 사생활을 존중하지 않았다고.

우리가 두 해 정도 같이 다녔을 때 나는 조금 초조해지기 시작했다. 하나도 이상할 것 없는 일이다. 그저 한 남학생의 단순한 여자 친구로 만족할 여자는 하나도 없다. 파벨, 그는 의무는 없고 편하기만 한 그 관계에 익숙해져서 그 이상은 생각하지 않았다. 남자는 모두 어느 정도 이기적이다. 그러므로 자신을 지키고 여자로서 자신의 사명을 보존하는 것은 여자의 몫이다. 이것을, 불행히도, 파벨은 우리 가무단의 동지들보다 잘 이해하지 못했다. 동지들은 그를 위원회에 소환했다. 그들이 그에게 무슨 소리를 했는지 나는 모른다. 한 번도 그 이야기를 둘이 해 본 적이 없다. 어쨌든 그들이 그를 조심스럽게 대하지는 않았을 것 같다. 그 시절에는 모두 엄격했으니까. 좋다, 너무 심했다고 하자. 하지만 지금처럼 도덕 결핍보다는 과잉이 낫다. 한동안 파벨은 나를 피했다. 모든 것을 다 망쳐 버렸다고 생각했다. 절망이었다. 죽고 싶었다. 그런데 그가 나를 찾아왔다. 다리가 후들후들 떨렸다. 그는 나에게 용서를 빌었고, 크렘린 궁의 모습을 담은 장신구를 선물로 주었다. 그가 가장 소중하게 여기던 기념품이었다. 나는 결코 그것을 내게서 떼어 놓지 않으리라. 그것은 단순히 파벨의 선물이기만 한 것이 아니다. 그보다는 훨씬 더한 것, 행복의 증표다. 나는 울음을 터뜨리고 말았다. 그리고 두 주 후, 결혼식이었다. 가무단 전체가 참석했다. 노래하고 춤추며 결혼식은 스물네 시간 동안 계속되었다. 만일 우리가 서로를 배반한다면 그것은 우리와 함께 이 결혼을 치르는 이 사람들 모두를 배반하는 것이고, 옛 시가 광장의 집회와 토글리아티를 배반하는 것이라고 나는 파벨에게 여러 번 말했다. 지금은 참 웃음이 난다. 그 후 우리가 결국 배반한 그 모든 것을 생각하면.

2

내일 입을 옷을 생각해 본다, 분홍 스웨터에다 트렌치코트가 어떨까, 내 몸에 그래도 가장 잘 어울리는 옷이다, 나는 이제 날씬하지 않다, 그래서 뭐! 주름은 좀 있어도 내겐 젊은 여자는 지니지 못한 다른 매력들, 삶을 살아 본 여인의 매력이 있다, 인드라가 내게서 그런 매력을 느끼는 건 틀림없는 모양이다, 가엾은 녀석, 나는 아침 일찍 비행기를 탈 것이며 그래서 자기 혼자 가야 한다는 것을 알았을 때 그 실망하던 모습이라니, 나와 함께할 수 있을 때 그는 황홀해한다, 내 앞에서 그는 자신의 열아홉 살 남성성을 과시하고 싶어 한다, 내가 같이 가면 틀림없이 그는, 그 못난 녀석은, 나를 감탄시키려고 백삼십 킬로로 달릴 것이다, 이런 면도 있지만 또 그는 조금도 나무랄 데 없는 기술자이자 운전사로서, 기자들은 단순한 취재 작업을 나가면서도 그를 데리고 나가려고들 든다. 어쨌든 누군가가 나를 바라보며 좋아한다는 사실을 의식하는 것이 내 기분을 좋게 해 준다면 나쁠 것이 무엇인가. 요 몇 년간 나는 라디오 방송국에서 그리 잘 보이질 못했다. 나보고들 밥맛없는 여자, 광신자, 교조주의자, 당의 충견 등 온갖 소리를 나하는 모양이다. 하지만 정말로 나는 당을 사랑하는 것도, 당을 위하여 내 여가를 전부 바치는 것도 결코 부끄러워하지 않을 것이다. 무엇보다도, 삶에서 내게 남은 것이 무언가? 파벨에게는 다른 여자들이 있다. 나는 이제 누군지 알려 하지도 않는다. 딸아이는 제 아빠를 몹시 사랑한다. 내 일, 벌써 십 년 전부터 항상 똑같은 일, 취재, 인터뷰, 기획 달성에 관한 방송, 모범적인 외양간과 우유 짜는 여자들에 대한 방송, 그리고 내 가정, 희망 없기는 마찬가지. 오로지 당만이 나에게 잘못하지 않았고, 나도 언제나 그만큼 똑같이 보답해 왔다. 1956년 스탈린이 엄청난 죄들을 저지르고 모두가 당을 버리고 싶어 했던 때마저도. 그때 사람들은 분노로 날뛰며 모든 것에 침을 뱉었고, 우리 언론이 거짓말을 하고 있다고 주장했다. 국영화된 회사들은 제대로 돌아가지 못하고, 문화는 억압되고, 시골 협동 농장들은 생기지 말았어야 하고, 소련은 자유가 없는 나라라고 주장했다. 가장 나빴던 것은, 공산주의자들마저도 자신들의 회의에서 그렇게 말한다는 것이었다. 파벨 역시 그런 식으로 말했다. 그리고 모든 사람이 그에게 박수를 보냈다. 파벨은 외아들로 어린 시절부터 언제나 박수를 받았다. 그의 어머니는 그의 사진을 곁에 두고 잔다. 신동이었으나 이제 그저 평범한 어른, 그는 담배도 피우지 않고 술도 마시지 않는다. 그러나 환호 없이는 살지 못하는 사람. 그것이 그의 알코올이고 니코틴이다. 그러니 조금만 더 했으면 사람들이 울음을 터뜨리고 흐느꼈을 만큼 그렇게 열정적으로 스탈린의 끔찍한 재판에 대한 연설을 하여 청중의 폐부를 찌를 수 있어서 그는 황홀했던 것이다. 나는 그가 그토록 분노하면서 얼마나 행복해하는가를 느꼈다. 그리고 그를 증오했다.

당은 다행히 그 광란에 빠진 사람들을 제어할 수 있었다. 그들은 잠잠해졌고 파벨도 다른 이들처럼 수그러들었다. 대학의 마르크스주의 교수 자리를 위태롭게 할 수야 있는가. 그 좋은 자리를. 하지만 무언가가 공기 속을 맴돌았다. 무력감, 의심, 불신의 씨앗들. 소리 없이 은밀하게 퍼져 나가는 수많은 그 씨앗들. 전보다 더 긴밀하게 당에 열중하는 것 외에 나는 어떻게 대처해야 할지 알 수 없었다. 마치 살아 숨쉬는 생명체인 것처럼. 당은 내가 파벨에게만이 아니라 결국 그 누구에게든 아무 말도 할 수 없게 된 그때, 마음을 맡길 수 있는 존재인 셈이었다. 다른 이들도 나를 그리 좋아하지 않았다. 곤혹스러웠던 그 사건을 해결해야 했던 그때 잘 알게 되었다. 기혼인 우리 편집자 하나가 무책임하고 냉소적인 젊은 미혼 여자 기술자와 관계를 맺고 있었다. 어쩔 수 없게 되자 편집자의 부인이 우리 위원회에 도움을 청해 왔다. 우리는 그 사건을 오랜 시간 검토하고 그 부인, 기술자, 그 부서의 증인들을 차례로 소환하는 등 사건의 전모를 이해하고 공정함을 보이고자 노력했다. 편집자는 당의 징계를 받았고 기술자는 견책을 당했으며 둘은 위원회 앞에서 이제 관계를 끊겠다고 약속해야 했다. 아, 그러나 약속의 말은 그저 말에 지나지 않았을 뿐, 그들은 우리를 진정시키려고 약속을 했던 것이고 실은 계속해서 만나고 있었다. 그러나 확인이 안 되면 그냥 믿게 되는 법이다. 하지만 결국 오래지 않아 진실을 알게 되었다. 나는 가장 엄중한 처벌을 내리자는 쪽이었고, 당을 의식적으로 농락하고 속여 왔으므로 그 동료를 당에서 축출할 것을 제안했다. 대체 자신의 당에 거짓말을 하는 공산주의자가 과연 무엇이란 말인가? 나는 거짓말을 혐오한다. 그러나 나의 제안은 받아들여지지 않았다. 편집자는 징계를 한 번 더 받는 것으로 해결이 났고 기술자는 방송국을 떠나야 했다.

그들은 복수를 해 왔다. 나를 괴물로, 야수로 여겨지게 만들었다. 하나로 뭉쳐 그들은 내 사생활을 염탐하기 시작했다. 그건 나의 아킬레스건이었다. 여자는 감정 없이 살 수 없다. 그렇지 않다면 여자도 아니다. 부인할 필요가 뭐 있는가. 나는 내 가정에서 사랑을 얻지 못했기에 다른 곳에서 찾은 것이다. 헛된 탐색이었지만. 어느 날 공개 집회에서 그 문제로 내게 공격이 들어왔다. 내가 위선자라는 것이다. 나 자신이 바로 기회 있을 때마다 남편에게 부정을 저지르면서, 가정을 파괴한다는 명목으로 사람들을 공적으로 질책하고, 축출, 추방하고 전멸시키려 든다는 것이다. 그들은 회의에서는 이렇게 표현했지만 내 뒤에서는 나를 그대로 진창 속에 내던져 끌고 다녔다. 관중 앞에서는 수녀이고 사적으로는 창녀라 했다. 나, 나는 불행한 결혼이 무언지를 알기 때문에 바로 그래서, 바로 그 이유로 해서, 다른 사람들에게 엄격했던 것이지 증오 때문이 아니었다. 그들을 미워해서가 아니라 사랑했기 때문에, 사랑을 사랑했기 때문에, 그들의 가정과 아이들을 사랑했기 때문에, 내가 달려가 그들을 돕고자 했기 때문에 그랬다는 것을 그들은 모르다니! 나 또한 아이가 있고 가정이 있고, 그 아이와 가정을 얼마나 염려하는데!

아니, 하긴, 그들이 맞는지도 모르지. 어쩌면 난 악독한 여자인지도 모른다. 다른 사람들이 어떻게 하든 정말 마음대로 내버려 둬야 하는지도 모른다. 누구에게도 개인적인 일에 끼어들 권리는 없다. 우리는 우리가 존재하는 이 세상 전체를 정말로 잘못 생각했던 것인지도 모른다. 나는 어쩌면 정말로 자기와 전혀 상관도 없는 일들에 참견하는 혐오스러운 순경일지도 모른다. 다만 나, 나는 그냥 이렇고 언제나 느끼는 대로 행동할 뿐이다. 바뀌기에는 이제 너무 늦었다. 인간은 둘로 나뉠 수 없다고 나는 항상 생각했다. 오직 부르주아만이 속임수를 써서 공적 존재와 사적 존재로 자신을 양분한다. 이것이 나의 신조다. 나는 언제나 그에 따라 행동해 왔다. 이번 경우도 마찬가지였다.

내가 나쁠 수도 있다. 자신에게 되물을 필요도 없이 동의한다. 난 여자애들이 정말 끔찍하게 싫다. 젊음 속에서 잔인한 저 여자애들, 마치 자기들은 언젠가 서른, 서른다섯, 마흔 살이 되지 않을 것처럼, 자신보다 조금 더 나이 먹은 여자에 대해 일말의 연대감도 없는 그런 여자애들. 어떤 여자애가 누구를 사랑했다든가 하는 이야기는 내게 하지 마라. 그 아이가 사랑에 대해서 대체 무엇을 안단 말인가, 그 아이는 아무런 복잡한 생각도 부끄러운 마음도 없이 아무하고나 잔다, 결혼한 여자가 여러 남자들과 관계를 가졌다는 이유 하나만으로 나를 이런 여자애들과 비교하려 든다면 매우 불쾌하다. 그들과 내가 다른 점은 나는 언제나 사랑을 찾아다녔다는 것이다, 그리고 내가 잘못 생각했다 싶으면, 찾던 곳에서 사랑을 발견하지 못하면, 소름 끼쳐 하며 돌아서서 다른 곳으로 가곤 했던 것이다, 나의 이 철없는 사랑의 꿈을 모두 잊어버리는 일이 얼마나 간단한 것일지 잘 알았는데……, 수치심도 마음의 억누름도 도덕도 존재하지 않는 저 이상한 자유의 땅을 향하여 경계선을 넘는 일, 모든 것이 허용되는 저 기이하고 비속한 자유의 영역으로, 자기 자신의 내면에서 성 충동이라는 짐승의 말만 들으면 되는 그런 영역으로 가기 위해 경계를 넘는 일이 얼마나 간단한 것일지 잘 알았는데도 말이다.

나는 또한 안다, 그 경계를 넘는다면 나는 나이기를 그칠 것이며 어떤 사람일지는 몰라도 하여간 다른 사람이 되리라는 것을, 그리고 그것, 그 끔찍한 변화가 나를 두렵게 한다, 바로 그래서 나는 사랑을 찾아 헤매는 것이다, 필사적으로 집요하게 나는 사랑을 찾는다, 내가 언제나 나였던 대로, 지금의 나 그대로, 옛 꿈들과 내 이상들을 품고 살아 나가게 해 줄 그런 사랑, 내 삶이 환경에 의해 토막 나는 것을 원치 않으므로……, 나는 내 삶이 하나로 온전히 남기를 원한다, 루드비크, 당신을 만나 숨 막힐 만큼 그렇게 가슴 벅찼던 건 바로 그 때문이에요, 루드비크, 루드비크…….

3

처음으로 내가 그의 사무실에 갔을 때를 잘 생각해 보면 솔직히 말해서 좀 우스운 데가 있었다. 그는 특별히 내 시선을 끌지 못했다. 나는 조금도 거북함 없이 그에게 묻고자 하는 것을 말했고, 그 탐방 프로에 대한 내 생각 등을 이야기했다. 그런데 그가 내게 말을 건네 오자 머릿속이 마구 엉키면서 나는 말을 더듬고 바보같이 설명하고 있었다. 내가 당황하자 그는 즉시 내 신상에 대한 것으로 화제를 돌렸다. 결혼을 했는지, 아이들이 있는지, 대개 어디로 휴가를 가는지. 또 그는 내가 젊어 보이고 예쁘다고 말해 주기도 했다. 내 당혹감을 가라앉혀 주려 했던 것이다. 고마운 일이었다. 그 사람보다 십 분의 일도 알지 못하면서 사람을 속이는 일이나 아주 잘하는 그런 허풍선이들이 얼마나 많은가. 그이, 파벨은 쉬지 않고 자신에 대해서 이야기했을 것이다. 그러나 가장 우스운 것은 한 시간가량이 지났는데 내가 그의 연구소에 대해 더 알게 된 것이 없었다는 점이다. 집에 와서 나는 원고에 매달렸지만 전혀 진척이 없었다. 하지만 내겐 오히려 잘된 일이었다. 적어도 그에게 전화할 구실은 생긴 셈이니까. 그는 내가 쓴 것을 읽어 봐 주겠다고 할까? 우리는 카페에서 다시 만났다. 그 한심한 취재 원고는 네 장이었다. 그는 그것을 정중하게 읽었고, 미소 지었고, 훌륭하다고 말했다. 그는 애초부터 내가 기자로서가 아니라 여자로 그의 관심을 끈다는 것을 알게끔 했다. 그래서 내가 기쁜 건지 언짢은 건지 나는 알 수가 없었다. 그는 아무튼 매력 있었고, 우리는 서로 말이 잘 통했다. 그는 나를 질리게 만드는, 방에 틀어박힌 지식인이 아니었다. 인생 경험이 많은 사람이었다. 광산에서 일한 경험까지 있다고 했다. 나는 그런 사람들이 좋다고 말했다. 그러나 특히 그가 모라비아 출신이며 침발롬이 있는 민속 악단에서 연주한 적도 있다는 말을 듣고는 아연실색했다. 나는 내 귀를 믿을 수가 없었다. 내 인생의 라이트모티프가 다시 들려왔다. 멀리서 나의 젊음이 내게로 걸어오는 것이 보였다. 그에게로 내가 무너져 가고 있었다.

그가 내게 하루 종일 무얼 하느냐고 물어서 대답을 해 주었더니, 그는 내게 말했다. 반은 놀리는 듯 반은 가엾다는 듯한 그의 목소리가 지금도 들린다. 헬레나, 당신은 잘못 살고 있군요. 그러고 나서 그는 선언했다. 그것을 변화시켜야 한다고. 다르게 살겠노라, 삶의 기쁨들을 좀 더 누리겠노라 결심해야 할 것이라고. 나는 답했다. 나는 그의 말에 조금도 반대하지 않으며, 언제나 기쁨을 열렬히 좋아하는 사람이었다고, 요즘 유행하는 그 모든 우울한 것들이나 울적함 같은 것보다 나를 더 짜증나게 하는 것은 없다고, 그러자 그는 그런 신념의 선언은 아무 의미도 없다, 기쁨의 신봉자들이 대개 제일 음울한 사람들이다라고 답했다, 나는 외치고 싶었다, 아! 당신이 정말 옳아요, 그다음 그는 단도직입적으로 통보했다, 다음 날 4시에 방송국으로 나를 데리러 오겠다, 프라하 근처 어디 교외에 나가서 좀 걷자. 나는 거부하려고 애써 보았다, 여보세요, 난 결혼한 여자예요, 나는 다른 남자, 낯선 남자하고 그렇게 숲속을 산책하고 그럴 수는 없어요, 루드비크는 농담처럼 대답했다, 자신은 남자가 아니라 단지 과학자일 뿐이라고, 그러면서 동시에 침울해졌다, 아주 많이! 나는 그걸 알아보았고 순간 열기가 확 솟아오르는 것이 느껴졌다, 그가 나를 갈망한다는 것을, 그리고 내가 그에게 결혼한 여자임을 환기하자 더욱 그가 나를 갈망한다는 것을 확인하는 기쁨, 결혼한 여자이므로 나는 다가갈 수 없는 존재가 된다, 사람은 언제나, 무엇보다도, 다가갈 수 없는 것을 강렬하게 욕망한다, 그의 얼굴에 서린 서글픔이 내 안에 스며들었다, 그리고 그 순간, 그가 나를 사랑한다는 것을 깨달았다.

그리고 다음 날, 한쪽엔 블타바강, 한쪽엔 숲으로 우거진 가파른 비탈, 낭만적이었다, 나는 낭만적인 것이 좋다, 기분이 들떠서 나는 열두 살짜리 딸의 엄마답지 않게 행동했던 것 같다, 소리내어 웃고, 깡총거리며 뛰어다니고, 그의 손을 잡고 나랑 같이 뛰게 만들었다, 같이 뛰다가 멈추었다, 내 심장은 마구 뛰었다. 우리는 거의 서로 닿을 만큼 가까이 마주 보고 있었다. 루드비크는 살짝 몸을 기울여 짧게 입 맞추었다. 나는 곧 그에게서 빠져나와 다시 손을 잡고 좀 더 뛰어가려고 했다. 그러나 나는 조금만 움직여도 심장이 몹시 뛰어 힘이 들곤 한다. 한 층만 올라가도 그렇다. 그래서 얼른 발걸음을 늦추었다. 호흡이 점차 가라앉아 가면서 나는 문득 내가 가장 좋아하는 모라비아 노래의 처음 두 소절을 나직하게 흥얼거리고 있음을 깨달았다. 그리고 그가 그걸 알아듣는 것 같아 보이자 크게 소리내어 계속 불렀다. 나는 부끄럽지 않았다. 많은 세월과 걱정, 슬픈 일들, 수많은 회색빛 껍질들이 나로부터 떨어져 나가는 느낌이었다. 조금 후 우리는 작은 식당에 앉아 빵과 소시지를 먹었다. 모든 것이 완벽하게 평범하고 단순했다. 퉅툴거리는 종업원, 얼룩진 식탁보. 그런데도 그날은 정말 근사했다. 나는 루드비크에게 말했다. 저기, 저 사흘 후에 '왕들의 기마 행렬' 취재하러 모라비아에 가요. 그는 정확히 어디냐고 물었고, 내 답을 듣고는 자기가 태어난 곳이 바로 거기라고 말했다. 내게 모든 것을 가져다 준 또 하나의 새로운 우연. 그리고 루드비크는 말했다. 저도 시간을 내서 함께 가지요.

나는 두려웠다. 파벨을 떠올렸다. 그가 다시 내 안에 밝혀 놓은 그 미미한 희망의 빛. 나는 내 결혼에 대하여 냉소적이지 않다. 나는 결혼 생활을 잘 지켜 내기 위해 무엇이든 할 각오가 되어 있다. 어린 즈데나 때문에라도. 아니, 왜 거짓말을 하는가. 무엇보다 나 때문에, 이제까지의 모든 것들 때문에, 내 젊음의 기억 때문에. 하지만 나는 루드비크에게 안 된다고 말할 힘이 없었다, 꿋꿋하게 그럴 수가 없었다, 자, 그리고 이제 주사위는 던져졌다, 어린 즈데나는 잠들었다, 나, 나는 두렵다, 그리고 루드비크는 이미 모라비아에 있다, 그는 내일 내가 버스에서 내릴 때 마중 나와 있을 것이다.

3부

루드비크

1

그렇다, 나는 정처 없이 걸었다. 모라바강 다리 위에서 걸음을 멈추고 강물을 바라보았다. 이 모라바강은 얼마나 흉측한가,(너무도 흙빛이어서 물이 아니라 진흙이 흘러가는 것처럼 보일 정도다.) 그리고 강변은 또 얼마나 음산한가. 중산층의 단층집 다섯 채가 괴상한 고아처럼 각기 따로따로 서 있을 뿐이다. 아마도 이 집들에서부터 강변이 시작되게끔 조성된 모양이지만 그런 야심찬 의도는 전혀 실현되지 못했다. 그 가운데 두 채에는 자기와 회반죽으로 만든 아기 천사들과 여러 주제 조각상들이 있었는데 이미 모두 금이 가고 갈라진 상태였다. 천사는 날개가 달아났고, 군데군데 벽돌이 드러날 정도로 조각들이 파여 나가서 애초에 무슨 주제의 조각들이었는지 알아볼 수도 없었다. 그 고아 같은 집들이 끝나는 곳에, 철제 전봇대들이 있고 철 늦은 거위 몇 마리가 거니는 풀밭이 있을 뿐, 그다음에는 벌판, 끝없는 벌판, 아무 곳으로도 이르지 않는 벌판, 모라바강의 흐르는 진흙이 사라져 들어가는 벌판이 있을 뿐이었다.

도시들은 서로서로 마치 거울 같은 역할을 할 수 있는 모양인지, 나는 이 풍경(어린 시절 아주 잘 알았으나 이제 내게 아무 의미도 없는 풍경) 속에서 돌연 오스트라바, 그 거대한 임시 숙소 같은 광부들의 도시를 보았다. 버려진 건물들과 지저분한 거리로 가득한 도시, 그 길들이 이어져 나간 끝에는 공허만이 있는 곳. 나는 함정에 빠져 버린 것이었다. 기관총 사격을 받게 된 사람처럼 나는 다리 위에 서 있었다. 오스트라바를 생각하지 않으려고 했으므로, 그 황폐한 거리와 거기 서 있는 얼빠진 집 다섯 채를 더 바라보고 싶지가 않았다. 그래서 나는 뒤로 돌아 강을 거슬러 강변을 따라 걸었다.

조그만 길가 한쪽으로 미루나무가 빽빽이 늘어서 있었다. 전망이 좋은 좁다란 가로수 길이었다. 오른쪽에는 풀과 잡초가 무성한 비탈이 수면까지 내려와 있었고, 좀 더 멀리 강 너머로는 창고와 작업장들, 초라한 공장들의 마당이 건너다보였다. 길 왼쪽에는 끝없이 이어지는 쓰레기 터가 먼저 보였고, 고압전선이 지나가는 철탑들이 무리 지어 늘어선 넓은 벌판이 이어지고 있었다. 이 모든 것들을 내려다보면서 나는 마치 물 위의 긴 구름다리 위를 걷는 법을 익히고 있는 것처럼 좁은 가로수길을 따라 걸었다. 이 풍경 전체를 드넓게 펼쳐진 물에 비유하는 것은, 거기에서 나를 꿰뚫고 들어오는 한기가 느껴지고 또 내가 자칫하면 굴러떨어질 것처럼 이 길을 걷고 있기 때문이다. 그러면서 동시에 나는 이 풍경의 이상한 분위기는 바로 루치에를 다시 만난 후 내가 스스로 상기하기를 금했던 것을 복사판처럼 보여 주고 있을 따름이라는 것을 깨달았다. 마치 억압되었던 내 기억들이 지금 내가 주변에서 보는 모든 것들——저 황량한 벌판과 마당과 헛간들, 탁한 강물, 배경 전체를 하나로 통일하며 모든 곳에 스며 있는 이 한기——에 배어들어 있는 것처럼 말이다. 나는 내 기억들로부터 달아나지 못하리라는 것을 알았다. 기억들은 나를 포위하고 있었다.

2

어떤 여정을 거쳐 내가 내 인생 최초의 파멸에 이르렀는지(그리고 그 파멸이 썩 호의적이지 못한 주선을 하여 루치에에게 이르렀는지) 가벼운 어조로도 어렵지 않게 그 이야기를 할 수 있을 것이다. 아니 재미있게까지도 말할 수 있을 것이다. 모든 것은, 내가 바보 같은 농담이나 즐기는 치명적 성향을 지녔고, 마르케타는 농담을 절대 이해 못하는 치명적 성격을 지녔기 때문이었다. 마르케타는 모든 것을 심각하게 받아들이는 여자였고(그런 면에서 그 시대의 정신과 놀랍도록 일치했다.) 무엇이든 잘 믿어 버리는 능력을 갓난아기 때 벌써 최고의 장점으로 요정에게서 선사받은 그런 여자들 가운데 하나였다. 나는 그녀가 너무 단순한 여자였던 것 같다는 식으로 미화해서 완곡하게 말하고 싶지 않다. 그녀에겐 그만하면 웬만큼 재능도 있었고 총명한 데도 있었으며, (열아홉 살이었으니) 너무도 젊고 또 너무도 예뻐서 그렇게 순진하게 뭘 잘 믿는 성격은 결점이라기보다는 매력에 속했다. 학교에서는 우리 모두가 그녀를 좋아했고 그녀를 차지해 보려고 모두들 어느 정도는 시도해 본 적이 있었다. 그렇다고 우리가(적어도 몇 명은) 아주 살짝 그리고 부드럽게이긴 해도 그녀에게 장난을 치지 않았던 것은 아니다.

확실히 유머와 마르케타는 잘 어울리지 않았고, 시대정신과는 더 그랬다. 그때는 '1948년 2월' 이후 첫 해였다. 새로운 삶, 완전히 새로운 삶이 시작되었고, 내 기억 속에 박힌 그 새로운 삶의 모습은 경직되고 심각했는데, 그 심각함에는 조금도 어두운 데가 없고 오히려 미소 띤 모습을 보여 주었다. 그렇다, 그 시절은 그 어떤 때보다도 기쁨이 넘치는 때라고 스스로 선언해 댔고, 기뻐서 어쩔 줄 몰라 하지 않는 사람은 누구든 즉시 노동 계급의 승리를 애통해하는 자라거나 개인주의자로서 자신의 내밀한 슬픔 속에 빠져 버리는 자(이런 과오가 덜 심각한 것은 아니다.)라는 의심을 받았다.

그 시절 내겐 내밀한 슬픔 같은 것이 많지 않아 오히려 장난기가 상당했지만, 그래도 그 시대의 즐거움에 비추어서는 제대로 성공을 거두었다고 할 수는 없었다. 내 농담들에는 진지함이 너무 결여되어 있었는데 당시의 기쁨은 해학이나 아이러니를 용인하지 않았던 것이다. 그 기쁨은, 다시 말하지만 '승리에 찬 계급의 역사적 낙관주의'라고 자랑스럽게 지칭되는 기쁨, 금욕적이고 장엄한 기쁨, 한마디로 환희 그 자체였기 때문이다.

그 시절 학교에서 우리는 여러 학습 모임들로 조직되어 빈번한 모임을 가지고 모든 조직원들에 대하여 공개적 비판과 자아비판을 행했고, 그것을 토대로 구성원 각각에 대해 평가 기록이 작성되었다는 것을 나는 기억한다. 모든 공산주의자들이 그랬듯이 나도 여러 역할을 수행했고(나는 학생 연맹에서 중요한 지위를 차지하고 있었다.) 학업도 잘해 나가는 편이었으며, 그러한 평가 기록이 내게 무슨 큰 문제를 일으킬 수는 없는 일이었다. 그러나 내 활동을 평가하는 찬사들—나의 성실성, 국가와 노동에 대한 긍정적인 태도, 마르크스주의에 대한 지식—다음에는 으레 나의 개성이 '개인주의의 잔재'를 증명함을 지적하는 문장 하나가 늘 덧붙었다. 그런 단서는 반드시 근심스러운 것은 아니었는데, 왜냐하면 어떤 사람에게는 '혁명이론에 대한 관심이 빈약함'을 또 어떤 이에게는 '타인에 대해 냉담함', 또 다른 이에게는 '주의와 조심성 부족', 또 다른 어떤 이에게는 '여자들에 대한 좋지 못한 행동' 등, 이런 식의 비판적 언급 한 가지쯤을 가장 훌륭한 개인 기록에라도 끼워 넣는 것이 상례였기 때문이다. 물론 이런 종류의 단서가 더 이상 유일한 것이 아니게 될 때, 또 다른 단서가 따라와 앞의 단서에 더 강한 양념을 친다거나 또는 어떤 갈등에 휘말리게 될 때, 아니면 의심이나 비방의 표적이 되는 경우, 그때부터는 그 '개인주의의 잔재들'이나 '여자들에 대한 좋지 못한 행동'이 재앙의 씨앗이 될 수 있었다. 그리고 그러한 씨앗은, 마치 어떤 이상한 운명처럼, 우리 모두, 그렇다, 우리 모두의 신상 기록 카드를 하나하나 모두 주시하고 있었다.

때로 (진짜 걱정이 되어서라기보다 장난삼아) 나는 개인주의라는 비난에 반기를 들고 학습 모임 동료들에게 증거를 요구해 보기도 했다. 특별히 구체적인 어떤 것은 없고, 다만 '너는 그렇게 행동하니까.'라는 것이었다. "내가 어떻게 행동하는데?" "언제나 묘하게 웃잖아." "그래서? 난 즐거운을 표현하는 거야!" "아니야, 너는 혼자서만 마음에 담아 둔 무언가를 생각하고 있는 것처럼 웃어."

내 행동과 미소가 지식인(당시 또 하나의 유명한 경멸어) 냄새를 풍긴다고 동료들이 판단을 내렸을 때, 나는 다른 사람들이 모두 오류를 범하고 있고 혁명 자체가, 시대정신이 틀릴 수도 있으며, 나 하나가 옳을 수도 있다는 것을 상상할 수 없었으므로(감히 그렇게 생각할 수는 없었다.) 결국 그들 말을 믿게 되었다. 나는 미소 지을 때 조금 조심하기 시작했고, 뒤이어 곧 내 안에서 (시대정신에 맞추어) 내가 되어야만 하고 되고 싶어 하는 나의 모습과 있는 그대로의 나 자신 사이에 미세한 균열이 벌어지고 있음을 발견하게 되었다.

그렇다면 그 시절에 나는 정말 누구였을까? 이 질문에 대해 나는 아주 정직하게 답하고 싶다. 나는 여러 얼굴을 가진 사람이었다.

그리고 그 수는 점점 증가해 갔다. 방학이 시작되기 거의 한 달 전쯤 나는 마르케타에게 접근하기 시작했는데(그녀는 1학년, 나는 2학년이었다.) 모든 시대의 스무 살짜리 남자들과 똑같이 바보 같은 방식으로 그녀를 제압하고자 최선을 다했다. 가면을 쓰기도 했고(정신적으로, 그리고 경험들을 동원하여) 더 나이가 든 척해 보기도 하고, 모든 것들과 거리를 두는 척, 높은 곳에서 세상을 내려다보는 척했으며, 내 살갗 아래에는 눈에 보이지도 않고 방탄도 되는 두 번째 살갗이 있는 듯 굴었다. 농담이 그런 거리를 분명하게 표현해 주는 것 같았다.(옳은 생각이기도 하다.) 그런데 내가 평소에도 농담하기를 좋아하긴 했지만, 마르케타하고는 특별히 아주 열심히, 인위적으로 꾸며서 농담을 하게 되곤 했다.

그러나 실제로 나는 누구였던가? 다시 한번 이렇게 말할 수밖에 없다. 나는 여러 얼굴을 가진 사람이었다.

여러 모임에서 나는 진지하고 열성적이며 확신에 찬 사람이었고, 친구들과 같이 있을 때는 제멋대로에다 짓궂었으며, 마르케타하고는 온갖 노력을 다하여 냉소적이고 궤변적이었다. 그리고 혼자일 때면,(마르케타를 생각할 때면) 나는 겸허했고 중학생처럼 마음이 설레었다.

이 마지막 얼굴이 진짜였을까?

아니다. 모든 것이 진짜였다. 위선자들처럼 내게 진짜 얼굴 하나와 가짜 얼굴 하나가 있었던 것이 아니다. 나는 젊었고, 내가 누구인지 누가 되고 싶은지 자신도 몰랐기 때문에 여러 얼굴을 가지고 있었다.(그렇다고 해서 이 모든 얼굴들 사이에 존재하는 부조화가 내게 두려움을 주지 않았던 것은 아니다. 나는 그중 어느 것에도 꼭 들어맞질 않았고, 그저 그 얼굴들 뒤를 맹목적으로 이리저리 헤매 다니고 있었다.)

사랑이라고 하는 것의 심리적, 생리적 구조란 너무도 복잡해서 삶의 어느 시기에 젊은이는 그것을 통제하는 데에만 거의 온 신경을 집중해야 하는 때가 있고, 그래서 그런 젊은이에게 사랑의 대상 자체, 즉 사랑하는 여인은 증발해 버리고 만다.(어린 바이올린 연주자가 자신이 연주하는 동안 손을 움직이는 기법 같은 것은 더 이상 생각하지 않아도 될 만큼 그 기법을 숙달하기에 이르지 않는 한 작품 내용에 집중할 수 없는 것과 마찬가지로.) 마르케타를 생각할 때 내가 중학생처럼 마음이 설레었다고 했는데, 그 감정은 사랑에 빠진 상태에서 유래했다기보다 내가 서투르고 자신감이 없었으며, 그것이 내 마음을 무겁게 내리눌러 마르케타 자체보다도 훨씬 더 내 감각과 생각 들을 온통 지배했기 때문이다.

이러한 거북함과 서투름에 맞서기 위하여 나는 마르케타에게 오만한 태도를 취했다. 그녀의 말을 반박하기 위해, 아니 아예 그녀의 모든 의견들을 비웃기 위해 전력을 다했는데, 그건 어려운 일이 아니었던 것이, 그녀는 재능이 있긴 했으나 (그리고 그녀의 아름다움, 자기 곁으로 접근할 수 없다고 암시하는 듯한—모든 아름다움이 그렇듯이—그 아름다움에도 불구하고) 뭐든 순진하게 잘 믿어 버리는 여자였기 때문이다. 그녀는 어떤 것의 저 너머를 보는 것이 불가능했고 오직 그 사물 자체만을 볼 뿐이었다. 식물학은 기막히게 잘 알아들었지만 학교 친구들이 하는 우스운 이야기들은 무슨 말인지 모르는 일이 드물지 않았다. 그녀는 그 시대의 모든 뜨거운 열정에 몸을 던져 뛰어들었으면서도, '목적이 수단을 정당화한다'는 주의에 속하는 어떤 일이 정치적으로 실행된 것을 목도할 때 그녀의 지능은 친구들의 우스운 이야기 앞에서처럼 곧 작동을 멈추곤 했다. 아닌 게 아니라 바로 그래서 동지들은 혁명 운동의 전략과 전술을 익힘으로써 그녀의 그 열정을 강화할 필요가 있다고 판단하였고, 그래서 방학 기간 중 두 주일 동안 당 교육 연수에 그녀를 참여시키기로 결정했다.

내게는 전혀 잘된 결정이 아니었는데, 왜냐하면 바로 그 두 주일 동안 나는 마르케타와 단둘이 프라하에서 지내면서 우리 관계(그때까지 우리 관계란 것은 그저 산책이나 이야기, 입맞춤 몇 번만이 전부였다.)를 좀 더 진전시켜 볼 계획을 세워 놓았기 때문이다. 그 두 주일을 제외하면 내게는 선택의 여지가 없었는데(한 달은 농촌 봉사대에 할애해야 했고, 방학 마지막 두 주일은 모라비아에 가서 어머니와 보내야 했기 때문에) 마르케타는 나의 그런 비탄을 공유하지도 않았고, 연수에 대해 전혀 짜증을 내지도 않았으며, 게다가 뻔뻔스럽게도 벌써부터 그 연수가 기대되고 신난다고 말해서 나는 질투심으로 거의 죽을 지경이었다.

연수 장소(보헤미아 중심부의 한 이름 없는 성에서 진행되었다.)에서 그녀는 바로 그녀를 그대로 보여 주는 편지 한 통을 내게 보내왔다. 자신이 체험하는 모든 것에 대한 진정한 동의로 넘쳐 나는 편지였다. 십오 분간의 아침 체조에서부터 보고, 토론회, 노래 등을 포함하여 모든 것이 그녀를 황홀하게 한다는 것이었다. 그녀는 '건전한 정신'이 그곳을 지배한다고 했고, 서양에서 혁명은 이제 시간을 끌지 않을 것이라고 덧붙였다.

잘 생각해 보면 나도 실은 마르케타가 주장했던 것 하나하나마다 모두 같은 의견이었고, 그녀와 마찬가지로 나 또한 서 유럽의 혁명을 믿었다. 내가 동의하지 않은 것은 단 하나, 나는 그녀를 애타게 그리워하는데 그녀는 만족스럽고 행복해한다는 것, 바로 그것이었다. 그래서 나는 엽서를 한 장 사서 (그녀의 마음을 상하게 하고, 충격을 주고, 혼란에 빠지게 하려고) 이렇게 썼다. 낙관주의는 인류의 아편이다! 건전한 정신은 어리석음의 악취를 풍긴다. 트로츠키 만세! 루드비크.

3

도발적인 내 엽서에 대해 마르케타는 무미건조하고도 아주 짤막한 내용의 답장을 엽서로 보내왔고, 그 후 내가 방학 내내 보낸 편지들에 대해서는 전혀 반응을 보이지 않았다. 나는 어느 산간 지방에서 학생 봉사단과 더불어 건초를 만들고 지내면서 마르케타의 침묵 때문에 무거운 슬픔에 짓눌려 있었다. 그곳에서 나는 거의 매일 그녀에게 내 사랑을 호소하고 서글픈 열정을 토로하는 편지들을 써 보냈다. 방학의 마지막 두 주일 동안만이라도 만나 달라고 간청을 하기도 했다. 모라비아 집에 가지 않을 수도 있으며 혼자 계신 어머니를 뵈러 가는 일을 포기할 수도 있고, 마르케타와 함께 있기 위해서는 어디라도 가겠노라고 했다. 이 모든 것이 내가 그녀를 사랑했기 때문만은 아니었다. 오히려 근본적인 이유는 그녀가 나의 지평 안에 있는 유일한 여자였다는 것, 여자 친구 없이 혼자 지내는 내 상황이 견딜 수 없었다는 데 있다. 하지만 마르케타는 내 편지들에 답장하지 않았다.

무슨 일이 일어난 것인지 나는 알 수가 없었다. 8월에 나는 프라하에 돌아갔고 그녀 집에서 마침내 그녀를 찾아냈다. 우리는 예전처럼 블타바강 강가와 '황제의 초원'(미루나무들과 텅 빈 놀이터들이 군데군데 있는 우중충한 초원)이라 불리는 섬을 거닐었고, 마르케타는 우리들 사이에 변한 것은 아무것도 없다고 말했다. 실제로 그녀는 예전과 같이 행동했지만, 그러나 바로 그것, 그 화석화된 채 변하지 않는 것(화석화된 입맞춤, 화석화된 대화, 화석화된 미소)이 바로 기운 빠지게 하는 것이었다. 내가 마르케타에게 내일 만나자고 하자 그녀는 전화를 하라고 하면서 그때 가서 보자고 했다.

그래서 나는 전화를 했다. 전화기에선 그녀가 아닌 낯선 여자 목소리가 마르케타는 프라하를 떠났다고 알려 주었다.

오직 스무 살 청년이 여자 없을 때 불행할 수 있는 딱 그만큼 나는 불행했다. 그 청년은 아직도 꽤 수줍음을 탔고, 육체적 사랑을 단지 몇 번 급하고 불완전하게밖에 경험해 보지 못했으며, 그러나 그 생각에 끊임없이 시달렸다. 하루하루가 견딜 수 없이 길고 공허하기만 했다. 나는 책을 읽을 수도 없었고 공부를 할 수도 없었다. 오로지 시간을 보내기 위해, 내 저 깊은 곳의 존재가 계속해서 내지르는 부엉이 울음 소리를 덮어 버리기 위해, 하루에 세 번, 아침저녁 할 것 없이 연이어 모든 상영 시간대에 영화관에 갔다. 나, (내가 공들여 연마해 놓은 내 오만한 태도 덕분에) 마르케타에게는 여자들을 너무 많이 겪어서 이제 흥미를 거의 모두 잃어버린 사람 같은 인상을 주던 나, 그런 나는 거리의 젊은 아가씨들, 그 눈부신 다리들로 내 영혼을 아프게 만들던 그 아가씨들에게 감히 말 한 마디를 건넬 엄두도 내지 못했다.

그래서 9월이 오고 그와 더불어 마침내 개학이 되었을 때 나는 아주 기쁜 마음이었고, 개학 이삼일 전에 학생 연맹에서 내가 맡은 일들을 다시 시작했다. 거기에는 나 혼자 쓰는 책상이 있었고 여러 가지 할 일이 쌓여 있었다. 다음 날 바로 당 사무국으로 오라는 전화가 왔다. 바로 그 순간부터, 모든 것, 가장 소소한 것들에 이르기까지, 모든 것이 내 기억 속에 각인되어 있다. 그날은 햇빛으로 가득한 날이었고, 나는 학생 연맹 건물을 나섰고, 방학 내내 나를 침울하게 했던 서글픔이 서서히 나로부터 멀어져 가는 것을 느꼈다. 사무국으로 향해 가면서 기분 좋은 호기심을 느끼기도 했다. 벨을 누르자, 얼굴이 좁다랗고 머리 빛깔이 엷고 눈동자는 북극의 푸른빛을 띤 키가 큰 젊은이, 즉 위원장이 문을 열어 주었다. 나는 당시 공산주의자들이 인사하던 식으로 "노동에 영광."이라고 말했다. 그는 내 인사에 답하지 않고 "맨 끝으로 가 봐, 거기서 널 기다리고들 있어."라고 말했다. 맨 끝, 사무국의 제일 끝 방에서 당 학생위원회 위원들이 나를 기다리고 있었다. 그들은 내게 앉으라고 했다. 나는 앉았고, 뭔가 심상치 않은 일이 있다는 것을 깨달았다. 그 세 동지, 내가 잘 아는 이들이었고 늘 유쾌하게 이야기를 나누곤 했던 그들이 가까이 범접하기 어려운 표정들을 짓고 있었다. 분명히 그들은 (동지들 사이의 관례대로) 내게 반말을 하고는 있었지만, 그러나 그것은 더 이상 친근한 반말이 아니라 돌연 사무적이고 위협적인 것이 되어 있었다.(솔직히 말해서 그때부터 나는 반말에 대해 혐오감을 느낀다. 본래 반말이란 신뢰를 담은 친밀감을 드러내 주게끔 되어 있지만, 말을 놓는 사람들이 친밀하지 못한 경우에는 돌연히 정반대 의미를 띠고 무례한 표현이 되어 버리며, 그래서 반말이 통용되는 사회는 모두가 서로 친한 사회가 아니라 타인에 대한 존중이 그 어디에도 존재하지 않는 사회인 것이다.)

그렇게 나는 반말을 하는 세 학생 앞에 앉아 있었다. 그들은 첫 질문으로 마르케타를 아느냐고 물었다. 나는 안다고 대답했다. 그들은 내가 그녀와 서신을 주고받은 적이 있느냐고 물었다. 나는 그렇다고 답했다. 그들은 내가 그녀에게 무슨 말을 썼는지 기억하느냐고 물었다. 기억이 잘 나지 않는다고 말하는데 불현듯 그 도발적인 내용의 우편 엽서가 눈앞에 가득 떠오르면서 비로소 상황이 짐작되기 시작했다. 기억할 수가 없다고? 그들은 물었다. 응. 나는 답했다. 그러면 마르케타, 그녀는 네게 뭐라고 썼지? 나는 어깨를 으쓱했다. 그녀의 편지들은 여기에서 늘어놓을 수 없는 내밀한 이야기였다는 인상을 주기 위해서. 연수에 관해서 그녀가 네게 아무 말도 하지 않았단 말이야? 그들이 물었다. 아니, 말했지. 내가 답했다. 그래 무슨 이야기를? 거기서 즐겁다더군. 그리고 또? 발표들도 재미있고 좋은 집단이라고 그랬지. 건전한 정신이 그 연수를 활성화한다는 말을 그녀가 네게 한 적이 있나? 그래, 그 비슷한 말을 했을 거야. 나는 그렇게 말했다. 그다음 그들이 이렇게 물었다. 그녀는 낙관주의의 힘을 배우고 있다고 네게 그랬지? 응. 내가 말했다. 그럼 너는 낙관주의에 대해 어떻게 생각하지? 그들이 그렇게 물어 왔다. 낙관주의? 어떻게 생각하느냐고? 내가 다시 물었다. 개인적으로, 너는 자신을 낙관주의자라고 생각하나? 그들이 내게 물었다. 그런 것 같아. 나는 머뭇거리며 답했다. 농담도 잘하고 쾌활한 편이지. 이 심문의 분위기를 좀 가볍게 해 보려고 나는 이렇게 덧붙였다. 그들 중 하나가, 허무주의자도 쾌활할 수 있다, 고통 받는 사람들을 보고 비웃을 수도 있다고 말했다. 이어서 냉소주의자도 쾌활할 수 있다고도 했다. 낙관주의 없이 사회주의 건설이 가능하다고 생각하나? 다른 사람이 이렇게 물어 왔다. 아니. 내가 말했다. 그러니까 너는 사회주의 건설에 찬동하지 않는단 말이군. 세 번째 또 다른 사람이 선언했다. 뭐라고? 나는 항변했다. 네게는 낙관주의란 인류의 아편이니까 말이야! 그들이 소리쳤다. 뭐, 인류의 아편? 나는 계속 항변했다. 빠져나갈 궁리 마. 네가 이렇게 썼잖아! 마르크스는 종교를 인류의 아편이라 했는데, 네 눈에는 아편이 바로 우리의 낙관주의란 말이지! 네가 마르케타에게 그렇게 썼잖아. 그러자 다른 이가 바로 말을 받았다. 우리의 노동자들과 계획을 초과 달성한 돌격대 근로자들이 자신들의 낙관주의가 바로 아편이었다는 것을 알게 된다면 뭐라 할까 궁금하군. 그리고 세 번째가 덧붙였다. 트로츠키주의자에게는 건설적 낙관주의는 그저 아무것도 아닌 아편에 불과할 뿐일 테지. 그리고 너는 트로츠키주의자고 말이야!

세상에, 누가 그래? 나는 항의했다. 너 자신이 분명히 그렇게 썼잖아, 그래 안 그래? 그 비슷한 걸 썼을 수도 있어, 장난으로 말이야. 하지만 벌써 두 달이나 된 일이고 뭐라 했는지 기억도 나질 않아. 기억을 우리가 되살려 줄 수 있지. 그들은 그렇게 말했고 내게 내 우편 엽서를 읽어 주었다 낙관주의는 인류의 아편이다! 건전한 정신은 어리석음의 악취를 풍긴다! 트로츠키 만세! 루드비크. 정치 사무국의 그 조그만 방에서 발설되자 이 문장들은 너무도 기막히게 울려서 당장 두려움이 엄습해 왔고, 내가 저항할 수 없을 어떤 파괴적 힘이 느껴졌다. 동지들, 그건 다만 장난을 치려고 했던 것뿐이야. 나는 그렇게 말했다. 그리고 아무도 나를 믿지 않음을 느꼈다. 너희들은 이게 우스워? 하나가 나머지 둘에게 말했다. 그들은 고개를 저었다. 너희가 마르케타를 알아야만 해! 나는 말했다. 우리도 그녀를 알아. 그들이 답했다. 그래, 그럼 알 거 아냐. 나는 말했다. 마르케타는 뭐든지 심각하게 받아들인다는 것, 우리가 언제나 그녀를 속여 넘기고 골탕 먹이고 그런 것 말이야. 흥미롭군. 동지 중 하나가 말했다. 그다음 네 편지들을 보면 네가 마르케타를 그렇게 진지하게 대하지 않았던 것 같아 보이지는 않는데. 뭐라고, 내가 마르케타에게 보낸 편지들을 다 읽었단 말이야? 그러니까 마르케타가 모든 걸 심각하게 받아들인다는 명목으로 너는 그녀를 놀려 주었다는 거군. 다른 이가 끼어들었다. 그러면 말 좀 해 봐, 그녀가 뭘 그렇게 심각하게 받아들인다는 거지? 예를 들면 당, 낙관주의, 규율, 그런 것 아닌가? 그리고 이 모든 것, 그녀가 심각하게 받아들이는 것, 그것을 넌 그저 우습게 여긴다는 말이고. 동지들, 나를 이해해 줘, 어떻게 그런 말을 썼는지조차 기억이 나질 않아, 순간적으로 그랬던 거야, 장난치려고, 난 내가 끄적이고 있는 것이 무슨 말인지 생각도 하지 않았어, 만약 내가 나쁜 생각을 하고 있었다면 그걸 당 연수회에 부치지도 않았을 거야! 네가 어떻게 이것을 썼는지, 그건 중요하지 않아. 네가 이것을 빨리 썼든 천천히 썼든, 무릎 위에 놓고 썼든 탁자 위에서 썼든지 간에, 넌 네 속에 있는 것만을 쓸 수 있었을 뿐이야. 그뿐이야. 네가 좀 더 생각을 했더라면 그런 말을 쓰지 않았을 수도 있겠지. 어쨌든 넌 가면을 쓰지 않은 채 그 말을 쓴 거야. 그렇게 해서 적어도 우리는 네가 누구인지를 알게 된 거지. 우리는 네게 여러 얼굴이 있다는 것을 알아. 하나는 당을 위한 얼굴, 또 하나는 다른 것들을 위한 얼굴, 그런 식이지. 나는 아무리 아니라고 해 봐야 이제 아무런 효과가 없다는 느낌이 들었다. 그래도 나는 똑같은 소리를 여러 차례 늘어놓았다. 농담이었다, 아무 의미 없는 말일 뿐이었고 그저 당시 내 기분 때문에 그랬던 것이다, 등등. 그들은 아무 말도 들으려 하지 않았다. 그들은 내가 봉해지지도 않은 엽서에 그 말을 썼다, 아무나 그것을 읽었을 수 있다, 그 말들에는 객관적인 영향력이 있다, 내 기분과 관련하여 그 어떤 부연 설명도 찾아볼 수 없다고 말했다. 그런 다음 그들은 트로츠키에 대해 읽은 것을 전부 대라고 했다. 나는 전혀 없다고 답했다. 그들은 누가 내게 그 책들을 빌려줬느냐고 물었다. 아무도 빌려준 적 없다고 나는 말했다. 그들은 내가 어떤 트로츠키주의자들을 만났느냐고 물었다. 나는 아무도 만난 적 없다고 답했다. 그들은 내게 학생 연맹에서의 내 직책들을 지금 당장 모두 박탈한다고 선언하고, 내 사무실 열쇠를 반환하라고 요구했다. 나는 주머니 속에서 열쇠를 꺼내 내주었다. 그러고 나서 그들은 내가 소속된 자연과학대학의 하부 조직인 당 지부에서 내 사건을 처리할 것이라고 말했다. 그들은 나를 쳐다보지도 않은 채 자리에서 일어났다. 나는 "노동에 영광."이라 말하고 그곳을 나왔다.

조금 후, 학생 연맹의 내 방에 내 개인 물품들이 많이 있다는 생각이 떠올랐다. 나는 언제고 뭘 잘 정리해 놓는 사람이 아니었다. 그래서 내 책상 서랍에는 여러 개인적인 서류들 외에 양말도 들어 있고, 서류로 가득한 장 속에는 집에서 어머니가 보내 주신 먹다 만 브리오슈도 있었다. 조금 전에 분명 당 사무국에 열쇠를 반환하긴 했으나 일 층 수위실에는 또 하나의 열쇠가 나무판 위에 다른 열쇠들과 함께 걸려 있었다. 나는 그 열쇠를 집었다. 나는 아주 작은 것들까지 전부 세세히 기억한다. 그 열쇠는 흰색으로 내 방 번호가 적힌 아주 작은 나무판에 질긴 삼줄로 연결되어 있었다. 그러니까 나는 이 열쇠로 방에 들어가서 내 작업대에 앉았다. 서랍을 열고 내 것을 모두 꺼낼 참이었다. 비교적 고요한 그 짧은 순간에, 대체 내게 일어난 일이 정확히 무엇인지, 내가 무엇을 해야 할지 잘 생각해 보려고 애쓰고 있었으므로, 나는 서두르지도 않았고 생각은 다른 데 가 있었다.

그러나 얼마 지나지 않아 방문이 열렸다. 사무국에서의 세 동지가 거기에 서 있었다. 이번에는 그들의 얼굴이 차갑지도 굳어 있지도 않았다. 다만 이제 그들은 노하고 격한 목소리로 말했다. 특히 키가 제일 작은 위원회의 간부 대표가. 그는 내게 어떻게 들어왔느냐고 사납게 물었다. 무슨 권리로 들어왔느냐고. 보안대원에게 끌려 나가게 만들어야겠냐. 이 사무실에서 뒤져내야 하는 것이 무엇이냐. 나는 단지 내 브리오슈와 양말을 가지러 왔을 뿐이라고 말했다. 그는 장 하나 가득 양말을 넣어 놓았다 하더라도 내가 여기에 들어올 권리는 전혀 없다고 말했다. 그러고 나서 그는 서랍으로 다가가 서류와 공책 들을 하나하나 다 들춰 보았다. 정말로 나의 개인 물품들밖에는 없자 그는 결국 그것들을 자신이 보는 앞에서 가방에 넣도록 허락해 주었다. 나는 구겨지고 더러운 양말들을 가방에 처넣고 여기저기 부스러기가 묻은 기름 종이 위에 놓여 장 속에 들어 있던 브리오슈도 집어넣었다. 그들은 내 행동 하나하나를 지켜보았다. 나는 가방을 들고 방을 나왔고, 그 간부 대표는 여기에 다시 나타나지 말라는 말로 작별 인사를 대신했다.

그 세 동지들과 막무가내인 심문의 논리를 벗어나자 나는 내게 아무 잘못도 없으며 내가 썼던 그 문구들이 어쨌든 그렇게 끔찍한 내용을 담은 것은 전혀 아니라는 생각이 들었고, 그러니 마르케타도 잘 알고, 이 기괴한 일의 전말을 이해할 수 있을 누군가를 찾아야만 한다는 생각도 들었다. 나는 우리 대학의 공산당원인 한 학생을 찾아가 보아야겠다고 생각했다. 그에게 가서 모든 것을 이야기했더니 그는, 사무국에서는 너무들 맹렬 당원처럼 군다, 농담도 전혀 알아듣지를 못한다, 하지만 마르케타가 어떤지 잘 아는 자신은 일이 어떻게 돌아간 것인지 너무도 잘 알겠다고 말했다. 요컨대 그에 따르면, 제마네크를 찾아가 봐야 하리라는 것이었다. 그가 올해 우리 대학의 당 위원장이 될 것이며, 무엇보다 마르케타도 나도 잘 아는 사람이 아니냐고 했다.

4

제마네크가 조직의 차기 위원장이라는 사실은 내게 더할 나위 없이 좋은 소식 같아 보였다. 나는 실제로 그를 잘 알았고 또한 내가 모라비아 출신이라는 점 하나만으로도 우선 그가 내게 호감을 가지고 있다는 확신까지 있었기 때문이다. 제마네크는 정말로 모라비아 노래 부르기를 아주 좋아했다. 그 시절에는 머리 위로 팔을 들어 올리고 약간 시골풍으로 민요를 부르는 것이 대유행이었다. 춤판이 벌어지는 동안 침발롬 아래에서 태어난 진짜 민중의 아들 같은 표정을 하고서 말이다.

사실 자연과학대학에서 진짜 모라비아 사람은 나 하나였으며, 그것이 여러 가지 특권을 가져다 주었다. 회합이나 축제, 노동절 등 특별한 행사가 있을 때마다 동지들은 내가 클라리넷을 뽑아 들고 학생들 가운데 뽑힌 두세 아마추어들과 함께 정통 모라비아 음악을 흉내 내 보도록 청하곤 했다. 그렇게 해서 (클라리넷, 바이올린, 콘트라베이스가 어울려) 연이어 지난 이 년간 우리는 노동절 행진에 참여했고, 제마네크, 사람들 앞에 나서기를 즐기는 잘생긴 그 아이도 우리와 합류했다. 그는 민속 의상을 빌려 입고 행진하면서 춤을 추었고, 두 팔을 높이 들고 노래를 했다. 모라비아에 한 번도 가 본 적이 없는 이 프라하 토박이가 신이 나서 우리 지방의 멋쟁이 노릇을 했고, 나는 아득히 먼 시절 민속 예술의 천국이었던 내 작은 고향의 음악이 그토록 사랑받는 것에 흐뭇함을 느끼며 그를 우정 어린 시선으로 바라보곤 했다.

제마네크는 또한 마르케타도 잘 알았으며, 그것이 바로 두 번째 이점이었다. 여러 학생 활동 때문에 우리 셋이 모두 참여하는 기회가 자주 있었다. 한 번은(많은 학생이 모인 때였다.) 내가, 체코 산속에 난쟁이 부족들이 살고 있다고 하면서, 이 놀라운 문제를 다룬 어떤 과학 서적에 이런 내용이 나온다고 인용까지 해 가며 이야기를 꾸며 낸 적이 있었다. 마르케타는 어떻게 그런 이야기를 한 번도 들어 본 적이 없는지 이상하다며 놀라워했다. 나는, 전혀 놀랄 것이 없다, 물론 부르주아 학문이 이 난쟁이들의 존재에 대해서 의도적으로 입을 다물고 있다, 그것은 자본주의자들이 그들을 노예처럼 사고팔아 왔기 때문이다 하고 말해 주었다.

세상에, 그런 이야기는 글로 써야만 해! 마르케타가 외쳤다. 자본주의자들에 대한 반대 논거가 될 거 아냐!

그렇게 하지 않는 건—나는 생각에 잠긴 듯 말했다.—이 문제는 뭐랄까 좀 곤란하고 외설적이기 때문이지. 난쟁이들은 아주 대단한 성행위 능력이 있는데, 그래서 그들을 찾는 데가 많거든. 그리고 우리 공화국이 외화를 두둑이 받고 비밀리에 그들을 수출한단 말이야. 특히 프랑스로. 프랑스에는 좀 나이가 든 자본주의자 부인네들이 난쟁이들을 하인으로 고용하는데, 물론 실은 완전히 다른 데 사용하기 위해서지.

친구들은 웃음을 억지로 참고 있었는데, 내가 공들여 지어낸 그 이야기가 대단히 우스워서라기보다 오히려 언제나 무언가에 대해서 (또는 반대해서) 열을 올릴 태세가 되어 있는 마르케타의 그 집중한 얼굴 표정 때문이었다. 그들은 마르케타가 무언가 배우는 기쁨을 망쳐 버릴까 봐 입술을 깨물고 웃음을 참았으며, 몇은 서로 앞다투어(그중에서도 특히 바로 제마네크가) 난쟁이에 대한 내 이야기가 확실한 사실이라고 거들고 나섰다.

마르케타가 그들이 정확히 어떻게 생겼는지 알고 싶어 하자, 제마네크가 진지하게 체후라 교수 — 영광스럽게도 대학 강단에서 다른 학생들과 함께 그녀가 정기적으로 뵙고 있는 — 가 바로 난쟁이 가계에 속하는데, 양친 모두가 아니면 적어도 부모 중 한쪽은 난쟁이라고 말했던 것을 나는 기억한다. 강사인 훌레 선생이 어느 방학에 체후라 교수 부부와 같은 호텔에 든 적이 있었는데 그 부부가 서로 합해 놓아도 키가 삼 미터가 채 못 되더라고 말해 주었다는 것이다. 교수 부부가 아직 자고 있으리라고는 짐작도 못 하고서 그가 어느 날 아침에 그들 방에 들어섰는데 그만 아연실색하여 그 자리에 멈추어 섰다고 했다. 그들이 같은 침대에 누워 있는데, 둘이 나란히 누운 것이 아니라 체후라는 침대 발치에 웅크리고 부인은 머리 쪽에 누워서 자고 있더라는 것이다.

맞아, 내가 다시 힘주어 말했다. 그렇다면 자연히 체후라만이 아니라 부인도 분명 체코 산악 시내의 난쟁이 혈통이 틀림없어. 서로 아래위로 이어서 잠을 자는 것이 그 지방 모든 난쟁이들의 격세유전 관습이거든. 예전에 그들은 자기네 오두막을 결코 원형이나 사각형 구도로 짓는 법이 없이 언제나 길게 늘린 직사각형으로 지었지. 꼬리에 꼬리를 물고 자는 이 습관은 부부들만 아니라 그 가계 전체에 해당되었거든.

그 암담한 날에, 지난 시절 우리의 그 장난들을 떠올리면서 나는 희망의 불빛이 희미하게나마 비치는 것 같은 느낌이 들었다. 내 사건의 판정을 맡게 될 제마네크는 내 장난 스타일을 알았다. 그는 마르케타도 잘 알았으므로, 내가 그녀에게 보냈던 엽서가 단지 우리 모두가 찬미하는, 그리고 (어쩌면 바로 그래서) 우리가 놀리기를 좋아했던 한 여자 아이를 짓궂게 골탕 먹이려 드는 단순한 장난에 불과하다는 것을 이해할 것이었다. 그래서 그와 이야기할 기회가 오자 바로 내게 일어난 그 불행한 사건의 전말을 그에게 말해 주었다. 제마네크는 주의 깊게 들었고, 이마를 찌푸렸고, 두고 보자고 말했다.

그사이 나는 하루하루를 그럭저럭 보냈다. 전처럼 강의를 들었고, 그리고 기다렸다. 나는 당의 여러 위원회에 빈번히 불려 다녔고, 그들은 내가 어떤 트로츠키주의 집단에 가입한 것은 아닌지 밝혀내려고 했다. 내 쪽에서는, 어쨌든 나는 트로츠키주의가 무엇인지도 잘 모른다고 최선을 다하여 보여 주었다. 나는 조금이라도 신뢰를 찾아낼 수 있기를 갈망하며 동지들의 시선 하나하나에 매달렸다. 때로 그런 기회를 얻으면 나는 그 시선을 가져와 내 속에 오래오래 간직하고, 그로부터 조금씩 한 조각 희망을 키워 낼 수 있었다.

마르케타는 계속 나를 피했다. 그녀의 그런 태도가 내 엽서로 인해 생긴 사건과 관련되었음을 알고서 나는 자존심 때문에, 그리고 원망 때문에, 그녀에게 아무것도 묻고 싶지 않았다. 그런데 어느 날 그녀 자신이 학교 복도에서 나를 멈춰 세우더니 "이야기하고 싶은 게 있어."라고 말을 건네 오는 것이었다.

여러 달 만에 우리가 다시 같이 외출한 것은 그렇게 해서였다. 가을이 와 있었고, 우리는 둘 다, 그 시절(철저하게 멋없던 시대)에 누구나 그랬듯이, 너무 긴 트렌치코트 속에 파묻혀 있었고, 이슬비가 가늘게 내리고 있었고, 강가의 나무들은 잎사귀를 다 떨군 채 검은빛을 띠고 있었다. 마르케타는 이 모든 일이 어떻게 일어나게 되었는지 이야기해 주었다. 방학 중 연수회에 가 있을 때 지도부 동지들이 그녀를 갑자기 소환해서는 우편물을 받고 있느냐고 물었다는 것이다. 그녀는 그렇다고 대답했다고 했다. 그들은 그 우편물이 어디에서 오느냐고 물었다. 그녀는 어머니가 편지를 보내신다고 답했다. 그리고 다른 사람은 아무도 없나? 가끔 학교 친구 하나가 편지해요. 그녀가 말했다. 그가 누군지 우리에게 말해 줄 수 있을까? 그들이 물었다. 그녀는 내 이름을 댔다. 그럼 그가 무슨 말을 하지? 얀 동지가 물었다. 그녀는 사실 내 엽서의 문구들을 말하고 싶지 않았기 때문에 그냥 어깨를 으쓱해 보였다. 동지도 그 친구에게 편지를 썼나? 그들이 물었다. 그랬어요. 그녀가 말했다. 무엇에 대해서? 그들이 집요하게 물어 왔다. 뭐 그냥, 연수 얘기도 하고 그랬어요. 그녀가 말했다. 연수가 마음에 드나? 그들이 그녀에게 질문했다. 네, 아주 좋아요. 그녀가 답했다. 그리고 동지도 그에게 편지를 했나? 네, 그럼요. 그녀가 답했다. 그렇다면 그는, 그 친구는 동지에게 무슨 이야기를 했지? 그 사람요? 마르케타가 머뭇머뭇 다시 물었다. 저기, 그 친구는 좀 묘해요, 동지들이 그 사람을 안다면……. 그 친구, 우리도 알아. 그들은 말했다. 그리고 우리는 그 친구가 동지에게 무슨 말을 썼는지 알고 싶은 거야. 그가 보낸 엽서를 좀 보여 줄 수 있을까?

"나를 원망하지 마." 마르케타가 이어서 말했다. "그들에게 보여 줄 수밖에 없었어."

"변명할 필요 없어. 그들은 네가 그 이야기를 하기 전에 먼저 엽서에 대해서 알고 있었어. 그렇지 않다면 너를 부르지도 않았을 거야." 나는 마르케타에게 말했다.

"변명할 생각 같은 건 하지도 않아. 난 그들이 엽서를 읽어 보도록 내준 데 대해서 조금도 부끄러움이 없어. 잘못 생각하지 마. 넌 당원이고, 당은 네가 어떤 사람이며 어떤 식으로 생각하는지를 알 권리가 있어." 마르케타는 발끈하며 말했다. 그러고 나서 그녀는 내가 써 보낸 내용을 보고 아연실색했다면서, 트로츠키는 아무튼 우리가 쟁취하려 애쓰는 모든 것, 우리 삶의 목표이기도 한 그 모든 것의 최악의 적이 아니냐고 했다.

내가 도대체 마르케타에게 무슨 설명을 할 수 있었겠는가? 그녀에게 나는 그다음에 일어난 일을 더 이야기해 달라고 했다.

마르케타 말은, 그들이 엽서를 읽고 나더니 경악을 금치 못하더라는 것이었다. 그들은 그녀에게 그 엽서에 대해 어떻게 생각하느냐고 물었다. 그녀는 이런 말을 해서는 안 된다고 답했다. 그들은 그녀에게 왜 즉시 그것을 그들에게 보여 주러 오지 않았느냐고 물었다. 그녀는 어깨를 으쓱했다. 그들은 그녀에게 경계의 규율을 모르느냐고 물었다. 그녀는 머리를 숙였다. 그들은 그녀에게 당에는 적이 많다는 것을 모르느냐고 물었다. 그녀가 그들에게 말하길, 안다, 그러나 정말 생각도 못 했다, 얀 동지가 설마……. 그들은 그녀에게 나를 잘 아느냐고 물었다. 그들은 그녀에게 내가 어떤 사람이냐고 물었다. 그녀는 내가 좀 이상하다고 말했다. 확고한 공산주의자인 것 같기는 한데, 공산주의자의 입에서 나온 말이라고 하기에는 결코 용납될 수 없는 말들을 하는 때가 있다고도 말했다. 그들은 예를 들어 어떤 말이냐고 물었다. 그녀는 정확히 기억은 나지 않는데, 다만 나는 아무것도 중요하게 여기지 않는다고 말했다. 그들은 이 엽서가 그것을 명백하게 증명한다고 말했다. 그녀는 그들에게 자신이 나와 여러 가지 문제에 대해 자주 언쟁을 벌였다고 말했다. 그리고 그녀는 그들에게 또한 내가 회합에서 말할 때와 그녀와 말할 때가 아주 달랐다고도 했다. 회합에서 나는 매우 열정적이었는데 그녀와 있을 때는 모든 것에 대해서 농담만 하고 무엇이든 우스꽝스럽게 만들어 버리곤 한다고 했다. 그들은 그녀에게 그런 인물이 당의 구성원일 수 있다고 여기느냐고 물었다. 그녀는 어깨를 으쓱해 보이는 것으로 답을 대신했다. 그들은 그녀에게 당의 구성원들이 낙관주의란 인류의 아편이라고 떠들고 다닌다면 당이 사회주의를 건설하기에 이를 수 있겠느냐고 물었다. 그녀는 그런 당은 사회주의를 건설할 수 없을 것이라고 말했다. 그들은 그녀에게 그것으로 충분하다고 말했다. 그리고 앞으로 내가 무슨 말을 편지에 쓰는지 살펴보려 하므로 당장은 내게 아무 말도 하지 말라고 했다. 그녀는 그들에게 이제 나를 만나고 싶지 않다고 말했다. 그들은 그러면 안 된다고 했다. 도리어 그들은 그녀에게 적어도 당분간만이라도 계속 내게 편지를 써서 아직도 내 속에 더 남아 있는 것이 드러날 수 있게 하라고 권했다.

"그리고 그다음에 내 편지들을 그들에게 건네준 거야?" 내가 얼마나 감상적으로 감정을 토로했던가를 떠올리며 속으로 창피스러움에 휩싸인 채 나는 마르케타에게 물었다.

"내가 어떻게 할 수 있었겠어?" 마르케타가 말했다. "하지만 난 그 모든 일이 있고 난 후에는 정말 더 이상 네게 편지를 쓸 수가 없었어. 난 그저 누구를 함정에 빠뜨리는 걸 재미있어 하며 편지를 주고받지는 않아! 그래서 네게 엽서를 한 번 더 보냈고, 그리고 끝이었어. 나는 네게 아무것도 밝히지 못하도록 되어 있었기 때문에 널 만나지 않으려고 한 거야. 게다가 네가 질문을 해 댈까 봐 걱정이었어. 그러면 거짓말을 해야 했을 텐데, 난 거짓말을 하면 마음이 불편하고 싫거든."

나는 마르케타에게 그렇다면 오늘은 왜 나를 만나고 있는 것이냐고 물었다.

그녀는 제마네크 동지 때문이라고 했다. 개학 다음 날 학교 복도에서 만났는데 그가 그녀를 자연과학대학의 당 조직 사무국이 있는 사무실로 데리고 들어갔다는 것이다. 그는 내가 당에 적대적인 발언을 적은 엽서를 연수회에 보냈다는 보고서를 받았다고 그녀에게 말했다. 그는 문제의 발언이 어떤 것이었느냐고 그녀에게 물었다. 그녀는 내용을 말해 주었다. 그는 거기에 대한 그녀의 의견을 물었다. 그녀는 그것이 옳지 못하다고 그에게 선언했다. 그는 동의했고 혹시 그녀가 나를 계속 만나고 있는지 물어보았다. 당황스러워진 그녀는 우물쭈물 대답을 얼버무렸다. 그는 연수회에서 그녀에 대해 아주 우호적인 보고가 대학에 도착했고, 대학 조직은 그녀의 활약을 기대하고 있다고 말했다. 그녀는 기쁘다고 말했다. 그는 그녀의 사적인 일에 끼어들고 싶은 마음은 없지만, 사람은 서로 비슷한 이들끼리 모이는 법인데, 그녀가 바로 나를 선택한 것은 그녀에게 별로 좋지 못할 것 같다고 말했다.

마르케타의 고백에 의하면, 그 말이 몇 주 전부터 머릿속에서 계속 맴돌았다고 했다. 우리가 만나지 않은 지는 벌써 몇 달째이며 따라서 사실 제마네크는 그런 권고를 할 필요도 없었다. 그런데 바로 그 권고를 듣고 나서 그녀는 다시 생각을 해 보게 되었고, 어떤 친구가 잘못을 저질렀다는 이유 하나만으로 누군가에게 그 친구와 절연하도록 권한다는 것은 잔인한 일이며 도덕적으로 용납될 수 없는 일이 아닌가, 그러니까 그녀가 먼저 나를 떠난 것은 역시 옳지 못한 일이 아니었나, 자문하게 되었다는 것이다. 그녀는 방학 동안 연수회를 지도했던 동지를 찾아가서, 엽서와 관련된 사건에 대해 아직 아무 말도 해서는 안 되는 것인지 물어보았다. 그랬더니 이제 아무것도 숨길 것이 없다는 것을 알게 되었고, 그래서 이야기를 좀 하자고 나를 불러 세웠던 것이다.

그리고 지금 그녀는 무엇이 자신을 괴롭히고 마음을 무겁게 하는지를 털어놓고 있는 것이다. 그렇다, 나를 더 이상 만나지 않겠다고 했던 것은 잘못된 행동이었다. 어쨌든 돌이킬 수 없는 죄인이란 없다. 아무리 심각한 잘못을 범했다 하더라도! 그녀는 「명예의 법정」이라는(당시 당 내부에서 극찬을 받았던 작품) 소련 영화를 기억했다. 한 소련 의학자가 자신이 발견한 것을 동포들보다 외국 대중에게 먼저 내주는 영화로, 코스모폴리타니즘,(이 말 또한 이 시대에 성행했던 경멸어였다.) 그에 더하여 반역의 냄새를 풍기는 것이었다. 마르케타는 감정이 고조되어 특히 그 영화의 결말 부분을 이야기했다. 그 의학자는 결국 동료들로 구성된 명예 배심원단에 의해 유죄 판결을 받는데, 그래도 그를 사랑하는 아내는 굴욕을 겪은 남편에게 결코 등을 돌리지 않고 남편이 그 무거운 잘못을 속죄할 힘을 불어넣어 주기 위하여 온갖 노력을 다 기울인다는 것이었다.

"그래서 나를 버리지 않기로 결심했다는 말이군." 내가 말했다.

"그래." 마르케타는 내 손을 잡으며 말했다.

"그런데 말이야, 마르케타, 내가 한 일이 정말 범죄라고 생각해?"

"응, 그렇다고 생각해." 마르케타가 말했다.

"네 생각에는 내게 당에 남을 권리가 있는 것 같아, 없는 것 같아?"

"남을 수는 없을 거야, 루드비크."

나는 마르케타가 뛰어든 이 게임, 그녀의 온 영혼을 사로잡는 비장함을 지닌 이 게임 속으로 내가 들어가기만 한다면, 몇 달이나 그렇게 정복하려고 헛되이 무진 애를 썼던 모든 것을 가질 수 있으리라는 것을 알았다. 증기가 배를 가동하듯 구원의 열정이 그녀를 부추긴다면 그녀는 어쩌면 이제 내게 자신을 내어 줄 것 같았다. 물론 한 가지 조건, 즉 그녀의 구원의 열정이 충분히 만족되어야 한다는 조건이 있었다. 그리고 그러기 위해서는 구원의 대상(아! 바로 나)이 자신의 깊은, 아주 깊은 죄의식을 시인해야만 하는 것이 중요했다. 그런데 그럴 수는 없었다. 마르케타의 육체를 가지게 되려는 참이었으나 그런 대가를 치르고 그렇게 할 수는 없는 노릇이었다. 도저히 내 잘못을 인정하고 그 참을 수 없는 판결을 받아들일 수가 없었던 것이다. 나와 아주 가까워야 했을 한 사람이 나의 죄와 그 판결을 받아들인다고 말하는 것을 내 귀로 들어야 한다니, 나는 그럴 수는 없었다.

나는 마르케타에게 동의하지 않았고, 도움을 거절했고, 그리고 그녀를 잃었다. 그러나 그렇게 확실히 나는 정말 결백하다고 느꼈던 것일까? 나는 분명 계속해서 이 사건이 전부 말도 안 되는 것이라고 굳게 믿으려 했지만, 그러면서도 동시에 엽서의 그 세 문장을 내 심문자들의 눈으로 보기 시작했다. 이 문장들은 내게 공포의 주제가 되었다. 허풍기 서린 가면을 쓰고 있으나 그 문장들은 어쩌면 정말로 대단히 심각한 어떤 것을 드러내는 것인지도 몰랐다. 내가 결코 당 내부와 일체가 되어 섞인 적이 없다거나, 진정한 프롤레타리아 혁명가였던 적이 한 번도 없었으며, 단지 단순한 결정에 따라 '혁명가들에게 다가간' 것이라는 사실 등을 말이다.(혁명에 참여한다는 것은 우리에게 말하자면 선택의 문제가 아니라 본질의 문제로 느껴졌다. 혁명가다 하면 혁명 운동과 일체가 되는 것이며, 또 하나는 혁명가가 아닌 경우로 다만 혁명가이고자 하는 것이다. 하지만 이런 경우에는 끊임없이 자신이 혁명과 일체가 아니라는 사실에 죄의식을 느낀다.)

지금 그때의 내 상황을 생각해 보면 신도들에게 근원적이고도 영원한 죄인임을 상기시키는 기독교의 저 막강한 힘과 비슷한 데가 있다는 생각이 떠오른다. 바로 그런 식으로 나는 (우리 모두가 그랬다.) 혁명과 당 앞에서 계속 고개를 숙이고 있었고, 그래서 장난으로 썼다 해서 내 엽서가 죄가 되지 않는 것은 아니라는 생각에 길들게 되었으며, 머릿속에서 자아 비판의 검토가 시작되었다. 나는 생각했다. 그 세 문장은 그저 우연히 내 머리에 떠오른 것이 아니다, 이미 예전에 동지들은 내게 '개인주의의 잔재'를 비난하곤 했다.(그들이 옳았는지도 모른다.) 내 지식, 대학생이라는 신분, 지식인으로서의 내 미래에 자만하여 내가 너무 오만해졌다는 생각, 전쟁 중에 수용소에서 돌아가신, 노동자였던 내 아버지도 나의 냉소적인 면을 이해하지 못하셨을 것이라는 생각이 들기도 했다. 나는 아버지의 노동자 정신이 내게서 고갈되어 버렸다는 데 대해 탄식하며 자책했다. 나는 여러 가지 잘못을 스스로 비난하다가 결국 벌을 받아야 한다고 인정하게 되었다. 그러나 그때까지 그러한 내 노력들은 오로지 단 하나, 당에서 축출되어 당의 '적'이라 낙인 찍히지 않는 것만을 향한 것이었다. 내가 십 대에 이미 선택했던 것, 정말로 중요하게 여기는 그것의 적으로 공인되어 살아간다는 것은 절망적으로 보였다.

이러한 자아 비판, 간절한 탄원이기도 한 그 자아 비판을 나는 머릿속에서 백 번은 전개해 보았고, 여러 위원회 앞에서 최소한 열 번은 되풀이했으며, 마지막으로 우리 대학 전체 회의에서 다시 이야기했다. 여기에서 제마네크는 나와 나의 죄에 대하여 알리는 (효과적인, 빛나는, 잊을 수 없는) 보고를 하고, 조직의 이름으로 당에서 나를 축출하기를 제안하였다. 나의 자아 비판 다음에 열린 토론은 나에게 불리하게 돌아갔다. 아무도 나를 도와주지 않았고, 결국 모두가,(나의 교수님들과 가장 가까운 친구들이 포함된 백여 명) 그랬다, 한 사람도 빠짐없이 전원이 일제히 손을 들어, 당으로부터 나를 축출할 뿐만 아니라 그에 더하여(이 생각은 꿈에도 하지 않았다.) 학업의 지속을 금한다는 데 찬성했다.

회의가 끝난 바로 그날 밤, 나는 기차를 타고 집에 내려갔다. 하지만 집도 내게 아무런 위안도 가져다 주지 못했다. 여러 날이 지나도록 엄마, 내가 공부하는 것을 그렇게 기뻐한 엄마에게 내게 닥친 불행을 털어놓을 용기가 나지 않았기 때문이다. 그런데 바로 다음 날 야로슬라프, 예전의 동급생이자 고등학교 시절에 같이 침발롬이 있는 악단에서 연주했던 그 친구가 찾아왔다. 그는 집에서 나를 다시 보게 되니 정말 기쁘다고 했다. 이틀 후에 결혼을 하는데 내가 증인이 되어 주기를 원했다. 옛 친구를 어떻게 그냥 돌려보내겠는가? 그러니 나는 결혼의 환희로 나의 전락을 경축하는 수밖에 도리가 없었다.

설상가상으로 야로슬라프는 고향을 매우 사랑하고 전통 민속을 고집하는 친구였기 때문에, 전통 민속풍으로 향응을 벌임으로써 자기 결혼식을 민속에 대한 열정을 마음껏 발산하는 기회로 삼았다. 모라비아 전통 의상, 침발롬이 있는 악단, 화려한 글귀들을 엮어 이야기하는 '족장', 신부를 팔로 번쩍 안아 올려 문턱을 넘는 것, 노래 등 한마디로 야로슬라프가 실제 기억보다는 오히려 민속 지침서에 더 의거하여 구성해낸 이 하루 온종일에 걸친 의식 전체가 그랬다. 그런데 이상한 것이 하나 있었다. 내 친구 야로슬라프—최근에 매우 융성한 가무단의 단장을 맡은—는 분명히 최대한 옛 의식들을 모두 따르고 있었으나, 사제도 없고 신의 축복도 없는 전통 민속 혼례는 생각할 수도 없는 것임에도 (자신의 경력을 염려하고 무신론 강령에 따르려 한 듯) 행렬과 함께 교회로 들어가는 의식은 하지 않았다. 그는 또한 '족장'이 결혼식 때 하는 식사(式辭)를 그대로 모두 하게 하지 않고 성서와 관련된 요소들은 면밀하게 모두 삭제해 버리기도 했다. 그것이 바로 옛 혼례 식사의 상징적 토대를 이루는 것이었는데도 말이다. 내 마음의 슬픔으로 나는 이 혼례 축제의 열기 속에 섞이지를 못했고, 그래서 이 조상 전래의 행사라는 맑은 샘물 속에서 얼핏 클로로포름 냄새를 맡을 수 있었다. 그랬기 때문에 야로슬라프가 (옛날 우리가 함께 연주하던 시절 나의 활발했던 활동을 추억하더니 감정이 고조되어) 내게 클라리넷을 들고 다른 연주자들과 함께 앉아 보라고 청했으나 나는 거절했다. 지난 이 년 두 번의 노동절, 그렇게 연주하고 있는 나 자신의 모습, 프라하 출신 제마네크가 내 옆에서 민속 의상을 입고 춤을 추고, 한 손을 들고 노래 부르던 모습이 눈앞에 떠올랐다. 나는 클라리넷을 집어 들 수가 없었다. 그리고 느꼈다. 민속 의식이라는 이 모든 난리 법석이 얼마나, 얼마나, 얼마나 역겨운가를…….

5

학업을 계속할 수 있는 권리를 잃음과 동시에 군복무 연기 혜택도 상실하게 되어 나는 입대를 기다리는 수밖에 없었다. 그때까지 두 번에 걸쳐 작업반에서 일하도록 되어 있었다. 처음에는 고트발도프 근처에서 도로 보수 작업을 했고, 여름의 끝무렵에는 통조림 공장에서 계절 노동에 동원되었다가, 드디어 어느 가을 아침, 기차에서 하얗게 밤을 지샌 후, 낯설고 추한 오스트라바 근교의 병영에 떨어지게 되었다.

그렇게 해서 나는 같은 부대에 배치된 다른 신병들과 함께 연병장에 서 있었다. 모두 모르는 사이였다. 서로가 다 초면이고 익명인 이런 불투명함 속에서는, 타인들에게서 거칠고 낯설기만 한 모든 것이 가차없이 발산된다. 우리를 묶어 주는 단 하나의 유일한 인간적 연결 고리란, 짤막하게 서로 무어라 추측이나 해 보고 있던 불투명한 미래뿐이었다. 어떤 이들은 우리가 '검정 표지'에 속한다고도 하고 어떤 이들은 또 아니라고 하기도 했으며, 그것이 무슨 말인지 모르는 사람들도 있었다. 그 말을 알고 있던 나는 공포에 떨며 그런 추측들에 귀를 기울였다.

중사 하나가 우리를 데리러 와서 어떤 막사로 인솔해 갔다. 복도로 우리가 꾸역꾸역 밀려 들어가자 그다음 커다란 방 같은 것이 나왔는데, 그곳에는 온갖 표어와 사진, 서툰 그림 들을 붙여 놓은 거대한 게시판들이 사방에 걸려 있었다. 맞은편 저쪽 칸막이에는 붉은색 종이를 커다랗게 오려 내어 만든 '우리는 사회주의를 건설한다.'라는 문구가 핀으로 꽂혀 있었고, 그 아래 의자가 하나 놓였는데 옆에는 허약해 보이는 작은 노인이 자리하고 있었다. 중사가 손짓으로 우리 중 하나를 지적했고 그는 의자에 앉아야 했다. 작은 노인은 그의 목에 흰 천을 두르고, 의자에 기대 놓은 가방을 뒤지더니 이발기를 꺼내 그 녀석의 머리에 들이미는 것이었다.

우리를 군인으로 변모시키는 일련의 작업이 그 이발사의 의자로부터 시작되고 있었다. 의자에서 머리카락을 없애고 우리는 그 옆 칸으로 인솔되었고, 거기에서 옷을 완전히 벗어야 했으며, 종이 봉투에 옷을 넣어 끈으로 묶은 다음 창구에 내놓아야 했다. 맨머리에 맨몸으로 우리는 복도를 지나 다른 방으로 가서 잠옷을 받았다. 잠옷을 입고 우리는 다른 문을 지나서 규격화된 군화를 지급받았다. 잠옷에 군화를 신고 우리는 연병장을 행진하여 다른 막사에 다다랐고, 거기에서 셔츠와 팬티, 털양말, 허리띠, 군복(상의의 방패꼴 표지가 검은색이 아닌가!)이 지급되었다. 그러고 나서 맨 끝 막사에 이르렀는데, 한 하사관이 큰 소리로 우리 이름을 호명하여 분대로 나누고, 내무반과 침대를 지정해 주었다.

같은 날 우리는 다시 집합해야 했고, 그다음에는 저녁 식사, 그리고 취침이었다. 다음 날 아침에는 기상 그리고 탄광행. 꼼짝 못 하고 우리는 분대별로 여러 작업조로 나누어졌고, 우리 중 누구도, 거의 아무도, 어떻게 쓰는지 모르는 연장들(곡괭이, 삽, 안전등)을 지급받았다. 그런 다음 승강기가 우리를 땅 밑으로 데려갔다. 온몸이 아픈 채로 우리가 다시 땅 위로 올라왔을 때, 거기서 기다리던 하사관들은 우리를 종대로 정렬시켜 병영으로 다시 데리고 갔다. 점심을 먹고, 오후에는 강화 훈련, 청소 작업, 정치 학습, 의무적인 합창이 있었다. 사적인 공간에 해당한다는 것이 내무반과 군용 침대 스무 개였다. 그렇게 하루하루가, 똑같이, 이어져 갔다.

그들이 우리에게 가한 인격 박탈은 처음 얼마간은 마치 안갯속처럼 분간이 가지 않는 것이었다. 우리가 수행한 그 비개인적 기능, 강제로 부과된 그 기능들은, 우리가 인간으로서 표출하는 모든 것을 대체해 버렸다. 물론 이런 오리무중 상태는 아주 상대적이었던 것이, 실제 상황에 의해서만이 아니라 시야 적응이 안 되어(마치 어두운 방에 있다가 밝은 곳으로 옮겨 갔을 때처럼) 일어난 것이었기 때문이다. 시간이 가면서 안개는 천천히 걷혀 갔고, 그와 함께 그런 비인격화의 어스름 속에서도 사람들의 인간적인 요소가 조금씩 눈에 띄게 되었다. 나는 이러한 밝기의 변화에 눈을 적응시키지 못하다가 마지막에 가서야 겨우 적응한 사람에 속한다는 것도 고백해야 하리라.

그것은 내 존재 전체가 자신의 운명을 받아들이길 거부했기 때문이다. 검정 표지의 병사들은 나를 포함하여 무기 지급 없이 엄격한 훈련이나 받고 탄광 바닥에서 노역을 할 뿐이었다. 그들의 노동에는 보수가 지급되었지만(이 점에 있어서는 그들이 다른 병사들보다 나았다.) 그들은 우리 신흥 사회주의 공화국이 적으로 간주하여 총 한 자루 맡기지 않는 사람들이라는 것을 생각하면 그런 것은 내게는 하찮은 위안거리에 지나지 않았다. 따라서 그들은 당연히 점점 더 잔혹하게 다루어졌고 합법적 복무 기간인 이 년보다 더 기간이 연장될 수도 있다는 위협까지 가해졌다. 하지만 그보다 더 끔찍했던 것은 다만 내가 최대의 적으로 여겼던 이들 가운데 처하게 되었다는 사실, 그리고 바로 나 자신의 동지들이 내린 결정에 의해 이 무리 속으로 보내졌다는 사실, 그것뿐이었다. 그래서 나는 검정 표지들 가운데 살게 된 처음 얼마간은 고집스러운 고독 속에 빠져 있었다. 내 적들과 사귀고 싶지는 않았던 것이다. 외출로 말하자면 당시에는 대단히 어려운 것이었고(병사에겐 외출할 권리가 없었고 다만 보상의 명목으로 수여되는 것이었다.) 다른 병사들은 술집으로, 여자들에게로 떼 지어 몰려다니는데도 나는 내 자리에 혼자 그냥 남아 있곤 했다. 내무반 침대에 누워 책을 읽기도 하고 공부를 해 보려고 하기까지 했으며(수학하는 사람은 연필과 종이 한 장만 있으면 되니까.) 그러다가 자신의 적응 불능에 괴로워하기도 했다. 그때 나는 내게 부여된 유일한 과제는 오로지 '적이 아닐' 수 있을 권리, 그곳에서 빠져나갈 권리를 위한 투쟁을 계속해 나가는 것뿐이라고 믿었다.

나는 수차례 부대의 정치 위원을 찾아가, 내가 검정 표지들 가운데 있게 된 것은 착오이며, 내가 당에서 축출된 것은 지적 오만과 냉소주의 때문이지 사회주의의 적으로서가 아니었다는 사실을 설득하려 무진 애를 썼다. 나는 계속해서(수도 없이!) 그 우스꽝스러운 엽서 이야기를 설명해 댔다. 그 이야기는 그런데 이제 우스꽝스러운 이야기가 아니라, 나의 검정 표지에 결부되면서 점점 더 수상한 것으로 드러났고 내가 말하지 않고 있는 무언가를 감추고 있는 것처럼 보이게 되었다. 하지만 그 정치 위원이 내 이야기를 차근히 다 들어주었고, 내가 무죄임을 애타게 증명하고자 하는 데 대해 거의 기대하지 않았던 이해를 보여 주었다는 사실은 분명하게 말해야 할 것이다. 마침내 그는 정말로 상부(얼마나 불가사의한 지형도인가!) 어딘가에 알아보기에 이르렀다. 그런데 결국은 나를 불러 진심으로 화를 내며 말하는 것이었다. "왜 나를 속이려 들었지? 너 트로츠키주의자라면서."

나는 인간의 운명을 심판하는 최고재판소에 비치된 나라는 사람의 이미지를 도저히 바로잡아 볼 도리가 없다는 것을 차츰 깨닫기 시작했다. 이 이미지(아무리 나와 비슷하지 않다 해도)는 나 자신보다 비교할 수도 없이 더 실제적이며, 그것이 나의 그림자가 결코 아니라 나, 바로 나 자신이 내 이미지의 그림자였다. 왜 나를 닮지 않았느냐고 그 이미지를 탓한다는 것은 절대 불가능하며, 이미지와 다른 것은 내 잘못이었다. 그리고 이 다름은 바로 나의 십자가, 그 누구에게 떠넘길 수도 없고 내가 짊어지고 가야 하는 것으로 선고받은 십자가였다.

그런데도 나는 항복하려 하지 않았다. 진짜로 나는 나의 그 다름을 짊어지기를 원했다. 즉 내가 아니라고 판정된 그 사람으로 계속 살기를.

무거운 착암기를 쥔 손이 경련을 일으키는 그 탄광의 노역에 그럭저럭 익숙해지는 데에는 보름가량이 걸렸다. 무거운 착암기를 쥔 손이 덜덜 떨렸고, 다음 날 아침 다시 일을 시작할 때까지 온몸을 흔드는 그 진동이 느껴질 정도였다. 그래도 상관없이 나는 성실하게, 그리고 어떤 광기 같은 것을 품은 채 일을 했다. 나는 기필코 돌격 노동 대원의 생산량에 도달하려고 했고 얼마 지나지 않아 거의 그렇게 되었다.

그렇지만 거기에서 내 신념의 표명을 읽어 주는 사람은 아무도 없었다. 하기는 우리 모두가 수행한 과업에 대한 보수를 받고 있었고(숙식비가 제해지긴 했으나 우리는 적지 않은 돈을 만질 수 있었던 것이 사실이다.) 그래서 어떤 견해를 가지고 있건 간에 아무튼 다른 많은 이들도 그 허송세월에서 적어도 무언가 유용한 것을 끌어내기 위해서 대단히 열심히 일하고 있었다.

우리는 한결같이 체제의 불구대천의 적으로 여겨졌는데, 그러면서도 병영에서는 사회주의 집단에서의 모든 공공 생활 형태가 행해지고 있었다. 체제의 적인 우리가 정치 위원의 감시 아래 십 분간의 즉석 회의도 열었고, 정치적 주제를 놓고 일과 방담에도 참여했으며, 사회주의 정치 지도자들의 사진을 붙이거나 그 위에 환희에 찬 미래에 대한 강령을 붓으로 써넣는 등 게시판 구성도 담당해야 했다. 처음에 나는 이러한 모든 일에 거의 과시적으로 솔선수범했다. 그러나 그것 또한 누가 보아도 아무렇지도 않은 일이었다. 다른 이들도 자기 대장이 그들을 알아보고 외출을 허락해 주어야 할 필요가 있을 때 마찬가지로 그렇게 열심이지 않았던가? 그 어떤 병사도 이 정치적 행동을 정치적인 것으로 보지 않고, 그저 지배자 앞에서 하지 않을 수 없는 무의미한 몸짓으로만 여겼다.

나는 그렇게 해서 결국은 나의 저항이 헛된 것이며, 내가 다르다는 것이 다른 이들에게는 보이지 않으므로 이제 오로지 나에게만 파악될 수 있는 것임을 깨닫게 되었다.

우리를 좌지우지할 수 있는 하사관들 중에는 검은 머리의 작은 슬로바키아인이 하나 있었다. 다른 이들과 달리 전혀 잔혹하지 않고 온건한 하사였다. 그가 착한 것은 그저 바보라서일 뿐이라고 빈정대는 이들도 있기는 했으나 어쨌든 우리 사이에서 그는 평판이 좋았다. 당연한 일이지만 하사관들은 우리와 달리 무장을 하고 있었고 이따금 사격을 하는 일도 있었다. 하루는 이 자그마한 하사가 사격 연습에서 최고 점수로 특상을 받고 돌아왔다는 것이었다. 병사들이 (반은 진심이고 반은 놀림으로) 마구 그를 치켜세우자 그는 뿌듯해하며 얼굴을 붉히기도 했다.

그날 우연히 그와 단둘이 있게 된 적이 있었다. 별 생각 없이 나는 그냥 "도대체 어떻게 총을 그렇게 정확하게 쏘세요?" 라고 말을 건넸다.

그 작은 하사는 나를 유심히 살펴보더니 대답하는 것이었다. "나, 내겐 특별한 게 있지. 이건 양철 표적이 아니다, 이건 제국주의자다, 그렇게 속으로 말하는 거야. 그래서 분노로 부글부글 끓으며 과녁 복판을 직방으로 맞춘다니까."

나는 그가 제국주의자라고 하는 상당히 추상적인 개념으로 어떤 인간을 상상하고 있는 것인지 궁금하기 짝이 없었는데, 그는 내가 묻기도 전에 심각하고도 생각에 잠긴 목소리로 내게 말하는 것이었다. "난 너희가 왜 그렇게 나한테 박수를 치고 그러는지 알 수가 없어. 생각해 봐. 전쟁이 터지면 어쨌거나 내가 총을 쏘게 되는 건 바로 너희들일 텐데!"

우리에게 목소리를 높여 야단 한번 친 적이 없는—그래서 나중에는 전속이 되기까지 한—이 순진한 존재의 입에서 이런 말을 들었을 때, 나는 당과 동지들에게 나를 연결해 주었던 끈이 이제, 영원히 돌이킬 수 없이, 내 손에서 스르르 풀려 떨어지는 것을 깨달았다. 나는 내 삶의 길 밖으로 내던져진 것이었다.

6

그랬다. 모든 끈이 끊어져 있었다.

모두 끝났다. 공부, 운동에 동참하는 것, 일, 우정, 모두. 사랑도, 사랑을 찾아 헤매는 것도 끝이었고 한마디로 의미 있는 인생의 행로 전체가 끝난 것이었다. 내게 남은 것은 시간뿐이었다. 그런데 이 시간, 그것을 나는 이전의 그 어느 때보다 더 내밀하게 알아 가고 있었다. 그것은 더 이상 예전에 내가 알았던 시간, 일로 사랑으로 온갖 노력들로 탈바꿈된 그런 시간, 내가 하는 일들 뒤에 살그머니 숨은 채 얌전히 있어서 그저 무심코 받아들였던 그런 시간이 아니었다. 이제 그것은 옷을 다 벗고 그 자체로, 자신 본래의 진짜 모습으로 내게 오고 있었고 나로 하여금 그것을 자신의 진정한 이름으로 부르게 만들어(이제 나는 순수한 시간, 순수하게 텅 빈 시간을 살고 있었으므로) 내가 단 한순간도 그것을 망각하지 않으며 계속해서 생각하고 끊임없이 그 무게를 느끼도록 하고 있었다.

음악이 들릴 때 우리는 그것이 시간의 한 양태라는 것을 잊은 채 멜로디를 듣는다. 오케스트라가 소리를 내지 않게 되면 우리는 그때 시간을 듣게 된다. 시간 그 자체를. 나는 휴지(休止)를 살고 있었다. 물론 오케스트라의 (약정된 기호에 의해 명백하게 그 길이가 한정된) 휴지가 아니라 한정이 없는 휴지를. 우리는 (다른 부대에서는 모두 그러듯이) 이 년이라는 군복무 기간에서 하루하루 줄어드는 것을 매일 확인하기 위해 재봉용 줄자의 눈금을 차례차례 잘라 내 버리는 일 같은 것은 할 수가 없었다. 사실상 검정 표지들은 그럴 만하다고 여겨지는 만큼 얼마든지 군대에 잡혀 있을 수 있었다. 2중대의 마흔 살 난 암브로즈는 그런 식으로 여기서 네 해째를 맞았다.

그러므로 집에 아내나 약혼녀를 두고 군대에 와 있는 것은 몹시 괴로운 일이었다. 그것은 아무런 영향력도 미치지 못한 채 끊임없이 아내나 약혼녀가 어떻게 사는지 노심초사하는 것을 의미했다. 그리고 또한 언제나 그들이 온다는(매우 드물게!) 생각에 행복해하는 것을 뜻했고, 중대장이 그런 날 기대했던 외출을 허락하지 않으면 어쩌나, 그러다가 여자가 부대문 앞에 서 있다 그냥 돌아가게 되지나 않을까 끊임없이 두려워한다는 것을 의미했다. 검정 표지들 사이에서는 (블랙 유머로) 장교들이 이렇게 욕망이 충족되지 못한 병사의 여자들을 기다렸다가 어디론가 데려가서는, 부대에 매여 있는 남자들에게 돌아갔어야 할 욕망의 열매들을 수확하곤 한다는 이야기가 떠돌았다.

그래도 집에 여자가 있는 이들에게는 그 휴지 상태 속에 어떤 끈이 이어져 있었다. 그 끈은 아주 가느다랄지도 모르고, 조마조마할 만큼 약하고 너무 쉽게 끊어질지도 몰랐다. 그러나 어쨌든 끈은 끈이었다. 그런 끈이, 내게는, 내게는 없었다. 나는 마르케타와 완전히 관계를 끊은 상태였고, 가끔 오는 편지도 엄마에게서 오는 것이었다. 뭐라고? 그것은 끈이 아니냐고, 그것이?

아니다. 단지 부모의 집일 뿐인 집, 그것은 끈이 아니다. 그것은 다만 과거일 따름이다. 부모로부터 오는 편지란 당신이 멀리 떠나온 육지로부터 오는 전언인 것이다. 게다가 이런 종류의 편지는 당신이 떠나온 항구, 그토록 진실되게 공들여 일구어져 있던 환경 속에 있다가 떠나온 항구를 상기시킴으로써, 당신은 길을 잃은 것이라고 끊임없이 반복해서 말하는 법이다. 그렇다. 그런 편지는 말한다. 항구가 저기, 그대로, 옛날 모습처럼 분명하고 아름답게, 여전히 거기 있다고. 그러나 그 해안, 해안은 사라져 보이지 않는다고!

그렇게 해서 나는 내 삶이 연속성을 상실했다는 것, 그것이 내 손에서 빠져나갔다는 것, 이제 나는 결국 아무 가망 없이 내가 지금 놓여 있는 곳에서 살아가는 길밖에 없다는 사실에, 마음속 깊은 곳에서마저도, 조금씩 익숙해져 갔다. 그리고 점진적으로 내 시야는 이 비인격화의 어스름에 적응해 갔고 주변 사람들을 알아보기 시작했다. 다른 이들보다 분명 늦기는 했지만 그래도 다행히 내가 그들에게 완전히 이방인이 될 만큼 아주 늦은 것은 아니었다.

그 희미한 어스름으로부터 제일 먼저 떠오른(지금 희미한 내 기억으로부터 제일 먼저 떠오르듯이) 것은 브르노 출신(거의 알아들을 수 없는 변두리 속어를 썼다.)의 혼자라는 인물로 경찰을 구타했다고 검정 표지들 속에 떨어진 녀석이었다. 혼자는 그 경찰의 옛 동창인 데다, 언쟁이 붙는 바람에 그를 때리게 되었지만, 법정은 그런 설명을 들으려고도 하지 않았고, 그래서 그는 감옥에서 육 개월을 살고 곧장 여기로 왔다고 했다. 그는 유능한 조립공이었는데, 언젠가 다시 자기 직업을 찾게 되든 다른 아무 일이나 하게 되든 분명 그에게는 전혀 상관이 없어 보였다. 그는 아무것에도 집착하지 않았으며, 자신의 미래에 대해서도 한없이 자유로운 무심함을 보였다.

이 흔치 않은 자유의 느낌에 있어서 혼자에 견줄 만한 인물은 오로지 우리 내무반 스무 명 가운데 가장 기이한 인물인 베드리흐 하나뿐이었다. 그는 9월의 정규 입대 이후 두 달이 지나서야 우리 부대로 왔는데, 처음에 보병 부대에 배치되었다가 자신의 엄격한 종교 규율에 상반된다면서 무기를 절대 못 만진다고 완강히 거부하는 바람에 그렇게 된 것이었다. 사람들은 그를 어찌해야 좋을지 몰랐다. 특히 트루먼과 스탈린에게 보내는 그의 편지를 중간에서 가로채어 보니, 사회주의 아래 모두 형제가 된다는 이념에 입각해서 모든 군대를 해산시키기를 그 두 정치가에게 비장한 어조로 간청하는 것을 보고는 더욱 그랬다. 어찌할 바를 몰라서 상관들이 처음에는 그의 강화 훈련 참여를 허락하는 바람에 그는 병사들 가운데 혼자 무기를 지니지 않은 채 '받들어 총'과 '세워 총' 구령을 완벽하게, 그러나 맨손으로 실시하게 되었다. 그는 또한 초기에 정치 학습에도 참여해서 토론 시간에는 열성적으로 발언하려 들었고, 제국주의 전쟁 도발자들을 비판하는 데에 경탄할 만한 재주를 발휘하곤 했다. 하지만 그가 모든 무기를 내려놓으라고 호소하는 벽보를 만들어 병영에 붙여 놓는 사건이 일어나자 군법무관은 그를 반란으로 기소했다. 재판관들은 그러나 평화를 예찬하는 그의 장광설에 너무도 혼란스러워진 나머지 정신과 감정을 명했으며, 오래도록 주저한 끝에 무죄를 선고하고 그를 우리 부대로 보냈다. 베드리히는 기뻐했다. 검정 방패꼴 표지 부대에 유일한 자원 입대자가 된 그는 그들과 싸워 이겼다고 환희에 차 있었다. 바로 그랬기 때문에 그는 이곳에서 자유로움을 느끼는 것이었다. 그에게서는 이 감정이 혼자의 경우처럼 방약무인의 형태로 나타난 것이 아니라 오히려 정반대로 차분하게 절제된 태도와 평온하게 일에 열성을 보이는 것으로 나타나기는 했지만 말이다.

다른 이들은 모두 훨씬 더 괴로워했다. 바르가는 서른 살 난 슬로바키아의 헝가리 사람으로, 국적이 무엇이든 상관하지 않고 여기저기 군대를 전전하며 전쟁을 했고 양쪽 전선을 오가며 수차례 포로 수용소 생활을 겪은 인물이었다. 머리가 빨간 페트란은 자기 형제가 국경 수비대 병사를 쓰러뜨리고 외국으로 도주해 버렸다고 했다. 조제프는 생각이 단순한, 엘브계곡 부농의 아들이었다.(종달새가 나는 드넓은 공간에 너무도 익숙해서 그는 지하 갱도의 지옥 같은 정경 앞에서 공포로 숨이 막힐 지경이었다.) 스무 살 스타나는 프라하 변두리 노동자 주거지의 멋쟁이로서, 노동절 행렬 중에 고주망태가 되더니, 환희에 찬 시민들의 눈앞에서 고의적으로 길가에 소변을 보았던 모양인데, 그러는 바람에 그 지역의 국가 위원회가 치명적인 보고서를 선사해 주었다. 페트르 페크니는 법대 학생이었는데, 2월 혁명 당시 몇몇 동료들과 함께 공산주의 반대 시위를 하러 나갔던 사람이었다.(그는 얼마 지나지 않아서 내가 바로 2월 혁명 후 그를 자기 대학에서 쫓아냈던 이들과 같은 진영에 속한다는 것을 알게 되었고, 이제 나도 자기와 같은 처지로 전락한 데 대해 아주 만족스럽다는 듯한 적개심을 내게 표명하는 유일한 사람이었다.)

그 시절 나와 운명을 같이했던 다른 병사들에 대한 이야기도 많지만 가장 중요한 것만 이야기해 보겠다. 내가 가장 좋아했던 사람은 혼자였다. 우리가 처음 나누었던 대화 하나가 기억난다. 갱도에서 잠깐 쉬는 시간에 (간식을 먹으며) 혼자와 둘이 앉아 있게 되었는데, 혼자가 내 무릎을 툭 치며 말했다. "야, 벙어리, 넌 대체 뭐하는 놈이냐?" 그 당시에 나는 (내 속에서 끊임없이 진행되는 자신의 변론에만 골똘히 몰두한 채) 정말로 귀머거리에 벙어리였다. 나는 내가 어떻게 해서 이곳에 왔으며, 정말 여기 있어야 할 이유가 없다는 것을 설명하려고 애를 써 보았다.(그러나 그 말들은 내가 듣기에도 곧 인위적이고 억지스럽게 느껴졌다.) 그는 내게 말했다. "야, 이 멍청아! 그럼 우리는, 우린 여기 왜 있는 것 같으냐?" 다시 한번 그에게 내 견해를 (보다 자연스러운 말을 찾아) 설명하려 들자 혼자는 먹던 것을 마저 삼키더니 차분하게 또박또박 말했다. "니가 멍청한 것만큼 키도 크다면 저 해가 니 골통을 아주 구워 버리겠다." 이 문장에 스민 변두리 하층민의 기지는 내게 비웃음을 던지고 있었고, 나는 문득 부끄러워졌다. 바로 모든 특권의 거부에 기초하여 내 신념을 확고히 세웠으면서 나는 응석받이 어린애처럼 잃어버린 특권을 돌려 달라고 계속 애걸복걸하고 있었으니.

시간이 가면서 나는 혼자와 많이 가까워졌다.(혼자는 나를 높이 평가해 주었는데, 내가 급여 지급과 연관된 문제들을 모두 머릿속에서 빨리 계산해 내서 그들이 우리를 속여 넘기지 못하게 몇 번 막아 냈기 때문이다.) 하루는 내가 외출 허가를 못 즐기고 그저 노상 부대에서 죽치고 있다며 비웃더니 자기 패거리와 함께 나를 끌고 나갔다. 나는 그 외출을 아주 잘 기억한다. 우리 패거리는 여덟 명이던가 꽤 여럿이었는데, 스타나도 있었고 바르가도 끼어 있었으며, 또 응용미술 학교를 다니다 그만둔 체네크도 있었다.(그는 학교에서 입체파 그림을 계속 그리겠다고 고집을 부리다가 검은 표지 속에 떨어지게 되었다. 그런데 지금은 그것이 오히려 간간이 이득을 가져다주었는데, 그는 병영 사방에 목탄으로 망치와 도리깨를 든 후스의 전사(戰士)들을 커다랗게 그려 넣었던 것이다.) 우리는 갈 수 있는 곳이 많지 않았다. 오스트라바의 시내 중심가는 우리에게 금지 구역이었고, 몇몇 구역, 그 속에서도 지정된 어떤 술집들만 허락되어 있었다. 그날 우리가 갔던 인근 변두리 지역에서는 좋은 일이 기다리고 있었다. 전에 체육관으로 쓰였던 홀에서 댄스 파티가 열리고 있었던 것이다. 그곳에는 아무런 금지 조치가 없었다. 얼마 되지 않는 입장료를 내고 우리는 건물 안으로 몰려 들어갔다. 커다란 홀에는 테이블과 의자가 많이 놓여 있었지만 사람은 그리 많지 않았다. 전부 다 합해야 아가씨들 열두어 명 정도, 남자는 서른 명 정도였는데 그중 반은 근처 포병 부대에서 온 군인들이었다. 그들은 우리를 보자 긴장했고, 우리를 훑어보며 수를 헤아리고 있다는 것이 피부로 느껴졌다. 우리는 비어 있는 긴 탁자에 자리를 잡고 보드카 한 병을 시켰지만, 주문받는 여자가 알코올은 판매할 수 없게 되어 있다고 차갑게 선언하자 할 수 없이 혼자가 레모네이드 여덟 잔을 주문했다. 그러고 나서 우리는 각자 그에게 조금씩 돈을 냈고 십 분 후 그는, 테이블 아래에서 레모네이드에 몰래 섞어 보다 맛있게 만들어 줄 럼주 세 병을 가지고 돌아왔다. 우리는 최대한 조심스럽게 했다. 왜냐하면 포병들이 우리를 주시하고 있었는데, 그들이 알게 되면 우리의 이 불법 음주를 곧바로 폭로할 것이 뻔했기 때문이다. 무기를 다루는 편대들은 우리에게 확실히 뿌리 깊은 적대감을 품고 있었다. 한편으로 그 대원들은 우리를 수상한 분자나 살인자, 죄인, (당시 성행하던 탐정 소설에서처럼) 자기네 평화로운 가정을 언제든 무참히 학살할 수 있는 적으로 여겼으며, 다른 한편으로는(아마 이것이 가장 중요했을 것이다.) 우리에게는 돈이 있고 어디서든 자기들보다 다섯 배는 더 돈을 쓸 수 있다는 사실을 시기했다.

우리 상황은 정말 기이했다. 우리는 피곤과 노동밖에 몰랐고, 머리카락과 더불어 당치 않은 자신감이 자라날까 봐 이 주일에 한 번씩 머리를 깎였으며, 모든 것을 박탈당한 존재로서 삶으로부터 좋은 것이라곤 아무것도 기대하지 않았는데, 그런데 돈, 그것은 가지고 있었던 것이다. 많지는 않았지만 병사 한 몸에게는 그리고 한 달에 두 번의 외출을 위해서는 (허가된 몇몇 소수의 장소에서) 몇 시간 자유롭게 보내는 경우 대단한 재산이 되었으며, 부자로 행세할 수도 있었고 그럼으로써 다른 끝없는 나날들의 그 만성적 무력감을 상쇄할 수도 있었다.

휙휙 돌아가며 춤추는 두서너 쌍을 위하여 단상 위에서 한심한 브라스 밴드가 왈츠와 폴카를 만들어 내고 있었고, 우리는 마음 놓고 아가씨들을 쳐다보며 레모네이드를 조금씩 음미하고 있었다. 레모네이드에 섞인 약간의 알코올 덕분에 그때 우리에게는 다른 모든 사람들이 다 저 아래로 보였다. 우리는 대단히 기분이 좋았다. 나는 타인과 함께 나누는 유쾌한 기분에 취하는 것을 느꼈다. 야로슬라프와 같이 그의 침발롬이 있는 악단과 연주하고 난 이후 겪어 보지 못했던 친구들과의 흐뭇한 동료 의식이었다. 그 사이 혼자는 포병들에게서 가능한 한 많은 여자들을 가로챌 수 있는 계획을 생각해 냈다. 그 계획은 대단히 간단하고도 훌륭했으며 우리는 즉시 실행에 들어갔다. 체네크는 그 작업에 가장 단호함을 보였는데, 허풍쟁이에 익살꾼이었던 그는 우리를 재미있게 해 주려고 자신의 과업을 일부러 더 과시적으로 해냈다. 화장을 진하게 한 갈색 머리 아가씨에게 춤을 청해 추고 나서 우리 테이블로 데리고 오더니, 자기와 그녀를 위해 럼주를 탄 레모네이드를 따르게 하고는 서로 이미 합의가 다 되었다는 투로 "자, 그러는 거지!"라고 말하는 것이었다. 갈색 머리 아가씨는 그렇다며 건배를 했다. 그때 포병 제복 견장에 두 줄의 하사관 표시를 단 조무래기 하나가 지나가다 멈추더니 최대한 무례한 말투로 체네크에게 말했다. "실례 좀 할까?" "그러시우, 동지!" 체네크는 답했다. 갈색 머리 아가씨가 그 열이 오른 하사와 바보 같은 폴카 리듬에 맞추어 움직이고 있는 동안 혼자는 얼른 전화를 걸어 택시를 불렀다. 십 분 후 택시가 왔고 체네크는 입구에 가서 섰다. 갈색 머리는 춤을 끝내고 나서 하사에게 화장실에 좀 다녀오겠다고 했고, 곧 차가 떠나는 소리가 들렸다.

체네크는 성공을 거두고 다음 순서는 암브로즈 차례였는데, 그는 나이도 좀 들고 외모도 형편없는(그런데도 포병 넷이 집요하게 그 주위를 맴돌고 있었다.) 여자 하나를 찾아냈다. 십 분 후 택시가 도착했고 암브로즈는 그 아가씨와 같이, 그리고 (어떤 여자도 자기를 따라오지는 않을 거라고 하면서) 바르가도 함께 그곳을 빠져나가 오스트라바의 반대편에 있는 약속된 술집으로 체네크와 합류하러 갔다. 그러고도 우리 일행 둘이 다시 또 한 아가씨를 데리고 떠나고, 체육관에는 이제 스타나, 혼자, 그리고 나, 이렇게 세 명만이 남게 되었다. 포병들이 우리 병력의 점진적인 감소와 자기네 사냥터에서 일어난 여자 셋의 증발 사이에 어떤 관계가 있다는 의심을 하게 되자 그들의 시선은 점점 험악해졌다. 우리가 아무리 아무것도 모른다는 듯한 표정을 지어 보아야 소용없었고 벌써 소동이 일어날 조짐이 느껴졌다. "명예로운 후퇴를 위해 이제 최후의 택시 한 대가 있어야겠다." 금발 아가씨를 아쉽게 바라보며 내가 말했다. 그 아가씨와 나는 파티 초반에 한 번 같이 춤을 출 수 있었으나 나와 함께 다른 곳으로 가자고 제안할 엄두는 내지 못했었다. 다음 번에 춤을 청해서 말하려고 했는데 포병들이 너무 탐을 내고 있어서 접근하기가 불가능했다. "아무래도 안 되겠다." 혼자가 이렇게 말하고 전화를 걸려고 일어섰다. 그러나 그가 홀을 건너가려 하자 포병들이 탁자에서 걸어 나와 그를 에워쌌다. 그랬다, 소동이 시작되려는 참이었다. 이제 싸움이 터질 것이었고 우리, 스타나와 나는 테이블에서 일어나 위협받고 있는 우리의 친구를 구하러 가는 길밖에 없었다. 포병 한 무리가 한마디도 하지 않은 채 혼자를 에워싸고 있는데, 갑자기 반쯤 취한(아마 그 또한 테이블 밑에 술병을 감춰 두었던 모양이다.) 특무상사 하나가 불쑥 튀어나와 그 불길한 침묵을 깼다. 그는 자기 아버지가 전쟁 전에 실업자였다, 자기는 이런 더러운 부르주아들, 검은 돈을 가지고 거드름이나 피우는 놈들을 쳐다보고 있을 수가 없다, 한마디로 지긋지긋하다, 저 놈의 상판을 갈겨 버릴 것 같으니까 친구들이 나를 막고 있을 정도다 하고 장광설을 늘어놓았다. 혼자는 특무상사가 잠깐 말을 멈춘 사이를 이용하여 포병 동지들이 원하는 것이 무엇이냐고 정중하게 물었다. 여기서 속히 없어지라고 그들은 말했고 그에 대하여 혼자는, 그것이 바로 우리가 하려 했던 것이다, 하지만 그러니까 택시를 부르게 해 달라고 대답했다. 그 순간 특무상사는 곧 졸도라도 할 것 같았다. 그는 대단히 높은 소리로 고래고래 고함을 질렀다. 이 빌어먹을, 이 빌어먹을, 누군 똥구멍이 빠져라 일을 하고, 응, 뼈 빠지게 일을 하고 한

푼도 없는데, 저 자본주의자들, 반동 분자, 개새끼들은 뭐 택시를 타고 다녀, 아, 그건 안 되지, 차라리 내 손으로 저놈들 목을 비틀어 놓아 버리지, 여기서 택시를 타고는 못 가!

사람들이 모두 몰려들었다. 제복을 입은 남자들과 민간인들이 섞여 있었고, 사고가 일어날까 두려워하는 직원들도 있었다. 바로 그때 나의 그 금발 아가씨가 눈에 띄었다. 자기 테이블에 (싸움에 아무 관심 없이) 혼자 앉아 있다가 일어나 화장실을 향해 갔다. 나는 살그머니 사람들로부터 떨어져 나와 휴대품 보관소와 화장실이 있는(담당 여직원 한 사람 외에는 아무도 없었다.) 입구에서 그녀에게 말을 걸었다. 나는 마치 헤엄칠 줄도 모르면서 물에 뛰어드는 사람 같았다. 거북하거나 어쨌거나 아무튼 행동을 취하지 않을 수 없었다. 주머니를 뒤져 구겨진 지폐 100코루나를 꺼내고는 말했다. “우리하고 같이 가지 않겠어요? 여기서보다 재미있을걸요!” 그녀는 지폐들을 흘긋 보더니 어깨를 으쓱했다. 내가 바깥에서 기다리겠다고 하니까 그러겠다고 하고는 화장실로 사라졌다가 곧 외투를 입고 나왔다. 그녀는 내게 미소를 지으며 내가 다른 사람들과 다르다는 것이 금방 눈에 보인다고 말했다. 그 말은 기분이 좋았다. 나는 그녀의 팔에 내 팔을 끼고 길 반대편 모퉁이로 가서, 혼자와 스타나가 가로등 하나로 불 밝힌 체육관 앞에 나타나기를 기다렸다. 금발 아가씨는 내게 학생이냐고 물었고, 그렇다고 하자 그 전날 자신이 다니는 공장 탈의실에서 자기 돈이 아닌 공장 돈을 누가 훔쳐 갔는데, 그 때문에 재판을 받게 될 수도 있어서 지금 몹시 괴로운 상황이라고 털어놓는 것이었다. 그녀는 돈을 좀, 그러니까 한 100코루나만 빌려 줄 수 없겠느냐고 했다. 나는 주머니를 뒤져 휴지처럼 구겨진 100코루나짜리 지폐 두 장을 건네주었다.

오래 기다리지 않아서 두 친구가 군모와 외투를 걸치고 나타났다. 나는 그들을 향해 휘파람을 불었는데, 그와 동시에 (군모도 외투도 걸치지 않은) 군인 셋이 튀어나와 그들에게 돌진했다. 위협적인 어조로 무슨 질문을 하는 것 같았는데, 분명히 들리진 않지만 무슨 말인지 짐작은 갔다. 내 금발 아가씨를 찾는 것이었다. 그러더니 하나가 혼자에게 덤벼들었고 난투극이 벌어졌다. 나도 달려나갔다. 스타나가 포병 하나를 맡았고, 혼자는 둘을 상대하고 있었다. 그들이 거의 그를 때려눕히려는 찰나에 마침 내가 나타나 그중 한 명에게 한 방을 먹였다. 그들은 수가 많다고 자신했다가 병력이 동일해지자 처음의 의기충천했던 사기가 그만 뚝 떨어져 버렸다. 그들 중 하나가 스타나의 일격에 쓰러졌고 우리는 그들이 멈칫한 틈을 타 도망을 쳤다.

금발 아가씨는 모퉁이에서 얌전하게 기다리고 있었다. 그녀를 보고 녀석들은 내가 최고라고 떠들어 대고 기어코 나를 끌어안으려 드는 등 법석을 하며 기뻐 날뛰었다. 혼자는 외투에서 따지도 않은 럼주 한 병을 꺼내(그 난리 법석 중에 어떻게 그것을 간수해 냈는지 알 수가 없었다.) 높이 치켜들고 흔들었다. 우리 기분은 최고였다. 그런데 문제는 어디로 가야 할지 모른다는 것이었다. 한 술집에서는 쫓겨났고, 다른 술집들은 금지되어 있었고, 미친 듯이 날뛰는 경쟁자들은 택시를 타지 못하게 막고 있었고, 게다가 이렇게 밖에 있다가 징계 처분을 받는 수도 있었다. 우리는 얼른 좁다란 골목으로 들어갔다. 양쪽에 집들이 늘어선 길을 따라가자 그제서야 한쪽에는 담이고 다른 쪽에는 울타리로 된 곳이 나왔다. 울타리 옆에는 건초 수레가 서 있었고 그 옆에는 양철 좌석이 놓인 농기계 비슷한 것이 있었다. "옥좌가 있군." 하고 혼자가 말하더니 땅에서 딱 일 미터쯤 되는 그곳에 금발 아가씨를 앉혔다. 병을 돌려 가며 우리 넷은 모두 술을 마셨고 금발 아가씨도 말이 많아지더니 혼자에게 도전적으로 말을 툭 던졌다. "넌 나한테 100코루나를 내놓을 리가 없어!" 세상에, 혼자는 그녀에게 100코루나를 찔러 주었고 순식간에 그녀는 짧은 외투를 벗어던지고 치마를 걷어올렸다. 다음 순간 그녀는 스스로 팬티도 벗어 버렸다. 그녀는 내 손을 잡고 가까이 끌어당겼는데, 나는 겁을 집어먹고 손을 뿌리치며 대신 스타나를 앞으로 밀었다. 그는 조금도 주저함 없이 그녀의 다리 사이에 자리를 잡았다. 그들은 겨우 이십 초 같이했을 뿐이었다. 그다음에는 혼자를 내세우고 나는 또 숨으려 들었는데(주인 역할을 하려던 것이기도 했고 또 한편으로 계속 겁이 나기도 했다.) 이번에는 금발 아가씨가 단호하게 나오며 나를 자기에게로 세게 잡아당겼고 여러 차례 고무적인 접촉 끝에 나의 남성이 깨어나기 시작하자 그녀는 다정하게 내 귀에 대고 속삭였다. "내가 여기 있는 건 당신 때문이야, 이 바보야." 그러고 나서 그녀가 신음하기 시작하자 갑자기 그녀가 나를 사랑하며 또 내가 정말로 사랑하는 다정한 아가씨라는 느낌이 들었다. 그녀는 계속 신음 소리를 냈고 나는 계속 몰두하고 있었는데, 혼자의 외설적인 말이 들려온 순간, 그녀는 내가 사랑하는 여자가 아니라는 의식이 들면서, 마저 일을 끝내지도 않은 채 얼마나 거칠게 그녀에게서 떨어져 나왔는지 금발 아가씨는 거의 겁을 먹고 "뭐하는 거야?" 하고 말했다. 그러나 벌써 혼자가 그녀 곁에 있었고 신음은 다시 이어졌다.

그날 밤, 우리는 2시가 가까워서야 병영에 돌아갔다. 4시 30분부터 벌써 우리는 자리에서 일어나 일요 자원 노동에 나가야 했다. 이 일은 우리 대장에게는 특별 수당을 가져다 주었고 우리에게는 격주로 토요일마다 외출을 할 수 있게 해 주었다. 우리는 잠이 부족했고 몸은 알코올에 젖어 있었다. 그리고 우리 모두 희미한 갱도에서 유령처럼 흐느적거리기는 했지만 나는 우리가 보냈던 그 밤을 즐겁게 다시 머릿속에 떠올리고 있었다.

이 주일 후는 그때처럼 화려하지 못했다. 어떤 사건으로 혼자는 외출이 금지되어 나는 별로 잘 알지도 못하는 다른 소대 사람 둘과 같이 나갔다. 우리는(거의 뻔한 일이었다.) 하도 끔찍하게 길어서 가로등이라는 별명으로 불리는 여자를 보러 갔다. 끔찍하게 생긴 여자였지만 어쩔 수 없었다. 우리가 가까이할 수 있는 여자는, 특히 우리에게 거의 여가가 없었으므로, 극히 제한되어 있었던 것이다. 무슨 일이 있어도 (그토록 짧고 그토록 드물게 주어지는) 자유의 순간들을 반드시 잘 이용해야만 하기 때문에 병사들은 괜찮은 것보다는 접근 가능한 것을 택했다. 시간이 가면서 그리고 서로 탐사 결과들을 주고받은 끝에 비교적 수월한 (그리고 물론 겨우 참아 줄 만한) 여자들의 조직망이 (아주 빈약하나마) 공동 사용을 위하여 형성되었다.

가로등은 이 공동 조직망에 속했다. 나는 전혀 상관없었다. 두 친구가 그녀의 비정상적인 키에 대해 농담을 하기 시작해서는, 벽돌을 한 장 구해서 그때가 오면 우리 발밑에 받쳐야 할 것이라고 쉰 번은 되풀이해 말하고 있었는데, 이 농담들이 내게 묘하게도 기분 좋게 느껴졌다. 여자에 대한 나의 강렬한 욕구를 더 자극해 주었던 것이다. 어떤 여자라도 좋았다. 개인화되지 않을수록 그 여자에게는 영혼이 없을 것이며 그 편이 훨씬 나았다. 그냥 아무렇지도 않은 어떤 여자인 것이 좋았다.

술을 아주 많이 마셨는데도, 가로등이라는 그 여자를 보자 내 광적인 욕망은 사그라들어 버렸다. 모든 것이 역겹고 공허해 보였다. 그리고 다음 날 친하게 지내는 혼자도 스타나도 옆에 없자 나는 지독한 숙취에서 헤어나지 못한 채 이제 이 주전에 있었던 그 일까지 진저리를 치며 앞으로는 술 취한 가로등이든 농기계 좌석에 앉은 여자든 할 것 없이 절대 가까이하지 않겠다고 맹세했다.

어떤 도덕적 원리가 내 안에서 되살아났던 것일까? 아니다. 그것은 다만 혐오였을 뿐이다. 하지만 몇 시간 전만 해도 그렇게 강렬하게 여자를 원했는데, 그리고 그 욕망의 광적인 강렬함은 바로 어떤 여자건 아무 상관 없다는 사실과 결부되어 있었는데, 무엇 때문에 혐오감을 느낀단 말인가? 내가 다른 사람보다 까다로운 걸까, 창녀를 끔찍이 싫어하는 걸까? 아니다. 나는 슬픔에 사로잡혔던 것이었다.

슬펐다. 내가 최근에 체험한 사건들은 결코 예외적인 일이 아니었다. 내가 그렇게 행동했던 것은 그 일을 어떤 화려한 모험으로 여기고, 그 순간의 기분으로, 또 모든 것을 알고 싶고(고상한 것이건 비천한 것이건) 모든 것을 겪어 보고 싶다는 들뜬 열망에서 그랬던 것인데, 그것은 이제 현재 나의 삶을 이루는 근본적이고 일상적인 조건이 되어 있지 않은가. 그 사건들은 내가 할 수 있는 것의 영역을 엄밀하게 경계 지어 놓았고, 이제부터 내게 운명 지어진 사랑의 지평이 어떤 것인지 그 모습을 정확하게 그려 주고 있었다. 그것은 나의 자유를 보여 주는 것이 아니라(가령 일 년 전에 그런 일이 일어났다면 그렇게 여겨졌을 것이다.) 내가 이렇게 결정되었다는 사실, 나의 한계들, 내가 받은 선고를 나타내 주는 것이었다. 그러자 두려움이 엄습해 왔다. 이 처참한 미래의 모습, 이 운명이 두려웠다. 내 영혼이 두려움으로 웅크리며 뒷걸음질치는 것이 느껴졌고, 내 영혼이 포위당한 채 어느 곳으로도 도망칠 수 없다는 생각이 들면서 나는 공포에 떨었다.

7

우리가 할 수 있는 사랑이란 그렇게 한심한 것일 수밖에 없다는 데서 오는 슬픔, 우리 모두 혹은 거의 모두는 그 슬픔을 알고 있었다. 베드리흐(평화를 위한 선언문의 저자)는 그의 그 신비로운 신이 거주하고 있는 자신의 내면 깊은 곳에 명상으로 침잠해 들어감으로써 그 슬픔으로부터 벗어나려 했다. 이 경건한 내면성에 부응하여 관능의 영역에 있어서 그는 종교적 의식처럼 규칙적으로 고독하게 수음을 했다. 다른 이들은 그보다 더 기만적인 방책을 구했다. 창녀들을 찾아다니는 잡스러운 행각을 아주 감상적인 낭만에 기대어 보충하고 있었던 것이다. 어떤 이들은 고향에 사랑하는 이가 있어 그 사랑을 너무도 골똘히 생각한 나머지 찬란한 빛이 날 정도로 갈고 닦아 놓기도 했고, 또 어떤 이들은 변치 않는 영원한 마음과 기다림을 믿기도 했다. 술집에서 낚았던 만취한 여자가 자기를 열렬히 사랑한다고 속으로 혼자 생각하는 이들도 있었다. 스타나는 입대하기 전에 조금 사귀었던 프라하 여자(당시에는 분명 그리 대수롭지 않게 여겼던 여자였다.)의 방문을 두 차례 받더니 느닷없이 감격해 가지고는 그녀와 곧 결혼하겠다고 결심했다. 그는 단지 그러면 이틀의 외박이 주어지기 때문이라고 강조했지만, 말로만 그렇게 냉소적일 뿐이라는 것을 나는 알고 있었다. 3월 초의 일이었는데, 중대장은 실제로 마흔여덟 시간의 휴가를 내주었고, 스타나는 토요일, 일요일 이틀을 잡고 결혼을 하러 프라하에 갔다. 나는 아주 정확하게 그 일을 기억한다. 왜냐하면 스타나의 결혼식이 있던 날은 나에게도 역시 매우 중요한 날이었기 때문이다.

나도 외출 허가를 얻었는데, 지난번 외출을 가로등하고 날려 버린 이후로 기분이 울적했기 때문에 친구들을 피해 혼자서 밖으로 나갔다. 오스트라바 외곽 지역들을 꼬불꼬불 이어 주는 낡은 협궤 전차를 타고 아무 데로나 그냥 실려 가고 있었다. 그러다가 아무 데서나 내려, 역시 그냥 아무 노선이나 다른 전차를 바꿔 탔다. 이 끝도 없는 오스트라바 변두리, 공장과 자연, 벌판과 쓰레기더미, 나무들과 탄광의 재 무더기, 커다란 건물들과 조그마한 농가 등이 기이하게 한데 섞여 있는 그 변두리 풍경 전체가 내 눈길을 끌었고 이상하게 마음을 흔들어 산란스럽게 했다. 나는 전차에서 아예 내려 오래 걷기 시작했다. 거의 마음을 온통 빼앗긴 채 이 기이한 풍경을 바라보며 그 의미를 해독해 내려고 애써 보았다. 이렇게 서로 어울리지 않는 것들이 마구 뒤섞인 풍경에 통일성과 질서를 부여해 주는 것이 무엇일까 생각했다. 그러다가 담쟁이덩굴이 우거진 한 전원풍 집을 지나가게 되었다. 그 집은 바로 뒤에 마치 기둥처럼 삐죽삐죽 솟아 있는 굴뚝이나 높다란 용광로의 흉측한 모습들과 전혀 어울리지 않았는데, 바로 그렇기 때문에 거기가 그 집이 있어야 할 자리라는 생각이 들었다. 그러고 나서 빈민가 판잣집들을 따라 걷는데 조금 더 멀리 있는 집 한 채가 눈에 들어왔다. 더러운 잿빛 집이었으나 정원이 빙 둘러 있고 쇠창살 문도 있었다. 정원 한 모퉁이 수양버들은 이 풍경 속에서 길을 잃고 서 있는 것처럼 보였다. 그런데 나는 바로 그래서 이 나무의 자리가 바로 여기라는 생각이 들었다. 이러한 부조화가 마음을 어지럽혔다. 단지 부조화가 이 풍경의 공통분모 같아 보였기 때문만은 아니었다. 무엇보다도 거기에서 나는 나 자신의 운명, 여기에 유배된 나를 암시하는 어떤 것을 발견했기 때문이다. 그리고 자연히 나 개인의 역사를 도시 전체라는 한 객체 속에 그런 식으로 투영하면서 어떤 위안 같은 것을 받기도 했다. 담쟁이덩굴이 우거진 작은 집도 수양버들도 이런 장소들에 속하지 않듯이, 아무 데로도 이어지지 않는 짧은 길들, 서로 이질적인 건물들이 들어찬 그 길들이 그 장소들에 속하지 않듯이, 나 또한 거기에 속한 사람이 아니었다. 납작한 판잣집들로 가득한 이 흉측한 지역이 지난날 쾌적한 시골이었던 이 장소들에 속하지 않는 것과 마찬가지로 나 역시 이곳에 속하지 않는 사람이었다. 그리고 나는 알게 되었다. 바로 내가 이곳에 속하지 않기 때문에 이 경악할 만한 부조화의 도시, 이질적인 모든 것들을 하나로 무자비하게 끌어안고 있는 이 도시, 이곳이 내가 있어야 하는 내 자리라는 것을.

나는 예전에는 시골 마을이었으나 이제 오스트라바 근교가 된 페트르코비츠의 긴 간선 도로에 다시 나와 있었다. 육중한 이 층 건물 근처에서 멈춰 섰는데 그 한쪽 모퉁이에 수직으로 극상이라 새겨진 글자가 눈에 띄었다. 하릴없이 어슬렁거리는 사람이나 할 쓸데없는 생각이었지만, 어떻게 이 극장에는 이름도 없을까 하는 의문이 떠올랐다. 잘 들여다보아도 건물에는 다른 말은 아무것도 씌어 있지 않았다.(또한 전혀 극장 같은 구석이 없었다.) 인접한 집과 이 건물 사이에는 이 미터 정도의 골목이 나 있었다. 나는 그 골목을 지나 마당에 들어섰다. 그제서야 그 건물 뒤로 일 층 건물이 덧붙었다는 것을 알 수 있었다. 벽에는 영화 선전 포스터와 사진 들을 붙여 놓은 진열창이 달려 있었다. 가까이 다가가 보았으나 거기에도 극장 이름은 없었다. 몸을 돌리는데 쇠창살 너머로 옆집 조그만 마당에 나와 있는 어린 여자아이가 보였다. 나는 그 아이에게 극장 이름이 무어냐고 물어보았다. 아이는 놀란 눈빛으로 자기는 모른다고 대답했다. 나는 그래서 결국 그 극장이 이름 없는 극장임을, 이 오스트라바라는 유배지에는 극장조차 이름 하나 가지지 못한다는 것을 인정하기로 했다.

나는 (무슨 의도 같은 것은 전혀 없이) 다시 진열창으로 다가갔는데, 그때서야 포스터 한 장과 사진 두 장이 선전하고 있는 영화가 바로 소련 영화, 「명예 법정」이라는 것을 알게 되었다. 마르케타가 내 인생에서 자비의 여인 역을 맡고 싶어 어쩔 줄 몰라 하며 이 영화의 여주인공 이야기를 했고, 나에 대한 당의 심판 과정에서 동지들이 이 영화에 나오는 엄혹한 처벌을 언급하기도 했다. 이런 모든 것들 탓에 나는 이 영화에 꽤 거부감이 있었고, 그래서 그 이야기도 듣기 싫어 했다. 그런데 여기, 오스트라바에서까지도 그 비난의 손가락질로부터 벗어나지 못하다니……. 하긴 그래서 뭐, 그런 손가락질이 싫으면 등을 돌려 버리면 그만이다. 나는 바로 그렇게 했다. 거리로 다시 나갈 생각이었다.

그때 루치에를 처음 보았다.

그녀는 내 쪽으로 걸어오고 있었다. 그리고 극장 안마당으로 들어가는 것이었다. 무엇 때문에 나는 그녀를 지나쳐 계속 길을 가지 않았던 것일까? 내 정처 없는 소요의 기이한 한가로움 때문이었을까? 나를 머뭇거리게 하고 다시 거리로 나가지 못하게 붙들었던 것은 오후의 끝무렵 그 마당을 비추던 그 묘한 빛 때문이었을까? 아니면 루치에의 모습 때문이었을까? 하지만 그녀의 모습은 아주 평범했다. 나중에는 그 평범함 자체가 나를 감동시키고 마음을 끌었지만, 처음에 그녀가 나를 멈추어 세운 것은 그러니 어떻게 설명한단 말인가? 오스트라바의 거리에서 그런 평범한 아가씨들을 자주 마주치지 않았던가? 아니면 그녀의 평범함이 그렇게 특별했던 것인가? 모르겠다. 아무튼 나는 그 아가씨를 바라보며 그 자리에 서 있었다. 그녀는 천천히 원래 걷던 그대로, 「명예 법정」의 사진들이 있는 진열창 쪽으로 다가갔다. 그리고 나서 여전히 서두르지 않으면서 그곳을 떠나 창구로 이어지는 열린 문 안으로 들어갔다. 그렇다, 그토록 나를 매혹했던 것은 루치에의 그 특이한 느림 때문이었을 것이다. 서둘러 돌진할 만한 가치가 있는 목표란 없다고, 무언가를 향해 초조하게 손을 내미는 것은 아무 소용 없는 일이라고, 그렇게 체념한 마음을 발산하는 그 느림 때문이었을 것이다. 그랬다, 그 아가씨가 매표소로 가서 동전을 꺼내고, 표를 사고, 관람실을 한 번 보고는 다시 마당으로 나오는 동안 계속 나로 하여금 그녀로부터 눈을 떼지 못하게 했던 것은 아마도 정말로 그 우수로 가득한 느림 때문이었을 것이다.

나는 그녀에게서 눈을 떼지 않았다. 그녀는 내게 등을 돌리고 서서 마당 너머 멀리 작은 울타리로 둘러싸인 정원과 시골집들을 바라보고 있었다. 그 너머로는 흙빛 채석장이 시야를 가로막아 버렸다.(나는 그 마당을, 그 어떤 세세한 부분들조차 결코 잊지 못할 것이다. 조그만 여자 아이가 집 계단에 꿈꾸듯 앉아 있는 이웃집 마당과 그 건물 마당 사이에 놓여 있던 쇠창살 울타리를 기억한다. 그 집 계단이 한쪽 벽에 붙어서 나 있고 거기에 빈 화병 두 개와 회색 냄비 하나가 놓여 있던 것을 기억한다. 채석장 바닥을 굽어보던 연기에 싸인 태양을 기억한다.)

6시 십 분 전이었는데, 그것은 영화가 시작되기까지 앞으로 십 분이 더 흘러갈 것임을 뜻했다. 루치에는 돌아서더니 서두르지 않고 마당을 나가서 거리로 향했다. 나는 그녀를 따라갔다. 내 뒤로 오스트라바의 황폐한 벌판의 그림이 닫히고 이제 다시 도시의 거리였다. 오십 보 앞에는 잘 관리된 작은 광장이 나 있었는데, 거기에는 벤치도 몇 개 있었고 아주 조그만 공원도 있었으며 또 고딕풍을 흉내 낸 붉은색 건물이 비스듬히 살짝 빛을 발하는 것 같기도 했다. 나는 루치에를 관찰했다. 그녀는 벤치에 앉아 있었다. 단 한순간도 그녀의 느림은 그녀를 떠나지 않았다. 자칫하면 거의 그녀가 천천히 앉아 있었다라고 말할지도 모를 정도였다. 그녀는 주위를 둘러보지 않았고 전혀 움직이지도 않았다. 마치 수술을 기다리는 것처럼, 또는 무언가에 너무 사로잡혀 주위 일을 완전히 잊은 채 자기 내면으로만 온통 집중해 있는 것처럼 그렇게 앉아 있을 뿐이었다. 내가 그녀 주변을 배회하고 세세히 살피면서도 그녀가 눈치를 채지 못하게 할 수 있었던 것은 바로 그래서였을 것이다.

첫눈에 반한다는 말들을 잘한다. 나는 사랑이 자기 자신의 전설을 만들어 낸다거나 그 시작을 나중에 신비화하려는 경향이 있다는 것을 너무 잘 안다. 그러니 지금 그것이 그렇게 돌연히 불붙은 사랑이었다고 말하지는 않겠다. 그러나 분명 어떤 예시 같은 것이 있었다. 루치에의 본질, 아니—아주 정확하게 말해야 한다면—나중에 루치에가 내게 어떤 사람이 되었는데 그 루치에의 본질, 나는 그것을 한순간에 즉시 깨달았고 느꼈고 보았던 것이다. 마치 누가 밝혀진 진리를 가져와 보여 주듯이, 루치에가 내게 가져와 드러내 보인 것은 바로 그녀 자신이었다.

나는 그녀를 계속 바라보았다. 시골풍 파마를 해서 머리카락은 아무렇게나 부스스하게 퍼져 있었다. 다 닳고 터무니없이 짧은 초라한 외투도 보았다. 은근히 예쁘고, 예쁘게 은근한 그녀의 얼굴도 보았다. 나는 이 아가씨에게서 평온과 단순과 겸허를 느끼고 있었고, 그것이 바로 내가 필요로 하는 가치들임을 느꼈다. 나는 우리가 아주 가까운 사이인 것 같기까지 했다. 그냥 그녀에게 다가가서 말을 건네기만 하면 될 것 같았고, (마침내) 그녀가 나를 보게 되는 순간, 마치 여러 해 동안 못 본 형제를 갑자기 만나기나 한 듯 미소 지어 줄 것만 같았다.

루치에가 그때 고개를 들었다. 시계탑에서 시간을 보는 것이었다.(그 동작은, 영원히, 내 기억 속에 각인되어 있다. 손목에 시계를 차고 있지 않아 자동적으로 언제나 시계 앞에 앉는 아가씨의 동작.) 그녀는 벤치에서 일어나 극장 쪽으로 갔다. 나는 그녀 곁으로 가고 싶었다. 그러나 대담성이 없었던 것도 아닌데 갑자기 말이 나오지 않았다. 내 가슴에는 분명 많은 느낌이 가득했지만 머릿속엔 단 하나의 음절도 없었다. 표 받는 데까지 그녀를 따라가 보니 극장 안이 텅 비어 있었다. 몇 사람이 들어와 창구로 몰려갔다. 그들을 앞질러서 나는 그 혐오스러운 영화의 표를 샀다.

그러는 사이 그 아가씨는 극장 안으로 들어갔다. 나도 들어갔다. 자리가 반쯤 텅 비어 있어서 표에 적힌 번호는 아무 의미가 없었으므로 모두 아무 데나 앉았다. 나는 루치에와 같은 줄로 다가가 그 옆에 자리를 잡았다. 그다음 낡은 음반에서 귀가 터질 듯한 음악이 울려 퍼지고 깜깜해지더니 화면에 광고 장면이 나타났다.

루치에는 검은색 견장을 단 군인이 그저 우연히 바로 옆에 와서 앉은 것이 아니라는 것을 틀림없이 알았을 것이다. 내가 온 신경을 그녀에게 집중하고 있었으니 더욱이 그녀는 곁에 내가 있음을 분명히 감지했을 것이다. 화면에서 무슨 일이 일어나는지 나는 아무것도 눈에 들어오지 않았다.(이 얼마나 웃기는 복수인가. 내게 도덕을 설교하던 이들이 수차례 인용했던 그 권위 있는 영화가 내 앞에서 지금, 내가 전혀 신경도 쓰지 않는 가운데, 그렇게 전개되고 있는 것이었다.)

영화가 끝나자 불이 다시 켜졌고 몇 안 되는 관객들이 자리를 떠났다. 루치에는 무릎 위에 놓았던 밤색 외투를 집으며 일어서서 한쪽 팔을 끼웠다. 나는 그녀가 박박 깎은 내 머리를 볼까 봐 얼른 모자를 쓰고, 다른 쪽 팔을 끼우는 것을 도와주었다. 그녀는 잠깐 나를 쳐다보았을 뿐 아무 말도 하지 않았다. 아주 살짝 머리를 숙이기나 했을까, 하지만 그것이 고맙다는 표시인지 전혀 아무 의도도 없는 몸짓인지 알 수가 없었다. 그런 다음 짧은 보폭으로 그녀는 좌석 사이를 빠져나갔다. 나 역시 얼른 (너무 길어서 분명히 내게 아주 안 어울리는) 초록색 외투를 걸치고 따라 나갔다. 밖으로 다 나가기 전에 나는 그녀에게 말을 건넸다.

그녀 곁에서 그녀를 생각하며 보낸 두 시간이 나를 그녀의 파장에 맞추어 준 것 같았다. 갑자기 그녀를 잘 아는 것처럼 이야기를 할 수가 있었다. 평소처럼 농담이나 역설 같은 것으로 대화를 시작하지도 않았고 아주 자연스러웠다. 그때까지 나는 여자들 앞에서 언제나 두꺼운 가면을 쓰고 그 아래서 비틀거리기만 해 왔기 때문에 나 스스로가 놀랄 일이었다.

나는 그녀에게 어디에 사는지, 무슨 일을 하는지, 극장에 자주 오는지 물어보았다. 나는 탄광에서 일을 하는데 몹시 고되고, 외출도 아주 가끔씩밖에 못 한다고 말했다. 그녀는 공장에서 일하며, 젊은 여성 노동자 기숙사에 사는데, 11시까지는 들어가야 하고, 춤추는 곳은 재미가 없어서 극장에 자주 간다고 했다. 나는 그녀가 어느 날 저녁 다시 시간이 날 때 극장에 같이 오고 싶다고 말했다. 그녀는 혼자서 가곤 한다고 했다. 나는 그녀에게 삶이 서글프다고 느껴져서 그러는 것이냐고 물어보았다. 그녀는 그렇다고 했다. 나도 즐겁지 않다고 말했다.

슬픔, 우울의 공감보다 사람을 더 빨리 가깝게 만들어 주는 것은 없다.(그 가까움이 거짓인 경우가 많다고 하더라도.) 말없이 고요하게 서로 감정을 공유하는 이런 분위기는 그 어떤 두려움이나 방어도 잠들게 하며, 섬세한 영혼도 속된 자도 모두 감지할 수 있는 것으로, 사람을 가까워지게 만드는 방식 중 가장 쉬운 것이면서 반면에 가장 드문 것이기도 하다. 그러자면 자신 속에 형성되어 있는 정신적 태도라든가 꾸며낸 행동과 몸짓들을 버리고 아주 단순하게 행동해야 하기 때문이다. 어떻게 내가 (단번에, 준비도 없이) 그렇게 될 수 있었는지, 수많은 가짜 얼굴들 뒤에서 눈먼 사람처럼 늘 길을 더듬던 내가 어떻게 그렇게 할 수 있게 되었는지 알 수가 없다. 정말 알 수 없는 일이다. 다만 그것은 기대하지 못했던 선물, 기적 같은 해방으로 느껴졌다.

우리는 그러니까 자신에 관해 아주 사소하고 단순한 이야기를 나누었다. 그녀의 기숙사까지 걸어갔고, 그 앞에서 잠깐

서 있었다. 가로등 하나가 루치에를 환하게 빛으로 감싸고 있었고, 나는 그녀의 작은 밤색 외투를 바라보다가 그녀의 얼굴이나 머리카락이 아니라 그 감동적인 외투의 다 닳아 버린 천을 가만히 쓰다듬었다.

가로등이 흔들리고 있던 것을, 기숙사 여자들이 기분 나쁘게 크게 웃어 대며 우리 주위를 지나 문을 열고 들어갔던 것을 기억한다. 눈앞에 높이 솟아 있던 건물, 테두리도 없이 창문들이 나 있던 헐벗은 잿빛 벽이 눈에 선하다. 루치에의 얼굴도 기억한다. (내가 비슷한 상황에서 알게 되었던 다른 여자들의 얼굴과 달리) 그 얼굴은 완벽하게 고요했고 아무 동요도 없었다. 칠판 앞에 나와서 (고집스럽게 뾰로통해 있거나 무슨 술책 같은 것을 부리는 법 없이) 점수도 칭찬도 아무 상관 없다는 듯 그저 자기가 알고 있는 것을 겸손하게 발표하는 데에 만족하는 학생의 표정 같았다.

언제 내가 다시 외출 허가를 받는지, 언제 우리가 다시 만날 것인지 내가 엽서를 보내 그녀에게 알려 주기로 우리는 동의했다. 그렇게 작별을 하고(입맞춤도 없이, 서로 손도 대지 않고) 나는 뒤돌아 걸었다. 몇 걸음 가지 않아서 뒤를 돌아보니 그녀가 현관에서 열쇠를 쥔 채 꼼짝하지 않고 나를 바라보고 있었다. 내가 그렇게 좀 멀어지자 그제서야 그녀는 경직된 태도를 풀고 (그때까지 소심했던) 두 눈을 들어 나를 길게 응시하고 있는 것이었다. 그러더니 그녀가 한쪽 손을 들었는데, 그것은 마치 그런 몸짓을 한 번도 해 본 적도 없고, 어떻게 해야 되는지도 모르며, 단지 작별 인사로 손을 흔든다는 사실만은 알고 있어서, 어색하지만 그 동작을 해 보기로 결심한 사람이 손을 드는 것 같았다. 나도 멈추어 서서 손을 들어 보였다. 우리는 그렇게 멀리에서 서로를 바라보고 있었다. 나는 다시 발걸음을 옮겼다가 또다시 멈추어 서고(루치에는 여전히 손을 흔들고 있었다.) 그렇게 천천히 멀어져 가다가 길 모퉁이에 이르러 서로의 모습이 보이지 않게 되었다.

8

그날 저녁부터 내 안의 모든 것이 변했다. 내 안에 다시 누군가가 살게 된 것이었다. 나의 내면은 마치 방처럼 훽 청소가 되고 어떤 사람이 거기에 살게 되었다. 여러 달 전부터 바늘이 마비된 채 벽에 걸려 있던 시계가 갑자기 다시 똑딱거리기 시작했다. 중요한 일이었다. 그때까지 나와 아무 상관 없이, 무(無)에서 또다른 무를 향해,(나는 정지되어 있었으니까!) 아무 표지도 측량선도 없이 그저 무심히 흘러가던 시간이 점점 인간화된 얼굴을 다시 지녀 가고 있었던 것이다. 시간은 이제 다시 분명한 모습을 띠게 되고 헤아려지기 시작했다. 나는 갑자기 부대 밖으로 나갈 수 있는 외출 허가를 중요하게 여기게 되었고, 하루하루의 나날들이 루치에를 만나러 가기 위해 올라가는 사다리의 계단이 되었다.

그때 이후, 한 여자를 그토록 많이 생각하고 그토록 고요히 온 마음을 집중했던 적은 다시 없었다.(그 후에는 내게 더 이상 그렇게 시간이 많지 않았기 때문이기도 하지만.) 다른 어떤 여인을 향해서도 나는 그러한 감사의 마음은 결코 느껴 보지 못했다.

감사의 마음? 무엇에 대해서? 루치에는 우선 우리 모두가 갇혀 있던 저 참담한 사랑의 전망으로부터 나를 끌어내 주었다. 물론 갓 결혼한 스타나 역시 자기 나름대로 이 굴레를 벗어나 있었다. 이제 그에겐 프라하의 집에 자신을 사랑해 주는 아내, 그가 생각할 수 있는 아내가 있었다. 그러나 그를 부러워할 필요가 없었다. 결혼을 통하여 그는 자신의 운명을 다시 움직이게 만들긴 했지만 오스트라바로 돌아오는 기차에 오르는 순간 그것은 그에게 아무 소용이 없어지고 마는 것이었다.

루치에를 발견하고서 나도 나의 운명을 다시 움직이게 만들었다. 그러나 나는 그 운명을 시야에서 놓치지 않았다. 루치에와의 만남은 드문드문이긴 했지만 거의 규칙적이었고, 나는 그녀가 이 주일이 아니라 더 길게도 나를 기다릴 수 있으며, 그러다가 마치 전날 만났던 듯 나를 맞아 주리라는 것을 알고 있었다.

그러나 루치에는 단지 오스트라바의 그 절망적인 사랑 놀이에 기인한 전반적인 구토증으로부터 나를 해방해 주기만 한 것이 아니었다. 나는 이제 내가 졌다는 것을, 그리고 내 검은 표지를 절대 바꾸지 못하리라는 것을 이미 알고 있었다. 이 년 이상을 같이 보내야 할 사람들 앞에서 자꾸만 도망쳐 내 속으로 숨으려 드는 것도 우스운 노릇이며, 내 길을 지킬 권리를 달라고 외쳐 대는 것이 말도 안 되는 일이라는 것도 이제 알았다.(그것에 특권적 성격이 있음을 깨달아 가고 있었다.) 그러나 이러한 태도 변화는 단지 이성과 의지의 차원에 있는 것이었고, 그렇기 때문에 나의 잃어버린 운명에 대해 내가 속으로 흘리는 눈물은 마를 수가 없었다. 이 내면의 눈물, 루치에는 그것을 마치 마술처럼 가라앉혀 주었다. 내 곁에 그녀를, 또한 그녀의 삶 전체를 느끼기만 하면 되었다. 그녀의 삶 속에서는 세계동포주의와 국제주의, 철저한 경계와 계급 투쟁, 프롤레타리아 독재의 정의에 대한 논쟁들, 전략과 전술이 동반된 정치, 이 모든 것이 아무런 역할도 하고 있지 않았다.

바로 이런 일들(너무도 전적으로 그 시대 것이어서 곧 그 용어조차 뜻모를 소리가 되어 버릴 일들)을 하다가 나는 파멸했던 것이다. 그러면서 바로 그 일들에 계속 집착했다. 여러 위원회에 소환되었을 때 나는 나를 공산주의로 이끌었던 동기를 수십 가지는 늘어놓았지만, 이 운동에서 무엇보다 나를 매혹시키고 심지어 홀리기까지 했던 것은 내 시대의 (또는 그렇다고 믿었던) 역사의 수레바퀴였다. 그 당시 우리는 정말로 사람이나 사물의 운명을 실제로 결정했다. 그리고 그것은 대학에서 특히 더했다. 당시 교수단에는 공산당원이 한 손에 꼽을 정도였기 때문에 처음 몇 년간 학생 당원들이 교수 임용도 결정하고 교육 개혁이나 교과 과정 개편도 결정하는 등 거의 단독으로 대학을 이끌어 가고 있었다. 우리가 맛보았던 그 도취는 보통 권력의 도취라고 불리는데, 나는 그러나 (약간의 선의로) 그보다 좀 덜 가혹한 말을 고를 수 있을 것 같다. 그러니까 우리는 역사에 매혹되었던 것이다. 우리는 역사라는 말 위에 올라탔다는 데 취했고, 우리 엉덩이 밑에 말의 몸을 느꼈다는 데 취했다. 대부분의 경우 그것은 결국 추악한 권력에의 탐욕으로 변해 버리고 마는 것이었지만, 그러면서도 (인간의 모든 일에 여러 가지 면이 있듯) 거기에는 동시에 아름다운 환상이 있었다. 사람이(한 사람 한 사람 모두) 이제 역사의 바깥에 머물러 있거나 역사의 발굽 아래 있는 것이 아니라 오히려 역사를 이끌어 나가고 만들어 나가는 그런 시대를 우리, 바로 우리가 여는 것이라는 그런 환상이 있었다.

나는 그 역사의 수레바퀴를 떠나서는 삶은 삶이 아니라 반죽음이며, 권태이고, 유배이고, 시베리아라고 믿어 의심치 않았다. 그런데 (그 시베리아에서 여섯 달이 지난 후) 지금 나는 갑자기, 존재할 수도 있다는 가능성, 완전히 새롭고 예상치도 못했던 그 가능성을 발견하게 된 것이었다. 내 앞에는 이제 전속력으로 비상하는 역사의 날개 아래 가렸던 초원이 펼쳐지고 있었다. 잊혔던 일상이라는 초원, 소박하고 가난한, 그러나 충분히 사랑할 만한 한 여인, 루치에가 나를 기다리고 있는 곳.

루치에, 그녀가 이 역사의 거대한 날개에 대해 무엇을 알 수 있었겠는가? 그 날개 소리가 희미하게 그녀의 귓가를 스치고 지나갔다면 아주 어렴풋이 짐작이나 했을까. 그녀는 역사에 대해 아무것도 몰랐다. 그녀는 역사 아래에서 살았다. 역사에 대한 갈증도 없었다. 거대하고 일시적인 일들은 전혀 몰랐고 다만 작고 영원한 자신의 문제들을 위해 살았다. 그리고 나, 나는 그렇게 단번에 해방이 되었다. 그녀는 나를 자신의 회색빛 낙원에 데려가려고 찾아온 것 같았다. 그리고 한순간 전만 해도 그렇게 두렵게 보였던 그 발걸음, '역사의 바깥으로' 나를 이끌었던 발걸음이 갑자기 내게 안도와 행복의 발걸음이 되었다. 루치에는 수줍게 내 팔을 잡았고, 나는 그녀가 이끄는 대로 가만히 있었다.

루치에는 나의 회색빛 안내자였다. 그러나 보다 구체적인 사실들을 본다면, 루치에는 어떤 사람이었던가?

그녀는 열아홉 살이었다. 그러나 삶이 힘겨웠던 여인들, 유년에서 성년으로 곧장 곤두박질쳐진 여인들이 자기 나이보다 더 나이를 먹듯이 실은 훨씬 더 나이가 들어 있었다. 그녀는 헤프에서 태어났고 견습공으로 가기 전에 열네 살까지 학교에 다녔다고 했다. 가족에 관해서는 별로 말하고 싶어 하지 않아서 내가 억지로 말을 시켜야 겨우 입을 열 뿐이었다. 그녀는 집에서 행복하지 않았다고 했다. "가족들은 나를 좋아하지 않았어요."라고 하면서 근거가 되는 예를 드는데, 어머니는 재혼을 했고, 의붓아버지는 술고래였으며 그녀에게 아주 심하게 굴었다는 것이다. 어머니와 의붓아버지가 그녀가 집에서 돈을 훔쳤다고 의심을 하고 심하게 때리기까지 한 적도 있다고 했다. 그런 불화가 어떤 정도에 이르렀을 때 루치에는 기회를 틈타 오스트라바로 도망쳐 나왔다. 여기에서 산 지가 벌써 일 년이 넘었다. 친구도 있었다. 그렇지만 혼자 나가는 것을 더 좋아했다. 친구들은 춤을 추러 갔다가 기숙사에 남자 친구를 데려오기도 했다. 그런데 그녀는 그런 것을 하고 싶지 않았다. 그녀는 진지했다. 극장에 가는 것이 더 좋았다.

그랬다, 그녀는 자신을 '진지하다'고 하고, 이 성격을 영화를 좋아하는 자신의 취향과 연결 지었다. 특히 그녀는 당시 많이 상영하던 전쟁 영화를 좋아했다. 흥미진진하기 때문에 좋아하는 것 같았다. 그러나 그보다는 어쩌면 그런 영화에 많이 나오는 끔찍한 고통들 때문일 수도 있었다. 거기에서 루치에는 가엾고 가슴 아픈 장면들에 푹 빠져들곤 했는데, 그런 연민이나 슬픔 같은 감정들이 바로 자신을 고양시켜 주고, 자기 자신에게 스스로 부여한 그 '진지한' 성격을 확실하게 해 주는 감정이라고 여겼다.

물론 단지 그녀의 단순함이 내가 그때까지 몰랐던 새로운 것이어서 내가 루치에에게 끌렸다고 생각한다면 잘못이다. 그녀는 순진하고 배움이 모자랐으나 나를 이해하는 데 전혀 문제가 없었다. 그 이해는 많은 경험이나 지식에서 나오는 것도 아니었고, 어떤 문제에 대해 토론하고 조언을 해 줄 수 있는 능력에 기인하는 것도 아니었으며, 다만 그녀가 내 말을 귀기울여 들으며 그대로 다 받아들여 주는 데서 오는 것이었다.

어느 여름날을 기억한다. 그날은 루치에가 일을 끝내기 전에 내가 먼저 부대에서 나올 수 있었다. 그래서 책을 하나 들고 나가 작은 담에 기대앉아 읽었다. 그 시절에 나는 시간도 없었고 프라하의 친구들과 거의 연락도 없었기 때문에 독서에 관한 한 사정이 상당히 나빴다. 그러나 입대하면서 신병 가방에 넣어온 시집 세 권이 있었고, 나는 끊임없이 그 속으로 계속 다시 빠져들어 위안을 길어 내곤 했다. 프란티셰크 할라스의 시들이었다.

이 책들은 내 삶에서 특별한 역할을 했다. 내가 시를 잘 읽는 사람도 아니고, 좋아하게 된 시집도 그 세 권이 전부라는 사실만으로도 그것은 벌써 특별한 일이다. 내가 그 책들을 샀던 것은 당에서 축출되고 난 후였다. 바로 그 시기가 할라스라는 이름이 당시 최고 사상 지도자의 비난을 받으면서 다시 유명해진 때였다. 고인이 된 지 얼마 안 되었던 이 시인을 그 지도자는, 건전하지 못하다, 신념이 없다, 실존주의적이다, 등등 당시에 정치적 파문을 당하게 할 수 있을 만한 것을 모두 들어 비난했다.(그가 체코의 시와 할라스에 관해 생각하는 것들을 모아 내놓은 책은 당시에 엄청난 부수가 찍혔고 수많은 청년 모임이 그 책을 필독서로 공부했다.)

좀 우스워 보일지도 모르겠지만 고백하겠다. 할라스의 시를 읽어야겠다고 생각했던 것은 또다른 파문당한 사람에 대해 알고 싶었기 때문이다. 내 정신 세계가 정말로 그 사람의 세계와 비슷한지 알고 싶었다. 나는 그 영향력 있는 사상가가 병적이며 유해하다고 외쳐 댔던 그 슬픔이 내 마음의 슬픔과 어우러지며 내게 어떤 기쁨을 줄 수 있는지 알아보려고 했다.(그때 내 상황에서는 기쁨을 기쁨 속에서 찾을 수가 없었기 때문이다.) 나는 오스트라바로 출발하기 전에 문학을 아주 좋아하는 옛 학교 친구에게 그 시집 세 권을 빌렸고 사정사정을 해서 다시 돌려주지 않아도 된다는 허락을 받았다.

그날 약속 장소에서 내가 책을 들고 있는 것을 보고 루치에는 무엇을 읽고 있느냐고 물었다. 나는 펼쳐져 있는 책을 보여 주었다. "시잖아." 그녀가 놀라며 말했다. "내가 시를 읽는 게 이상해 보여?"라고 하자, 그녀는 어깨를 으쓱하며 "왜."라고 했다. 그러나 그녀는 정말 놀랐던 것 같다. 시란 어린아이들이 읽는 것이라고 충분히 생각했을 수 있으니까. 우리는 그을음으로 가득한 오스트라바의 그 희한한 여름, 머리 위에는 우윳빛 구름 대신 석탄 운반통이 긴 케이블을 따라 흘러가는 검정색 여름 속을 거닐었다. 가만히 보니 내 손에 들린 책이 계속 그녀의 관심을 끄는 모양이었다. 그래서 한 황량한 작은 숲에 가서 앉게 되었을 때 나는 책을 다시 펴고 "관심 있어?" 하고 물어보았다. 그녀는 고개를 끄덕였다.

그 이전에도 이후에도, 나는 한 번도 누구에게 시를 읽어 준 적이 없다. 내게는 아주 작동이 잘되는 작은 시스템, 즉 사람들 앞에서 너무 나를 내보인다거나 내 감정을 펼쳐 보이지 못하게 하는 부끄러움 조절 차단기가 장착되어 있다. 그런데 시를 읽어 준다는 것, 그것은 내게는 그냥 내 감정에 대해서 이야기하는 정도가 아니라 한쪽 다리로 서서 그렇게 하는 것이나 마찬가지였다. 리듬이나 운을 따라 읽어야 할 텐데 혼자가 아니라 누구 앞에서 그 속에 빠져들어야 한다면 무언가 어색한 것이 나를 불편하게 만들 것이었다.

그런데 루치에는 그 차단기를 마음대로 움직여 내 머뭇거림을 다 걷어 내 버리는 마술적인 힘을 소유하고 있었다.(그녀 이후에 아무도 그런 힘을 지닌 이는 없었다.) 그녀 앞에서 나는 모든 것이 가능했다. 진실함, 감정, 격정까지도. 그리하여 나는 이렇게 읽어 내려갔다.

그대 몸은 가냘픈 이삭
떨어진 낟알이 싹트지 못하리
가냘픈 이삭 같아 그대의 몸은

그대 몸은 명주 타래
마지막 주름까지 욕망으로 아로새긴
명주 타래 같아 그대의 몸은

그대 몸은 타 버린 하늘
그 몸 세포 속에 죽음이 도사려 꿈꾼다
타 버린 하늘 같아 그대의 몸은

그대 몸은 오로지 침묵
그 눈물로 내 눈꺼풀이 파르르 떤다
그대 몸은 어찌 그리 조용한지

나는 (조그만 꽃무늬 원피스의 하늘하늘한 천으로 감싸인) 그녀의 어깨에 한쪽 팔을 두르고 손가락에 그 느낌을 감지하고 있었다. 그리고 내가 지금 읽고 있는 시(이 느릿한 탄식의 노래)가 루치에의 몸, 그 말 없는, 체념한, 죽을 수밖에 없는 몸의 슬픔을 이야기하는 듯하다는 느낌에 빠져들었다. 그 시 다음에 다른 시들도 읽어 주었는데, 그중에서도 하나는 지금까지도 그녀의 모습을 눈앞에 보여 준다. 마지막 3행이 이렇게 끝나는 시다.

> 오, 거짓된 말들의 난행, 나는 침묵을 믿는다
> 아름다움보다 강한, 모든 것보다 강한 침묵
> 오, 소리 없이 서로 이해하는 이들의 축제

갑자기 내 손에 루치에의 어깨가 조금씩 흔들리는 것이 느껴졌다. 흐느끼는 것이었다.

무엇이 그녀에게서 울음을 이끌어 냈던 것일까? 시의 의미가? 아니면 그보다는 단어에서, 내 목소리에서 흘러나오는 무어라 말할 수 없는 우수 때문이었을까? 혹은 어쩌면 그 시들이 이해하긴 힘드나 무언가 심오하다는 느낌 때문에 그녀는 고양되고, 그러한 고양의 느낌으로 눈물이 나올 만큼 감동했던 것은 아닐까? 아니면 단지 그 시구들이 그녀 속에 숨어 있던 빗장을 확 열어 버리고 오랜 세월 쌓여 온 무거운 짐을 들어내 준 것이었을까?

나는 모른다. 어린아이처럼 루치에는 앞섶이 조이는 내 작업복에 얼굴을 묻고 내 목에 매달려 울고, 또 울고, 또 울었다.

9

최근 몇 년간 온갖 여자들이 (단지 자기들만큼 내가 마음을 주지 않는다면서) 내가 거만하다고 비난한 것이 몇 번이던가. 그건 말도 안 되는 소리다. 나는 거만한 것이 아니라 실은 성년이 되고부터 어떤 여자와 진정한 관계를 가지지 못한다는 것, 아무도, 말하자면, 사랑하지 못했다는 것에 대해 나 자신이 먼저 참담한 심정이다. 이러한 실패의 원인이 무엇인지 잘 모르겠다. 그런 마음의 결함은 내가 원래 타고난 것인지 아니면 지난 일들에 뿌리를 둔 것인지 알 수가 없다. 비장한 분위기를 풍길 마음은 없지만 사실은 이러했다. 그러니까 내 기억 속에서 자꾸만 그 강당, 백 명이 손을 들어 내 삶의 파탄을 결정했던 그 강당이 떠오르곤 했던 것이다. 그 백 명의 사람들은 언젠가 서서히 변화가 일어나게 되리라는 것을 몰랐다. 그들은 나를 영원히 추방하는 것이라고 계산했던 것이다. 쓰디쓴 풀을 자꾸 다시 씹어 보는 것이 즐거워서가 아니라 머릿속 생각이라는 것이 원래 그렇게 집요한 법이어서, 나는 여러 번 내 사건의 변형판들을 만들어 내어 추방이 아니라 교수형이 제안되었다면 어떻게 되었을까 상상해 보곤 했다. 그랬다고 해도 모두 손을 들었으리라는 결론이 나올 뿐 다른 결론에 이르러 본 적이 한 번도 없었다. 게다가 판결에 앞선 1차 보고가 형 집행이 적절하고 마땅함을 서정적 문구로 설명해 주고 있다면 특히 더 그럴 것이었다. 그때 이래로 나는 새로 사람들을 알게 될 때마다 남자든 여자든, 새 친구든 애인이 될지 모를 여자든, 머릿속에서 그들을 그 시대 그 강당에 옮겨 놓고 그들이 손을 들 것인가 자문해 보게 된다. 그 누구도 이 검사에 통과한 사람은 없다. 예전에 내 친구들이나 아는 사람들이 (기다렸다는 듯 얼른, 또는 자신을 보호하기 위해 어쩔 수 없이, 확신에 의해서 혹은 두려워서) 그랬던 것처럼 그들 모두가 손을 들고 만다. 그러니 인정하시라. 당신을 유배 보내거나 사형할 태세인 이들과 같이 산다는 것이 힘들다는 것을. 그들과 아주 친해지기가, 그들을 사랑하기가 힘들다는 것을.

그들은 분명 많은 손들이 위로 올라가던 그 대강당에 한 번도 가 본 적도 없고, 선이고 악이고 그런 것은 모르는 채 그저 내 주위에서 비교적 조용히 살고 있었을 터인데, 내가 그렇게 잔인한 상상의 검사를 받게 하는 것은 부당한 일인지도 모르겠다. 어쩌면 이런 내 행동에는 단 하나의 목적, 즉 오만한 정신이 있어서 다른 이들을 저 위에서 내려다보려는 목적이 있을 뿐이라고까지 말하는 사람도 있을 것이다. 하지만 거만하다는 비난은 정말 옳지 않을 것이다. 나는 그 누구건 어떤 이의 파멸을 위해 투표하는 일 같은 것은 하지 않았다. 그렇지만 손을 들 수 있는 권리가 일찌감치 박탈되었으니 그것도 가정에 지나지 않는다는 사실 역시 아주 잘 알고 있었다. 맞다. 오랫동안 나는 그런 상황에서 결코 다른 사람들처럼 행동하지 않았을 것이라고 스스로를 확신시키려고 애써 보았었다. 그렇지만 결국 그런 자신을 비웃을 수 있을 만큼은 정직하다. 그러니까 나 혼자 손을 들지 않았을 것이라고? 유일하게 정의로운 사람이었을 것이라고? 전혀 그렇지 않다. 내가 다른 이들보다 더 낫다는 그 어떤 보장도 내게서 발견되지 않았다. 그러나 그것이 타인과 나의 관계에 무슨 변화를 줄 수 있는가? 나 자신의 한심함을 인식한다고 해서 나와 비슷한 이들의 한심함과 내가 화해할 수 있는 것은 전혀 아니다. 타인에게서 자기 자신의 비천함을 발견하고 사람들이 서로 형제처럼 결속된다든가 하는 일만큼 내게 역겨운 것은 없다. 그런 메스꺼운 형제애는 사양한다.

그러면 그때 어떻게 루치에를 사랑할 수 있었던 것일까? 다행히 지금 이야기한 이런 생각들은 나중에 하게 된 것이었으며, 그래서 (깊은 생각보다는 번민에 사로잡혀 지내게 마련인 나이이기도 했다.) 나는 의심 없이 온 마음을 다하여 루치에를 하나의 선물로 받아들일 수 있었다. 하늘이 내려 준(자애로운 잿빛 하늘의) 선물. 그때가 나에게는 행복한 시절이었다. 아마 가장 행복한 시절이었을 것이다. 지긋지긋한 일들로 완전히 녹초가 되고, 지치고, 힘이 들었지만 내 안의 깊은 곳에서는 하루하루 점점 더 푸르러 가는 평화가 넓게 퍼져 가고 있었다. 우스운 노릇이다. 오늘날 나에게 거만하다고 불평하고, 사람들을 모두 바보로 여기는 것 아니냐고 말하는 여자들이 만약 루치에를 알았다면 그녀를 멍청하다고 생각한 테고 내가 그녀를 사랑했다는 것을 이해하지 못할 것이다. 그런데 나는, 나는 너무도 그녀를 사랑했고 그래서 우리가 헤어질 수도 있다는 생각조차 하지 않았다. 단 한 번도 루치에와 그런 이야기를 해 본 적은 없었지만 나 자신은 언젠가 그녀와 결혼하리라는 것을 믿어 의심치 않고 지냈다. 그리고 그 결합이 서로 기우는 결합이라는 생각이 들었다 해도 그것은 내 마음을 돌리는 요인이라기보다는 더욱 마음을 끄는 요인이 되었다.

행복했던 그 몇 달에 대하여 나는 당시 우리 중대장에게도 역시 감사했어야 했다. 하사관들은 우리의 군복 틈새마다 무언가 트집을 잡을 것이 없나 탐색하고, 침대가 정확히 사각형으로 정돈되어 있지 않으면 다 뒤집어엎는 등 그들이 할 수 있는 한 우리를 못살게 굴었는데, 반면에 중대장은 공정한 사람이었다. 그리 젊지는 않았고 보병 부대에서 우리 부대로 떨어진 것을 보면 강등되어 온 모양이었다. 그러니까 그 역시 벌을 받은 사람이었고, 그래서 아마 우리와 은밀하게 우호적인 관계를 가지게 되었던 것 같다. 당연한 일이지만, 그는 우리에게 질서와 규율, 그리고 가끔씩 일요 자원 근무를 요구했다.(상관들에게 자신의 정치 활동을 보고하기 위해 그렇게 해야 했다.) 그러나 절대 이유 없이 우리를 못살게 구는 일은 없었고 격주 토요일마다 선선히 외출을 허가해 주었다. 그해 여름, 나는 한 달에 세 번까지도 루치에를 볼 수 있었던 것 같다.

그녀가 곁에 없는 나날에는 그녀에게 헤아릴 수도 없을 만큼 많은 편지나 엽서를 썼다. 그녀에게 무슨 말을 어떻게 했었는지 지금은 모르겠다. 그러나 내가 쓴 편지들이 어떤 것이었는가는 그리 중요하지 않다. 다만 나는 편지를 수없이 많이 썼고, 루치에는 단 한 번도 쓰지 않았다는 것이 문제다.

그녀가 답장을 하게 만드는 것은 내 능력 밖의 일이었다. 아마도 내 편지들이 그녀를 겁나게 했는지도 모르겠다. 그녀는 무슨 말을 써야 하나, 철자가 틀리면 어쩌나 싶었던 것 같다. 어쩌면 서투른 글씨가 부끄러웠는지도 모른다. 신분증에 들어 있는 서명 외에 그녀의 필체를 본 적은 없다. 나는 바로 그녀의 그 서투름과 무지가 나에게 소중하다는 것을, 왜냐하면 그것이 바로 때 묻지 않은 루치에를 보여 주는 것이며, 따라서 그녀에게 내가 그만큼 더 깊이, 지울 수 없게 새겨질 수 있다는 희망을 가져다 주는 것이기 때문이라는 것을 설득해 내지 못했다.

루치에는 내 편지들에 대해 처음에는 그저 수줍게 고마움을 표할 뿐이었다. 그러나 곧 내게 무언가 보답을 하고 싶어져서는, 편지는 안 되겠으니까 결국 꽃으로 낙착을 보았다. 일은 그렇게 시작되었다. 그러니까 나무가 듬성듬성 난 작은 숲속을 거닐다가 루치에가 갑자기 몸을 숙이더니 조그만 꽃을 한 송이 꺾어 내게 내미는 것이었다. 나는 그것이 감동적으로 여겨졌지 조금도 이상하지 않았다. 하지만 다음번에 만날 때 그녀가 완전히 꽃 한 다발을 들고 나를 기다리고 있는 데는 좀 당황하지 않을 수 없었다.

나는 스물두 살이었고, 내게 무언가 여성적이거나 어린아이 같은 분위기를 풍기게 할 만한 것들은 무엇이든 피할 때였다. 거리에서 꽃을 들고 다니는 것도 창피스러웠고 꽃을 사는 것도 싫었으며 꽃을 받는다는 것은 더 말할 것도 없었다. 나는 거북해하며 루치에에게 꽃은 남자들이 여자에게 주는 것이지 여자가 주는 것이 아니라고 했지만, 거의 울음을 터뜨릴 것처럼 되어 버린 그녀를 보고는 얼른 꽃이 참 예쁘다고 하면서 받아들었다.

어쩔 도리가 없었다. 그날부터 우리가 만날 때마다 꽃다발이 나를 기다렸고 결국 나도 익숙해졌다. 그 선물이 하도 자연스러워 어떻게 할 수도 없었고 또 루치에가 그렇게 나에게 선물을 주는 것을 아주 소중하게 여긴다는 것을 알게 되었기 때문이다. 그녀는 말을 잘 못해서 괴로워하다가 꽃을 통해서 어떤 말의 형태를 발견했던 것이었다. 그 말은 옛 꽃말들에 담긴 수많은 상징들에 의한 것이 아니라 오히려 그보다 더 오래되고, 더 알 수 없고, 더 본능적인, 언어 이전의 어떤 것을 뜻했다. 언제나 말하기보다 가만히 있곤 하던 루치에는 언어가 존재하지 않아서 사람들이 세세한 몸짓들로 이야기를 하던 시대를 꿈꾸었는지도 모른다. 손가락으로 서로 나무를 가리키고, 소리내어 웃고, 서로 몸에 손을 가져다 대고, 그렇게 하던…….

루치에가 내게 주는 꽃들의 진정한 의미를 알아냈든 못했든 간에, 그 꽃들은 마침내 나를 감동시키게 되었고 나 또한 그녀에게 선물을 하고 싶다는 마음이 들게 했다. 루치에에겐 옷이 딱 세 벌 있었는데 언제나 동일한 순서로 갈아입곤 해서 우리 만남은 3박자 리듬으로 이어졌다. 나는 그 귀여운 옷들 하나하나가, 모두 해지고 낡고 아주 촌스러웠기 때문에 더욱 좋았다. 그 (소맷부리가 다 해진) 밤색 외투, 처음에 루치에의 얼굴보다도 먼저 어루만졌던 그 외투만큼이나 나는 그 옷들이 몹시 좋았다. 그렇긴 하지만 나는 그녀에게 옷을 한 벌 사 줘야겠다는 생각을 했다. 아주 예쁜 옷을 사 줘야지, 아주 많이 사 줘야지 생각했다. 그러던 어느 날 루치에를 데리고 커다란 옷 가게에 들어갔다.

처음에 그녀는 우리가 계단을 오르내리는 많은 사람들도 보고 그저 구경이나 하려고 들어가는 줄 알았다. 삼 층에서 나는 여성 의류가 촘촘히 걸린 긴 옷걸이 옆에서 걸음을 멈추었고, 루치에는 내가 관심을 가지고 그 옷들을 살피는 것을 보고는 가까이 다가와서 그중 몇몇에 대해 품평을 했다. 진짜 꽃 같은 빨간 꽃무늬가 새겨진 원피스를 가리키며 그녀는 "아, 이거 예쁘다."라고 했다. 예쁜 옷이 별로 없어 보였지만 잘 찾아 보면 나올 것 같았다. 나는 한 벌을 골라 들고 판매원에게 "이 아가씨가 좀 입어 봐도 될까요?" 하고 물었다. 루치에는 싫다고 하고 싶었겠지만 낯선 매장 담당자가 앞에 있으니 그렇게 하지 못했고, 결국 어쩔 줄 몰라 하며 옷을 입어 보는 곳으로 들어갔다.

잠시 후 나는 그녀를 보려고 커튼 한쪽을 살짝 열어 보았다. 그리 대단할 것도 없는 옷이었는데 나는 그만 너무 놀라고 말았다. 거의 현대적인 스타일의 재단이 마치 요술처럼 루치에를 다른 사람으로 만들어 놓았던 것이다. 판매원이 뒤에서 "어디 좀 볼까요?" 하더니, 루치에와 그 옷에 대하여 장황하게 찬사를 늘어놓았다. 그러면서 나와 내 군복 표지를 흘긋 보고는 (물으나마나 답이 이미 뻔한데도) '정치범'에 속하느냐고 물었다. 나는 고개를 끄덕였다. 그는 윙크를 해 보이고 미소를 지으며 이렇게 말했다. "더 좋은 상품도 있는데, 보시겠어요?" 루치에가 하나하나 입어 볼 때마다 그 옷들은 모두 황홀할 만큼 잘 어울렸고 매번 그녀를 다른 사람으로 만들어 버렸으며, 아름다운 검은색 원피스를 입고 나왔을 때는 아예 알아볼 수조차 없을 정도였다.

사랑이 발전해 가는 과정에서 결정적 계기들이 언제나 극적인 사건들로부터 나오는 것은 아니며, 처음에는 전혀 아무것도 아닌 것 같아 보이던 상황들이 그런 계기가 되는 수가 종종 있는 법이다. 우리가 그 옷 가게에 갔던 일이 바로 그랬다. 그때까지 루치에는 나에게 가능한 모든 것을 의미했다. 어린 아이, 감동과 위안의 원천, 향유, 나 자신으로부터의 탈출 등등, 거의 문자 그대로 그녀는 내게 모두였다. 단, 여자만 빼고. 육체적 사랑에 있어서 우리는 입맞춤 이상을 넘어서 본 적이 없었다. 요컨대 루치에는 입맞춤하는 방식까지도 어린아이 같았다.(입을 다문 채, 마른 입술 그대로 오래 이어지는 그 순결한 입맞춤, 서로의 입술이 말할 수 없이 감동적인 감각을 나누며 입술의 가느다란 세로선들을 하나하나 헤아려 보는 그 입맞춤이 나는 황홀하도록 좋았다.)

한마디로, 그때까지 나는 그녀를 아끼고 사랑했던 것이지 관능은 느끼지 못했다. 관능의 부재에 너무도 익숙한 나머지 신경조차 쓰지 않았던 것이다. 루치에에 대한 나의 애착은 내게 너무도 아름답게 보였고, 그래서 무언가 결핍된 것이 있다는 생각조차 떠오르지 않았다. 루치에, 수도복 같은 회색 옷, 그리고 수도자처럼 순결한 나와 그녀의 관계, 얼마나 조화로운 결합인가. 루치에가 새 옷을 입은 순간, 그 평형이 전부 무너지고 만 것이었다. 루치에는 갑자기 내가 가진 루치에의 이미지들을 떠나 버리고 말았다. 잘 재단된 치마 밑으로 드러난 그녀의 다리, 우아하게 균형 잡힌 몸, 화사한 색깔과 우아한 형태의 옷 속으로, 이전의 생기 없이 단정했던 면모가 다 사라져 버린 예쁜 여자를 나는 보았다. 이 갑작스러운 그녀 몸의 발견은 나를 숨 가쁘게 만들었다.

기숙사에서 루치에는 다른 세 아가씨들과 방을 같이 쓰고 있었다. 방문은 일주일에 이틀, 5시에서 8시까지 세 시간 동안 허락되었고, 또한 방문객은 일 층 수위실에 이름을 쓰고 신분증을 맡겼다가 나갈 때 다시 신고를 해야 했다. 그런데 루치에와 방을 같이 쓰는 그 셋에겐 모두 애인이 하나 혹은 여러 명 있었고 공동으로 쓰는 그 방에서 애인을 맞아야 했다. 그래서 그들은 늘 말다툼을 하고, 서로 혐오하고, 비난해 대면서 매 순간을 서로 허비하는 것이었다. 그것은 너무 괴로운 일이어서 나는 절대 루치에네 방에 가지 않았다. 그런데 나는 그 세 동거인들이 한 달 후 삼 주간 농촌 봉사대에 참가한다는 것을 알고 있었다. 나는 루치에에게 그때를 이용해서 그녀의 집에서 만나고 싶다고 말했다. 그녀는 침울해지며 바깥에서 나와 함께 있는 것이 더 좋다고 했다. 나는 그 무엇도 그 누구도 우리를 방해하지 않는 곳에서 그녀와 함께, 우리 자신만 생각할 수 있으면 좋겠다고 했다. 그리고 또 그녀가 어떻게 사는지도 보고 싶다고 했다. 루치에는 원래 내 말을 잘 거절하지 못했지만, 그녀가 결국 내 청을 받아들였을 때 얼마나 감격스러웠는지를 나는 지금까지도 기억한다.

10

오스트라바에서의 생활도 벌써 일 년이 지났고, 처음에는 견디기 힘들던 군복무도 이제는 내게 평범하고 일상적인 것이 되어 있었다. 그 모든 고달픈 일들 가운데서도 나는 어쨌든 살아 낼 수 있었고, 친구도 두세 명 사귀었으며, 행복했다. 그 여름은 내게 정말 아름다운 여름이었다.(검댕으로 가득한 나무들도 탄광의 어두움을 겨우 씻어 낸 내 눈에는 그지없이 푸르게 보였다.) 그러나 불행의 씨앗은 더할 수 없는 행복의 한가운데 숨어 있는 법이다. 그해 가을의 슬픈 일들은 이 짙푸른 여름에 잉태되어 있었다.

스타나로부터 일은 시작되었다. 그는 3월에 결혼을 했는데, 몇 달이 지나면서 그의 아내가 나이트클럽을 전전하고 있다는 소문이 그의 귀에 들어오기 시작한 것이었다. 그는 흥분해서 아내에게 연이어 편지를 보냈고, 그를 안심시키는 답장들이 계속 왔다. 그러고 있는데 그의 어머니가 (날씨가 화창한 때) 오스트라바에 오셨다. 토요일 하루를 온종일 어머니와 함께 보내고 부대에 돌아온 스타나는 창백한 얼굴에 입을 굳게 다물고 있었다. 처음에 그는 아무 말도 하려 들지 않았다. 창피해서였다. 하지만 다음 날 혼자에게 속을 다 털어놓더니 그다음에는 다른 몇몇에게 또 이야기를 했다. 그리고 모두가 다 알고 있다는 것을 알게 되자 그는 더 많이, 매일, 계속해서 그 이야기를 해 댔다. 자기 아내가 창녀짓을 하고 있다, 가서 한마디 해 주고 목을 비틀어 놓겠다는 것이었다. 그리고 즉시 중대장에게 가서 이틀간의 휴가를 청했지만, 중대장은 바로 그즈음에 그가 언제나 산만하고 신경이 곤두서 있다고 여러 차례 (병영에서도 탄광에서도) 신고가 들어왔기 때문에 휴가를 선뜻 내주지 않았다. 그러자 스타나는 스물네 시간만이라도 허락해 주십사 간청을 했다. 중대장은 가엾은 마음에 결국 허락해 주었다. 스타나는 그렇게 해서 길을 떠났고, 다시 우리에게 돌아오지 못했다.

그가 프라하에 도착하여 부인에게 달려들자(부인이라고 했지만 실은 열아홉 살짜리 아이에 지나지 않았다.) 그녀는 아무렇지 않게 (어쩌면 즐기기까지 하며) 그에게 모든 것을 털어놓았다. 그는 그녀를 때리기 시작했고, 그녀는 피하려 했고, 그는 목을 조르려 했고, 마침내 병으로 그녀의 머리를 내리쳤다. 그 아이는 바닥에 풀썩 쓰러지더니 꼼짝도 하지 않았다. 스타나는 공포에 질려 도망을 쳤다. 그가 어떻게 산속에서 작은 오두막을 하나 찾아내서, 결국 붙들려 교수대로 보내지길 기다리며 살았는지 아무도 모를 일이다. 하여간 두 달이 족히 흐른 뒤 체포되었는데, 죄목은 살인이 아니라 탈영이었다. 스타나가 도망친 뒤 그의 아내는 다시 정신이 들었고, 머리에 혹이 하나 난 것 외에는 아무 이상이 없었던 것이다. 그가 군 형무소에 있는 동안 그녀는 이혼을 해 버렸고, 지금은 프라하의 유명한 배우의 부인이다. 후일 서글프게 최후를 맞게 된 내 옛 친구를 회상하기 위해 나는 가끔 가서 그 배우를 보곤 한다. 스타나는 현역 복무를 끝내고 광부로 그냥 남았다. 그런데 사고로 다리 하나를 잃게 되었고, 절단 수술 부위가 제대로 아물지 않아 결국 목숨을 잃고 말았다.

예술가들의 모임에서 늘 빛을 발한다고 하는 그 여자는 스타나에게만이 아니라 우리 모두에게도 액운을 가져다 주었다. 스타나의 실종을 둘러싼 그 소문과 그 후 곧 우리 부대에 정부의 감사위원회가 들이닥친 것 사이에 (모두가 생각했던 것처럼) 정말 어떤 인과 관계가 있었던 것인지는 정확하게 밝혀낼 수 없었지만, 어쨌든 적어도 우리 느낌은 그랬다. 아무튼 우리 중대장은 면직되고 젊은 장교가(겨우 스물다섯 살이었다.) 대신 왔는데 그와 더불어 모든 것이 변했다.

스물다섯 살이라고 했지만 그는 나이보다도 훨씬 더 어려 보였고 거의 어린아이 같았다. 그렇기 때문에 그는 오로지 주목을 끌려고 온갖 애를 다 썼다. 그는 소리 지르기를 좋아하지 않았고 차갑게 말을 했다. 그리고 우리를 전부 범죄자로 여긴다는 자신의 생각을 조금도 흐트러짐 없이 침착하게 우리에게 전했다. "너희들이 가장 바라는 건 내가 교수대에 가는 걸 보는 일이라는 거 알고 있다. 그러나 안됐지만, 누군가 목이 매달리게 된다면 그건 내가 아니라 너희들일 것이다." 이 아이는 부임 연설에서부터 벌써 우리에게 이렇게 말했다.

첫 갈등들은 오래지 않아 터져 나왔다. 특히 체네크의 일이 잊히지 않고 기억에 남아 있는데, 아마 우리가 그 일을 아주 재미있어 했기 때문일 것이다. 군대에 온 이래로 체네크는 수많은 벽화를 그려 왔고, 전임 중대장하에서는 언제나 우리를 즐겁게 해 줄 시간도 있었다. 위에서 말했듯이 그가 좋아하는 주제는 중세 후스 파 전쟁의 위대한 명장 얀 지즈카와 그의 전사들이었다. 그러나 동료들을 즐겁게 해 주고자 신경을 써서 그는 이 전사들 그림에 덧붙여 나체 여인을 하나 그려 넣고 중대장에게는 자유의 상징이라거나 조국의 상징이라고 소개하곤 했다. 새 중대장도 역시 체네크의 손을 빌릴 작정을 하고는, 그를 불러 정치 학습 강의에 쓰이는 방을 꾸밀 만한 것을 그려 보라고 주문했다. 그리고 이번에는 그 옛날의 지즈카는 그만두고 보다 현대적인 것 쪽으로 좀 해 보라고 말했다. 붉은 군대, 그리고 이 붉은 군대와 노동자 계급의 연대, 1948년 2월 사회주의의 승리에 대한 중요성 등을 그려 보라는 것이었다. 체네크는 "알겠습니다, 중대장님!"이라고 말하고 작업에 착수했다. 그는 엄청나게 큰 흰 종이들을 바닥에 펼쳐 놓고 며칠 동안 오후 내내 열심히 그려서 안쪽 벽을 다 차지하는 큰 그림을 압정으로 꽂아 걸어 놓았다. 완성된 (높이 1.5미터에 너비가 최소한 8미터는 되는) 그 그림을 발견했을 때, 우리는 말문이 완전히 막혀 버렸다. 그림 한복판에는 두툼하게 옷을 입은 러시아 병사가 기관총을 목에 걸고 머리에는 귀까지 내려오는 털모자를 쓴 채 영웅처럼 버티고 서 있고 그 주위로 벌거벗은 여자 여덟 명이 빙 둘러서 있는 것이었다. 병사 양옆의 두 여자는 교태를 부리며 그를 바라보고, 병사는 파안대소하며 양팔로 그 여자들의 어깨를 잡고 있었다. 다른 여자들은 그 둘레에서 그에게 유혹의 눈길을 보내거나 팔을 내밀고 있기도 하고, 또는 자신들의 예쁜 모습을 과시하며 그냥 그 자리에 서 있기도 했다.(누워 있는 여자도 하나 있었다.)

체네크는 그림 앞에 서서(정치 위원이 오기 전이어서 방에는 우리밖에 없었다.) 다음과 같은 강연을 하였다. 그러니까 여러분, 중사 오른쪽에 있는 여자는 알레나라고, 내 인생의 첫 번째 여자로, 그녀가 나를 정복한 것이 내가 열여섯 살 때이며 어떤 하사관의 여편네였는데, 따라서 이 자리가 끝내주게 딱 맞는 자리인 것입니다. 그 당시 자태대로 그려 보았습니다만 오늘날은 분명 이보다 못하겠지요. 하지만 여러분께서도 주로(손가락으로 가리키며) 엉덩이 부분을 보시면 알 수 있다시피, 그때 꽤 살집이 좋았습니다. 뒤돌아서 있는 편이 훨씬 아름답기 때문에 여기에 다시 한번 더 그렸어요.(그는 한쪽 가장자리로 몸을 옮겨서는, 벌거벗은 엉덩이를 보인 채 어딘가로 가는 것같이 보이는 여자 쪽을 손가락으로 가리켰다.) 자, 이 최고의 엉덩이를 보시죠, 그 크기가 정상을 좀 벗어났다고 할 수도 있겠지만 우리가 좋아하는 것이 다름 아닌 바로 이런 거죠. 그리고 이제 이 여자를 한번 보세요.(그는 중사 왼쪽에 있는 여자를 가리켰다.) 이 여자는 로이즈카라고, 내가 나이가 좀 먹었을 때 알았는데, 가슴은 작고(그는 가슴을 가리켰다.) 다리는 길고(다리를 가리켰다.) 얼굴은 끝내주게 예뻤죠.(얼굴을 다시 가리켰다.) 학교 동기였어요. 그리고 저기, 저 여자는 장식미술 학교 시절 우리 모델이었는데, 나는 눈 감고도 속속들이 그녀를 다 알 수 있어요. 나하고 같이 그림을 그리던 다른 녀석들 스무 명도 다 그랬죠. 교실 한가운데서 언제나 포즈를 취하고 있었으니까요. 우리는 그녀를 보고 인체 데생 연습을 했지만 손가락 하나도 대지 못했어요. 그 여자 엄마가 매번 현관에서 기다리고 있다가 즉시 집으로 데려가곤 했으니까요. 오, 하느님, 이 아가씨를 용서하소서. 우리가 그녀를 구석구석 세밀히 뜯어보고 그리고 한 것은 오로지 순수한 의도에서였습니다. 반면에 이 여자, 이 여자는 여러분, 나쁜 년이었죠.(그는 멋을 낸 특이한 소파에 누워 있는 한 사람을 가리켰다.) 자, 가까이 와서 좀 보세요.(우리는 시키는 대로 했다.) 배 위에, 여기, 점이 보이죠? 그 소위 질투라는 것 때문에 이 여자의 정부라는 여자가 담뱃불로 지졌다는 건데, 아, 그러니까 여러분, 이 여자는 두 가지 종류로 다 교류를 한 거죠, 그 정부라는 여자 성기는 진짜 아코디언 같았는데 그 속으로 무엇이 들어가도 괜찮아서, 거기에 우리 모두를 그대로 집어넣고, 우리하고 같이 먼저 우리 아내들, 그리고 우리 정부들, 우리 아이들, 우리 증조 할머니 할아버지 할 것 없이 모두 집어넣을 수 있었답니다.

체네크는 확실히 이제 그 발표의 백미를 이루는 대목으로 접어들려는 찰나였는데, 그때 정치 위원이 강의실로 들어서는 바람에 우리는 모두 의자에 가서 앉을 수밖에 없었다. 전임 중대장 시절부터 체네크의 작품들을 익히 알고 있는 그 정치 위원은 새 그림에 전혀 관심을 보이지 않고, 사회주의 군대와 자본주의 군대의 차이점들을 밝혀 주는 소책자를 큰 소리로 읽기 시작했다. 우리 귀에는 아직도 체네크가 말했던 것이 울려 오고 있었다. 우리가 그렇게 달콤한 몽상에 몸을 맡기고 있을 때 중대장 녀석이 강의실에 나타났다. 아마 학습 참관차 온 모양이었는데 정치 위원의 정규 보고조차 미처 받을 틈도 없이 그 거대한 벽화로부터 엄청난 충격을 받았다. 정치 위원이 다시 책을 읽으려 하던 것도 정지시켜 가며 그는 얼음같이 차가운 어조로 체네크에게 저 그림이 무엇을 의미하는 것이냐고 물었다. 체네크는 벌떡 일어서서 자기 작품 앞으로 가서 서더니 이렇게 미사여구를 늘어놓는 것이었다. 이는 우리 인민의 투쟁에 대한 붉은 군대의 중요성을 상징하는 알레고리입니다. 여기 이 인물은(그는 중사를 가리켰다.) 붉은 군대를 뜻하고, 그 양쪽의 하나는(장교 마누라를 가리키며) 노동자 계급을 상징하고, 또 하나는(학교 친구를 가리키며) 1948년 2월 그 영광의 날들을 상징하는 것입니다. 여기(다른 여자들을 가리키며) 이 여인들은 자유, 승리, 평등을 의미하지요. 그리고 여기에서는(엉덩이를 보이고 있는 장교 마누라를 가리키며) 역사의 무대를 떠나고 있는 부르주아지를 볼 수 있습니다.

체네크가 말을 마치자 중대장은 이 그림은 붉은 군대에 대한 모독이라면서 당장 떼어 내라고 선언했다. 그리고 체네크를 어떻게 할 것인지는 이후에 결정하겠다고 했다. 나는 (입속으로) "왜?"라고 물었다. 그런데 중대장이 내 말을 들어 버리고 무슨 이의가 있느냐고 내게 물었다. 자리에서 일어서서 나는 이 그림이 마음에 든다고 말했다. 중대장은, 그럴 테지, 자위행위나 하는 놈들에게 안성맞춤일 테니라고 말했다. 나는 그 엄숙한 미슬베크도 자유를 나체 여인상으로 조각한 바 있고, 알레스의 저 유명한 그림에서 이제라강이 세 나신으로 표현되기도 했으며, 어느 시대든 화가들은 모두 그렇게 해 왔다고 말했다.

중대장 녀석은 당황한 눈길로 나를 한번 보더니 다시 그 그림을 떼어 내라는 명령을 반복했다. 하지만 체네크가 처벌을 받지 않은 것을 보면 우리가 성공적으로 그를 속여 넘긴 것 같았다. 그러나 그는 체네크를, 더불어 나 또한 밉보게 되었다. 얼마 지나지 않아서 체네크가 징계 처분을 받았고, 뒤이어 나 역시 그렇게 되었다.

일은 이렇게 된 것이었다. 하루는 우리 소대가 병영과 떨어진 한구석에서 곡괭이와 삽을 들고 일을 하고 있었다. 게으른 하사 하나가 나른한 눈으로 우리를 감독하고 있었고, 그래서 우리는 중대장 녀석이 멀지 않은 곳에 버티고 서서 우리를 지켜보고 있다는 것을 눈치채지 못한 채 틈만 나면 계속 연장에 몸을 기대고 잡담을 했다. 우리는 한참을 그러고 있다가, 그가 거만한 목소리로 "병사 얀, 이리 와 봐!" 하고 외쳤을 때에야 그 사실을 알았다. 나는 단호한 태도로 삽을 손에 쥐고 그의 앞에 가서 차려 자세를 하고 섰다. "자네 이런 식으로 일하나?"라고 그는 내게 물었다. 내가 뭐라고 대답했는지 지금은 기억이 나지 않지만 분명히 건방지게 하지는 않았다. 나에 대해 전권을 쥐고 있는 사람을 하찮은 일로 괜히 자극해서 내 군대 생활을 곤란하게 만들고 싶은 생각은 전혀 없었으니까. 하지만 당황하여 그냥 별 의미 없이 튀어나온 내 대답을 듣고 나자 그의 눈길이 험해지더니 내게로 다가와 순식간에 팔을 휘어잡고 대단한 유도 솜씨로 나를 메어쳤다. 그러고는 내 위에 올라타 땅에 뻗은 채 꼼짝 못 하게 내리눌렀다.(나는 조금도 대항하지 않고 그대로 누워 오로지 너무 놀라고만 있었다.) 그는 큰 소리로 "이만하면 됐어?"라고 했다.(멀리에서도 모두 다 알아듣도록.) 나는 그렇다고 대답했다. 그는 내게 다시 차려 자세를 명령했고, 일렬종대로 집결한 소대 앞에서 이렇게 선언했다. "병사 얀은 이틀간 영창행이다. 나한테 건방지게 해서가 아니다. 그 문제는, 여러분이 봤다시피, 내가 단숨에 처리해 버렸다. 이틀간 영창에 가는 건 그가 농땡이를 부렸기 때문이다. 그리고 이건 너희들에게도 똑같이 해 줄 수 있다." 그러고는 뒤를 돌아 자리를 떴다. 스스로에게 대단히 만족해하며.

당시에 내겐 그에 대해 증오밖에 없었으며, 이 증오란 것은 너무도 강렬한 빛을 발사해서 그 속에서는 사물의 윤곽이 사라져 버리는 법이다. 중대장은 내게 그저 앙심을 품은 교활한 쥐새끼같이만 보였다. 그러나 오늘날 나는 그를 무엇보다 한 젊은이로, 연기를 하는 한 사람으로 보게 된다. 어찌 됐거나 젊은이들이 연기를 하는 것은 그들의 잘못이 아니다. 삶은, 아직 미완인 그들을, 그들이 다 만들어진 사람으로 행동하길 요구하는 완성된 세상 속에 턱 세워 놓는다. 그러니 그들은 허겁

지겹 이런저런 형식과 모델 들, 당시 유행하는 것, 자신들에게 맞는 것, 마음에 드는 것 등을 자기 것으로 삼는다. 그리고 연기를 한다.

우리의 중대장 역시 아직 미완인 사람이었고, 어느 날 아침 자신이 전혀 이해할 수 없는 우리 무리 앞에 서게 된 것이었다. 그러나 그는 그 상황에 잘 대처해 나갈 수 있었다. 전에 어디서 읽었거나 들었던 것이, 그와 유사한 상황을 위해 이미 만들어진 기성의 가면을 제공해 주었기 때문이다. 만화에 나오는 건장한 주인공, 부랑자 무리를 길들이는 강철 같은 완력을 지닌 젊은 남자, 호언장담 같은 건 하지 않고 오로지 냉정한 침착성, 정곡을 찌르는 간결한 유머, 자기 자신과 힘센 근육에 대한 확고한 믿음을 가진 남자 등등. 어린애 같은 자신의 모습을 의식하면 할수록 그는 슈퍼맨이라는 자신의 역할을 더욱더 광적으로 수행했던 것이다.

그런데 내가 그와 같은 젊은 연기자를 만난 것이 처음이었을까? 엽서 건으로 사무국에서 심문을 받을 때 나는 겨우 스무 살을 갓 넘겼고 나를 심문하던 이들도 나보다 한두 살밖에 더 많지 않았다. 그들 또한 무엇보다 우선, 자신들이 가장 탁월하다고 믿는 가면, 즉 금욕적이며 강직한 혁명가의 가면 아래 자신들의 완성되지 않은 얼굴을 감춘 어린아이들이었던 것이다. 그리고 마르케타는 어땠는가? 구원의 여인 역할을, 그것도 잠시 유행하는 싸구려 영화를 보고서, 그 역할을 연기하려 들지 않았던가? 또 제마네크는, 갑자기 온 마음을 다하여 도덕이라는 것에 열광했던 그는? 그것은 어떤 배역이 아니었는가? 그리고 나는? 역할이 하나도 아니고 여러 개이기까지 하지 않았던가? 나는 혼란스러워하며 이 역할 저 역할을 왔다 갔다 하던 끝에, 결국 어디로 도망쳐야 하나 어쩔 줄 모르다가 붙잡힌 것이었다.

젊음이란 참혹한 것이다. 그것은 어린아이들이 희랍 비극 배우의 장화를 신고 다양한 무대 의상 차림으로 무슨 말인지도 잘 모르면서 광적으로 신봉하는 대사들을 외워서 읊으며 누비고 다니는 그런 무대다. 역사 또한, 미숙한 이들에게 너무도 자주 놀이터가 되어 주는 이 역사 또한 끔찍한 것이다. 네로라는 풋내기, 나폴레옹이라는 애송이, 흥분하여 날뛰는 수많은 아이들의 놀이터가 된다. 그리고 이 아이들이 흉내 내는 열정이나 간단하게 맡아 버린 역할들은 처참하도록 실제적인 현실로 변형되어 나타난다.

이런 생각을 하면 내 머릿속에서 모든 가치 체계가 흔들려 버리고 젊음이라는 것에 대하여 엄청난 분노를 느끼게 된다. 그러면서 또 반대로 역사의 불한당들이 한 일이 갑자기 그저 미숙아들의 무시무시한 동요로밖에 보이지 않으면서 그들에 대하여 역설적인 너그러움 같은 것을 느끼게 되는 것이다.

미성숙 이야기를 하니 알렉세이가 생각난다. 그 또한 자신의 이성과 경험을 넘어서는 커다란 역할을 연기했다. 그에겐 우리 중대장처럼 자기 나이보다 어려 보인다는 공통점이 있었다. 하지만 그의 젊음엔 (중대장과 달리) 아름다움이 결여되어 있었다. 왜소한 체구에 눈은 근시여서 두꺼운 안경을 쓰고, 얼굴은 주근깨(영원히 지속되는 사춘기의 대가(對價))투성이였다. 처음에 그는 보병 사관학교 생도로서 징병 정원으로 소집되었으나 하루아침에 갑자기 그러한 특권을 박탈당하고 우리 부대로 전속되었다. 저 유명한 정치 재판들이 시행되기 직전이었고, (당, 법정, 경찰서의) 많은 방에서 피고들의 믿음, 명예, 자유를 박탈하는 데 동의하는 손들이 끊임없이 위로 올라가고 있었다. 알렉세이는 얼마 전에 투옥된 공산당 고위 인사의 아들이었다.

그는 어느 날 우리가 있는 곳에 나타났고, 스타나가 쓰던 빈 침대를 지급받았다. 그는 내가 처음에 내 새 동료들에게 보냈던 시선과 유사한 그런 눈길로 우리를 바라보았다. 그러므로 그는 자기 속에 갇혀 지냈고, 다른 사람들은 그가 공산당원이라는 것을 알고는(아직 추방이 선포되지는 않은 상태였다.) 그가 있으면 말하는 데 조심을 했다.

나도 당에 속했던 사람이라는 것을 알고 나서 알렉세이는 내게 그래도 조금 말문을 열게 되었다. 그는 무슨 일이 있어도 삶이 자신에게 부과한 이 커다란 시련을 이겨 내야 하며 당을 배신하지 말아야 한다고 말했다. 그러고는 여기로 보내지리라는 것을 알고 나서 자기가(전에 한 번도 시라고는 써 본 일이 없지만) 지었다고 하는 시를 내게 읽어 주었다. 그중에 이런 4행시가 있었다.

마음대로 하시오, 나의 동지들이여,
나를 한 마리 개로 만들든 침을 뱉든.
그 개의 가면을 쓰고 그 침을 받으며, 동지들이여,

변함없이, 그대들과 함께, 나는 대열 속에 머물러 있으리.

나 자신이 일 년 전에 똑같은 느낌을 가졌었으므로 나는 그를 이해할 수 있었다. 그러나 이제 내 상태는 훨씬 좋아져 있었다. 일상의 세계로 난 문을 내게 열어 준 여인 루치에가 수많은 알렉세이들이 그토록 절망적으로 괴로워하고 있는 그 지대로부터 나를 떼어 놓아 주었던 것이다.

11

중대장 녀석이 우리 중대에 자신의 체제를 세우는 동안 나는 무엇보다 외출 허가를 얻어 낼 수 있을 것인가 하는 생각만 했다. 루치에의 동료들은 이미 오래전부터 농촌 봉사대에 가 있는데 나는 벌써 한 달 동안이나 부대를 떠나지 못했다. 중대장은 내 얼굴과 이름을 잘 기억하고 있었는데, 군대에서는 최악의 일이다. 이제 그는 모든 기회를 활용하여, 내가 살아가는 한 시간 한 시간이 완전히 자신의 기분에 달려 있음을 알게 해 주려 하고 있었다. 외출 허가는 전혀 순조롭지가 못했다. 애초부터 그는 정기적으로 일요 자원대에 참여하는 자만이 외출 허가를 받을 것이라고 선언한 바 있었다. 그러자 대번에 모두가 참여하게 되었다. 그러나 그것은 비참한 삶이었다. 하루도 탄갱에 내려가지 않는 날이 없었고, 또 토요일에 새벽

2시까지 진짜 외출 허가를 얻어 나간다 해도 일요일이면 작업 중에 잠이 쏟아져 고생을 했으니 말이다.

나도 다른 사람들처럼 이 일요일 작업에 등록을 했지만, 침대 정리 미비라든가 무엇이든 사소한 잘못 하나만 해도 그런 일요일의 노고가 무로 돌아가 버리게 되므로 외출 허가를 얻으리라는 보장은 없었다. 그러나 오만한 권력은 잔인성으로만 표명되는 것이 아니라 (훨씬 드물기는 하지만) 관용으로 나타나기도 하는 법이다. 그래서 몇 주일이 지난 후 중대장 녀석은 자신이 관대하다는 데 대해 기쁨을 만끽했고, 나는 루치에의 동료들이 돌아오기 이틀 전, 마지막 순간에 하루 저녁 외출 허가를 얻을 수 있었다.

현관 수위실의 늙은 여자가 장부에 내 이름을 쓰고 오 층으로 올라갈 수 있도록 허락해 주었을 때 나는 가슴이 마구 뛰었다. 오 층에 올라가 복도 맨 끝 방문을 두드렸다. 문은 열렸지만 루치에는 뒤에 숨어 있고 내 앞에는 단지 방만 보였는데 처음에 그 방은 전혀 기숙사 방 같지가 않았다. 무슨 종교 의식을 위한 방 같다고 해야 할까. 탁자는 달리아 꽃다발로 화사하게 빛나고, 창문 옆에는 커다란 무화과나무 두 그루가 뻗어 있고, 마치 나귀를 타고 예수 그리스도가 오기를 기다리는 것처럼 (탁자 위, 침대 위, 바닥, 액자 뒤) 도처에 초록색 줄기들이(아스파라거스라는 것을 곧 알아보았다.) 놓여 있었다.

나는 (여전히 열린 문 뒤에 숨어 있는) 루치에를 내게로 끌어당겨 입을 맞추었다. 그녀는 검은 원피스를 입고 그 옷과 같이 내가 선물했던 굽이 높은 구두를 신고 있었다. 이 장엄한 녹음 속에서 그녀는 마치 여사제처럼 그렇게 서 있었다.

문을 닫고 나자 그제서야 비로소 내가 평범한 기숙사 방에 있으며, 꽃과 이파리들이 덮어 주고 있는 것들은 다만 철 침대 네 개, 여기저기 긁힌 침대 머리맡 탁자 네 개, 탁자 하나와 의자 셋일 뿐이라는 의식이 들었다. 하지만 그렇다고 해서 루치에가 문을 열어 주었을 때부터 나를 벅차게 만든 그 숨 가쁜 열정이 조금이라도 누그러들지는 않았다. 한 달이나 지나서야 마침내 몇 시간 이렇게 풀려나게 된 것이었다. 그러나 그보다 더한 무언가가 있었다. 그 길었던 일 년만에 처음으로 나는 다시 조그만 방에 있게 된 것이었다. 내밀한 숨결 같은 것이 그 향으로 나를 도취시키며 감싸 왔고, 그것이 얼마나 격렬하던지 나는 그대로 쓰러질 것 같았다.

그때까지 루치에와 여기저기 걸어다니던 때에는 우리가 있던 곳이 열린 공간이었기 때문에 나는 내가 놓인 상황과 부대에 계속 묶여 있었다. 공기는 어디든 빙글빙글 떠다니며 보이지 않는 동아줄로 나를 '우리는 인민에 봉사한다.'라는 말이 써 있는 그 쇠창살 문에 꽁꽁 묶어 두고 있었다. 단 한순간만이라도 '인민에 봉사하기'를 멈출 수 있는 곳이란 내게 존재하지 않는 것 같았다. 일 년 내내 나는 조그만 개인의 방 안에 있어 본 적이 없었다.

그것은 아주 갑작스러운 새로운 상황이었다. 세 시간 동안 완전히 자유라는 느낌이 들었다. 가령 아무 걱정 없이 (군대의 모든 규율을 어기며) 모자나 허리띠뿐만 아니라 상의, 바지, 신발 등을 전부 벗어도 되고, 경우에 따라서는 그것들을 모두

발로 짓밟아도 괜찮은 것이었다. 아무도 나를 보는 사람 없이 나는 아무거나 무엇이든 할 수 있었다. 게다가 그 방은 기분 좋게 덥혀 있었으며, 그 온기와 그 자유가 취기처럼 내 머리끝까지 올라왔다. 나는 루치에를 껴안고 녹음으로 장식된 침대로 데려갔다. (싸구려 회색 담요가 덮인) 침대 위에 놓인 조그만 가지들은 나를 혼란스럽게 했다. 혼례의 상징으로밖에 어떻게 달리 해석할 수가 없는 것이었다. 루치에는 순진무구하면서도 그런 가운데 무의식적으로 예전의 오랜 관습을 행하고 있는 것이며, 그러니까 어떤 장엄한 예식 속에서 자신의 처녀성에 작별을 고하기로 결심한 것이라는 생각이 들었다.(그리고 나를 감동시켰다.)

얼마쯤 시간이 지나서야 나는 루치에가 나의 입맞춤과 포옹에 순순히 따르기는 하지만 분명히 어떤 제약을 두고 있다는 것을 알아차렸다. 그녀의 입술은 열심히 내 입술을 탐하긴 했으나 꼭 다문 채 닫혀 있었다. 또 온몸으로 내게 안겨 오면서도 내가 다리 살결을 만져 보고 싶어 치마 속으로 손을 넣으면 얼른 몸을 빼내 버리는 것이었다. 내가 완전히 정신이 나가 아무 분간을 못한 채, 그녀와 곧바로 황홀한 상태로 뛰어들고자 했던 희망은 이제 홀로 고독하게 남겨졌을 뿐이라는 것을 알 수 있었다. 그때 (내가 루치에의 방에 들어간 지 오 분도 안 지났을 때였다.) 내가 너무 실망하여 눈물이 복받쳐 올랐던 것을 나는 기억한다.

그래서 우리는 나란히 침대에 (그 가엾은 잔가지들을 깔고) 앉아서 이야기를 하기 시작했다. 한참이 지난 후 (대화는 느릿

느릿 잘 이어지지 않고 있었다.) 나는 다시 그녀에게 키스를 하려 했지만 그녀는 거부했다. 그래서 다시 그녀와 실랑이를 벌였으나 나는 곧 그것이 즐거운 사랑 싸움이 아니라 오히려 우리의 결합을 무언가 추한 것으로 타락시키기에나 딱 좋은 소동밖에 되지 않는다는 생각이 들었다. 루치에는 정말로, 격하게, 거의 필사적으로 저항했기 때문이다. 그만두는 수밖에 도리가 없었다.

이제 나는 말로 그녀를 설득하려고 해 보았다. 이야기를 시작했다. 그녀를 사랑한다, 사랑한다는 것은 서로에게 완전히 자신을 내어주는 것이다 등의 이야기였던 것 같다. 표현은 보잘것없었으나 반박할 여지가 없는 논리였으므로, 루치에는 전혀 무어라 다른 말을 하려는 것 같아 보이지 않았다. 단지 그저 입을 굳게 다물고 있거나 아니면 "안 돼, 제발 그러지 마, 안 돼!"라거나 또는 "오늘은 안 돼, 오늘은 안 돼……!"라고 애원하면서 무언가 다른 주제로 이야기를 돌리려고 애를 쓰는 것이었다.(그럴 때 그녀는 아주 서툴렀고, 서툴러서 오히려 감동적이었다.)

나는 다시, 너도 상대방에게 불을 질러 놓고 약이나 올리는 그런 애냐? 그렇게 감정도 없고, 그렇게 못됐냐……? 등의 이야기를 늘어놓다가 다시 한번 그녀를 껴안았고, 다시 한번 잠깐 한심한 격투를 벌였고, 사랑이라곤 조금도 섞이지 않은 그 거친 몸싸움은 다시 한번 내게 추한 여운을 남기고 말았을 뿐이다.

나는 행동을 멈추었다. 갑자기 왜 루치에가 나를 거부하는

지 알 것 같았다. 세상에, 어떻게 좀 더 일찍 이 생각을 못했단 말인가? 루치에는 어린애다, 사랑의 행위에 겁을 먹고 있을 것이다. 그녀는 처녀다, 미지의 것을 두려워하고 있다. 나는 즉각, 그녀를 더 위축시키기에 좋은 강압적 행동을 버리고, 사랑의 행위라는 것이 우리의 애정과 조금도 다른 것이 아니라 그 중의 하나일 뿐이라고 느껴질 수 있도록 다정하고 섬세하게 그녀를 대하기로 결심했다. 그래서 이제는 더 조르지 않고 그저 루치에를 사랑스럽게 만지기만 했다. 입을 맞추고(어찌나 끔찍하게 오래 했던지 전혀 좋은 느낌이 들지 않았다.) (별로 성의 없이) 쓰다듬고, 눈치채지 못하게 그녀를 똑바로 눕히려고 애썼다. 성공이었다. 그녀의 가슴을 어루만지며(루치에는 가슴을 만지는 건 거부한 적이 없었다.) 나는 그녀의 몸은 바로 그녀이므로 그 몸 전체에게 다정하고 싶다고, 그녀의 전부를 향해 다정하고 싶다고 속삭였다. 나는 그녀의 치마를 조금 끌어올리고 무릎 위 10내지 20센티미터쯤에 입을 맞추는 정도까지 이르렀다. 그러나 더 이상은 도달하지 못했다. 머리를 그녀의 성기 쪽으로 가져가려 하자 루치에는 기겁을 하여 침대 밖으로 튀어 나갔다. 나는 그녀를 바라보았다. 어찌할 바를 모르며 부들부들 떨고 있는 얼굴, 그녀에게서 한 번도 본 적이 없었던 표정이었다.

루치에, 루치에, 밝아서 창피한 거야? 어둡게 할까? 나는 그녀에게 이렇게 물었고, 그녀는 그 질문이 구명대라도 되는 양 얼른 그렇다고 했다. 밝아서 거북하다고. 그러나 내가 블라인드를 내리려고 창가로 가자 루치에는 "아니, 그건 놔둬!"라고 했다. "왜?" "무서워." "어떤 게 무서운 거야, 어두운 거야 밝은 거야?" 아무 말 없이 그녀는 울음을 터뜨리고 말았다.

그녀의 거부는 전혀 가엾게 여겨지는 것이 아니라 말도 안 되는 것이고 편견이며 부당한 것이라고 생각되었다. 그 거부는 나를 고문하는 것이었다. 나는 그녀를 이해할 수가 없었다. 나는 그녀에게, 처녀라서 그러는 것인가, 신체적인 고통을 느끼게 될 것이 두려운가 물어보았다. 이런 질문을 할 때마다 그녀는 매번 순순히 그렇다고 했다. 그런 것들이 자신의 거부에 근거가 되겠구나 싶었기 때문이다. 나는 그녀가 처녀라는 것은 아름다운 일이라고, 그러나 이제 나와 함께, 그녀를 사랑하는 나와 함께, 모든 것을 발견하게 된다는 것도 참으로 아름다운 일이라고 이야기해 주었다. "넌 완전히 내 여자가 되는 게 기쁘지 않은 거야?" 그녀는 아니라고, 그 생각을 하면 기쁘다고 했다. 다시 한번 나는 그녀를 껴안았고 다시 한번 그녀는 온몸이 굳었다. 나는 화를 참을 수가 없었다. "아니, 대체 뭣 때문에 나한테 이렇게 거부 반응을 보이는 거야?" 그녀의 답은 이랬다. "제발 부탁이야, 다음에, 정말이야, 나도 원해, 하지만 오늘은 안 돼, 다음번에." "오늘은 왜 안 된다는 거야?" "안 돼, 오늘은 안 돼." "글쎄 왜 안 되느냐고?" "제발 부탁이야, 지금은 안 돼!" "그럼 언제? 이게 우리가 단둘이 있을 수 있는 마지막 기회라는 걸 모른다는 듯이 그러는군. 내일모레면 네 친구들이 돌아오잖아. 다음에, 어디서 우리가 아무도 없이 단둘이 만나지?" "네가 뭔가 찾아내겠지 뭐." "알았어, 해결책을 찾아볼게. 하지만 꼭 온다고 약속해야 해. 이 방만큼 괜찮은 데를 구할 가능성은 거의 없으니까.” “아무래도, 전혀, 상관없어! 네가 좋다면 어디든 좋아.” “그래, 그럼. 하지만 일단 그곳에 가면 내 여자가 된다고, 이제 반항하지 않을 거라고 약속해.” “그럴게.” “맹세해?” “응.”

이번에는 그저 약속만을 얻어갈 수 있을 뿐임을 나는 깨달았다. 너무 빈약하긴 했지만 그만해도 성과는 있는 것이었다. 나는 실망을 가라앉히고 이야기를 나누며 나머지 시간을 보냈다. 방을 나서면서 나는 아스파라거스 이파리들을 옷에서 털어내고, 루치에의 뺨을 어루만지면서 다음번 만남만을 생각하고 있겠노라고 말했다.(그리고 그것은 거짓말이 아니었다.)

12

루치에와 그렇게 만나고 며칠 후,(가을의 어느 비 내리는 날) 우리는 깊은 웅덩이 가운데로 난 울퉁불퉁한 길을 따라 탄광에서 병영으로 줄을 지어 걷고 있었다. 우리는 온통 진흙투성이에다가 기진맥진하고 뼛속까지 다 젖어 있었으며 얼른 쉬고 싶은 마음뿐이었다. 벌써 한 달째 우리는 거의 모두 단 한 번의 일요일 휴가도 받지 못했다. 그런데 우리가 점심 식사를 끝내자마자 중대장 녀석이 호각을 불어 집합을 시키고는 우리 내무반을 점검한 결과 정돈 불량인 경우를 여럿 발견하였다고 말했다. 그러고는 그에 대한 벌로 우리의 훈련을 두 시간 더 늘리라고 하사관들에게 명령하는 것이었다.

우리는 무기를 다루지 않았으므로 무엇보다 우리에게 군사 훈련이란 말이 되지 않는 것이었다. 그것은 우리의 시간을 무

가치하게 만든다는 것 외에 다른 목표가 없었다. 한번은 중대장 녀석의 통치하에 오후 내내 무거운 판자들을 병영 한쪽에서 다른 쪽으로 옮겼다가 다음 날에는 다시 원래대로 옮겨 놓는 일을 열흘쯤 계속 반복했던 것도 기억난다. 탄광에서 돌아온 이후 우리가 연병장에서 한 모든 일도 그 판자 옮기는 일과 비슷한 것들이었다. 하지만 그날은 판자가 아니라 우리 몸을 그렇게 옮겨야 했다. 우리는 우리 몸을 걷게 하고, 왼쪽으로 오른쪽으로 굴리고, 다이빙하듯 땅에 내던지고, 달리게 하고, 자갈 위를 포복하게 하기도 하였다. 세 시간이 그런 식으로 흘러갔을 때 중대장이 나타났다. 그러고는 우리를 체육 교육장으로 인솔하도록 하사관들에게 지시를 내렸다.

막사들 뒤로 맨 끝에 이르면 축구를 할 수도 있고 잘하면 달리기도 해 볼 수 있는 좀 협소한 일종의 운동장 같은 것이 있었다. 하사관들은 우리에게 릴레이 경주를 시켜 보자는 생각을 한 모양이었다. 우리 중대는 열 사람씩 아홉 개 분대로 되어 있었으므로 아홉 팀이 시합을 하면 되었다. 당연히 하사관들은 우리를 창자가 들썩일 정도로 뛰게 할 작정이긴 했지만, 그들 대부분이 열아홉에서 스무 살 또래여서 승부욕이 많았기 때문에, 우리가 자신들보다 못하다는 것을 증명해 보이려고 같이 뛰겠다고 했다. 그리하여 그들은 병장이나 하사 열 명으로 우리와 맞설 자기네 팀을 만들었다.

그들이 우리에게 그들의 계획을 설명하고 이해시키는 데에는 한참이 걸렸다. 그러니까 첫째 주자 열 명이 운동장 한쪽 끝에서 반대편 끝으로 달리고, 도착 지점에 있던 그다음 조가 대기하고 있다가 다시 반대편으로 가고, 그러면 또 거기에 세 번째 조가 기다리면서 이미 출발 대기 상태에 있고, 계속 그런 식으로 한다는 것이었다. 하사관들은 우리 숫자를 세어 반씩 트랙의 양쪽 끝으로 나누어 보냈다.

던질 일과 훈련을 하고 난 다음이었으므로 우리는 피곤해서 죽을 지경이었고, 또 뛰어야 할 생각을 하니 미칠 것 같았다. 그래서 나는 두세 친구에게 묘책을 하나 말해 주었다. 모두 천천히 슬슬 달리는 것! 이 아이디어는 즉시 채택되어 입에서 입으로 퍼져 나갔고, 지친 병사들의 무리 속에는 금세 유쾌한 조소의 물결이 은밀히 넘실대기 시작했다.

마침내 우리는 각자 자기 위치에서 처음부터 끝까지 모든 것이 터무니없기 짝이 없는 경주를 위해 대기하고 있었다. 군복과 무거운 군화 차림이었는데도 우리는 무릎을 꿇은 자세에서 출발을 해야 했다. 그리고 희한한 방식으로 바통을 넘겨야 하긴 했지만(바통을 받을 주자가 다시 맞은편으로 뛰게 되어 있었으므로) 우리가 손에 쥐는 것은 진짜 릴레이 바통이었고 출발 신호도 진짜 출발 신호용 피스톨로 했다. 한 하사가(하사관 팀의 첫째 주자) 총알처럼 튀어나가고 우리도 몸을 일으켜(나도 첫째 주자였다.) 슬렁슬렁 달리기를 했다. 20미터도 채 못 가서 벌써 우리는 웃음이 터져나오려는 것을 애써 참아야 했다. 하사는 벌써 반대편 목표 지점에 가까이 가고 있는데 우리는 여전히 출발선에서 그리 멀지 않은 곳에서 말도 안 되게 나란히, 있는 힘을 다해 헐떡거리며 달리는 척하고 있었기 때문이다. 양쪽 지점에 모여 있는 병사들이 "자, 빨리, 빨리……." 하며 응원을 해 댔다. 우리가 중간쯤 갔을 때 하사관팀 2조가 벌써 우리가 방금 출발했던 지점을 향해 내달리고 있었다. 마침내 우리가 목표 지점에 도착하면서 바통을 건넬 때는 우리 뒤쪽 반대편에서 세 번째 하사관조가 손에 바통을 쥐고 이미 출발선을 떠난 참이었다.

나는 이 릴레이 경주를 내 검정 표지 친구들이 벌인 최후의 대대적인 행진으로 기억한다. 그들은 온갖 것을 끝도 없이 고안해 냈다. 혼자는 모두가 미친 듯이 그를 응원하는 가운데 절뚝거리며 뛰었고, 그리하여 다른 사람들보다 두 발짝 먼저 (우레와 같은 박수를 받으며) 영웅처럼 도착점에 들어왔다. 보헤미아 출신 마틀로스는 여덟 번이나 넘어졌다 일어나며 달렸다. 또 체네크는 무릎을 거의 턱에까지 올려가며 뛰었다.(제대로 최선을 다해 달리는 것보다 분명 훨씬 더 힘이 들었을 것이다.) 그 누구도 우리의 규칙을 깨뜨리지 않았다. 평화를 위한 선언서의 필자, 그 모범적이고 순종적인 베드리흐도 엄숙하고 위엄 있게, 다른 주자들과 같이 천천히 자기 코스를 달렸으며, 농부의 아들 조제프도, 나를 싫어했던 그 페트르 페크니도, 뒷짐을 지고 빨리 종종걸음을 친 나이 많은 암브로즈도, 가성을 높이 질러 대던 빨간 머리 페트란도, 달리면서 "야호!"를 외쳐 댄 마자르인 바르가도, 그 누구도, 우리를 우스워서 데굴데굴 구르게 만든 이 근사하고도 단순한 연출을 망가뜨린 사람은 없었다.

그러는 동안에 막사 쪽에서 중대장 녀석이 다가오고 있는 것이 보였다. 한 하사가 그를 발견하고는 보고를 하기 위해 얼른 달려갔다. 중대장은 보고를 듣고는 우리가 벌이는 그 경기를 지켜보러 운동장 한편으로 왔다. 하사관들은(그 팀은 이미 오래전에 결승점에 도달해 있었다.) 신경이 날카로워져서, 우리를 향해 "야, 빨리 뛰어! 얼른, 힘내!"라고 외쳐 댔으나, 그 소리는 우리들의 웅인 소리에 묻혀 버리고 말았다. 우리 하사관들은 당황하여 어찌할 바를 모른 채, 중대장 쪽 눈치를 보면서 경기를 멈춰야 하나 어쩌나 서로 왔다 갔다 하며 묻는 등 상의를 했고, 중대장은 그들에게는 눈길조차 주지 않은 채 얼음같이 차가운 시선으로 우리의 경주를 바라보기만 하고 있었다.

마지막 조가 출발했다. 알렉세이가 그 조에 속해 있었다. 나는 그가 어떻게 행동할까 호기심을 가지고 기대하고 있었는데 역시 내 생각이 옳았다. 그는 게임의 법칙을 깨뜨리고 단숨에 전속력으로 달려나갔고, 20미터쯤 갔을 때는 다른 이들보다 적어도 5미터는 앞서게 되었다. 그런데 이상한 일이 일어났다. 달리는 리듬이 약해지더니 더 이상 올라가지가 않는 것이었다. 그때 나는 알렉세이가 우리의 그 규칙을 깨고 싶었지만 그럴 수가 없었던 것이라는 생각이 퍼뜩 들었다. 그는 근육도 없고 숨도 길지 못해서, 일을 시작한 지 이틀 후에는 하는 수 없이 좀 가벼운 일을 맡기지 않을 수 없었을 정도로 아주 허약한 인물이었다. 그의 달리기가 내게는 그날 우리의 공연에서 압권을 이루는 것 같았다. 알렉세이는 있는 힘을 다해 달렸으나 다섯 발짝 뒤에서 무리 지어 겨우 앞으로 나아가고 있는 친구들과 다를 바 없이 똑같았던 것이다. 중대장과 하사관들은 틀림없이 알렉세이가 그렇게 번개처럼 튀어나갔던 것도,

혼자의 절름발이 흉내나 마틀로스가 자꾸 넘어졌던 것도, 우리의 열광적인 응원 소리와 조금도 다름없이 애초부터 이 코미디 각본에 들어 있던 것이라고 생각할 것이었다. 알렉세이는 두 주먹을 불끈 쥐고 최선을 다해 달렸다. 일부러 헐떡거리고 힘겹게 겨우 달리는 척하면서 그의 뒤를 따르고 있는 이들과 전적으로 똑같이. 그러나 알렉세이는 정말로 옆구리가 결렸던 것이며, 무진 애를 써서 그것을 참느라고 얼굴에 진짜 땀방울을 흘리고 있었다. 중간 지점에 왔을 때 알렉세이는 속도를 다시 더 줄여야만 했고, 그래서 다른 주자들이 모두 그대로 달리면서도 그를 따라잡게 되어 버렸다. 도착 지점 30미터 앞에서 그들은 그를 앞질렀다. 그리고 20미터를 앞에 두고 그는 결국 뛰는 것을 멈추고, 손으로 왼쪽 옆구리를 누른 채 비틀거리며 걸어서 들어왔다.

중대장은 집합 명령을 내렸다. 그는 우리가 왜 그렇게 느리게 달렸는지 이유를 알고자 했다. "너무 지쳐 있었습니다, 중대장 동지." 그는 피곤한 사람은 모두 손을 들라고 했다. 우리는 손을 들었다. 나는 알렉세이를 지켜보고 있었는데(내 앞줄에 있었다.) 그 혼자 손을 들지 않는 것이었다. 그러나 중대장은 알아보지 못했다. 그는 말했다. "좋다, 그러니까 모두란 말이군." "아닙니다." 누군가가 말했다. "피곤하지 않았던 사람이 누군가?" 알렉세이가 대답했다. "접니다." "아, 자네가 그랬나?" 그를 뜯어보며 중대장이 의외라는 듯 말했다. "어떻게 자네는 피곤하지 않았던 거지?" "저는 공산당원이기 때문입니다." 알렉세이의 대답은 그랬다. 이 말에 중대 전체가 소리 죽인 야유를 보냈다. "자네, 꼴찌로 들어왔던 사람 맞지?" "예, 그렇습니다." 알렉세이가 말했다. "그런데 피곤하지는 않았다?" 중대장이 물었다. "예, 그렇습니다." 알렉세이가 대답했다. "피곤하지 않았다니까 그럼 일부러 훈련을 거부했단 말이군. 그렇다면 반항죄로 보름간 영창에 넣어 주겠다. 그리고 너희, 다른 사람들은 피곤했다고 하니까 이유가 있었던 셈이다. 그런데 탄광에서 작업이 영 신통찮은 걸 보면 그 피곤은 외출에서 온 것이다. 여러분의 건강을 위해 중대는 이제 두 달간 외출 허가가 없다."

알렉세이는 영창으로 가기 전에 꼭 나에게 이야기를 하고 싶어 했다. 그는 내가 공산당원답게 행동하지 않았다고 비난했다. 그는 엄격한 눈빛으로 내게 사회주의를 옹호하는가 아닌가 물었다. 나는 사회주의를 옹호한다고, 그러나 여기 검정 표지 부대에는 바깥과는 다른 경계선이 존재하기 때문에, 즉 자신의 운명을 잃어버린 사람과 다른 이의 운명을 빼앗아 자기 마음대로 가지고 노는 사람이 있을 뿐이므로, 그런 것은 전혀 아무 의미가 없다고 대답했다. 알렉세이는 내 말을 인정하지 않았다. 사회주의와 반동 사이의 경계는 어디든 있는 법이라는 것이었다. 우리 병영은 어쨌든 사회주의의 적에 맞서는 하나의 방어 수단일 뿐이라고 했다. 나는 그에게 그 중대장 녀석이 그를 보름간 영창에 집어넣고 사람들을 사회주의의 적이 되게, 그것도 최악의 적이 되게 만들고 있는데, 어떻게 해서 그 녀석이 적들로부터 사회주의를 지키고 있는 것이냐고 물었다. 알렉세이도 중대장이 마음에 들지 않는다는 데에는 동의했다. 그러나 이 부대가 적으로부터 사회주의를 지키는 수단이라면, 알렉세이 그는 여기에 보내지지 말았어야 한다고 내가 말하자, 그는 자신은 여기에 마땅히 있어야 한다고 난폭하게 대답하는 것이었다. "내 아버지는 간첩 혐의로 체포되었어. 그게 무슨 말인지 알아? 어떻게 당이 나를 믿을 수 있겠어? 당에겐 나를 믿지 말아야 할 의무가 있는 거라고!"

그 후 나는 혼자와 이야기를 나누게 되었다. 나는 (루치에를 생각하며) 앞으로 두 달간이나 외출을 못 하는 것을 한탄했다. "이런 맹꽁이 같으니, 오히려 더 많이 나갈 거다!" 그는 이렇게 말했다.

그 신났던 릴레이 경주 파업은 내 동지들 사이에 유대감을 강화해 주었고 그들의 진취적 기상을 불러일으켰다. 혼자는 일종의 소위원회를 창설하여 곧 가능한 여러 가지 무단 외출 방법들에 대한 연구를 담당하였다. 마흔여덟 시간만에 모든 것이 준비 완료되었다. 뇌물에 충당할 비밀 기금이 형성되었고, 우리 내무반을 담당하는 하사관 두 명을 매수하는 일도 이루어졌다. 철조망을 몰래 절단하기에 가장 적합한 장소도 찾아냈다. 병영 맨 끝, 의무실 외에는 아무것도 없고, 울타리 너머 5미터에 민가의 첫번째 집이 나오는 곳이었다. 지붕이 낮은 그 집은 우리가 잘 아는 광부가 사는 집이었다. 친구들은 그 광부와 곧 의견을 맞추어, 광부가 집 대문 열쇠를 잠그지 않고 열어 두기로 했다. 몰래 빠져나가는 병사는 들키지 않게 철조망에 이르른 다음, 눈 깜짝할 사이에 철조망을 뛰어넘어 5미터를 달려야 하는 것이었다. 그 집의 대문만 통과하고 나면 안전했다. 집을 가로질러 끝으로 가면 교외의 한 거리로 나가게 되어 있었다.

나가는 길은 그러므로 비교적 안전하다고 할 수 있었다. 남용만 하지 않는다면 말이다. 한꺼번에 너무 많이 병영을 빠져나가면 쉽게 눈에 띌 것이었다. 그래서 혼자의 위원회는 외출 순번을 정하는 일도 해야 했다.

그러나 내 차례가 오기도 전에 혼자의 이 모든 기획은 와르르 무너지고 말았다. 어느 날 밤, 중대장이 직접 막사 시찰을 나서서 병사 셋이 보이지 않는다는 것을 알게 되었던 것이다. 그는 부재자를 신고하지 않은 하사(내무반장)를 다그쳤고, 마치 모든 것을 알고 있는 듯 얼마를 받았느냐고 물었다. 하사는 누군가 일러바친 것으로 생각하고는 아니라고 부인조차 한 번 해 보지 않았다. 중대장이 혼자를 불러 대질을 시키자 하사는 그에게서 돈을 받았다고 털어놓았다.

중대장 녀석은 우리를 이겼다. 꼼짝달싹 못하게. 그는 하사와 혼자, 그리고 그날 밤 몰래 외출했던 병사 셋을 군법 회의에 회부했다. (나는 내 가장 친한 친구에게 작별 인사조차 하지 못했다. 모든 것이 아침나절에, 우리가 탄광에 있는 사이, 순식간에 이루어진 것이었다. 나는 한참 후에야 그들이 모두 유죄 선고를 받았다는 것을 알게 되었다. 혼자는 일 년 징역이었다.) 중대를 소집해 놓고 중대장은 외출 금지령에 두 달을 더 추가한다고 선언하고, 뿐만 아니라 중대는 이제부터 새로운 여러 가지 복무 규율 체제하에 놓이게 되리라고 선포하는 것이었다. 그러고 나서, 병영 순찰을 위해 순찰병 둘과 정찰견들을 부른 것은 말할 것도 없고, 양 모퉁이에 감시 초소 두 개 설치, 여러 개의 탐조등 설치 등을 명했다.

중대장의 이러한 조치가 너무도 전격적이고 정확한 것이어서, 우리에게는 모두 똑같은 느낌이 엄습해 왔다. 즉 누군가가 혼자의 기획을 밀고한 것이라는 느낌이었다. 검정 표지들 속에서 밀고가 특별히 성행했다고는 할 수 없다. 우리는 모두 그런 것을 경멸했지만, 그러나 밀고란 우리에게 자신의 처지를 개선할 수 있고, 살 만한 미래를 보장해 주는 훌륭한 증서와 함께 제때에 제대를 할 수 있는 길을 제공해 주는 것이었으므로, 그 가능성은 언제나 존재한다는 것을 알고 있었다. 우리는 (우리 중 대부분은) 그렇게 비천한 맨 밑바닥까지 떨어지지 않는 데에는 성공했으나, 다른 사람들을 그런 식으로 너무 쉽사리 의심하지 않는 데에는 성공하지 못했던 것이다.

이번에도 곧 그러한 의심이 뿌리를 내리기 시작했고, (중대장의 그 일격이 분명 밀고가 아닌 다른 방향으로도 설명이 가능했음에도) 그 의심은 곧바로 모두들 무조건 알렉세이가 한 짓이라고 믿어 버리는 집단적 확신으로 변했다. 알렉세이는 그때 영창에서 속죄하며 남은 날을 보내고 있었다. 그래도 물론 아침마다 우리와 함께 여전히 탄광에 내려가야 했다. 그렇기 때문에 모두 그가 ('형사 같은 귀로') 혼자의 기획에 대해 낌새를 알아차리고도 남았을 것이라고들 했다.

그 가엾은 안경 낀 학생은 그로 인해 온갖 고생을 다 하게 되었다. 조장(우리 가운데 한 사람)은 그에게 제일 괴로운 일만 시켰고, 그의 연장들이 정기적으로 자취를 감춰 버려서 그가 급료에서 물어내야 하기도 했다. 이렇게 저렇게 계속 골탕을 먹어야 하는 것 외에도 그는 거침없는 빈정거림과 모욕도 받아 내야 했다. 그의 침상 곁 나무 칸막이에는 누군가 더러운 기름으로 더덕더덕 시커멓게 칠해 놓은 잡놈 조심이라는 글씨가 커다랗게 씌어 있었다.

혼자와 다른 네 죄수들이 호송되어 가고 며칠 되지 않았을 때, 오후 늦게 우리 중대 내무반에 들러 본 적이 있었다. 알렉세이 혼자서 자기 침대를 정돈하고 있을 뿐 아무도 없었다. 나는 그에게 왜 침대를 정돈하고 있느냐고 물었다. 그는 누가 하루에도 몇 번씩이나 침대를 흐트러뜨려 놓는다고 말했다. 나는 그에게 혼자를 밀고한 것이 그라고 모두들 굳게 믿고 있다고 말해 주었다. 그는 거의 울면서 항변했다. 자기는 아무것도 몰랐고, 설사 알았다 하더라도 밀고는 결코 하지 않았을 거라는 것이었다. "왜 그렇게 말하지? 너는 중대장하고 같은 편이라고 생각하잖아. 그러니까 당연히 네가 밀고할 수 있지." 내가 이렇게 말하자 그는 격하게 대답했다. "난 중대장과 같은 편이 아냐! 중대장은 방해 공작원이야!" 그러고는 영창에 있을 때 곰곰 생각해 본 결과 이런 견해에 이르렀다고 하며 자신의 의견을 피력하는 것이었다. 그러니까 이런 이야기였다. 즉 당은 무기를 맡길 수는 없으나 재교육이 필요한 이들을 위하여 검정 표지 병사 교육 제도를 만들었다. 그런데 계급의 적은 잠자고 있는 것이 아니라 기필코 이 재교육을 방해하려 든다. 그들이 바라는 것, 그것은 바로 검정 표지 병사들을 공산주의에 대한 격렬한 증오 속에 붙들어 매어 두어 반혁명의 예비군으로 쓰이게 한다는 것이었다. 그리고 그 중대장 녀석이 우리의 분노를 불러일으키게 행동하고 있는데, 이것도 적의 계획에 들어 있는 것이 명백하다고 했다. 당의 적들이 모두 구석구석 어디로 끼어들려 한다는 건지 나는 지금도 도무지 모르겠다. 아무튼 중대장은 틀림없이 적의 요원이라는 것이었다. 알렉세이는 자신의 의무가 무엇인지를 알고 있으며, 그래서 중대장의 음모들에 대한 상세한 보고서를 작성했다고 했다. 나는 깜짝 놀랐다. "무엇에 관해서? 뭘 썼다고? 그걸 어디다 보냈어?" 그는 중대장에 대한 고발장을 당에 송부했다고 했다.

그러는 사이 우리는 막사 밖으로 나와 있었다. 그는 나보고 사람들이 보는데 자기와 함께 있는 것이 두렵지 않느냐고 물었다. 나는 그런 질문은 바보나 할 수 있는 질문이며, 그의 편지가 제대로 도착하리라고 믿는 건 그것보다 두 배나 더 바보라야 할 수 있는 생각이라고 말했다. 그러자 그는 공산주의자로서 자신은 어떤 경우든 스스로 부끄럽지 않게 행동해야 한다고 했다. 그리고 또 나 역시 공산주의자이며(당에서 축출되었다 하더라도) 내가 지금과는 다르게 행동해야 한다는 것을 상기시켜 주기도 해야 한다는 것이었다. 그는 말했다. "우리 공산주의자들은 여기에서 일어나는 모든 일을 책임져야 하는 거야." 이 말은 나를 웃게 했다. 나는 그에게 책임이란, 자유 없이는 생각할 수 없는 것이라고 말했다. 그는 답했다. 자신은 공산주의자로서 행동하기에 충분히 자유롭다고 느낀다고. 자신이 공산주의자임을 증명해 보여야 하며, 그렇게 할 것이라고. 이 말을 하며 그는 턱을 덜덜 떨고 있었다. 오늘, 수많은 세월이 흐른 뒤, 이 순간을 떠올리면서 나는 그 어느 때보다 잘 알 것 같다. 알렉세이는 그때 겨우 스무 살 청년, 어린아이였음을, 그의 운명은 마치 아주 작은 몸 위에 걸쳐진 거인의 옷처럼 바람에 펄럭이고 있었음을.

알렉세이와 이야기를 하고 난 뒤 얼마 안 있어 체네그가 왜 그 잡놈과 이야기를 했느냐고 내게 물었던 기억이 난다. 나는 알렉세이는 바보지 잡놈은 아니라고 말했다. 그리고 알렉세이가 중대장을 고발했다는 말을 하더라고 그에게 알려 주었다. 그런다고 체네크가 감명을 받지는 않았다. 그는 말했다. "바보인지 아닌지는 모르겠지만 잡놈임엔 틀림없어. 잡놈이 아니고서야 공식적으로 자기 아버지를 부인할 수가 있냐." 내가 무슨 말인지 못 알아듣자 그는 내가 그 일을 모르고 있다는 데 대해 놀라워했다. 정치 위원이 직접 그들에게 알렉세이의 선언이 실린 몇 달 전 신문을 보여 주었다고 했다. 알렉세이의 주장대로 말하면, 자신의 아버지는 아들이 가장 신성하게 여기는 것을 배반하고 더럽혔으며, 그런 사람은 자신의 아버지가 아니라고 부인했다는 것이다.

그날 저녁 무렵이 되자 (최근에 신축된) 감시탑에서 처음으로 탐조등이 병영을 비추기 시작했다. 보초 하나와 정찰견 한 마리가 철조망을 따라 순찰을 돌기도 했다. 깊이 모를 슬픔이 나를 엄습해 왔다. 루치에가 없구나. 한없이 긴 두 달 동안 그녀를 못 보겠구나 싶었다. 나는 그날 그녀에게 긴 편지를 썼다. 오래도록 그녀를 볼 수 없으리라고, 우리 모두 병영 밖으로 나갈 수가 없다고, 그리고 내가 열망하던 것을 그녀가 거절한 것이 얼마나 안타까운 일인가, 그 기억은 내가 이 음울한 나날들을 견뎌 낼 수 있도록 도와주었을 텐데…… 라고.

편지를 부친 다음 날, 우리는 매일같이 반복되는 차려, 앞으로 가, 엎드려 등을 하고 있었다. 나는 구령에 따라 기계적으로 행동을 취하고 있었을 뿐, 하사가 불같이 화를 내는 것도 내 동료들이 걷거나 엎드리거나 하는 것도 쳐다보지 않았다. 연병장을 삼면으로 두르고 있는 막사 쪽이건 나머지 한쪽으로 나 있는 길가의 철조망 쪽이건 주위를 돌아보지도 않았다. 길가 쪽에서는 때로 사람들이 지나가다가 멈추어 서곤 했다.(주로 어린아이들이었는데, 혼자 서 있기도 했고 또는 부모들이 곁에서 철조망 너머에서는 군인 아저씨들이 훈련을 하고 있는 것이라고 설명을 해 주기도 했다.) 이 모든 것이 내게는 살아 있지 않은 배경, 그림으로 변해 있었다.(철조망 너머의 모든 것은 단지 그림일 뿐이었다.) 그러므로 누군가 그쪽에 대고 "어이, 아가씨, 거기서 꿈꾸고 있나?"라고 말을 던지지 않았다면 나는 그쪽을 쳐다보지도 않았을 것이다.

그때서야 나는 그녀를 보았다. 루치에였다. 그녀는 그 다 해진 낡은 밤색 외투를 입고(우리가 옷을 사던 날, 여름이 끝나면 추위가 오리라는 것을 왜 잊었단 말인가?) 굽 높은 그 우아한 구두(내 선물)를 신고 철조망 곁에 서 있었다. 그녀는 꼼짝하지 않은 채 우리를 지켜보고 있었다. 병사들은 점점 더 호기심이 발동하여 그녀가 풍기는 이상스럽게 집요한 분위기에 대해 이렇다 저렇다 말들을 해 댔고, 강요된 독신 생활에 처해진 남자들의 모든 성적 절망을 그 이야기 속에 다 쏟아 넣었다. 결국 하사관까지 병사들의 산만한 술렁거림을 알아차리게 되었고 그 이유도 곧 알게 되었다. 그는 자신의 무력함 앞에서 격노하였다. 그 젊은 처녀에게 거기 있지 말라고 할 수는 없는 것이었다. 철조망 바깥에는 그의 명령을 벗어나는 비교적 자유로운 지대가 펼쳐져 있었다. 그래서 그는 그저 병사들에게 입을 다물라고 명령을 하고 구령 소리와 훈련의 속도를 높였다.

루치에는 몇 발짝 움직여 보기도 했다가 내 시야에서 완전히 사라져 버리기도 했지만 결국에는 우리가 서로 바라볼 수 있는 지점으로 돌아오곤 했다. 얼마 후 강화 훈련이 끝났지만 정치 학습 시간에 부랴부랴 달려가야 했기 때문에 나는 루치에에게 다가갈 시간이 없었다. 우리는 평화 진영과 제국주의자들에 대한 이야기를 들었고, 한 시간이 지난 다음에야 나는 혼자 빠져나와서 루치에가 아직 철조망 가에 있는지 보러 갈 수가 있었다.(벌써 땅거미가 지는 무렵이었다.) 그녀는 거기에 있었다. 나는 그녀에게 달려갔다.

그녀는 내게 자기를 원망하지 말라고, 나를 사랑한다고, 자기 때문에 내가 슬퍼한다는 걸 알고 나니 후회가 된다고 했다. 나는 언제 그녀를 보러 갈 수 있을지 알 수가 없다고 말했다. 그녀는 그런 건 아무 상관이 없다고, 자기가 여기 아주 자주 올 거라고 했다.(병사들이 지나가며 우리 뒤에서 음담을 퍼부어 댔다.) 나는 그녀에게 병사들이 저렇게 상스러운데 거북하지 않겠느냐고 물었다. 그녀는 나를 사랑하므로 그런 건 아무렇지도 않으니 걱정 말라고 했다. 그녀는 철조망 틈새로 내게 장미

한 송이를 건네주었다.(나팔 소리가 울렸다. 집합하라는 소리였다.) 우리는 철조망 틈새로 입맞춤을 나누었다.

13

루치에는 거의 매일 병영으로 왔다. 탄광에서 오전이 지나가고 내가 오후 시간을 병영에서 보내고 있을 무렵에 오곤 했다. 나는 매일 작은 꽃다발을 받았고(한번은 관물 검사 때 중사가 그 꽃다발들을 바닥에 내팽개친 적도 있었다.) 루치에와 몇 마디 안 되는 짧은 말을 나누기도 했다.(서로 별로 할 말이 없었으므로 그저 상투적인 문장일 뿐이었다. 서로의 생각이나 소식을 교환하는 것이 아니라 우리는 이미 수차례 말해진 하나의 진실만을 서로 자꾸만 다시 다짐할 뿐이었다.) 그러면서 동시에 나는 거의 매일같이 그녀에게 편지를 썼다. 이 시기가 우리 사랑이 가장 강렬했던 시기였다. 감시탑의 탐조등, 저녁 무렵 몇 번의 개 짖는 소리, 이 모든 것 위에 군림하는 어린 중대장, 이런 것들은 내 머릿속에서 아주 미미한 자리를 차지하고 있을 뿐이었다. 내 머리는 온통 나를 찾아오는 루치에에게로만 향해 있었다.

나는 정말 몹시 행복했다. 개들이 지키고 있는 이 병영에서나, 지하 갱도에서 진동하는 착암기에 기대 있을 때나. 루치에를 통해서 나는 동료들도, 하사관들조차도 가지지 못한 풍요로움을 지니고 있었으므로 행복하고 자랑스러웠다. 나는 사랑받고 있었던 것이다. 모두가 보는 앞에서, 보란듯이, 그렇게 사랑받고 있었다. 루치에가 내 동료들의 이상적 여인상이었던 것은 아니지만, 그리고 그녀의 애정이—그들이 보기에는—상당히 이상한 방식으로 표명되었다 해도, 그것은 어쨌거나 한 여인의 사랑이었으며, 놀라움과 향수와 부러움을 불러일으키는 것이었다.

세상과 여자로부터 격리된 시간이 길어질수록 우리의 대화에는 아주 세세한 여자들 이야기가 등장하게 되었다. 검은 점 이야기도 나왔고, 가슴과 엉덩이의 선을 그려 보기도 했다.(종이에는 연필로, 흙 위에는 곡괭이로, 모래에는 손가락으로.) 존재하지도 않는 그 엉덩이들 중에서 어떤 엉덩이의 형태가 가장 근사한가 논쟁이 벌어지기도 했다. 성행위에 동반되는 말과 신음 소리들을 그대로 재생해 보기도 했다. 이 일은 한 번에 그치는 것이 아니라 언제나 새로운 세부 사항들이 첨가되면서 계속해서 거듭 많은 토론이 이어지는 것이었다. 나 역시 질문을 받았다. 동료들은 내가 이야기하는 아가씨가 그들이 매일 보는 사람이고 따라서 그녀의 구체적 모습을 내 이야기에 연결 짓기가 용이했기에 더욱 큰 관심을 표했다. 나는 동료들을 실망시킬 수가 없어서 이야기를 하는 도리밖에 없었다. 나는 그래서 한 번도 본 적이 없는 루치에의 알몸에 대하여 그리고 가져 본 적도 없는 그녀와의 사랑의 밤들에 대하여 이야기를 해 주었다. 그러자 내 눈앞에 돌연 그녀의 고요한 열정이 세세하고 정확한 정경으로 전개되는 것이었다.

내가 처음으로 그녀와 관계를 가졌던 때는 어땠는가?

그것은 그녀의 집, 기숙사 방에서였다. 그녀는 내 앞에서 온순하게, 자신을 모두 내맡긴 채 옷을 벗었다. 그러나 그녀는 시골 처녀였고 내가 자신의 벗은 몸을 보는 첫 남자였으므로 몹시 수줍어했다. 수줍어하면서도 동시에 자신을 모두 내맡기는 그 헌신은 나를 미칠 듯이 흥분시켰다. 내가 다가가자 그녀는 음부를 두 손으로 가린 채 몸을 웅크렸다.

그녀는 왜 언제나 그 검은색 굽 높은 구두를 신는 것인가?

내가 그 구두를 그녀에게 사 준 것은, 그녀가 그 구두만 신은 채 완전히 알몸으로 내 앞에서 거닐게 한다는 특별한 의도에서였다. 그녀는 부끄러워했으나 내가 원하는 것을 모두 그대로 했다. 나는 언제나 가능한 한 오래도록 옷을 입은 채로 있었고 그녀는 그 조그만 구두를 신고 알몸으로 걸어다녔으며(그녀는 알몸이고 나는 옷을 입고 있는 것은 엄청 근사했다!) 장에서 포도주를 꺼내 알몸으로 내게 다가와 잔을 채워 주었다.

이렇게 해서 루치에가 철조망 울타리에 나타날 때면 그녀를 바라보는 사람은 나 혼자가 아니라 족히 여남은 명은 되는 동료들도 함께였다. 그들은 루치에가 사랑의 행위를 어떻게 하는지, 그때 그녀가 무슨 말을 하고 어떤 신음 소리를 내는지 정확하게 알고 있었다. 그리고 그들은 그녀가 또 그 검은 구두를 신고 있다고, 사연을 다 안다는 듯 확인을 하면서, 그녀가 알몸으로 그 신발을 신고 작은 방 안을 이리저리 걸어다니는 것을 상상해 보곤 하는 것이었다.

동료들은 제각기 한 여자를 기억해 냈고 그렇게 해서 다른 이들과 함께 그 여자를 나누어 가질 수 있었지만, 나 외의 그 누구도 눈에 보이는 그 여자의 모습을 제공할 능력은 없었다. 내 여자만이 오로지 진짜이고, 살아 있고, 바로 앞에 있는 여자였다. 나로 하여금 루치에의 알몸과 성행위 때의 행동을 묘사하도록 만든 연대 의식은 나의 욕망을 고통스러울 정도로까지 구체화하는 결과를 낳고 말았다. 외설스러운 말들로 그녀의 방문에 대해 이야기하는 동료들은 나를 전혀 화나게 하지 않았다. 그들이 루치에를 소유하는 방식은 나에게서 그녀를 앗아 가지 못했다.(철조망과 정찰견이 그녀를 모두로부터 보호하고 있었다. 나까지 포함하여.) 오히려 모두들 내게 그녀를 선사해 주고 있었다. 모두가 나를 위하여 그녀에 대한 자극적 이미지를 선명하게 만들어 주었고, 모두가 나와 더불어 그녀의 형상을 만들었으며, 정신이 혼미해질 정도의 고혹적 면모를 그녀에게 부여해 주었다. 나는 동료들에게 모든 것을 털어놓았고, 우리는 다함께 루치에에 대한 욕망에 몰두했다. 그러고 나서 철조망 가로 그녀를 만나러 갈 때면 전율이 내 온몸을 훑고 지나갔다. 나는 말을 할 수조차 없었다. 그럴 만큼 그녀를 갖고 싶었다. 어떻게 내가 그동안 그녀를 만나 오면서 그렇게 소심한 학생같이 굴고 그녀에게서 여자를 발견해 내지 못했는지 도무지 이해할 수가 없었다. 그때 나는 그녀를 안을 수만 있다면 그 단 한 번의 정사를 위해 모든 것을 바쳤을 것이다.

그렇다고 해서 그녀에 대한 나의 사랑이 거칠어졌다거나 평범한 것이 되었다는 말은 아니다. 다정함이 사라졌다는 것도 아니다. 나는 말할 수 있다. 그때—내 인생에서 유일하게—나의 온 존재가 매달린 한 여인에 대한 총체적 욕망을 느끼고 있었다고. 그것은 몸과 영혼, 욕망과 다정함, 서글픔과 삶에 대한 강렬한 욕구였으며, 위안에 대한 갈구이자 동시에 저속함에 대한 갈구이고, 영원히 소유하고 싶은 갈망이자 동시에 한순간의 쾌락에 대한 갈증이었다. 나는 내 모든 것을 완전히 다 걸고 있었고 한곳으로만 향해 있었다. 나는 이 순간들을 잃어버린 낙원으로 기억한다.(정찰견과 보초들이 지키는 기이한 낙원.)

나는 병영 밖에서 루치에를 만날 수만 있다면 무엇이든 할 태세였다. 그녀는 다음번에는 '저항하지 않겠다'고, 내가 원하는 곳이면 어디든 가겠다고 약속했다. 여러 차례 그녀는 철조망 사이로 그 약속을 거듭했다. 그러므로 나는 과감히 행동을 취하기만 하면 되는 것이었다.

내 머릿속에서 이 일은 곧 연구 검토되었다. 혼자가 세웠던 계획의 핵심에 해당하는 대부분이 아직 중대장에게 알려져 있지 않은 상태였다. 철조망도 몰래 늘여 놓은 채로 그대로 있었고 병영 옆에 사는 그 광부와의 협정도 여전히 유효했다. 물론 지금은 감시가 너무 철저해서 해가 있을 때 빠져나간다는 것은 말도 안 되는 일이었다. 밤에도 보초와 정찰견이 병영 주변을 돌고 탐조등이 환하게 밝히긴 했지만, 사실상 이 모든 것은 이미 발생하기 불가능해진 우리의 탈출 때문이라기보다는 차라리 중대장의 즐거움을 위해 작동하고 있다는 편이 옳았다. 붙잡히면 바로 군사 재판감일 터이니 그것은 너무 커다란 위험이었다. 그러나 바로 그렇기 때문에 성공할 수도 있다고 나는 생각했다.

그러니까 나는 병영에서 너무 멀지 않은 곳에 우리가 머물 은신처를 찾아내야 했다. 인근의 광부 대부분이 우리와 같은 승강기를 타고 탄광에 내려가곤 했으므로 곧 그들 중 하나(오십 대 독신자)와 이야기가 잘되어서 (당시 화폐로 300코루나를 주고) 집을 빌리기로 했다. 병영에서 내다보이는 회색 단층집이었다. 나는 루치에에게 울타리에서 그 집을 가리켜 보이며 내 계획을 설명해 주었다. 그녀는 기뻐하지 않았다. 자기를 위해 그런 위험을 감수하지 말라고 설득하려 들었고, 결국 내 계획을 받아들이기는 했어도 그건 다만 그녀가 싫다는 말을 할 줄 몰랐기 때문이었다.

약속된 날이 왔다. 그날은 상당히 이상하게 시작되었다. 탄광에서 돌아오자마자 중대장 녀석이 우리를 집합시키고는 늘 하던 똑같은 이야기를 늘어놓기 시작했다. 보통 그는 전쟁이 임박했다는 말과 반동분자들은 아주 참혹하게 제거되리라는 말로 공갈을 해 대곤 했다.(그의 생각에 그 대상은 첫 번째로 우리였다.) 그런데 그날은 새로운 생각들을 덧붙이는 것이었다. 계급의 적이 공산당 내부로 침투해 들어왔다. 그러나 신분을 위장한 적들은 더러운 개 같은 암적 존재이므로 자신의 견해를 감추지 않는 이들보다 백배는 더 엄하게 다루어질 것임을 첩자들과 반역자들은 알아야 한다고 했다. “그런데 여기에도 그런 놈이 하나 있다.” 중대장 녀석은 이렇게 말하더니 알렉세이—중대장과 똑같이 아직 어린아이에 지나지 않는—를 대열 밖으로 나오게 했다. 그러고 나서 그는 주머니에서 종이 같은 것을 꺼내어 그의 코앞으로 들이밀었다. “이 편지가 뭔지 알겠나?” “예.” 알렉세이가 말했다. “넌 더러운 개새끼다. 게다가 밀고자에다 첩자이기도 하지. 하지만 개 짖는 소리는 하늘에까지 가닿지 않는 법이거든!” 그러고는 그의 눈앞에서 그 편지를 갈갈이 찢어 버렸다.

“너한테 줄 편지가 또 하나 있다.” 그리고 열려 있는 봉투를 알렉세이에게 내밀며 “큰 소리로 읽어라!”라고 말했다. 알렉세이는 그 속의 종이를 꺼내 눈으로 훑어보았다. 그리고 아무 말도 하지 않았다. “읽으라니까!” 중대장이 재차 말했다. 알렉세이는 입을 열지 않았다. “읽기 싫어?” 중대장은 이렇게 묻고는 알렉세이가 여전히 침묵하자 “엎드려뻗쳐!” 하고 명령했다. 알렉세이는 진흙탕 속에 엎드렸다. 중대장 녀석은 한동안 그렇게 그를 내려다보고 있었고, 우리는 이제 나올 말은 일어서! 엎드려! 일어서! 엎드려!밖에 없으며 그러면 알렉세이는 일어섰다 엎드렸다 또 일어섰다 엎드렸다 해야 하리라는 것을 모두 알고 있었다. 그런데 중대장은 무슨 일인지 더 명령을 내리지 않고 알렉세이에게서 돌아서더니 첫번째 대열 앞을 천천히 지나갔다. 눈으로 장비를 검열하면서 마지막 줄에 이르렀고(몇 분이나 걸렸다.) 거기서 휙 돌아서더니 역시 전혀 서두르지 않고 엎드려뻗친 상태의 병사 쪽으로 되돌아갔다. “자, 이제 읽어 봐!" 알렉세이는 진흙이 묻은 턱을 들고, 편지를 내내 꼭 쥐고 있던 오른손을 앞으로 내밀어, 여전히 엎드린 상태로 읽어 나갔다. "당신은 1951년 9월 15일자로 체코슬로바키아 공산당으로부터 축출되었음을 통보합니다. 지방 당위원회는……." 중대장은 알렉세이에게 원위치로 돌아가라 명했고, 하사관에게 명령을 내려 훈련이 시작되었다.

강화 훈련 이후 정치 학습이 있었고, 6시 30분경(벌써 어두웠다.)에 루치에는 철조망 가에서 기다리고 있었다. 내가 그녀에게 다가가자 그녀는 모든 것이 잘되고 있다는 신호로 머리를 끄덕여 보이고 자리를 떠났다. 그리고 저녁 식사, 소등이 이어졌고 모두 잠자리에 들었다. 나는 침대 속에서 내무반장 하사가 잠들기를 기다렸다. 그러고 나서 군화를 신고, 흰 내복 바지에 잠옷 바람으로 내무반을 빠져나왔다. 복도를 지나고 연병장에 나와 섰다. 추웠다. 빠져나가야 할 울타리 통로는 부대 맨 안쪽 의무실 뒤에 마련되어 있었다. 어쩌다 누구와 마주치기라도 하면 몸이 안 좋아서 군의관을 보러 가는 길이라고 하면 되었으므로 아주 좋았다. 하지만 아무도 만나지 않았다. 나는 건물 벽에 붙어 그림자에 몸을 가리고서 벽을 따라 돌아갔다. 탐조등은 같은 곳만 게으르게 비추고 있었다.(감시탑의 보초가 자신의 임무를 대수롭지 않게 여기고 있음이 분명했다.) 그리고 내가 지나가야 하는 연병장의 지점은 어둠에 잠겨 있었다. 이제 문제는 단 하나밖에 없었다. 정찰견을 데리고 울타리를 따라 밤새 순찰을 도는 보초에게 걸리지 않는 일이었다. 사방이 고요했다.(주위를 살펴 가며 행동을 해 나가는 데에 혼란을 주는 두려운 침묵이었다.) 족히 십여 분은 그대로 가만히 있었을 때 마침내 개 짖는 소리가 들렸다. 부대의 정반대쪽이었다. 그래서 나는 벽에서 몸을 떼고, 혼자가 조작해 놓은 이래로 땅바닥에 철망이 느슨하게 늘어져 있는 장소까지 달려갔다. 그리고 엎드려 기어서 그 밑을 통과했다. 이제 더 이상 머뭇거리면 안 되었다. 재빨리 얼마를 더 뛰자 광부네 집 나무 울타리에 도착했다. 모든 것이 순조로웠다. 문은 열쇠로 잠겨 있지 않았고, 나는 그 집의 작은 안뜰로 들어갔고, 창문(차양이 내려진) 안쪽에서 불빛이 은은하게 새어나오고 있었다. 창유리를 두드리자 잠시 후 입구에 거구의 남자가 나타나서는 커다란 소리로 따라오라고 했다.(병영이 바로 코앞에 있는데 어찌나 크게 안내를 하는지 진땀이 날 정도였다.)

문으로 들어서자 곧바로 방이었다. 나는 약간 얼이 빠진 채 문턱에 서 있었다. 실내에는 탁자 주변에(마개를 딴 술병 하나가 위에 놓여 있고) 다섯 사람이 아주 느긋하게 둘러앉아 있었다. 내 옷차림을 보고 그들은 웃음을 터뜨렸다. 그들은 나보고 그렇게 잠옷 바람으로는 얼어 죽을 거라며 술을 한 잔 따라 주었다. 물을 아주 살짝 탄 90도짜리 알코올이었다. 하도 얼른 마시라고 해서 나는 단숨에 들이켰다. 내가 기침을 해 대자 그들은 또 껄껄 웃으며 내게 의자를 권했다. 그들은 내가 어떻게 '국경을 넘어' 나오기에 성공했는지 궁금해했고, 다시 한번 내 우스꽝스러운 몰골을 보며 웃음을 터뜨리고, 나를 '도망치는 내복'이라고 놀려 댔다. 모두 삼사십 대쯤 된 이 광부들은 이곳에 자주 모이는 것 같았다. 그들은 술을 마시고 있었지만 취해 있지는 않았다. 처음의 놀라움이 가시자 그들의 이 태평스러운 분위기가 나의 긴장을 풀어 주었다. 나는 숨이 턱 막힐 만큼 독한 그 술을 다음 잔도 거절하지 않았다. 그러는 사이 집주인 광부는 옆방으로 갑자기 뛰어들어 가더니 짙은 색 양복을 하나 들고 나왔다. "자네한테 맞을까?" 그가 물었다. 이 광부는 키가 나보다 10센티미터는 더 크고 몸집도 상당히 더 우람하다는 것을 눈으로 보면서도 나는 "맞아야 해요."라고 말했다. 나는 군대 내복 바지 위에 양복 바지를 껴입었지만 손으로 붙들고 있지 않으면 그대로 흘러내릴 정도였다. "허리띠 가진 사람 없어?" 하고 양복 제공자가 물었다. 아무도 없었다. "끈이라도 하나 없을까요?" 내가 말했다. 결국 끈을 하나 찾아냈고 그 덕에 간신히 바지가 흘러내리지 않을 수 있었다. 그리고 상의를 걸치자 사람들은 (무엇 때문인지 모르지만) 나보고 꼭 찰리 채플린 같다면서 모자하고 지팡이만 있으면 되겠다고 했다. 그들을 즐겁게 해 주려고 나는 구두 뒤축을 모으고 발끝을 벌려 보였다. 육중한 군화 발등 위로 바지가 길게 내려와 주름이 잡혀 있는 걸 보고 그들은 오늘 저녁 그 어떤 여자라도 나를 위해 모든 걸 다 해 줄 거라고 장담하면서 우스워 어쩔 줄을 몰랐다. 그들은 내게 술을 한 잔 더 마시게 하고 길가까지 배웅해 주었다. 집주인 남자는 언제든 염려 말고 자기 창문을 두드려 옷을 갈아입고 가라고 말했다.

나는 어둑어둑한 교외의 길가로 나왔다. 루치에와 만나기로 한 곳에 이르기까지 거의 십오 분쯤은 부대 주위를 빙 돌아가야 했다. 그 길에는 불을 환하게 밝힌 병영 정문도 있었는데 나는 어떻게든 그 앞을 지나가야 했다. 마음이 조마조마 했지만 결국은 쓸데없는 걱정이었던 것이, 민간인 차림을 한 내 모습이 완벽한 보호막이 되어 주었으므로 정문의 위병은 나를 발견하고도 누군지 알아보지 못했다. 나는 아무 탈 없이 무사히 도착했다. 그 집의 문(외로운 가로등 하나가 빛을 비추고 있는)을 열고 기억을 더듬어(광부가 설명해 주었던 것만 생각하며) 앞으로 걸어 나갔다. 왼쪽 계단, 이 층, 바로 마주 보이는 문. 문을 두드렸다. 열쇠가 돌아가고 루치에가 문을 열었다.

나는 그녀에게 키스했다.(그녀는 야간 작업조에 속한 광부가 집을 나가자마자 도착했으므로 벌써 여섯 시간 전부터 거기에서 나를 기다렸다.) 그녀는 내게 술을 마셨느냐고 물었다. 나는 그렇다고 하고 어떻게 여기까지 왔는지 이야기해 주었다. 내가 그러고 있는 동안 그녀는 혹시 무슨 일이 일어난 건 아닌가 내내 덜덜 떨고 있었다고 했다. (그제서야 정말로 그녀가 몸을 떨고 있는 것이 보였다.) 나는 내가 얼마나 커다란 기쁨을 가슴속에 품고 그녀를 보러 왔는지 말해 주었다. 품에 안은 그녀의 몸이 계속 떨고 있는 것이 느껴졌다. "왜 그래?" 내가 걱정스레 물었다. "아무것도 아니야." "그런데 왜 이렇게 떨어?" "너한테 무슨 일이 생겼을까 봐 두려웠어." 그녀는 이렇게 말하고 가만히 몸을 빼냈다.

나는 주위를 한번 돌아보았다. 방은 아주 작았고 가구도 거의 없었다. 탁자, 의자, 침대,(정돈이 되어 있었으나 시트는 썩 깨끗해 보이지 않았다.) 침대 위에 걸린 성화 한 점. 맞은편 벽 위에는 과일잼 병들이 죽 놓인 장 하나,(이 방에서 그래도 유일하게 따뜻한 기운이 감도는 것) 그리고 이 모든 것 위에, 천장에 고독하게 매달린 갓도 없는 전구 하나. 눈을 찌르는 이 전등 빛은 나를 무자비하게 내리비추었고, 그 순간 참담하도록 우스꽝스러운 내 몰골이 나 자신에게 괴롭게 의식되었다. 엄청나게 큰 상의에, 허리춤을 끈으로 질끈 동여맨 바지, 거무튀튀한 군화 앞꿈치. 그리고 맨 꼭대기에는 새로 박박 깎은 내 머리통이 전구 아래에서 마치 희끄무레한 달처럼 빛나고 있을 것이었다.

"루치에, 내 꼴이 이래서 정말 미안해." 나는 이렇게 용서를 구하며 변장이 필요했던 이유를 다시 설명했다. 루치에는 그런 것은 전혀 중요하지 않다고 했다. 그러나 나는 술기운에 호기가 더 발동하여, 그녀 앞에서 이런 몰골로 더 이상 서 있을 수 없다고 선언하고는 얼른 상의와 바지를 벗어 던졌다. 그러나 그 속에는 조금 전 의상보다 열 배는 더 우스운 잠옷과 그 참혹한 군용 내복 바지(발목까지 오는)가 도사리고 있었다. 나는 스위치를 돌려 불을 꺼 버렸지만 그 어떤 어둠도 나를 구하러 와 주지 않았다. 길가에서 가로등 빛이 스며들어 오고 있었다. 벌거벗은 것보다 이런 우스꽝스러운 모습이 더 창피스러웠으므로 나는 셔츠와 바지를 벗어 던지고 루치에 앞에서 맨몸이 되었다. 나는 그녀를 껴안았다. (다시 한번 그녀가 떨고 있는 것이 느껴졌다.) 나는 그녀에게 옷을 벗으라고, 우리를 갈라 놓는 모든 것을 없애 버리라고 말했다. 나는 그녀의 몸을 쓰다듬고 또 쓰다듬으며 간청했지만, 루치에는 조금만 기다리라고, 못 하겠다고, 지금 당장은 못 하겠다고, 그렇게 빨리는 못 하겠다고, 그랬다.

나는 그녀의 손을 잡고 침대에 가서 앉았다. 나는 그녀의 배에 내 얼굴을 묻고 웅크린 채 한동안 가만히 있었다. 문득 (희미하게 스며든 탁한 가로등 불빛 아래) 이렇게 벌거벗고 있는 것이 얼마나 이상스러운 모습인가 싶었다. 내가 꿈꾸었던 것과 완전히 정반대로 일이 돌아가고 있다는 생각도 들었다. 옷을 그대로 입고 있는 남자 곁에 옷을 모두 벗은 처녀가 있는 것이 아니라, 옷을 입은 여자의 배에 벌거벗은 남자가 몸을 웅크리고 있는 것이었다. 나는 마치 연민에 가득한 마리아의 손길 아래 있는 예수 같은 느낌이 들었고 이런 생각이 들자 소스라치게 놀라고 두려웠다. 나는 연민이 아니라 그와는 아주 다른 것을 찾으러 여기 온 것이기 때문이었다. 그래서 다시 루치에의 얼굴과 옷에 키스하기 시작했고 그러면서 살그머니 옷을 벗기려고 애를 썼다.

그러나 실패였다. 루치에는 몸을 빼내 버렸다. 처음의 열정도 다 날아가고 그녀를 안게 되리라 믿으면서도 조바심 치던 심정도 사라졌으며 더 이상 아무 할 말도 없고 그녀를 쓰다듬을 여력도 없어지고 말았다. 나는 벌거벗은 채 꼼짝하지 않고 침대에 길게 누워 있었고, 루치에는 곁에 앉아 나를 내려다보며 거친 손으로 내 얼굴을 쓰다듬었다. 그러고 있자 점점 내 안에서 원망과 분노가 말갛게 솟아올라 왔다. 나는 속으로 루치에에게 오늘 그녀를 만나기 위해 내가 얼마나 온갖 위험을 겪어야 했는지 아느냐고 말하고 있었다. 오늘 저녁 이 외출 때문에 받을 수도 있는 모든 벌들을 (내 머릿속에서) 그녀에게 말해 주었다. 그러나 그것은 피상적인 비난일 따름이었다.(그래서—속으로라도—루치에에게 그것을 털어놓을 수가 있었던 것이다.) 분노가 치솟은 진짜 원인은 그보다 아주 훨씬 더 깊은 곳에 있었다.(털어놓기 부끄러웠을 것이다.) 나 자신의 비참함이 가슴을 도려내듯 아픈 통증을 일으켰던 것이다. 처참하게 망가진 내 젊음, 욕망을 억누르며 보내야 했던 기나긴 나날들, 욕망의 좌절 끝에 오는 이 한없는 굴욕감, 그런 것이었다. 헛되이 마르케타를 따라다녔던 일, 농기계 위에 올라탔던 그 천박한 금발 머리, 그리고 다시 루치에에 대한 이 헛된 구애를 머릿속에 떠올렸다. 그러자 나는 이렇게 소리라도 지르고 싶은 심정이 되었다. 도대체 어째서 나는 어른으로 심판받고 추방되고 트로츠키주의자라고 선언되고 탄광으로 보내지고 그렇게 모든 데에서 어른이어야 하면서 사랑에서만은 어른이 될 권리도 없고 이렇게 미숙해서 모든 창피를 감수해야 한다는 말인가? 루치에가 말할 수 없이 미웠다. 나를 향한 그녀의 사랑을 알았기에 더욱 그랬다. 그러니 그녀의 저항은 말도 안 되고 어처구니 없는 것이었으며 나를 광분하게 만들었다. 그렇게 한마디도 하지 않은 채 삼십 분을 보내고 나서 나는 다시 공격을 개시하였다.

나는 그녀를 덮쳤다. 모든 힘을 발휘하여 나는 그녀의 치마를 걷어 올리고, 브래지어를 찢어 버리고, 맨가슴을 움켜쥐기에 이르렀지만, 루치에는 끊임없이 더욱 거세게 저항을 해 왔고 (나와 똑같이 물불을 안 가리며 격렬하게) 결국은 몸을 빼내어 침대 밖으로 튀어 나가더니 장 옆에 꼭 붙어섰다.

"왜 그렇게 나를 뿌리치는 거야?" 하고 나는 소리쳤다. 무어라 할 말이 없었으므로 그녀는 화내지 말라고, 자기를 미워하지 말라고 더듬거릴 뿐 무슨 조리 있는 분명한 말을 하지 못했다. "도대체 왜 그러는 거야? 내가 널 얼마나 사랑하는지 몰라? 넌 정말 미쳤어!" 나는 이렇게 그녀에게 욕설을 퍼부었다. "그럼 나를 쫓아내면 되잖아" 그녀는 여전히 장에 꼭 붙어선 채로 말했다. "그래, 쫓아낼 거야. 넌 나를 사랑하지도 않으니까, 나를 조롱이나 하고 있으니까!" 나는 그녀에게 고함을 지르며, 내가 하는 대로 가만히 있든지 다시는 나를 볼 생각을 말든지 알아서 하라고 최후 통첩을 내렸다.

그리고 다시 다가가 그녀를 껴안았다. 그녀는 이번에는 아무런 저항 없이 내 품에서 죽은 듯이 가만히 있었다. "네 처녀성이 뭐라고 생각하기에 그래? 누구를 위해서 그걸 지키고 싶어하는 거야?" 그녀는 아무 말도 하지 않았다. "왜 아무 말도 안해?" "넌 나를 사랑하지 않아." 그녀가 말했다. "내가? 내가 널 사랑하지 않는다고?" "그래! 날 사랑한다고 생각했는데……." 그녀는 울음을 터뜨렸다.

나는 그녀 앞에 무릎을 꿇고 그녀의 다리에 입을 맞추며 애원했다. 그녀는 울먹이며 계속 내가 자기를 사랑하지 않는다고 말했다.

돌연 미칠 듯한 분노가 나를 사로잡았다. 어떤 초자연적 힘이 내 앞을 가로막고 내 손에서 내 삶의 의미이자 내가 열망하는 것, 내게 속하는 것을 모두 계속 앗아 가는 것만 같았다. 이 힘이 내게서 당과 동지들과 학교를 앗아 간 것 같았다. 매번, 언제나, 내가 어떻게 하건, 아무 이유도 없이 내게서 모든 것을 빼앗아 가 버리는 힘. 나는 이 초자연적인 힘이 루치에를 내게 맞서게 만든다는 생각이 들었고, 그러자 그 힘의 도구가 되어 버린 루치에가 너무도 미웠다. 나는 그녀의 얼굴을 내리쳤다. 루치에가 아니라 그 적대적 힘을 후려치는 것이라 생각하면서. 나는 그녀를 혐오한다고, 이제 더 보고 싶지 않다고, 평생 절대 다시 보지 않겠다고 고함을 질러 댔다.

나는 그녀에게 그녀의 그 밤색 외투(의자에 팽개쳐져 있는)를 내던지며 나가라고 소리쳤다.

그녀는 외투를 입고 밖으로 나갔다.

그러고 나서 나는 침대에 몸을 던졌다. 머릿속이 텅 빈 것 같았다. 거의 그녀를 다시 부를 뻔했다. 그녀를 쫓아낸 바로 그 순간 벌써 그녀가 그리웠고, 루치에가 없는 것보다는 옷을 입고 저항하는 루치에와 함께 있는 것이 천배는 더 낫다는 것을 알고 있었으므로.

알고 있었는데, 그런데 나는 그녀를 붙잡으러 달려 나가지 않고 손끝 하나 움직이지 않고 있었다.

오래도록 나는 그 빌린 방의 침대 위에 벌거벗은 채 누워 있었다. 이런 상태로 사람들을 만난다거나, 병영 맞은편 집에 돌아가 광부들과 농담을 하거나 외설스러운 질문에 응답한다든가 하는 일을 도저히 생각할 수가 없었기 때문이다.

하지만 결국 (밤이 퍽 깊어서) 나는 옷을 입고 밖으로 나섰다. 맞은편 보도에서 가로등이 여전히 내가 나온 집을 비추어 주고 있었다. 병영을 빙 돌아 (이제는 불이 꺼진) 창문을 두드린 후 삼 분을 기다렸고, 하품을 하는 광부 앞에서 옷들을 벗어

놓았고, 일이 잘 되었느냐는 그의 질문에 대충 얼버무렸고 (다시 잠옷과 내복 바지 차림이 되어) 병영으로 향했다. 절망으로 힘이 다 빠져 버려서 나는 아무래도 상관 없다는 심정이었다. 정찰견을 동반한 순찰병이 어느 쪽에 있든 신경도 쓰지 않았고, 탐조등 불빛도 마찬가지였다. 철조망 밑으로 기어들어가 우리 막사 쪽으로 태연하게 걸어갔다. 바로 의무실 벽을 따라 걷고 있을 때 "정지!" 하는 소리가 들렸다. 나는 멈추어 섰다. 손전등이 나를 비추었다. "거기서 뭐하는 거야?"

"토하는 중입니다, 하사관 동지." 나는 한 손으로 벽을 짚으며 답했다.

"아, 그래, 계속해." 하사관은 그렇게 말하고 자기 개를 데리고 다시 순찰 길에 나섰다.

14

더 이상 아무 일 없이(하사는 곯아떨어져 있었다.) 나는 침대로 돌아갔지만 도저히 눈을 붙일 수가 없었다. 그래서 아침이 되어 주번 하사가 거친 목소리로 ("거기 전원 기상!"이라고 내뱉으며) 마침내 이 괴로운 밤에 종지부를 찍어 주자 반가웠다. 신발을 신고 찬 물을 끼얹으려고 세면장으로 달려갔다. 돌아와 보니 알렉세이의 침대 주위에 옷을 입다 만 동료들이 우르르 몰려 서서 웃음을 참느라 몸을 비틀고 있었다. 보아하니 알렉세이는 (담요를 덮고 베개에 머리를 파묻은 채 엎드려) 세상 모르고 자고 있었다. 프란타 페트라세크가 얼른 떠올랐다. 그는 중대장에게 몹시 화가 나서 어느 날 아침 아주 깊은 잠에 빠져 있는 척 연기를 했는데 상급자 세 사람이 번갈아 그를 흔들어 깨우려 해도 소용이 없었다. 결국 어떻게 할 수가 없어서 그를 침대에 눕힌 채 연병장까지 옮긴 다음 소방 호스로 물을 뿌려 대자 그때서야 겨우 슬슬 눈을 부비며 일어났던 것이다. 그러나 알렉세이가 그런 반항을 하리라고는 생각도 할 수 없는 일이었고, 그러므로 그가 이렇게 깊은 잠에 빠져 있는 것은 아마도 몸이 허약한 탓 외에 다른 이유가 없을 것이었다. 한 하사(우리 내무반장)가 물이 가득 담긴 커다란 양동이를 들고 방으로 들어섰다. 그의 뒤에는 병사 몇이 따르고 있었는데, 이들이 하사에게 예전의 그 한심한 물벼락 건을 일러 주었던 것이 분명했다. 그 물벼락 사건은 어느 시대를 막론하고 하사관들의 두뇌 수준에 더할 수 없이 잘 부합하는 짓거리였다.

병사들과 그 하사(평소에는 그토록 무시당하던)의 이 감동적인 공모를 보고 나는 화가 치밀었다. 알렉세이를 향한 공통의 증오로 뭉쳐서 그들 간의 오랜 갈등이 순식간에 사라지는 것을 보며 나는 참을 수가 없었다. 그들은 모두 틀림없이 어제 중대장이 알렉세이에게 밀고자라고 했던 말을 자기네 식으로 해석했고, 그래서 하사의 잔인한 행동에 뜨거운 동조의 감정이 물밀듯 일어난 것이었다. 앞뒤를 가릴 수 없는 분노가 치밀어 올랐다. 내 곁에 있는 그들 모두에 대한 분노, 기다렸다는 듯 대번에 아무 비난이나 그대로 믿어 버리는 데 대한 분노, 언제나 발동될 수 있는 그들의 그 잔인성에 대한 분노였다. 기어이 나는 하사와 그 패거리를 밀치고 나섰다. 침대가에서 나는 큰 소리로 외쳤다. "일어나, 알렉세이, 바보같이 굴지 말고!"

그러자 누가 뒤에서 내 팔목을 잡아 비틀어 무릎을 꿇게 만들었다. 머리를 돌려 보니 페트르 페크니였다. 그는 "야, 볼셰비키, 판을 망치겠다는 거야 뭐야." 하고 속삭였다. 나는 몸을 확 틀고 일어나 그의 따귀를 때렸다. 싸움이 붙을 태세였으나 다른 이들이 알렉세이가 미리 깨 버릴까 봐 얼른 싸움을 말렸다. 하사는 벌써 양동이를 들고 기다리고 있었다. 알렉세이 위에 버티고 서서 그는 족히 10리터는 될 물을 쏟아부으며 "기상!"이라고 악을 썼다.

그런데 이상한 일이 일어났다. 알렉세이는 그대로 누워 있었던 것이다. 알렉세이는 손가락 하나 움직이지 않았다. 하사는 잠시 몹시 놀라 당황하다가 "병사! 기상!" 하고 소리를 질렀다. 그러나 병사는 움직이지 않았다. 하사는 다가가서 그를 흔들었다.(모포, 침대, 시트 할 것 없이 모두 흠뻑 젖어서 바닥으로 물이 뚝뚝 떨어지고 있었다.) 그가 가까스로 알렉세이의 몸을 뒤집어 놓자 그의 얼굴이 우리 눈앞에 드러났다. 움푹 팬, 창백한, 움직임 없는 얼굴.

하사는 "군의관 불러!" 하고 소리쳤다. 아무도 움직이지 않았다. 물에 흠뻑 젖은 잠옷을 입은 알렉세이를 모두 바라보고 있었다. 하사가 다시 한번 "군의관 부르라니까!"라고 소리치며 병사 하나를 가리키자 얼른 그가 달려나갔다.

(알렉세이는 꼼짝하지 않고 어느 때보다도 더 조그맣고 더 섬약한 모습으로, 훨씬 더 어려 보이는 모습으로, 꼭 어린아이처럼 그렇게 누워 있었다. 어린아이들은 그러지 않는데 입을 굳게 다물고 있는 것만이 달랐다. 물방울이 그의 밑으로 뚝뚝 떨어지고 있었다. 누가 '비가 오나…….' 하고 말했다.)

군의관이 달려와서 알렉세이의 손목을 짚어 보고는 "이런……" 하고 말했다. 그러고는 젖은 담요를 걷어 냈다. (자그마한) 그의 전신이 우리 눈앞에 드러났다. 모두 젖어 버린 기다란 흰색 내복 바지에, 허공에 드러난 그의 가엾은 두 발바닥이 보였다. 군의관은 그의 주변을 살펴보더니 머리맡 탁자에서 튜브 두 개를 집어 올려 들여다보고는(튜브는 비어 있었다.) "두 사람도 끝장낼 수 있는 양이군."이라고 말했다. 그러고는 옆 침대 시트를 끌어내다가 알렉세이 위에 덮었다.

이 모든 일로 우리는 늦게 되었다. 달려가면서 아침을 먹어야 했고 사십오 분 후에는 탄갱으로 내려갔다. 작업이 끝나고 나서는 다시 훈련 시간, 정치 학습, 의무적인 노래 시간, 청소가 있었고, 그리고 취침이었다. 이제 스타나도 없고, 나와 가장 친한 혼자도 없고(이후 다시는 그를 보지 못했는데, 들리는 말에 의하면 그는 군복무를 마치고 몰래 오스트리아로 넘어갔다고 했다.) 알렉세이도 없어졌구나 하는 생각이 들었다. 그는 자신의 광신적 역할을 맹목적으로 그리고 꿋꿋하게 해낸 것이었다. 느닷없이 그 역할을 할 수 없게 되었다든가, 또 더 이상 개의 탈을 쓰고 대열에 머물러 있을 수 없게 되었다든가, 그만 힘이 다하고 말았다든가 하는 것이 그의 잘못은 아니었다. 그는 내 친구는 아니었다. 집요한 믿음을 가졌다는 점에서 그는 내게 아주 낯선 사람이었지만 그 운명으로 보면 누구보다 내게 가장 가까운 사람이었다. 나는 마치 그가 당이 어떤 사람을 추방하는 순간 그때부터 이 사람은 더 이상 살아갈 이유가 없다는 말을 내게 들려주기나 하려는 양, 자신의 죽음 속에 나를 향한 비난을 숨겨 놓고 있는 것만 같았다. 문득 나는 그를 좋아하지 않았던 것이 죄스러웠다. 그는 이제 돌이킬 수 없이 저세상으로 가 버렸고, 나는 여기에서 그를 위해 무언가를 할 수 있는 유일한 사람이었는데도 그에게 아무것도 해 주지 않았기 때문이다.

하지만 나는 단지 알렉세이를 잃었다거나 한 사람을 구할 수도 있었던 유일한 기회를 잃어버린 것만이 아니었다. 오늘날 멀찌감치 떨어져서 그 일을 생각해 보면, 그때 나는 검정 표지 동료들과의 연대 의식 또한 잃어버렸고, 그로 인해 사람들에 대한 신뢰를 회복할 수 있는 마지막 기회 역시 상실한 것이었다. 우리는 오로지 상황의 압력과 자기 보존 본능 때문에 가축 떼처럼 똘똘 뭉쳐 우글우글 몰려 있는 것일 뿐이며, 그런 식의 연대 의식에 무슨 가치가 있는 것인가 의심스러워졌다. 그리고 우리 검정 표지 집단이 예전의 그 강당에 모여 있던 집단과 똑같이, 아니 어쩌면 이 세상 모든 집단과 마찬가지로 한 사람을 몰아낼 수 있다(유배 보내고 죽음으로 몰고 갈 수 있다)는 생각이 들게 되었다.

그 당시 내 안에는 사막이 가로놓여 있는 것 같았다. 나는 사막 속 사막이었고, 루치에를 부르고 싶었다. 나는 갑자기 내가 무엇 때문에 그렇게 미친 듯이 그녀의 몸을 탐했는지 알 수가 없었다. 이제 내게 그녀는 몸을 지닌 여자 같지 않았고 영원한 겨울의 제국을 가로지르는 투명한 따스함의 기둥, 바로 나 자신이 쫓아 버려 내게서 멀어져 가는 투명한 기둥같이 느껴졌다.

다시 또 다른 하루가 찾아왔다. 연병장에서 훈련을 하는 동안 내 눈은 울타리 쪽에서 떠나지 않았다. 그녀가 오기를 기다렸다. 하지만 훈련받는 내내 단지 할머니 하나가 멈추어 서서 우리를 가리키며 꾀죄죄한 손자 녀석에게 무어라 말을 해 주었을 뿐이었다. 밤에 나는 괴로움이 가득한 기나긴 편지를 썼다. 나는 그녀를 보아야만 한다, 그녀가 그냥 있어 주는 것 외에 아무것도 바라지 않는다, 그녀를 볼 수만 있다면 그리고 그녀가 나와 함께라는 것을 알기만 하면 된다, 그녀가……. 이렇게 나는 루치에에게 돌아와 주기를 애원했다.

비웃기라도 하듯 날씨는 따뜻해지고, 하늘은 파랗고, 아름다운 10월이었다. 나무들은 울긋불긋 물들었고 자연이(그 초라한 오스트라바의 자연이) 보내는 가을의 작별 인사는 미칠 듯 찬란한 절정을 이루고 있었다. 그것은 나에 대한 조롱이었다. 고통에 찬 나의 편지들은 아무 답도 받지 못했고 (도발적인 태양 아래) 철조망 가에 와서 서는 사람이라고는 끔찍하도록 낯선 이들뿐이었다. 두 주일 후 내 편지 하나가 돌아왔는데 겉봉 주소에는 줄이 그어져 있고 연필로 이렇게 씌어 있었다. 주소를 남기지 않고 떠났음.

공포가 엄습해 왔다. 루치에를 마지막으로 만난 이후 수도 없이 나는 그때 우리가 했던 말들을 다시 돌이켜 보았고, 백번도 더 나 자신을 저주했다가 또 백번도 더 나 자신 앞에서 스스로를 정당화하고, 그녀를 완전히 버린 것이라고 수없이 생각했다가, 또 무슨 일이 있어도 루치에는 아무튼 나를 이해할 수 있으리라, 그리고 나를 용서해 주리라, 스스로 다짐을 하곤 했었다. 그런데 우편 배달부가 써 놓은 그 봉투 위 글씨가 무슨 선고처럼 울려 퍼진 것이었다.

나는 더 이상 제어할 수 없는 흥분에 사로잡혀서 다음 날 다시 한번 미친 짓을 감행했다. 미친 짓이라고 말했지만 지난번 병영을 빠져나갔던 것보다 더 위험한 것은 아니었다. 나중에 돌이켜 보니까 이 대담한 모험이 무모하게 보이는 것일 뿐, 그 이유도 그것이 실패했기 때문이 아니라 위험이 많았기 때문이다. 나 이전에도 혼자가 여름 내내, 오전 중에 바깥에서 일을 하는 남편을 둔 한 불가리아 여자와 데이트를 하던 때 여러 번 이 수법을 사용했었다. 나는 그 수법을 따라했다. 아침 작업조에 다른 사람들과 함께 나타나서 내 표와 안전등을 받고 얼굴에 석탄 가루를 칠한 다음 몰래 사라졌다. 그러고는 루치에의 기숙사로 달려가 수위에게 물어보았다. 그 아가씨는 벌써 두 주일 전에 조그만 트렁크 하나에 자기 물건을 모두 챙겨서 이곳을 떠났다고 했다. 그녀가 어디로 갔는지 아무도 모른다고, 그녀는 아무에게도 아무 말도 하지 않았다고. 무슨 일이 생긴 건 아닐까 나는 겁이 났다. 수위는 나를 쳐다보더니 나른한 몸짓을 하며 말했다. "참나, 공장에 오는 그런 여자애들, 언제나 그렇다우. 누구한테든 아무 말도 없이 그냥 그렇게 왔다가 또 간다니까." 나는 공장에까지 가서 인사과에 알아보았지만 아무것도 더 알아내지 못했다. 그러고 나서 나는 오스트라바를 헤매고 다니다가 작업 종료 직전에야 막장에서 올라오는 동료들과 합류하려고 탄광으로 돌아왔다. 그런데 이러한 탈출을 위해 혼자가 개발했던 수법 가운데 한 가지를 내가 놓쳤던 모양이었다. 들통이 나고 만 것이다. 두 주일 후 나는 군사 재판에 회부되어 탈영죄로 십 개월을 선고받았다.

그렇다, 내가 루치에를 잃은 바로 그 순간부터 그 모든 절망과 공허의 기나긴 여정이 시작되었다. 잠시 들른 고향 도시에서 이 진흙투성이 변두리 풍경을 바라보며 다시 그때 일이 떠올랐다. 그렇다, 바로 그때에서야 모든 것이 시작되었다. 철창에서 보낸 그 열 달 사이에 엄마가 돌아가셨는데 나는 장지에 가지도 못했다. 그 후 나는 오스트라바로, 검정 표지들 속으로 돌아갔고, 한 해를 더 복무했다. 그 시기에 나는 군복무 기간 이후에 탄광에서 삼 년을 더 일하기로 계약을 했는데, 거부하는 자들은 군대에 몇 년간 더 붙잡혀 있게 될 것이라는 소문이 퍼져 있었기 때문이다.

나는 그 생각을 하기도 싫고, 그 이야기를 하는 것도 싫고, 말이 나왔으니 말이지만, 자기가 신봉하던 운동에 의해 거부당했던 이들이 오늘날 자기 운명을 대단하게 떠벌리는 것을 좋게 보지 않는다. 그렇다, 추방된 자라는 내 운명을 나 역시 영웅화했던 것이 사실이다. 하지만 그것은 거짓된 자만이었다. 시간이 흐르면서 나는 내가 검정 표지 속에 보내진 것이 내가 용감했기 때문도 아니고, 투쟁을 했기 때문도 아니며, 내 생각과 다른 생각들에 대항하여 싸웠기 때문도 아니라는 것을 냉정하게 상기해야만 했다. 그렇다, 나의 전락에는 그 어떤 진짜 드라마도 선행하지 않았고, 나는 내 이야기의 주체라기보다는 차라리 대상에 가까웠으며, 그러므로 (괴로움, 깊은 슬픔, 실패 등에 가치를 두지 않는다면) 내 이야기를 가지고 무언가 대단한 척 내세울 이유가 전혀 없는 것이다.

루치에? 아, 그렇지. 그녀를 못 본 지 십오 년이 흘렀고, 한참 동안이나 전혀 소식을 모른 채 지냈다. 군복무를 마치고 나서야 나는 그녀가 보헤미아 서쪽 어디에 있는 것 같다는 말을 들었다. 그러나 나는 더 이상 그녀를 찾지 않았다.

4부

야로슬라프

1

들판에 길이 하나 보인다. 이 흙길에 수레바퀴 자국이 나 있는 것이 눈에 들어온다. 그리고 길을 따라 보이는 풀들은 너무도 푸르러서 손으로 쓰다듬어 보지 않을 수가 없다.

사방에 온통 조그만 들판들뿐 협동 농장들이 모인 광대한 공간은 보이지 않는다. 어찌된 일일까? 지금 내가 바라보는 풍경이 우리가 살고 있는 이 시대의 풍경이 아니란 말인가? 그러면 이것은 무슨 풍경일까?

조금 더 나아가자 내 앞으로 들판 가장자리에 들장미숲이 나타난다. 조그만 들장미로 가득하다. 멈추어 선다. 행복하다. 덤불 아래 앉았다가 금세 길게 드러눕는다. 폭신한 풀로 덮인 땅이 등에 닿는 것이 느껴진다. 등으로 땅을 더듬어 본다. 등으로 땅을 꽉 받치고, 나는 땅에게 너무 무거울까 봐 걱정하지 말라고, 그리고 내 위에 온 무게를 다 싣고 기대라고 말한다.

얼마 후 말발굽 소리가 들려온다. 멀리서 미세한 먼지구름이 일고 있다. 가까이 다가올수록 그 먼지구름은 투명하게 걷힌다. 그 속에서 기사들이 나타난다. 흰 제복에 말을 타고 있는 젊은이들이다. 그러나 그들이 점점 더 가까이 다가오면서 복장이 어딘가 허술한 표가 난다. 어떤 군복들은 황금색 단추로 채워져 있고 어떤 군복들은 단추가 풀어 헤쳐져 있으며 또 셔츠만 입고 있는 사람들도 있다. 어떤 이들은 모자를 쓰고 있고 어떤 이들은 맨머리다. 아, 이들은 정규군 분대가 아니라 탈주병, 도망자, 산적 들이구나! 이들은 우리 기병대다! 나는 일어나서 그들이 오는 것을 바라본다. 첫 번째 기병이 칼을 뽑아 쳐들었다. 기병대는 멈추어 섰다.

칼을 든 사내가 나를 뜯어 보려고 말의 목 부분까지 몸을 숙였다.

"그래, 나다." 내가 말한다.

"왕이 아니십니까! 당신을 알아보겠어요." 그가 놀라서 말한다.

나는 기뻐서 고개를 숙였다. 여기까지 수 세기를 달려와 나를 알아봐 준 것이다.

"왕이시여, 어떻게 살고 계시나요?" 그 사람이 묻는다.

"여보게들, 난 무서워." 내가 말한다.

"그들이 당신을 쫓고 있나요?"

"아니, 그보다 더 나빠. 나를 겨냥한 무슨 일이 꾸며지고 있어. 주위 사람들을 알아보질 못하겠어. 집에 돌아가면 방도 다른 방이고 아내도 다른 여자고 모든 게 달라. 내가 착각을 했나 보다 하고 밖으로 나가서 보면 정말 내 집이란 말이야! 밖에서는 내 집인데 안에서는 처음 보는 낯선 곳이야. 어디를 가나 이런 식이지. 여보게들, 두려운 일들이 일어나고 있어."

그 사내는 내게 묻는다. "아직도 말 탈 줄 아세요?" 그러고 보니 그의 말 옆에는 기수 없이 안장만 갖추어진 말이 있다. 나는 등자에 발을 걸치고 몸을 들어올린다. 말은 몸을 부르르 떨지만 벌써 내 무릎은 기분 좋게 말 옆구리를 조인다. 그 사내는 주머니에서 붉은색 베일을 꺼내 내게 건넨다. "사람들이 알아보지 못하게 이걸 얼굴에 쓰세요!" 베일로 얼굴을 가리자 나는 장님이 되었다. 사내의 목소리가 들려온다. "말이 인도해 줄 거예요."

기병대 전체가 아주 빠르게 내달렸다. 내 옆에서 말을 달리고 있는 기병들이 느껴졌다. 내 종아리가 그들의 종아리를 스치기도 했고 이따금 그들의 말이 내는 가쁜 숨소리가 들리기도 했다. 그렇게 서로 몸이 닿을 만큼 가까이 한 시간쯤을 달린 것 같았다. 우리는 멈추었다. 조금 전 그 사내의 목소리가 불쑥 들려온다. "전하, 다 왔습니다."

"여기가 어디지?" 내가 묻는다.

"저 거대한 강이 속삭이는 소리가 들리지 않으시나요? 다뉴브강 강가에 있는 겁니다. 전하, 여기서는 안전하십니다."

"정말 그렇군, 안전한 곳에 있다는 것이 느껴져. 베일을 벗고 싶네."

"안 됩니다. 전하, 아직은 안 돼요. 눈이 무슨 필요가 있으세요? 두 눈은 전하께 피해만 줄 겁니다."

"하지만 다뉴브강, 나의 강이 보고 싶어. 정말 보고 싶어!"

"전하, 눈은 필요 없어요. 제가 모두 이야기해 드릴게요. 그게 훨씬 나을 거예요. 우리 주위는 끝없이 벌판입니다. 초원이죠. 여기저기 덤불숲이 있고, 우물을 표시하는 기다란 화살표 막대가 여기저기 솟아 있습니다. 하지만 우린 지금 둑 위에 있어요. 두어 걸음 앞에선 풀이 모래로 변하지요. 이 지점에서는 다뉴브강 바닥이 모래층이거든요. 자, 전하, 이제 말에서 내려오세요."

우리는 말에서 내려 땅에 앉았다.

사내의 목소리가 다시 들려온다. "병사들이 불을 피우고 있습니다. 저기 수평선 속으로 태양이 완전히 사라져 가고 있으니 이제 곧 쌀쌀해질 겁니다."

"블라스타가 보고 싶어." 내가 불쑥 말한다.

"보게 될 겁니다."

"어디에 있지?"

"멀지 않은 곳에요. 그녀를 만나러 가실 겁니다. 전하의 말이 그곳에 데려다 줄 거예요."

나는 펄쩍 뛰며 얼른 가자고 했다. 그러나 억센 손아귀가 내 어깨를 잡았다. "가만히 앉아 계세요, 전하. 휴식도 취해야 하고 뭘 좀 드셔야 해요. 그러는 동안 그녀에 관해 이야기를 해 드리겠어요."

"그래, 그녀가 어디 있지?"

"여기서 한 시간쯤 가면 초가 지붕에 나무로 지은 작은 집 하나가 있답니다. 울타리가 빙 둘러 있고요."

"그래, 그래, 전부 나무로 되어 있지." 나는 행복감으로 가슴이 조여드는 것 같다. "그게 아주 좋은 거야. 난 그 오두막집에 단 한 개의 쇠못도 안 쳤어."

사내의 목소리가 말을 잇는다. "맞아요! 울타리로 세워 놓은 말뚝들도 거의 다듬지를 않아서 원래 나뭇가지 형태를 그대로 알아볼 수 있지요."

"나무로 만든 것들은 모두 고양이나 개 같은 것들을 떠올리게 하지. 그건 사물이라기보다 살아 있는 어떤 존재들이거든. 난 나무의 세계가 좋아. 그 속에서만 난 내 집에 있는 것 같아."

"울타리 뒤에는 해바라기, 루나리아, 달리아가 자라고, 또 오래된 사과나무도 있지요. 바로 거기, 블라스타가 문간에 서 있네요!"

"옷을 어떻게 입고 있지?"

"리넨 치마를 입고 있어요. 외양간에서 막 나오는 길이어서 아주 약간 더럽군요. 나무통을 하나 들고 있어요. 맨발이고요. 그래도 아름다워요. 젊으니까요."

"그녀는 가난해. 가엾은 하녀지."

"그래요. 하지만 여왕이에요. 그리고 여왕이기 때문에 감추어져 있어야 해요. 그녀의 모습이 드러나서는 안 되기 때문에 전하마저도 그녀에게 가까이 다가갈 수는 없답니다. 베일을 쓰고 계셔야만 가까이 가실 수 있어요. 말이 길을 알고 있습니다."

그 사람의 이야기는 너무도 아름다워서 달콤하고 나른한 느낌 속으로 나를 가라앉게 만들었다. 풀밭 위에 누운 내 귀에 그 목소리가 들려오다가 어느새 사라져 버리고, 나중에는 물결 소리, 불꽃이 타다닥 튀는 소리밖에 들리지 않았다. 너무도 아름다워서 나는 눈을 뜰 수가 없었다. 그러나 어쩔 수 없는 일이었다. 이제 시간이 되었고 눈을 떠야만 한다는 것을 나는 알고 있었다.

2

내 밑에는 매트리스가 옻칠을 한 나무 위에 놓여 있었다. 나는 옻칠을 한 나무가 싫다. 소파를 받치고 있는 곡선의 철제 다리도 싫다. 내 머리 위 천장에는 흰색 띠 세 줄을 두른 분홍빛 유리 전등갓이 매달려 있다. 나는 이 원형 물체도 싫다. 마주 보이는 찬장 유리문 너머로 아무짝에도 소용없는 유리 제품들이 많이 보이는데 이 찬장도 싫다. 나무로 된 것은 오로지 구석에 서 있는 풍금뿐이다. 이 방에서 나는 이것만을 좋아한다. 풍금은 아빠가 남겨 주신 것이다. 아빠는 일 년 전에 돌아가셨다.

나는 소파에서 일어섰다. 계속 피곤이 느껴졌다. 금요일 오후, '왕들의 기마 행렬'이 벌어질 일요일이 이틀 남은 날이었다. 모든 것이 나에게 달려 있었다. 우리 지역에서 민속에 관한 것이라면 모두 언제나 내게 달려 있다. 이런저런 일들을 챙기고 진행해 나가고 언쟁을 벌이고 하느라 잠을 푹 자지 못한 것이 벌써 보름이다.

조금 있자 블라스타가 방으로 들어왔다. 종종 나는 그녀가 살이 좀 쪄야 하리라고 생각하곤 한다. 뚱뚱한 여자들은 마음씨가 좋고 시원시원한 법이다. 블라스타는 말랐고 얼굴에 가는 주름이 있다. 그녀는 내게 학교에서 돌아오는 길에 세탁소에 들러 세탁물 받아 오는 것을 잊지 않았느냐고 물었다. 나는 깜빡 잊어버렸다. "그럴 줄 알았지." 하며 그녀는 내가 오늘만은 그래도 집에 있을 건지 알고 싶어 했다. 아니라고 대답할 수밖에 없었다. 잠시 후 시내에서 회의가 있었다. 지역 전체 회합이었다. "블라디미르에게 숙제를 도와준다고 약속했잖아." 나는 어깨를 으쓱했다. "오늘 회의에는 누가 오는데?" 이름들을 죽 대고 있는데 블라스타가 말을 끊으며 "한즐리크 부인도 와?"라고 물었다. 나는 "그럼, 오지."라고 할 수밖에 없었다. 블라스타는 심기가 뒤틀렸다. 일이 다 틀어지고 있었다. 한즐리크 부인은 평판이 나빴다. 그녀가 이 남자 저 남자 아무하고나 잤다는 것이 다 알려져 있었다. 블라스타가 나를 어떤 식으로 의심하는 것은 아니었지만 한즐리크 부인이 참석하는 일이라면 무조건 경멸할 뿐이었다. 그녀와 그 이야기를 하는 것은 불가능했다. 그러니까 얼른 빠져나가는 것이 상책이었다.

그 회의는 '왕들의 기마 행렬' 준비를 최종적으로 마무리하는 모임이었다. 모든 것이 어긋나고 있었다. 인민위원회는 우리에게 점점 인색해졌다. 몇 년 전에만 해도 민속 축제에 상당한 금액을 지원해 주곤 했다. 이제 오히려 우리가 위원회의 재정을 지원해야 하게 되었다. 소년 동맹도 이제 더 이상 아이들에게 매력을 주지 못한다. 그러니 소년 동맹의 위상을 높이기 위해 '기마 행렬' 조직을 맡기면 좋으련만! 예전에는 '왕들의 기마 행렬' 수익금은 그보다 수익이 좋지 못한 다른 민속 행사들을 보조하는 데 사용하곤 했다. 이번에는 소년 동맹에게 돌아가게 될 텐데 마음대로 써 버릴 것이다. 그리고 우리는 '행렬'이 지나가는 동안 도로의 통행을 차단해 달라고 경찰에 요청했었다. 그런데 회의가 열린 바로 그날 불가하다는 통지를 받은 것이었다. '왕들의 기마 행렬'이라는 한 행사 때문에 교통을 어지럽힐 수는 없다고 했다. 그러나 말들이 자동차에 뒤섞여 길길이 뛰어 대는 '기마 행렬'이 도대체 무슨 꼴이겠는가? 그저 걱정거리뿐이었다.

회의가 길어져서 밖으로 나왔을 때는 거의 8시가 다 되어 있었다. 그런데 광장에서 루드비크를 본 것이다. 그는 다른 쪽 인도에서 반대 방향으로 걷고 있었다. 나는 거의 소스라치게 놀랐다. 웬일로 그가 이곳에 왔단 말인가? 나는 그의 시선이 한순간 내게 머물렀다가 얼른 다른 곳으로 돌려지는 것을 보았다. 그는 나를 못 본 척했다. 오랜 두 친구. 학교에서 팔 년을 같은 걸상에 앉아 보내지 않았는가! 그런데 나를 못 본 척하다니!

루드비크, 그는 내 인생 최초의 균열이었다. 지금 나는 익숙해졌다. 내 인생은 그리 견고하지 못한 집이다. 지난번 프라하에 갔을 때 한 소극장에 들른 일이 있었다. 이런 소극장들이

1960년대와 더불어 무수히 많이 생겨났고, 곧바로 대학생 감각의 젊은 기획자들 덕분에 크게 성행했다. 내가 간 극장에서는 소극 하나를 공연하고 있었는데 그리 썩 재미있는 것은 아니었지만 재치 넘치는 노래들도 있고 재즈도 훌륭했다. 그런데 갑자기 연주자들이 우리 고장에서 민속 의상과 함께 쓰는 깃털 달린 둥근 모자를 머리에 쓰더니 침발롬이 있는 악단을 흉내 내기 시작하는 것이었다. 째지는 소리를 내면서 그들은 유쾌하기 이를 데 없이 우리의 춤과 그 전형적인 몸짓—팔을 위로 높이 치켜드는 것—을 패러디하고 있었다. 관중은 포복절도할 지경이었다. 나는 내 눈이 믿기지가 않았다. 오 년 전만 하더라도 어느 누구도 감히 그런 식으로 우리를 비웃지 못했을 것이다. 그런데 이제 우리는 그렇게 우스꽝스러운 꼭두각시가 되어 있었다. 왜 우리는 갑자기 꼭두각시같이 된 것일까?

그리고 블라디미르. 지난 몇 주 동안 이 녀석이 얼마나 골치를 썩였는지. 우리 지역 인민위원회에서 블라디미르를 올해의 왕으로 뽑으라고 소년 동맹에 권유했었다. 누구를 왕으로 뽑는다는 것은 언제나 그 아버지에게 경의를 표한다는 것을 의미했다. 이번에 사람들이 나를 생각해 준 것이었다. 내 아들을 통해서 그들은 내가 민속 예술을 위해 해 온 모든 것에 대해 상을 주고자 했던 것이다. 그런데 블라디미르는 좀처럼 말을 들으려 하지 않았다. 이 녀석은 필사적으로 온갖 핑계를 다 댔다. 그날 오토바이 경주를 보러 브르노에 가고 싶다는 것이었다. 말이 정말 무섭다고 주장하기까지 했다. 마지막에는 위에서 내려온 명령이어서 왕이 되기를 거부한다고 선언했다. 자기는 연줄 같은 건 받아들일 수 없다는 것이었다.

이 일로 내가 얼마나 안달을 했는지 모른다. 그 아이는 마치 내 인생을 떠올리게 할 만한 것은 자기 인생에서 모조리 지워 버리려 드는 것 같다. 내가 우리 악단 산하에 만들어 놓은 어린이 가무단에도 그는 절대 가려고 들지를 않았다. 그때부터 이미 이런저런 핑계를 대고 있었다. 자기는 음악에 소질이 없다고 우기기도 했다. 기타도 아주 잘 치고 또 자주 친구들과 어울려 노래 같지도 않은 미국 노래들을 불러 대곤 했으면서 말이다.

사실 블라디미르는 열다섯 살밖에 안 되었기는 하다. 그리고 나를 좋아한다. 우리는 최근에 한 번 단둘이 이야기를 나누었다. 아마 나를 이해해 주겠지.

3

또렷이 기억한다. 나는 회전의자에, 블라디미르는 소파에 마주 앉아 있었다. 나는 열린 풍금 뚜껑에 팔꿈치를 기대고 있었다. 나에게 아주 소중한 악기다. 어린 시절부터 이 풍금 소리를 들었다. 아버지는 매일 풍금을 치셨다. 특히 단순한 하모니의 민속 노래들이 많았다. 멀리 졸졸 흐르는 샘물 소리를 듣는 것만 같았다. 이 소리, 블라디미르가 이 소리를 들으려 해 주기만 한다면. 그 아이가 이 소리를 이해해 보려는 마음을 먹어 주기만 한다면.

17세기와 18세기에 체코 민족은 말하자면 존재하기를 멈추었다. 19세기에 사실상 체코 민족은 두 번째로 탄생한 셈이다. 오랜 여러 유럽 민족 속에 낀 조그만 어린아이였다. 체코 민족에게도 물론 위대한 과거가 있긴 하지만, 이백 년의 세월이 가운데 가로놓인 채 과거와 단절되어 있었다. 그사이에 체코어는 도시에서 농촌으로 피난을 갔고 이제는 그저 문맹들에게만 속하게 되었다. 하지만 그들 사이에서만이라고는 해도 그 말은 계속 자기 고유의 문화를 낳았다. 소박한 문화, 유럽의 눈에 뜨이지 않는 숨겨진 문화. 노래, 이야기, 전통 의식, 속담, 격언 같은 것들. 이백 년의 간극을 이어 주는 유일한 구름다리다.

유일한 구름다리, 하나밖에 없는 조그만 다리. 그것은 결코 단절된 적 없는 전통의 유일한 가지다. 그리고 19세기 초엽, 새로운 체코 문학의 기수들이 그들의 작품을 바로 이 가지에 접목했던 것이다. 최초의 우리 시인들이 이야기와 노래 들을 수집하는 데 몰두했던 것이 바로 그 때문이다. 그들의 초기 시들은 민속 음악의 곡조와 비슷했다.

블라디미르, 얘야, 네가 이런 것을 이해해 준다면 얼마나 좋을까! 아빠는 그저 민속에 미쳐 버린 사람인 것만은 아니란다. 좀 그런 면도 있기는 할 거야. 하지만 그것은 단순한 기벽을 넘어서서 보다 깊은 어떤 곳을 향하고 있지. 민속 예술을 통해서 아빠는 수액이 올라오고 있는 소리를 듣는 거야. 이 수액이 없다면 체코 문화는 그저 말라비틀어진 나무에 지나지 않게 되어 버리고 말 거란다.

나는 이 모든 것을 전쟁 중에 깨달았다. 그들은 우리가 존재할 권리가 없으며, 단지 체코어를 말하는 독일인일 뿐이라고 믿게 만들어 놓으려 했다. 우리는 우리가 존재했으며 지금도 존재하고 있다는 것을 확실히 해 두어야 했다. 그 시기에 우리는 모두 우리의 근원지로 순례를 떠났다.

그때 나는 한 작은 고등학생 재즈 그룹에서 콘트라베이스를 연주했다. 그런데 하루는 '모라비아 협회' 사람들이 나를 찾아와서는 침발롬이 있는 악단을 부활시켜 보자는 것이었다.

그 시절에 누가 그것을 거절할 수 있었겠는가? 나는 바이올린을 연주하게 되었다.

우리는 죽음 같은 잠으로부터 옛 노래들을 끌어냈다. 우리 애국자들은 19세기에 민속 예술을 한데 묶어 놓았는데, 그때가 바로 최후의 순간이었다. 현대 문명이 이미 민속을 대체하는 중이었다. 그리하여 20세기 초, 완전히 없어지지 않고 책 속에 살아남은 민속 예술을 다시 삶 속에 들어오게 하기 위하여 민속 단체들이 생겨나게 되었다. 먼저 도시 삶 속에, 그리고 시골에 그것을 불러들이는 것이다. 이 일은 특히 모라비아에서 일어났다. 민속 축제, '왕들의 기마 행렬' 등이 조직되었고 민속 악단들이 장려되었다. 대단한 노력이었지만 모든 것이 무위로 돌아갈 위험에 처해 있었다. 민속을 지키려는 사람들이 민속을 부활시키는 속도는 문명이 그것을 매장하는 속도만큼 그렇게 빠르지 못했던 것이다.

그런데 전쟁이 일어나 우리에게 새로운 힘을 불어넣어 주었다. 나치 점령 마지막 해에 '왕들의 기마 행렬'이 거행되었다. 시내에는 병영이 있었기 때문에 보도의 군중 속에 독일 장교들이 섞여 있었다. 우리의 '기마 행렬'은 시위로 변해 버렸다. 칼을 손에 불끈 쥔 수많은 소년들의 기마대. 역사 속 저 머나먼 일들의 출현이었다. 체코 사람 모두가 그때 그 일을 그렇게 이해했고 모두의 눈이 빛나고 있었다. 열다섯 살이었던 내가 왕으로 뽑혔다. 나는 시종 둘이 호위하고 있는 말에 올라탔고 얼굴은 베일로 가려 있었다. 나는 자랑스러웠다. 내 아버지도 역시 그랬다. 아버지는 내가 왕으로 선출된 것이 당신에게 영광을 돌리기 위함이라는 것을 알고 계셨다. 마을의 학교 선생님이며 애국자인 그분을 모두가 좋아했다.

블라디미르, 내 아들아, 나는 모든 것이 어떤 의미를 지니고 있다고 생각한다. 인간의 운명은 지혜라는 시멘트로 서로 맞붙어 있다는 생각이 드는구나. 사람들이 올해 너를 왕으로 뽑은 것은 나에겐 어떤 상징인 것만 같다. 나는 이십 년 전처럼 자랑스럽다. 아니 그때보다 더 자랑스럽구나. 너를 통해서 그들은 바로 나를 영예롭게 만들어 주는 것이기 때문이지. 그리고 뭐 부정할 필요 있겠냐, 나에게는 이 영예가 아주 대단해 보인단다. 나는 네게 나의 왕위를 물려주고 싶다. 네가 내 손에서 그것을 받들어 주기를 바란다.

블라디미르는 아마 나를 이해해 줄 것이다. 왕으로 선택된 것을 받아들이겠다고 약속하지 않았는가.

4

이것이 얼마나 재미있는지 그가 좀 이해해 보려고 하면 좋으련만. 나는 이보다 더 재미있는 것을 상상할 수가 없다. 이보다 더 마음을 사로잡는 것을.

가령 이런 것도 그렇다. 오랫동안 프라하 음악 연구자들은 유럽의 민속 노래들이 바로크 음악에서 유래한다고 주장해 왔다. 귀족들의 성에 있는 오케스트라에서 시골 음악가들이 연주하고 노래를 하고 나중에 보통 사람들의 삶 속으로 귀족들의 음악이라는 문화를 옮겨 놓았다. 그렇게 보면 민속 노래는 전혀 자생적 예술 형태라고 할 수 없을 것이다. 식자층 음악으로부터 나왔다고 보아야 할 것이다.

그러나 보헤미아에서의 경우야 어떠하든 우리가 모라비아에서 부르는 노래들은 그런 식으로 전혀 설명되지 않는다. 음조의 측면에서 벌써 그렇다. 바로크 시대의 식자층 음악은 장조와 단조로 씌었다. 우리 노래는 성의 오케스트라에서는 도저히 생각할 수조차 없는 음조로 불리지 않았는가!

예를 들어 리디아 음조로 되어 있는 것을 보자. 그것은 올림4음계를 포함한다. 그것은 언제나 내게 옛날 전원 목가에 대한 그리움을 불러일으킨다. 이교도들의 목신이 보이고 그의 피리 소리가 들려온다.

고전주의 시대와 바로크 시대의 음악은 장7도 음정의 아름다운 질서를 광적으로 숭배했다. 그 음악은 으뜸음으로 가는 데 있어서 도음(導音)이라는 규율 외에 다른 길을 알지 못했다. 장2도 음정을 통해서 으뜸음으로 올라가는 단7도 음정은 그들을 경악시켰다. 그런데 내가 민속 음악에서 좋아하는 것은, 아이올로스 조이건 도리아 조이건 믹소리디아 조이건 상관없이 바로 이 단7도 음정이다. 우수를 담고 있기 때문에. 노래도 삶도 모두 끝나 버리고 마는 바탕음으로 바보같이 곧장 달려가 버리기를 거부하기에 나는 이 음정을 좋아한다.

그러나 소위 교회 음악의 그 어떤 음조로도 명명될 수 없을 만큼 아주 특이한 음조의 노래들도 있다. 예를 들어 이런 노래들 앞에서 나는 놀라움을 금치 못한다.

모라비아 노래가 보여 주는 음조들은 상상할 수 없을 만큼 복잡하다. 그것의 화음 개념은 참으로 수수께끼다. 이 노래들은 단조로 시작해서 장조로 끝나고 여러 다른 음조들 사이에서 머뭇머뭇 망설이는 것 같다. 이 노래들에 화음을 넣어야 할 때 나는 그 음조를 어떻게 이해해야 할지 전혀 알 수 없는 경우가 많다.

모라비아 노래는 또한 리듬 면에도 그와 같은 모호성이 있다. 특히 버르토크가 '파를란도'라고 명명한 아주 느린 곡조들이 그러하다. 그 리듬은 우리 표기 체계로는 도저히 옮겨 적을 수 없다. 다시 말해서 우리 표기 체계의 관점에서 본다면 민속 노래를 부르는 사람들은 모두 불명확한 리듬으로 노래를 부르는 것이 된다.

어떻게 그것을 설명할 것인가? 레오시 야나체크는 정확히 파악되지 않는 이 복잡한 리듬이 노래 부르는 이의 기분에 따라 순간순간 이루어지는 변주에 기인한다고 주장했다. 노래 부르는 사람은 노래하는 방식을 통해서 꽃들의 색깔, 그날의 날씨, 눈앞에 펼쳐진 풍경에 반응한다는 것이다.

하지만 이것은 너무 시적인 해석이 아닐까? 대학 신입생일 때 어떤 선생님이 자신이 경험 하나를 이야기해 주신 적이 있었다. 그분은 리듬을 표기할 수 없는 같은 곡 하나를 여러 민속 가수들에게 따로따로 시켜 보셨다고 했다. 그런데 정확한 전자 장치로 박자를 측정해 본 결과 모든 가수가 똑같이 노래를 불렀다는 결론이 나왔다는 것이다.

이 노래들의 리듬상 복잡성은 그러니까 정확성의 결여라든가 노래하는 이의 기분에 기인하는 것이 아니다. 그것은 자신만의 은밀한 법칙에 따르는 것이다. 그래서 예를 들면 어떤 유형의 모라비아 춤곡에서는 첫 번째 반 박자보다 그다음 두 번째 반 박자가 언제나 일 초쯤 더 길다. 하지만 이렇게 복잡한 것을 어떻게 악보에 옮겨 놓을 수 있겠는가? 식자층 음악의 리듬 체계는 대칭에 근거한다. 온음표는 이분음표 두 개에 해당하고, 이분음표 하나는 사분음표 두 개와 같으며, 한 소절은 결국 동일한 가치를 지니는 2박자, 3박자, 4박자로 나누어진다. 하지만 서로 길이가 다른 2박자를 어떻게 다룰 것인가? 현재 우리에게 있어서 가장 곤혹스러운 난제는 모라비아 노래들의 원래 리듬을 어떻게 표기하는가 하는 것이다.

한 가지는 그러므로 확실하다. 우리 노래가 바로크 음악에서 탄생할 수는 없었다는 것이다. 보헤미아 노래는 그런지도 모르겠다. 보헤미아에서는 문명 수준이 상당히 높았고 도시와 시골, 평민과 성 귀족들 간 접촉이 보다 밀접했다. 모라비아에도 성들이 있기는 했다. 그러나 보헤미아 경우보다 더 원시적이었던 농민 세계는 성으로부터 훨씬 멀리 격리되어 있었다. 이곳에서는 시골 음악가들이 성의 오케스트라에 참여하는 일은 전혀 이루어지지 않았다. 그랬기 때문에 서민의 노래들은 아주 먼 옛 노래까지도 우리 속에 보존되어 올 수 있었던 것이다. 우리 노래의 다양성은 이렇게 설명된다. 그 노래들은 장구한 자기 역사의 다양한 국면들에 기원을 두고 있다.

네가 우리 민속 음악 전체를 대면하게 되면 마치 네 눈앞에서 천일야화의 여인이 춤을 추며 베일을 하나씩 벗어던지는 듯할 것이다.

보아라! 첫 번째 베일이다. 그 천에는 평범한 그림이 새겨져 있다. 가장 젊은 노래들, 최근 1950년대, 1960년대 노래들이다. 이 노래들은 서쪽에서, 보헤미아에서 온 것이다. 학교에서 우리 아이들에게 이 노래들을 가르쳤다. 대부분 장조고, 그저 우리 박자 관습에 맞게 아주 조금 고쳐 놓았을 뿐이다.

그러나 이 두 번째 베일을 보라. 색채에서 벌써 현저하게 높은 수준이다. 이 노래들은 헝가리에서 온 것이다. 마자르어가 확산되면서 같이 전래된 것이다. 집시 악단들이 19세기에 이 노래들을 전파하였다. 차르다시 그리고 징집 병사들의 노래 후렴들이 그런 것들이다.

무희가 이 베일을 벗고 나면 다음 베일이 또 벗겨진다. 18세기와 17세기의 슬라브 토착민들의 노래다.

그러나 네 번째 베일은 그보다 훨씬 아름답다. 14세기까지 거슬러 올라가는 노래들이다. 그 시절에는 남동쪽에서 온 발라키아인들이 카르파티아산맥을 타고 우리 쪽으로 오가곤 했다. 목동들이었다. 이들의 목가와 산적 노래 들은 코드나 화음 같은 것은 전혀 알지 못했다. 그 노래들은 순전히 멜로디만으로 익혀진 것이었다. 시링크스와 갈피리 같은 옛 악기들에 따른 아주 오랜 옛날 음조들이었다.

이 베일이 땅에 떨어지고 나면 이제 그 아래 다른 베일은 더 없다. 여인은 전라로 춤을 춘다. 가장 오래된 곡조들. 이교도 시절에 생겨났다. 이 곡조들은 가장 오래된 음악 개념 체계에 근거한다. 네 음정, 즉 4음 음계 체계가 그 바탕이다. 풀베기 노래. 추수 노래. 부계 촌락의 여러 의식과 관련된 노래들.

민속 노래든 민속 의식이든 그것은 역사의 저변을 관통하는 터널이다. 터널 위에서 전쟁과 혁명 들, 그 문명이라는 것이 오래전부터 모두 파괴해 버린 것들 중 상당 부분이 이 터널 속에 온전히 보존되어 있다. 이 터널을 통해 나는 머나먼 저 과거를 뒤돌아본다. 로스티슬라프와 스바토플루크, 최초의 모라비아 왕들이 보인다. 옛 슬라브의 세계가 보인다.

그런데 왜 꼭 슬라브 쪽으로만 생각해야 할까? 언젠가 우리는 수수께끼 같은 어떤 노래 가사를 놓고 이런저런 추측을 하며 골머리를 썩인 적이 있었다. 도대체 어떻게 연관이 되는지 알 수 없게 달구지와 염소와 더불어 홉을 노래하는 가사였다. 누구는 염소를 타고 달리고 누구는 마차를 타고 달린다. 그리고 홉은 처녀들을 정혼한 연인으로 만들어 놓는다고 칭송들을 한다. 이 노래를 부르는 민속 가수들 자신도 그 가사가 무슨 말인지를 몰랐다. 단지 수없이 많은 달이 흘러가는 사이 뜻 모를 말이 되어 버린 채 그렇게 결합된 단어들을 아주 먼 옛 전통의 관성의 힘이 노래 속에 보존해 놓았던 것이다. 결국 유일하게 그것을 설명해 줄 수 있는 단서가 나타났다. 바로 고대 희랍의 디오니소스 축제였던 것이다. 염소 등에 올라탄 목신과 홉에 둘러싸인 지팡이를 휘둘러 대는 주신을 말하는 것이었다.

고대라니! 믿기지가 않았다. 하지만 나중에 학교에서 음악사조의 역사를 공부하며 알게 되었다. 가장 오래된 우리 민속 노래의 구조는 실제로 고대 음악의 구조와 일치한다. 리디아, 프리기아, 도리아 4음 음계. 후일 음악에 화음 개념이 생각되기 시작할 때가 되어서야 그렇게 되는데, 우리 음악에서는 최저음이 아닌 최고음을 기본음으로 여기고 음계가 위에서 아래로 내려간다고 생각한 것이다. 가장 오래된 우리 민속 노래들은 그러니까 고대 희랍에서 불리던 노래와 동일한 음악 개념의 시대에 속하는 것이다. 이 노래들은 우리에게 고대의 시간을 보존해 주고 있다.

5

나를 얼른 피해 버리던 루드비크의 눈길이 그날 저녁 식사를 하는 내내 눈앞에 어른거렸다. 그랬기 때문에 더욱 내가 얼마나 블라디미르에게 집착하는가를 느꼈다. 그리고 내가 너무 그 아이에게 무심하지 않았나 갑자기 두려워졌다. 끝내 내 세계 속으로 그 아이를 데려오지 못하는 건 아닐까. 식사가 끝나고 블라스타만 부엌에 남고 블라디미르와 나는 거실로 갔다. 나는 그에게 노래 이야기를 다시 해 보았다. 그러나 잘 먹혀들어 가는 것 같지가 않았다. 마치 교사가 된 기분이었다. 그 아이를 지겹게 할까 봐 두려워하고 있었던 것이다. 블라디미르는 물론 내 말을 열심히 듣는 것처럼 아무 말 없이 가만히 앉아 있었다. 그는 언제나 내 말을 잘 들었다. 그러나 그 아이의 머리에 진짜 무엇이 들어 있는지 내가 어떻게 알 수 있겠는가?

블라스타가 와서 이제 자야 할 시간이라고 했을 때는 벌써 한참이나 내 잔소리로 블라디미르를 괴롭히고 났을 때였다. 어쩌겠는가? 우리 집의 중심이자 달력이자 시계는 바로 그녀인 것을.

하라는 대로 할게. 그래 아들아, 그럼 잘 자거라.

나는 블라디미르를 풍금이 있는 방에 두고 나왔다. 그는 그 방에서, 다리에 크롬 도금이 된 소파에서 잔다. 나는 그 옆 방에서, 블라스타와 함께 쓰는 침대에서 잔다. 잠이 금방 올 것 같지 않다. 결국 이리저리 뒤척이고, 그러다 아내를 깨울까 마음이 쓰일 것이다. 밖에 좀 나가 있어야겠다. 밤 기운이 훈훈하다. 우리 가족이 사는 야트막하고 오래된 집 뒤쪽 정원에는 옛날 시골 냄새가 가득하다. 배나무 아래에는 나무 벤치도 하나 있다.

고약한 루드비크 녀석! 대체 무엇 때문에 하필이면 바로 오늘 여기에 나타났단 말인가? 불행의 징조는 아닐까 근심스럽다. 내 제일 오랜 친구! 어릴 때 우리는 얼마나 많이 이 배나무 밑에 앉아 있곤 했던가. 나는 그를 좋아했다. 내가 그를 알게 된 중학교 일 학년 때부터 벌써 그를 좋아했다. 그는 우리 모두를 합한 것보다 아는 것이 많았고, 그렇다고 으스대는 일도 전혀 없었다. 학교나 선생님, 그런 것은 안중에도 없었다. 그를 신나게 했던 일, 그것은 학교 규칙을 어기는 일이었다.

어떻게 해서 우리는 단짝이 되었을까? 지옥의 세 여신, 파르카의 장난인지도 모른다. 우리는 둘 다 한쪽 부모님이 안 계셨다. 내 어머니는 나를 낳다가 돌아가셨다. 그리고 루드비크의 경우는, 그가 열세 살일 때 독일군들이 석공인 그의 아버지를 수용소로 끌고 갔는데 그 후 다시는 아버지를 보지 못했다.

루드비크는 맏아들이었다. 그리고 우리가 알게 된 그 시절에는 이미 동생이 죽은 후여서 외아들이기도 했다. 아버지가 끌려가자 모자는 세상에 아무도 없이 둘만 남았다. 그들의 생활은 말할 수 없이 어려웠다. 학교에 다니는 것도 돈이 많이 들었다. 루드비크는 학교를 포기해야 될 것 같은 상황이었다.

그러나 최후의 순간에 구원의 손길이 당도했다.

루드비크의 아버지에게는 전쟁 훨씬 전에 지역 유지 기업가에게 시집을 간 누이가 하나 있었다. 결혼 후 그녀는 석공인 동생과 거의 왕래를 끊고 지냈다. 그런데 동생이 체포되고 나자 갑자기 애국심이 발동한 모양이었다. 그녀는 루드비크를 돌보아 주겠다고 올케에게 제안을 했다. 그녀에겐 약간 정신 지체인 딸이 하나 있을 뿐이었고, 그래서 재능이 뛰어난 조카가 탐이 났던 것이다. 그들은 물질적으로 그를 도와주는 데 그치지 않고, 매일 그를 초대하기 시작했다. 그 집에 정기적으로 모이는 이 도시 상류층 인사들에게 그를 소개했다. 학업을 계속하는 것이 그들의 지원에 달렸으므로 루드비크는 감사를 표시하지 않을 수 없었다. 그런데 그가 그들을 좋아하는 정도는 거의 불이 물을 좋아하는 정도와 같았다. 그들의 이름은 쿠테츠키였는데 이때부터 우리들은 이 이름을 모든 허풍쟁이들을 지칭하는 데에 사용하였다.

쿠테츠키 부인은 자기 올케를 곱지 못한 시선으로 보았다. 그녀는 동생이 결혼을 잘하지 못했다고 늘 못마땅해했다. 그리고 그가 감옥에 있을 때조차도 그의 아내에 대한 태도를 바꾸지 않았다. 그녀는 오로지 루드비크만을 겨냥하여 마치 대포처럼 자선을 퍼부었다. 그녀는 그를 자신의 혈통을 잇는 상속자로 보았고, 아들로 삼고 싶어 했다. 그러니 올케의 존재는 그녀에게 통탄할 만한 오류로밖에 보이지 않았다. 단 한 번도 그녀는 올케를 집으로 초대하지 않았다. 루드비크는 이 모든 것을 마음에 새기며 이를 갈았다. 분노를 폭발시켜 버리려고 했던 것도 여러 차례였다. 그러나 그럴 때마다 그의 어머니는 눈물로 애원하여 그에게서 지혜롭게 행동하겠다는 약속을 받아 내곤 했다.

그렇기 때문에 그는 우리 집에 와 있는 것을 더 좋아하고 편안해했다. 우리는 꼭 쌍둥이 같았다. 아버지는 자칫하면 나보다 그를 더 좋아했을 것이다. 루드비크가 아버지 서재의 책을—루드비크는 모든 책 제목을 훤히 알고 있었다.—섭렵하는 것을 보고 몹시 기뻐하셨다. 내가 고등학생 재즈 악단을 처음 시작할 때 그도 같이 들어가고 싶어 했다. 그는 벼룩시장에서 싸구려 클라리넷을 하나 사 와서 금세 익히더니 곧 웬만큼 연주를 하게 되었다. 그런 다음 우리는 같이 재즈에 심취하여 지냈고, 그다음 침발롬이 있는 악단을 결성하게 되었다.

쿠테츠키네 딸이 전쟁이 끝나 갈 무렵 결혼을 했다. 그 어머니는 사람들이 놀랄 만한 대단한 결혼식을 계획하고, 신랑 신부 뒤에 소년 소녀 다섯 쌍을 들러리로 세우기로 했다. 그녀는 들러리 중 하나로 루드비크를 택해 그 괴로운 일을 맡겼으며, 상황에 맞게 시내 약국집 딸(열한 살 난)을 짝지어 주었다. 루드비크는 경악했다. 그는 지방 도시 속물들의 이 결혼식이라고 하는 가장 행렬에 끼어 광대 노릇을 해야 한다는 것에 수치스러워했다. 그는 사람들이 자기를 성인으로 봐 주는 것에 자부심을 느끼고 있었으므로 열한 살짜리 꼬마와 팔짱을 끼고 걷는다는 것은 창피스러운 일이었다. 침이 잔뜩 묻은 십자가에 입을 맞추는 의식을 해야 하는 데에도 그는 미칠 듯이 화가 났다. 저녁이 되자 그는 연회에서 빠져나와 술집 뒷방에 모여 있던 우리에게 왔다. 우리는 침발롬 주위에 둘러앉아 술도 마시고 그를 놀려 대기도 했다. 그는 분노를 터뜨리며 부르주아를 증오한다고 선언했다. 그리고 성당에서의 요란한 결혼식을 저주했으며, 교회에 침을 뱉노라고 했고, 신자 명부에서 자기 이름을 삭제시킬 것이라고 선언했다.

우리는 그런 그의 말들을 심각하게 생각하지 않았다. 그런데 전쟁이 끝나고 며칠 후 루드비크는 자신이 선언했던 것을 실행에 옮겼다. 그리하여 쿠테츠키 부부에게 치명적으로 충격을 주었다. 그러나 그에게는 아무 상관이 없었다. 기쁜 마음으로 그는 그들과 절연했다. 그는 공산주의자들이 개최하는 강연회들을 찾아다녔다. 그들이 발간하는 소책자들을 사 모으기도 했다. 우리 지방은 가톨릭 신앙이 강력하게 지배적이었으며 특히 우리 학교는 더 그러했다. 그럼에도 우리는 기꺼이 루드비크의 그런 기이한 공산주의 바람을 탓하지 않고 넘겨주었다. 우리는 그에게 특권을 인정해 주었던 것이다.

1947년에 대학입학 자격시험이 있었다. 봄이 되자 루드비크는 공부를 하러 프라하로 갔고 나는 브르노로 갔다. 그해 내내 나는 그를 보지 못했다.

6

1948년이었다. 세상은 완전히 달라졌다. 방학이 되어 루드비크가 우리 동아리를 찾아왔을 때 우리는 그를 대하기가 좀 거북스러웠다. 2월에 있었던 공산당원들의 쿠데타는 우리에게 공포의 도래처럼 보였다. 루드비크는 클라리넷을 들고 왔지만 쓸 일이 없었다. 토론으로 밤을 지샜던 것이다.

그때 우리 둘 사이의 불화가 시작되었던 것일까? 그런 것 같지 않다. 그날 밤까지만 해도 루드비크는 나를 설복했다. 그는 최대한 정치적 논쟁은 피하고 우리 악단에 대해서 이야기를 했다. 그의 말에 따르면, 우리는 우리 일의 의미를 이전보다 좀 더 넓은 관점에서 이해해야 했다. 사라진 과거를 되살리겠다고 총력을 기울이는 것이 무슨 소용이 있겠는가? 뒤를 돌아보는 이는 롯의 아내와 같은 결말을 맞으리라.

그래서 우리는 말했다. 그렇다면 과연 무엇을 해야 하는 것인가?

그는 답했다. 물론 우리는 민속 예술이라는 유산을 잘 관리해야 한다. 그러나 그것만으로는 부족하다. 우리는 새로운 시대에 살고 있다. 우리가 할 일 앞에는 드넓은 지평선이 열려 있다. 저속한 음악 문화, 부르주아가 사람들에게 주입한 저 진부하고 시시한 유행가 일색의 통속 문화를 정화하는 일, 그리고 그것을 본래의 인민 예술로 대체하는 일이 우리가 할 일이다.

묘한 일이다. 루드비크가 그때 말한 것은 가장 보수적인 모라비아 민족주의자들이 오래도록 꿈꾸었던 유토피아였던 것이다. 그들은 언제나 신이 부재하는 도시 문화의 타락에 대해 목청을 높여 비판했었다. 찰스턴 멜로디가 그들의 귀에는 사탄의 피리 소리였다. 그런데 하여간 그런 것은 상관이 없었다. 루드비크의 말들은 우리에게 그래서 더 명쾌하게 들릴 따름이었다.

요컨대 다음과 같은 그의 생각은 더 독창적이었다. 그는 재즈 이야기를 했다. 재즈는 흑인 민속 음악에서 온 것인데 서양 전체를 정복했다. 우리에게 그것은 민속 음악에 기막힌 힘이 있다는 고무적 증거가 될 수 있다. 민속 음악이 한 시대의 보편적인 음악 양식을 탄생시킬 수 있다는 증거가.

루드비크의 말을 들으며 우리의 감정은 감탄과 반감이 뒤섞였다. 그가 너무 자신만만한 것이 거슬렸다. 그는 그 시절 모든 공산주의자들이 과시하고 다니던 얼굴을 하고 있었다. 그는 마치 미래 자체와 어떤 비밀 협약을 맺어 그 이름으로 행동할 위임장을 받은 것처럼 보였다. 그가 우리 신경에 거슬렸던 것은 어쩌면 그가 갑자기 예전에 우리가 알았던 그 청년과 완전히 다른 사람이라는 것이 확인되었기 때문인지도 모른다. 우리에게 그는 언제나 좋은 녀석, 매사에 빈정거리는 녀석이었다. 그런데 지금 이렇게 거리낌없이, 거창한 말들루 열변을 토하고 있는 것이다. 그리고 또 우리 중에는 공산당원이 아무도 없는데 우리 악단의 운명을 당연한 듯 곧바로 공산당의 운명에 결부해 말하는 것도 분명 언짢았다. 하지만 그러면서도 그의 이야기는 우리 마음을 끌었다. 그의 생각들은 가장 깊숙이 감추어진 우리의 꿈과 만나고 있었다. 그 생각들은 갑자기 우리를 위대한 역사의 차원으로 높이 올려놓고 있었다.

나는 속으로 그를 '피리 부는 사나이'라고 부른다. 바로 그것이었다. 그의 피리 소리 한 번에 우리는 제 발로 뛰어나가 그 뒤를 따라갔다. 그의 생각이 미처 완결되지 못한 곳에는 우리가 얼른 달려가 도왔다. 나는 나 자신이 어떻게 말했는지 기억한다. 나는 바로크 시대부터의 유럽 음악의 발전에 대한 이야기를 했다. 인상주의 시대 이후에 유럽 음악은 자기 자신에 대해 지쳤다. 유행가나 소나타, 심포니 할 것 없이 모두 유럽 음악은 완전히 활기가 다 소진되어 버리고 말았다. 바로 그래서 재즈가 유럽 음악에 일종의 기적을 가져온 것이다. 재즈는 단지 유럽의 나이트클럽이나 댄스홀만 홀려 놓은 것이 아니다. 재즈는 스트라빈스키, 오네게르, 미요까지도 매혹했고, 이들은 재즈 리듬에 개방된 작곡을 하였다. 하지만 주의하라. 같은 시대에—아니 십 년쯤 더 일찍이라고 할까.—유럽 음악은 유럽 대륙의 옛 민속으로부터 신선한 피를 수혈받았고, 동유럽 여기 우리 고장에서만큼 그 민속 예술이 활발했던 곳은 없었다. 야나체크, 버르토크가 모두 그렇다. 이렇게 음악사 자체에서 유럽 민속 음악의 오랜 저변과 재즈는 평행을 이루는 것이다. 그 둘 다 20세기의 본격적인 현대 음악의 탄생에 똑같이 기여하였다. 다만 광범위한 대중 음악에 있어서는 상황이 달랐다. 유럽의 옛 민속 음악은 아무런 흔적도 남기지 못했다. 이 영역에서 재즈가 독주를 하였다. 바로 여기에서 우리의 과제가 시작되는 것이다.

그렇다, 우리는 굳게 믿었다. 우리 민속 음악의 근원에는 재즈의 뿌리에 있는 것과 같은 힘이 깃들어 있다고. 재즈는 원래 옛 흑인 노래의 6음 음계가 끊임없이 드러나는 특유의 멜로디를 가지고 있다. 그러나 우리 민속 노래 역시 자기만의 멜로디, 음조 면에서 훨씬 다양한 멜로디를 가지고 있다. 재즈는 아주 독특한 리듬을 지니고 있으며, 그 놀랍도록 복잡한 리듬은 수천 년간 아프리카의 드럼, 북 문화에서 형성된 것이다. 그러나 우리 음악의 리듬들도 마찬가지로 아주 독창적이다. 결국 재즈는 즉흥 연주에 기반을 둔다. 그런데 음표를 전혀 읽을 줄 몰랐던 서투른 우리 바이올린 연주자들의 놀라운 합주 또한 즉흥 연주에 의지하는 것이다.

우리가 재즈와 다른 것이 딱 하나 있다. 루드비크는 이렇게 덧붙였다. 재즈는 빠르게 발전하고 변화한다. 그 스타일은 언제나 유동적이다. 그 길은 뉴올리언스의 다성 음악에서 스윙 양식의 오케스트라를 거쳐 비밥과 그 너머를 향하여 가파르게 올라간다. 뉴올리언스는 오늘날 재즈가 보여 주는 하모니 같은 것은 꿈도 꾸지 못하였을 것이다. 우리 민속 음악은 지난 세기의 잠자는 숲속의 공주다. 우리는 그것을 깨워야 한다. 우리 음악은 오늘날 삶 속으로 들어와 이 현재의 삶과 함께 발전해야 한다. 재즈가 그랬던 것처럼. 원래 특성을 견지하면서, 자기 고유의 멜로디와 리듬은 유지하면서, 우리 음악은 늘 새롭게 변화하는 자기 스타일의 양상을 발견해야만 한다. 어려운 일이다. 막중한 과업이다. 오로지 사회주의 안에서만 성취될 수 있는 일이다.

사회주의가 거기 왜 들어가는데? 우리가 항변했다.

그는 우리에게 그 이유를 설명해 주었다. 예전의 농촌은 공동체를 이루어 살았다. 마을의 한 해 행사는 이런저런 의식들로 이어졌다. 민속 예술은 이러한 의식 속에서 유지되는 것이다. 낭만주의 시대에 사람들은 들판의 농가 여인에게 영감이 찾아오면 그 입술에서 곧 샘물처럼 노래가 샘솟아 나온다고 상상했다. 그러나 민속 노래는 지적인 시와는 다르게 생겨난다. 시인은 자신을 표현하기 위하여, 자기에게만 있는 유일한 어떤 것을 말하기 위하여 시를 쓴다. 그러나 민속 노래를 통해서 사람들은 남과 구별되려고 하는 것이 아니라 다른 사람들과 섞이려고 한다. 그것은 종유석처럼 형성된다. 새로운 모티프, 새로운 변형들이 한 방울 한 방울씩 떨어져 덮이면서 민속 노래가 형성되는 것이다. 노래하는 사람마다 새로 어떤 요소를 덧붙이는 가운데 그 노래는 대대로 전해 내려간다. 그러니까 이런 노래들을 지은 사람은 여러 명인데, 그들은 모두 자기가 한 공헌 뒤로 겸허하게 사라져 버렸다. 그 어떤 민속 노래도 혼자서 존재하지는 못했다. 제각기 자기 기능이 있었다. 결혼식을 위한 노래, 추수 때 축제를 위한 노래, 카니발, 크리스마스, 풀베기를 위한 노래, 춤추기 위한 노래, 장례를 위한 노래 들이 있었다. 사랑 노래조차도 관습의 울타리 바깥에 놓이는 것이 아니었다. 저녁의 산책, 창문 아래에서의 세레나데, 청혼, 이 모든 것이 집단적 의식이었고, 거기에 노래가 확고한 자리를 점하고 있었다.

자본주의는 이러한 집단 생활을 파괴했다. 민속 예술은 그래서 자신의 기반, 존재 이유, 기능을 상실해 버렸다. 사람이 타인과 멀리 떨어져서 혼자 살아가는 사회 속에서는 그것을 부활시키려 해 보아야 아무 소용 없다. 그런데 사회주의는 사람들을 이런 고립된 삶의 올가미로부터 해방해 주게 될 것이다. 사람들은 새로운 집단 속에서 살게 될 것이다. 동일한 공동 이익으로 연대하여. 그들의 사적인 삶은 공적인 삶과 일체를 이룰 것이다. 그들은 수많은 의식들로 하여 서로 결합될 것이다. 추수 때의 축제나 무도회, 일과 연관된 관습 같은 어떤 것들은 과거에서 가져오게 될 것이다. 또 노동절 행사, 회합, 해방 기념일, 회의 등의 어떤 것들은 새로 만들어지기도 할 것이다. 어느 곳에서든 민중의 예술은 자신의 자리를 찾게 될 것이다. 이제 이해하겠는가?

실제로 이제 믿기 어려운 일이 곧 현실로 나타나게 될 것이었다. 그 누구도 공산주의 정부만큼 우리 민속 예술을 위해 많은 일을 한 이는 없었다. 공산주의 정부는 새로운 연주단을 만들기 위해 많은 돈을 쏟아부었다. 바이올린, 침발롬 등 민속 음악이 매일 라디오 방송에서 흘러나왔다. 모라비아 노래들이 대학과 노동절 축제, 젊은이들의 댄스 파티, 공식 연회를 휩쓸었다. 재즈는 우리나라에서 완전히 자취를 감추었을 뿐만 아니라 서구 자본주의와 그 퇴폐적 취향들을 상징하는 것이 되었다. 젊은이들은 부기우기나 탱고를 내버리고, 서로 어깨동무를 하고 합창을 하며 원무를 추게 되었다. 공산당은 새로운 삶의 양식을 창조하고자 애썼다. 그들은 스탈린이 새로운 예술에 대해서 내린 그 유명한 정의, 즉 민족적 형식 속에 담긴 사회주의적 내용이라는 정의에 의거하고 있는 것이었다. 우리 음악, 우리 춤, 우리 시에 이 민족적 형식을 가져다 줄 수 있는 것은 민속 예술 외에는 아무것도 없었다.

우리 악단은 이런 정책의 거대한 파도를 타기 시작하여 곧 전국에 알려지게 되었다. 가수와 무용수 들로 인원이 충원되면서 우리 악단은 수많은 무대에서 공연을 하고 매년 외국 순회 공연까지 떠나는 커다란 연주단이 되었다. 그리고 우리는 산적이 자기 애인을 죽이는 내용의 흘러간 옛 노래뿐만 아니라 우리가 직접 작곡한 노래들도 불렀다. 스탈린에 대한 노래도 있었고 협동 작업으로 이루어지는 추수에 대한 노래도 있었다. 우리 노래는 더 이상 단순히 옛날을 환기하기만 하는 것이 아니었다. 그것은 가장 현재적인 동시대 역사의 일부였다. 우리 노래는 오늘의 역사를 동반하고 있는 것이었다.

공산당은 우리를 지원해 주었다. 정치에 대한 우리의 유보적 태도도 그렇게 해서 곧 사라져 버렸다. 나는 1949년이 되면서 바로 공산당에 들어갔다. 악단의 친구들도 하나둘씩 내 뒤를 따랐다.

7

그러나 우리는 여전히 친구였다. 그러면 언제부터 우리 사이에 그늘이 드리우기 시작했던 것일까?

물론 나는 알고 있다. 아주 확실하게 안다. 내 결혼식 날이었다.

브르노에서 나는 고등 음악원 학생이면서 동시에 대학에서 음악학 강의를 듣고 있었다. 그런데 삼 년째부터 나는 전과 달리 마음이 편치 못했다. 집에 계신 아버지의 병세가 점점 악화되어 가고 있었다. 뇌출혈을 일으키셨던 것이다. 생명은 구했지만 아주 조심을 하셔야 했다. 아버지가 홀로 외로우시리라는 생각이 늘 내 마음에 걸렸다. 무슨 일이 일어나도 아버지는 내게 전보 한 장 보내지 못하실 것이었다. 토요일에 아버지께 갈 때마다 나는 마음이 조마조마했고, 월요일 아침이면 또 다시 불안한 마음으로 떠나오곤 했다. 그러던 어느 날, 이제는 그 불안의 정도가 견딜 수 없는 것이 되었다. 월요일 내내 불안에 시달리다가 화요일에는 더 심해졌고, 그러고는 수요일에 짐을 모두 챙겨 나와서 집주인에게 방세를 지불하고 아주 떠난다고 말했다.

역에서 우리 집으로 가는 길 위를 걷고 있는 내가 눈앞에 떠오른다. 도시에 인접한 우리 마을로 가기 위해서는 들판을 지나야 했다. 노을이 지기 전 가을 저녁이었다. 바람이 불고 밭이랑에서 아이들이 종이 연을 띄워 올려 하늘에는 그 연들이 끝없이 긴 실 끝에 매달려 이리저리 떠다니고 있었다. 옛날에 아빠도 내게 저런 연을 만들어 주셨다. 들판으로 나를 데리고 나가 연을 던져 올리시고는 그 종이 새가 바람을 받아 하늘로 떠오를 수 있게 들판을 달려 나가서 아주 높이 연을 띄우곤 하셨다. 나는 별로 재미가 없었다. 아빠가 더 재미있어 하셨다. 그때 생각을 하자 가슴이 뭉클해져서 걸음을 더욱 빨리 했다. 아빠는 그 연들을 엄마에게 보내고 계셨던 것이라는 생각이 스쳐갔다.

예전부터 언제나 나는 엄마가 하늘에 계시다고 상상한다. 그렇다고 내가 하느님이니 영원한 삶이니 하는 것들을 여전히 믿고 있는 것은 아니다. 신앙과는 상관이 없는 문제다. 그것은 어떤 이미지다. 이런 이미지를 떨쳐 버려야 할 이유는 없을 것이다. 그것이 없다면 나는 고아 같은 느낌이 들 것 같다. 블라스타는 이런 나를 몽상가라고 나무란다. 사물을 있는 그대로 보지를 않는다는 것이다. 그러나 전혀 그렇지가 않다. 나는 있는 그대로를 보는데 다만 눈에 보이는 것 말고도 다른 것들까지 보는 것이다. 이미지는 그저 괜히 존재하지 않는다. 집이 보금자리가 되는 것도 이미지에 의해서다.

나는 엄마를 전혀 모른다. 그렇기 때문에 엄마가 그리워 운 적도 없다. 오히려 나는 엄마를 젊고 아름답게, 하늘에 세신 것으로 생각하는 것이 좋았다. 다른 아이들 엄마는 우리 엄마처럼 그렇게 젊지도 않았다.

나는 성(聖)베드로가 세상이 내다보이는 작은 창가의 의자에 앉아 있는 모습을 즐겨 상상해 보곤 한다. 엄마는 종종 이 창가로 그를 보러 온다. 그녀를 위해서 베드로는 무엇이든지 할 것이다. 그녀는 아주 예쁘니까. 그는 엄마에게 창밖을 내다보게 해 준다. 그리고 엄마는 우리를 본다. 나와 아빠를.

엄마의 얼굴은 한 번도 슬퍼 보인 적이 없다. 오히려 그 반대다. 피에르의 방에 있는 그 조그만 창문을 통해 우리를 바라볼 적이면 그녀는 웃고 있는 때가 많다. 영원 속에서 사는 사람은 슬픔을 모른다. 인간의 삶은 한순간일 따름이며 다시 만날 날이 곧 다가온다는 것을 안다. 그러나 아빠를 혼자 두고 내가 브르노에 있을 때 엄마는 슬퍼 보이고 나를 많이 책망하는 표정이었다. 그리고 나는 엄마와 사이좋게 살고 싶었다.

나는 그렇게 집으로 발걸음을 재촉하고 있었고, 하늘에 떠 있는 연들을 바라보고 있었다. 나는 행복했다. 내가 버리고 온 것들이 조금도 아쉽지 않았다. 물론 나는 분명히 바이올린과 음악학에 애착이 있었다. 하지만 그 일을 직업으로 하여 이름을 떨치고 싶은 야망은 없었다. 최고로 성공을 한다고 해도 지금 이렇게 집으로 돌아가는 기쁨에는 비기지 못할 것이었다.

브르노에 돌아가지 않겠다고 말씀드리자 아빠는 펄쩍 뛰시며 화를 내셨다. 자신 때문에 내가 삶을 망칠 수도 있다는 것을 용납 못 하셨던 것이다. 그래서 나는 성적이 안 좋아서 학교를 떠날 수밖에 없다고 말씀드렸다. 결국 내 말을 믿게 되긴 했지만 그래서 더 나를 책망하셨다. 하지만 그것은 그렇게 내 마음을 괴롭히지 않았다. 그저 빈둥거리려고 돌아온 것이 아니었으니까. 나는 우리 악단의 제1바이올린 자리를 다시 맡았다. 뿐만 아니라 시립 음악학교에 바이올린 교사 자리를 얻기도 했다. 그렇게 해서 나는 내가 좋아하는 일에 몸담을 수 있게 되었다.

이 말은 또한 내가 블라스타에게 온 마음을 바치게 되었다는 것을 뜻하기도 한다. 그녀는 우리 마을과 마찬가지로 현재는 도시 외곽으로 편입된 이웃 마을에 살고 있었다. 그녀는 우리 악단에서 춤을 췄다. 그녀를 처음 알게 된 것은 브르노에서 공부할 때였는데, 고향에 돌아와서 거의 매일 그녀를 다시 보게 되니 반가웠다. 그러나 진짜 사랑이 싹트게 된 것은 얼마가 지나서였다. 연습 중에 어쩌다가 그녀가 잘못 넘어지는 바람에 다리를 부러뜨렸던 그때. 내가 그녀를 팔에 안고 구급차까지 옮겼다. 조그맣고 연약하고 가냘픈 그녀의 몸이 내 팔 위에 느껴졌다. 돌연히, 놀라움과 함께, 내 키는 190센티미터에 몸무게는 100킬로그램으로 떡갈나무도 쓰러뜨릴 수 있을 텐데 이 여자는 이토록, 이토록이나 연약하구나 하는 생각이 들었다.

그것은 환한 깨달음의 순간이었다. 블라스타, 상처 입은 그 조그만 존재에서 나는 문득 다른 인물을, 훨씬 잘 알려져 있는 어떤 다른 인물을 보았다. 어떻게 이제까지 모르고 있었을까? 블라스타는 저 '가엾은 하녀', 수많은 민속 노래에 등장하는 인물이 아닌가! 진실함 외에는 아무것도 가지지 못한 가엾은 하녀, 사람들에게서 천대받는 가엾은 하녀, 다 해진 옷을 입은 가엾은 하녀, 부모도 없는 가엾은 하녀.

물론 이 말 그대로였다는 것은 아니다. 그녀에겐 부모님도 있었고 집이 가난하지도 않았다. 그러나 바로 그녀의 부모가 대농이었기 때문에 새로운 시대는 그들을 힘들게 옭아 죄고 있었다. 블라스타가 연습 시간에 눈물을 글썽이며 나타나곤 하는 일이 드물지 않았다. 그들은 상당한 물량을 상납해야만 했다. 그녀의 아버지는 부농으로 선언되었다. 그의 트랙터와 농기구들도 압수되었다. 그를 체포한다는 위협도 있었다. 나는 그녀가 가엾었다. 이 여자를 내가 돌보아 주어야지, 마음속으로 생각하곤 했다. 이 가엾은 하녀 아가씨를.

이렇게 민속 노래 가사를 통해 밝혀진 그녀의 모습을 알아보고 나자 마치 내가 이전에 천 번은 되풀이되었던 사랑을 그대로 다시 하고 있는 것 같았다. 아득히 먼 옛날의 악보를 연주하고 있는 것만 같기도 했다. 그 노래들이 나를 노래하고 있는 것 같았다. 이 낭랑한 소리의 물결에 몸을 맡기고 나는 결혼을 꿈꾸었다.

결혼식을 이틀 앞둔 날 루드비크가 느닷없이 나타났다. 나는 떨듯이 반가워하며 그를 맞았다. 그를 보자마자 그 중대한 소식을 알렸고, 내 가장 친한 친구이니 결혼식 증인이 되어 주리라 믿는다고 말했다. 그는 그러마고 약속했다. 그리고 약속대로 왔다.

악단 친구들은 진짜 모라비아 결혼식을 꾸며 주고 싶어 했다. 아침 일찍 그들은 민속 의상을 입고 음악을 연주하며 우리 집으로 몰려왔다. 오십 대의 침발롬 대가가 신랑 들러리 중 가장 연장자였다. '족장' 역할이 그에게 돌아갔다. 아버지는 제일 먼저 모두에게 자두주와 빵과 베이컨을 대접했다. 그러고 나서 족장은 손짓으로 모두들 조용하게 만든 다음 낭랑한 목소리로 낭송하기 시작했다.

친애하는 총각 여러분 그리고 또한 처녀 여러분,
신사 숙녀 여러분!
여러분을 이곳에 불러 모은 것은
여기 이 도련님이 우리에게 간곡히 청해 왔기 때문인데,
아가씨의 아버지 집에 같이 가 달라고 청하는군요.
그가 신부로 택한 여인, 고귀한 그 처녀의 아버지 집에……

족장은 예식 전체의 우두머리이자 핵심이고 중심 인물이었다. 언제나 그래 왔다. 천 년 내내!. 새신랑은 자기 결혼식의 주체가 결코 아니었다. 그 자신이 결혼하는 것이 아니었다. 사람들이 그를 결혼시키는 것이었다. 결혼식은 마치 높은 파도처럼 그를 휘감아 데려갔다. 행동하는 것, 말하는 것은 그의 몫

이 아니었다. 신랑 대신에 족장이 행동을 취하고 말을 했다. 아니, 그건 족장이 하는 일도 아니었다. 그것은 바로 선대의 전통, 사람들을 자신의 포근한 물결 속에 끌어들여 다음 전통으로 건네주는 선대의 전통이었다.

족장이 인도하에 우리는 신부의 마을로 떠났다. 들판을 가로질러 가면서 내 친구들은 계속 연주를 했다. 그러는 사이 벌써 블라스타의 집 앞에 당도하였고, 신부 쪽 가족들은 전통 의상을 입고 우리를 기다리고 있었다. 족장이 선언했다.

> 우리는 지친 나그네들이라오.
> 너그러우신 여러분
> 진실된 귀댁의 지붕 아래로
> 우리를 들어가게 해 주십시오.

문 앞에 서 있는 사람들 중에서 한 노인이 앞으로 나섰다. "선량한 분들이시라면 환영합니다!" 그리고 그는 우리를 안내했다. 우리는 아무 말 없이 얼른 안으로 들어섰다. 족장이 우리를 단지 지친 나그네들이라고 소개했으므로 우리는 우선은 진짜 의도를 드러내서는 안 되었다. 신부 쪽 대변인인 그 노인이 우리에게 말을 시켜 왔다. "마음을 짓누르는 무슨 말이 있다면 말씀해 보시지요."

그러자 족장이 우선 모호하게 수수께끼처럼 말을 시작했고 상대방도 그에게 같은 식으로 대답했다. 그렇게 많은 우회를 거쳐서 그는 마침내 우리가 방문한 이유를 밝혔다.

그러자 그 노인은 그에게 이런 질문을 했다.

한 가지 묻겠습니다, 친애하는 족장 어른,

이 진실된 구혼자는 왜 이 진실된 아가씨를 신부로 맞이하려 하는지요.

꽃을 위해서인가요, 열매를 위해서인가요?

족장은 답했다.

누구나 다 알지요, 아름답고 찬란하게 꽃은 피어나고 우리를 기쁘게 한다는 것.

하지만 꽃은 달아나고

열매가 오지요.

그러니 우리가 신부를 맞이함은 절대 꽃 때문이 아니라 열매 때문이라오,

열매는 우리의 양식이니까.

한동안 다시 말이 오가고 나서 노인이 결론을 내렸다. "그렇다면 신부를 나오라고 해서 좋은지 싫은지 물어봅시다." 그러면서 그는 옆에 있는 방으로 들어가더니 조금 후에 민속 의상을 입은 여인을 손으로 이끌고 나왔다. 마르고, 키가 크고, 뼈만 남은 몸에 얼굴은 스카프로 가려 있었다. "자, 여기 그대의 신부감이 있소!"

그러나 족장은 고개를 흔들고 우리도 큰 소리로 반대 의사

를 표시했다. 노인은 몇 번 우리를 구슬러 보다가 결국은 얼굴을 가린 그 여자를 다시 데리고 들어가야 했다. 그러고 나서야 비로소 블라스타를 나오게 했다. 그녀는 검은색 부츠에 주홍색 앞치마, 여러 원색이 섞인 볼레로 차림이었다. 머리에는 화관이 씌워져 있었다. 나는 그녀가 아름다워 보였다. 노인은 그녀의 손을 잡아 내 손에 쥐어 주었다.

그러고 나서 신부의 어머니에게 돌아서더니 노인은 울먹이는 소리로 "오, 사랑하는 어머니!" 하고 외쳤다.

이 말에 나의 신부는 내게서 손을 빼고 자기 어머니 앞에 무릎을 꿇고 머리를 숙였다. 노인은 계속해 나갔다.

> 사랑하는 엄마, 제가 한 잘못 다 용서해 주세요!
>
> 세상에서 제일 사랑하는 엄마, 비옵건대, 제가 한 잘못 다 용서해 주세요!
>
> 제가 이토록이나 사랑하는 엄마, 그리스도의 다섯 군데 상처를 두고 비오니,
>
> 제가 당신께 한 잘못 다 용서해 주세요!

우리는 그때 오랜 옛날의 그 텍스트를 소리없이 따라하고 있는 것일 뿐이었다. 그리고 그 텍스트는 아름다웠고 황홀했으며 그 모든 것이 진짜였다. 그다음에는 음악이 연주되기 시작했고 우리는 시내로 향했다. 예식은 시청에서 여전히 음악이 울리는 가운데 거행되었다. 그러고 나서 점심 식사를 하러 갔다. 오후에는 모두가 춤을 췄다.

저녁이 되자 신부 들러리들이 블라스타에게서 그 로즈마리 화관을 벗겨 엄숙히 내게 건네주었다. 그들은 화관을 벗기는 바람에 흘러내린 블라스타의 머리카락을 땋아서 머리에 둘러 주고 그 위에 두건을 씌워 주었다. 이 의식은 처녀에서 여인으로의 이행을 나타내는 것이었다. 블라스타는 물론 오래전부터 이미 처녀가 아니었다. 그녀는 그러므로 화관이 지닌 상징의 자격이 없었다. 그러나 내게는 그런 것은 중요해 보이지 않았다. 보다 높은, 훨씬 더 중요한 차원에서, 그녀가 처녀성을 상실하는 것은 오로지 지금, 들러리들이 내게 그녀의 화관을 건네준 바로 그 순간이었다.

세상에, 어떻게 하여 이 조그만 화관의 기억이 우리 최초의 포옹보다, 블라스타의 진짜 혈흔보다 더 내 마음을 흔들어 놓는 것일까? 알 수 없지만 아무튼 그렇다. 여자들은 노래를 불렀고, 노래들 속에서 이 작은 화관은 물 위를 떠다니고 물결에 붉은 리본이 풀어지고 있었다. 나는 울고 싶었다. 취해 있었다. 물 위를 떠가는 이 화관, 작은 시냇물이 그것을 개천으로 보내고, 개천이 강으로, 강이 다뉴브로, 다뉴브가 바다로 떠내려 보내는 것이 눈앞에 보였다. 나는 다시 돌아올 수 없이 떠나 버린 그 처녀성의 화관을 보고 있었다. 그렇다, 다시 돌아올 수 없이. 우리 삶의 모든 중대한 순간들은 단 한 번뿐, 다시 돌아오지 않는다. 이렇게 다시 돌아오지 못함을 완전히 알고 있어야만 인간은 인간일 수 있다. 속임수를 써서는 안 된다. 그런 것을 전혀 모르는 척해서도 안 된다. 현대인은 속임수를 쓴다. 그들은 다시 돌아오지 못할 중대한 순간들을 모두 교묘히 피해 가려 하고, 그렇게 해서 아무것도 지불하지 않은 채 탄생의 순간에서부터 죽음까지 가려 한다. 민중은 훨씬 정직하다. 그들은 중대한 상황을 맞을 때마다 상황의 가장 깊은 곳으로 노래를 부르며 내려온다. 깔아 두었던 수건에 블라스타가 혈흔을 남겼을 때 나는 다시 돌아오지 못할 중대한 상황과 대면한 것이라는 생각을 전혀 하지 못했었다. 그런데 그렇게 예식이 진행되고 노래가 울려 퍼지는 그 순간에, 돌아올 수 없음이 거기에 있었다. 여자들은 이별 노래를 불렀다. 잠깐만, 잠깐만, 다정한 내 낭군이여, 사랑하는 우리 엄마에게 작별 인사를 할 수 있도록. 잠깐만, 잠깐만, 말 머리를 돌려 주오, 내 동생이 울고 있소, 저 애를 떠나기가, 참으로 힘이 드오. 안녕, 안녕, 사랑하는 내 벗들아, 나는 이제 영원히 떠난단다, 아주 아주 떠난단다.

그리고 밤이 깊어서, 하객들은 집까지 행렬을 지어 우리를 데려다 주었다.

나는 문을 열었다. 블라스타는 문턱에서 마지막으로 집 앞에 모인 자기 친구들에게로 돌아섰다. 그러자 그중 하나가 마지막 노래를 시작했다.

그녀는 문턱에 서 있었네,
얼마나 아름다웠던가,
장미여, 내 사랑스러운 장미여.
그녀는 문턱을 넘어섰네,
매력은 사라지고,

시들었네, 내 사랑스러운 장미.

그러고 나서 문이 닫혔다. 우리 둘뿐이었다. 블라스타는 스무 살이었고 내 나이도 그리 더 많지 않았다. 그러면서도 나는 그녀가 이제 막 문턱을 넘어섰고 이 마술적인 순간부터 그녀의 매력은 나무에서 잎이 떨어지듯 그녀에게서 떨어져 나가리라 생각하였다. 그녀에게서는 곧 떨어질 나뭇잎의 모습이 보였다. 이미 나뭇잎의 추락은 시작되었다. 나는 그녀가 이제 단지 한 송이 꽃에만 그치는 것이 아니며, 지금 이 순간에 벌써 앞으로 도래할 열매의 순간이 그녀 속에 현전한다고 생각했다. 이런 생각 속에서 나는 어떤 준엄한 질서 속으로 합류해 들어가고 거기에 동의하는 것을 느꼈다. 나는 그때는 알지도 못했던 내 아들, 어떤 모습인지 예감할 수조차 없었던 블라디미르를 생각하고 있었다. 알지 못하면서도 나는 그를 생각하고 있었고, 그를 통해서 먼 그의 후손들을 보고 있었다. 마침내 블라스타와 함께 침대 깊숙이 몸을 누이며 나는 인류의 저 지혜로운 영원성이 그 포근한 품에 우리를 품어 주는 듯한 느낌을 받았다.

8

내 결혼식 날 루드비크가 내게 어떻게 했던가? 사실상 아무것도 하지 않았다. 그는 입을 굳게 다물고 있었고 어딘가 이상했다. 오후에 춤을 출 때 친구들이 그에게 클라리넷 연주를 한 번 부탁했다. 그들은 함께 연주하기를 바랐던 것이다. 그는 거절했다. 그러고는 얼마 후 사라져 버렸다. 다행히 나는 상당히 취해 있어서 당시에는 신경을 쓰지 못했다. 그러나 다음 날이 되자 나는 그가 그렇게 사라져 버린 것이 그날의 작은 오점이 되었다는 생각이 들었다. 내 핏속에서 알코올이 희석되어 가면서 그 얼룩은 점점 더 커졌다. 그리고 알코올보다도 블라스타가 그것을 더 커다랗게 만들어 놓았다. 그녀는 루드비크를 한 번도 좋아한 적이 없었다.

그가 내 증인이 되어 줄 것이라고 알려 주자 그녀는 그리

반기는 기색이 아니었다. 그랬기 때문에 그녀는 결혼식 다음 날 그것 보라는 듯이 그의 행동에 대해 내게 말했다. 모두가 참으로 짜증스럽다는 듯 내내 인상을 찌푸리고 있던 그 얼굴이라니! 거만한 사람.

그날 저녁에 루드비크는 우리를 찾아왔다. 블라스타를 위한 작은 선물들을 가지고 와서 미안하다는 말을 전했다. 어제는 자신이 상태가 좀 좋지 않아서 그랬다고 용서를 구했다. 그는 자신에게 일어났던 일을 우리에게 이야기해 주었다. 당에서도 학교에서도 쫓겨났다고. 앞으로 어떻게 될지 모르겠다고.

나는 내 귀가 의심스러웠고 무어라 말을 해야 할지 알 수 없었다. 아무튼 루드비크는 누가 자기를 동정하는 것을 용납하지 않았기 때문에 얼른 화제를 바꾸었다. 우리 악단은 이 주일 후에 외국으로 순회 공연을 떠나게 되어 있었다. 모두 시골 사람인 우리들은 더할 나위 없이 좋아했다. 루드비크는 이 여행에 대해서 물어 왔다. 하지만 나는 곧, 그가 어릴 때부터 외국에 나가기를 꿈꿔 왔는데 이제 불가능하게 되었다는 것을 상기했다. 정치 문제로 주목을 받은 사람들은 국경 바깥으로 나갈 수가 없었다. 이제 우리 둘의 상황이 완전히 달라졌음을 나는 의식했다. 그렇기 때문에 나는 우리의 순회 공연에 대해서 떠들어 댈 수가 없었다. 그와 나의 운명 사이에 갑자기 파인 이 깊은 골을 더 환히 드러내 보이게 될까 두려웠던 것이다. 이 심연을 어둠으로 덮어 두려고 나는 말 한마디라도 그것을 밝혀 버릴 위험이 있는 것은 조심스럽게 모두 삼갔다. 하지만 그것을 환히 밝혀내지 않는 말은 한마디도 찾을 수가 없었다. 우리의 삶과 관련된 말은 아무리 사소한 문장이어도 결국 우리가 서로 멀리 떨어져 있음을 보여 주고 말았다. 우리의 전망, 우리의 미래가 두 갈래로 갈라지고 있음을. 우리가 서로 반대 방향으로 떠밀려가 버렸음을. 그래서 나는 아주 소소한 상투적인 이야기를 하려고 해 보았다. 그러나 그것은 더 나빴다. 일부러 대화를 무의미하게 만들고 있다는 것이 곧 그대로 다 드러나 버렸고 그래서 견디기 힘들어져 버렸다.

루드비크는 그만 가 보겠다고 하며 자리에서 일어섰다. 그 후 그는 우리 도시 바깥의 어느 곳에 근로 작업을 자원해 떠났고, 나는 외국으로 우리 악단을 인솔해 갔다. 그 이후 몇 년 동안이나 그를 보지 못했다. 나는 오스트라바에 있는 부대로 그에게 한두 번 편지를 보냈다. 그때마다 우리가 마지막으로 이야기를 나누고 났을 때처럼 마음이 불편했다. 나는 루드비크의 전락을 똑바로 바라볼 수가 없었다. 나는 성공하고 있다는 것이 부끄러웠다. 성공이라는 높은 고지에서 내 친구를 향해 기운을 내라고, 나도 마음이 아프다고 말한다는 것은 내게는 참을 수 없는 일이었다. 차라리 나는 우리 사이에 아무것도 변한 것이 없는 척하려고 애썼다. 우리 악단이 무엇을 하고 있는지, 어떤 일이 새로 일어났는지, 새로 온 침발롬 주자가 어떻게 실력을 발휘하고 있는지 등등의 이야기를 세세하게 써 보냈다. 그런 나의 세상이 여전히 우리 둘의 세상으로 남아 있는 것처럼 그에게 그 세상을 묘사해 주었던 것이다.

그 후 어느 날, 아버지는 부고장 하나를 받았다. 루드비크의 어머니가 돌아가신 것이었다. 우리 주변에서 아무도 그분이 편찮으시다는 것을 전혀 짐작하지 못했다. 루드비크가 내 지평에서 사라졌을 때 그분에 대한 내 생각도 멈추었던 것이다. 검은 테두리를 두른 그 종이를 받아 들고 나는 조금이라도 내 삶의 길과 멀어지게 된 사람들에 대해서 내가 얼마나 무관심했는가를 발견했다. 성공적인 내 삶에서 멀리 떨어지게 된 그 사람들. 죄를 지은 것 같았다. 그런데 그다음에 당혹스러운 것이 눈에 띄었다. 부고장 하단에 가족이라고 나온 이름은 쿠테츠키 부부가 전부였던 것이다. 루드비크에 관한 말은 한마디도 없었다.

장례일이 왔다. 아침부터 벌써 나는 루드비크를 만날 생각을 하고 몹시 긴장이 되었다. 그러나 그는 나타나지 않았다. 관 뒤에 몇 사람만이 있을 뿐이었다. 나는 쿠테츠키 부부에게 루드비크는 어디 있느냐고 물어보았다. 그들은 어깨를 으쓱하며 모른다고 했다. 육중한 대리석과 하얀 천사상이 있는 화려한 묘지 옆에 루드비크 어머니의 관과 몇 명 되지 않는 사람들이 멈추었다.

부유한 사업가 집안인 쿠테츠키네 사람들은 전재산을 완전히 몰수당하고 이제 얼마 안 되는 연금으로 살아가고 있었다. 그들에게 남은 것은 오로지 이 천사상이 있는 위압적인 가족 묘지 하나뿐이었다. 그것은 알고 있었지만 왜 바로 거기에 루드비크의 어머니를 묻는지는 이해가 가지 않았다.

얼마가 지난 후에야 나는 그때 루드비크가 감옥에 있었다는 것을 알게 되었다. 우리 도시에서 그 사실을 알고 있었던 것은 그의 어머니뿐이었다. 그분이 돌아가시자 쿠테츠키 부부는 그렇게 미워했던 올케의 시신을 얼른 차지해 버렸다. 마침내 배은망덕한 조카에게 복수를 할 수 있게 된 것이었다. 그들은 그에게서 어머니를 빼앗았다. 그러고는 천사상이 세워진 대리석 더미 아래 파묻은 것이다. 곱슬거리는 머리에 나뭇가지를 두른 이 천사의 모습이 그 후로도 내내 내 눈앞에 어른거렸다. 그 천사는 죽은 육친의 시신까지 약탈당한 내 친구의 빼앗긴 삶 위를 떠돌고 있었다. 약탈의 천사.

9

블라스타는 상궤를 벗어나는 것을 싫어한다. 한밤중에 정원 벤치에 무심히 앉아 있는 것도 이상한 짓이었다. 창문을 세게 두드리는 소리가 들려왔다. 잠옷 차림인 듯한 여자의 어렴풋한 실루엣이 완고한 그림자를 드리우며 창문 뒤에 서 있다. 나는 복종한다. 나보다 약한 이들에게 나는 맞설 수가 없다. 그리고 나는 키가 190센티미터나 되고 100킬로그램짜리 자루를 한 손으로도 들어올릴 수 있는 사람이기 때문에 아직까지 한 번도 내가 맞서 볼 수 있는 사람을 만난 적이 없다.

그래서 나는 안으로 들어가 블라스타 곁에 누웠다. 그저 무슨 말이든 하려고 나는 아침에 루드비크와 마주쳤다고 툭 한마디 건넸다. "그래서?" 하고 그녀는 아무 관심 없다는 듯 말했다. 그녀는 확고불변하게 그를 못 참아 했다. 지금까지도 그녀는 그를 못 견디게 싫어하는 것이다. 그런데 실은 그리 투덜댈 것도 없었다. 결혼하고 나서 그를 단 한 번밖에 못 보았으니 말이다. 1956년 일이었다. 그때 나는 우리를 갈라놓는 심연을 나 자신에게도 감출 수가 없었다.

루드비크는 군대 생활, 수감 생활, 몇 년간의 탄광 일을 겪었다. 그 후 그는 프라하에서 다시 공부를 계속하기 위한 방도를 강구했는데, 우리 도시에 그가 다시 모습을 보였던 것은 단지 경찰서에서 필요한 어떤 절차를 밟기 위해서였다. 다시 그를 만날 생각을 하니 나는 불안하고 초조할 뿐이었다. 그러나 내가 만난 사람은 신세 한탄이나 해 대는 망가진 사람이 전혀 아니었다. 오히려 그 반대였다. 그 루드비크는 예전에 내가 알았던 루드비크하고는 달랐다. 그에게는 어딘가 거칠면서 강인한 데가 있었고 예전보다 더 차분해진 것 같기도 했다. 동정 같은 것을 불러일으킬 만한 데는 전혀 없었다. 그와 나 사이의 그 두렵던 심연을 아무런 어려움 없이 훌쩍 뛰어넘을 수 있을 것 같았다. 다시 친해지고 싶은 조바심에 나는 우리 악단 연습에 그를 오게 했다. 나는 우리 악단이 여전히 그의 악단이기도 하다고 믿었다. 나 혼자 고참으로 남았을 뿐, 침발롬도 제2바이올린도 모두 다른 사람이 맡고 있어도, 또 클라리넷 주자가 바뀌었다고 해도 그것이 뭐가 중요한가.

루드비크는 침발롬 바로 옆 의자에 앉았다. 우리는 먼저 제일 좋아하는 노래들, 아직 고등학생이었을 때 우리가 열심히 발전시켰던 노래들을 연주했다. 그러고 나서는 우리가 산간 벽촌에서 채보해 왔던 새 노래들을 연주했다. 마지막으로 우리가 가장 자랑스러워하는 곡들을 할 차례였다. 진짜 전통 가요가 아니라 민속 예술풍으로 우리가 지어낸 노래들이었다. 그리하여 우리는 거대한 집단 농장 이야기, 또는 가난했던 이들이 지금은 자기 땅을 가지게 된 이야기, 협동 조합이 뭐든지 다 공급해 주는 트랙터 기사 이야기 등을 노래로 불렀다. 가락은 진짜 민속 노래 멜로디와 비슷하지만 가사는 신문 기사보다도 더 시사적이었다. 이러한 노래들 중에서 우리는 특히 나치 점령하에서 고초를 겪은 영웅 푸치크에게 바친 노래들을 소중하게 아꼈다.

루드비크는 작은 의자에 앉아서 침발롬 채의 움직임을 눈으로 좇고 있었다. 그는 포도주를 자주 따라 마셨다. 나는 바이올린 브리지 너머로 그를 주시하고 있었다. 그는 무슨 생각에 잠긴 듯해 보였고 단 한 번도 내 쪽으로 고개를 들지 않았다.

조금 있자 단원의 부인들이 하나둘씩 들어왔다. 연습이 끝나 간다는 뜻이었다. 나는 루드비크에게 우리 집으로 가자고 했다. 블라스타는 우리에게 저녁을 만들어 주고, 둘만 남겨 놓은 채 자러 들어가 버렸다. 루드비크는 이런저런 이야기를 했다. 그러나 나는 그가 그렇게 말을 많이 하는 것이 단지 내가 하고 싶어 하는 이야기를 피하려고 그러는 것 같은 느낌이 들었다. 하지만 어떻게 내 가장 친한 친구에게 우리 둘의 가장 소중한 부분을 이루는 것에 대하여 아무 말도 하지 않는단 말인가? 그래서 나는 루드비크의 이야기를 끊으며 물었다. 우리 노래들 어때? 루드비크는 좋더라고 대답했다. 나는 그가 그렇게 의례적인 말로 빠져나가게 두지 않았다. 계속 더 질문을 해 댔다. 우리가 직접 작곡한 새 노래들은 어떻게 생각하느냐고.

루드비크는 자꾸만 대화를 피하려 들었다. 그러나 내가 점점 더 집요하게 묻자 그도 결국은 말문을 열었다. 그 옛날 노래 몇 곡은 참으로 아름답다. 나머지는 아무 느낌도 없었다. 우리가 너무 시류를 좇고 있다. 당연한 일이다. 대중 앞에서 연주를 하는데 대중 마음에 들고자 하겠지. 그러니까 우리는 그런 노래들로 민속 노래의 독특한 특성들을 모두 잠식해 버리고 있는 것이다. 모방할 수 없는 원래 리듬을 관습적인 운율에 갖다 맞춰 놓아 다 없애 버리고 있다. 우리는 시간상으로 가장 얕은 표피층에서 곡들을 가져오고 있는데, 그런 것이 훨씬 흥행에 성공하기 쉽기 때문이다.

나는 그의 이런 말을 반박했다. 우리는 단지 지금 시작 단계에 있을 뿐이다. 민속 노래를 가능한 한 널리 유포하는 일이 우리의 문제다. 그렇기 때문에 얼마간이나마 보다 광범위한 대중에게 익숙한 음악으로 절충을 해야 하는 것이다. 중요한 것은 아무튼 우리가 이 시대의 민속 음악, 오늘날 우리 삶을 담고 있는 새로운 민속 노래들을 벌써 창조해 냈다고 하는 사실이다.

그는 동의하지 않았다. 바로 그 새로운 노래들이 그의 귀를 괴롭게 한다는 것이었다. 얼마나 한심한 모조품인가! 웬 사기인가!

그 생각을 하면 나는 아직도 괴롭다. 우리가 뒤를 돌아보기를 고집한다면 롯의 아내와 같은 종말을 맞으리라고 위협한 사람이 누구였던가? 민속 음악에서 이 시대의 새로운 스타일이 나오게 될 것이라고 말했던 사람이 누구였던가? 또 이 민속 음악을 움직이게 하여 우리 시대의 역사와 나란히 행진하게 만들어야 한다고 우리를 고무했던 사람이 누구였단 말인가?

그 모든 게 다 유토피아라고 루드비크는 말했다.

뭐, 유토피아? 이 노래들이! 이 노래들은 지금 존재해!

그는 내게 조소를 보냈다. 너희 악단이나 그 노래들을 하지. 하지만 악단 밖에서 그런 노래를 부르는 사람을 하나라도 대 봐! 그저 집단 농장을 찬양하기만 하는 그 뻔한 노래들을 좋아서 부르고 있는 집단 농장원이 있으면 하나만 데려와 봐! 하도 가짜로 꾸며 놓아 인상을 찌푸리고 말걸! 그 선전 문구들은 마치 비뚤어진 옷깃처럼 사이비 민속 음악에서 튀어나와 있을 뿐이야! 푸치크에 대한 모라비아풍 비슷한 노래라니! 참 모두가 웃을 이야기지! 프라하의 기자가, 대체 그 사람이 모라비아하고 무슨 공통점이 있다는 거야?

푸치크는 모두에게 속하며 우리에게 역시 우리식으로 그를 노래할 수 있는 권리가 있다고 나는 반박했다.

우리식으로라고? 너희는 공산당 선동-선전 방식으로 노래하는 거지 우리식으로 하는 게 전혀 아니야! 가사만 해도 그렇잖아! 그리고 무엇보다도, 왜 푸치크에 관한 노래야? 저항 운동을 한 사람이 그 사람밖에 없나? 다른 사람은 고문당하지 않았어?

그렇긴 해도 그 사람이 제일 유명하잖아!

물론이지! 선동 기구라는 것은 위대한 죽은 자들의 전시실에 질서가 잘 유지되도록 신경을 쓰는 법이거든. 그들에게는 영웅들 가운데에서도 대장 영웅이 필요한 것이고.

그렇게 빈정거리는 게 무슨 소용이지? 어느 시대에나 그 상징이 있는 법 아니야?

좋아, 하지만 누가 상징적 인물로 선택되는가 하는 것은 흥미로운 일이지. 똑같이 용감했던 수백만 사람들이 모두 잊혔어. 그리고 그들은 정말로 대단한 인물이었던 경우가 많아. 정치가, 작가, 학자, 예술가 등등. 사람들은 그들을 상징으로 만들지 않았지. 그들의 사진은 사무국이나 학교 벽을 장식하고 있지 않아. 그들은 무언가 작품을 남겼는데도 말이야. 바로 이 작품이 문제인 거지. 그런 건 적당히 손볼 수도, 가지를 쳐 낼 수도, 안을 다듬을 수도 없거든. 영웅을 선전하기 위한 전시실에서 질서를 어지럽히는 것이 바로 그 작품이라는 것이야.

그런 사람들 중 누구도 『교수대 아래에서 쓴 르포』 같은 걸 쓴 사람은 없는걸!

그래, 바로 그거야! 입을 다물고 있는 영웅을 뭣에 쓰겠어? 자신의 마지막 순간을 스펙터클로 활용하지 않는 영웅을? 교훈이 될 가르침으로 사용하지 않는 영웅을 말이야? 푸치크는 단 한 권의 저서도 남기지 않았지만 자신이 감옥에서 생각하고 느끼고 체험한 것, 인류에게 바라고 권하는 것을 세상에 전하는 것이 아주 중대한 일이라고 생각했지. 그런 것들을 작은 쪽지들 위에 적었다가, 관련된 사람들의 목숨을 위태롭게 해 가며 바깥으로 빼내서 안전한 곳에 보관하게 했던 거야. 자기 자신의 생각과 느낌에 드높은 가치를 부여했던 모양이지!

자기 자신을 얼마나 대단하게 생각한 거야!

거기에서 나는 이제 더 이상 참을 수가 없었다. 푸치크가 그저 자기 만족으로 썩어 빠진 인간이었을 뿐이라고?

루드비크는 질주하는 말 같았다. 아니, 그로 하여금 그런 글을 쓰게 했던 건 전적으로 그런 자만 때문만은 아니야. 약했던 거지. 아무도 지켜보는 이 없이, 타인들의 찬동도 없이, 오로지 자기 자신과 대면한 채 홀로 고립되어 용감함을 고수하는 일은 엄청난 자긍심과 힘을 요하거든. 푸치크는 대중의 도움이 필요했던 거야. 감방의 고독 속에서 적어도 가상의 대중이라도 만들어 내야 했지. 그는 사람들에게 보이는 것이 필요했던 거야! 박수 소리로 자신의 힘을 추슬러야 했지! 다른 게 없으니 상상의 박수라도 말이야. 감방을 하나의 무대로 바꿔 놓고 자신의 운명을 전시하고 내보임으로써 견딜 만한 것으로 만들어야 했던 거야.

나는 루드비크가 몹시 상심했으리라는 예상은 했다. 독기를 품고 있으리라는 예상도 했다. 하지만 이런 광적인 분노나 독설이 날아온 것은 전혀 뜻밖이었다. 그 가엾은 푸치크가 그에게 대체 무슨 잘못을 했다는 말인가? 나는 한 인간의 가치는 그가 얼마나 신의를 지키는가에 있다고 본다. 루드비크가 부당한 처벌을 받았다는 것은 나도 안다. 하지만 그렇기 때문에 문제는 더 심각한 것이다. 그의 견해가 바뀐 동기가 너무도 빤히 들여다 보였기 때문이다. 모욕을 받았다는 이유 하나만으로 삶 앞에서 자신의 태도를 완전히 뒤집어 버릴 수 있는 것인가?

이런 말을 나는 루드비크에게 대놓고 모두 이야기했다. 그러자 예상치 못했던 일이 일어났다. 루드비크는 내게 아무런 대꾸도 하지 않았다. 그 들끓던 분노가 갑자기 그에게서 빠져나가 버린 것 같았다. 그는 묘한 눈길로 나를 물끄러미 바라보더니 낮은 목소리로 조용하게, 언짢아하지 말라고 말했다. 자기가 살짝 생각했을지도 모른다는 것이었다. 너무도 이상하게, 너무도 차갑게 그 말을 했기 때문에 전혀 진심이 아니라는 것이 분명해 보였다. 나는 그렇게 마음에도 없는 빈말로 우리의 대화가 끝나기를 원치 않았다. 기분이 씁쓸하기는 했지만 내 마음은 처음에 다짐했던 그대로였다. 루드비크에게 내 마음을 다 이야기하고 우리의 우정을 회복하고 싶었다. 아무리 서로 심하게 부딪쳤어도 나는 예전에 그토록 밝고 환했던 우리 둘의 작은 공간, 이제 우리가 다시 함께 살 수 있을 공동의 작은 공간이 어딘가에, 긴 논쟁의 끝에, 마련되어 있기를 바랐다. 하지만 대화를 계속해 보려는 내 노력은 무위로 돌아가고 말았다. 루드비크는 이번에도 또 과장해서 심하게 말하는 자기 버릇이 도졌노라고 수도 없이 변명을 했다. 그리고 자기가 한 말을 모두 잊어 달라고 부탁하는 것이었다.

잊으라고? 진지하게 나눈 대화를 대체 무엇 때문에 잊어야 한다는 말인가? 오히려 이야기를 계속 이어 가고 싶지 않겠는가? 다음 날이 되어서야 나는 루드비크가 왜 잊으라고 했는지 짐작하게 되었다. 그는 우리 집에서 자고 아침도 같이 먹었다. 그러고 나서도 아직 한 삼십 분쯤 이야기할 시간이 있었다. 그는 대학에 복학하여 남은 이 년의 학업을 마칠 수 있도록 허가를 받아 내는 절차가 얼마나 어려운지에 대해 이야기를 했다. 당에서 추방된 것은 인생에 참으로 커다란 낙인이 되는 것이었다. 어디서든 그에게 의심의 눈초리를 보냈다. 오로지 그가 당에서 추방되기 전에 알았던 친구 몇의 도움 덕분에 강의실 의자에 다시 앉을 수 있게 될지도 모른다고 했다. 그러고 나서 그는 자기와 비슷한 처지였던 몇몇 아는 사람들 이야기를 했다. 그들은 계속 추적을 당했고 그들이 한 말이 모두 면밀히 기록되었다는 것이었다. 삐딱한 말을 하거나 비판적인 열변을 토했다면 몇 년을 더 괴로움을 겪게 해야 마땅했으므로 그들의 주변 사람들이 취조를 당했다고 했다. 그러더니 그는 다시 사소한 것들로 이야기를 돌려 버렸고 헤어질 때가 되었다. 헤어지면서 그는 나를 만나서 좋았다고 말했다. 그리고 다시 한 번 어제 자기가 했던 말은 더 이상 생각하지 말아 달라고 부탁했다.

그의 친구들이 겪었던 일을 내게 언급했던 것과 이 부탁 사이에 어떤 연관이 있다는 것은 너무도 명백했다. 나는 정말로 어이가 없었다. 루드비크는 겁이 나서 이야기를 멈추었던 것이 아닌가! 우리의 토론이 누설될까 겁을 먹고 있었다니! 고발당할까 봐 두려웠다니! 내가 두려웠다니! 끔찍했다. 그리고—이번에도 또 한 번—전혀 예상하지 못했던 일이었다. 우리 사이에 가로놓인 심연은 내가 생각했던 것보다 훨씬 깊었다. 너무도 깊어서 우리가 이야기 한번 제대로 나누는 것조차 허락하지 않았다.

10

블라스타는 벌써 자고 있다. 가엾은 내 아내. 이따금 그녀는 가볍게 코를 곤다. 우리 집에서는 모든 것이 잠들어 있다. 그리고 나는 넓고, 길고, 커다란 몸을 누이고, 내가 얼마나 무력한가 생각한다. 이번에는 정말 너무도 사무치게 그런 느낌이 들었다. 전에는 순진하게 모든 것이 내 손 안에 있다고 생각했다. 루드비크와 나, 우리는 서로 상처를 준 일이 전혀 없었다. 조금이라도 마음만 먹으면 그와 다시 가까워지지 못할 이유가 어디 있겠는가?

그것이 내 손에 달린 것이 아니라는 사실이 분명히 드러났다. 우리가 소원해진 것도 다시 가까워지는 것도 내 손에 달려 있지 않았다. 그래서 나는 시간에 맡기기로 했다. 시간이 흘렀다. 우리가 마지막으로 만난 지 이제 구 년이 흘렀다. 루드비크는 학업을 마치고 자신의 관심 분야에서 과학 기술자로 일하는 훌륭한 자리도 얻었다. 나는 멀리에서 그의 운명을 지켜보아 왔다. 애정 어린 마음으로. 나는 결코 루드비크를 원수라든가 낯선 사람으로 생각할 수 없다. 그는 내 친구다. 다만 마술에 걸려 있을 뿐. 마치 조금씩 다르게 전해지는 어떤 동화 속에서 한 왕자의 약혼녀가 뱀이나 두꺼비 같은 것으로 변해 버리는 것처럼. 그런 동화에서 보면 왕자의 충실한 인내가 언제나 모든 것을 구해 냈다.

하지만 내게는, 시간이 내 친구를 마술에서 깨어나게 해 주지 않는다. 지난 세월 동안 그는 여러 번 우리 도시를 지나간 적이 있었다. 단 한 번도 그는 우리 집에 들르지 않았다. 오늘 나와 마주쳤는데 그는 나를 피했다. 나쁜 녀석.

우리가 마지막으로 이야기를 나누었던 때로부터 모든 것이 시작되었다. 해가 갈수록 나는 내 주변에 사막이 더 넓게 펼쳐져 가고 내 마음속에 불안이 싹터 가는 것을 느꼈다. 피곤은 점점 커져 가고 기쁨과 성공은 점점 줄어들어 갔다. 예전에 우리 악단은 매년 해외 순회 공연을 떠나곤 했는데 점점 초청이 드문드문 줄어들더니 이제는 거의 아무 데서도 오라는 말이 없다. 우리는 언제나 연습을 하고 더욱 노력을 하고 있지만 주위에는 침묵뿐이다. 나는 텅 빈 홀에 남아 있었다. 내가 이렇게 혼자이도록 명한 것이 꼭 루드비크였던 것 같다. 사람을 외롭게 만드는 것은 적이 아니라 친구이므로.

그때부터 나는 작은 들판들이 이어진 들길로 나가곤 하는 일이 점점 더 잦아졌다. 비탈 위에 홀로 들장미가 피어나는 그들길로. 그곳에서 나는 마지막 충신들을 만난다. 부하들을 거느린 탈주자도 있다. 방랑하는 가객도 있다. 그리고 저 지평선 너머에 통나무집이 한 채 있고 거기에는 블라스타—그 가엾은 하녀—가 살고 있다.

탈주자는 나를 자신의 왕이라 부르며, 내가 언제든 그의 호위하에 피신할 수 있다고 약속한다. 들장미 옆으로 오기만 하면 된다는 것이다. 그는 약속 장소에 어김없이 나타나리라고 했다.

상상의 세계 속에서 평화를 얻는 일은 얼마나 간단할 것인가! 그러나 나는 늘 두 세계 속에서, 그중 어느 하나도 떠나지 않고, 동시에 살려고 해 왔다. 현실 세계에서 모든 것을 다 잃었다 하더라도 내겐 그 세계를 포기할 권리가 없다. 아마도 모든 끝들의 맨 끝에서 단 하나만 성공하면 될 것이다. 마지막 그 하나만.

그것은 바로 내 삶을, 분명하고 명료한 전언으로서, 그것을 이해하고 더 멀리 이어가게 해 줄 유일한 한 사람에게 건네주는 일이다. 그때까지는 그 탈주자와 함께 다뉴브강으로 도망가 버릴 권리가 없다.

내가 생각하고 있는 그 유일한 한 사람, 수많은 패배 이후 내 최후의 희망, 그는 지금 벽 하나를 사이에 두고 잠들어 있다. 모레면 그는 말을 타리라. 그의 얼굴은 베일로 가려질 것이다. 사람들은 그를 왕으로 모실 것이다. 이리 오렴, 내 아들아. 나도 잠이 오는구나. 그들은 네게 내 칭호를 줄 것이다. 자러 가야겠다. 꿈속에서 네가 말을 타고 있는 모습을 보고 싶구나.

5부
무드비크

1

오랜 시간 아주 잘 잤다. 8시가 넘어 잠에서 깨었는데, 좋은 꿈이건 나쁜 꿈이건 꿈꾼 기억도 전혀 없고, 머리도 아프지 않았고, 다만 자리에서 일어나고 싶지 않을 뿐이었다. 그래서 나는 그대로 누워 있었다. 잠은 나와 어제의 만남 사이에 일종의 막 같은 것을 쳐 놓았다. 오늘 아침 루치에가 내 의식에서 사라져 없어졌다는 것이 아니라 다시 추상적인 존재가 되어 버렸던 것이다.

추상적? 그렇다. 오스트라바에서 루치에가 그렇게 수수께끼처럼, 그리고 그렇게 고통스럽게 사라져 버린 이후, 내게는 무엇보다도 그녀의 흔적을 추적할 아무런 실제적 방도가 없었다. 그리고 (군복무가 끝난 후) 몇 년이 흐르면서 그런 추적의 욕망을 점점 잃어 갔다. 나는 마음속으로, 내가 그토록 루치에를 사랑했어도, 그녀가 그렇게 완벽하게 유일한 존재였어도, 그녀는 우리가 서로 알게 되고 매혹되었던 그때의 상황과 떼어 놓을 수 없다고 생각하곤 했다. 사랑하는 여인을 만나고 사귀어 간 모든 상황에서 그 여인을 떼어 놓으려고 하는 것, 집요한 정신 집중으로 그녀에게서 그녀 자체가 아닌 모든 것을 벗겨 내려고, 그러니까 사랑에 형태를 부여하는, 그녀와 함께 겪은 그 사연을 다 없애 버리려고 애쓰는 것은 어떤 추론의 오류를 범하는 것이라고 나는 생각한다.

사실상 내가 한 여자에게서 좋아하는 것은 그녀 자체가 아니라 그녀가 내게 다가오는 방식, 나에게 그녀가 의미하는 그 무엇이다. 나는 한 여자를 우리 두 사람 이야기의 등장 인물로서 사랑한다. 햄릿에게 엘시노어 성, 오필리아, 구체적 상황들의 전개, 자기 역할의 텍스트가 없다면 그는 대체 무엇이겠는가? 무언가 알 수 없는 공허하고 환상 같은 본질 외에 그에게 무엇이 더 남아 있겠는가? 마찬가지로 루치에도 오스트라바의 변두리가 없다면, 철조망 사이로 밀어 넣어 주던 장미, 그녀의 해진 옷, 희망 없던 내 오랜 기다림이 없다면, 내가 사랑했던 루치에가 더 이상 아닐지도 모른다.

나는 그렇게 생각했고, 그렇게 일들을 이해했으며, 세월이 가면서 그녀를 다시 만나게 되는 일이 거의 두려워졌다. 루치에가 더 이상 루치에가 아닐 장소에서 우리가 다시 만나게 될 것이며, 그때 나는 끊긴 실을 다시 이을 방도를 찾지 못하리라는 것을 알고 있었기 때문이다. 그렇다고 해서 내가 루치에를 이제 사랑하지 않는다거나, 그녀를 잊었다거나, 그녀의 이미지가 희미하게 바래 버렸다는 말은 아니다. 오히려 그 반대였다. 그녀는 밤이나 낮이나, 말 없는 향수처럼, 내 안에 살고 있었다. 나는 우리가 영원히 잃어버린 것들을 열망하듯 그렇게 그녀를 원했다.

그리고 루치에는 내게 영원한 과거가 되었기 때문에(과거로서 영원히 살아 있고, 현재로서는 이미 죽은 것이었다.) 그녀는 내게서 점차 그녀의 육체적, 물질적, 구체적 형태를 잃어 갔고, 점점 양피지에 쓰인 어떤 전설이나 신화 같은 것이 되어 조그만 금속 상자에 숨겨져 내 인생의 저 깊은 곳에 놓였다.

어쩌면 바로 그래서 내가 이발소 의자에 앉아서 정말 그녀의 얼굴인가 확신이 서지 않았던 일, 생각할 수도 없는 그런 일이 가능했는지도 모른다. 그렇기 때문에 또한 오늘 아침에 나는 그 만남이 현실이 아니었다는 느낌이 드는 것이다. 그 만남 역시 전설의 차원에서, 신탁이나 수수께끼의 차원에서 일어났던 일이 틀림없다는 생각이 드는 것이다. 어제 저녁에는 루치에의 실제적인 현전이 나를 놀라게 하고 갑자기 그녀가 지배했던 머나먼 시간으로 나를 데려가 놓았다면, 오늘 이 토요일 아침에는 나는 다만 평온한 마음으로 (잠을 푹 자고 나서) 왜 내가 그녀를 만난 것일까? 이 우연은 무엇을 의미하며 내게 무슨 말을 하는 것일까? 하고 자문했을 뿐이다.

개인적인 이야기들, 그런 일들은 그저 일어나고 지나가는 데 그치지 않고 무슨 말인가를 하고 있기도 한 것일까? 나는 아주 회의적이긴 하지만 그래도 약간의 비합리적인 미신이 내게 남아 있는데, 내게 일어나는 모든 사건은 그 자체 이상의 어떤 의미를 내포하고 있으며, 어떤 것을 상징하고 있다는 묘한 믿음이 그런 것이다. 삶은 삶에서 벌어지는 일들로 우리에게 말을 하고 점진적으로 어떤 비밀을 드러내 보여 준다는 믿음, 삶은 해독해야 할 수수께끼로서 주어지는 것이라는 믿음, 우리가 겪는 일들은 동시에 우리 삶의 신화를 형성하며 또한 이 신화는 진실과 불가사의의 열쇠를 모두 지니고 있다는 믿음. 그것은 환상일 뿐일까? 그럴 수도 있고 아주 그래 보이기까지도 하지만 나는 나 자신의 삶을 계속해서 해독해야만 하는 이런 욕구를 억누를 수가 없다.

여전히 삐걱거리는 호텔 침대에 누운 채로 나는 다시 단순한 관념, 단순한 의문 부호로 변해 버린 루치에를 생각하고 있었다. 침대가 삐걱거렸고 다시 내 의식에 와 닿는 이 특별한 소리가 (갑자기, 느닷없이) 헬레나를 향한 생각을 불러일으켰다. 마치 이 삐걱거리는 침대가 나를 의무로 불러들이는 목소리이기라도 한 것처럼, 나는 한숨을 내쉬고 침대 밖으로 발을 내리고 가장자리에 걸터앉았고, 기지개를 켜고, 머리카락을 한 번 긁적거리고, 격자창 너머로 하늘을 바라보았고, 그러고 나서 일어섰다. 어찌 되었든 어제 루치에를 만남으로써 며칠 전만 해도 그렇게 강렬했던 헬레나에 대한 나의 관심이 희미하게 무디어진 모양이었다. 이제 그 관심은 단지 관심이 있었다는 기억일 뿐이며 사라진 관심에 대한 의무감일 뿐이었다.

나는 세면대로 다가가 잠옷 윗도리를 벗고 물을 세게 틀었다. 흐르는 물을 두 손으로 받아 서둘러 목이며 어깨와 몸에 끼얹고, 혈액 순환을 도우려고 수건으로 몸을 마찰했다. 나는 문득 헬레나가 오는 것에 대해 내가 너무도 무관심하다는 것을 깨닫고 두려움을 느꼈다. 이렇게 무관심해서 다시 올 가능성이 거의 없는 특별한 기회를 망쳐 버리지나 않을까 두려웠다. 나는 보드카를 곁들여 식사를 든든하게 하리라 다짐했다.

카페로 내려가 보니 한심하게도 그곳에는 식탁보도 깔지 않은 원탁 위에 의자들이 거꾸로 뒤집힌 채 정리되어 있고, 그 사이로 조그만 할머니가 더러운 앞치마를 두르고 얼쩡거리고 있을 뿐이었다.

나는 로비로 가서 접수대 너머 안락의자에 깊이 파묻혀 게으름 속에 빠져 있는 관리인에게 호텔에서 아침 식사를 할 수 있는지 물어보았다. 그 사람은 꼼짝하지 않고 그렇게 앉아서 오늘은 카페를 열지 않는 날이라고 말했다. 나는 거리로 나왔다. 날이 아주 좋을 것 같았다. 작은 구름들이 하늘에 떠다니고 가벼운 바람이 불어 길가에 먼지가 살짝 일었다. 나는 서둘러 광장으로 갔다. 정육점 앞에서는 여자들이 장바구니나 그물 주머니를 팔에 걸고 길게 줄을 지어 차례를 기다리고 있었다. 행인들 중에는 끝부분이 분홍색 모자 같은 아이스크림을 작은 횃불처럼 손에 들고 핥아 먹으며 지나가는 사람들도 눈에 띄었다. 이런 광경을 보며 걷는데 어느새 광장이었다. 단층으로 된 셀프 서비스 식당이 보였다.

나는 거기로 들어갔다. 식당은 널찍했고 바닥에는 타일이 깔려 있었다. 사람들이 높다란 탁자 앞에 서서 샌드위치와 커피 또는 맥주 등을 먹고 있었다.

이곳에서 식사할 마음이 나지 않았다. 잠에서 깨면서부터 나는 다시 기운을 내기 위해 계란과 베이컨에 술 한 잔을 곁들인 든든한 식사를 해야겠다고 계속 생각하고 있었다. 이곳에서 조금 더 가면 작은 공원과 바로크풍 기념물이 있는 다른 광장에 식당이 하나 있다는 생각이 떠올랐다. 그 식당이 뭐 특별히 마음을 끄는 것은 아니었지만, 내가 앉을 탁자와 의자가 있고 웨이터가 내게 음식을 가져다 주기만 하면 된다 싶었다.

기념물 앞을 지나가는데, 받침대 위에는 한 성자가 서 있고, 성자는 구름을, 구름은 천사를, 천사는 또 다른 구름을, 그 구름은 마지막으로 또 하나의 천사를 받치고 있었다. 눈을 들어 이 기념물, 성자들과 구름과 천사들로 이루어진 이 감동적인 피라미드를 바라보았다. 기념물을 받치고 있는 육중한 돌은 심원한 천상의 세계를 모방했으나 연한 하늘빛의 진짜 하늘은 먼지 투성이인 그 지상의 한 조각과는 절망적일 만치 머나먼 곳에 있을 뿐이었다.

그리하여 나는 잔디와 벤치들이 놓인 공원(그렇다고 해서 먼지만 뽀얗게 내려앉은 황량한 분위기가 사라지지는 않았다.)을 지나 식당의 문고리를 잡았다. 그곳은 닫혀 있었다. 내가 그렇게나 원했던 작은 성찬이 단지 꿈으로 남으리라는 생각이 들기 시작했고, 그러자 나는 이 아침 식사가 오늘의 성공을 결정짓는 조건이라고 어린아이처럼 고집스럽게 믿고 있었기 때문에 바짝 긴장이 되었다. 소도시에서는 원래 훨씬 늦게야 식당 문을 여는데, 꼭 테이블에 앉아 아침 식사를 하려는 특이한 사람들 걱정 같은 건 할 턱이 없다는 것을 나는 깨달았다. 그래서 나는 식당을 찾는 일은 포기하고 오던 길을 돌아서 다시 공원을 지나갔다.

그리고 다시 분홍색 모자를 쓴 것 같은 아이스크림을 먹는 사람들과 마주쳤고, 다시 한번 이 아이스크림이 꼭 횃불 같다는 생각이 들었다. 그리고 이 유사성은 어떤 의미를 띠고 있다는 생각이 들었는데, 왜냐하면 이 횃불들은 진짜 횃불이 아니라 다만 '횃불의 패러디'며, 그것이 장엄하게 받쳐들고 있는 것, 즉 분홍빛 기쁨의 그 덧없는 흔적은 진짜 쾌락이 아니라 '쾌락의 패러디'며, 그것은 이 먼지 도시의 모든 횃불과 쾌락에 대한 피할 수 없는 패러디적 성격을 아주 그럴듯하게 나타내 주었기 때문이다. 그리고 이 횃불을 들고 핥아 먹는 무리의 물결을 따라 거슬러 올라가다 보면, 한구석에 작은 테이블과 의자가, 게다가 진한 커피와 작은 케익 같은 것들이 있는 빵집에 이르게 될 가능성이 있다는 생각이 들었다.

그러나 실제로 내가 도달한 곳은 밀크 바였다. 크루아상과 코코아나 우유 등을 사려고 길게 줄이 늘어서 있었고, 여기도 역시 다리가 긴 테이블들이 놓여 있었으며 손님들이 거기에서 먹고 마시고 있었다. 가게 뒤쪽에는 작은 원탁과 의자 들이 있었지만 이미 손님들이 차지하고 있었다. 나는 아주 조금씩 줄어드는 줄에 서서 십 분은 기다린 끝에 겨우 코코아와 크루아상 두 개를 얻었고, 빈 컵이 대여섯 개 어지럽게 놓인 높다란 테이블로 가져가서 무언가 엎질러진 데를 피해 조금 남은 자리에 내 잔을 내려놓았다.

나는 참으로 서글픈 속도로 먹어 치웠다. 채 삼 분이 되었을까, 나는 다시 거리로 나와 있었다. 9시였다. 아직도 두 시간이나 더 있었다. 헬레나는 여기에 11시 조금 전에 도착하는 버스를 타기 위해 프라하에서 오늘 아침 브르노행 첫 비행기를 탔을 것이었다. 나는 이 두 시간이 완벽하게 텅 빈 시간이리라는 것을 알고 있었다.

물론 어린 시절의 추억이 깃든 곳들을 찾아가 본다거나 엄마가 돌아가실 때까지 사셨던 나의 생가를 찾아가 볼 수도 있었다. 나는 자주 엄마 생각을 하지만 이곳, 엄마의 작은 유골이 낯선 대리석 아래 누워 있는 이 도시에서는 내 기억들이 오염되어 버리고 만다. 그 당시 내가 얼마나 무력했던가에 대한 쓰라린 감정이 옛 기억들을 일그러뜨려 버리는 것이다. 나는 스스로 이것을 경계한다.

그러니까 나는 광장의 한 벤치에 앉았다가 금방 다시 일어나 진열창을 들여다보러 간다든가 서점 앞에서 책 표지들을 훑어보기도 하고, 결국에는 담배 가게에 가서 《루데 프라보》를 사 가지고 다시 벤치에 돌아와 앉아 따분한 기사 제목들을 쓱 훑어보고, 외신란에서 꽤 흥미 있어 뵈는 기사 두 개를 읽고, 벤치에서 일어나 신문을 접어 그대로 휴지통에 집어넣고, 그다음에는 천천히 성당으로 다가가서 앞에 잠시 멈추어 종탑 두 개를 바라보고, 그러고는 널찍한 계단을 올라 문을 지나고 성당 안에 들어서는데, 사람들이 지금 들어온 나를 보고 성호도 긋지 않을 뿐 아니라 이곳에 그저 공원을 거닐듯 왔다 갔다 하려고 들어왔다는 데 대해 기분이 상하지 않도록 조심조심 들어가기만 하면 되는 것이었다.

사람들이 더 많아지자 나는 곧 이런 곳에서 어떤 태도를 취해야 할지 모르는 무단 침입자 같은 느낌이 들어서 바깥으로 나왔고, 시계를 보았고, 내 죽은 시간이 참으로 집요한 삶을 가지고 있다는 것을 알게 되었다. 이 텅 빈 시간을 이용하기 위하여 나는 헬레나를 기억해 보고, 그녀에 대한 생각을 해 보려고 애를 썼다. 그러나 생각이 이어지질 않고 그대로 머문 채 겨우 헬레나의 모습만이 떠오를 뿐이었다. 하기는 남자가 여자를 기다릴 때 그 여자에 대해서 무슨 생각을 한다는 것은 거의 불가능하고 오로지 그녀의 고정된 초상화 밑에서 맴돌게 될 뿐이라는 것은 누구나 아는 사실이다.

그러니까 나는 이리저리 맴돌고 있었다. 성당 맞은편 시청 건물(오늘날의 시위원회 건물) 앞에는 빈 유모차가 열몇 개 놓여 있었다. 거기에 왜 그런 것이 있는지 알 수가 없었다. 조금 있으니 한 젊은 남자가 숨을 몰아쉬며 유모차 하나를 끌고 와서 다른 유모차들 옆에 세웠고, 같이 있던 여자(약간 흥분한)가 거기에서 수놓인 흰색 천 포대기(아마도 아기가 들어 있는 것 같은)를 꺼내더니 그 부부는 시청 건물 안으로 서둘러 들어갔다. 아직 시간이 한 시간 삼십 분이나 더 있다는 생각을 하며 나는 그들을 따라 들어갔다.

커다란 층계에서부터 벌써 구경꾼들이 상당히 모여 있었는데 계단을 올라갈수록 사람들이 더 많아졌다. 이 층 복도는 사람들로 북적거리는 반면에 다음 층부터는 텅 비어 있었다. 이렇게 사람들이 많이 모이게 한 사건은 그러니까 이 층에서, 사람들이 와글와글 몰려 있는 복도 쪽으로 문이 열린 방에서 벌어지고 있는 모양이었다. 그곳으로 가 보았다. 보통 크기 방에 일곱 줄가량의 의자가 놓여 있고 벌써 무슨 공연을 기다리듯 사람들이 앉아 있는 모습이 보였다. 방 전면에는 단상 위에 붉은색 천을 씌운 기다란 테이블이 놓여 있었고 그 위에는 꽃병 하나와 꽃다발이 있었다. 뒤에는 벽에 멋있게 모양을 내서 건 국기가 길게 걸려 있었고, 단상 아래, 그리고 그 앞 부분에는(관중석 첫째 줄과 3미터쯤 되는 곳) 좌석 여덟 개가 반원 형태로 놓여 있었다. 방 맞은편 맨 구석에는 작은 오르간이 하나 있었는데, 안경을 쓴 한 노인이 뚜껑을 열어 놓은 오르간 건반 위로 대머리를 숙인 채 앉아 있었다.

여러 개의 의자가 비어 있었다. 그중 하나에 나는 앉았다. 오랫동안 아무 일도 일어나지 않았는데 사람들은 전혀 지루해하는 기색이 없었고 서로 옆 사람에게 목례를 건네든가 나직하게 이야기를 나눌 뿐이었다. 그러는 사이 복도에서 웅성거리던 사람들이 마저 들어와 아직 남아 있던 의자에 앉거나 주위에 둘러서서 방을 가득 채웠다.

마침내 무언가가 시작되었다. 단상 뒤에서 문이 열리고 밤색 원피스를 입고 길고 가느다란 코에 안경을 걸친 부인 하나가 나타났다. 그녀는 좌중을 한번 둘러보더니 오른손을 들었다. 모두 조용해졌다. 그러고 나서 그 여자는 누군가에게 신호를 하거나 무슨 말을 건네려는 듯 자기가 조금 전 나왔던 옆방으로 돌아가더니 금세 다시 돌아와 벽에 등을 바짝 붙이고 섰는데, 그 순간 그녀의 얼굴에는 어떤 딱딱하고 엄숙한 미소가 떠올랐다. 미소가 떠오른 순간에 내 뒤에서 오르간이 울리기 시작했기 때문에 모든 것이 동시에 일어난 일 같았다.

잠시 후 단상 뒤 문에서 얼굴은 발그레하고 아주 곱슬거리는 노랑머리에 짙은 화장을 한 젊은 여자 하나가 나타났는데, 어딘가 혼란스러워 보이는 모습이었고 흰 주머니 같은 것에 아이를 안고 있었다. 밤색 옷을 입은 그 부인이 아이를 안은 이 젊은 여자가 쉽게 지나갈 수 있도록 벽에 더 바짝 붙어 서면서 여자에게 얼른 나오라는 듯한 미소를 지었다. 아이를 안은 여자는 좀 머뭇거리는 걸음으로 아이를 꼭 껴안으며 앞으로 걸어나갔다. 두 번째 여자가 다시 똑같은 흰 자루를 안고 나타났고 그 뒤로 계속 (줄지어) 따라나왔다. 나는 첫 번째 여자를 계속 주시하고 있었다. 그녀의 시선은 처음에는 천장 가까이에서 맴돌다가 아래로 내려오더니 틀림없이 홀에서 누군가의 시선과 마주친 듯 갑자기 당황하여 얼른 다른 곳으로 눈길을 돌리고 미소를 지어 보였다. 그러나 이 미소는(미소를 지으려는 노력은) 곧 사라져 버리고 얼어붙은 입술의 경련만 남았다. 이 모든 것은 그녀의 얼굴에서 몇 초 동안에 일어났다.(문에서 겨우 6미터쯤 나올 정도의 시간.) 그녀가 곧장 앞으로만 나가고 반원형 좌석 쪽으로 돌아서지 않자 밤색 옷 부인이 벽 쪽에서 얼른 튀어나가(약간 찌푸린 표정으로) 그녀에게 다가가 손을 가볍게 스치며 올바른 방향을 알려 주었다. 그러자 그 여자가 얼른 방향을 바꾸어 돌아갔고 아이를 안고 뒤따르던 다른 여자들도 그렇게 따라했다. 모두 여덟 명이었다. 여자들은 정해진 행진을 끝내고 관중 쪽으로 등을 보인 채 각자 자기 의자 앞에 멈추어 섰다. 밤색 옷 부인은 위에서 아래로 손짓을 했다. 그러자 여자들은 조금씩 (여전히 관중 쪽으로 등을 돌린 채) 그 의미를 알아차리고 (아이를 안고) 자리에 앉았다.

밤색 옷 부인은 다시 미소를 지으며 반쯤 열린 문으로 갔다. 문턱에서 잠시 꼼짝 않고 있더니 빠르게 몇 걸음 걸어 들어갔다가 다시 뒷걸음으로 홀로 나와 벽에 등을 붙이고 섰다. 그때 검은 양복에 흰 셔츠를 입은 스무 살가량의 남자 하나가 나왔는데, 목을 꽉 죄는 셔츠 깃에 무슨 그림이 그려진 듯한 넥타이를 매고 있었다. 그는 머리를 숙이고 무겁게 걸음을 옮겼다. 뒤이어 다른 남자 일곱이 따라나왔는데, 나이는 천차만별이었으나 모두 짙은 색 정장에 흰 셔츠 차림이었다. 그들은 아이를 안고 있는 여자들을 빙 둘러 멈추어 섰다. 그런데 그때 그들 중 두셋이 무언가를 찾는 듯 주위를 두리번거리며 허둥거리는 기색을 보였다. 밤색 옷 부인이(그녀의 얼굴에는 즉각 조금 전과 같이 언짢은 기색이 스쳤다.) 얼른 다가갔고, 당황한 남자 중 하나가 무어라 속삭이니까 그녀는 그렇게 하라고 고개를 끄덕였다. 그러자 그 남자들은 얼른 자리를 바꾸었다.

미소를 되찾은 밤색 옷 부인은 다시 단상 뒤 문 쪽으로 갔다. 이번에는 무슨 신호를 할 필요도 없었다. 새로 한 무리가 들어오는데, 전혀 머뭇거림 없이 전문가처럼 자연스럽게 걸어 들어오는 모습을 보니 아주 더할 나위 없이 훈련이 잘 되어 있었다. 한 열 살쯤 되어 보이는 아이들이었다. 남자아이와 여자아이가 번갈아 가며 줄을 잇고 있었다. 남자아이들은 감색 바지와 흰 셔츠에 붉은색 삼각 스카프를 매고 있었는데, 스카프 한쪽 끝은 등으로 내려오고 나머지 두 가닥은 턱 아래에서 리본으로 매어져 있었다. 여자아이들은 감색 짧은 치마에 흰 블라우스를 입고 목에는 남자아이들과 같은 스카프를 두른 모습이었다. 그들은 모두 조그만 장미 꽃다발을 손에 들고 있었다. 이미 말했던 것처럼 그들은 아주 우아하면서도 자신감 있게 걸어 나갔는데, 다만 앞서 행렬과 다르게 반원형 자서으로 가는 것이 아니라 단상을 따라 옆으로 늘어섰다. 거기에서 그들이 걸음을 멈추고 90도로 돌아서자 방 안의 의자에 앉은 여자들과 마주하여 단상 전체에 길게 늘어서게 되었다.

그러고 나서 잠시 시간이 지나니 단상 뒤 문에서 한 사람이 나타났는데 이번에는 아무도 뒤따르는 사람 없이 혼자 단상 위 붉은 천이 덮인 탁자로 곧장 걸어갔다. 중년쯤 되어 보였고 대머리였다. 몸을 꼿꼿이 세운 그의 걸음걸이는 위풍당당했고 검은색 정장 차림에 손에는 커다란 자주색 서류철을 들고 있었다. 그는 탁자 중간쯤에서 걸음을 멈추더니 관중을 마주보며 고개를 숙여 인사했다. 얼굴은 살로 부풀어 있었고 목에는 커다란 빨강 파랑 하양 리본이 툭 튀어나오게 매여 있었는데, 그 끝에 매달린 황금빛 메달이 배 가까이 늘어뜨려져 있어서 그가 앞으로 몸을 숙일 때마다 탁자 위에서 여러 번 좌우로 흔들리곤 했다.

갑자기 단상 앞에 정렬한 아이들 중에 한 남자아이가 큰 소리로 이야기를 시작했다. 봄이 왔다, 아빠와 엄마 들은 기뻐한다, 온 대지가 기쁨으로 가득하다라고 말하고 있었다. 그 아이가 한동안 그런 조의 이야기를 계속하더니 이번에는 여자아이 하나가 그의 말을 끊으며 비슷한 이야기를 했는데 그 의미는 분명치 않았지만 엄마 아빠니, 봄이니 하는 똑같은 말이 나왔고 가끔 장미라는 말도 들렸다. 그런 다음에는 다시 다른 남자아이가 말을 끊고 이야기를 시작했고, 이 아이 역시 또 다른 여자아이에 의해 말이 중단되었다. 그렇지만 그들이 다투고 있다고는 할 수 없는 것이, 모두들 거의 똑같은 주장을 하고 있었기 때문이다. 예를 들어 어떤 남자아이는 어린이는 평화라고 선언했다. 그런데 그의 뒤를 이은 여자아이는 어린이는 꽃이라는 것이다. 결국은 꽃이라는 쪽으로 만장일치를 보았고 아이들이 일제히 합창을 시작하더니 꽃다발을 든 손을 앞으로 내밀었다. 아이들은 반원형으로 앉아 있는 여자들의 숫자와 딱 맞게 여덟 명이었으므로 여자들 모두가 하나씩 꽃다발을 받았다.

그러자 단상에 서 있는 남자는 그 커다란 자주색 서류철을 열더니 커다란 소리로 읽어 나가기 시작했다. 이 사람도 또 봄이니 꽃이니 엄마 아빠 이야기들을 했고, 사랑이란 열매를 맺는 법이라는 말도 했는데, 곧 어휘에 변화가 일어나더니 이제 엄마 아빠라고 하지 않고 아버지 어머니라고 했고 국가가 그들에게(아버지와 어머니들에게) 제공해 주는 것들을 하나하나 열거하면서, 그러므로 그들은 국가의 이익을 위하여 아이들을 모범적인 시민으로 키워야 한다는 점을 강조하였다. 그러고 나서 그는 여기에 모인 모든 부모들은 서명으로써 엄숙히 그것을 맹세할 것임을 선언하고, 가죽 장정을 한 아주 두꺼운 책 하나가 놓여 있는 탁자 끝을 가리켰다.

그 순간 밤색 옷 부인이 반원형 좌석에 앉아 있는 한 어머니 뒤로 가서 어깨를 살짝 치자 그 어머니는 뒤를 돌아보았고 부인은 그녀에게서 아기를 받아들었다. 그다음 그 아기 어머니는 자리에서 일어나 탁자로 향해 갔다. 목에 리본을 단 그 남자는 책을 열고 그녀에게 펜을 내밀었다. 그녀는 서명을 하고 다시 자기 의자에 가서 앉았으며 밤색 옷 부인이 그녀에게 다시 아기를 건네주었다. 아기 아버지도 가서 서명을 했다. 그러고 나서 밤색 옷 부인은 다음 어머니의 아기를 받아들었고, 그 아기 어머니를 단상으로 인도했다. 그녀 다음에는 남편이 서명했고, 그다음에는 또다른 어머니가, 또 다른 남편이, 그렇게 계속해서 마지막 사람까지 서명을 했다. 그러고 나니 오르간이 새로운 곡들을 연주하기 시작하면서 내 주위 사람들은 우르르 몰려나가 아기 어머니와 아버지 들에게 악수를 했다. 나도 그 흐름에 휩싸여 앞으로 나가게 되었다.(마치 나도 악수를 건네려는 것처럼.) 그런데 그때 내 이름을 부르는 소리가 들렸다. 목에 리본을 단 남자가 자기를 모르겠느냐고 물었다.

그가 연설을 하는 동안 내내 바라보았지만 나는 물론 그가 누군지 몰랐다. 좀 거북한 그런 질문에 아니라는 대답을 하기가 뭐해서 나는 그냥 안부를 물었다. 그가 뭐 잘 지내는 편이라고 대답을 하는데 누군지 생각이 났다. 중학교 동창 코발리크였다. 살이 쪄 옛 모습이 가려져서 그의 얼굴을 이제야 알아보았던 것이다. 하기는 코발리크는 호인도 악당도 아니고, 붙임성이 좋지도 않지만 외톨이도 아니고, 공부도 그저 중간 정도 했기 때문에 동창들 중에서도 언제나 내게 희미하게 남아 있는 친구였다. 예전에는 이마에 머리카락 한 가닥이 내려와 있었으나 지금은 모두 없어져 버렸다. 그를 금방 알아보지 못한 데 대한 변명이 되어 주었다.

그는 내가 여기에 왜 와 있느냐고, 아이 어머니들 중에 친척이 있느냐고 물었다. 나는 그런 것이 아니라 그저 궁금해서 와 봤을 뿐이라고 말했다. 그는 만족스럽게 미소를 지으며 시 위원회가 이런 시민 행사를 정말로 훌륭하게 치러 내기 위해 최대한 노력을 기울였다는 것을 설명하고, 자신이 바로 이런 업무를 관장하는 사람으로서 이 행사에 관여하고 있으며 상부로부터 찬사를 받은 바 있다는 사실을 수줍은 듯 자랑했다. 나는 그에게 조금 전에 거행된 것이 세례식이냐고 물어보았다. 그는 그건 세례식이 아니라 새 시민으로 탄생한 데 대한 환영식이라고 말했다. 그는 이렇게 이야기를 할 수 있어서 아주 신이 난 것이 역력했다. 그의 말에 따르면 다른 제도가 두 개 있다고 했다. 즉 수천 년 전통의 가톨릭 교회와 그 의식이 있고, 또 하나는 시민 제도로서, 이 제도의 새로운 의식으로 유구한 가톨릭 의식을 대체해야 한다는 것이었다. 그는 우리 시민 의식들에 종교 의식만큼의 장엄함과 아름다움이 있어야만이 사람들이 교회에서의 세례식이나 결혼식을 포기하게 될 것이라고 말했다.

나는 그런 일은 아무래도 쉽지가 않을 것이라고 말했다. 그는 그렇다고 하면서, 자기같이 시민을 대상으로 한 공무에 종사하는 사람들이 마침내 우리 예술가들에게서 약간의 지원을 받을 수 있게 되었다고 했다. 우리 예술가들이 이제 우리 인민들에게 진짜 사회주의의 장례와 결혼, 세례(세례라고 해 놓고는 얼른 새로운 시민의 탄생에 대한 환영식이라고 말을 바꾸었다.) 의식을 제공해 주는 일이 얼마나 커다란 영광인지를 깨달았다고(부디 그렇기를!) 했다. 어린 개척자들이 오늘 낭송한 시 구절들이 매우 아름답다는 말도 덧붙였다. 나는 그렇다고 하고 나서, 사람들이 종교 의식을 버리게 하기 위해서는 그들에게 무슨 의식이든 의식을 모두 다 피할 수 있게 해 주면 더 효과적이지 않겠느냐고 물었다.

그는 사람들이 결코 결혼식이나 장례식을 빼앗기지 않을 것이라고 했다. 그는 우리의 관점에서 보더라도(그는 자기도 공산당에 들어갔다는 것을 내가 분명히 알게 만들려는 듯 우리라는 말을 강조했다.) 사람들을 우리의 이념과 국가에 가까이 다가가게 만들기 위하여 그런 의식들을 사용하지 않는다는 것은 참으로 애석한 일이리라는 것은 접어 놓고라도 그렇다는 것이었다.

나는 이 옛 동창에게, 만약 반발하는 사람이 있다면 그 사람들은 어떻게 하는지 물어보았다. 그는 아직 모든 사람들이 새로운 생각을 받아들인 것은 아니므로 그런 사람들이 물론 있기는 하지만, 그들이 계속 응하지 않으면 계속 초대장을 보내기 때문에 일이 주일 후에는 결국 대부분의 사람들이 참여하러 오게 된다고 했다. 나는 이런 의식에 의무적으로 참석해야 하는 것이냐고 그에게 물어보았다. 그는 웃으면서 그렇지는 않지만 시위원회가 참여 여부에 근거하여 시민들의 의식 수준과 국가에 대한 태도를 판단하며, 모두가 결국은 그런 사실을 알고 있으므로 다들 참여하러 온다는 것이었다.

나는 코발리크에게, 교회가 신도들에게 보여 주는 태도보다 시위원회가 자신의 추종자들을 다루는 방식이 더 엄격한 것 같다고 말했다. 코발리크는 웃으면서 어쩔 수가 없다고 말했다. 그러고는 자기 사무실에 잠깐 갔다 가자고 했다. 나는 안됐지만 버스 터미널에 누구를 마중하러 가야 하기 때문에 시간이 별로 없다고 말했다. 그렇게 말하는데도 여전히 그는 나보고 '애들'(학교 친구들을 일컫는 것이었다.)을 좀 만났느냐고 물었다. 나는 아니라고 하고는, 하지만 앞으로 내가 아기를 낳아 세례를 줘야 할 일이 생기면 꼭 여기에 와서 그에게 부탁할 터이니 이번에 이렇게 만나서 아주 반갑다고 말했다. 크게 웃으며 그는 내 어깨를 툭 쳤다. 악수를 나누고 나는 이제 버스가 도착하기까지 십오 분이 남았다는 생각을 하며 다시 광장으로 내려갔다.

십오 분, 이제 그리 긴 시간이 아니었다. 광장을 지나고 나서 다시 그 이발소 근처를 지나게 되었고 다시 한번 유리창 안을 들여다보았다.(루치에는 오후나 되어야 나오지 지금은 없다는 사실을 잘 알면서도.) 그러고 나서 버스 터미널 부근을 어슬렁거리며 헬레나를 그려 보았다. 짙은 파운데이션을 바른 그녀의 얼굴, 색이 바랜 것이 역력한 붉은색 머리, 날씬한 것과는 거리가 멀지만 그래도 아직 여자를 여자처럼 보이게 해 주는 기본적인 균형은 지닌 몸매. 나는 그녀를 혐오감과 매력의 아슬아슬한 경계에 서 있게 하는 그 모든 것, 듣기 좋다기보다는 좀 굵직한 목소리, 그리고 아직도 예쁘게 보이고 싶어 초조해한다는 것을 자기도 모르게 드러내 보여 주는 과도한 몸짓

등을 떠올려 보았다.

나는 헬레나를 세 번밖에 본 적이 없었고, 그러므로 그녀에 대해 정확한 이미지를 기억하기에는 너무 부족했다. 매번 그녀의 모습을 그려 볼 때마다 언제나 그런 종류의 이미지만 강조되어 떠올라서 헬레나는 늘 내게 희화화된 모습으로 변하고 말았다. 하지만 내 상상이 아무리 부정확하다 하더라도 바로 이러한 왜곡을 통하여 나의 상상이 헬레나의 겉모습 아래 숨어 있는 어떤 본질적인 것을 파악하고 있다는 생각이 들었다.

그리고 또 떨쳐 버려지지가 않는 이미지가 있었는데 그것은 헬레나의 육체적으로 흐물흐물한, 물렁물렁한 이미지였다. 그것은 단지 그녀가 나이가 많다거나 아이 엄마여서만이 아니라 무엇보다도 무방비 상태인 그녀의 정신 상태(에로티시즘)의 징표, 그녀가 (말을 거만하게 해서 감추려 하지만 소용없이) 절대 물리치지 못한다는 것, 성적 포획물이 되기를 즐기는 성향 등의 징표였다. 이런 이미지는 정말로 헬레나의 본질을 반영하는 것일까 아니면 나와 그녀의 관계를 반영하는 것일까? 누가 알겠는가. 버스가 이제 곧 도착할 것이었고, 나는 나의 이런 공상이 만들어 놓은 대로 헬레나가 나타나기를 바랐다. 나는 그녀가 아, 괜히 온 것이로구나, 그를 보지 못하겠구나 하는 생각에 사로잡힌 채 두 눈을 크게 뜨고 무력하게 주위를 두리번거리는 모습을 잠시 지켜보고 싶어서, 터미널을 둘러싼 광장의 한 건물 현관에 숨어 있었다.

직행 버스가 터미널에 들어섰고 먼저 내리는 사람들 중에 헬레나가 끼여 있었다. 그녀는 젊고 스포티한 느낌을 주는 푸른색 트렌치코트를 입고(깃은 세우고 허리는 벨트로 질끈 묶었다.) 있었다. 그녀는 이쪽저쪽을 돌아보더니 전혀 당황한 기색 없이 휙 돌아서서 곧바로 내가 묵고 있는, 그리고 자신의 방이 예약되어 있는 호텔로 향하는 것이었다.

다시 한번 나는 내 상상이 헬레나에 대한 왜곡된 이미지만을 가져다 주었음을 확인했다. 다행히도 실제 헬레나는 역시 내가 만든 허구 속 그녀보다 더 예뻤고, 그녀가 굽 높은 구두를 신고 호텔을 향해 걷고 있는 뒷모습을 보며 다시 한번 그것을 확인했다. 나는 그녀 뒤를 따라갔다.

그녀는 어느새 호텔 접수계에 도착하여 몸을 기대 서 있었고, 무관심한 그 관리인이 숙박부에 이름을 적고 있었다. 그녀는 그에게 자기 이름을 또박또박 불러 주었다. "제마네크, 제—마—네크……." 그녀 뒤에 서서 나는 그녀의 말을 듣고 있었다. 관리인이 펜을 놓자 헬레나는 그에게 물었다. "얀 동지가 여기에 묵고 있는 게 맞나요?" 나는 뒤에서 그녀에게 다가가 그녀 어깨에 손을 올려놓았다.

2

나와 헬레나 사이에 있었던 모든 일은 미리 아주 세밀하게 계산된 계획에 따라 이루어진 것이었다. 우리가 처음 만났을 때부터 헬레나 역시 앞으로의 어떤 그림을 그려 보고 있었다는 것은 틀림없다. 그러나 그녀의 의도는, 순발력이나 감성적인 낭만을 계속 품고 있고 싶어 하는, 그러니까 앞으로 일어날 일들을 미리 조정하거나 제어할 생각 같은 것은 하지도 않는 그런 막연한 여자의 욕망 이상이었던 것 같지는 않다. 반면에 처음부터 나는 내가 겪게 될 이 연애 사건의 작가이자 동시에 연출자처럼 행동했고, 사용하는 말 한 마디나 그녀와 단둘이 있기에 알맞은 방을 고르는 일 하나까지도 아무렇게나 하지 않았다. 나에게 주어진 이 말할 수 없이 귀한 기회를 망쳐 버릴지도 몰라서 아주 사소한 것까지도 염려를 했는데, 그것은 헬레나가 특별히 젊다든가 또는 아주 보기 좋거나 예쁘다든가 해서가 아니라, 그녀의 성(姓)이 바로 그 성이라는 이유, 내가 증오하는 남자를 남편으로 뒀다는 그 이유 단 하나 때문이었다.

연구소에서 어느 날, 라디오 방송국에서 제마네크라는 여성 동지가 찾아오기로 했다고 알려 와 우리 연구에 관한 자료를 준비해 놓아야 했을 때 즉시 옛 동창을 떠올렸던 것이 사실이지만, 우연히 이름이 같은 것이겠지 하고 생각하고 말았으며, 방문이 예정된 그 사람을 맞는 일이 편치 않았던 것은 순전히 다른 이유에서였다.

나는 기자들을 좋아하지 않았다. 그들은 대부분 경박하고 수다스러우며 뻔뻔스럽기가 그지없다. 헬레나가 신문이 아니라 방송국 기자라는 것은 내 반감을 더 크게 만들 따름이었다. 내 생각에 신문은 상황이 완화된다는 점에 있어서나 규모에 있어서나 라디오보다 더 낫다. 소란스럽지가 않으니까 말이다. 신문도 쓸데없긴 하지만 그 무용성은 조용한 것이고, 자기 의견을 강요하지도 않으며, 또 휴지통에 넣어 버릴 수도 있다. 라디오는 무용하기는 똑같으면서 이렇게 상황이 완화된다는 이점이 없다. 라디오는 카페로, 식당으로 우리를 쫓아다니고, 게다가 끊임없이 귀에 양식을 공급하지 않으면 살 수가 없게 된 사람들을 방문하게 되면 꼼짝없이 우리는 그 소리를 다 들어야 한다.

헬레나는 말하는 방식까지도 내게 거부감을 주었다. 우리 연구소와 우리가 하는 연구에 대해 그녀는 이미 자기 견해를 모두 세워 놓았으며, 따라서 이제 상투적인 내용에 구체성을 부여해 줄 만한 실례나 몇 개 내게서 얻어 낼 작정이라는 것을 나는 금방 알아차렸다. 나는 이해할 수 없는 어려운 말을 쓰고 그녀가 이미 생각한 의견을 모두 뒤흔들어 놓으려고 애쓰는 등 그녀의 일을 어렵게 만드는 데 최선을 다했다. 그렇게 했는데도 그녀가 내 설명을 좇아오는 것 같은 위험이 보이자 나는 은밀한 이야기로 말을 돌려 그 위험에서 벗어나려고 해 보았다. 나는 그녀에게 붉은 머리카락이 아주 잘 어울린다고(내 생각은 정반대였다.) 말하고, 방송국에서의 일에 대해, 그녀가 좋아하는 책에 대해 물었다. 그리고 이런 대화를 나누는 가운데 내 마음속 깊은 곳에서는 조용한 생각이 이어졌는데, 성이 같다는 것이 꼭 우연이기만 한 것은 아니라는 생각이 들었다. 이 언변이 능하고 부산하고 야심적인 여기자는 내가 예전에 알았던, 비슷하게 언변이 능하고 부산하고 야심적이었던 그 인물과 어딘가 같은 집안 사람인 듯한 구석이 있어 보였다. 그래서 나는 살짝 유혹하는 투로 남편에 대해서 물어보았다. 방향은 적중하여 두세 번 질문을 하고 나자 틀림없이 파벨 제마네크라는 것이 확인되었다. 그 순간에는 그다음에 일이 진행된 것처럼 그렇게 그녀에게 접근할 생각 같은 것은 하지 않았다는 점을 밝혀 두어야겠다. 오히려 그녀가 들어오자마자부터 느껴졌던 반감이 그 사실을 알고 난 다음에는 더 커졌을 뿐이었다. 그 즉시 나는 이 성가신 기자를 다른 동료에게 떠넘기고 인터뷰를 그만둘 수 있을 핑계를 찾았다. 끊임없이 미소를 짓고 있는 이 여자를 그냥 쫓아내 버리면 얼마나 시원할까 생각하기까지 했고, 그렇게 할 수 없다는 것이 안타까울 뿐이었다.

그러나 헬레나가 최고로 지긋지긋해진 바로 그 순간에 그녀는 조금 전 내가 했던 말과 질문의 은밀한 어조(순전히 사실을 알아내기 위한 것이었으나 그녀는 그 기능을 알 턱이 없었다.)에 화답하여, 너무도 자연스럽게 여자 특유의 어떤 몸짓들을 보여 주는 것이었고, 그래서 나의 나쁜 감정이 갑자기 새로운 색채를 띠게 되었다. 헬레나의 그 태를 부리는 직업적 면모의 가면 아래에서 나는 여자를, 여자로 기능할 수 있는 여자를 보았던 것이다. 나는 처음에는 속으로 빈정거리면서 제마네크는 참으로 이런 여자를 만나서 싸다고, 그에게 분명히 충분한 벌이 되었을 것이라고 생각했지만, 거의 이어서 생각을 바꾸어야만 했다. 이렇게 오만하게 평가를 내리는 것은 너무 주관적이며 너무 의도적이기도 했기 때문이다. 이 여자는 분명히 예전에는 아주 예뻤을 것이며, 파벨 제마네크가 요즘에는 그녀를 여자로 사용하려 들지 않으리라고 생각하지 않을 이유도 없었다. 나는 속마음을 드러내지 않은 채 계속 은근하게 이야기를 이어갔다. 무언가 알 수 없는 것이 나로 하여금 내 앞에 앉아 있는 이 기자에게서 최대한 여성적인 모습을 찾아내도록 떠밀었으며, 그런 모색이 바로 우리 대화의 흐름을 결정지었다.

여자가 매개되면 증오의 감정에 어떤 호감의 특성들, 가령 호기심이라든가 육체적 관심, 친밀함이라는 문턱을 넘고자 하는 욕망 등이 가미된다. 나는 거의 황홀한 지경에 이르렀다. 제마네크, 헬레나, 그들의 세계 전체(나에게 너무도 낯선)

를 상상해 보았고, 헬레나의 외모에 대한 나의 반감,(관심을 기울이는, 거의 은근하기까지 한 반감) 그녀의 빨간 머리카락과 파란 눈, 짧고 뻣뻣한 눈썹에 대한 반감, 그녀의 둥근 얼굴, 육감적인 콧구멍에 대한 반감, 앞니 사이에 살짝 벌어진 틈에 대한 반감, 무르익은 육체의 풍만함에 대한 반감을 묘하게 쾌감을 느끼며 음미하고 있었다. 나는 사람들이 사랑하는 사람을 지켜보듯 그녀를 지켜보았고, 기억 속에 새겨 놓으려는 듯 세세한 것 모두를 하나하나 다 주목했으며, 내가 반감으로 이렇게 관심을 가지는 것이라는 사실을 숨기기 위해서 점점 더 가볍고 더 상냥한 말들만 골라 쓰는 바람에 헬레나는 점점 더 여성스러워졌다. 그녀의 입, 가슴, 눈, 머리카락 등이 제마네크에게 속한다는 생각을 하지 않을 수가 없었으며, 머릿속에 이 모든 것을 새겨 넣고 만져 보고 달아 보고 하면서 그걸 내 두 손으로 으스러뜨려 버리든가 벽에 내던져 짓이겨 버릴 수 있을까 결정을 내려 보려 해 보았고, 그러고 나서 다시 한번 이 모든 것을 주의 깊게 관찰하면서 제마네크의 눈으로, 그리고 다시 내 눈으로 바라보려고 해 보았다.

이 여자를 지금 우리가 나누고 있는 좁은 범위의 이 간지러운 대화에서부터 결국은 침대까지 몰아갈 수 있을지도 모른다는 생각―실행 불가능하고 순전히 관념적인―이 내 뇌리를 스쳐갔는지도 모르겠다. 하지만 그것은 갑자기 머릿속에 불꽃처럼 일었다가 곧 사그라져 버리는 그런 생각이었다. 헬레나는 귀중한 정보를 줘서 감사하다고 하고 이제 시간을 더 뺏지 않겠다고 했다. 인사를 나누고 돌아서며 나는 그녀가 이제 가 줘서 반가웠다. 묘하게 흥분되었던 기분이 가라앉고 나니 이제 그 여자에 대하여 아까의 반감만이 느껴질 뿐이었고, 내가 그렇게 유혹하는 듯한 직접적인 말들을 많이 하고 너무 정답게 굴었던 것이 (가장된 것이기는 했지만) 기분 나쁘기까지 했다.

며칠 후 헬레나가 만나자고 전화를 하지 않았다면 일은 그저 그런 정도에서 끝났을 것이다. 어쩌면 그녀가 내게 정말로 방송 원고를 한번 검토받아야 할 필요가 있었는지도 모르지만 내게는 즉각 그것이 구실일 뿐이라고 느껴졌고, 그녀가 내게 이야기하는 어조가 직업적이고 딱딱하다기보다는 지난번 우리 대화에서처럼 경쾌하고 친근한 데가 있다는 느낌이 들었다. 나도 아무 생각 없이 즉시 그런 어조를 취했고 계속 그렇게 했다. 우리는 한 카페에서 만났다. 드러내 놓고 나는 그녀의 원고와 관련된 것에는 전혀 신경을 쓰지 않았고, 그녀가 기자로서 관심을 가지는 것을 완전히 무시해 버렸다. 내 태도에 그녀가 어리벙벙해하는 것 같았으나 동시에 나는 내가 그녀를 주도하기 시작했음을 확인했다. 나는 그녀에게 프라하 교외로 바람을 쐬러 나가면 어떻겠느냐고 해 보았다. 그녀는 안 된다고 하면서 자신은 결혼한 여자라고 했다. 이런 식으로 내 제안을 물리치는 것은 내게 더할 나위 없이 기쁨을 주었다. 그녀가 그렇게 안 된다고 해도—그 이유는 내게 몹시도 소중한 것이었다.—나는 계속 거기에서 맴돌았다. 재미있어 하기도 하고, 자꾸 다시 이야기를 꺼내기도 하고, 농담을 하기도 했다. 그녀는 결국 내 청을 받아들이고 이제 그 이야기는 하지 않아도 되니 좋다고 했다. 그런 다음에는 모든 것이 하나하나 내 계획대로 진행되었다. 그 계획을 나는 십오 년 세월의 원한의 강도로 꿈꿔 왔던 것이었으며, 이상하게도 모든 것이 계획했던 대로 잘 성사될 것이라는 확신이 들었다.

그렇다, 그 계획은 정말로 이루어지고 있는 것이었다. 나는 접수계 옆에 있는 헬레나의 작은 트렁크를 들고 그녀를 안내하여 방으로—지나가는 길에 말해 두자면 그 방도 내 방만큼이나 보기 흉했다.—올라갔다. 그녀에게는 모든 것을 실제보다 더 좋게 평가하는 이상한 경향이 있었는데, 그럼에도 그녀 역시 동의하지 않을 수 없었다. 나는 그녀에게 신경 쓰지 말라고 하고 무슨 수가 있을 거라고 말했다. 그녀는 의미심장한 눈길로 나를 보았다. 그러더니 좀 씻어야겠다고 말했고, 나는 그러는 게 좋겠다고 대답하고 로비에서 기다리겠다고 했다.

그녀가 로비로 다시 내려왔을 때(단추를 채우지 않고 열어 놓은 트렌치코트 속에 검은색 치마와 분홍색 스웨터를 입고 있었다.) 나는 다시 한번 그녀가 상당히 아름답다는 것을 확인할 수 있었다. 나는 썩 신통하진 않지만 이 근방에서는 그래도 가장 나은 식당으로 가서 점심을 들자고 말했다. 그녀는 내가 이곳 출신이니까 모든 것을 나에게 맡길 것이며 하라는 대로 다 하겠다고 말했다.(그녀는 약간 이중의 의미를 가진 어휘를 골라 쓰는 것 같았는데, 그녀가 이렇게 애를 쓰는 것이 기분 좋기도 했지만 또 우스꽝스럽기도 했다.) 우리는 내가 아침에 근사한 아침 식사를 찾아 헤매고 다녔던 여정을 다시 밟아 갔는데, 그녀는 여러 차례나 내 고향에 오게 되어서 기쁘다고 되풀이했다. 그러나 여기에 처음 오는 것이면서도 그녀는, 모르는 도시를 찾은 사람답지 않게 어디에 어떤 건물이 있는지 아무런 관심도 보이지 않았다. 나는 헬레나가 이렇게 무심한 것은 그녀의 영혼이 아예 딱딱하게 굳어 버려 무엇에든 별 호기심을 느끼지 못하는 탓일까 아니면 나에게 너무 집중해서 다른 아무 생각도 할 수가 없어서일까 생각해 보았다. 두 번째 가설을 믿고 싶었다.

우리는 그 바로크풍 기념물을 지나갔다. 성자가 구름을 받치고, 구름이 천사를, 천사가 또 다른 구름을, 그 구름은 또 다른 천사를 받치고 있었다. 푸르른 대기는 아침보다 더 선명해 보였다. 헬레나는 코트를 벗어 팔에 걸치면서 덥다고 말했다. 원래부터 집요하게 감돌고 있던 먼지 자욱한 공허의 분위기가 더운 날씨 탓에 더욱 가중되고 있었다. 기념물은 마치 제자리로 돌아가지 못한 채 하늘에서 떨어진 한 조각처럼 그렇게 광장에 우뚝 솟아 있었다. 우리 둘 또한 공원과 식당이 있는, 이상스럽게 황량한 이 광장에 내던져져 있다는, 돌이킬 수 없이 그렇게 내던져진 것이라는 생각이 들었다. 우리 생각과 말이 아무리 높은 곳으로 올라가려고 해 봐야 소용없이, 우리가 하는 행동은 바로 이 땅처럼 그렇게 낮은 것이라는 생각.

그렇다. 내가 비열하다는 느낌이 아주 강렬하게 나를 덮쳐왔다. 나는 순간 몹시 놀랐다. 그런데 더욱 놀라웠던 것은 내가 이런 비열함을 아주 즐기면서 받아들이고 있다는 사실, 즐기는 정도가 아니라 아주 기쁘게 또 어떤 시원함마저 느끼면서 받아들이고 있다는 사실이었다. 내 옆에서 걷고 있는 이 여자가 나보다 거의 고상할 것 없는 동기를 품고 의심스러운 오후 시간을 향하여 나를 따라오고 있다는 확신이 이런 기쁨을 더욱 크게 만들었다.

12시 십오 분 전밖에 안 되었기 때문에 식당 문은 이미 열려 있었어도 안은 텅 비어 있었다. 테이블은 모두 준비되어 있어서 의자 하나하나마다 수프 접시가 놓여 있고 접시에는 종이 냅킨 위에 숟가락과 포크와 칼이 겹쳐 놓여 있었다. 사람은 아무도 보이지 않았다. 우리는 테이블 하나에 앉아서 숟가락 등과 냅킨을 집어 접시 옆에 내려놓고 누가 오기를 기다렸다. 몇 분쯤 지나서 부엌 문에 웨이터가 나타났는데 나른한 눈길로 식당을 휘 둘러보더니 그냥 다시 들어가 버리려고 하였다.

나는 "이봐요!" 하고 불렀다.

그는 뒤로 돌아서더니 우리 테이블 쪽으로 몇 걸음 다가왔다. 한 오륙 미터 떨어진 데쯤 와서는 "뭘 시키시게요?" 하고 말을 했다. "식사를 하면 좋겠네요." 하고 내가 말했다. 그의 대답은 "12시부터만 되는데요."라는 것이었고, 다시 한번 뒤로 돌아서 자신의 보금자리로 걸음을 옮겼다. 나는 "이봐요!" 하고 다시 불렀다. 그는 다시 돌아보았다. 거리 때문에 나는 소리를 질러야만 했다. "저, 여기 보드카가 있나요?" "아니요, 보드카는 없습니다." "그럼 뭐가 있지요?" "진요." 하고 그는 멀리에서 말했다. "진은 별론데, 그래도 두 잔 주세요."라고 나는 소리쳤다.

"진을 드실 수 있는지 묻지도 않았네요." 내가 헬레나에게 말했다.

그녀는 소리 내 웃으면서 "잘 마시지 않지요."라고 했다.

"괜찮아요. 금방 익숙해지실 거예요." 나는 말했다. "지금 모라비아에 와 계시는 건데 진은 모라비아 사람들이 제일 좋아하는 술이거든요."

"아, 잘됐네요." 하고 헬레나는 아주 좋아하며 외쳤다. "저는 이렇게 서민적인 작은 식당이 제일 좋아요. 운전기사나 조립공 같은 사람들이 오고, 늘 먹는 그런 음식에 평범한 술이 있는 곳 말이에요."

"그럼 맥주잔에 럼주를 부어 들곤 하시나 보죠?"

"그렇다고 그렇게까지 하기야 하나요." 헬레나는 말했다.

"하여간 서민적인 데를 좋아하신다고요."

"예. 호사스러운 식당이나 벙어리 하인이나, 연달아 내오는 음식 같은 건 질색이에요."

"전적으로 동감입니다. 웨이터가 내가 누군지 모르는 그런 간이 식당, 고약한 냄새가 나는 연기 자욱한 그런 곳이 제일이죠. 그리고 무엇보다도 진보다 더 좋은 건 없거든요. 저는 학생 때는 다른 건 마시지도 않았어요."

"저도 아주 소박한 음식들을 좋아해요. 가령 감자 튀김이라든가 양파를 곁들인 소시지 같은 것이 최고죠."

내가 얼마나 사람들의 말을 믿지 않는가 하면, 누가 자기는 무어가 좋고 무어가 싫다는 등의 이야기를 내게 털어놓으면 그것을 절대 그대로 받아들이지 않거나, 보다 정확히 말하자면, 그 사람이 드러내고 싶어 하는 이미지가 무엇인지 알려주는 것에 지나지 않는다고 생각할 정도다. 나는 단 한순간이라도 헬레나가 청결하고 환기가 잘된 레스토랑에서보다 이렇게 답답하고 지저분한 싸구려 식당에서 숨쉬기가 더 편하다고 생각하거나, 좋은 포도주보다 싸구려 술을 더 좋아한다고 생각한 적은 없었다. 하지만 그녀의 그런 선언이 내게 아무 가치가 없는 것은 아니었는데, 왜냐하면 그것은 벌써 오래전에 유행이 지나긴 했으나 열광적인 혁명의 시절, '평범한 것', '서민적인 것', '단순한 것', '시골 분위기가 나는 것'이면 모두 정신을 잃을 만큼 좋아하고 '세련됨'이나 '우아함' 같은 것은 덮어놓고 경멸했던 그 시절에 한창 꽃피웠던 그런 어떤 의식적인 취향을 보여 주었기 때문이다. 그녀의 그런 태도에서 나는 내 젊은 시절을 보았고, 헬레나에게서 무엇보다도 제마네크의 부인을 보았다. 오늘 아침에 아무 생각 없이 한가했던 마음이 금세 사라져 버리고 정신이 퍼뜩 들었다.

웨이터가 진 두 잔을 올려놓은 작은 쟁반을 들고 다시 나타나, 술잔과 함께 메뉴가 타이핑된(수도 없이 복사를 거듭해서 거의 알아보기도 힘든) 종이를 테이블에 내려놓았다.

나는 술잔을 들어올리며 말했다. "자, 진을 위하여, 이 서민적인 음료를 위하여 건배!"

그녀는 웃음과 함께 술잔을 부딪치면서 이렇게 말했다. "저는 단순하고 올곧은 사람을 늘 그려 왔어요. 꾸밈 없는 사람. 투명한 사람을요."

그녀도 나도 한 모금씩 마시고 나서 내가 말했다. "그런 사람은 드물지요."

"만나게 되는 일도 있지요. 당신도 그런 사람이에요."

"무슨 말씀을요!"

"아니에요, 정말이에요."

인간이 믿기 힘들 만큼 그렇게 자기의 이상형대로 현실의 모양을 바꾸어 버릴 수 있다는 데 대해 나는 경악을 금치 못했지만, 우물쭈물하지 않고 헬레나가 내 사람됨에 대해 내린 해석을 바로 인가(認可)했다.

"글쎄요. 그런지도 모르지요." 내가 말했다. "올곧고 투명하다. 그런데 그게 어떤 거죠? 있는 그대로 살고, 자기가 원하는 것, 욕망하는 것에 대해 부끄러워하지 않고, 그러면 다 아닌가요. 사람들은 규범의 노예들이에요. 누가 이러저러해야 한다고 말해 주면 그렇게 하려고 애쓸 뿐, 그것이 뭔지 자신들이 무엇인지 절대 알지 못하죠. 대번에 그들은 아무도 아닌 사람이 되어 버리는 겁니다. 무엇보다도 우리는 과감히 자기 자신이고자 해야 해요. 헬레나, 결혼을 하셨다고 해도 저는 처음부터 당신이 마음에 들었고 당신을 원했습니다. 저는 이 말을 어떻게 다르게 할 수도 없고, 말을 하지 않을 수도 없어요."

이런 말을 하기는 좀 거북하긴 했지만 꼭 필요한 말이었다. 여자의 생각을 다루는 데에는 반드시 지켜야 하는 나름의 규칙이 있는 법이다. 이성으로 여자를 설득하려 하거나, 아주 합리적인 근거를 들어 여자의 의견을 반박한다거나 하는 사람은 성공할 수 있는 가능성이 거의 없다. 여자가 자기 자신에게 부여하고자 하는 이미지(원칙이나 이상, 신념 같은 것)를 파악하고, 우리가 바라는 그녀의 행동과 그 이미지가 조화로운 관계를 맺을 수 있도록(궤변을 동원하여) 노력하는 것이 훨씬 더 현명한 일이다. 예를 들어 헬레나에겐 '단순함', '자연스러움', '투명함'에 대한 꿈이 있다. 이런 이상들은 예전의 혁명적 청교도 주의로부터 유래한 것으로, '순수'하고 '흠 없는', 정신적으로 굳건하고 엄정한 사람의 개념과 결합되었다. 그런데 헬레나의 원칙의 세계는 사유(思惟)에 근거를 둔 것이 아니라 (대부분의 사람들과 마찬가지로) 전혀 논리적 연관성이 없는 어떤 명령들에 근거한 것이어서, '투명한 사람'의 이미지를 아주 부도덕한 행동과 연관시키고 그렇게 함으로써 헬레나가 원하는 행동(간통)이 그녀의 이상들과 고통스럽게 갈등을 일으키지 않도록 해 주는 것은 더할 나위 없이 쉬운 일이었다. 남자는 여자에게 무엇이든 원할 수 있기는 하지만, 다만 거칠게 행동하고 싶지는 않다면, 그 여자가 자신의 가장 뿌리 깊은 환상들에 맞추어 행동할 수 있도록 해 주어야 하는 것이다.

그러는 사이 손님들이 하나둘씩 들어와 곧 테이블을 거의 채웠다. 웨이터가 다시 나타나 테이블을 돌며 무엇을 원하는지 주문을 받았다. 나는 헬레나에게 메뉴를 건네주었다. 그녀는 모라비아 음식에 대해서는 내가 더 잘 알지 않느냐면서 내게 다시 건네주었다.

물론 메뉴라는 것은 한 글자도 다름 없이 이런 수준의 다른 식당들과 똑같았고 무얼 선택해야 할지 알 수 없을 만큼 모두 그게 그거인 음식들 몇 가지뿐이었으므로, 모라비아 음식을 잘 알고 말고는 아무 소용이 없었다. 내가 (우울하게) 메뉴를 바라보는데 벌써 웨이터는 성급하게 옆에 와서 얼른 주문을 하기를 기다리고 있었다.

"잠깐만요." 내가 말했다.

"십오 분 전부터 벌써 식사를 하겠다고 하더니 아직도 못 골랐어요!" 하고 웨이터는 나를 비난하더니 돌아서 가 버렸다.

다행히 그가 곧 다시 와서, 우리는 고기말이 둘과 진 두 잔 더, 그리고 소다수도 시킬 수 있도록 허락받았다.

헬레나는 (고기말이를 씹으면서) 예전에 푸치크 악단에 있을 때 이 지방 노래들을 부르며 언제나 꿈꿔 왔던 그 미지의 도시에서 이렇게 우리 둘이 마주앉아 있게 되다니 참으로 근사하다고(그녀는 이 형용사를 몹시 좋아했다.) 말했다. 그녀는 또 이건 나쁜 건지도 모르겠지만 자신도 어쩔 수가 없노라고, 나와 함께 있는 것이 좋다고, 자기 의지로 어떻게 할 수가 없다고도 했다. 나는 자기 감정에 부끄러워하는 것은 추악한 위선이라고 답했다. 그리고 계산을 하기 위해 웨이터를 불렀다.

바깥으로 나오자 바로크풍 기념물이 우리 앞에 우뚝 서 있었다. 우스꽝스러워 보였다. 나는 손으로 그것을 가리키면서 "저걸 좀 보세요, 헬레나, 저 곡예사 같은 성자들을. 위로 기어오르고 있잖아요! 얼마나 하늘로 올라가고 싶으면 저러겠어요. 그런데 하늘이야 알 바 아니죠. 하늘은 그들이, 날개 달린 이 가엾은 촌놈들이 존재하는지조차 알지 못하거든요!" 하고 말했다.

"맞아요." 바깥 공기 때문에 술기운이 더 오른 헬레나가 말했다. "저 성자상이 저기서 뭘 하고 있는 거야? 왜 광장에다가 종교가 아니라 삶을 기리는 걸 세우지 않은 거죠?" 그러고는 그래도 약간의 자제력이 남아 있었는지 그녀는 이렇게 덧붙였다. "내가 횡설수설하나요? 내가 횡설수설하는 게 아니라고 말 좀 해 보세요."

"그럼요, 헬레나, 횡설수설하지 않아요. 전적으로 맞는 말이에요. 삶은 아름다운 것이고 우리가 아무리 찬미해도 부족하죠."

"그렇죠." 그녀가 말했다. "사람들이 뭐라든 삶은 근사하고, 그리고 난, 불행을 예언하는 자들, 그런 자들이 끔찍하게 싫어요. 내가 한탄을 하려고 들자면 그 누구보다도 할 게 많겠지만, 그래서 그러질 않으려는 거지요. 오늘 같은 날이 하늘에서 떨어질 수도 있는데 무엇 때문에 한탄을 하겠어요. 정말 너무나 근사해요. 한 번도 와 보지 못했던 도시, 그리고 당신과 함께이고……."

헬레나가 계속 이야기를 하고 있는 사이 곧 우리는 한 새 건물 앞에 이르렀다.

"여기가 어디죠?" 헬레나가 물었다.

"저, 여기 술집들은 다 따분해요." 내가 말했다. "이 집에 제가 특별히 작은 술집을 하나 마련해 놓았지요. 자, 들어오세요!"

"어디로 데려가시는 거예요?" 헬레나는 건물 안으로 따라 들어서며 말했다.

"모라비아 스타일의 자기만의 진짜 술집. 모르세요?"

"몰라요."

우리는 사 층에서 열쇠로 문을 열고 안으로 들어갔다.

3

헬레나는 내가 빌려 놓은 아파트에 자신을 데려왔다는 사실에 전혀 신경을 쓰지 않았고 무어라 왈가왈부할 필요도 느끼지 않았다. 오히려 그녀는 집 안으로 들어서자 그때부터는 교태가 섞인 모호한 게임에서 이제 단 하나의 의미밖에 없는 그런 행동, 게임이 아니라 삶 그 자체라고 생각하게 되는 그런 행동으로 단번에 넘어가기로 작정한 것 같았다. 그녀는 방 한가운데 멈추어 내 쪽으로 반쯤 돌아서서 이제 내가 다가오기만을, 내 키스와 포옹만을 기다리고 있음을 눈빛으로 말하고 있었다. 바로 그 순간, 그녀는 정확하게 내가 꿈꾸던 헬레나였다. 무방비 상태로 내맡겨진 헬레나.

나는 그녀에게 다가갔다. 그녀는 내게로 얼굴을 들었다. 키스(그토록 고대하는) 대신에 나는 미소를 짓고 그녀의 푸른색 트렌치코트의 어깨를 잡았다. 그녀는 알아차리고 단추를 풀었다. 나는 코트를 현관으로 가지고 가서 옷걸이에 걸었다. 이제 모든 것이 준비된 지금,(내 욕구와 자신을 내맡기는 그녀) 절대 일을 서두르다가 내가 원하는 모든 것에서 단 하나라도 빠뜨리게 하지는 않을 것이었다. 나는 아무 이야기나 하기 시작했다. 그녀에게 앉으라고 하고는 집 안의 세세한 것들을 모두 보여 주고, 어제 코스트카가 일러준 보드카가 있는 장을 열고, 마개를 딴 다음 작은 술잔 두 개가 놓인 조그만 탁자에 술병을 내려놓았다가 잔을 채웠다.

"저는 취할 거예요." 그녀가 말했다.

"우리 둘 다 취할 겁니다." 내가 말했다.(나는 하나도 빠뜨리지 않고 모든 것을 다 기억에 새겨 놓기로 작정했으므로 취하지 않으리라는 것을 알고 있었지만.)

그녀는 얼굴을 펴지 않은 채 심각하게 한 모금 마시더니 말했다. "저, 그런데요, 루드비크, 당신이 저를 그저 너무 따분한 나머지 머릿속에 연애 생각으로만 가득 찬 그런 가벼운 여자로 보신다면 정말 너무나 괴로울 것 같아요. 전 순진하지도 않고, 당신이 이미 많은 여자들을 겪어서 여자들에게 아주 친절하게 대하는 법을 터득했다는 걸 잘 알아요. 다만, 전, 정말 슬플 것 같다는 거죠, 만약……."

"저 역시, 저도 슬플 겁니다. 당신이 남편을 놔두고 기회가 될 때마다 가벼운 마음으로 연애 행각을 벌이는 그런 가벼운 여자라면 말입니다. 당신이 그런 여자라면 우리의 만남은 아무런 의미가 없어져 버리겠죠."

"정말인가요?"

"정말이에요, 헬레나. 말씀하신 것처럼 전 많은 여자를 알았고, 그 여자들은 내게 가벼운 마음으로 여자를 바꾸는 일을 두려워하지 않도록 가르쳐 주었지만, 그러나 우리 이 만남은, 이건 달라요."

"그저 말만 그렇게 하시는 건 아닌가요?"

"그렇지 않아요. 당신을 처음 보았을 때 전 오랫동안 당신을, 바로 당신을 기다려 왔다는 것을 깨달았어요."

"말만 유창하게 하시는 분은 아닐텐데! 정말 그렇게 느껴지지 않는다면 그런 말을 하시지는 않겠죠."

"물론입니다. 전 감정을 꾸밀 줄 몰라요. 여자들이 끝내 제게 가르치지 못한 유일한 것이 바로 그것이기도 하죠. 그러니까 헬레나, 아무리 믿기 힘들어 보여도 전 당신에게 거짓말을 하고 있는 게 아니에요. 당신을 만나면서 아주 오래전부터 제가 기다려 왔던 사람이 바로 당신이라는 것을 깨달은 거예요. 당신을 알지 못하는 채로 당신을 기다려 왔다는 걸. 그리고 이제 당신이 내 여자이기를 원한다는 걸. 그건 운명만큼이나 피할 수 없는 거라는 걸 말이죠."

"세상에." 헬레나는 눈을 반쯤 감으며 말했다. 그녀 얼굴에는 붉은 반점이 여기저기 생겨나 있었는데, 그런 그녀는 내가 꿈꾸는 헬레나, 무방비 상태로 내맡겨진, 바로 그 헬레나였다.

"루드비크, 당신이 알 수 있을까요! 저도 마찬가지였어요! 당신을 처음 보았을 때 전 이것이 단순한 장난이 아니라는 걸 금방 알았고, 바로 그것이 저를 두렵게 했어요. 전 결혼한 여자고, 또 우리에게 일어난 모든 것이 진실이며 당신은 나의 진실이라는 걸, 나는 이제 어떻게 할 도리가 없다는 걸 알았으니까요."

"헬레나, 당신 역시 저의 진실입니다." 내가 그녀에게 말했다.

소파에 앉아서 그녀는 커다란 두 눈으로 나를 바라보았고, 나는 맞은편 의자에서 그녀를 강렬한 눈길로 바라보고 있었다. 나는 두 손을 그녀의 무릎 위에 올려놓았고, 그런 다음 천천히 스타킹의 끝자락과 고무 밴드가 드러나는 곳까지 치마를 걷어 올렸다. 이미 살이 많이 찐 헬레나의 허벅지 위에서 그 고무 밴드는 어딘가 서글프고도 가련한 느낌을 불러일으켰다. 헬레나는 내 손길 아래 아무런 몸짓도 없이, 눈길도 주지 않은 채, 그렇게 움직임 없이 가만히 있었다.

"아, 당신이 그걸 전부 아신다면……."

"무엇을 말이죠?"

"제가 어떻게 살고 있는지요."

"어떻게 사는데요?"

그녀는 씁쓸한 미소를 지었다.

그러자 갑자기 나는 그녀가 자신의 결혼 생활은 형편없다느니 하면서 다른 부정한 부인들처럼 상투적인 이야기를 꺼낼까 봐, 그래서 결국 이제 막 내 포획물이 되려고 하는 찰나에 그것을 아무 가치도 없는 것으로 만들어 버릴까 봐 두려워졌다. "결혼 생활이 불행하다든가 남편이 당신을 이해해 주지 않는다든가 그런 말은 제발 하지 마세요!"

"그런 말을 하려던 게 아니에요." 나의 공격에 약간 당황하며 헬레나는 항변했다. "하지만……."

"하지만 요즘 그런 생각이 들긴 했다는 거겠죠. 다른 남자와 단둘이 있게 된 여자들은 모두 그런 생각이 드는 법인데, 바로 거기에서 거짓이 시작되는 겁니다. 그런데 당신은, 헬레나, 당신은 진정한 사람이고자 하지 않나요? 당신은 남편을 사랑했던 것이 틀림없어요. 사랑도 없이 자신을 내어주었을 사람이 아니에요."

"그래요." 그녀는 가만히 말했다.

"그런데 남편은 도대체 어떤 분이죠?"

그녀는 어깨를 으쓱하고 미소 지으며 말했다. "그냥 남자죠, 뭐."

"만나신 지 오래되었나요?"

"결혼한 지 십삼 년이고 그전에도 알았어요."

"학생 때요?"

"네. 일 학년 때부터요."

그녀는 치마를 끌어내리려 했고, 나는 그녀의 손을 잡아 그렇게 하지 못하게 했다. 그러고는 계속 물어보았다. "남편은요? 어디서 만났어요?"

"악단 연습에서요."

"악단요? 남편이 합창단에서 노래를 불렀어요?"

"네. 우리 모두가요."

"그러니까 합창단에서 서로 알게 되었다…… 사랑이 시작되기에 아주 좋은 배경이군요."

"아, 그럼요."

"그 시대 전체가 아름다운 시절이기도 했죠."

"당신도 그때를 생각하기를 좋아하시나요?"

"내 인생에서 가장 아름다운 시절이었죠. 그건 그렇고, 남편이 첫사랑이었어요?"

그녀는 조금 주저하며 말했다. "지금 그 사람 생각하고 싶지 않아요!"

"헬레나, 전 당신을 알고 싶어요. 지금부터 당신의 모든 것을 알고 싶어요. 당신을 선명하게 보게 될수록 그만큼 더 당신은 내 것이 되는 거죠. 그러니까 남편 전에 알았던 사람이 있어요?"

그녀는 고개를 끄덕이며 "네." 했다.

헬레나가 아주 젊었을 때 다른 남자가 있었다는 것, 그러므로 그녀와 파벨 제마네크의 결합의 중요성이 그만큼 작아진다는 것, 이것은 적잖이 나를 실망시키는 일이었다. "진짜 사랑이었나요?" 하고 나는 물었다.

그녀는 고개를 저으며 "바보 같은 호기심이었죠." 했다.

"그러니까 당신의 첫사랑은 어쨌든 남편이었던 거군요."

"그래요." 하고 그녀는 결국 인정했다. "하지만 아주 옛날 이야기고……."

"그 사람이 어땠는데요?" 하고 나는 나직한 목소리로 집요하게 물었다.

"근데 왜 그렇게 그 사람에 대해 알려고 하시는 거예요?"

"당신의 전부를, 이 머릿속에 들어 있는 것 전부를 원하니까요." 그러면서 나는 그녀의 머리카락을 쓰다듬었다.

대개 여자가 자기 정부에게 남편 이야기를 하지 못하는 것은 품위 때문이라든가 아니면 정말 순수해서인 경우는 아주 드물고, 다만 정부의 기분을 상하게 할까 두려워하기 때문이다. 정부가 이런 걱정을 없애 주면 여자는 고마워하면서 훨씬 마음이 편해지고, 무엇보다도 특히 대화의 소재가 무한히 열려 있는 것이 아니므로 무언가 이야기할 거리를 얻게 된다. 그리고 결혼한 여자에게는 남편이란 꿈 같은 주제, 그녀가 자신감을 느낄 수 있는 유일한 주제, 자신이 전문가로서 다룰 수 있는 유일한 주제를 제공해 주는 것이며, 어찌 되었든 사람은 누구나 전문가로서 행세하고 자신을 내세우기를 즐기는 법이다. 그렇기 때문에 그런 이야기가 내게 거슬리지 않는다는 것을 안심시켜 주자 헬레나는 완전히 긴장을 풀고 파벨 제마네크에 대해 이야기를 늘어놓기 시작했는데, 옛일을 회상하는 가운데 감정이 고조되어서는 제마네크에 대해 아무런 부정적인 이야기도 덧붙이지 않았다. 그녀는 자신이 어떻게 그(그 꼿꼿했던 금발의 청년)에게 반하게 되었는지, 그가 악단의 정치 담당 책임자가 되었을 때 얼마나 그녀에게 존경심을 불러일으켰는지, 다른 여자애들도 마찬가지였지만 그녀가 얼마나 그를 찬미해 마지않았는지,(그는 정말 너무도 말을 잘했다!) 그들의 사랑 이야기가 얼마나 그 시대 전체와 조화롭게 하나를 이루고 있었는지 하는 이야기를 했다. 그 시대를 그녀는 두세 문장으로(스탈린이 충성스러운 공산주의자들을 총살했다는 것을 우리가 짐작이나 할 수 있었겠어요?) 옹호했는데, 그것은 정치적인 주제로 이야기를 돌리려 해서가 아니라 자기 자신이 이 문제에 개

입되어 있다고 느끼기 때문인 듯했다. 그녀가 자신의 젊은 시절을 변호하고 아예 스스로를 그 시절에 동일시하는(그녀는 그 시절 이야기를 마치 잃어버린 고향집 이야기를 하듯 했다.) 방식은 거의 조그만 시위의 성격을 띠었는데, 마치 내게 이렇게 알리려는 것 같았다. 아무런 조건 없이 나를 가져라, 단, 나를 있는 그대로 놓아둔다는, 내 신념과 더불어 나를 그대로 받아들인다는 조건하에. 신념이 아니라 육체가 문제인 지금 상황에서 그런 신념의 표명에는 어딘가 비정상적인 데가 있었고, 바로 그 신념이 이 여자에게 어떤 식으로든 심각한 상처를 남겼다는 것을 드러내 보여 주는 것이었다. 그렇지 않으면 그녀는 신념이 없다고 의심받을까 봐 두려워서 재빨리 그것을 과시하는 것이거나, 그것도 아니면 (이것이 헬레나의 경우에 더 그럴듯해 보이는데) 그 신념의 가치를 속으로는 의심하고, 그래서 그 가치를 새롭게 하기 위하여 그녀가 보기에 전혀 의심의 여지가 없어 보이는 것을 신념을 위해서 위태롭게 만들어 보는 것이었다. 이때 의심의 여지가 없어 보이는 것이란 바로 사랑의 행위를 말한다.(정부에게는 신념에 대한 논쟁보다 사랑의 행위가 더 중요하다고 그녀는 교활하게 꽉 믿고 있는지도 몰랐다.) 헬레나의 이런 시위는 내 열정의 핵심과 근접하므로 내게 기분 나쁜 것이 아니었다.

"여기, 이것 좀 보세요." 그녀는 아주 조그만 은판 장식을 보여 줬는데, 손목 시계에 연결된 짧은 금속 줄에 달려 있는 것이었다. 내가 몸을 숙여 들여다보니 헬레나는 그 속에 크렘린이 새겨져 있는 것이라고 설명해 줬다. "파벨의 선물이에요."

하며 그녀는 이 장식물에 얽힌 이야기를 했는데, 옛날에 사랑에 빠진 한 러시아 아가씨가 긴 전쟁을 위해 떠나는 러시아 청년 사샤에게 준 것으로, 전쟁이 끝나 갈 무렵 그 청년은 프라하로 가서 도시를 참화에서 구해 냈으나 거기에서 자신은 최후를 맞고 말았다는 것이었다. 그 당시에 러시아 군대가 파벨 제마네크와 그의 부모가 살고 있는 집 이 층에 의무실을 차려 놓았는데, 심하게 부상을 입은 사샤 중사가 바로 거기에서 파벨과 친구가 되어 함께 마지막 나날들을 보냈다고 했다. 임종을 맞이하며 사샤는 전쟁 기간 내내 목에 걸고 있던 그 작은 크렘린 장식물을 파벨에게 기념으로 줬다. 파벨은 그 선물을 가장 소중한 기념물로 간직했다. 어느 날—그들이 아직 연인 사이일 때—헬레나와 파벨이 심하게 다투고 나서 헤어질 생각까지 했었는데, 바로 그때 파벨이 그녀에게 와서 이 싸구려 장식물(그러나 너무도 귀한 정표)을 화해의 징표로 주었다는 것이다. 그때부터 헬레나는 한 번도 이 작은 물건을 벗어 놓은 적이 없었고, 이것은 그녀에겐 어떤 메시지,(내가 무슨 메시지냐고 묻자 그녀는 '기쁨의 메시지'라고 대답했다.) 죽을 때까지 지니고 있어야 하는 어떤 메시지 같은 것이라고 했다.

뺨이 불그레 상기되어 그녀는 내 앞에 앉아 있는데 (추켜올려진 치마 아래로 스타킹을 고정하는 밴드가 한창 유행인 검은색 라스텍스 팬티에 연결되어 있는 것이 드러나보였다.) 이 순간 그녀는 다른 순간의 이미지 뒤로 사라져 버렸다. 세 번에 걸쳐 다른 이에게 건네진 이 장식물 이야기로 인해서 파벨 제마네크라는 사람이 불쑥 내 앞에 난폭할 만큼 돌연히 솟아올랐던 것이다.

나는 붉은 군대의 사샤니 하는 이야기를 단 한 순간도 믿지 않았다. 만약 그런 사람이 있었다고 하더라도 어쨌거나 실제 인물은 파벨 제마네크의 과장된 몸짓 뒤로 스러져 버리고 말았을 것이다. 그런 과장된 몸짓을 통해 그 인물은 제마네크 자신의 삶에 있어 전설적인 인물로, 성스러운 동상으로, 감동의 도구로, 그의 아내가 (그 자신보다도 분명히 더 줄기차게) 죽을 때까지 (열정적으로 그리고 도전적으로) 경배해 마지않을 감상적인 이야기와 연민의 대상으로, 그렇게 바뀌어 버렸을 것이다. 나는 꼭 파벨 제마네크의 마음(추하도록 노출벽이 있는 마음)이 거기에 있는 것 같았다. 그리고 십오 년 전 그 오래된 장면이 갑자기 눈앞에 떠올랐다. 자연과학대학의 커다란 대형 강의실. 단상 위, 기다란 탁자 한가운데 제마네크가 있고, 그 옆에는 볼이 터질 것 같은 뚱뚱한 여자애가 머리는 땋아내리고 보기 싫은 스웨터를 입고 앉아 있고, 다른 쪽 옆에는 지역위원회에서 나온 젊은 남자가 있다. 단상 뒤편에는 아주 커다란 직사각형 칠판이 있고, 왼쪽에는 푸치크의 초상화가 벽에 걸려 있다. 단상 맞은편에는 계단식 의자들이 정렬되어 있고, 나, 십오 년이 지난 지금, 그때의 눈으로, 제마네크가 이제 '얀 동지 사건'을 심의하겠다고 선언하는 것을 바라보고 있는 나도 사람들 속에 섞여 앉아 있다. "이제부터 두 공산당원의 편지를 읽어 드리겠습니다." 하고 그가 선포하는 모습도 보인다. 이렇게 말하고 나서 그는 잠깐 말을 멈추고, 얇은 책 같아 보이는 것을 집어들더니 구불구불한 긴 머리카락을 한 번 쓸어

넘기고는 은근한, 거의 달콤한 목소리로 읽어 내려가기 시작했다.

"죽음이여, 네가 오는 데 오랜 시간이 걸렸구나! 세월이 더 많이 흐르기 전에는 너를 정말 만나고 싶지 않았건만. 나는 바랐지, 자유인으로 더 살 수 있기를, 일도 더 많이 하고, 많이 사랑하고, 또 노래도 마음껏 부르고, 온 세계를 돌아다니고……." 나는 푸치크의 『교수대 아래에서 쓴 르포』라는 것을 알아차렸다. "나는 삶을 사랑했고, 바로 그 삶의 아름다움을 위하여 전쟁터로 떠났던 것이다. 사람들이여, 나는 그대들을 사랑했으며, 그대들 역시 나를 사랑해 주었을 때 나는 행복했고, 나를 전혀 이해해 주지 못했을 때 고통스러웠다……." 감옥에서 몰래 쓰인 이 책, 수백만 부가 찍혔고 전파를 타고 방송이 되기도 했으며 학교에서 필수적으로 공부해야 했던 이 책은 그 시대의 성서였다. 제마네크는 우리에게 가장 유명한 대목, 누구나 다 외우고 있는 대목을 읽어 주고 있었다. "슬픔이란 것은 내 이름과 절대 연관되지 말라. 이것이 바로 내가 그대들에게, 아버지, 어머니, 내 두 자매, 나의 구스티나, 동지들, 내가 사랑했던 모든 이들에게 마지막으로 밝히고자 하는 나의 의지이니……." 벽에는 푸치크의 초상화가 걸려 있었는데, 막스 스바빈스키라는 '벨 에포크' 시대의 노(老)화가—알레고리나 통통한 여자들과 나비, 아기자기하고 예쁜 것들을 그리는 데 거장인—가 그린 유명한 그림의 복사판이었다. 동지들이 전쟁이 끝나고 나서 그를 찾아가 사진을 보고 푸치크를 그려 달라고 부탁을 했다는데, 스바빈스키는 자기 취향대로 말할 수 없이 섬세한 선으로 그의 모습을(옆모습을) 그려 냈던 것이다. 초상화 속 얼굴 표정은 자칫하면 소녀의 표정 같아 보이기도 하고, 어떤 열기와 갈망으로 꿈꾸는 듯한 모습이었는데, 그 얼굴이 너무도 투명하고 아름다워서 실물을 보았던 사람들도 그들이 기억하는 생전의 그의 모습보다 그 그림을 더 선호했다. 제마네크가 그렇게 읽어 나가는 동안, 강의실에 있던 사람들은 모두 아무 말 없이 긴장한 채 그의 말을 듣고 있었고, 단상의 그 뚱뚱한 여자애는 찬탄해 마지않는 눈빛으로 제마네크를 뚫어져라 쳐다보고 있었다. 그는 갑자기 어조를 바꾸더니 거의 위협적인 투로 낭독을 계속했다. 배신자 미레크에 대한 대목이었다. "그렇게 용감했고, 스페인 전선에서 싸울 때 빗발치는 총탄 앞에서도 피할 줄 모르던 사람, 프랑스의 수용소에서 그 혹독한 시련에도 굽힐 줄 모르던 사람이 그랬다니! 그런데 이제 게슈타포의 막대기 하나가 그를 하얗게 질리게 하고 목숨을 부지하기 위해 배신을 하게 한다. 몇 번 얻어맞고는 자취를 감춰 버리다니 그런 용맹은 얼마나 얄팍한 것인가! 그의 신념만큼이나 깊이가 없고…… 그는 자신을 생각하기 시작한 그 순간부터 이미 모든 것을 다 잃은 것이다. 자기 몸뚱이를 구하기 위하여 그는 동료들을 희생시켰다. 그는 비겁해져 버렸고 그 비겁함으로 인해 배신을 하였다……." 푸치크의 잘생긴 얼굴이 벽에 걸린 채 꿈을 꾸고 있었는데—그는 우리나라에서 수천 개도 넘는 공공장소의 벽에서 그렇게 꿈을 꾸고 있었다.—사랑에 빠진 소녀의 환한 표정을 짓고 있는 그 얼굴은 어찌나 아름답던지 그 얼굴을 바라보고 있자니 나는 내 잘못 때문만이 아니라 내 얼굴 때문에 부끄러운 느낌이 들었다. 그리고 제마네크는 마지막 대목을 마저 읽어 나갔다. "그들은 우리의 목숨을 빼앗을 수는 있지. 그렇지, 구스티나? 하지만 우리 행복, 우리 사랑을 앗아 가지는 못해. 아! 사람들이여, 이 모든 고난이 다 끝나고 우리가 다시 만난다면 우리 삶이 어떠할지 상상할 수 있겠는가? 그리하여 자유로운 삶을 다시 시작하고, 창조적 일이 그 삶을 더욱 아름답게 만들어 준다면? 우리가 열망해 왔던 것, 우리가 모든 힘을 다 기울여 이루고자 했던 것, 이제 우리가 죽음까지도 바치려고 하는 그것이 이루어졌을 때 과연 우리의 삶은 어떠할 것인가?" 이 마지막 대목을 비장하게 낭독하고 나서 제마네크는 아무 말도 하지 않았다.

얼마 후 그는 이렇게 말했다. "이것은 교수대의 그림자 아래에서 쓰인 공산주의자의 편지입니다. 이제 다른 편지 하나를 읽어 드리겠습니다." 그러더니 그는 내 엽서에서 우스꽝스럽고 끔찍한 세 문장을 짧게 읽었다. 그러고 나서 그가 침묵하자, 온 강당 역시 쥐 죽은듯 침묵에 잠겼으며, 나는 이제 틀려 버렸다는 것을 깨달았다. 침묵은 길게 지속되었고, 제마네크, 이 천재적인 연출가는 그 침묵이 짧아지지 않도록 주의를 기울였다. 마침내 그는 내게 말을 해 보라고 청했다. 나는 이제 더 이상 아무것도 어찌해 볼 도리가 없음을 알고 있었다. 벌써 열 번쯤은 스스로 변호를 했어도 별 효과가 없었는데, 제마네크가 방금 푸치크의 그 고통들을 절대적 기준으로 삼아 내 몇 마디 문장을 휙 읽어 나간 지금 내가 스스로를 변호해

본들 무슨 효과가 있을 것인가? 그래도 일어나서 말을 할 수밖에 없었다. 나는 다시 한번 이 엽서는 그저 장난으로 쓴 것일 뿐이라고 해명을 하면서, 그래도 그 농담의 문구들이 온당하지 못하고 몰상식하며 상스럽다는 것을 인정하고 비판하였으며, 나의 개인주의, '지식인'의 흔적, 인민과의 거리에 대해서 이야기하고 내 허영심, 회의적 성향, 냉소주의를 다 드러내 보이기도 했으나, 이런 모든 것에도 불구하고 나는 당에 헌신해 왔지 결코 당의 적이 아니라고 맹세했다. 그다음 벌어진 토론에서 동료들은 내 시각이 모순적이라고 반박했다. 스스로 냉소적이라고 고백하는 사람이 어떻게 당에 헌신적일 수 있겠느냐는 질문이 들어왔다. 한 여자 학우가 외설스러운 말 몇 마디를 내게 상기시키면서, 공산당원의 입에서 이런 말이 나왔다는 것이 용납될 만하다고 생각하는지 알고 싶다고 했다. 다른 사람들도 프티 부르주아의 정신에 대하여 온갖 추상적인 언급들을 늘어놓으며 나를 그 구체적인 예로 삼았다. 전반적으로 그들은 나의 자아비판이 심도 있게 이루어지지 않았으며 진실성이 결여되어 있다고 평가했다. 그다음에는 교단 뒤, 제마네크 옆에 앉아 있던 그 뚱뚱한 여자애가 내게 물어 왔다. "네가 생각하기에는, 게슈타포의 고문으로 결국 살아남지 못했던 그 동지들이 네가 한 말을 들었다면 대체 뭐라고 했을 것 같지?"(아빠 생각이 떠올랐고, 여기 모든 이들이 내 아버지의 최후를 모르는 척하고 있음을 깨달았다.) 나는 아무 말도 하지 않고 가만히 있었다. 그녀는 질문을 다시 반복했다. 얼른 대답을 하라고 채근했다. 나는 말했다. "모르겠어요." 그러자 그녀는 계속 다그쳤다. "생각을 잘해 봐. 그럼 아마 할 말이 생각날 테니." 그녀는 내가 죽은 동지들의 상상의 입을 빌어 나 자신에 대해 엄혹한 심판을 내리기를 바라고 있었다. 그러나 그 순간 엄청난 분노의 파도, 예상치 못했던 뜻밖의 파도가 몰려와 나를 집어삼켰고, 그리하여 나는 몇 주일이나 스스로 자신을 비판하며 보낸 끝에 마침내 폭발하여 이렇게 말했다. "그 사람들은 죽음과 정면으로 대면했습니다. 그들은 쩨쩨하고 치사한 사람들이 아니죠. 내 엽서를 읽었다면 아마 웃었을 겁니다!"

실은 그 뚱뚱한 여자애는 내게 무언가 조금이라도 자신을 구해 볼 수 있는 기회를 준 것이었다. 동지들의 엄격한 비판을 알아듣고, 거기에 찬동하고, 나도 그렇게 생각한다고 하고, 그런 동질화를 통하여 이제 그들에게 이해를 호소할 수 있었던 마지막 기회였다. 그러나 그런 우발적인 답변을 해 버림으로써 나는 단번에 그들의 사고의 영역에서 분명하게 떨어져 나왔고, 수많은 회합, 수많은 징계 절차, 심지어 수많은 재판정에서도 공통적으로 수행되는 역할, 그러니까 자기 자신을 열렬히 비난함으로써(그렇게 해서 자신의 죄를 묻는 자들과 스스로를 동질화함으로써) 동정을 구해 보려 하는 피고의 역할을 하기를 거부했다.

다시 한번 침묵이 흘렀다. 제마네크가 그 침묵을 깼다. 그는 나의 그 반당(反黨)적인 문구에서 웃음을 유발할 수 있을 만한 것이 무엇인지 상상할 수가 없다고 혼잣말을 했다. 그리고 다시 한번 푸치크의 말을 상기시키면서, 위기 상황에서는 우회적 태도나 회의주의 같은 것은 반드시 배신으로 변하게 되어 있으며, 당은 내부에 배신자들을 용납하지 않는 성채라고 단호하게 말했다. 또 그는 내가 한 말은 내가 전혀 아무것도 알아듣지를 못했다는 것을 증명하며, 또한 당에는 내가 있을 자리가 없는 정도에 그치는 것이 아니라 노동 계급이 제공해 주는 학비를 받을 자격도 없음을 증명한다고 덧붙였다. 그는 당과 대학에서 나를 축출할 것을 제안했다. 강의실에 모인 사람들은 손을 들었고, 제마네크는 내게 당원증을 반납하고 나가야 한다고 말했다.

나는 일어서서 걸어나가 교탁에, 제마네크 앞에 내 당원증을 내려놓았다. 그는 내게 눈길도 주지 않았다. 이미 그는 나를 쳐다보기를 그쳤던 것이다. 그런데 지금, 나는, 술에 취한 채, 불타는 듯한 뺨을 하고, 허리까지 치마가 추어올려진 채 내 앞에 앉아 있는 그의 부인을 보고 있다. 그녀의 탄탄한 다리 위로 따라 올라가면 검은색 라스텍스 팬티로 끝난다. 이 다리가 벌어지고 닫히는 리듬이 바로 지난 십 년간 제마네크의 욕구의 리듬이 되어 왔던 것이다. 내 손이 바로 그 다리 위에 놓여 있으며, 나는 이 다리가 바로 제마네크의 삶 자체를 조이는 것이라고 생각한다. 나는 헬레나의 얼굴을, 내 손의 감촉에 반쯤 내려감은 두 눈을 바라보았다.

4

“옷을 벗어요, 헬레나.” 나는 나직이 말했다.

그녀는 소파에서 일어났고, 말려 올라가 있던 치마가 다시 무릎까지 내려왔다. 그녀는 내 눈을 응시하더니 아무 말도 하지 않고(눈길도 떼지 않고) 천천히 치마의 허리를 풀었다. 풀어진 치마는 다리를 따라 미끄러져 내렸다. 그녀는 치마에서 왼발을 빼내고, 오른발로 치마를 들어 올려 손에 잡더니 의자 위에 내려놓았다. 그녀는 이제 스웨터와 슬립 차림이었다. 그 다음 그녀는 스웨터를 머리 위로 벗어 올려서는 치마 위로 던졌다.

“보지 마세요.” 그녀가 말했다.

“당신을 보고 싶어요.”

“안 돼요. 옷을 벗는 건 보지 마세요.”

나는 그녀 곁으로 갔다. 양쪽 겨드랑이 아래로 손을 넣어 엉덩이까지 내려갔다. 약간 땀이 밴 슬립의 실크 천 아래로 그녀의 말랑말랑한 몸의 윤곽이 느껴졌다. 그녀의 얼굴이 다가왔고 입술은 오래도록 입맞춤에 길이 들어(육체적인 습관으로) 살짝 벌어져 있었다. 그러나 나는 그녀에게 키스는 하고 싶지 않았고, 그보다 내가 원했던 건 그녀를 오래도록, 가능한 한 오래도록 바라보는 일이었다.

"옷을 벗어요, 헬레나." 나는 상의를 벗기 위해 몇 걸음 물러나며 다시 한번 말했다.

"여긴 너무 밝아요."

"밝아야 해요." 나는 이렇게 말하고, 의자 등받이에 상의를 걸쳐 놓았다.

그녀는 슬립을 벗어 치마와 스웨터가 있는 곳에 던졌다. 그리고 스타킹을 풀어 한 짝씩 벗어 내렸다. 이번에는 던지지 않고 의자 있는 데까지 가서 조심스럽게 내려놓았다. 그런 다음 그녀는 가슴을 앞으로 내밀며 손을 뒤로 돌렸다. 브래지어가 가슴 위에서 미끄러져 내리면서 동시에 뒤로 잡아당겨진 어깨가 다시 앞으로 내려오기까지 잠깐 몇 초인가가 흘렀다. 그녀의 가슴은 어깨와 팔 사이에 꽉 조여 있다가 양쪽 가슴이 서로 부딪치며 튀어올랐는데, 커다랗고, 풍만하고, 창백하고, 그리고 물론 조금 묵직하게 처져 있었다.

"벗어요, 헬레나." 나는 마지막으로 말했다. 그녀는 내 눈을 응시하면서 꽉 조이는 라스텍스 펜티를 벗어 스타킹과 스웨터 옆에 던졌다. 그녀는 이제 완전히 알몸이었다.

나는 이 장면의 가장 소소한 것까지 모두 아주 주의를 기울여 머리에 새겼다. 나는 여자와(어떤 여자와든) 급하게 서둘러 쾌감에 도달하려 하지 않고, 내게는 낯선 은밀한 세계를 아주 명확하게 내 것으로 장악하고자 하며, 그것도 오후 한나절 동안에 단 한 번의 사랑 행위를 통하여 그 세계를 장악하고자 하는 것이다. 이런 사랑 행위 속에서 나는 단순히 쾌락에 몸을 던지는 사람에 그치지 않고, 언제든 달아나려는 사냥감을 몰고 가는, 그러므로 온 신경을 집중하여 조심을 해야만 하는 사람이다.

그때까지 나는 오로지 시선을 통해서만 헬레나를 장악했다. 지금 이 순간도 아직 나는 약간의 거리를 두고 있는데, 반면에 벌써 그녀는 차가운 시선에 노출된 자신의 몸을 감싸 줄 접촉의 열기를 원하고 있었다. 몇 걸음 떨어진 곳에서도 나는 이미 촉촉해진 그녀의 입과 관능적인 조바심으로 가득한 혀가 느껴졌다. 일 초가 지나고, 다시 이 초, 이제 나는 그녀와 꼭 붙어 있다. 방 한가운데, 우리의 옷으로 뒤덮인 두 의자 사이에 서서 우리는 서로를 껴안았다.

그녀는 "루드비크, 루드비크, 루드비크……." 하고 속삭였다. 나는 그녀를 소파로 이끌고 갔다. 그녀를 눕혔다. "이리 와요, 어서! 내 곁에, 아주 가까이……." 그녀는 이렇게 말하고 있었다.

육체적 사랑이 영혼의 사랑과 한데 섞이는 일은 지극히 드문 일이다. 한 육체가 (아득한 옛날부터의, 보편적이고 변하지 않는 그 움직임으로) 다른 육체와 결합하는 동안 영혼은 무엇을 하고 있는 것일까? 그동안 영혼이 만들어 내는—그렇게 해서 육체적 삶의 단조로움에 대한 자신의 우월성을 확실하게 하면서—그 온갖 생각들이라니! 영혼은 또 한데 얽힌 두 육체보다도 천배는 더 관능적인 상상의 구실로서만 (타인의 육체인 듯) 소용되는 자신의 육체에 대하여 얼마만 한 경멸이 가능한가! 아니면 그 반대이든가. 즉 영혼은 육체가 시계추처럼 왔다 갔다 하는 그 반복 운동을 하도록 그저 내던져 두면서 육체의 가치를 떨어뜨리고 자신은 (쉽게 변하는 육체의 쾌락에 벌써 싫증을 느끼며) 자기만의 생각과 더불어 멀리 사라져 버리는 데 얼마나 능숙한가! 저 멀리 체스 판으로, 어떤 점심 식사의 기억으로, 또는 어떤 책으로.

서로에게 낯선 두 육체가 한데 섞이는 것, 이것은 드물지 않다. 때로는 영혼의 결합까지 일어나는 수도 있다. 그러나 육체가 자신의 영혼과 결합하고 일치를 이루어 정념을 공유하는 일은 천배는 드문 일이다.

그러면 내 육체가 헬레나와 사랑을 하는 동안 내 영혼은 무엇을 하고 있었는가?

내 영혼은 한 여자의 육체를 보았다. 내 영혼은 이 육체에 무관심했다. 이 육체가 내 영혼에 어떤 의미를 지니는 것은, 오로지 여기에 없는 어떤 사람에 의해 늘 지금처럼 바라보이고 사랑받곤 했기 때문일 뿐이라는 것을 내 영혼은 알고 있었다. 그래서 부재하는 그 제3자의 눈으로 이 육체를 바라보고자 노력했다. 또 그 제3자의 영매(靈媒)가 되려고 애썼다. 내 영혼은 한 여자의 벗은 몸, 그녀의 구부린 다리, 배의 주름, 가습을 바라보고 있는데, 그러나 이 모든 것은 내 눈이 그 부재하는 제3자의 눈이 되는 순간에만 의미를 얻는 것이었다. 그리하여 내 영혼은 돌연히 그 타인의 시선 속으로 들어가 하나가 되었다. 구부린 다리, 배의 주름, 가슴, 이것을 내 영혼은 부재하는 그 제3자가 보는 대로의 다리, 배, 가슴으로 장악하였다.

내 영혼은 그 제3자의 영매가 되었을 뿐만 아니라 내 육체에게 그의 육체를 대체하라고 명했고, 그런 다음에는 그 두 부부의 격렬한 몸부림을 관찰하기 위해 멀찌감치 떨어져 나왔으며, 그러고는 갑자기 내 육체에게 자신의 정체성을 다시 회복하여 이 부부의 성행위 속으로 들어가 거칠게 떼어 놓아 버리라고 명령을 내렸다.

경련이 일듯 전율하는 헬레나의 목에 푸른 핏줄이 드러나 있었다. 그녀는 머리를 옆으로 돌리고 쿠션을 꽉 깨물고 있었다.

그녀는 내 이름을 속삭였고 두 눈은 잠깐의 휴식을 간절히 원하고 있었다.

그러나 내 영혼은 계속하기를 명했다. 그녀를 쾌락에서 쾌락으로 몰아가기를, 그녀의 몸이 모든 자세를 다 취하도록 만들어 부재하는 그 제3자가 바라보았던 모든 시선의 각도를 그늘 아래 감추는 일이 없도록 하기를 명했다. 절대 휴식은 안 된다. 정말 진정한 그녀가 드러나는, 그녀가 아무것도 꾸미지 않게 되는 경련, 여기에 없는 그 제3자의 기억 속에 그녀가 새겨지게 만든, 각인처럼, 도장처럼, 숫자처럼, 상징처럼 그렇게 새겨지게 만든 그 경련을 계속 되풀이시키는 것이다. 그리하여 그 비밀스러운 숫자를 훔치는 것! 그 옥새를! 파벨 제마네크의·비밀의 방을 약탈한다! 구석구석까지 모두 뒤져 내고 난장판을 만들어 놓는다!

나는 헬레나의 얼굴, 붉게 상기되고 찡그려서 보기 싫어진 그녀의 얼굴을 바라보았다. 그리고 이리저리 돌릴 수 있고, 주무르고 반죽할 수 있는 물건에 손을 올려놓듯이 그녀의 얼굴에 내 손을 올려놓았는데, 그 얼굴은 그런 식으로 놓인 이 손을 충분히 받아들이고 있다는 느낌이 들었다. 나는 그녀의 얼굴을 오른쪽으로 돌렸다 왼쪽으로 돌렸다 여러 번을 반복했고, 그러다 보니 점점 그 동작은 뺨을 치는 것으로 변해 버렸다. 한 번 더 내려치고, 다시 한 번 세 번째로 내려쳤다. 헬레나는 흐느껴 울고 소리 지르기 시작했으나 결코 고통스러워서가 아니라 너무 좋아서, 내게로 턱을 쳐들고 소리를 내지르는 것이었으며, 나는 그녀를 때리고, 때리고, 또 때렸다. 잠시 후에 보니 내게로 불쑥 솟아오른 것은 얼굴만이 아니라 가슴도 그랬으며, 나는 (그녀 위에 버티고 앉아) 기세 좋게 힘껏 그녀의 팔을, 허리를, 가슴을 내리쳤다.

모든 것에는 끝이 있다. 이 근사한 약탈에도 역시 끝이 있었다. 그녀는 소파에 길게 엎드려, 완전히 녹초가 되어 늘어져 있었다. 그녀의 등에는 조그만 점이 하나 보였고 조금 아래 엉덩이에는 얻어맞은 붉은 자국이 얼룩얼룩하게 나 있었다.

나는 일어나서 비틀비틀 방을 가로질러 갔다. 욕실 문을 열고 들어가 수도꼭지를 틀어 차가운 물을 콸콸 쏟아지게 해 놓고 얼굴을, 손을, 몸 전체를 씻었다. 머리를 들고 거울을 보았다. 내 얼굴은 미소 짓고 있었다. 내 얼굴(미소 짓고 있는)이 그러고 있는 것을 문득 발견하니 우스워서 나는 크게 웃음을 터뜨렸다. 그런 다음 몸의 물기를 닦고 욕조 가장자리에 앉았다. 잠깐만이라도 혼자 앉아서 나의 이런 돌연한 고립감을 즐기고 싶었고, 내 기쁨에 대하여 기뻐하고 싶었다.

그렇다, 나는 기분이 좋았다. 어쩌면 아주 행복했을 수도 있다. 승리감이 느껴졌으며, 앞으로 다가올 시간은 무용하고 아무것도 아닌 것 같았다.

잠시 후 다시 방으로 돌아왔다.

헬레나는 이제 엎드려 있지 않고 옆으로 길게 누워 있었다. 그녀는 나를 바라보며 "자기, 내 곁으로 와."라고 말했다.

많은 사람들이 육체적으로 결합하고 나면 영혼도 결합시켰다고 생각하고는 그런 착각 탓에 서로 반말을 해도 된다고 저절로 믿어 버린다. 나는 결코 그런 몸과 영혼의 동시적 조화에 대한 믿음을 나누어 가져 본 적이 없었으므로 헬레나의 반말에 황당하고 언짢았다. 가까이 오라는 그녀의 말을 따르지 않고 나는 셔츠를 입으려고 내 물건들이 놓인 의자로 다가갔다.

"옷 입지 마……." 헬레나는 내 쪽으로 손을 내밀며 이렇게 말했고, 다시 "자, 이리 와!"라고 했다.

나는 원하는 것이 단 하나밖에 없었다. 즉 이제 다가올 순간들이 오지 않기를, 또는 이런 내 소망이 불가능한 것이라면, 적어도 이 순간들이 무의미하게 되어 버리기를, 아무 무게도 없고, 먼지보다 가벼운 것이 되어 버리기를 바라는 마음밖에 없었다. 나는 이제 헬레나와 닿고 싶지가 않았고, 다정하게 군다는 생각만 해도 소름이 끼쳤는데, 그러나 혹시 일어날지도 모를 어떤 긴장이나 상황을 극적으로 만드는 일 같은 것도 똑같이 두려웠다. 그래서 스스로를 방어하기 위하여 나는 셔츠를 포기하고 결국 소파에 가서 헬레나 옆에 앉았다. 정말 끔찍했다. 그녀는 내게로 바싹 다가와 얼굴을 내 다리에 가져다 대고는 키스를 하는 것이었다. 금세 내 다리는 젖어 버렸다. 그런데 키스 때문이 아니었다. 그녀가 얼굴을 드는데 보니 눈물이 흘러내리고 있었다. 그녀는 눈물을 닦으며 말했다. "화내지 마, 내가 이렇게 운다고 화내지 마." 그녀는 흐느낌을 억제하지 못한 채 나를 두 팔로 꼭 끌어안고 더 내게로 파고들었다.

"왜 이러는 거야?" 내가 말했다.

그녀는 머리를 저으며 말했다. "아무것도, 아무것도 아니야. 내 사랑스러운 미치광이." 그러면서 그녀는 내 얼굴과 온몸에 뜨거운 키스를 퍼붓기 시작했다. 그러고 나서 그녀는 "널 미칠 듯이 사랑해."라고 덧붙였는데, 내가 아무 말도 하지 않자 그녀는 계속해서 이렇게 말했다. "당신이 나를 비웃어도 난 상관없어. 널 미칠 듯이 사랑해, 미칠 듯이 사랑해!" 그래도 내가 여전히 아무 말도 하지 않자 그녀는 "그리고 행복해……."라고 말했고, 작은 탁자와 그 위에 다 마시지 않고 놓아둔 보드카 병을 가리키며 "뭐해, 한 잔 따라 줘!"라고 했다.

나는 헬레나에게도 나에게도 술을 따를 마음이 조금도 없었다. 보드카를 더 마시면 이번 일이 위험스럽게도 결국 길게 끌어질까 봐 두려웠다.(이번 일은 참으로 근사한 것이었으나 다만 끝났다는 조건하에서, 지나간 일이라는 조건하에서만 그러했다.)

"자기, 제발!" 그녀는 계속 작은 탁자를 가리키며 핑계를 댔다. "뭐라 그러지 마, 난 행복하단 말이야. 행복하고 싶다고……."

"그러기 위해 보드카가 필요할 것 같지 않은데."

"난 마시고 싶어. 그래도 되지?"

어쩔 수 없는 노릇이었다. 나는 그녀의 잔을 채워 주었다. "당신은 더 안 해?" 하고 그녀가 물었다. 나는 고개를 저었다. 그녀는 단숨에 잔을 비우고 나서 말했다. "여기다 놔 줘!" 나는 병과 잔을 바닥에, 소파에서 그녀의 손이 닿을 수 있는 곳에 내려놓아 주었다.

그녀는 놀랄 만큼 빠르게 조금 전의 피로에서 회복되었다. 그녀는 갑자기 어린 여자아이가 되었고, 즐거워하고 기분 좋아하고 자신의 행복을 표명하고 싶어 했다. 그녀는 완전히 알몸인 상태에서 아주 자유롭고 편안하게 느끼는 게 분명해 보였고(크렘린 모형이 조그만 줄 끝에 매달린 그 손목시계 외에는 아무것도 몸에 걸치지 않았다.) 가장 편한 자세를 찾아 온갖 자세를 다 취해 보고 있었다. 책상다리를 하고 앉아 보았다가, 다리를 풀고는 팔꿈치를 괴었다가, 그다음에는 내 넓적다리에 얼굴을 파묻으며 다시 엎드려 눕기도 했다. 그녀는 자신이 얼마나 행복한지 모른다고 내게 고백을 하고 또 하고 해 댔으며, 동시에 내게 계속 키스를 하려고 들었는데, 나는 엄청난 희생정신을 발휘하여 겨우 그것을 견뎌 내고 있었던 것이, 무엇보다도 그녀 입이 너무 축축하게 젖어 있는 데다가 내 어깨며 뺨으로는 성에 차지 않는지 입술에까지 달려들었기 때문이다.(그런데 나는 욕망에 눈이 멀었을 때를 빼고는 그런 축축한 키스는 좋아하지 않는다.)

그녀는 또 지금까지 이런 건 정말 한 번도 경험해 보지 못했다고 말했다. 나는 그녀에게 (그냥 할 말이 없어서) 너무 과장한다고 대답했다. 그녀는 자기는 절대 사랑에 있어서 거짓말을 하지 않는다, 그리고 내가 자신을 믿지 않을 이유가 하나도 없다고 맹세해 대기 시작했다. 그러고는 자기 생각을 발전시키면서 이렇게 주장을 폈다. 모든 것을 처음부터 예감했다, 우리가 처음 만났을 때 벌써 모든 것을 예감했던 것이다, 결코 틀리지 않는 몸 자체의 본능이 있는 법이다, 물론 내 뛰어난 머리와 활기(그렇다, 활기라고 했다! 무얼 보고 그런 걸까?)에 압도당했던 것이 사실이지만, 미리 말하지는 못했어도 자신은 또한 한순간에 우리 사이에 일생에 단 한 번밖에 맺어지지 않는 두 육체 사이의 어떤 비밀 협정이 이루어졌다는 것을 알고 있었다고. "내가 이렇게 행복한 건 그 때문이야, 알겠어?" 그녀는 몸을 기울여 술병을 잡더니 또 한 잔을 가득 따랐다. 잔을 비우고 그녀는 소리 내어 웃으며 말했다. "당신은 이제 안 마신다니까 나 혼자 마셔야 되겠네!"

이제 이 연애 사건은 내게는 이미 끝난 것이었으나 솔직히 헬레나의 그런 말들이 기분 나쁘지는 않았다. 그녀가 한 말들은 내 계획의 성공과 만족감의 정당성을 확인해 줬다. 나는 무어라 말해야 할지도 모르겠고 또 그렇다고 아무 말도 안 하기도 이상해서, 그녀가 일생에 단 한 번밖에 일어나지 않는 경험이라고 말한 것은 분명 너무 과장한 것이며, 남편하고도 대단한 사랑을 하지 않았느냐고 말했다.

이 말을 듣고 헬레나는 심각한 명상에 잠겨들더니(그녀는 발을 약간 벌려 땅에 내려놓고, 두 팔꿈치를 무릎에 괴고, 오른손에 빈 술잔을 들고 소파에 앉아 있었다.) 결국 "그래." 하고 아주 조그맣게 말했다.

그녀는 방금 격정적이고도 비장한 체험을 했기 때문에 그보다 비장함이 떨어지지 않는 진실성을 가져야 한다고 생각한 모양이었다. 그녀는 "그래."라고 되풀이해서 말했고, 조금 전에 일어난 그 기적의 이름으로 예전에 일어났던 일을 부인하는 것은 나쁜 일일 것이라고 말했다. 그녀는 다시 한 잔을 더 마시고는 이제 아주 수다스러워져서, 그런데 그렇게 아주 강렬한 체험들은 서로 비교를 할 수가 없는 것이며, 여자에게 있어 스무 살에 하는 사랑과 서른 살에 하는 사랑은 완전히 다른 것이라는 견해를 늘어놓았다. 그리고 내가 자기 말을 잘 이해해 주기 바라는데, 그러니까 단지 정신적인 측면에서만이 아니라 육체적인 측면에서도 그러하다는 것이었다.

그러고 나서 (그리 논리적이지도 않고 일관성도 없이) 그녀는 내가 자기 남편과 분명히 어딘가 비슷한 데가 있다고 했다. 어떻게 비슷한 건지는 잘 모르겠는데, 물론 내 외양은 전혀 그와 같지 않지만, 그렇다고 그녀가 잘못 생각하는 것은 아니며, 그녀에겐 바깥으로 드러나는 모습 저 너머를 꿰뚫어볼 수 있는 아주 확실한 본능이 있다는 것이었다.

"내가 당신 남편하고 어디가 닮았는지 궁금하네."

그녀는 미안하다고 했고, 하지만 그에 대해서 물은 것도 또 그에 대한 이야기를 해 주기를 원한 것도 바로 나였으며, 단지 그랬기 때문에 남편에 대해 이야기를 하게 된 것이었다고 말했다. 하지만 내가 정말로 꼭 진심을 듣고자 한다면 말을 해 줄 수밖에 없다며 자신의 인생에서 그렇게 무조건적으로 강렬하게 누군가에게 끌렸던 것은 단 두 번, 바로 남편과 나에게였다고 했다. 그녀 말에 의하면, 우리 둘을 비슷하게 만드는 것은 일종의 생의 도약이며, 우리에게서 빛처럼 새어나오는 기쁨이고 영원한 젊음, 힘이라는 것이었다.

나와 파벨 제마네크의 닮은 점을 밝혀내려고 하면서 헬레나가 상당히 모호한 단어들을 사용하긴 했지만, 어쨌든 그녀가 그런 유사성을 보고, 느끼고, 집요하게 거기에 매달리고 있다는 것만은 의심의 여지가 없었다. 그녀가 단정한 그런 말들이 내 기분을 상하게 했는지 아니면 상처를 주었는지 무어라 말할 수가 없는데, 다만 나는 그 말들이 헤아릴 수조차 없이 얼마나 우스꽝스러운가에 대해 그저 기가 막힐 따름이었다. 나는 의자로 다가가서 천천히 옷을 입기 시작했다.

"내가 기분 나쁘게 했어?" 헬레나는 내가 기분이 상했다는 것을 느끼고 자리에서 일어나 내게로 다가왔다. 그녀는 내 얼굴을 쓰다듬으며 자기에게 화내지 말라고 부탁했다. 그녀는 내가 옷을 입지 못하게 했다.(도대체 무슨 불가해한 이유 때문인지 그녀는 내 바지와 셔츠를 자신의 적으로 여겼다.) 그녀는 나를 정말로 사랑한다고, 사랑한다는 말을 아무렇게나 막 쓰진 않는다고, 내게 그것을 증명해 보일 기회를 분명 찾을 수 있으리라고, 내가 그녀의 남편에 대해서 처음 물어보았을 때부터 벌써 그 사람에 대해 이야기하는 것이 바보 같은 일이라는 걸 알았노라고, 그녀는 우리 사이에 다른 사람이, 낯선 사람이 끼어드는 것은 싫다고, 그래, 낯선 사람, 왜냐하면 그녀에게 남편은 전혀 그 이상이 아니기 때문이라고 내게 말했다. "바보, 그 사람하곤 벌써 삼 년 전에 끝났단 말이야. 딸아이 때문에 이혼하지 않은 거지. 우린 각자 따로 살아. 정말로 서로 낯선 사람들처럼. 나한테 그 사람은 단지 과거, 아주 먼 과거일 뿐이야."

"정말인가?"

"그래, 정말이야."

"그런 거짓말은 하지 마. 말이나 되나!"

"거짓말하는 거 아니야! 우린 같은 지붕 아래 살고는 있지만 남편과 아내로 같이 사는 게 아니야. 분명히 말하지만, 서로 그런 이야기조차 하지 않은 지 벌써 몇 년이라니까!"

사랑에 빠진 한 가련한 여인의 애원으로 가득한 얼굴이 나를 바라보고 있었다. 그다음에도 그녀는 계속해서 여러 번 정말이라고, 거짓말이 아니라고 강조했다. 나는 그녀의 남편을 질투할 이유가 전혀 없다, 그녀의 남편은 과거다, 그러니까 오늘 부정을 저지른 것도 아니다, 정절을 지켜야 할 대상도 없으니까, 그러니 자꾸 그 생각으로 괴로워하지 말라, 우리의 이 사랑의 오후는 아름다웠을 뿐만 아니라 순정(純正)한 것이다. 그녀는 그렇게 힘주어 말했다.

냉철함을 동반한 두려움에 휩싸이면서 나는 결국 그녀의 말을 믿지 않기가 힘들다는 것을 문득 깨달았다. 그녀는 그것을 알아보고 마음을 놓으면서, 이제 내가 자신의 말을 완전히 믿는다고 큰 소리로 말해 달라고 청하고 또 청했다. 그러고는 자기 잔에 보드카를 또 따르더니 나와 건배를 하고 싶어했다.(나는 거절했다.) 그녀는 내게 키스했다. 소름이 끼쳤지만 시선을 피할 수가 없었다. 그녀의 바보 같은 파란 눈과 (싱싱하게 유동하는) 나신(裸身)은 나를 매혹했다.

이 나신은 더 이상 전과 같이 보이지 않았다. 그것은 돌연 헐벗은 나신이 되어 있었다. 제마네크 부부의 역사를 응축하여 담고 있고, 또 그래서 나를 사로잡은 원인이 되었던 그녀 나이의 그 모든 결점들, 그런 결점들을 덮어 주는 매력이 모두 사라져 버린 것이었다. 모든 것이 다 벗겨진 채, 남편도 부부의 관계도 없이, 단지 그녀 그 자체만으로, 그렇게 내 앞에 서 있는 지금, 그녀의 육체적 결함들도 마찬가지로 돌연히 그 도착적 매력을 상실해 버리고 그저 그 자체, 즉 단순한 육체적 결함일 뿐이었다.

헬레나는 점점 더 취했고 점점 더 기분이 좋아졌다. 내가 자신의 사랑을 믿어 줘서 행복했고, 그런 행복감을 어떻게 표현해야 할지 몰랐다. 불현듯 그녀는 라디오를 켤 생각을 해냈다.(내게 등을 돌리면서 그녀는 라디오 앞에 웅크리고 버튼을 돌렸다.) 재즈가 흘러나왔다. 헬레나는 눈을 빛내며 일어섰다. 그녀는 서투르게 흔들흔들 트위스트 동작을 그려 보였다.(나는 경악을 금치 못하며 그녀의 가슴이 이리저리 출렁거리는 것을 바라보았다.) 그녀는 웃음을 터뜨리며 말했다. "이렇게 하는 거 맞나? 이런 춤 한 번도 춰 본 적이 없거든." 그녀는 큰 소리로 웃어 대며 다가와 나를 껴안았다. 내가 그녀를 인도하여 춤을 추어 주길 바랐다. 내가 거절하자 그녀는 화를 냈다. 자기는 이 춤을 모르니까 내가 가르쳐 주어야 한다는 것이었다. 내가 그녀에게 많은 것을 가르쳐 주길 기대하고 있으며, 나와 더불어 다시 젊어지고 싶다고 했다. 그녀는 자신이 지금도 여전히 젊다고 말해 달라고 했다.(나는 그렇게 했다.) 그녀는 내가 옷을 입고 있고 자신은 그렇지 못하다는 것을 깨달았다. 그녀는 그것이 참으로 묘하게 괴상해 보인다며 소리 내어 웃었다. 그러고는 이 집 주인에게는 우리 둘의 모습을 비춰 볼 커다란 거울이 없을까 물었다. 거울 같은 것이라고는 책장 유리문밖에 없었다. 그녀는 거기에 우리를 비춰 보려 했으나 유리에 비친 모습은 분명하지가 않았다. 그녀는 책장 가까이 다가가더니 성서, 칼뱅의 『체제』, 파스칼의 『시골 친구에게 보내는 편지』, 후스의 저작들 등 책 옆면 제목들 앞에서 다시 한번 웃음을 터뜨렸다. 그녀는 성서를 꺼내더니 엄숙한 자세를 취하고 서서 아무 데나 펼치고는 목사 같은 어조로 읽기 시작했다. 나는 성서 낭독이 그녀에게 아주 잘 어울리긴 하지만 코스트카가 이제 돌아올 테니 옷을 입는 게 좋겠다고 말했다. "몇 시지?" 하고 그녀가 물었다. "6시 30분."이라고 내가 대답했다. 그녀는 시계가 있는 내 왼쪽 팔목을 잡고 보더니 소리쳤다. "거짓말쟁이! 6시 십오 분 전이잖아! 나를 떼 버리고 싶은가 보지!"

나는 그녀가 멀리 좀 없어져 버리기를 소원했다. 그녀의 몸(도저히 어찌할 수 없게 그토록 물질적인)이 비물질화되고, 용해되고, 그리하여 작은 물줄기로 흘러들어 가기를, 그게 아니면 증기가 되어 창문으로 사라져 버리기를 간절히 원했다. 그러나 그 육체는 거기에 있었다. 내가 그 누구로부터도 훔쳐 내지 못한 육체, 나로 하여금 그 누구를 정복하게도, 파멸시키게도 만들어 주지 못한 육체, 아무도 찾아가지 않는, 남편에 의해 버려진 육체, 내가 이용한다고 나섰으나 결국은 나를 이용해 버린 그 육체, 그리하여 지금 버릇없이 승리감을 만끽하고, 기뻐서 어쩔 줄을 모르고, 기쁨에 겨워 펄펄 뛰는 그 육체.

이런 기이한 고문을 단축할 방도가 내겐 없었다. 6시 30분이 다가오자 그녀는 마침내 옷을 입었다. 그때 그녀는 내가 때린 자국이 팔에 난 것을 보았다. 그녀는 그 자국을 어루만지며, 다음번 만날 때까지 나를 기억하게 해 주는 정표가 될 것이라고 말했다. 그러다가 얼른 정정해서, 물론 우리는 이 정표가 자기 몸에서 사라지기 훨씬 전에 다시 만나게 될 것이라고 했다. 내게 기대어 서서(스타킹 한쪽은 벌써 신었고 다른 한쪽을 손에 들고서) 그녀는 내가 정말로 그보다 훨씬 전에 보게 될 것이라고 약속해 주기를 원했다. 나는 고개를 끄덕여 답했다. 그것만으로는 만족하지 않고 그녀는 그때까지 우리가 여러 차례 많이 만날 것이라고 하는 약속을 요구했다.

그녀가 옷을 다 입는 데에는 오랜 시간이 걸렸다. 그녀는 7시 조금 전에 떠났다.

5

나는 바람이 불어 들어와 얼른 이 무용한 오후의 모든 기억을, 냄새나 느낌의 모든 잔재를 다 쓸어가 주길 간절히 바라며 창문을 열었다. 술병을 치우고, 소파의 쿠션들을 제자리에 놓고, 모든 흔적이 사라졌다 싶었을 때 나는 창문 옆 안락 의자 위에 쓰러지듯 주저앉아 (거의 간절하게) 코스트카가 돌아오기를 기다렸다. 그의 목소리,(나는 남자의 굵은 목소리가 몹시 필요했다.) 그의 큰 키와 납작한 가슴, 그의 평온한 이야기들이 기다려졌고, 또한 그가 루치에에 대해 알려 줄 이야기들이 기다려졌다. 헬레나와 반대로 너무도 감미롭게 비물질적이며 추상적이고, 갈등이나 긴장, 극적인 것들과 멀리 떨어져 있는 루치에. 그러나 그렇다고 해서 그녀가 내 인생에 미친 영향이 없었던 것은 아니다. 점성가들은 별들의 운행이 인간의 삶에 영향을 미친다고 말하는데, 바로 그런 식으로 그녀는 내게 영향을 미친다는 생각이 들었다. 안락의자에 푹 파묻혀(헬레나의 냄새를 쓸어가 주고 있는 열린 창 앞에서) 나는 루치에가 이번 이틀간의 하늘 위를 지나간 이유가 무엇인가를 추측하면서, 내가 맹신하는 수수께끼의 끝에 이르렀다는 생각을 했다. 그것은 오로시 내 복수를 무(無)로 만들어 버리기 위해서, 나를 여기까지 이끌고 왔던 모든 것을 안갯속에 흩어지게 만들기 위해서였다. 왜냐하면 루치에, 내가 그토록 사랑했던, 그리고 마지막 순간에 도저히 설명이 불가능하게 내게서 달아나 버린 이 여인은 도피의 여신, 헛된 추적의 여신, 안개의 여신이었던 것이다. 그녀는 여전히 내 머리를 두 손으로 잡고 있었다.

6부

코스트카

1

우리는 아주 오랜만에 만난 것이기도 하지만, 실은 예전에도 만난 일이 상당히 드물었다. 그런데 내가 상상 속에서 자주 그 사람, 루드비크 얀을 만나 마치 나의 주된 적수에게인 양 혼잣말을 하곤 하니 이상한 일이다. 나는 그가 그렇게 비물질적으로 존재하는 데에 너무도 익숙해서, 어제 여러 해만에 느닷없이 그의 실물과 맞닥뜨리게 되자 그저 어리둥절하기만 했다.

나는 루드비크를 적이라 했다. 내가 그를 그렇게 불러도 되는 걸까? 우연히도 매번 우리가 마주칠 때마다 나는 거의 속수무책인 처지에 놓여 있었고, 매번 나를 도와주었던 것은 바로 그였다. 그렇지만 이러한 결속 밑에는 늘 불일치의 심연이 놓여 있었다. 루드비크도 나처럼 그것을 감지했는지는 모르겠다. 어쨌든 그는 우리의 내적인 차이보다는 외적인 관계에 더 중요성을 부여했다. 외부의 적들과는 화해하지 못하나 내적인 갈등에는 관대했다. 나는 아니다. 나는 정반대다. 그렇다고 내가 루드비크를 싫어한다는 뜻은 아니다. 나는, 우리가 우리의 적들을 사랑하듯이, 그를 사랑한다.

2

1947년에 대학마다 비등했던 그 격렬한 회합 중 하나에서 나는 그를 만났다. 나라의 미래가 어떻게 될지 모르는 때였다. 나는 모든 토론과 논쟁에서, 다수를 이루는 이들에 대립하여 소수의 공산당 쪽에 서 있었다.

가톨릭이든 신교도든 많은 기독교 신자들이 그로 인해 나를 용서하지 않았다. 그들은 내가 무신론을 아예 간판에 내건 운동과 연대한다는 것을 배신으로 여겼다. 오늘날 사람들을 만나면, 십오 년이 지난 지금 내가 이제 잘못을 깨달았으리라 생각한다. 그러나 나는 그들을 실망시키지 않을 수가 없다. 나는 지금까지 태도를 바꾸지 않았다.

물론 공산주의 운동에는 분명히 신이란 없다. 그렇지만 자기 눈의 들보를 보려 하지 않는 기독교인들이나 공산주의에 대해 그것을 비난하는 법이다. 지금 내가 기독교인들이라고 했는데, 그들이 정확히 어디에 있는가? 아무리 둘러보아도 믿지 않는 이들과 똑같이 살고 있는 가짜 기독교인들밖에 보이지 않는다. 기독교인이란 말은 다르게 산다는 것을 뜻하는데 말이다. 그것은 그리스도의 길을 따른다는 것, 그리스도를 따라하는 것을 의미한다. 그것은 개별적 이해, 개인의 안락과 권력으로부터 멀리 떨어지는 것, 가난한 이들, 모욕당하는 이들, 고통 받는 이들을 향하여 돌아서는 것을 의미한다. 교회가 하고 있던 일이 그것인가? 내 아버지는 지속적으로 실업 상태인 노동자로서, 믿음 안에서 겸손한 분이셨다. 그분은 하느님에게로 믿음 가득한 얼굴을 돌렸는데, 반면에 교회는 단 한 번도 그에게 얼굴을 돌려주지 않았다. 그분은 병들어 죽음에 이르기까지 이웃들 속에 내버려진 채, 교회 속에서 버림받은 채, 늘 그분의 하느님과 단둘이었다.

교회는 노동 운동이, 모욕당한 이들과 정의를 갈구하는 이들이 들고일어난 것이라는 것을 이해하지 못했다. 교회는 그들과 더불어 그리고 그들을 위하여, 지상에 하느님의 왕국을 건설하는 데 전혀 신경을 쓰지 않았다. 교회는 압제자들과 연합하여 노동자 운동에서 하느님을 들어내 버렸다. 그러고는 이제 와서 그 운동에게 하느님이 없다고 비난을 하려 드는 것이다. 이 얼마나 바리새인 같은 위선인가! 사회주의 운동이 무신론적인 것은 사실이지만, 나는 거기에서 우리에 대한 신의 비난을 본다! 가난한 이들과 시련을 겪는 이들에게 우리가 마음을 베풀지 않는 데 대한 비난을.

이런 상황에서 나는 어떻게 해야 하는가? 신자들의 수가 감소하는 걸 두려워해야 하는가? 학교에서 아이들에게 반종교적인 사고를 가르치는 데 대해 공포심을 느껴야 하는가? 아니다. 진정한 종교는 한 시대의 일시적인 권력의 혜택을 전혀 필요로 하지 않는다. 세속의 적의는 오직 믿음을 더 굳세게 만들어 줄 뿐이다.

그러면 나는 사회주의와 싸워야 하는 것일까? 그것이 우리의 잘못으로 무신론적이 되었으니까? 나는 그저 사회주의를 하느님에게서 멀리 떼어 놓아 버린 그 비극적인 오해를 통탄이나 할 수밖에 없다. 나는 그 오해를 밝히고 그것을 고쳐 보고자 노력하는 일만을 할 수 있을 뿐이다.

그런데 기독교인, 내 형제들이여, 나는 뭐하러 이런 걱정을 하는 것일까? 모든 것은 하느님의 뜻에 의해 이루어진다. 나는 종종, 인간이 무사히 하느님의 옥좌를 차지하고 앉지는 못한다는 것, 그리고 이 세상 사물들의 질서는 제아무리 공평하다 해도 그분의 개입 없이는 결국 잘못되고 타락할 수밖에 없다는 것을 사람들에게 알게 해 주시려고 하느님이 일부러 의도적으로 그렇게 하신 것은 아닐까 생각하곤 한다.

나는 그 시절, 우리나라에서 사람들이 벌써 천국에 아주 가까이 다가가 있다고 믿었던 그 시절을 떠올린다. 그들은 얼마나 긍지에 차 있었던가. 그것은 그들의 천국이었고, 저 하늘 높이에서 아무도 그들을 도와주지도 않는데 그들 스스로 거기에 도달한 것이 아니었던가! 다만 그 후, 그 천국은 그들의 눈 밑에서 증발해 버리고 말았다.

3

1948년 2월 혁명 전에는 공산당원들이 내 기독교 신앙을 마음에 들어 했다. 그들은 내가 복음서의 사회적 내용을 설명하고, 재물과 전쟁의 참화 아래 무너져 내린 그 벌레 먹은 구(舊) 세계를 통렬히 비판하고, 기독교 정신과 공산주의의 유사성을 밝혀내고 하는 것을 즐겨 들었다. 그들에게는 가능한 한 가장 폭넓은 층을, 그러니까 신자들까지 자기네 쪽으로 확보하는 것이 관건이었다. 그러나 2월 혁명 후에는 모든 것이 변하기 시작했다. 나는 조교로서, 부모들의 정치적 사상 때문에 학교에서 추방당할 위험에 처한 몇몇 학생들을 옹호하게 되었다. 이런 항변은 학교 당국과의 충돌이라는 결과를 내게 안겨 주었다. 그렇게 종교적 신념이 분명한 사람이 과연 사회주의 젊은이들을 교육할 수 있겠느냐는 목소리들이 나오기 시작했다. 내가 살아남기 위해서는 맞서 싸워야 할 모양이었다. 바로 그때 루드비크 얀이라는 학생이 당 총회에서 내게 우호적인 발언을 해 주었다는 말을 들었다. 그의 견해로는, 2월 혁명 전에 내가 당에 어떤 인물이었는가를 잊어버린다는 것은 순전한 배은망덕이라고 했다는 것이다. 그리고 누가 그에게 나의 기독교 신앙을 반박하고 나서자, 그는 내 삶에서 신앙은 내가 아직 젊기 때문에 결국 극복하게 될 하나의 과도기적 단계에 지나지 않는다고 답변했다고 했다.

나는 그에게 찾아가 지지해 주어 고맙다는 말을 했다. 하지만 나는 그에게, 실망을 안겨 준다 해도 할 수 없이, 나는 그보다 나이가 많이 들었으며, 내가 내 신앙을 '극복'할 수 있을 희망은 없다는 것을 꼭 분명히 말하고 싶다고 했다. 그리하여 하느님의 존재에 대하여, 유한과 영원에 대하여, 종교에 대한 데카르트의 입장에 대하여, 스피노자가 유물론자였는가에 대하여, 그리고 다른 많은 것에 대하여 토론이 벌어졌다. 우리는 끝내 서로 의견을 맞출 수가 없었다. 나는 끝으로 루드비크에게, 그가 보기에 이제 내가 교정 불가능해 보일 텐데 나를 옹호했던 것을 후회하지 않는가 물어보았다. 그는 내 종교적 믿음은 내 일이며 결국 아무도 상관할 문제가 아니라고 말했다.

이후로 학교에서 그를 다시 만날 기회가 없었다. 우리의 운명은 결국은 아주 가까운 것으로 밝혀지게 되어 있었다. 우리가 이야기를 나눈 지 석 달인가가 지났을 때 얀은 당과 대학에서 추방되었다. 그리고 다시 여섯 달이 지난 후, 이번에는 내가 대학을 떠날 차례가 왔다. 나는 쫓겨났던 것일까? 떠나기를 강요당했던가? 어떻게 말해야 할지 모르겠다. 나라는 사람과 내 신념들에 대해 비판적인 목소리가 점점 커 갔던 것은 사실이다. 어떤 동료들은 내가 무신론적 색채를 띤 공개적 선언 같은 것을 해야 하리라고 말했다는 것도 들려왔다. 그리고 또 강의 시간 중에 내 신앙을 공격하는 공산당원 학생들로부터 어떤 공격적인 말들을 들었던 것도 사실이다. 내가 대학을 떠나기를 제안하는 분위기가 퍼져 있었다. 그러나 나는 여전히 2월 혁명 이전의 내 태도로 인해 나를 존중해 주는 친구들이 대학의 공산당원들 중에 꽤 있다고 생각하고 있기도 했다. 조금이라도 어떻게 해 보았다면, 그러니까 스스로를 방어하려고만 해 보았어도 충분했을지 모른다. 분명히 나는 그들의 든든한 후원을 받았을 것이다. 그런데 나는 아무것도 하지 않았다.

4

“나를 따르라.” 예수님이 제자들에게 이렇게 말하자 그들은 아무 말 없이 그들의 그물과 배와 집과 가족을 떠나 그분을 따랐다. “쟁기에 손을 대는 자, 뒤를 돌아보는 자는 그 누구도 하느님의 왕국에 합당하지 않다.”

우리는 그리스도의 부르심을 들으면 무조건 그분을 따라야 한다. 이 모든 것이 복음서를 통해 너무도 잘 알려져 있는데, 다만 이런 말들이 현대에 와서는 동화 속에나 나오는 말처럼 되어 버린 것이다. 부름이라니, 그것이 우리의 산문적인 삶 속에서 무슨 의미를 지니는가? 우리는 그물을 버리고 어디로 가야 하고 누구를 따라야 하는 것인가?

그렇지만 우리의 청각이 조금만 예민하기만 해도 부름의 목소리는 우리의 세상에서도 여전히 울리고 있다. 그 부름은 물론 등기 전보처럼 우편으로 우리에게 전달되지 않는다. 그것은 변장을 하고 도착한다. 유혹적인 분홍빛 옷으로 가장하는 일은 드물다. "그대는 자신이 선택하는 행동이 아니라 그 선택에 반하여, 생각과 욕망에 반하여 그대에게 일어나는 일에 자신을 바쳐야 한다. 바로 거기에 그대의 길이 있는 것, 그곳이 바로 내가 그대를 부르는 곳, 그대가 나를 따라야 하는 곳, 그대의 주님이 지나가신 곳이니……." 루터는 이렇게 썼다.

내가 조교 자리에 애착을 가질 만한 이유는 많았다. 상대적으로 편한 그 일은 내가 공부를 계속하는 데 자유로운 시간을 많이 허락해 주었고 앞으로 평생 대학 교수라는 직업을 약속해 주었다. 그러나 바로 나를 두렵게 했던 것은 내가 내 자리에 연연한다는 사실이었다. 당시에 나는 선생이건 학생이건 많은 유능한 사람들이 강제로 일을 빼앗기는 것을 보고 있었기 때문에 더욱더 그 사실은 나를 두렵게 했다. 나는 내 이웃들의 불안한 운명과 나를 갈라놓는 좋은 직장에 앞으로의 확실한 전망 때문에 매달리게 되는 것이 두려웠다. 나는 나를 대학에서 떠나게 해야 한다는 암시들이 부름이라는 것을 깨달았다. 나는 누군가 나를 부르는 소리를 들었다. 내 생각과 믿음과 양심까지 모두 옭아맬지 모르는 내 직업의 안락함에 대하여 경계시키는 누군가가.

내 아내, 그때는 다섯 살이 된 아이를 내게 낳아 준 아내는, 물론 내가 스스로를 변호하고 대학에 남기 위해 모든 것을 동원하도록 온갖 방식으로 종용하였다. 그녀는 아들 녀석과 가족의 미래를 생각했다. 다른 것은 그 무엇도 그녀에게는 중요하지 않았다. 벌써 시들어 가는 그녀의 모습을 바라보다가, 그 끊임없는 걱정, 내일을 위한 그리고 다음 해를 위한 걱정, 하루하루 그리고 앞으로 올 세월들에 대한 걱정을 보면서 나는 공포에 사로잡혔다. 나는 그 무거운 짐이 두려웠고, 내 영혼에서 예수님의 이런 말이 들려왔다. "내일 일을 걱정하지 말라. 내일은 내일 스스로가 맡을 것이니. 그날의 괴로움은 그날로 족하다."

내 적들은 내가 고통에 시달리리라고 생각했겠지만 나는 예기치 않았던 무심함을 느꼈다. 그들은 내가 자유를 제한받았다고 느끼리라 생각했으나, 내가 나를 위해 진짜 자유를 발견한 것은 바로 그 순간이었다. 나는 사람은 아무것도 잃을 것이 없다는 것, 우리의 자리는 모든 곳, 그리스도가 가셨던 곳 그 어디나, 즉 사람들 사이 그 어디나 모든 곳을 의미하는 것임을 깨달았다.

처음에는 놀라고 그다음에는 회개하여, 나는 적의에 찬 내 적들을 정면으로 마주했다. 나는 그들이 내게 부과하는 잘못을 모두 하나의 암호화된 부름으로 받아들였다.

5

공산당원들은 당에 죄를 지은 사람이 일정 기간 동안 농민이나 노동자들 가운데에서 일을 하면 용서를 받을 수 있다는 아주 종교적인 생각을 가지고 있다. 2월 혁명 후 몇 해 동안 많은 지식인들이 그렇게 해서 비교적 긴 기간 동안 탄광으로, 공장으로, 작업대로, 국영 농장으로 길을 떠났고, 이런 장소들의 분위기 속에서 이루어지는 신비로운 정화를 거쳐 사무실로, 학교로, 당사무국으로 복귀할 수 있게 되곤 했다.

내가 대학 당국에 떠나겠다는 의사를 밝히면서 다른 연구원직을 요구하지 않고 반대로 서민적인 환경의 일자리, 특히 국영 농장에서 기술 전문 노동자로 일하고 싶다는 뜻을 밝혔을 때, 공산당원 동료들은 친구건 적이건 모두 내 행동을 내 신앙의 의미에서가 아니라 그들의 믿음의 의미에서, 즉 보기

드문 자아 비판 능력의 표명으로 해석했다. 이를 높이 평가한 그들은 서구 보헤미아에 있는, 좋은 감독관이 있고 아름다운 경치 속에 놓인 한 국영 농장에 아주 좋은 자리를 마련해 주었다. 임종 때 주는 성체처럼 그들은 내게 기이하게 찬사를 늘어놓은 개인 기록카드를 만들어 주기도 했다.

나의 새로운 상황은 나를 진정한 기쁨으로 가득 채워 주었다. 다시 태어나는 느낌이었다. 국경에서 가깝고 전쟁 후 독일인들의 강제 이주 이후 겨우 반 정도만 사람들이 다시 거주하게 된 그 국영 농장은 버려진 지역에 조성된 것이었다. 주위는 온통 나무가 거의 다 베어지고 목초지로만 뒤덮인 언덕들이 펼쳐져 있었다. 마을의 조그만 집들이 골짜기 깊숙이에 흩어져 있었다. 그곳을 떠도는 안개는 사람들이 사는 지상과 나 사이에 움직이는 병풍처럼 놓여 있었고, 그래서 세상은 천지창조의 다섯째 날, 하느님께서 사람들에게 세상을 맡길까 말까 아직 망설이던 때 같았다.

사람들까지도 더 견실했다. 그들은 자연과 끝없는 목초지와 소 떼 양 떼 들과 마주하고 있었다. 나는 그들과 함께 있으면서 편안히 숨을 쉴 수가 있었다. 계곡으로 이루어진 이 지역의 식물에서 이끌어 낼 수 있는 최선의 것, 즉 가축 사료, 합리적인 사일로 건초 저장 방법, 약초 시험 재배장, 온실 등등에 대한 아이디어들이 곧 떠올랐다. 감독관은 나의 이런 적극적인 활동에 감사했고, 나는 유용한 일을 통해 내 생계를 이어갈 수 있게 해 주는 데 대해 그에게 감사했다.

6

1951년이었다. 9월은 쌀쌀하더니 10월 중순경 갑자기 날이 풀려 11월이 거의 다 가도록 아름다운 가을 날씨가 계속되었다. 언덕 초원에서는 건초 더미들이 말라 가면서 주위에 풀냄새를 퍼뜨리고 있었다. 풀밭 속에서 콜키쿰의 연약한 몸체가 빛났다. 그리고 인근 집들에서 한 떠돌이 아가씨 이야기가 돌기 시작했다.

이웃 마을 건달들이 풀을 다 베어 낸 풀밭에 갔다고 했다. 서로 왁자지껄하게 이야기를 늘어놓고 있는데, 한 아가씨가 머리카락이 온통 헝클어지고 건초 줄기가 묻은 채 건초 더미에서 나오는 것을 발견했다. 그들 중 누구도 근방에서 전혀 보지 못했던 아가씨였다. 몹시 놀란 그녀는 사방을 돌아보다가 숲으로 도망쳤다. 그녀를 쫓아가야겠다는 생각이 떠올랐을 때는 이미 그녀가 시야에서 사라져 버린 다음이었다.

여기에 덧붙여 같은 지역의 한 농가 아낙 이야기도 있었다. 어느 날 오후 마당에서 쉬고 있는데 스무 살 정도 된, 몹시 낡은 외투를 입은 아가씨가 나타나 고개를 숙인 채 빵 한 조각을 달라고 하더라는 것이었다. "아니 어디로 가는 길이우?" 여자는 물었다. 그 아가씨는 아주 멀리 간다고 했다. "그런데 그렇게 걸어서 가는 거야?" "남아 있던 돈을 다 잃었어요." 그녀가 답했다. 농가 아낙은 더 이상 묻지 않고 빵과 우유를 내주었다고 했다.

그리고 또 우리 농장의 목동도 그 이야기를 했는데, 한번은 언덕에서 나뭇등걸에 토스트와 우유 단지를 기대 놓았는데 잠깐 소 떼 쪽으로 갔다가 돌아와 보니 빵도 우유도 감쪽같이 없어졌더라는 것이다.

아이들은 즉시 이런 소식들을 장악하고 상상력으로 열심히 부풀려 갔다. 누가 무엇이 없어졌다고만 하면 아이들은 그 미지의 여인이 존재한다는 확실한 증거라고 보았다. 11월 초라 물이 몹시 차가웠는데도 그들은 저녁 무렵 그녀가 마을에서 멀지 않은 연못에서 목욕을 하는 것을 보았다고 했다. 또 한번은 저녁에, 멀리 어딘가에서, 가느다란 여자의 노래 소리를 들었다고도 했다. 어른들은 언덕에 있는 민가의 라디오 소리라고 했지만 아이들은 그것이 산등성이를 걸어다니는, 미친 사람같이 머리가 헝클어진 노래 부르는 그녀, 야생의 처녀라는 것을 알고 있었다.

또 다른 어느 날 저녁 아이들은 들판에서 건초로 불을 피우고 뜨거운 재 속에 감자를 던져 넣었다. 얼마 후 그들은 숲 언저리 쪽을 바라보았는데, 한 꼬마 여자애가 그녀가 그들을 지켜보고 있다고 소리쳤다. 이 말이 떨어지자 한 소년이 흙덩어리를 집어 꼬마애가 가리킨 쪽으로 던졌다. 이상하게도 아무 비명 소리도 들리지 않았는데, 그러나 다른 일이 일어났다. 아이들이 모두 그 흙을 던진 아이에게 덤벼들어 하마터면 그 위로 모두 덮쳐 버릴 뻔했다.

그랬다. 좀도둑질이 그녀와 연관되어 생각되곤 했는데도 이 떠돌이 아가씨의 이야기는 아이들의 통상적인 잔인성을 불러일으키지 않았다. 처음부터 그녀는 사람들의 감춰진 호감을 얻고 있었다. 아주 사소하고 작은 것들을 아주 조금 훔치는, 그 죄가 되지 않는 도둑질에 사람들의 마음이 움직였던 것일까? 그녀의 어린 나이 때문이었을까? 아니면 그녀를 보호해 준 것은 어떤 천사의 손길이었던 것일까?

어찌 되었든 그렇게 던져진 흙덩어리가 그 떠돌이 아가씨에 대한 아이들의 사랑에 불을 붙였다. 아이들은 사그라드는 불결을 떠날 때 구운 감자 한 무더기를 식지 않도록 아직 불기가 남은 고운 재 아래 묻고 그 위에 전나무 가지 하나를 꽂아 두었다. 그들은 그 여자에게 이름까지 붙여 주었다. 공책 한 장을 뜯어 커다란 글씨로 "방랑자 아가씨, 이거 아가씨 거예요."라고 써 놓았다. 그러고는 그 종이를 감자 더미 곁에 흙덩이로 눌러놓았다. 그러고 나서 그들은 덤불에 몸을 숨기고 누가 살금살금 다가오나 지켜보았다. 저녁 무렵이 지나고 이제 밤이 되어 가는데도 아무도 나타나지 않았다. 아이들은 결국 숨어 있던 데서 나와 집으로 돌아가야 했다. 그러나 다음 날 아침 일찍 모두들 다시 들판으로 달려나왔다. 감자는 사라졌고 종이와 나뭇가지도 온데간데없었다.

그 아가씨는 아이들이 온갖 것을 다 가져다주는 요정이 되었다. 아이들은 그녀에게 조그만 우유 통, 빵, 감자 등을 작은 편지들과 함께 가져다 놓았다. 그들은 선물을 두는 장소를 매번 바꿨다. 거지에게 주는 것처럼 한 장소에 음식을 가져다 놓는 것을 피했던 것이다. 그들은 그녀와 함께 놀이를 하고 있었다. 보물찾기 놀이. 구운 감자를 처음 놓아두었던 장소에서부터 그들은 점점 마을에서 멀리 떨어진 벌판 쪽으로 더 깊숙이 들어갔다. 나뭇등걸 곁에, 바위 아래, 십자가가 꽂힌 언덕 옆에, 들장미 나무 곁에 보물을 내려놓곤 했다. 아무도 보물을 숨긴 곳이 어딘지 털어놓지 않았다. 그들은 이 놀이의 거미줄에 하나라도 흠집을 내지 않도록 조심했고, 절대 방랑자 아가씨를 몰래 엿보지 않았으며, 불쑥 나타나 길을 가로막는 일 같은 것도 결코 하지 않았다. 그들은 그녀를 보이지 않는 상태로 받아들였다.

7

이 동화는 그리 오래가지 않았다. 하루는 우리 농장 감독관이 지방 인민위원회 의장과 함께, 마을에서 떨어진 곳에서 일하는 농장 근로자들을 위한 숙소를 마련할 목적으로 빈집들을 파악하기 위해 멀리 고지대로 떠났다. 그런데 가는 길에 소나기를 만나게 되었다. 근처에는 어린 가문비나무 수풀과 그 언저리에 작은 오두막 한 채밖에 아무것도 없었다. 그들은 그곳으로 달려가 빗장처럼 놓은 나뭇가지를 밀치고 안으로 들어갔다. 문에서 빛이 들어오는 것만큼이나 천장의 틈새에서도 빛이 들어오고 있었다. 한쪽 구석에 건초 더미가 침대처럼 폭 들어가 있었다. 그들은 거기에 몸을 눕히고, 지붕 위의 빗방울 소리를 들으며 짙은 건초 내음 속에서 이런저런 이야기를 나누었다. 그런데 오른편에 불쑥 솟아 나온 건초 더미를 만져 보던 의장의 손에 갑자기 무언가 딱딱한 표면이 만져졌다. 조그만 트렁크였다. 골판지로 만든 낡아 빠진 싸구려 트렁크였다. 이 수수께끼 앞에서 그 두 사람이 얼마나 망설였는지는 모르겠다. 분명한 것은, 그들이 그 트렁크를 열었고 거기에서 새것이고 아주 근사한 숙녀 원피스 네 벌을 발견했다는 사실이다. 그 아름다운 옷들은 낡은 트렁크와 전혀 어울리지 않는 대조를 이루었을 것이고, 그래서 훔친 것이 아닌가 하는 의심이 들게 했을 것이다. 옷 아래에는 속옷 몇 벌과 푸른색 비단 리본으로 묶인 편지 꾸러미가 들어 있었다. 그것이 전부였다. 지금 이 시간까지도 나는 그 편지에 대해서 전혀 아는 것이 없으며 또 감독관과 의장이 그에 관해 알고 있는지 어떤지도 알지 못한다. 아는 것이라고는 다만 그 편지들이, 수신인 이름은 루치에 세베트코바라는 것을 밝혀 주었다는 사실뿐이다.

두 사람 모두 이 예기치 않은 발견에 심사숙고하던 차에 의장은 건초 더미에서 새로운 물건을 찾아냈다. 푸른색 법랑 단지였다. 그것이 종적을 감춘 지 벌써 열나흘이 지났는데, 농장의 목동은 매일 저녁마다 술집에서 그 수수께끼 같은 일에 대해서 이야기를 하고 있었다.

그 이후 모든 일은 예정대로였다. 감독관은 마을로 내려가 황급히 순경을 불렀고, 그동안 의장은 솔밭에 숨어서 망을 보았다. 땅거미가 지자 처녀는 풀 냄새 가득한 자신의 거처로 돌아왔다. 그들은 그녀가 들어가서 다시 문을 닫을 때까지 그대로 놓아두었다가 한 삼십 초쯤 기다리고는 쫓아 들어갔다.

8

건초를 쌓아 둔 헛간에서 루치에를 함정에 빠뜨린 그 두 사람은 선량한 이들이었다. 의장은 옛 농장 근로자로 건실한 사람이자 여섯 아이의 아버지였다. 순경으로 말하자면, 순박한 촌사람에다 커다란 콧수염을 기른 호인이었다. 의장도 순경도 파리 한 마리 해치지 못할 위인들이었다.

그런데도 나는 루치에가 어떤 식으로 체포되었는지 알게 되었을 때 묘한 고통을 느꼈다. 감독관과 의장이 그녀의 트렁크를 뒤지고, 그녀의 물건들 속에 깃든 내밀함을, 더러워진 속옷의 그 은밀한 비밀들을 모두 뒤적이고 보아서는 안 될 것을 들여다보고 하는 것을 상상하면 나는 오늘날까지도 가슴이 먹먹하다.

그리고 또 다른 이미지 하나도 역시 동일한 고통으로 나를 조여 온다. 유일한 출구가 거구의 두 남자에 의해 막혀 버린 채 도망갈 방도가 전혀 없는 이 허름한 오두막의 이미지.

나중에 루치에의 이야기를 좀 더 잘 알게 되었을 때, 나는 그녀 운명의 본질 자체가 바로 그때 한꺼번에 내 앞에 드러났던 것이라는 사실을 놀라움과 함께 깨달았다. 그 두 이미지는 겁탈의 상황을 나타내는 것이었다.

9

그날 밤, 루치에는 헛간에서 자지 않고 치안국으로 쓰이는 옛 가게 안에 철재 침대를 펴고 잤다. 다음 날 인민위원회에서 그녀를 심문했다. 사람들은 그녀가 그때까지 자신의 거주지인 오스트라바에서 일했다는 것을 알게 되었다. 그녀는 더 이상 거기에 있을 수가 없어서 도망을 쳤다고 했다. 그들은 더 자세히 알고 싶어 했으나 그녀의 고집스러운 침묵 앞에 부딪혔다.

왜 여기까지, 서부 보헤미아까지 도망을 왔는가? 그녀의 부모는 헤프에 산다고 그녀는 말했다. 무슨 이유로 그녀는 부모님께 돌아가지 않았는가? 그녀는 그 도시에 도착하기 한참 전에 두려움을 어쩌지 못해서 기차에서 내렸다고 했다. 그녀의 아버지는 그녀를 때릴 줄밖에 몰랐다.

인민위원회 의장은 루치에에게, 마땅히 했어야 할 통지도 없이 무작정 떠나온 오스트라바로 그녀를 다시 돌려보내겠다고 선언했다. 루치에는 그들에게 첫 번째 역에서 기차에서 내려 버리겠다고 말했다. 그들은 조금 소리를 질렀지만 그래 봐야 아무 해결도 나지 않는다는 것을 곧 깨달았다. 그래서 그들은 그러면 헤프의 집으로 보내 줄까 물어보았다. 그녀는 격렬하게 고개를 저었다. 그들은 한순간 다시 엄격해졌지만 결국 의장은 자신의 선량함에 지고 말았다. "그러면 뭘 원하지?" 그녀는 여기에 머물러 일을 구할 수는 없는지 알고자 했다. 그들은 어깨를 으쓱하고는 국영 농장에 가서 알아보겠다고 대답했다.

일손이 모자라서 감독관은 계속 어려움을 겪고 있었다. 그러므로 주저 없이 인민위원회 의장의 제안을 받아들였다. 그러고 나서 그는 내가 오래전부터 요청해 온 온실에서 일할 사람을 마침내 얻게 되리라고 알려 주었다. 그리고 바로 그날 인민위원회 의장이 내게 루치에를 데려와 소개했다.

나는 그날을 잘 기억한다. 11월이 거의 끝나 가고 있었으며, 몇 주 동안 햇빛 화창한 날들이 지나고 이제 가을이 다가와 비와 바람이라는 얼굴을 보여 주기 시작한 참이었다. 이슬비가 내리고 있었다. 밤색 외투를 입고, 한 손에 트렁크를 들고, 고개를 숙이고, 무심한 눈길을 하고, 그녀는 의장 옆에 서 있었다. 그는 푸른색 우유 통을 들고서 엄숙하게 말했다. "네가 나쁜 일을 했어도 우리는 너를 용서했고 너를 믿는다. 오스트라바로 돌려보낼 수도 있지만 너를 여기 그냥 머무르게 해 준 거야. 노동자 계급은 어디에서나 진실한 사람들을 필요로 하지. 기대를 저버리지 않게 노력해야 해!"

그가 우리 목동을 위해 우유 통을 사무실에 가져다 놓으러 간 동안, 나는 루치에를 온실로 데려가 같이 작업할 두 동료에게 소개하고 일에 대해서 알려 주었다.

10

내 기억 속에서, 루치에는 당시 내 삶을 이루었던 모든 것을 다 가려 놓고 맙니다. 그래도 인민위원장의 모습은 그녀의 그림자 속에서도 꽤 선명하게 드러나지요. 루드비크, 당신이 어제 내 앞에 앉아 있었을 때, 당신을 언짢게 하고 싶은 마음은 없었어요. 당신이 다시 나와 함께 있는 지금, 내게 가장 친숙한 대로의 당신, 그러니까 하나의 이미지, 그림자로서의 당신에게 말하겠습니다. 당신보다는 이 전직 농장 근로자, 자신의 가난한 동료들을 위하여 천국을 건설하기를 원했던 사람, 천진한 열정으로 용서, 신뢰, 노동자 계급 같은 심각한 말들을 발설하던 이 진실된 사람이, 단 한 번도 내게 개인적인 호의를 보인 적이 없었어도, 내 마음과 내 생각에 훨씬 가까이 있답니다.

예전에 당신은 주장했지요. 사회주의는 유럽의 합리주의와 회의주의의 줄기로부터, 종교 밖에서 또는 종교에 반하여 자라났다고, 달리 생각할 여지가 없다고. 하지만 당신은 여전히, 물질이 최우선임을 믿지 않고는 사회주의 사회를 건설할 방법이 없다고 진지하게 주장할 건가요? 하느님을 믿는 사람들은 공장을 국영화할 수 없다고 정말로 확신합니까?

나는 예수의 가르침을 근거로 하는 정신적 흐름이 훨씬 더 자연스럽게 사회 평등과 사회주의로 이어진다고 굳게 믿습니다. 그리고 우리나라의 초기 사회주의 시대의 열성적 공산주의자들을 떠올려 보면, 가령 루치에를 내게 넘겨준 그 의장 같은 사람들은 회의적인 볼테르파들보다는 독실한 신앙인에 훨씬 가깝게 보입니다. 1948년 이후 혁명의 시기는 회의주의나 합리주의와 공통적인 것이 별로 없었습니다. 위대한 집단적 신념의 시대였지요. 그 믿음을 긍정하며 시대와 더불어 행진하고 있던 사람은 종교가 주는 것과 아주 유사한 느낌들에 언제나 사로잡혀 있었어요. 그러니까 그 사람은 보다 높은 것, 보다 초개인적인 어떤 것을 위하여 자신의 자아, 이익, 사적인 삶을 포기했던 겁니다. 마르크스주의의 테제들에는 물론 속세적인 기원이 있지만 거기에서 발견된 의미는 복음서와 성서의 가르침의 의미에 비견될 만합니다. 그렇게 해서 침범할 수 없는, 그러니까 우리 용어로 하자면 신성한, 일련의 이념들이 생겨난 것이죠.

이제 막 출범하려 하고 있던, 아니 이미 출범한 그 시대에는 어떤 위대한 종교들의 정신 같은 것이 있었습니다. 그 시대가 종교적 자기 인식을 끝까지 밀고 나가지 못했다는 것은 안타까운 일이지요. 그 시대는 종교로부터 행동과 감정 들을 이어받고 있었지만 그 내면에는 하느님이 없이 공허함만 남아 있었어요. 그러나 나는, 주님께서는 우리를 불쌍히 여기실 것이며, 주님을 알게 만드실 것이고, 결국은 이 세속의 위대한 신념을 신성한 것으로 만들어 주시리라고 언제나 믿었습니다. 나는 헛되이 기다렸지요.

그 시대는 결국에는 자신의 종교성을 배반했고, 단지 스스로를 몰랐기 때문에 자신의 근원이라 여긴 그 합리주의의 유산을 위해서 대가를 지불했습니다. 수 세기 전부터 회의적 합리주의는 기독교를 침식해 오고 있습니다. 그러나 침식은 해도 파괴는 못 할 것입니다. 하지만 공산주의 이론으로 말하자면, 회의적 합리주의는 그 공산주의 이론이 만들어 놓은 것, 그것을 몇십 년 안에 모두 백지로 만들어 버리고 말 것입니다. 루드비크, 당신에게서 회의적 합리주의는 그것을 이미 죽여 버리지 않았습니까. 당신도 잘 알지요.

11

사람들은 동화의 왕국으로 탈출하게 되면 고상함, 동정, 시로 충만해질 수 있다. 그러나 일상적인 삶의 왕국에서는 슬프게도 경계와 불신, 의혹의 지배를 받게 마련이다. 루치에에 대한 그들의 태도가 바로 그러했다. 그녀는 동화의 왕국에서 나와 다른 여자 근로자들과 같이 일하고 잠자면서 진짜 젊은 처녀가 되자마자 갑자기 호기심의 표적이 되었는데, 이런 호기심에는 하늘에서 쫓겨난 천사들에게나 동화에서 쫓겨난 요정들에게 사람들이 가지게 되는 그런 악의가 없지 않았다.

말 없고 꾸밈 없는 태도도 루치에에게 별 도움이 되지 못했다. 국영 농장은 오스트라바로부터 한 달 후 그녀의 관리기록카드를 넘겨받았다. 그 서류에 적힌 내용으로 우리는 그녀가 먼저 헤프에서 견습 미용사로 일했다는 것을 알게 되었다. 그녀는 미풍양속을 해친 결과 감화원에서 일 년을 보내고 그곳에서 바로 오스트라바로 갔던 것이다. 그곳에서 그녀는 이론의 여지 없이 훌륭한 노동자의 자질을 보여 주었다고 되어 있었다. 기숙사에서도 그녀의 행동은 모범적이었다. 다만 사라지기 전에 단 하나의 아주 엉뚱한 잘못을 저질렀는데, 묘지에서 꽃을 훔치다가 잡혔다는 것이다.

서류에서 알려 주는 것은 아주 간략했고 루치에의 비밀을 밝혀내기에는 턱없이 모자라서 오히려 그 비밀을 더 수수께끼 같이 만들어 놓고만 있었다.

나는 감독관에게 루치에를 맡겠다고 약속했다. 내 마음은 왠지 그녀에게 끌렸다. 그녀는 묵묵히 일만 했다. 그런 그녀의 수줍음 속에는 고요가 깃들어 있었다. 그녀에게서는 몇 주나 떠돌아다니며 살았던 젊은이에게서 예상할 수 있는 그 어떤 괴팍한 흔적도 보이지가 않았다. 그녀는 농장에서 지내는 것이 아주 좋으며, 떠날 생각이 없다고 했다. 그녀는 온화하고, 어떤 다툼에서든 선뜻 양보하고 말았으므로 동료들의 호감을 얻었다. 그래도 그녀의 침묵에는 무언가 알 수 없는 고통스러운 운명과 상처 입은 영혼의 징표 같은 것이 담겨 있었다. 나는 그녀가 자기 이야기를 내게 털어놓기만을 고대했지만, 그녀가 이때까지 심문에 가까운 질문을 너무도 많이 받아 왔다는 것을 잘 알고 있었다. 그래서 아무것도 묻지 않고 내가 먼저 이야기를 하기 시작했다. 나는 그녀에게 매일 이야기를 했다. 농장에 약초밭을 만들려는 내 계획을 설명해 주기도 했다. 옛날에 농부들은 다양한 식물들을 달이거나 오래 물에 담갔다가 치료를 위해 썼다는 이야기도 해 주었다. 콜레라나 페스트에 사용했던 오이풀 이야기, 방광과 담낭 결석을 부수어 주는 범의귀 이야기를 들려주었다. 루치에는 귀 기울여 듣곤 했다. 그녀는 식물을 좋아했다. 그러나 얼마나 성스러울 만큼 단순했던가! 그녀는 식물에 관해 아무것도 몰랐고, 어떤 풀의 이름이 뭔지 단 하나도 댈 수가 없었다.

겨울이 닥쳐왔는데, 루치에는 그 아름다운 여름 원피스들 외에는 아무것도 입을 것이 없었다. 나는 그녀가 돈을 관리하는 것을 도와주었다. 그녀를 데리고 나가 트렌치코트와 스웨터를 사게 했고, 이어서 다른 것들, 구두, 잠옷, 스타킹, 두꺼운 외투 등도 사게 했다.

하루는 그녀에게 하느님을 믿느냐고 물어본 적이 있다. 그녀의 답은 내겐 아주 인상적이었다. 그녀는 그렇다고도 아니라고도 하지 않았다. 그녀는 아주 살짝 어깨를 으쓱하며 "모르겠어요."라고 했다. 나는 예수 그리스도가 누군지는 아느냐고 물어보았다. 그녀는 그렇다고 대답했다. 하지만 실은 그녀는 그분에 대해 아무것도 알지 못했다. 그분의 이름은 그녀에게 있어 막연히 크리스마스를 연상시키는 어떤 것과, 아무 의미도 형성하지 못하는 희미한 상징 두세 개와 관련 있을 뿐이었다. 루치에는 그때까지 신앙도 무신앙도 알지 못했던 것이다. 나는 어떤 사랑에 빠진 남자가 자신이 사랑하는 여인의 몸에 다른 어떤 남자의 몸도 먼저 지나쳐 간 적이 없었다는 사실을 발견했을 때 체험할 법한 그런 현기증을 느꼈다. "그분에 대해서 이야기해 줄까?" 하고 내가 제안했더니 그녀는 좋다는 표시를 했다. 목초지와 언덕은 벌써 눈으로 덮여 있었다. 나는 이야기를 해 나갔다. 루치에는 내 이야기에 귀를 기울이고 있었다.

12

그녀의 어깨에는 너무도 많은 짐이 실려 있었다. 누군가 도와줄 사람이 필요했을 텐데 아무도 그렇게 하질 못했다. 루치에, 종교가 당신에게 내미는 구원의 손길은 아주 간단한 것이라오. 자신을 내맡기라는 것. 당신을 비틀거리게 하는 그 무거운 짐과 함께 자신을 내맡겨요. 자신을 내맡기게 되면 커다란 안도가 따르지. 당신에게는 자신을 내맡길 만한 사람이 없다는 건 잘 알고 있소. 당신은 사람들을 두려워하니까. 하지만 하느님이 계시다오. 그분께 당신을 드려요. 당신은 가벼워짐을 느낄 거요.

자신을 내맡긴다는 것, 그것은 과거의 지나간 삶을 내려놓는다는 것을 뜻하지. 영혼으로부터 완전히 그것을 도려내는 것. 고백하는 것. 루치에, 왜 오스트라바에서 도망쳤는지 말해

봐요. 묘지의 꽃 때문인가?

그렇기도 하고.

그런데 왜 그 꽃들을 집어 갔던 거지?

그것은 그녀가 슬펐기 때문이라고 했다. 그녀는 꽃병에 그 꽃들을 꽂아 기숙사 방에 두었다. 그냥 들판에서 꽃을 꺾기도 했지만, 오스트라바는 검정빛 도시였고 인근에 자연이라곤 없이 오로지 광산의 잿더미, 방책들, 황무지, 검댕 투성이인 덤불숲이 드문드문 있을 뿐이었다. 루치에가 아름다운 꽃들을 찾을 수 있는 것은 묘지에서뿐이었다. 숭고한 꽃, 장엄한 꽃들. 글라디올러스나 장미 혹은 백합. 그리고 국화, 가냘픈 꽃잎의 그 탐스러운 봉오리들…….

그런데 그들이 어떻게 당신을 붙잡았지?

그녀는 그 묘지를 자주 찾았고 그곳을 좋아했다고 했다. 단지 꽃을 집어 가기 위해서만이 아니라 그곳이 아주 조용했기 때문이었다. 그 고요함은 커다란 위안이었다. 무덤들은 각기 그 자체로 독립된 작은 정원이어서, 그녀는 그 주위에 머무르며 묘비나 거기에 새겨진 눈물 어린 비문을 들여다보곤 했다. 다른 사람들에게 간섭받지 않으려고 그녀는 무덤 앞에 무릎을 꿇고서 방문객들, 특히 나이 든 사람들이 하는 대로 따라 했다. 그러던 어느 날 그녀는 아직 얼마 되지 않은 새 묘소 앞에서 그렇게 고요함을 누리고 있었다. 겨우 며칠 전에 관이 묻힌 곳이었다. 흙이 아직 마르지도 않은 채였으며, 여기저기 화환들이 둘러놓여 있었고, 전면의 꽃병에는 장미 한 다발이 꽂혀 있었다. 무릎을 꿇고 앉아 있는 루치에 위로 수양버들이 마치 살랑살랑 속삭이는 천상의 지붕처럼 포근하게 드리워 있었다. 그녀는 형언할 수 없는 행복감 속에 젖어 들었다. 바로 그때 한 노신사와 부인이 다가오고 있었다. 정확히 알 수는 없지만 아마도 그들의 아들이나 형제의 무덤이었던 모양이다. 그들은 무덤가에서 몸을 숙이고 있는 낯선 아가씨를 보았다. 그들은 깜짝 놀랐다. 대체 누구일까? 그들에게는 그녀의 출현이 무엇인지 모를 비밀, 어떤 가계의 비밀을 감추고 있기나 한 듯이 보였다. 한 번도 만난 적이 없는 친척이거나 아니면 고인의 연인인지도 모르는 일이었다. 그들은 그녀 앞에 불쑥 나타나기가 어려워서 걸음을 멈추었다. 그런데 그녀는 몸을 일으켜 그들이 며칠 전 손수 꽂아 두었던 그 아름다운 장미 다발을 꽃병에서 뽑아 들더니 뒤로 돌아 멀어져 가는 것이 아닌가. 그들은 얼른 그 뒤를 쫓아갔다. 그러고는 당신은 누구요 하고 물었다. 그녀는 무슨 말을 해야 할지 몰라 했고 당황한 나머지 우물쭈물 말을 더듬는 것이었다. 그들은 그녀가 고인에 대하여 전혀 아는 바가 없다는 사실을 알아차렸다. 그들은 묘지 관리인에게 구조를 요청했다. 이 아가씨에게는 얼른 신분증을 제시하라고 독촉했다. 그리고 큰 소리로 그녀를 꾸짖으며, 죽은 사람들에게서 무엇을 훔치는 것보다 더 혐오스러운 일은 없을 것이라고 했다. 관리인은 이 공동 묘지에서 꽃을 도둑맞은 것이 이번이 처음이 아니라고 맞장구를 쳤다. 그들은 경찰에 연락을 취했고, 루치에는 다시 심문에 시달린 끝에 모든 것을 털어놓았다.

13

"……또한 죽은 자는 죽은 자가 묻게 하라."라고 예수님은 말씀하셨다. 묘지의 꽃들은 살아 있는 사람들의 것이다. 루치에, 당신은 하느님을 몰랐지만 그분을 열망하고 있었던 게요. 그 자연적인 꽃의 아름다움 속에서 당신은 초자연적인 것의 계시를 발견했던 것이지. 다른 누군가를 위해 그 꽃들이 필요했던 것이 아니었어. 오직 당신 자신만을 위해서였지. 그대 영혼 속 그 공허를 위해서. 그런데 그들은 당신을 체포하고 모욕했군. 하지만 그 검은 도시를 도망쳐 나온 것이 오로지 그것 때문만인가?

그녀는 아무 말도 하지 않았다. 그러고는 얼마 후 그녀는 머리를 저었다.

누가 당신에게 나쁜 짓을 했나?

그녀는 머리를 끄덕였다.

말해 봐, 루치에!

방은 아주 작았다고 했다. 천장에는 갓도 없이 음탕하게 알몸을 드러낸 알전구 하나가 소켓에 비스듬하게 매달려 있었다. 한쪽 벽에 침대가 붙어 있고, 그 위에 그림이 걸려 있었는데, 헐렁한 푸른색 옷을 입은 남자가 무릎을 꿇고 있는 그림이었다. 겟세마네 동산이었던 것인데 루치에는 알지 못했다. 그러니까 그는 그 침대로 그녀를 데려갔고, 그녀는 저항하며 비명을 질렀다. 그는 그녀를 겁탈하려 들며 옷을 찢었다. 그리고 그녀는 이를 뿌리치고 멀리 도망쳤다.

그게 누구였지, 루치에?

어떤 병사.

그를 사랑했나?

아니오, 그녀는 그를 사랑하지 않았다.

그러면 왜 그 벌거숭이 전구와 침대만 있는 그 방으로 그와 함께 갔지?

그녀를 그에게로 이끌었던 것은 그녀 영혼 속 그 공허였다. 그리고 그 공허를 메우기 위해서 이 가엾은 아가씨는 오로지 군대에 와 있는 한 애송이 녀석만을 만날 수 있었던 것이다.

그렇다고 해도 루치에, 나는 아무래도 이해가 안 가. 처음에는 스스로 그를 따라 침대 하나만 있던 그 방으로 들어가 놓고 왜 나중에는 도망쳐 나온 거지?

그도 다른 모든 사람들하고 똑같이 못되고 거칠었어요.

무슨 이야기지, 루치에? 다른 모든 사람들이라니?

그녀는 입을 다물었다.

그 병사 전에 누구를 알았던 거지? 말을 해, 루치에! 얘기 해 봐!

14

그들은 모두 여섯이었고 여자는 그녀 하나였다. 여섯이 모두 열여섯 살에서 스무 살까지였다. 그녀는 열여섯 살이었다. 그들은 한패를 이루고 있었는데, 자신들의 그 한패에 대해 말을 할 때면 마치 이교도 집단에 대한 것이기라도 한 양 아주 엄숙하게 이야기하곤 했다. 그날 그들은 입문이라는 말을 했다. 그들은 싸구려 포도주 몇 병을 들고 와 있었다. 그녀는 맹목적 순종으로 그 술판에 끼어 있었는데, 그녀가 그렇게 무조건 그들을 따랐던 것은 어머니 아버지에게 주지 못한 사랑을 모두 거기에 쏟아부었기 때문이다. 그들이 마시면 그녀도 마셨고 그들이 웃으면 그녀도 웃었다. 얼마 후 그들은 그녀에게 옷을 벗으라는 명령을 내렸다. 그녀는 그들 앞에서 한 번도 그렇게 한 적이 없었다. 하지만 그녀가 머뭇거리는 것을 보고 패거리의 두목이 먼저 옷을 벗자, 그녀는 자신을 해코지하려고 그런 명령이 내려진 것이 아니라는 것을 깨닫고 순순히 명령을 따랐다. 그녀는 그들을 믿었으며, 그들이 거칠게 굴어도 그것까지 믿었다. 그들은 그녀의 피난처, 방패였으며 그들을 잃는다는 것은 상상도 할 수 없는 일이었다. 그들은 그녀의 어머니였고 아버지였다. 그들은 마시고, 웃고, 그녀에게 다른 명령들을 내렸다. 그녀는 다리를 벌렸다. 그녀는 두려웠으며 그것이 무엇을 의미하는지 알고 있었으나, 그러나 복종했다. 그녀는 비명을 질렀고 피가 흘러내렸다. 남자 아이들은 소리를 질러 대고, 잔을 들어올리고, 두목의 등과 루치에의 가냘픈 몸과 그녀의 다리 사이에 거품이 이는 싸구려 포도주를 쏟아붓고, 세례식이라나 입문식이라나 하는 말들을 외쳐 댔으며, 그러더니 두목이 그녀에게서 떨어져 나와 일어서자 다른 하나가 그 뒤를 잇고, 그렇게 해서 나이 순서대로 차례로 이어지다가, 마지막으로 막내 차례가 되었고, 막내는 그녀와 똑같이 열여섯 살이었는데, 루치에는 이제 더 이상 고통을 견딜 수도 없고 얼른 쉬고 싶고 얼른 혼자 있고 싶었으며 그가 제일 어렸기 때문에, 용기를 내어 그를 밀어냈다. 그러나 그는 바로 제일 어렸기 때문에 누가 자신을 모욕하는 것을 참지 못했다. 자신도 그 패의 일원이라고 했다. 당당한 일원! 그는 그것을 증명해 보이고 싶어 했으며, 루치에의 따귀를 때렸고, 누구도 그녀를 위해 손가락 하나 들어 주지 않았는데, 모두들 막내가 정당하며 당연한 자기 몫을 요구하는 것임을 알고 있었기 때문이다. 루치에는 펑펑 눈물을 쏟았으나 저항할 엄두를 내지 못했고 그래서 여섯 번째로 다리를 벌렸다…….

어디에서였지, 루치에?

그 패거리 중 하나의 집에서였는데, 부모님은 두 분 다 야간 작업조에서 일하고 있었으며, 부엌과 방이 하나 있었고, 방에는 탁자 하나, 소파와 침대, 문 위에 "하느님, 저희에게 행복을 주소서!"라고 쓰인 액자 하나, 침대 머리맡 벽에는 아이를 가슴에 안고 푸른 옷을 입은 아름다운 여인의 모습이 담긴 액자가 걸려 있었다고 했다.

성모 마리아?

그녀는 모르겠다고 했다.

그리고 그다음에는, 루치에, 그다음에는 무슨 일이 있었지?

다음에는 그런 일이 자주 반복되었다. 같은 집에서, 그리고 다른 집에서, 또 바깥, 숲속에서도. 그것은 패거리의 관행이 되었다.

루치에는 그것이 좋았나?

아니, 그들은 그녀를 점점 더 나쁘게 다루었고 점점 더 거칠어졌지만, 앞으로 나갈 수도 없고 뒤로 물러날 수도 없이 그렇게 도저히 빠져나올 방도가 없었다.

그래서 그 일은 어떻게 끝났지, 루치에?

어느 날 저녁, 그런 빈집들 중 하나에서였다. 경찰이 와서 모두 데려갔다. 패거리 남자아이들이 계획적으로 도둑질을 했던 것이다. 루치에는 모르는 일이었으나, 사람들은 그녀가 패거리와 같이 몰려다닌다는 것도 알고 있었고 그녀가 그들에게 한 여자애가 줄 수 있는 모든 것을 제공했음을 알고 있었다. 그녀는 헤프시 전체의 수치가 되었고, 그녀의 집에서는 그녀를 심하게 두들겨 팼다. 남자아이들은 이런저런 형을 선고받았고 그녀는 감화원으로 보내졌다. 거기에서 그녀는 일 년을 보냈다. 열일곱 살까지. 그 후 무슨 일이 있어도 그녀는 가족에게 돌아가려 하지 않았다. 그렇게 해서 그녀는 그 검은 도시에 떨어지게 된 것이었다.

15

어제 전화로 루드비크가 루치에를 안다고 밝혔을 때 나는 놀라고 당황했다. 다행히 그는 단지 그녀의 얼굴을 아는 게 전부였다. 오스트라바에서 그녀와 같은 기숙사에 있던 한 여자와 조금 알고 지냈던 모양이다. 어제 그가 다시 그녀에 대해 물어왔을 때 나는 모든 이야기를 다 해 주었다. 오래전부터 나는 이 짐을 벗어 놓고 싶은 욕구를 느꼈지만 아무 걱정 없이 내 마음을 털어놓을 사람이 없었다. 루드비크는 내게 좋은 감정을 품고 있으면서 동시에 내 삶에서 충분히 멀리 떨어져 있고 또 루치에의 삶과는 더욱더 멀리 떨어져 있는 사람이었다. 그러므로 루치에의 비밀 때문에 걱정할 필요가 없었다.

물론 나는 루치에가 내게 털어놓은 것을 어제 루드비크를 제외하곤 아무에게도 발설한 적이 없다. 그러나 지도부의 관리기록 카드에 의해 농장 사람들 모두가 감화원과 묘지 꽃들에 관한 사실을 알고 있었다. 그들은 그녀에게 아주 잘해 주었지만 그러면서도 그녀의 과거를 끊임없이 그녀에게 상기시켰다. 감독관에게 그녀는 '묘지의 작은 좀도둑'이었다. 그가 그녀를 그렇게 부른 데에는 조금도 악의가 들어 있지 않았지만 그래도 그런 말들은 루치에의 지난 과오들을 계속해서 현재로 존재하게끔 만들었다. 그녀는 언제나 끊임없이 죄인이었다. 그때 그녀에게는 완전한 죄 사함보다 더 필요한 것은 없었는데 말이다. 그렇다. 죄의 사함, 이것이 바로 그녀에게 필요했던 것. 루드비크, 당신에게는 불가해하고 알 수 없는 저 신비로운 정화.

인간은 혼자서는 용서하지 못하며, 그것은 애초부터 그들 능력 밖의 일이다. 그들에겐 범해진 죄를 무화할 힘이 없다. 그것은 인간 능력을 넘어서는 일이다. 죄를 아무것도 아니게 만들고, 시간을 지워 버리고, 다시 말해서 어떤 것을 무로 변화시키는 것, 그것은 헤아릴 수 없는 초자연적 행위다. 하느님은 이 세상의 법칙을 벗어나시기 때문에, 그분은 자유자재하시므로, 기적을 일으키실 수 있으므로, 오직 그분만이 죄를 씻어 주실 수 있고, 무로 변화시켜 주실 수 있으며, 죄를 사하여 주실 수 있는 것이다. 인간은 신의 죄 사함에 의지해서만이 인간을 용서할 수 있다.

그런데 루드비크, 당신은 하느님을 믿지 않기 때문에, 그래서 용서를 하지 못하는 것입니다. 당신은 당신 인생의 파멸에 동의하며 일제히 손이 올라가던 그때 그 총회에 사로잡혀 있습니다. 당신은 절대 그들을 용서하지 않았지요. 그들 하나하나 각 개인까지도 말입니다. 그들은 백여 명이나 되었으니 인류의 작은 모델이라 할 수도 있을 숫자이긴 하군요. 당신은 인류 전체를 절대 용서하지 않았어요. 그때 이래로 당신은 인류에게서 믿음을 거두어 버렸고 증오를 퍼붓고 있어요. 내가 당신을 이해는 할 수 있다 해도, 사람들에 대한 그런 식의 증오는 끔찍한 것이고 죄악이라는 사실은 조금도 바뀌지 않습니다. 그 증오는 당신의 저주가 되어 버렸어요. 아무것도 용서되지 않는 세상, 구원이 거부된 세상에서 산다는 것은 지옥에서 사는 것과 같으니까요. 루드비크, 당신은 지옥에서 살고 있습니다. 그래서 내게 연민을 불러일으킵니다.

16

이 지상에서 하느님께 속한 모든 것은 동시에 악마에게도 속할 수 있다. 사랑의 행위를 하고 있는 연인들의 동작까지도. 루치에에게 그런 동작들은 추악한 영역에 속하는 것이 되었다. 그것은 그녀에게 옛 패거리의 야만스러운 사춘기 소년들의 얼굴과 하나로 겹쳐졌고, 나중에는 광적인 그 병사의 얼굴과 합쳐졌다. 아, 나는 마치 아는 사람인 듯 그 병사의 모습이 선명하게 보인다! 그는 병영 철조망에 갇혀 여자 구경도 못 한 수컷의 저열한 난폭함 속에 감미롭고 달콤한, 진부한 사랑의 말들을 섞어 넣고 있다! 그리고 루치에는 돌연, 그 다정한 말들은 거친 짐승의 몸뚱어리 위에 걸쳐진 거짓 베일일 뿐이라는 것을 발견한다. 그리고 사랑의 세계 전체가 그녀 앞에서 무너져 내리고 혐오의 구덩이 속으로 미끄러져 들어간다.

이제 종양이 있는 곳이 보였고, 바로 그곳이 내가 시작해야 하는 지점이었다. 어떤 사람이 미친 듯이 등불을 흔들어 대며 해안가를 어슬렁거리고 있다면 그는 미친 사람일 수도 있다. 그러나 밤에, 길 잃은 배가 거친 파도에 휩싸여 헤맬 때, 이 사람은 구원자가 되는 것이다. 우리가 살아가는 이 지구는 천상과 지옥 사이의 경계에 있다. 그 어떤 행위도 그 자체로서 좋거나 나쁘지 않다. 오로지 어떤 행위가 어떤 질서 속에 놓여 있느냐 하는 것만이 그 행위를 좋게도 만들고 나쁘게도 만든다. 루치에, 이와 마찬가지로 육체 관계 역시 그 자체만으로는 선한 것도 아니고 악한 것도 아니라오. 그것이 하느님께서 만드신 질서와 조화를 이룰 때, 당신이 진실한 사랑으로 누군가를 사랑한다면, 관능적 사랑까지도 하나의 축복일 수 있을 것이고 당신은 그래서 행복해질 것이오. 하느님은 이렇게 말씀하셨으니까. "남자는 제 아버지와 어머니를 떠나 여자와 짝을 이룰 것이며 그 둘은 한 몸이 될 것이다."

매일 루치에와 이야기를 나눌 때마다 나는 늘, 그녀는 용서받았다고, 이제 자신을 고문할 필요가 없다고, 그녀의 영혼을 옭죄는 멍에를 벗어 놓아야 한다고, 육체적 사랑까지도 제자리에 놓이게 되는 신의 질서에 겸허하게 의지해야 한다고, 그렇게 매번 되풀이하여 말하곤 했다.

그렇게 여러 주가 흘러갔다…… .

얼마 후 봄이 찾아왔다. 경사진 언덕 위에 사과꽃이 피어났고 그 꽃송이들은 산들바람 아래에서 살랑살랑 흔들리는 종 같았다. 나는 그 종들의 보들보들한 소리를 들으려고 눈을 감았다. 그러다가 눈을 떴을 때, 푸른색 작업복을 입고 손에 호미를 든 루치에를 발견했다. 그녀는 골짜기 쪽을 내려다보고 있었고, 그리고, 미소를 짓고 있었다.

나는 그 미소를 지켜보았다. 그리고 그 의미를 읽어 내려고 온 신경을 모아 몰두했다. 이것이 가능한가? 지금까지 루치에의 영혼은 계속적인 도주, 과거 앞에서 그리고 미래 앞에서의 도주였다. 그녀에게는 모든 것이 두려운 것이었다. 과거와 미래는 그녀에게 커다란 소용돌이였다. 그녀는 현재라는 구멍 난 배, 그 불확실한 피난처에 불안하게 매달려 오고 있었다.

그런데 지금 그녀는 미소 짓고 있다. 아무 이유 없이. 그냥 그렇게. 그리고 이 미소는 그녀가 미래를 안심하고 바라보고 있음을 내게 알려 주었다. 나는 마치 몇 달만에 육지에 내린 항해자 같은 느낌이었다. 기뻤다. 둘로 갈라진 나무둥치에 등을 기대고 나는 눈을 감았다. 산들바람 소리와 흰 사과꽃의 노래에 귀를 기울였다. 새들의 울음소리가 들려오더니 그 소리는 감긴 내 눈앞에서 수천의 빛들로 변했는데, 마치 무슨 축제를 위해서인 듯 보이지 않는 손들이 그 빛들을 들고 있는 것이었다. 그 손들은 눈에 보이지 않는데 높은 톤의 목소리만 귀에 들렸고, 그것은 꼭 어린아이들, 명랑한 어린아이들의 행렬 같았다. 문득 내 얼굴 위에 한 손이 놓였다. 그리고 한 목소리가 들려왔다. "코스트카 씨, 당신은 정말 좋은 분이세요……." 나는 감은 눈을 뜨지 않았다. 손을 움직이지도 않았다. 나는 여전히 작은 새들의 노래 소리가 초롱불들의 춤으로 변해 버린 것을 바라보고 있었고, 사과나무들이 내는 종소리를 듣고 있었다. 아까의 그 목소리는 더 조그맣게 이렇게 말을 맺었다. "당신을 사랑해요……."

아마도 나는 이런 순간을 미리 예상했어야 했고, 얼른 그곳을 떠났어야 했을 것이다. 내 임무는 완수되었으므로. 그러나 무슨 생각을 하기도 전에 나는 정신이 아득해지면서 꼼짝을 할 수가 없었다. 우리는 그 드넓은 풍경 안에, 가엾은 그 사과나무들 한가운데, 단 둘뿐이었다. 나는 루치에에게 키스를 했고, 그녀와 함께 자연의 침대 위에 몸을 뉘었다.

17

일어나지 말았어야 할 일이 일어났다. 루치에의 미소를 통해 그녀의 영혼이 평온해진 것을 보았을 때 나는 목표에 도달한 것이었고 그러므로 이제 떠나기만 하면 되었던 것이다. 그러나 나는 떠나지 않았다. 그리고 그다음에는 좋지가 않았다. 우리는 계속 같은 농장에서 지냈다. 루치에는 활짝 피어났고, 서서히 여름의 기운이 감돌기 시작한 그 봄날과 같았다. 하지만 나는 행복하지가 않고, 내 곁의 이 한창 무르익은 여인의 봄이 두려웠다. 바로 나 자신이 일깨워 놓은 봄, 이제 내게 자신의 모든 화관을 활짝 열어 보이는 봄. 그러나 그 화관들은 내 것이 아니라는 것을, 내 것일 수 없음을 나는 안다. 내겐 프라하에 아들이 있고, 집에 잘 들르지 않는 나를 애타게 기다리는 아내가 있다.

나는 이 친밀한 관계가 시작되려는 것을 끝내야 한다는 것이 두려웠다. 그러면 루치에에게 커다란 상처를 주게 될 것이었다. 하지만 감히 관계를 발전시킬 수도 없는 것이, 내게는 그런 권리가 없음이 너무도 분명했기 때문이다. 나는 루치에를 원하면서도 동시에 그녀의 사랑을 어떻게 해야 할지 몰랐기 때문에 그 사랑이 두려웠다. 엄청난 노력을 기울여서야 겨우 그녀와 예전처럼 자연스러운 대화를 이어갈 수 있었다. 나의 회의가 우리 사이에 가로놓였다. 내가 루치에에게 줬던 정신적 도움이 이제 그 정체를 드러낸 것 같은 느낌이었다. 실은 그녀가 처음 내 앞에 나타났던 그 순간부터 이미 나는 그녀를 육체적으로 원했다는 느낌. 위로의 말을 하는 사제로 변장하고서 실은 여자를 유혹하는 사람같이 행동했다는 느낌. 예수님과 하느님에 대한 그 모든 훌륭한 설교들이 오로지 가장 저열한 육체적 욕망을 감추는 겉옷에 지나지 않았다는 느낌. 그때 내가 성욕을 자제하지 못함으로써, 나는 맨 처음 내 의도의 순수성을 더럽힌 것이고 하느님 앞에 너무도 부끄러운 사람이 된 것 같았다.

그러나 생각이 여기에 이르자 곧 내 사고는 저 혼자 빙그르르 돌았다. 나는 스스로를 꾸짖었다. 하느님께 합당한 사람으로 보이고 싶어 하는 것, 하느님 마음에 들고 싶어 하는 것은 얼마나 자만에 차고 교만한 일이란 말인가! 인간의 공적이란 그분 앞에서 무엇인가? 아무것도, 아무것도 아니다. 아무것도. 루치에는 나를 사랑하며 그녀의 건강은 내 사랑에 달려 있지 않은가! 나 자신의 순수성만을 염려하여 그녀를 절망 속으로 내던져야 하는가? 그럼으로써 오히려 하느님의 경멸을 이끌어 내게 되지는 않을까? 그리고 또 만일 나의 이 열정이 죄라면, 무엇이 더 중요한가, 루치에의 삶인가 아니면 나의 결백인가? 어쨌든 그것은 나의 죄가 될 것이며, 나 혼자서 그것을 짊어질 것이며, 그 죄는 오로지 나만을 파멸시키리라!

이러한 생각과 회의에 잠겨 있을 때 예기치 않던 사건이 외부에서 일어났다. 중앙에서 우리 농장 감독관에 대해 정치적 비난을 가해 왔던 것이다. 그가 필사적으로 자신을 변호하자 그들은 뿐만 아니라 그가 수상한 분자들에 둘러싸여 있다고 비난했다. 나도 그들 가운데 들었다. 반국가적 견해 탓에 대학에서 추방되었으며, 성직자 편이라는 것이었다. 감독관은 내가 성직자 편도 아니고 대학에서 추방당한 것도 아니라는 사실을 한사코 밝혀내려고 애썼지만 소용없었다. 그가 나에 대해 좋게 말하면 말할수록 우리가 무슨 공모를 하고 있다는 것을 드러내는 것이 되었고 그의 상황을 더 나쁘게 만들었다. 나는 그것을 견딜 수 없었다.

부당하다고요, 루드비크? 그래요, 이 일이나 다른 비슷한 일들 이야기를 들을 때 당신이 제일 많이 한 말이 바로 이 단어지요. 하지만 나는 부당함이라는 것이 무엇인지 모르겠어요. 만일 인간사에서 그 너머에 아무것도 없다면, 어떤 행위들이 그 행위자가 부여한 의미 외에 다른 영향력을 갖지 않는다면, 그렇다면 부당함이라는 개념은 합당한 것일 수 있을 테고, 또 나도 그렇게 열심히 일한 국영 농장에서 쫓겨났으니 그 말을 사용할 자격이 있겠지요. 어쩌면 이런 부당함을 고발하는 행진이라도 벌이고 대단할 것도 없는 나의 이 인권 보호를 위해 열렬히 투쟁하는 것이 논리적일지도 모르겠군요.

하지만 어떤 사건은 그 사건을 만든 장님들의 생각 속에서와는 다른 어떤 의미를 내포하게 마련이지요. 그것은 대부분의 경우 다름 아니라 하늘에서 변장시켜 내려 보낸 지시이며, 그 사건이 이루어지도록 만든 사람들은 전혀 꿈에도 생각하지 못한 채로 그 지고의 의지를 전하는 전달자일 뿐입니다.

나는 확신했다. 바로 그런 사건이 일어난 것이었다. 그래서 나는 농장에서 일어난 일들을 안도하는 마음으로 받아들였다. 거기에서 나는 분명한 교시를 알아보았다. 너무 늦기 전에 루치에로부터 떠나거라. 너의 사명은 완수되었다. 그 열매는 네게 속하는 것이 아니다. 네 길은 다른 곳에 있다.

그렇게 해서 나는 이 년 전 자연과학대학에서같이 행동했다. 눈물을 흘리는, 절망에 빠진 루치에에게 작별을 고하고, 임박한 재앙을 내가 먼저 앞질러 간 것이다. 나는 자진해서 국영 농장을 떠나겠노라고 했다. 감독관은 물론 나를 말리긴 했지만, 예의상 그렇게 하는 것이지 내심으로는 안도하고 있음을 나는 알고 있었다.

다만 이번에는 내가 이렇게 자발적으로 떠난다는 것이 아무에게도 어떤 감흥을 불러일으키지 못했다. 이곳에는 내가 떠나는 길에 좋은 개인 기록과 충고를 뿌려 놓아 줄 2월 혁명 이전의 공산당원 친구들이 없었던 것이다. 나는 농장을 떠남과 함께, 이 나라에서 조금이라도 중요한 일은 그 어떤 것도 더 이상 수행할 능력이 없는 사람이라는 것을 시인하는 것이었다. 그렇게 해서 나는 건축 노동자가 되었다.

18

1956년 어느 가을날이었다. 프라하-브라티슬라바 간 급행 열차의 식당칸에서 오 년 만에 처음으로 루드비크를 만났다. 나는 모라비아 동부의 한 공장 건설 현장으로 가는 길이었다. 루드비크는 얼마 전에 오스트라바의 탄광에서 계약 기간을 마친 참이었다. 그는 프라하에 학업을 계속하게 해 달라는 허가원을 내고 오는 길이었다. 그곳에서 모라비아의 고향집으로 돌아가고 있었다. 하마터면 우리는 서로 알아보지 못할 뻔했다. 그러다 서로를 알아보고 나서는 우리의 운명이 그렇게 일치한 데 대해 놀랐다.

나는 아주 잘 기억해요, 루드비크. 내가 대학에서 떠났던 일이나 결국 나를 벽돌공으로 만든 국영 농장의 음모에 대해서 이야기할 때 당신이 얼마나 열심히 내 이야기를 들어주었는지를. 그렇게 열심히 귀 기울여 줘서 고마워요. 당신은 분노했고 부당하다는 말, 바보 같은 짓거리라는 말을 했지요. 당신은 나에게까지도 화를 내며, 자신을 방어하지도 않고 굴복해 버렸다고 비난했어요. 어디에서든 결코 스스로 물러나서는 안 된다고 말했지요. 우리의 적이 최악의 수단을 써야 하게끔 만들어야 한다고요. 적의 마음을 편하게 해 줘서 무슨 소용이 있느냐고요?

당신은 광부, 나는 벽돌공. 우리의 운명은 상당히 비슷한데 우리 둘은 얼마나 다른가요! 나는 용서하며 사는데 당신은 화해할 줄을 모르고, 나는 평화적인데 당신은 반항적이에요. 우리는 겉으로는 그토록 닮았는데, 저 깊은 곳에서는 서로 얼마나 멀리 떨어져 있는지요!

당신은 나보다 이러한 내적 거리에 대해 훨씬 모르고 있었어요. 당에서 축출된 이야기를 내게 상세히 설명해 주면서 당신은 내가 너무도 당연히 의견이 같으리라고, 또 동지들이 신성하게 여기는 것에 대해 농담을 좀 했다고 해서 그들이 그렇게 편협하게 처벌을 가한 데 대해 내가 기막혀 하리라고 굳게 믿었지요. 그게 어디 화를 낼 만한 일인가요? 당신은 진심으로 이상해하며 이렇게 물었어요.

내가 이야기 하나 해 줄게요. 제네바에서 칼뱅의 말이 곧 법이 되던 때에 한 젊은이가 있었는데, 어쩌면 당신과 비슷하게 똑똑하고 농담도 잘하는 친구였어요. 그런데 하루는 예수 그리스도와 성서에 대한 조롱으로 빼곡히 차 있는 그의 수첩이 발견되었지요. 그게 어디 화를 낼 만한 일인가요? 당신을 빼닮은 그 청년도 아마 그렇게 생각했을 겁니다. 어찌 되었든 그는 아무것도 나쁜 짓은 하지 않았고 다만 농담을 한 것뿐인 걸요. 증오요? 그는 그런 건 알지도 못했어요. 그는 단지 조롱과 무심함만 알았던 모양입니다. 그는 처형되었지요.

아, 내가 그러한 잔인성을 편드는 사람이라고 생각하지는 말아요. 내가 말하고자 하는 것은 단순히 세계를 변화시키고자 하는 어떠한 위대한 운동 앞에서도 조소와 우롱이 용납될 수 없다는 것뿐입니다. 왜냐하면 그것은 모든 것을 부식시켜 버리는 녹이기 때문이지요.

우선 당신 자신의 태도부터 한번 살펴보세요, 루드비크. 그들은 당신을 당에서 축출하고, 대학에서 쫓아내고, 정치적 위험 분자인 군인들 속에 편입시켜 버리고, 그리고 광산으로 보내 이삼 년을 있게 했어요. 그리고 당신은요? 당신은 그것이 말할 수 없이 부당한 처사라는 확신에 사로잡혀서 격렬하게 분노했지요. 그 부당함에 대한 원한이 오늘날까지도 당신의 모든 행동을 결정하고 있어요. 나는 당신을 이해할 수가 없어요! 당신은 왜 부당하다는 말을 하는 거죠? 그들은 당신을 검정 표지—공산주의의 적—속으로 보냈어요. 그래요! 그런데 그것이 부당한 일이었나요? 오히려 당신에게 그것은 커다란 기회가 되지 않았나요? 당신은 적들 가운데에서 행동할 수 있었잖아요! 이보다 더 중요하고 지고한 사명이 있을까요? 예수님께서도 당신의 제자들을 '늑대 무리 한가운데의 양들같이' 보내지 않으셨나요? "의사를 필요로 하는 것은 건강한 사람이 아니라 병든 사람들이니라."라고 예수님은 말씀하셨지요. "나는 의로운 자들을 부르러 온 것이 아니라 죄지은 자들을 부르러 온 것이니……." 그런데 당신은 정말이지 죄지은 자나 병든 자들 사이로 가고 싶은 마음이 조금도 없었던 것입니다!

당신은 나의 이런 비유가 부적절하다고 말하겠지요. 예수님은 당신의 제자들을 축복과 함께 '늑대 무리 한가운데'로 보내셨지만 당신은 먼저 당에서 축출되고 저주를 당했으며, 그러고 난 다음에야 적들 한가운데에 그들의 적으로서, 늑대들 한가운데에 늑대로서, 죄지은 자들 가운데 죄지은 자로서 보내졌던 것이라고 말입니다.

그러나 당신은 정말로 당신의 죄를 부인합니까? 당신은 당신의 공동체에 대하여 하등의 죄책감도 느끼지 않나요? 당신의 이러한 자만은 도대체 어디서 오는 건가요? 자신의 믿음에 헌신하는 사람은 겸허하며, 비록 부당한 벌이라 하더라도 겸허하게 받아들여야 합니다. 멸시받은 자들이 높이 들리게 됩니다. 회개하는 자는 죄의 사함을 받게 됩니다. 불의를 당하는 자는 그 믿음을 증거할 기회를 얻게 되는 것입니다. 단지 당신 이웃들이 당신 어깨 위에 너무 무거운 짐을 지웠다는 이유 하나만으로 당신이 그들에게 원한을 품고 있다면, 그것은 당신의 믿음이 약했기 때문이고 당신이 자신에게 닥친 시험을 이겨 내지 못했기 때문이지요.

루드비크, 당신이 당과 벌이는 싸움에서 나는 당신 편이 아닙니다. 왜냐하면 나는 이 땅 위의 위대한 일들은 오로지 보다 큰 대의를 위해서 겸허하게 자신의 삶을 바치는 그지없이 헌신적인 개인들의 공동체에 의해서만 창조된다는 것을 잘 알기 때문입니다. 루드비크, 당신은 한없이 헌신하지 않습니다. 당신의 믿음은 약합니다. 당신이 언제나 당신 자신과 초라한 이성만을 근거로 모든 것을 생각하는데 어떻게 그렇지 않을 수 있겠습니까!

루드비크, 내가 고마움도 모르는 사람은 아닙니다. 현 정권의 탄압을 받은 여러 사람들에게 그랬듯이 나를 위해서 당신이 해 주었던 일을 나는 잘 압니다. 2월 혁명 이전에 당신이 알고 지냈던 영향력 있는 공산당원들과의 친분 덕분에, 그리고 또 더욱이 지금 당신의 지위 덕분에, 당신은 발 벗고 나서서 이런저런 주선을 해 주고, 손을 써 주고, 달려와 도움을 주고 합니다. 그래서 당신은 나를 당신의 친구라고 생각하겠지요. 그러나 마지막으로 당신에게 말하겠는데, 당신의 영혼 저 깊은 곳을 한번 들여다보세요. 당신의 그런 선한 행동들의 깊은 곳에 있는 동기는 사랑이 아니에요. 증오지요! 예전에 그 대형 강당에서 손을 들어올림으로써 당신을 해친 이들에 대한 증오 말입니다. 당신의 영혼은, 하느님을 모르기 때문에, 용서를 모릅니다. 당신은 복수를 열망하지요. 당신은 예전에 당신을 해친 사람들과 오늘날 다른 사람들에게 해를 가하는 사람들을 동일시하고, 그러고는 복수하는 거예요. 그래요, 당신은 복수하고 있어요. 당신은 사람들을 도와주고는 있어도 증오로 가득 차 있습니다. 나는 그것이 느껴져요. 당신의 말 한 마디 한 마디에서 느낄 수가 있어요. 하지만 증오는 또다시 증오를 낳고 복수의 복수를 계속 불러올 뿐 대체 무엇을 가져다

주나요? 루드비크, 당신은 지옥에서 살고 있어요, 다시 말하지만, 지옥에서요, 그래서 나는 당신이 가엾습니다.

19

루드비크가 나의 이런 독백을 듣는다면 나보고 배은망덕한 사람이라고 할지도 모른다. 나는 그가 내게 많은 도움을 줬다는 것을 안다. 1956년 우리가 기차 안에서 만났을 때 그는 내 처지에 몹시 가슴 아파했고, 곧이어 내게 적합한, 내 역량을 펼칠 수 있는 일자리를 찾아나섰다. 그의 민첩성과 일처리 능력은 놀라웠다. 그는 고향의 자기 친구에게 부탁을 했다. 내가 고등학교에서 자연과학을 가르칠 수 있도록 주선한 것이었다. 그것은 너무 무모했다. 반종교적 정치 선전이 한창이던 그 시절에 신자를 고등학교 교사로 채용한다는 것은 거의 불가능한 일이었다. 그의 친구 생각도 그러했고, 그래서 다른 자리를 물색하다가 결국 병원의 세균학 교실에 자리를 얻었다. 나는 여기에서 벌써 팔 년째 쥐와 토끼에 바이러스와 박테리아를 배양하고 있다.

이렇게 된 것이었다. 루드비크가 아니었더라면 나는 물론이고 루치에 역시 이곳에 살고 있지 않을 것이다.

그녀는 내가 국영 농장을 떠나고 몇 년 후에 결혼했다. 그녀의 남편이 도시에서 일자리를 찾고 있었기 때문에 그녀도 농장에 계속 머물 수가 없었다. 그들은 어디에 정착해 살아야 할까 생각하다가 결국 그녀의 뜻대로 내가 살고 있는 도시로 이사 오게 되었다.

내 인생에서 이보다 더 큰 선물, 이보다 더 귀한 상은 없었다. 나의 어린 양, 나의 비둘기, 내가 건강을 되찾아 주고 영혼의 젖으로 키워 낸 바로 그 아이가 다시 나에게로 돌아오는 것이다. 그녀는 나에게 아무것도 바라지 않는다. 그녀에겐 남편이 있다. 하지만 그녀는 내 곁에 가까이 있고 싶어 한다. 나를 필요로 한다. 가끔씩 내 이야기를 들어야 한다. 일요일 미사 때 나를 볼 수 있어야 한다. 거리에서 나를 만나기도 해야 한다. 나는 행복했고, 그리고 그 순간 이제 내가 더 이상 젊지 않다는 것을, 생각하던 것보다 나이가 많이 들었음을, 또 루치에가 어쩌면 내 인생의 유일한 작품인지도 모른다는 것을 느꼈다.

너무 적다고요, 루드비크? 아니에요. 이만하면 충분하고, 나는 행복합니다. 나는 행복해요. 행복합니다…….

20

아아, 나는 얼마나 나 자신을 속이고 있는가! 나의 길이 올바르다는 확신 속에서 이렇게 편집증 환자처럼 완고해지고 있다니! 신앙인이 아닌 사람을 앞에 두고 내 신앙의 힘을 자랑하다니!

그렇다, 나는 루치에를 하느님에 대한 믿음으로 인도하는 데 성공했다. 나는 그녀의 마음에 평정을 찾아 주고 상처를 치유해 줄 수 있었다. 그녀가 육체에 대한 혐오감에서 벗어날 수 있도록 해 주기도 했다. 그리고 마침내는 그녀가 혼자 걸을 수 있도록 뒤로 물러섰다. 그렇다, 그러나 그렇게 해서 내가 그녀에게 가져다 준 것은 무엇인가?

그녀의 결혼 생활은 순탄치 않았다. 그녀의 남편은 상스러웠고, 남들이 다 보는 앞에서 바람을 피웠으며, 그녀를 때리기도 한다는 소문도 있었다. 루치에는 내게 이런 이야기를 한 번도 한 적이 없었다. 내가 몹시 상심하리라는 것을 알았던 것이다. 그녀는 자신이 행복하게 살고 있는 모습을 보여 주려고 애썼다. 그러나 작은 도시에서는 아무것도 감출 수가 없는 법이다.

아아, 나는 얼마나 나 자신을 속이고 있는가! 나는 국영 농장의 감독관에게 가해진 정치적 음모를 하느님의 뜻으로, 내가 떠나야 한다는 계시로 해석했다. 그러나 그렇게 수많은 목소리 중에서 어떻게 하느님의 음성을 가려낼 수 있단 말인가? 그리고 그렇게 포착한 목소리가 실은 나 자신의 비겁함에서 나온 목소리에 지나지 않는 것이라면?

왜냐하면 내겐 프라하에 아내와 아이가 있었기 때문이다. 그들이 내게 그리 중요하지는 않았지만 나는 그들과 헤어질 능력이 없었다. 나는 해결할 수 없는 상황이 닥치지 않을까 두려워하고 있었다. 루치에의 사랑이 나를 겁나게 하기도 했다. 나는 그 사랑을 어떻게 해야 할지 몰랐다. 그 사랑이 초래할 복잡한 일들이 두려웠다.

나는 그녀에게 구원을 가져다주는 천사의 얼굴을 하고 있었지만 실은 그녀를 유혹하는 또 하나의 남자에 불과했다. 단 한 번, 단 한 차례 그녀와 사랑을 나눈 뒤, 나는 그녀에게서 등을 돌렸다. 그녀만이 나를 용서해 줘야 했던 것인데 내가 그녀에게 용서를 가져다 주는 척하고 있었다. 내가 떠날 때 그녀는 비탄의 눈물을 흘렸으면서도 몇 년 후 다시 여기에, 나를 위하여, 자리를 잡은 것이다. 그녀는 나와 이야기를 나누곤 했다. 나를 친구처럼 대했다. 나를 용서한 것이다. 게다가 모든 것이 분명했다. 이런 일은 내가 살아오는 동안에 자주 일어난 일이 아니었지만, 하여간 이 아가씨는 나를 사랑했다. 나는 그녀 인생을 내 손 안에 쥐고 있었다. 그녀의 행복은 내게 달려 있었다. 그런데 나는 도망쳤다. 그녀에 대하여 이보다 더 큰 죄를 지은 사람은 아무도 없었다.

불현듯 나는, 내가 이른바 그 하느님의 부르심이라는 것을 실은 나 자신의 인간적 책무들을 면하기 위한 핑계로 내세우고 있다는 생각이 든다. 나는 여자들이 무섭다. 그들의 온기가 두렵다. 끊임없이 곁에 있는 것이 겁난다. 이웃 도시의 그 여선생과 방 두 개짜리 집을 계속 나누어 쓴다고 생각하면 끔찍한 것과 똑같이, 루치에와 같이 산다는 생각을 했을 때 겁이 났던 것이다.

그리고 십오 년 전에 나는 왜 자발적으로 대학을 떠났는가? 나는 나보다 여섯 살 위인 내 아내를 좋아하지 않았다. 나는 그녀의 목소리도, 그녀의 얼굴 모습도, 늘 반복되는 가정의 시곗바늘 같은 일상도 더 이상 견딜 수가 없었다. 나는 더 이상은 그녀와 같이 살 수 없는 상태였지만, 그녀는 착했고 내게 전혀 잘못한 일도 없었으므로 갑자기 비수를 들이대듯 이혼하자고 할 수는 도저히 없는 일이었다. 그때 갑자기 축복과도 같은 숭고한 부름의 목소리가 들려왔다. 예수님이 나에게 그 올가미들을 떠나라고 격려해 주시는 소리를 들었던 것이다.

오, 주님, 진정 이런 것인가요? 저는 그토록 한심하게 형편없는 놈인가요? 그런 것이 아니라고 말씀해 주세요! 그런 믿음을 주세요! 오, 하느님, 당신의 음성이 들리게 해 주소서, 더 크게, 더 크게! 이렇게 온통 뒤섞인 수많은 목소리들 속에서 저는 당신의 음성을 전혀 들을 수가 없습니다!

7부
루드미크, 헬레나, 야로슬라프

1

저녁 늦게 코스트카의 집에서 호텔로 돌아온 뒤 이제 더 이상 여기에서 할 일이 없었으므로, 나는 다음 날 일찍 프라하로 떠나기로 작정하였다. 고향에서의 나의 위선적인 소임이 끝난 것이었다. 그러나 불행히도 머릿속에 떠도는 잡생각들이 하도 많아서 밤이 깊도록 나는 (삐걱거리는) 침대 위에서 한참을 잠을 이루지 못하고 뒤척였다. 마침내 잠들었다고 생각했을 때도 여러 차례 소스라쳐 깨곤 했고 새벽녘이 되어서야 겨우 깊이 잠들 수 있었다. 그래서 늦은 아침까지 자고 9시경에야 일어났다. 그때는 오전 시간대 버스며 기차가 모두 떠난 뒤였고, 프라하로 가는 다음 차편을 위해서는 오후 2시까지 기다려야 했다. 이런 사정을 생각하니 참으로 참담한 기분이 되었다. 꼭 난파당한 기분이 들고, 프라하, 내 일, 내 집 책상, 내

책들이 갑자기 사무치게 그리워졌다. 그러나 별 수 없지 않은가. 나는 꾹 참고 식당으로 내려가야만 했다.

혹시 헬레나가 그 자리에 나타날까 두려워 나는 주위를 살피며 안으로 들어갔다. 그러나 그녀는 거기에 없었다.(아마 녹음기를 어깨에 메고 이미 옆 마을을 돌아다니며 마이크를 들이대고 질문을 해 대어 행인들을 귀찮게 하고 있을 것이었다.) 반면 식당은 테이블에 앉아서 왁자지껄하게 떠드는 손님들, 맥주나 블랙 커피 혹은 코냑을 앞에 놓고 담배를 피워 대는 손님들로 만원을 이루고 있었다. 아, 오늘 아침도 역시 내 고향 도시는 내게 제대로 된 아침 식사 한 끼를 허락해 주지 않는구나!

나는 거리로 나섰다. 푸른 하늘, 조각 구름들, 무거워지기 시작하는 공기, 가볍게 떠오르는 먼지들, 망루(그렇다, 이 망루는 투구를 쓴 기병을 닮았다.)가 있는 광장으로 이어지는 거리 등, 이러한 모든 배경이 메마른 슬픔의 입김으로 나를 감싸 왔다. 멀리서는 취기 어린 비탄조로 단조로운 모라비아 민요 가락이 들려오고(이 노래 속에는 향수, 초원 그리고 징발된 기병들의 긴 기마 행렬이 마술에 붙들려 있는 것 같았다.) 내 머릿속에는 갑자기 루치에, 이미 오래전에 지나간 그 이야기가 떠올랐다. 그 이야기는 멀리서 들려오는 이 느린 노래와 닮은 데가 있었고, 수많은 여자들이 아무것도 남기지 않은 채, 마치 가볍게 떠오르는 먼지가 이 큰 건물 앞의 평평한 광장 위에 아무런 흔적도 남기지 않고 보도 위에 내려 앉았다가 한 줄기 바람을 따라 어디론가 멀리 날아가듯 그렇게, (대초원을 지나가듯) 거쳐 지나갔던 내 마음을 질책하고 있었다.

나는 먼지 이는 보도를 따라 걸으며, 내 삶을 짓누르는 공허, 그 공허의 무거운 가벼움을 느꼈다. 루치에, 그 안개의 여신은 처음에 내 손에서 빠져나가 달아나 버리더니, 어제는 정확하게 미리 계획된 나의 복수를 허망하게 만들어 버렸고, 이제는 얼마 되지 않아서 그녀에 대한 나의 회상주차도 어떤 비통한 조롱거리로, 무언가 알 수 없는 기괴한 올가미로 만들어 놓은 것이다. 코스트카가 알려준 바에 의하면 실은 나는 루치에가 누구인지 전혀 몰랐던 것이고, 그러므로 그토록 여러 해 동안이나 그녀가 아닌 다른 여자의 모습을 그려 왔던 것이니 말이다.

언제나 나는 루치에가 내게 일종의 추상이고 전설이자 신화라는 생각을 즐겨 되뇌어 왔다. 그러나 지금 이 시적인 말의 배후에서 전혀 시적이지 않은 진리를 깨닫게 되었다. 나는 루치에를 알지 못했던 것이다. 그녀가 실제로 누구인지, 그녀 자체로서 그리고 자신에 대하여 어떤 사람인지 나는 알지 못했다. 나는 그녀의 존재를 오로지 (청년기의 자아중심주의에 빠져 있었던 탓에) 나에게로 (나의 고독, 나의 예속, 애정과 사랑에 대한 나의 욕구로) 곧바로 향해 있는 측면에서만 받아들였다. 그녀는 나에게 있어서 내가 체험한 상황의 기능에 불과했다. 내 삶의 이 구체적인 상황을 벗어나는 모든 것, 그 자체로서의 그녀 모습은 모두 간과되었던 것이다. 그러나 그녀가 나에게 진정 어떤 상황의 기능에 불과했다고 가정해야 한다면, 이 상황이 달라지게 되자마자(다른 상황이 대신 이어지자마자, 내가 늙고 변하자마자) 나의 루치에 또한 사라질 것이라는 사실은 논리적으로 확실하다. 왜냐하면 나에게 간과된 그녀의 모습, 나의 관심을 끌지 못하고 그래서 나를 벗어난 그녀의 모습만이 남게 될 것이므로. 그리고 열다섯 해가 지난 후에 내가 그녀를 전혀 알아보지 못했던 것도 마찬가지로 매우 논리적이다. 이미 오래전부터 그녀는 나에게 있어서(그리고 나는 '나에게 있어서'가 아닌 다른 방식으로 결코 그녀를 생각하지 않았다.) 다른 사람, 모르는 사람이었다.

나의 패배를 알리는 전보가 십오 년 동안이나 나를 쫓아다닌 끝에 내게 도착한 것이었다. 코스트카는(그의 말을 나는 늘 한쪽 귀로 흘려듣기만 했다.) 그녀에게 더 많은 것을 의미하였고, 그녀를 위해서 더 많은 것을 하였으며, 그녀를 더 잘 사랑할 줄 알았다.(더 많이는 분명 아닐 것이다. 내 사랑의 힘은 극도에 달했었으니까.) 그에게 그녀는 모든 것을 털어놓았다. 나에게는 아무것도 말하지 않았다. 그는 그녀를 행복하게 만들었다. 나는 불행하게 만들었다. 그는 그녀의 육체를 경험했다. 나는 결코 그렇게 하지 못했다. 내가 그토록 필사적으로 갈망한 그 육체를 얻는 데는 아주 간단한 일 하나로 충분했던 것인데 말이다. 즉 그녀를 이해하고, 그녀 쪽으로 향하고, 나에게 와 닿는 쪽에서만 그녀라는 사람을 사랑하는 데 그치지 않고 나와 직접 관련이 없는 모든 부분에 대해서도, 그러니까 그녀 자체의 모습, 그녀 혼자만의 모습에 대해서도 그녀를 사랑하는 것. 그러나 나는 이를 알지 못했고 그래서 우리 두 사람 모두에게 상처를 입히고 말았다. 나 자신에 대한 분노의 파도, 당시의 내 나이에 대한 분노의 파도가 나를 온통 집어삼켰다. 자기 밖에 놓인 수수께끼에 관심을 가지기에는 스스로에게 자신이 너무도 커다란 수수께끼인 그런 나이, 또한 다른 사람들은 (아무리 친한 사람이라 해도) 자기 자신의 감정, 자신의 혼란, 자신의 가치 등을 놀랍게 비추어 주는 움직이는 거울에 불과한 그런 바보 같은 서정적 나이에 대한 분노였다. 그렇다, 나는 지난 십오 년 동안 루치에를 예전 나의 이미지를 간직하고 있는 거울처럼 생각해 왔던 것이다.

침대 하나만 덩그러니 놓여 있던 그 방, 더러운 창유리를 통해 거리의 가로등 불빛이 스며들던 그 썰렁한 방이 문득 다시 보였고 루치에의 거친 저항이 다시 떠올랐다. 그 모든 것이 꼭 못된 농담 같기만 했다. 나는 그녀를 처녀로 생각했고, 그녀는 바로 자신이 처녀가 아니라는 사실 때문에, 그래서 내가 그런 사실을 알게 될까 두려웠기 때문에 그렇게 저항을 했던 것이다. 물론 그녀의 저항은 달리 설명할 수도 있을 것이다.(이는 코스트카가 루치에를 바라보았던 방식에 부응하는 설명일 것이다.) 즉 그녀가 처음에 겪은 성적 경험들이 너무 깊은 상처를 남겼고, 그래서 대부분의 사람들이 사랑의 행위에 부여하는 의미들이 그녀에게는 존재하지 않는 것으로 여겨졌을 것이다. 그 첫경험은 사랑의 행위에서 모든 애정과 사랑의 감정을 들어내 버렸다. 루치에에게 육체는 추악했고, 사랑은 비육체적이었다. 영혼과 육체 간의 어떤 은밀하고 집요한 전쟁이 자리를 잡게 된 것이었다.

이러한 해석은(얼마나 멜로드라마적이면서도 또 반면에 아주 그럴듯한가.) 내게 영혼과 육체 사이의 서글픈 불화의 기억을 다시 떠올리게 했고(나는 이 불화의 다양한 변형들을 몸소 경험했다.) 예전에 나를 그렇게 웃게 만들었던 한 연애 사건을 상기시켰다.(여기에서는 슬픔과 우스꽝스러움이 계속 한데 뒤섞이고 있기 때문에.) 성 관념이 매우 개방적인(나는 그 점을 자주 이용했다.) 여자 친구가 있었는데, 그녀는 이번에는 기필코 사랑을 경험하리라 작정을 하고 어느 물리학자와 약혼을 했다. 하지만 그녀는 (자신이 거쳐 온 십여 차례의 성적 관계와 구별되는) 진정한 사랑을 느끼기 위해서 결혼 첫날밤까지 약혼자에게 일체의 육체 관계를 금했다. 그녀는 약혼자와 함께 저녁 산책길을 거닐었고 그의 손을 꼭 쥔다든지 가로등 아래에서 입맞춤을 나누었다. 그렇게 함으로써 그녀의 영혼은 (육체의 무게로부터 벗어나서) 하늘 높이 날아오르기도 하고 현기증 나도록 아찔해질 수도 있었다. 결혼한 지 한 달쯤 지나서 그녀는 이혼했고, 남편이 자신의 위대한 감정을 저버렸음을, 거의 불능에 가까울 만큼 성적으로 빈약한 남자였음을 한탄했다.

멀리서 그치지 않고 모라비아 민요가 들려오고 있었다. 술에 취한 듯한 그 긴 노랫소리는 이 이야기 뒤에 남는 그로테스크한 뒷맛과, 도시의 먼지 자욱한 공허, 배 속의 허기를 더 쓰라리게 만드는 나의 서글픔과 하나 되어 뒤섞였다. 마침내 나는 밀크 바 앞에 당도하여 손잡이를 잡고 문을 흔들어 보았지만 잠겨 있었다. 지나가던 행인이 말을 건넸다. "아, 오늘은 가게들이 전부 축제에 가 있어요." "'왕들의 기마 행렬'이오?" "그럼요, 거기다 노점상을 벌였지요."

욕설을 내뱉어 보았지만 별 수 없이 포기하고 결국 노래가 들리는 쪽으로 방향을 틀었다. 마치 흑사병인 양 피해 왔던 그 민속 축제 쪽으로 내 위장의 경련은 나를 이끌어 갔다.

2

피곤. 새벽부터의 피곤. 마치 밤새도록 흥청망청 논 것 같았다. 밤새 잠을 잤는데도 말이다. 하지만 이 잠이라는 게 허울뿐인 잠이었다. 아침밥을 삼키면서 나는 애써 하품을 참아야 했다. 그러고 있는데 사람들이 도착하기 시작했다. 블라디미르의 친구들, 그리고 각양각색의 구경꾼들이 모여들었다. 협동 조합의 한 청년이 블라디미르를 위해서 우리 집 마당으로 말을 끌고 나왔다. 군중들 사이로 이곳 지방 인민위원회의 문화 담당관인 칼라세크가 나타났다. 벌써 이 년째 나와 원수처럼 지내는 사람이다. 그는 검은 복장으로 차려 입었고, 엄숙한 표정이었으며, 우아해 보이는 여자와 같이 있었다. 프라하에서 온 라디오 방송국 기자. 내가 그들을 대동해야 할 것 같은 분위기다. 그 여자는 '왕들의 기마 행렬'에 대한 방송을 위해서

인터뷰를 하고 싶다고 한다.

딴 데 가서 알아봐요! 난 실없는 놈 될 생각 전혀 없으니까. 여기자는 나를 만나 기쁘다고 열을 냈고, 물론 칼라세크도 옆에서 거들었다. 거기에 따라가는 것이 마치 나의 정치적 책무인 양 되어 버렸다. 우습게 되어 버린 것이다. 잘 버텼어야 했는데 그렇게 되질 않았다. 나는 왕 역할을 맡은 아이가 내 아들이고, 그 아이가 준비하는 동안 옆에 있고 싶다고 그들에게 말했다. 그런데 블라스타가 허를 찔렀다. 아들을 준비시키는 일은 자신의 일이라는 것이다. 나는 그들을 따라나서 방송에 대고 말을 하는 수밖에 없었다.

하는 수 없이 나는 시키는 대로 했다. 여기자는 인민위원회의 지방 사무국에 자리를 잡았다. 거기에서 그녀는 담당 청년과 같이 녹음기를 설치했다. 혀가 다 닳도록 그렇게 끊임없이 말을 해 댈 수 있다니! 말을 하면서 그녀는 연신 웃어 댔다. 그러다가 마이크를 코밑에 대고는 칼라세크에게 첫 질문을 던졌다.

그는 헛기침을 한 번 하고서 입을 열었다. 민속 예술제는 공산주의 교육에 빠져서는 안 되는 부분이다. 지방 인민회의는 이를 대단히 잘 인식하고 있다. 그렇게 때문에 이 행사를 전폭적으로 지원하는 것이다. 그는 전폭적인 성공을 빌고, 전폭적으로 동참하고 있노라고 했다. 참여해 준 모든 사람들에게 감사한다고도 했다. 특히 행사를 전폭적으로 열심히 주관한 이들과 참여 학생들에게.

피곤, 피곤. 언제나 똑같은, 쉼 없이 계속되는 말들. 십오 년 동안 줄곧 되풀이되는 똑같은 말을 듣는다는 것. 그것도 민속 예술 같은 것은 열렬하게 무시해 마지않는 칼라세크 같은 인물의 입에서 그런 말을 듣는다는 것. 그에게 민속 예술이라는 것은 하나의 수단일 뿐이다. 새로운 활동을 펼친다는 것을 자랑하는 수단. 지침을 수행한다는 것을 떠벌리는 수단. 자신의 공로를 떠벌리기 위한 수단. 그는 뒤에서 일전 한푼에도 인색하게 굴어 가며 '기마 행렬'을 준비하는 데 손가락 하나 까딱하지 않았다. 그럼에도 '기마 행렬'은 그가 주도한 것으로 돌아가게 될 것이다. 이 지역 지방 문화를 관장하는 것은 바로 그다. 바이올린과 기타도 구별하지 못하는 전직 상점 점원.

여기자는 마이크를 다시 자기에게 가져가더니 내게 물었다. 올해의 이 '기마 행렬'에 만족하는가? 나는 코웃음을 칠 뻔했다. '왕들의 기마 행렬'은 아직 시작도 안 하지 않았는가! 그러나 웃은 것은 그녀였다. 나처럼 노련한 민속 전문가는 앞으로 진행될 일들을 틀림없이 잘 알고 있으리라는 것이었다. 그런 사람들은 정말로 그렇게 미리 모든 것을 다 알고 있다고 했다. 앞으로 일어날 일들을 그들은 이미 알고 있다는 것이었다. 그들에게 있어 미래는 이미 일어난 것이며 계속 반복될 뿐이라고도 했다.

나는 마음속에 품고 있던 모든 것을 다 털어놓고 싶었다. '기마 행렬'은 예년에 미치지 못한다. 민속 예술은 점점 참여자들을 잃어 가고 있다. 당국자들은 민속 예술 같은 것은 안중에도 없다. 이 예술은 이제 거의 죽은 것이나 다름없다. 라디오에서 민속 음악 비슷한 것이 계속 울려 나온다고 해서 거기에 속아서는 안 된다. 민속 악기로 구성된 모든 악단, 민속 가무단들, 그런 것은 차라리 오페라나 오페레타 같은 시간 때우기용 음악이지 민속 예술은 절대 아니다. 지휘자와 악보, 악보대를 구비한 민속 악기 악단이라니! 거의 관현악단 같은 구성이 아닌가! 어디서 생겨난 잡종이란 말인가! 여보시오, 어기자 양반, 이 악단과 이 가무단들이 당신에게 들려주는 것은 단지 민속적 가락을 차용한 그 옛날 낭만주의적 음악의 관념일 뿐이오. 진정한 민중 예술은, 기자 양반, 이미 죽었다고요.

나는 마이크에 대고 이런 말들을 다 토해 내고 싶었지만 나온 것은 다른 말이었다. '왕들의 기마 행렬'은 참으로 아름답다. 민속 예술의 힘찬 기운. 온갖 색깔들의 향연. 나는 전적으로 동참했다. 도와주신 모든 분들께 감사드린다. 대단히 열성적으로 참여해 준 행사 진행자들과 학생들에게 감사한다.

나는 그들이 원하는 대로 이야기한 것이 부끄러웠다. 나는 그토록이나 비겁하단 말인가? 아니면 그토록이나 훈련이 되어 있는 것인가? 아니면 그토록 피곤한 것일까?

나는 이야기를 끝내고 빠져나올 수 있게 된 것이 반가웠다. 서둘러 집으로 돌아갔다. 마당에는 구경꾼들이 모여 있고, 말 주위에서 끈과 구불구불한 긴 리본들을 손에 들고 있는 온갖 종류의 보조원들이 왔다 갔다 하고 있었다. 나는 블라디미르가 옷을 입고 치장하는 데에 가 보고 싶었다. 집 안으로 들어갔지만 사람들이 그에게 옷을 입히고 있는 거실의 문은 열쇠로 잠겨 있었다. 나는 문을 두드리고 큰 소리로 불렀다. 안에서 대답한 것은 블라스타였다. 당신은 여기서 할 일이 없어요,

왕께서 옷을 입고 계세요. 세상에, 내가 거기 들어가지 못할 이유가 뭐야? 내가 말했다. 전통에 어긋난다니까요라고 블라스타가 대답했다. 왕이 옷을 입는 데 아버지가 옆에 있다고 해서 그것이 어떤 점에서 전통을 거스르는 것인지 알 수 없었지만, 그녀의 생각을 바꾸려고 애써 고집하지는 않았다. 그들이 나의 세계에 사로잡혀 있다는 사실이 나는 흐뭇했다. 나의 가난한, 고아 같은 그 세계에.

나는 그래서 다시 마당으로 나가 말을 치장하고 있는 사람들과 잡담을 나누었다. 말은 협동 조합에서 빌려 온 육중한 짐수레 말이었다. 인내심이 많고 온순한.

그러고 있는데 대문 너머로 길거리의 웅성거리는 소리가 들려왔다. 잠시 후 호명 소리가 들렸고 북 치는 소리도 들렸다. 나의 시간이 온 것이다. 나는 완전히 들뜨기 시작했다. 대문을 열고 밖으로 나갔다. '왕들의 기마 행렬'이 우리 집 앞에 정렬해 있었다. 요란한 치장에 리본을 달고 있는 말들. 화려한 전통 의상으로 차려 입은 젊은이들이 말을 타고 있었다. 이십 년 전처럼. 그들이 나를 데리러 왔던 그때처럼. 나의 아버지에게 아들을 왕으로 내주십사 청하러 왔던 그때처럼.

우리 집 대문을 마주보고 선 행렬의 선두에 시종 둘이 여장을 하고 손에는 군도를 쥔 채 안장 위에 앉아 있었다. 이들은 블라디미르를 하루 종일 수행하고 호위하기 위해서 기다리고 있는 것이었다. 한 기사가 대오에서 빠져나와 말을 세우더니 이렇게 선언했다.

훠이, 훠이! 모두들 들으시오!
너그러운 아버님, 화려한 행렬로 아드님을
왕으로 모셔 가도록 허락하여 주십시오!

자신들이 왕을 잘 지켜 드리겠노라고 그는 약속했다. 적군을 물리치고 왕이 안전하게 지나가도록 할 것이라고, 왕이 적군의 수중에 들어가게 하지 않을 것이라고. 목숨 바쳐 싸울 준비가 되었노라고. 훠이, 훠이.

나는 뒤를 돌아보았다. 조금 어둑어둑한 문가에는 벌써 봉긋한 소매의 전통 여인 복장을 하고, 색색의 리본들을 얼굴 위로 늘어뜨린 어떤 실루엣이 리본으로 치장한 말을 타고 있는 모습이 드러나 보였다. 왕. 블라디미르. 갑자기 피곤과 불만이 싹 가시고 기분이 좋아졌다. 늙은 왕이 젊은 왕을 세상으로 내보내는 것이다. 나는 그에게로 다가갔다. 옆에 바짝 다가서서 뒤꿈치를 들고, 가장을 한 그의 얼굴 쪽으로 입술을 가져갔다. "잘 다녀오너라, 블라디미르." 나는 그에게 속삭였다. 그는 아무 대답도 하지 않았다. 미동도 하지 않았다. 그러자 블라스타가 미소 지으며 내게 말했다. 저 애는 당신에게 대답을 할 수가 없어요. 하루 종일 한마디도 해서는 안 되는 거예요.

3

마을에 도착하는 데는 십오 분이 채 걸리지 않았다.(내가 어렸을 적에는 시내와 마을 사이에 벌판이 가로놓여 있었는데 요즘은 모두 하나가 되어 있다.) 조금 전에 시내에서도 들었던 노래들이 이제 건물 정면이나 전봇대 위에 매달린 확성기를 통하여 힘차게 울려퍼지고 있었다.(언제나 영원한 착각 속에 빠져 있는 나. 조금 전에 그 소리의 어딘가 취한 듯하고 향수 어린 분위기 때문에 슬픔에 빠져들었는데 그 소리는 기계 장치를 통한 낡은 레코드판 두 장에서 흘러나오는 목소리에 불과했던 것이다.) 마을 입구에는 개선문이 서 있고, 거기에는 장식체 글자로 '모두 환영합니다'라고 쓰인 커다란 현수막이 걸려 있었다. 여기에서부터 사람들 무리가 운집하기 시작했다. 사람들은 대부분 도심의 평상복 차림이었지만 노인 서너 명은 기병풍 장화와 흰 아마포 바지,

그리고 수놓인 셔츠 등 민속 의상을 꺼내 입고 나와 있었다. 그러고는 길이 점점 넓어져 길쭉한 모양의 마을 광장으로 이어졌다. 길과 한 줄로 늘어선 나즈막한 집들 사이에 어린 나무 몇 그루와 간이 판매대들(오늘의 축제를 위해서 준비된)이 서 있는 풀밭이 펼쳐져 있었고, 거기서 맥주, 레모네이드, 땅콩, 초콜릿, 생강빵, 겨자 바른 소시지, 와플 따위를 팔고 있었다. 밀크 바도 역시 거기에 임시 가게를 내고 우유, 치즈, 버터, 요구르트, 신맛 나는 크림을 팔았다. 어느 판매대에서도 알코올을 내놓지 않았지만, 내가 보기에는 사람들이 모두 취한 것 같았다. 서로 부딪치고, 매점 앞으로 몰려들고, 일없이 어슬렁거렸다. 이따금씩 누군가 커다란 몸짓으로 팔을 쳐들며 노래를 시작하기도 했지만 매번 제대로 이어지지를 못한 채 두세 마디가 나오고서는 곧 주위의 떠들썩한 잡음에 묻혀 버렸고, 또 그 소리 역시 확성기의 레코드 소리에 눌려 버리고 말았다. 광장 바닥에는 벌써(축제는 이제 겨우 시작인데) 일회용 맥주컵과 겨자로 얼룩진 종이들이 여기저기 뒹굴었다.

유제품을 파는 매점은 음주 금지 분위기를 강하게 풍기면서 사람들을 멀리 쫓고 있었다. 나는 별로 기다리지도 않고 우유 한 컵과 크루아상 하나를 얻을 수 있어서, 한 발치 물러나와 조금씩 우유를 음미하며 마셨다. 바로 그때 반대편 끝쪽에서 함성이 일었다. '왕들의 기마 행렬'이 들어오고 있었다.

닭 깃털로 장식한 작고 검은 빵모자, 하얀 셔츠의 풍성하고 주름진 소매, 붉은 털실 술을 단 짤막한 푸른색 볼레로, 말들의 마구에 걸려 있는 색종이 테이프 들이 광장을 가득 채웠다. 웅성거리는 목소리와 확성기의 노래에 새로운 소리가 끼어들었다. 말들의 울음소리와 기사들의 외침 소리.

휘이, 휘이! 모두 들으시오,
산골짝의 사람들, 바닷가 사람들,
이 부활절 주일에 무슨 일이 일어났는지 들어 보시오.
우리의 왕은 가난하지만
그런 만큼 덕이 높은 분이라오.
그분이 개를 천 마리 도둑맞아서
성이 텅 비게 되었는데……

각 요소들이 서로 아귀다툼하듯 충돌하는 어지러운 이미지가 눈과 귀에 어른거리고 웅웅거렸다. 확성기의 민요가 말 위의 민요와 부딪치고, 민속 의상과 말 들의 색깔이 구경꾼들이 입은 볼품없는 옷의 갈색과 회색에 부딪치고, 애써 노력한 기사들의 자연스러움이 붉은 완장을 두른 사람들의 그 분주한 고역과 부딪치고 있는 것이다. 완장을 두른 사람들은 말과 군중들 사이를 뛰어다니면서 일대 혼잡을 이룬 이 난장판에서 어느 정도 질서를 유지시키느라 허리가 휠 정도였다. 그 일은 좀처럼 쉽지 않았는데, 이는 구경꾼들이(다행히 그렇게 많은 수는 아니었다.) 잘 따르지 않았기 때문이기도 하지만 무엇보다 거리 교통을 차단해 놓지 않았기 때문이었다. 붉은 완장을 두른 사람들은 행렬 선두와 끝에 배치되어 자동차들이 속도를 늦추도록 신호를 보냈다. 그러나 관광 나온 승용차며 화물차,

연속적으로 폭발음을 내는 오토바이들이 말들 사이에 꼼짝 없이 갇히게 되었고, 이 자동차들은 말들의 신경을 자극했을 뿐만 아니라 기사들을 당황하게 만들었다.

솔직히 말해서 내가 이 민속 축제에(이번 것만이 아니라 어떤 민속 축제이든) 절대 끼어들고 싶지 않았던 것은, 내 눈앞에 펼쳐질 것과는 다른 어떤 것에 대한 두려움이 있었기 때문이다. 나는 조악한 취향이라든가 진짜 민속 예술과 온갖 상투적 요소들의 혼합 같은 것들을 예상하고 있었다. 얼간이 같은 연사들의 개회사를 들을 준비도 되어 있었다. 그렇다, 나는 최악의 것을, 허식과 겉치레를 이미 예상하고 있었다. 그러나 행사가 시작될 때부터 이 축제를 짓누르고 있는 분위기, 이 서글프고도 가슴 저미는 초라함에 대해서는 전혀 준비가 되어 있질 않았다. 그 초라함은 모든 것들에 달라붙어 있는 듯했다. 간이 매점의 볼품없는 물건들, 많은 숫자가 아니면서도 전적으로 무질서하고 산만한 군중들, 달리는 자동차들과 시대착오적 축제 사이의 충돌, 아무것도 아닌 것에 괜히 앞발을 쳐들고 뒷걸음을 쳐 대는 말들, 귀를 왕왕 울리는 확성기, 이 모든 것에. 확성기에서는 기계적으로 줄기차게 두 노래가 울려 퍼져서, 젊은 기사들이 목이 터져라 열심히 시구를 외쳐 대는 것을 (오토바이들의 요란한 소음과 함께) 아무 소용 없게 만들어 버리고 있었다.

우유를 다 마시고 내가 종이컵을 땅바닥에 버리고 났을 때, 행렬은 광장을 충분히 행진하고서 이제 여러 시간이 소요될 마을 순례에 들어갔다. 이 모든 것은 예전부터 나에게 친숙한 것이었다. 전쟁 마지막 해에 나 자신이 시종 역할을 맡아(격식을 차린 여자 복장에다 손에 군도를 쥐고서) 그 당시 왕이었던 야로슬라프를 수행하여 말을 달렸었다. 감상적인 추억에 잠기고 싶지는 않았지만(이 스펙터클의 초라함이 나를 무장해제라도 시킨 것인지) 그렇다고 이 전경에 등을 돌려 버리고 싶지도 않았다. 나는 차도 전체에 정열하고 늘어선 기마 군단을 천천히 따라갔다. 행렬 중심에는 세 편대가 행진하고 있었다. 왕이 가운데 있었고 양쪽에 여자 복장을 하고 군도를 지닌 두 시종이 배치되어 있었다. 조금 떨어져서 이들을 둘러싸고 왕을 호위하는 다른 기사들, 소위 **각료들**이 달리고 있었다. 나머지 기사들은 두 줄로 길 양편을 따라 행렬을 이루었다. 여기서도 역시 역할이 정확하게 분담되어 있었는데, 제일 먼저 **기수들**이 있었고(이들은 깃대를 장화 목에 꽂고 있었기 때문에 가장자리 붉은 천장식이 말 옆구리 높이에서 펄럭였다.) 그다음 **전령들**이 있었으며(이들은 집집마다 돌면서 가난하지만 덕이 높으신 왕, 개 천 마리를 도둑맞아서 성이 텅 비게 된 왕에 대한 대사를 운율에 맞추어 낭송하였다.) 마지막으로 **모금인들**이 있었다.(이들은 버드나무 바구니를 앞으로 내밀면서 "왕을 위해서요, 아주머님, 왕을 위해서요!"라고 간청하는 역할을 맡고 있었다.)

4

고마워, 루드비크, 당신을 안 지 팔 일밖에 안 됐지만 그 누구도 당신만큼 이렇게 사랑한 적은 없었어, 당신을 사랑하고 당신을 믿어, 다른 아무 생각 없이 그냥 당신을 믿어, 이성까지도, 감정도, 영혼도 모두 나를 속여도 몸은 간교하지 않으니까, 몸은 영혼보다 더 정직하니까, 그리고 내 몸은 어제 내가 겪은 그런 것, 관능과 열정, 잔혹과 쾌락을 그리고 폭력을, 그 전에는 한 번도 경험해 본 적이 없었다는 것을 잘 알았지, 내 몸은 결단코 그런 것은 꿈도 꾸어 보지 못했었어, 어제 우리의 몸은 맹세로 맺어졌고 이제 우리의 머리는 거기에 따르기만 하면 되는 거야, 당신을 안 지 팔 일밖에 되지 않았지만, 다시 한 번 루드비크, 고마워.

또한 마지막 순간에 이렇게 나타나 줘서, 나를 구해 줘서 고마워. 오늘 아침은 날씨가 좋았고, 하늘은 푸르르고, 내 안까지 온통 푸르름으로 가득했어. 이른 아침부터 모든 일들이 바라는 대로 순조롭게 풀려 가더군. 우리는 왕의 부모 집에서, 왕을 데리러 온 기마 행렬을 취재했지. 그런데 바로 거기에서 그 사람이 불쑥 내게로 다가오는 거야. 나는 정말 너무나 놀랐지. 그가 브라티슬라바에서 그렇게 빨리 도착하리라고는 전혀 생각하지 못했고, 게다가 그렇게 잔인하리라고는 더욱이 생각도 못 했거든. 생각 좀 해 봐, 루드비크, 야비하게도 그 여자를 데리고 온 거야!

그런데 나는 바보처럼 우리 가정이 아직 완전히 파탄에 이른 것은 아니라고, 다시 잘해 볼 수 있는 방도가 있으리라고 믿고 있었다니, 이 실패한 결혼을 위해서 하마터면 당신을 포기할 뻔하고 이곳에서의 우리 만남을 거절할 뻔했던 바보 같은 나, 브라티슬라바에서 돌아오는 길에 나를 데리러 이곳에 들르겠다고 하고, 솔직하고 진지하게 내게 할 이야기가 아주 많다고 하면서 그가 달콤한 목소리로 속삭였을 때 경계하기는커녕 또 넘어가 버렸던 바보 같은 나, 그는 그러기는커녕 그 여자한테, 그 어린애한테, 스물두 살짜리, 그러니까 나보다 열세 살이 적은 그 생쥐한테 코가 꿰여서 다시 나타난 거야. 얼마 일찍 태어났다는 이유 하나만으로 경쟁에서 져야 한다는 게 얼마나 모욕적이었던지, 나는 막무가내로 그냥 울부짖고 싶은 심정이었어. 하지만 그럴 수 있는 상황이 아니었지, 나는 미소를 짓고 예의바르게 손을 내밀어 악수를 해야 했어, 아, 루드비크, 내게 힘을 줘서 정말 고마워.

그녀가 잠시 자리를 뜬 사이 그가 말하더군, 우리 셋이서 같이 진지하게 의논을 할 수가 있을 것이다, 그러는 편이 훨씬 정직한 일일 것이다, 정직, 정직이라고? 나는 그 사람의 정직성이 어떤 건지 알지, 그는 우리가 단둘이서 이야기를 해 보아야 아무것도 얻을 것이 없다는 걸 알고 있었던 거야, 그러니까 그가 예상한 건, 내가 이 여자애를 대면하고는 완전히 냉정을 잃을 것이고, 배신당한 아내라는 굴욕적인 역할을 집어치우고 뒤로 물러설 것이며, 제풀에 꺾여 주저앉아 흐느끼며 굴복하리라는 것이었지. 아, 그가 정말 혐오스러워……, 취재 중인데, 안정이 필요한 이런 때에 그렇게 비열한 짓거리를 꾸미다니 정말 혐오스러워, 최소한 내 일은 존중해 줘야 할 텐데, 벌써 몇 년째 계속 이런 식인 거야, 매정한 거절, 실패, 끝없는 굴욕의 연속, 하지만 이번에는 나는 불끈 일어났어, 내 뒤에서 당신을 느꼈거든, 당신을, 당신의 사랑을, 내 위에서, 내 안에서 당신을 느꼈어, 그리고 기쁨에 넘쳐서 무어라 외쳐 대고 있는 그 멋진 기사들은 마치 나에게는 당신이 있다, 삶이 있다, 미래가 있다 하고 큰 소리로 말하는 것 같았어, 그리고 나는 내 안에서 하마터면 이미 잃어버릴 뻔했던 긍지를 느꼈지, 이 긍지가 내 안에서 홍수처럼 범람하고 있었어, 나는 멋지게 미소를 지어 보일 수 있었고, 그러면서 그에게 말했지, 이런 일로 프라하에서까지 당신들을 나와 동행하게 만들 필요는 없을 것 같다, 내겐 방송국 차가 있으며, 또 당신을 그토록 신경 쓰이게 하는 그 문제는 곧 해결될 수 있을 것이다, 당신에게 내가 함께 살고 싶은 남자를 소개하는 것도 어렵지 않다, 우리 모두가 아무 어려움 없이 의견의 일치를 볼 수 있을 것이다라고.

내가 미친 짓을 했는지도 몰라, 그래도 할 수 없지, 뭐, 그 감미로운 뿌듯한 순간은 충분히 가치가 있었거든, 갑자기 그는 다섯 배는 더 다정해졌고 만족스러워하는 것이 역력했어, 하지만 내가 그냥 아무 소리나 한 것은 아닌가 걱정스러운 모양인지 자꾸 같은 말을 되풀이하게 하더군, 그래서 결국 그에게 당신 이름을 말해 주었지, 루드비크 얀, 루드비크 얀이라고, 그리고 끝으로 분명하게 일러 주었어, 걱정 말라고, 이혼하겠다고, 분명히 약속한다고, 이제 당신을 절대 방해하지 않는다고, 염려 놓으라고, 나는 이제 당신을 더 이상 원하지도 않는다고, 당신이 나를 원한다고 하더라도. 그러자 그는 우리는 틀림없이 좋은 친구로 남을 수 있을 것이라고 하더군, 나는 미소 지으면서 물론이라고 답해 주었지.

5

내가 아직 클라리넷을 연주하곤 하던 시절에, 그러니까 예전에 악단 단원이던 때에, 우리는 '왕들의 기마 행렬'의 의미를 알아보려고 고심했던 적이 있었다. 전쟁에서 패한 마티아스 왕이 보헤미아를 탈출하여 다시 자신의 고국 헝가리로 되돌아오고 있을 때, 그와 그의 기사들은 체코의 추적병들을 따돌리기 위해 이곳 모라비아 지방의 한구석으로 숨어 들어와야 했고, 여기에서 그들은 빵을 구걸하며 연명했다고 한다. 전하는 이야기에 의하면 기마 행렬은 15세기경 그 역사적 사실의 기억을 담고 있는 것이라고 했지만, 옛날 문헌들을 대충 훑어보더라도 이 의식은 그 마자르족 군주의 불행한 사건보다 훨씬 더 오래전으로 거슬러 올라간다는 것을 쉽게 알 수 있었다. 그렇다면 이 의식은 어디에서 유래하는 것이며 그 의미는 무엇일까? 그것은 기독교 이전 이교 시대에서 시작된 것이고, 소년이 성인이 될 때 치르는 의식의 흔적 같은 것으로 남아 있는 것일까? 그리고 어떤 이유에서 왕과 그 시종들은 여자 복장을 하는 것일까? 무장한 병사들이(마티아스의 병사이든 아니면 그 이전 시대의 다른 병사들이든) 자신들의 우두머리를 그런 식으로 위장해서 적지를 통과했던 술책을 다시 보여 주는 것일까? 아니면 복장을 바꾸면 악귀들로부터 보호받을 수 있다는 옛날의 이교도적 믿음이 살아남은 잔재일까? 그리고 왜 왕은 처음부터 끝까지 입을 다물고 있어야만 하는 것일까? 그리고 또 왕은 하나인데 왜 '왕들의 기마 행렬'이라고 하는 것일까? 이 모든 것이 무엇을 의미하는 것일까? 알 수 없는 노릇이다. 여러 가지 가설은 무성하지만 검증된 것은 하나도 없다. '왕들의 기마 행렬'은 신비롭기 짝이 없는 의식이다. 그 누구도 그것의 의미와 전언을 알지 못한다. 그러나 마치 고대 이집트의 상형문자가 그것을 읽지 못하는 (그리고 그 글자를 환상적인 그림으로밖에 파악할 수 없는) 사람들에게 한층 더 아름다워 보이는 것처럼, 아마 '왕들의 기마 행렬'도 그것이 전하고자 하는 내용이 이미 오래전부터 상실되었기 때문에, 그리고 그 자체에, 그 모습과 형태에 우리 주의를 집중시킴으로써 그 몸짓과 색깔들 그리고 대사들이 더욱 두드러지게 부각되기 때문에 그렇게 아름다운 것인지도 모른다.

이 행렬의 혼잡했던 출발 앞에서 내가 느꼈던 처음의 불신도 놀랍도록 모두 사라져 버리고, 나는 이 집에서 저 집으로 천천히 움직이는 이 기마 군단의 모습에 완전히 매료되고 말았다. 뿐만 아니라 조금 전까지만 해도 귀청을 찢을 듯하던 확성기의 여가수 목소리도 뚝 그쳐서, 이제 들려오는 것이라곤 (내 귀에 들려오는 소리들 중에서 내가 습관적으로 제쳐 놓곤 하는 자동차들의 붕붕거리는 소리만 빼고는) 누군가를 부르는 묘한 음악 소리뿐이었다.

나는 거기에서 두 눈을 감고 오로지 귀를 기울여 듣기만 하고 싶었다. 이 모라비아 마을의 한가운데에서, 아, 정말 시구를, 가장 원초적인 의미에서의 시구를 듣고 있구나 싶었다. 라디오나 텔레비전 혹은 무대에서는 결코 경험할 수 없는 이 시구는 말과 노래의 접경에서 울려나오는 장엄하고도 율동적인 호소와도 같았고, 마치 고대 원형 극장에서 듣던 시들이 분명 그랬을 것처럼 오로지 운율의 힘을 통해서만 듣는 이의 마음을 사로잡고 있었다. 그것은 숭고하고도 다성적(多聲的)인 음악이었다. 전령들은 각기 저마다 단조로운 톤으로 노래했지만, 그러나 서로 다른 높이로 읊었기 때문에 부지불식간에 소리들은 서로 어울려 화음을 만들어 냈다. 게다가 전령들의 노래는 동시에 이루어지지 않았다. 저마다 다른 순간에, 저마다 다른 집 앞에서 자신의 시구를 읊었고, 그래서 목소리들은 부분부분 이어지고 겹치면서 다성의 카논을 이루어 냈다. 두 번째 목소리가 중간쯤 가고 있고, 거기에는 이미 또 다른 음조의 세 번째 목소리가 접목되었던 것이다.

'왕들의 기마 행렬'은 오랫동안 큰길을 따라 (지나가는 차들로 인해 계속 허둥대면서) 행진하다가 사거리에 이르렀고 거기에서 둘로 나뉘었다. 오른쪽 대열은 계속 직진해 갔고, 왼쪽 대열은 왼쪽 골목길로 갈라져 나갔다가 곧 어느 작은 집에 도착했다. 담장이 낮은 노란색 집이었는데 온갖 색깔 꽃들로 뒤덮인 조그만 정원이 있었다. 전령은 즉흥적으로, 이 집엔 참 예쁜 샘이 있네, 이 집 마님에겐 도깨비 같은 아들이 있구나 하고 익살스럽게 말을 했다. 정말로 그 집 입구에는 펌프가 하나 있었고, 사십 대쯤의 뚱뚱한 집주인 아주머니는 아마 아들에 대한 호칭이 마음에 들었는지 "왕을 위해서요, 아주머님, 왕을 위해서요!" 하고 애걸하는 기사(모금인)에게 지폐 한 장을 건네주면서 웃음 지었다. 지폐가 안장 앞에 걸린 바구니 속으로 들어가기가 무섭게 바로 새로운 전령이 튀어나오더니, 그 아주머니에게 젊고 아름다우시다고, 그런데 그녀가 담근 앵두주를 더 맛보고 싶다고 외쳤다. 그는 고개를 젖히고 손바닥을 오목하게 만들어 입술에 가져다 대며 무언가 마시는 시늉을 했다. 주위 사람들이 모두 웃음을 터뜨렸고 그 사십 대 아주머니는 당황하면서도 몹시 기쁜 표정으로 안으로 들어갔다. 그녀는 모든 것을 미리 예상했던 모양인지 곧 술병과 잔을 들고 다시 나타나서 기사들에게 술을 내주었다.

그들이 술을 마시고 우스갯소리를 하는 동안, 조금 떨어진 곳에서는 왕이 시종들에게 둘러싸여 꼿꼿하게 미동도 하지 않은 채 엄숙한 표정으로 안장 위에 앉아 있었다. 소란스러운 병사들 속에서도 무심하게 혼자서 엄숙한 분위기에 잠겨 있는 왕다운 모습이었다. 왕을 호위하는 두 시종의 말들이 양쪽에서 왕의 말에 바짝 붙어 서서 세 사람의 장화가 거의 닿을 지경이었다.(이 세 마리 말들은 가슴팍에 생강빵으로 만든 커다란 하트 모양 장식을 달고 있었는데, 거기에는 조그만 거울 조각들이 박혀 있었고 채색된 설탕으로 표면이 덮여 있었다. 그리고 이마에는 종이 장미가 달려 있었고, 말갈기는 여러 색깔 비단 끈으로 땋여 있었다.) 입을 다문 채 말을 타고 있는 그 세 사람은 모두 넓은 치마, 풀을 먹인 부풀린 소매, 머리에 쓴 화려하게 장식된 모자 등 여자 복장을 하고 있었다. 오로지 왕만이 그런 모자가 아니라 번쩍이는 은빛 왕관을 쓰고 있었는데, 가운데 것은 빨간색이고 다른 두 개는 길고 넓은 푸른색 리본 세 개를 내려뜨리고 있었다. 이 리본들은 왕의 얼굴을 완전히 가리면서 기이하고 비장한 분위기를 연출했다.

나는 이 부동의 삼위(三位) 앞에 황홀하게 도취되어 있었다. 이십 년 전에 나도 그들처럼 화려한 말 위에 앉아 있었지만, 그때는 이 '왕들의 기마 행렬'을 그 내부에서 바라보았기 때문에 아무것도 보지 못했던 셈이다. 이제야 비로소 나는 이 행렬을 정말로 보고 있는 것이며, 다른 데로 눈을 돌릴 수조차 없는 것이다. 왕은 (나로부터 불과 몇 미터 사이를 두고) 안장 위에 앉아 있었는데, 그 모습은 깃발로 에워싸인 채 물샐틈없는 경호를 받고 있는 동상처럼 보였다. 나는 문득, 왕이 아니라 여왕인 건 아닐까 하는 생각이 들었다. 어쩌면 루치에 여왕이 자신의 본래 모습을 보여 주러 온 것인지도 모르지. 그녀의 본래 모습은 베일에 감추어진 모습이니까.

그리고 바로 그 순간 나는, 코스트카에게는 골똘히 무엇을 반성하면서 동시에 환상에 빠지는 버릇이 하나로 결합되어 있으며, 그런 특이한 인물이니만큼, 그가 한 말들이 전부 가능한 이야기라고는 해도 아주 확실하지는 않다는 생각이 들었다. 물론 그는 루치에를 잘 알고, 아마 그녀에 관해 많은 것을 알 테지만, 그러나 본질적인 것은 놓치고 있었다. 한 광부의 집, 잠깐 빌린 그 방에서 그녀를 갖고 싶어 했던 그 병사, 루치에는 그를 정말로 사랑했던 것이다. 그리고 루치에가 나를 위해서 꽃을 꺾어 오곤 했던 것을 돌이켜 볼 때, 어떻게 그녀가 막연한 신앙심의 발로에서 그 꽃들을 가져오곤 한 것이라는 이야기를 진짜라고 믿을 수 있단 말인가? 그리고 그녀가 이에 대해서 코스트카에게 한마디도 언급하지 않았다면, 뿐만 아니라 여섯 달간 우리 둘의 그 감미로웠던 사랑에 대해서는 더더욱 말하지 않았다면, 이는 비록 그 친구 앞에서일지언정 그녀가 건드리고 싶지 않은 어떤 비밀을 간직하고 있었기 때문이며, 따라서 그 친구마저도 그녀를 제대로 안다고 할 수는 없는 것이었다. 그러니까 그녀가 이 도시에 옮겨 와 살게 된 것이 그를 위해서였다는 것도 확실하지 않았다. 그저 우연하게 이곳에 자리를 잡게 되었을 수도 있었겠지만 또한 나 때문이었을 수도 충분히 있다. 이곳이 나의 고향이라는 것을 그녀는 알고 있었으니까. 그녀의 첫경험에 관한 이야기는 사실이라는 느낌이 들었다. 그러나 개개의 구체적 정황들이 정확한 것인지는 의심스러웠다. 이야기는 군데군데 죄의식에 시달리는 자의 피로 얼룩진 시선으로 채색되었을 것이고, 또 다른 부분에서는 푸른빛, 하늘을 우러러보는 데 익숙한 사람에게서만 나올 수 있는 그런 너무도 푸른빛으로 채색되었을 것이다. 분명했다. 코스트카의 이야기에는 진실과 시적인 허구가 뒤섞여 있었고, 그래서 그것은 옛 전설을 대신하는 또 하나의 (아마 보다 진실에 가깝고, 보다 아름답거나 혹은 심오한) 전설일 뿐이었던 것이다.

나는 베일에 싸여 있는 왕을 바라보면서 나의 인생을 장엄하게 (그리고 역설적으로 풍자하듯) 가로질러 가는 루치에(알지도 못하지만 또 알 수도 없는)를 보았다. 그러다가 (이상하게 무언가 잡아당기는 것 같은 느낌에) 시선을 옆으로 돌리게 되었는데 한 남자의 시선과 정면으로 마주쳤다. 그는 얼마 전부터 나를 뚫어지게 쳐다보고 있었던 모양이었고 미소를 띠고 있었다. "잘 지냈나?" 하고 말하더니 그 사람은 낭패스럽게도 내 앞으로 다가왔다. 나도 "잘 있었나?" 하고 인사를 했다. 그가 손을 내밀어 악수를 청했고, 나도 그 손을 잡았다. 그러고는 그는 고개를 돌려 내가 미처 보지 못했던 어떤 아가씨를 불렀다. "왜 그렇게 쭈뼛거리고 있어? 이리 와, 소개하게." 그 아가씨는 (늘씬하고, 우아하고, 갈색 머리에 갈색 눈이었다.) 내게 다가오며 "브로조바라고 해요."라고 말했다. 그녀는 내게 손을 내밀었고, 나도 "반갑습니다. 전 얀이라고 합니다." 하고 답했다. 그는 큰 소리로 쾌활하게 이렇게 말했다. "야! 자네 도대체 얼마 만에 보는 거야!" 제마네크였다.

6

피곤, 피곤. 도무지 피곤을 떨쳐 버릴 수가 없었다. '기마 행렬'은 왕을 대동하고 광장으로 떠나갔고, 나는 그 뒤를 천천히 따라가는 것으로 만족했다. 피곤을 이기기 위해서 심호흡을 했다. 나는 바깥으로 코를 내밀고 멍하니 쳐다보고 있는 이웃 사람들의 집 앞에서 멈추어 섰다. 갑자기 내 차례가 돌아왔다는 생각, 나 또한 물러나야 할 때가 왔다는 생각이 들었다. 여행이나 모험 같은 건 이제 끝이 났다는 생각. 내가 이제까지의 생애를 보낸 두세 개의 골목길에 이제 돌이킬 수 없이 갇히게 되었다는 생각.

내가 광장에 이르렀을 때, '왕들의 기마 행렬'은 이미 큰길을 따라 천천히 멀어져 가고 있었다. 헐떡이며 계속 따라가려고 하는데 느닷없이 루드비크를 발견했다. 그는 길가 풀밭에

서서 말 탄 소년들을 주의 깊게 응시하고 있었다. 루드비크, 망할 녀석! 지옥에나 떨어져라! 지금까지는 그가 나를 피해 왔지만 오늘은 내가 그를 보지 않으리라! 나는 발길을 돌려 광장에 있는 소나무 아래 벤치로 갔다. 이렇게 앉아서 멀리서 들려오는 기사들의 외침 소리나 들을 작정이었다.

그렇게 보고 듣고 하면서 나는 벤치에 계속 앉아 있었다. '왕들의 기마 행렬'은 조금씩 멀어져 가다가 딱하게도 끊임없이 자동차와 오토바이 들이 지나다니는 길가 양옆의 좁다란 보도로 밀려났다. 구경꾼들 몇이 따라가고 있었다. 대머리 네 명과 머리를 짧게 깎은 사람 하나. '왕들의 기마 행렬'을 지켜보는 사람은 점점 줄어들었다. 그런데 루드비크가 거기 있는 것이다. 도대체 무얼 하러 여기에 온 것일까? 꺼져 버려, 루드비크! 이제는 너무 늦었어. 모든 것이 너무 늦었다고. 넌 나쁜 징조로 온 거야. 불길한 검은빛 징조. 그것도 우리 블라디미르가 왕이 된 바로 이때에.

나는 시선을 돌렸다. 마을 광장에는 겨우 열두 사람 정도만 남아서 간이 매점 주변이나 술집 앞에서 어슬렁거리고 있었다. 거의 모두가 취해 있었다. 이 술꾼들이야말로 민속 축제의 가장 충실한 수호자들이었다. 최후의 수호자들. 이 축제는 그들에게 가끔씩 이렇게 한잔할 수 있는 고상한 이유를 만들어 주는 것이다.

조그마한 노인 하나가 내 곁으로 와서 앉았다. 페하체크 할아버지였다. 예전 그 시절 같지가 않단 말이야. 나도 그의 말에 동의했다. 이제 예전 같지가 않아. 몇십 년 전 혹은 몇백 년 전에는 이 '기마 행렬'이 얼마나 멋있었는데! 분명 요즘처럼 이렇게 얼룩덜룩하지는 않았지. 요즘은 색깔이 너무 요란한 싸구려 그림 같고 무슨 시장 바닥 행렬처럼 되어 버렸어. 말 가슴팍에 달린 하트 모양 생강빵을 보라고. 백화점에서 산 그 종이꽃 더미하고는! 옛날에도 복장에 색깔이 들어가긴 했지만 훨씬 소박했지. 장식이라고는 말 목에 두른 커다란 주홍 비단 외에는 아무것도 없었어. 왕은 그렇게 색 리본으로 만든 가면이 아니라 그냥 베일 하나만 쓰고 있었고. 그리고 왕은 입에 장미 한 송이를 물고 있었지. 말을 하지 못하게 하느라고 말이야.

그럼요, 할아버지, 옛날이 훨씬 나았지요. 어느 누구도 아이들을 찾아다니면서 제발 '기마 행렬'에 참여해 달라고 애걸할 필요도 없었지요. 어느 누구도 준비 모임이다 뭐다 해서 누가 조직 책임을 맡아야 한다느니 수익금은 어디로 돌아가야 한다느니 언쟁할 필요도 없었고요. '기마 행렬'은 마치 샘물에서 솟아 나오는 것처럼 시골의 생활에서 솟아 나왔지요. 그리고 얼굴을 가린 왕을 위해 마을에서 마을로 말을 달리며 도움을 청했지요. 다른 고을에서 온 기마 행렬과 맞닥뜨리는 경우도 가끔 있었는데, 그러면 전쟁이 일어나는 거였어요. 양쪽 편은 죽어라 하고 자기네 왕을 방어했지요. 종종 칼과 군도가 번득이는 가운데 피가 흐르기도 했어요. '기마 행렬'이 적군의 왕을 포로로 잡았을 때는, 선술집에 가서 그 왕의 아버지가 돈을 내도록 하고 코가 비뚤어지도록 술을 퍼마시는 거였어요.

그렇다마다요, 할아버지, 맞는 말씀이에요. 점령군 밑에서였지만 제가 왕이 되었을 때만 해도 오늘같이 되지는 않았죠. 그리고 전쟁 이후에도 여전히 할 만했어요. 우리는 모두 완전히 새로운 세계를 만들어 낼 거라고 생각했어요. 사람들은 장구한 전통 속에서 다시 부활할 것이라고요. '기마 행렬'도 그들의 삶 깊은 곳에서 샘물처럼 솟아 나오리라고요. 우리는 그것이 더욱 힘차게 분출하도록 만들고 싶었지요. 우리는 민속 축제를 조직하느라 정말 온 힘을 다 바쳤어요. 하지만 샘물은, 그것은 조직되는 것이 아니에요. 샘이란 솟아 나오든지 아니면 없든지 그러는 것이죠. 지금 어떻게 됐는지 할아버지가 보시잖아요. 우리의 작은 노래들, '기마 행렬' 그리고 모든 것들, 그 모두가 다 탈수되어 버린 셈이에요. 마지막 물방울, 조금 남은 아주 작은 물방울, 최후의 물방울들.

아니, '기마 행렬'이 보이지 않네. 옆길로 접어든 모양이었다. 그러나 소리는 계속 들려왔다. 그 소리는 눈부시게 아름다웠다. 나는 눈을 감고 잠시 다른 시간 속에 살고 있다는 상상을 해 보았다. 다른 세기에. 아주 오랜 옛날. 잠시 후 눈을 뜨고, 블라디미르가 왕이 된 것이 참 좋다고 생각했다. 그는 거의 사멸해 버린, 그러나 찬란한 왕국의 왕인 것이다. 최후의 날까지 내가 충실히 받들 그 왕국의.

나는 벤치를 떠났다. 누군가 내게 인사를 했다. 쿠테츠키 어른이었다. 오래도록 나는 그를 보지 못했다. 그는 지팡이에 의지하여 불편한 거동으로 걸어왔다. 나는 그를 한 번도 좋아해 본 적이 없었지만 그의 늙은 모습에 연민이 일었다. "어디를 그렇게 가세요?" 하고 내가 물었다. 그는 일요일마다 조금씩 산책을 하는 거라며 건강에 좋다고 했다. "이번 '기마 행렬'이 마음에 드세요?" 그는 손을 휘휘 내저으며 "난 보지도 않았어." 하고 말했다. "아니, 왜요?"라고 내가 물었다. 그는 말도 마라는 듯 다시 한번 격하게 손을 내저었다. 그 순간에 나는 이유를 짐작했다. 루드비크가 구경꾼 사이에 끼어 있었던 것이다. 쿠테츠키 역시 나 못지않게 그를 만나고 싶어 하지 않았다.

"이해가 가요." 내가 말했다. "저는 아들 녀석이 '기마 행렬'에 참가하고 있는데도 줄줄이 따라나설 기분이 도무지 들지 않는걸요." "자네 아들이 거기 있다고? 블라디미르가?" "그럼요, 게다가 왕이기까지 한걸요." 내가 말했다. "거참, 이상하네." "뭐가 이상한가요?" 내가 되물었다. "그거 아주 이상하네!" 작은 눈을 번득이며 쿠테츠키가 말했다. "아니, 뭐가 이상한데요?" 내가 자꾸 되물었다. "그러니까 말이야, 블라디미르는 우리 밀로스하고 같이 있는데." 쿠테츠키가 말했다. 나는 밀로스가 누군지 잘 몰랐다. 그는 자기 손자라고, 자기 딸의 아들이라고 설명해 주었다. "아니, 그럴 리가 없어요. 말을 타고 집에서 나서는 걸 똑똑히 보았는데요!" 하고 내가 항변했다. "나도 봤어. 밀로스가 우리 집에서 그 아이를 오토바이에 태워서 데리고 나갔단 말이야!" 노인이 이렇게 확언했다. "말도 안 돼요."라고 말하면서도 나는 얼른 "그 아이들이 어디로 갔는데요?"라고 덧붙였다. "아, 자네가 모르는데 내가 알겠나!" 하면서 쿠테츠키는 자리를 떴다.

7

제마네크를 만나게 되리라고는 정말 예상하지 못했고(헬레나는 분명히 그가 오후나 돼서야 자기를 데리러 올 것이라고 말했다.) 그를 다시 만난다는 것은 물론 지극히 불쾌한 일이었다. 하지만 어쩔 도리가 없었다. 그는 거기에, 옛날 모습 그대로 서 있었다. 예전처럼 구불구불한 긴 머리카락을 뒤로 쓸어넘기지는 않았지만 그 노란색 머리는 그대로였다. 유행대로 앞머리를 이마에 드리운 짧은 머리 모양이었다. 가슴을 앞으로 내밀고 있다든가 목덜미를 뻣뻣하게 뒤로 젖히고 있는 모습이 예전과 똑같았다. 그는 여전히 쾌활하고 느긋하고 강인해 보였으며, 천사들과 한 아가씨의 가호를 받고 있었다. 그 아가씨의 아름다운 모습은 내가 어제 오후를 함께 보냈던 그 육체가 얼마나 곤혹스럽도록 불완전했는지를 즉각 떠올리게 해 주었다.

대화가 가능한 한 짧아지기를 바라면서 나는 그가 던지는 상투적인 질문들에 가장 상투적으로 대답하려고 애썼다. 그는 정말 오랫동안 서로 보지 못했노라고 다시 되풀이하여 말했고, 바로 이곳에서 '이렇게 구석에 처박힌 시골에서' 나를 다시 보게 되어 정말 놀랐다고 했다. 내가 여기에서 태어났다고 말하자 그는 미안해하며 그렇다면 이곳이 절대 구석에 처박힌 곳이 아니라고 했다. 브로조바 양이 웃음을 터뜨렸다. 나는 그 농담에 전혀 응대하지 않았고, 다만 내 기억에 의하면 그가 예전에도 민속 예술의 애호가였기 때문에 여기서 그를 만나게 된 것이 그리 놀라운 일이 아니라고 덧붙이기만 했다. 브로조바 양이 다시 웃으면서 그들은 '왕들의 기마 행렬'을 보러 온 것이 아니라고 밝혔다. 나는 그녀에게 '기마 행렬'이 마음에 들었는지 물어보았다. 그녀는 별로 흥미를 느끼지 못했다고 말했다. 왜냐고 묻자 그녀는 어깨만 으쓱해 보이고 제마네크가 나서서 말했다. "루드비크, 시대가 바뀌었잖아."

그러는 사이에 '기마 행렬'은 한 집에서 다른 집으로 이동하기 시작했고 두 기사가 몸을 뒤흔드는 말 위에서 씨름을 하고 있었다. 한 기사가 다른 기사를 향하여 말을 잘 다루지 못한다고 큰 소리로 나무랐고, "바보!" "멍청이."라는 호통이 축제 분위기의 예식과 어우러져 우스꽝스러운 장면을 연출했다. 브로조바 양이 한숨을 쉬며 말했다. "말들이 힘차게 달려오고 하면 굉장히 멋있을 텐데." 제마네크가 킥킥거리며 웃었다. 그러나 기사들은 곧 말들을 진정시키는 데 성공하였고 훠이훠이 하는 소리가 다시 마을을 지나 장엄하게 울려 퍼졌다.

꽃이 만발한 작은 정원을 따라, 이 다양한 소리를 내는 무리 뒤를 한 걸음 한 걸음 따라가면서 나는 제마네크와 헤어질 수 있는 자연스러운 핑계를 찾았지만 허사였다. 나는 그의 아름다운 동반자 옆에서 얌전하게 걸어야 했고 계속해서 말을 주고받아야 했다. 그래서 나는 그날 이른 아침까지 그들이 머물렀던 브라티슬라바도 이곳만큼이나 날씨가 좋았다는 것도 알게 되었다. 또 그들이 제마네크의 차를 타고 왔고, 브라티슬라바를 벗어나자마자 점화 플러그를 교환했어야 했다는 일이며, 그녀는 그가 가르치는 여학생들 중 하나라는 사실도 알게 되었다. 나는 헬레나를 통해서 그가 대학에서 마르크스-레닌주의를 강의한다는 것을 알고 있었으면서도, 그냥 그에게 무엇을 가르치는지 물어보았다. 그는 철학이라고 대답했다.(그가 자신의 과목을 이렇게 명명한다는 것은 의미심장하게 들렸다. 사오년 전만 하더라도 그는 여전히 마르크스주의라고 했을 것이다. 그러나 이후 이 교과의 인기가 급격히 하락했고 특히 젊은 학생들 사이에서는 완전히 시들해져 버렸다. 때문에 찬양받는 것이 늘 주된 관심사인 제마네크는 마르크스주의를 보다 일반적인 명칭 속에 점잖게 감추어 놓는 것이었다.) 나는 제마네크가 분명히 생물학을 공부했던 것으로 기억한다고 말하면서 놀라는 척했다. 그러한 내 말에는 마르크스주의 교수들에게서 종종 엿볼 수 있는 아마추어리즘을 빈정거리는 반어적 암시가 담겨 있었다. 그들은 학문적인 능력 때문이라기보다 오히려 선전 요원으로서의 자질 덕분에 전문가로 승진하는 경우가 많았다. 그때 브로조바양이 끼어들며 말했다. 마르크스주의 교수들의 머릿속은 지성 대신 정치적인 선전 팸플릿으로 가득하지만 파벨만은 완전히 다르다는 것이다. 제마네크에게 이런 말은 영성체 의식의 성체와도 같았다. 그는 슬쩍 그렇지도 않다고 하면서 자신의 겸양을 돋보이게 했고 동시에 그 아가씨에게 또 다른 칭찬을 늘어놓도록 상황을 유도했다. 이렇게 해서 나는 그녀의 남자 친구가 학생들 사이에서 가장 이름 높은 교수들 중 하나로 통한다는 것을 알게 되었고, 동시에 이것이 대학 당국에서 그를 꺼리는 이유이기도 하다는 것도 알게 되었다. 그는 항상 자신이 생각하는 바를 이야기하며, 담대하고 또 언제나 학생들 편에 서 있다는 것이다. 제마네크는 이번에도 그런 소리 그만하라고 슬쩍 말리는 척했지만 그의 동행인은 그가 최근 몇 년 동안 여러 가지 충돌을 겪으며 당국의 표적이 되어 왔던 상황들을 자세히 이야기해 주었다. 그가 케케묵은 교과 과정은 거들떠보지도 않은 채 젊은이들에게 현대 철학에서 논의되는 모든 것들을 소개해 주려다가 교수직에서 쫓겨날 뻔하기까지 했다는 것이다.(그는 '적들의 이데올로기'를 밀반입했다는 죄목으로 고발당했다고 했다.) 그는 또 한 학생이 젊은 치기로 장난(경찰관과의 다툼)을 쳤다가 학장(제마네크에게 적대적인)이 이를 정치적인 위법 행위로 규정하여 학교로부터 추방하려던 것을 구해 준 일도 있다고 했다. 그 사건이 있은 후에 학생들이 비밀투표를 해서 가장 인기 있는 교수를 뽑았는데 바로 그가 당선되었다는 것이다. 제마네크는 이 칭찬 세례를 이제 더 이상 만류하려 들지도 않았고, 나는 브로조바 양에게(안타깝게도 그녀는 거의 알아들을 수 없겠지만, 은근한 아이러니를 밑에 깔고서) 나의 학창 시절로 돌아가 생각해 보아도 역시 오늘날 당신 선생은 그 당시 가장 주목받는 학생들 중 한 명이었으므로, 정말 그 말이 충분히 이해가 간다고 말했다. 그녀는 대번에 한술 더 떠서, 당연히 그랬을 것이라고, 파벨은 말재주가 비상해서 반대자들을 꼼짝 못 하게 만드는 데 따라올 자가 없다고 말을 했다. "그거야 그렇지." 하고 제마네크는 웃으며 시인을 하고는 덧붙였다. "하지만 내가 토론에서 그들을 꼼짝 못 하게 만들더라도, 그들은 다른 식으로 보다 효과적인 수단을 동원해서 나를 꼼짝 못 하게 만들 수 있지!"

이런 허영에 찬 말들 속에서 나는 내가 예전에 알았던 제마네크를 다시 발견할 수 있었다. 하지만 그 말의 내용은 내 등골을 오싹하게 만들었다. 제마네크는 예전 태도를 근본적으로 버린 것 같아 보였고, 만일 내가 현재 그의 주위에 살고 있다면, 원하든 원하지 않든 그의 편에 서 있을 것이기 때문이었다. 그리고 이것이야말로 끔찍한 일이었고, 정말로 전혀 예상하지 못한 일이었다. 물론 그런 입장 변화는 그리 대단할 것도 없는 것이었으며, 오히려 그러한 변화를 겪는 사람들이 많았고 또 사회 전체가 점진적으로 그런 변화를 경험하고 있었다. 그러나 제마네크에게서만은 나는 그런 입장 변화를 예상하지 않았다. 내 기억 속에서 그는 마지막 보았던 모습으로 화석화되어 있었고, 지금 나는 그가 예전에 내가 알았던 사람이 아닌 다른 모습의 사람이 될 수 없다고 격분하여 주장하고 있는 것이었다.

어떤 사람들은 인류 전체에 대한 사랑을 외치는가 하면, 또 어떤 사람들은 그에 반대하여, 우리는 개별자로서만 개개인을 사랑할 수 있다고 타당한 주장을 한다. 나는 이 말에 동의하며, 사랑에 대한 그 말이 증오의 경우에도 그대로 적용된다고 덧붙이고 싶다. 인간은, 균형을 갈구하는 이 피조물은, 자신의 등에 지워진 고통의 무게를 증오의 무게를 통해서 상쇄한다. 그러나 이 증오를 순수히 추상적인 원리들, 불의, 광신, 야만성에 집중시켜 보라! 아니면 당신이 인간의 원리 자체마저 혐오스럽다고 생각하는 데까지 이르렀다면, 인류 전체를 한번 증오해 보라! 이런 증오는 너무나 초인간적인 것이며, 따라서 인간은 자신의 분노를(인간은 이 분노의 힘이 한정되어 있음을 안다.) 가라앉히고자 할 때 결국 분노를 한 개인에게만 집중시킬 수밖에 없는 법이다.

나의 공포는 거기에서 온다. 이제 제마네크는 언제든 자신이 변했음을(게다가 그는 방금 의심스러우리만치 기민하게 이 점을 나에게 보여 주었다.) 선언할 수 있고, 내게 용서를 구할 수도 있을 것이다. 끔찍하게 느껴지는 것이 바로 이것이었다. 나는 그에게 무어라 말할 것인가? 무어라 대답할 것인가? 그와 화해할 수 없다는 것을 그에게 어떻게 설명할 것인가? 화해한다면 나의 내적 균형이 일시에 깨져 버리리라는 것을 어떻게 설명할 것인가? 그러면 내 내면의 저울 한쪽이 단번에 공중으로 날아가 버리리라는 것을 어떻게 설명할 것인가? 그를 향한 나의 증오가 내 젊은 날에 닥친 고통의 무게와 평형을 맞추고 있다는 것을 어떻게 설명할 것인가? 그가 이런 고통을 초래한 악의 화신이라는 것을 어떻게 설명할 것인가? 나는 그를 반드시 증오해야만 한다는 것을 어떻게 설명할 것인가?

8

말들의 몸체가 골목 전체를 가득 메우고 있었다. 몇 미터 앞에 왕이 보였다. 그는 말을 탄 채 무리에서 좀 떨어져 있었다. 그의 양편에는 말 두 마리와 두 소년, 즉 시종들이 있었다. 나는 혼란스러웠다. 그는 블라디미르처럼 등이 약간 굽어 있었다. 거의 아무 감각이 없는 사람처럼 꼼짝도 하지 않았다. 저 아이가 블라디미르일까? 그럴 수도 있다. 하지만 얼마든지 다른 아이일 수도 있을 것이다.

나는 슬그머니 좀 더 가까이 다가갔다. 내가 그를 알아보지 못한다는 것은 있을 수 없는 일. 그의 자세, 습관적인 몸짓 하나하나까지 나는 전부 훤히 안다. 나는 그를 사랑한다. 그리고 사랑에는 자기만의 본능이 있는 법!

나는 그의 곁에까지 무리를 헤치고 들어갔다. 그를 불러 볼 수도 있을 것이다. 그보다 더 간단한 일은 없을 것이다. 그러나 아무 소용 없는 일. 왕은 말을 할 수 없다.

'기마 행렬'은 다른 집으로 나아가고 있었다. 아, 이제 그를 알아보겠지! 말이 걷기 시작하면 그도 어쩔 수 없이 몸을 움직이게 되고, 그러면 그의 모습이 드러나리라. 말이 무릎을 들어올리며 걸음을 떼자 왕은 몸을 구부렸지만, 그런 몸짓이 그의 모습을 드러내지는 않았다. 그의 얼굴에 드리운 리본들 때문에 그 얼굴은 도저히 알아볼 수 없었다.

9

'기마 행렬'이 이미 몇 집을 옮겨 다니고, 구경을 하고 싶어 하는 사람 몇몇(우리를 포함하여)도 같이 뒤를 따라다니는 사이에 우리의 대화는 새로운 주제들로 넘어갔다. 브로조바 양은 제마네크 이야기에서 이제 자신에 대한 이야기로 넘어가 자기가 히치하이킹을 얼마나 좋아하는지를 한참 이야기했다. 너무도 집요하게(어딘가 꾸민 듯 약간 부자연스럽기도 하게) 히치하이킹에 대해서 계속 말하는 것을 보고 나는 즉각 내가 지금 그녀 세대의 선언문을 듣고 있는 것이라는 사실을 알았다. 어떤 세대 정신(이 떼거리의 교만)에의 굴종은 정말 질색이다. 브로조바 양이 (나는 이미 쉰 번은 족히 들었던 이야기였는데) 인간은 히치하이킹하는 이들을 태워 주는 사람들(모험을 좋아하는 사람들)과 태워 주지 않는 사람들(삶을 두려워하는 비인간적인 사람들)로 나누어진다는 이야기를 한참 전개했을 때, 나는 농담조로 그녀를 '히치하이킹의 독단론자'라고 불렀다. 그녀는 새침한 어조로 자신은 독단론자도, 수정주의자도, 분파주의자도, 일탈주의자도 아니라고, 이 모든 것은 우리가 고안해 낸 것이고 우리에게 속하는 말들이지 자신들에게는 낯선 말들에 불과하다고 대답했다.

"맞아." 제마네크가 말을 이었다. "그들은 달라. 다행스럽게도 그들은 다르지! 사용하는 어휘도 다르다고, 다행히. 우리의 성공에 그들은 관심도 없고 우리가 잘못한 것들에도 마찬가지야. 자네는 믿어지지 않겠지만 대학 입학 시험에서 보면 젊은이들은 이제 모스크바의 재판들이 어떤 것이었는지도 모르고, 스탈린도 그저 하나의 이름에 불과할 뿐이야. 생각 좀 해 봐. 그들 중 대부분은 십 년 전에 프라하에서 정치 재판이 열렸다는 사실조차 전혀 모른다니까."

"난 바로 그것이 가증스럽게 느껴져." 내가 말했다.

"그런 것이 그들의 교육 정도를 알려 주는 척도가 될 수 없게 된 것이 사실이야. 하지만 그것은 곧 그들에게 자유가 있다는 말이지. 그들은 우리의 세계에 등을 돌리고 있어. 그 세계 전체를 전적으로 거부한 거지."

"또다른 맹목이 예전 것을 대신하는 것이겠지."

"나는 그렇게 보지 않아. 나는 그들이 우리와 다르기 때문에 바로 그래서 그들을 높이 사. 그들은 자신의 육체를 사랑하지. 우리는 무시했잖아. 그들은 여행을 좋아해. 우리는 한곳에 처박혀 있었는데. 그들은 모험을 좋아하지. 우리는 회의하느라 시간을 다 보내고 말았는데 말이야. 그들은 재즈를 좋아해. 우리는 부질없이 민속 음악이나 흉내 냈고. 그들은 자신들의 문제에 골몰하지. 우리는 세상을 구원하고자 했고. 우리는 우리의 메시아주의로 세상을 망가뜨릴 뻔했어. 이제 그들이, 그들의 이기주의로 이 세상을 구할지도 몰라."

10

어떻게 이럴 수가 있는 것일까? 왕! 색색의 베일을 드리우고 말 위에 앉아 있는 모습. 나는 얼마나 많이 그 모습을 보았고 또 상상했던가! 모든 이미지들 가운데 가장 친밀한 그 이미지! 그런데 이제 그 이미지가 현실로 변하자 그 친밀함이 모두 사라져 버리고 만 것이다. 갑자기 그것은 울긋불긋 여러 색깔을 띤, 그 안에 무엇이 감추어졌는지 모를 애벌레에 불과한 것이 되어 버렸다. 아니, 이 현실 세계에서 나의 왕 말고 대체 무엇이 내게 친밀한 존재이겠는가?

내 아들. 가장 가까운 존재. 그애가 내 앞에 있는데, 나는 정말 그애인지 아닌지 알 수가 없다. 그것도 모르면서 대체 내가 무엇을 안다는 말인가? 그것도 확신하지 못하면서 내가 이 세상에서 대체 무엇을 확신한단 말인가?

11

제마네크가 새로이 부상하는 세대를 정신없이 찬양하는 동안 나는 브로조바 양을 유심히 바라보았고, 그녀가 참 예쁘고 좋은 여자라는 것을 서글픔과 함께 확인하게 되었다. 그녀가 내 여자가 아니라는 것이 분했다. 그녀는 제마네크 옆에서 걸어가며 몇 초가 멀다 하고 그의 팔짱을 끼고 그에게로 몸을 돌리곤 했는데, 나는(해가 갈수록 점점 더 이런 생각이 자주 떠오르곤 한다.) 루치에와 함께였던 시절 이래로 정말 사랑하고 존중한 여자가 없었다는 생각이 들었다. 어제의 그 기괴한 섹스로 하여 나는 이 남자와의 싸움에서 이겼다고 생각했는데, 삶은 바로 그 남자의 정부의 모습을 통하여 나의 실패를 알려 주며 나를 조롱하고 있었다.

브로조바 양이 마음에 들수록 더욱 나는 그녀가 전적으로 자신의 세대에 속한다는 사실을 상기했다. 그녀 세대의 동년배들에게 나와 우리 세대는 전혀 구분되지 않는 하나의 무리일 뿐이며, 알아들을 수 없는 은어, 과도하게 정치화된 사상과 고뇌, 아득히 흘러간 암흑 시대의 이상한 경험들이 그들이 아는 우리의 일반적 특징이었다.

그 순간 나는 깨달았다. 나와 제마네크 사이의 유사성은 그가 입장을 바꿈으로써 나와 가까워졌다는 사실에 국한되는 것이 아니었다. 그 유사성은 보다 심층적이고 우리들의 운명 전체를 포괄하고 있었다. 브로조바 양과 그녀 세대에게 있어서 우리는 서로 맹렬하게 대치하고 있을 때마저도 서로 닮은꼴인 것이었다. 나는 문득, 내가 당에서 축출당했던 그 사건을 불가피하게 그녀에게 이야기하게 된다 하더라도 그녀에게는 그것이 아득히 멀고 너무도 문학적인 이야기로만 비추어질 것이라는 느낌이 들었다.(그렇다, 이것은 너무도 많은 삼류 소설에서 수도 없이 다루어진 주제다.) 그리고 그녀는 그 이야기를 들으며 우리 두 사람에게 똑같이, 내 생각들이나 그의 생각들이나, 내 태도나 그의 태도나(모두 한결같이 뒤틀리고 기형적인) 양자 모두에 거부감을 느낄 것이었다. 내게는 언제나 너무도 현재적이고 생생한 그와 나 사이의 투쟁 위로 모든 것을 잠재우는 위무의 물결이 파도처럼 덮쳐 오는 것을 나는 보았다. 시간의 물결, 그것은 우리 모두가 알고 있듯이 모든 시대들 사이의 차이들마저 다 씻어 가 버리는데, 하물며 보잘것없는 두 개인 사이의 차이는 얼마나 쉽게 씻어 가겠는가. 하지만 나는 시간이 가져다주는 모든 화해의 기회에 맞서 맹렬하게 저항하였다. 어쨌거나 나는 영원성 안에서 살고 있는 것이 아니다. 나는 서른일곱의 나이에 닻을 내리고 있으며 그 닻의 사슬을 (젊은이들에게 그토록 재빠르게 순응한 제마네크처럼 그렇게) 끊고 싶지 않다. 그렇다, 비록 서른일곱의 내 나이가 이미 잊혀 가는, 잊힌, 아주 미세하고 덧없는 한 조각 시간의 파편에 지나지 않는 것이라 해도, 나는 나의 운명 안에 그리고 나의 나이 안에 머물러 있고 싶다.

그리고 제마네크가 내게로 친근하게 다가와 지난 이야기를 꺼내며 화해를 청한다면 나는 거절할 것이다. 그렇다, 화해를 위하여 브로조바 양이, 그 세대 전부가, 그리고 시간까지 나서서 끼어든다 해도 나는 거절할 것이다.

12

피곤. 갑자기 모든 걸 다 던져 버리고 싶은 마음이 들었다. 어디론가 훌쩍 떠나고 싶었고 모든 근심을 털어 버리고 싶었다. 이해도 못 하겠고 나를 기만하기만 하는 이 물질 세계에 더 이상 머물고 싶지가 않다. 다른 세계가 아직 존재한다. 내 편안한 집일 수 있는 세계, 날 다시 찾을 수 있는 세계. 거기엔 길이 있고, 방랑객이 있고, 유랑하는 악사가 있고, 엄마가 있다.

하지만 나는 결국 그런 생각을 떨치고 기운을 차렸다. 그래야만 하는 것이다. 물질의 세계와 벌이는 나의 투쟁을 끝까지 밀고 나가야만 한다. 반드시 모든 오류와 미망의 저 밑바닥까지 들여다보아야만 한다.

누군가에게 물어보아야 하는 것일까? '기마 행렬'의 소년들에게? 그런데 사람들이 모두 나를 비웃는다면? 나는 오늘 아침을 다시 생각해 보았다. 왕에게 옷을 입히던 일. 그 순간 퍼뜩 어디로 가야 할지가 떠올랐다.

13

우리의 왕은 가난하지만, 그런 만큼 덕이 높은 분이라오, 서너 집 너머에서 기사들이 운율을 붙여 외쳤고, 우리는 파란색, 주홍색, 녹색, 연보라색 등 온갖 리본으로 치장한 말들의 엉덩이 뒤에서 계속 그들을 따라갔다. 그때 갑자기 제마네크가 그쪽을 가리키며 나에게 말했다. "어, 헬레나네." 그가 가리키는 쪽을 쳐다보았지만 색깔이 요란한 말들의 몸체밖에는 보이지 않았다. 제마네크가 다시 손으로 가리키며 "저기!"라고 했다. 나는 드디어 반쯤 말에 가려진 그녀를 알아보았고 얼굴이 후끈 달아올랐다. 제마네크가 그녀를 그렇게 지칭하는 것을 보니 (그는 '내 아내'라고 하지 않고 '헬레나'라고 했다.) 그녀와 내가 서로 아는 사이라는 것을 그가 알고 있음에 틀림없었다.

인도 가장자리에 서서 헬레나는 마이크를 이리저리 휘두르고 있었다. 마이크 줄은 청바지에 가죽 점퍼를 입은 한 청년의 어깨 위에 놓인 녹음기에 이어져 있었다. 우리는 그들과 별로 멀지 않은 곳에서 걸음을 멈추었다. 제마네크는 (불쑥, 아무렇지도 않은 표정으로) 말을 했다. 헬레나는 훌륭한 여자다, 자태가 여전히 아름다울 뿐만 아니라 아주 능력이 있다. 그래서 내가 그녀와 잘 지낸다는 것이 전혀 이상하지 않다, 등등.

나는 얼굴이 화끈거렸다. 제마네크의 그런 말에는 공격적인 면이라고는 전혀 없었고 오히려 아주 상냥한 어조였으며, 브로조바 양은 마치 어떻게 해서든 나로 하여금 자신도 모든 것을 알고 있을 뿐만 아니라 내게 지지를 보낸다는 것을 알게 만들려는 듯 웅변적인 미소를 띠고 나를 바라보고 있었던 것이다.

제마네크는 이제 긴장을 풀고 계속 자기 아내에 대하여 이야기를 했다. 그가 모든 것을 알고 있지만 헬레나의 사생활에 관한 한 전적으로 자유방임주의적 견지를 유지해 왔기 때문에 하등 문제 삼을 일이 없음을 나에게 (여러 가지 우회와 암시를 통해서) 일러 주려고 애썼다. 그는 자신의 말에 태평스럽고 경쾌한 어조를 더하기 위해서인지 녹음기를 메고 있는 젊은 친구를 가리키며 말했다. 그 친구가(그가 꽂고 있는 이어폰 때문에 꼭 곤충같이 보인다고 덧붙이기도 하면서) 벌써 이 년 전부터 헬레나에게 위험 수위를 넘을 만큼 홀딱 빠져 있으며, 그래서 내가 경계해야 할 인물이라는 것이었다. 브로조바 양은 웃음을 터뜨리며 이 년 전이면 그가 몇 살이었느냐고 물었다. 열일곱 살, 사랑에 빠지기엔 충분한 나이라고 제마네크가 대답했다. 그러면서 헬레나는 그런 애송이들에게는 관심도 없는 아주 정숙한 여자인데, 저런 어린 녀석은 사랑에 성공하지 못하면 못할수록 더 과격해질 것이고 주먹도 아주 빠를 것이라고 농담조로 덧붙였다. 브로조바 양이 (일상적인 평범한 어조로) 아마도 내가 저런 어린애쯤은 충분히 다룰 수 있을 것이라고 덧붙여 말했다.

"글쎄, 나는 잘 모르겠는데." 제마네크가 장난스레 말했다.

"내가 탄광에서 일했다는 것을 잊지 마. 그때 근육이 붙었거든." 나는 이렇게 옛일을 떠올리게 하는 것이 우리의 가벼운 대화에 어울리지 않는다는 것에 신경을 쓰지 못한 채 계속 가벼운 어조로 대답했다.

"아니, 탄광에서 일하셨어요?" 브로조바 양이 물었다.

"이 스무 살짜리 애송이들은 말이야." 제마네크가 끈덕지게 자신의 대화 주제에 몰두하면서 말을 이어갔다. "이놈들이 몰려다닐 때는 정말 조심해야 해. 이 아이들 비위를 거슬렀다가는 톡톡히 봉변을 당한다고."

"오랫동안요?" 브로조바 양이 거듭 되물었다.

"오 년 동안요." 내가 말했다.

"언제였는데요?"

"구 년 전만 해도 나는 거기 있었죠."

"그러면 벌써 옛날 이야기네요. 이젠 알통도 다 없어졌겠네요, 뭘……." 모두의 좋은 기분에 자그마한 농담을 보태기 위하여 그녀가 말하였다. 그렇지만 나는 바로 그 순간에 나의 근육에 대하여 진지하게 생각하고 있었다. 나는 속으로 이렇게 말하고 있었다. 나의 근육은 전혀 축나지 않았다고, 나는 여전히 최상의 컨디션을 유지하고 있으며 가능한 모든 수단들을 동원해서 내가 지금 함께 잡담하고 있는 이 금발 친구를 얼마든지 늘씬하게 패 줄 수 있다고, 하지만(그리고 이 점이 무엇보다 중요하고 또한 슬픈 일이었다.) 이 친구에게 오랜 빚을 갚아 주기 위해서 내가 가진 것이 이 근육밖에는 없다고.

나는 제마네크가 미소 지으며 나를 향해 돌아서서 우리 사이에 있었던 모든 일들을 다 잊어버리자고 청하는 모습을 다시 그려 보았다. 덫에 걸린 기분이었다. 그가 용서를 구할 수 있는 것은 단지 그가 자신의 입장을 바꾸었다든가 세월이 많이 흘렀다는 것 때문만도 아니고 브로조바 양이나 그 세대들 때문만도 아니라, 바로 헬레나 때문이기도 한 것이었다.(그렇다, 모두가 그의 편이고 내게는 반대편이다.) 그녀와의 간통에 대해 나를 용서해 줌으로써 그는 미리 자신에 대한 나의 용서를 확보해 놓은 것이었으므로.

자신의 강력한 동맹군들을 굳게 믿고 있는 그의 그 주인공 가수 같은 얼굴을 (상상 속에서) 바라보면서 나는 너무도 그를 두들겨 패 주고 싶은 욕망에 불타올라 정말로 내가 그를 때려 눕히고 있는 모습이 눈에 보일 정도였다. 기사들은 우리 주위에서 계속 무어라 외쳐 대고, 브로조바 양은 뭐라고 하는지 계속 무슨 이야기를 하고 있고, 태양은 찬란하게 금빛으로 빛나고, 그리고 나는 핏발 선 눈길로 그의 얼굴 위로 흘러내리는 피를 바라보고 있었다.

그렇다. 그것은 내 상상 속 일이었다. 하지만 그가 용서를 빈다면 그때 나는 실제로 어떻게 할 것인가?

끔찍하게도 나는 내가 아무것도 하지 않으리라는 것을 깨달았다.

우리는 헬레나와 이제 막 이어폰을 벗은 그 기술자가 있는 지점에 이르렀다. "둘이 벌써 인사를 했어?" 제마네크와 내가 함께 있는 것을 보고 헬레나가 놀라서 물었다.

"오래전부터 아는 사이야." 그가 말했다.

"어떻게?" 그녀는 매우 놀라워했다.

"학생 때부터 알았어. 같은 학교에 다녔거든." 제마네크는 이렇게 설명했고, 그때 나는 그가 나에게 용서를 구할 장소, 그가 나를 끌고 가는 그 치욕의 (단두대와 같은) 장소로 통하는 마지막 다리들 중 하나를 막 건너왔다는 느낌이 들었다.

"세상에, 이런 우연이……." 헬레나가 말했다.

"흔히 있는 일이지요." 헬레나의 동료 기술자가 자기도 존재한다는 것을 우리가 잊을까 봐 걱정되었는지 그렇게 말했다.

"하긴 그렇지. 참 두 사람 내가 소개를 안 했네." 그녀가 퍼뜩 생각이 났는지 이렇게 말하고는 "여기는 인드라야."라고 했다.

나는 인드라에게 악수를 청했고, 한편 제마네크는 헬레나에게 말을 건넸다. "그런데 말이야, 브로조바 양이랑 원래 당신을 같이 데려가자고 이야기를 했는데, 지금 보니까 당신은 루드비크랑 돌아가는 게 더 좋을 테니 오히려 그러면 방해가 될 것 같네."

"우리하고 함께 가신다고요?" 청바지 차림의 그 청년이 참으로 우호적이지 않은 어조로 내게 질문을 던졌다.

"차를 가지고 왔어?" 제마네크가 내게 물었다.

"난 차가 없어." 내가 대답했다.

"그러면 이쪽하고 같이 가면 되겠네." 그가 말했다.

"그런데 난 130으로 달려요! 그게 무서우시면……." 하고 그 청바지 청년이 경고를 해 왔다.

"인드라!" 헬레나가 그를 나무랐다.

"우리하고 같이 가도 되는데, 다만 자네가 옛 친구보다는 새 여자 친구를 더 좋아할 것 같아서 그렇지." 제마네크가 말했다. 그는 지나치듯 슬쩍 나를 친구라 불렀고, 나는 이제 굴욕적인 화해가 두 걸음 앞으로 바짝 다가왔다는 것을 확신하였다. 게다가 제마네크는 잠시 입을 다물기까지 해서, 마치 무언가 머뭇거리는 것 같기도 하고, 계속 나를 따로 데려가서 단둘이 이야기를 하고 싶어 하는 것 같기도 했는데(나는 마치 목덜미를 도끼날 아래 내놓기라도 하듯 머리를 숙였다.) 내 착각이었다. 그는 시계를 한번 들여다보더니 이렇게 말했다. "실은 5시 전에 프라하에 도착하려면 시간이 별로 없어. 자, 이제 그만 헤어져야겠네. 안녕, 헬레나!" 그는 헬레나와 악수를 하고, 나에게 그리고 다음에는 기술자에게 이어서 인사말을 하며 악수를 했다. 브로조바 양도 마찬가지로 모두에게 악수를 했고, 그 둘은 서로 팔짱을 낀 채 돌아서 갔다.

그들은 갔다. 나는 그들에게서 눈을 뗄 수가 없었다. 제마네크는 금발 머리를 자랑스럽게(의기양양하게) 쳐들고, 갈색 머리 아가씨를 옆에 두고서, 꼿꼿한 자세로 걸어가고 있었다. 뒤에서 보아도 그녀는 아름답고, 발걸음도 경쾌하고, 내 마음에 들었다. 거의 고통스럽도록 내 마음에 들었다. 내게서 멀어져 가는 그녀의 아름다움은 내게 그녀의 차디찬 무관심을 나타내 주는 것이었으므로. 내가 복수하고자 했던 나의 과거, 그러나 여기서 마주쳤는데도 마치 나를 알지도 못한다는 듯이 쳐다보지도 않고 지나가 버린 나의 과거, 그 과거 전체가 나에게 보여 준 것과 동일한 그런 차가운 무관심.

나는 굴욕과 수치로 숨이 막혀 왔다. 어디론가 사라져 버리고 싶은 마음, 혼자 있고 싶은 마음, 이 사건 전체를, 이 고약한 농담을 지워 버리고 싶은 마음, 헬레나와 제마네크를 지워 버리고 싶은 마음, 그제와 어제와 오늘을 지워 버리고 싶은 마음, 이 모든 것을 다 지워 버리고 싶은 마음, 마지막 흔적까지 모두 지워 버리고 싶은 마음밖에는 없었다. "여기자 동무와 따로 몇 마디 좀 했으면 하는데 괜찮겠어요?" 하고 나는 기술자에게 양해를 구했다.

나는 약간 떨어진 곳으로 헬레나를 데리고 갔다. 그녀는 제마네크와 그의 여자 친구에 대하여 무언가 더듬거리며 설명을 하려 했고, 그에게 모든 것을 다 말해야만 했다는 데 대해서 쩔쩔매며 사과를 했다. 그러나 나는 이제 더 이상 아무것도 관심이 없었다. 내가 바라는 것은 오로지 하나뿐이었다. 여기에서 멀리, 여기에서, 그리고 이 이야기에서 멀리 떠나는 것, 이 모든 것에 마침표를 찍는 것. 나는 헬레나를 더 오래 속여서는 안 된다는 생각이 들었다. 그녀는 내게 아무 죄도 짓지 않았는데 나는 야비하게 행동을 했다. 나는 그녀를 단순한 사물, 즉 내가 다른 사람에게 던지고 싶어 한 (그러나 그러지는 못한) 하나의 돌멩이쯤으로 만들어 버렸던 것이다. 나는 내 복수의 이 참담한 실패에 숨이 막혔고 적어도 이제는, 물론 이미 너무 늦긴 했지만 그러나 너무 늦은 것보다도 더 늦기 전에 끝내야겠다고 결심했다. 하지만 나는 그녀에게 아무것도 설명할 수가 없었다. 진실을 알면 그녀가 상처를 입을 수 있기 때문만이 아니라 그녀는 그것을 이해도 하지 못할 것이기 때문이었다. 그래서 결국, 우리는 이것이 마지막이다, 나는 그녀를 다시 만나지 않을 것이다, 나는 그녀를 사랑하지 않는다, 그것을 이해해야만 한다, 이런 말들을 여러 번 되풀이하는 수밖에 도리가 없었다.

결과는 내가 예감했던 것보다 훨씬 나빴다. 헬레나는 창백해졌고 떨기 시작했다. 그녀는 한사코 내 말을 믿으려 들지 않았고 나를 놓아 주려 하지 않았다. 잠시 몹시도 괴로운 순간을 겪고 난 다음에야 나는 그 자리를 빠져나와 사라질 수가 있었다.

14

주위는 온통 말과 리본으로 넘치는데 나는 그 한가운데 가만히 한참 서 있었고, 조금 후 인드라가 다가와 내 손을 꼭 쥐며 무슨 일이냐고 물었고, 나는 그에게 잡힌 손을 그대로 둔 채 말했다, 아니야, 인드라, 아무것도 아니야, 내가 무슨 일이 있는 것 같아, 내 목소리는 내 것 같지가 않았는데, 높은 톤 목소리, 그러고는 우스울 정도로 얼른 서둘러 말을 이었는데, 그러니까 아직 우리가 녹음을 해야 하는 것이, 전령들의 대사, 아, 그건 했고, 인터뷰가 두 개 있고, 행사 평가도 녹음해야지. 이런 식으로 나는 도저히 머릿속에 들어올 수도 없는 것들에 대하여 계속 지껄여 댔고, 그리고 그는 그렇게, 내 곁에 말없이 서서, 내 손가락들만 매만지고 있었다.

그때까지 그는 내게 한 번도 손을 댄 적이 없었다. 그는 너무 소심했다, 그런데도 그가 나에게 완전히 빠져 있다는 것은 모두가 다 알았다, 그리고 지금 그는 내가 진행 중인 프로그램에 대해서 횡설수설하고 있는 동안 내 손을 계속 매만지고 있었는데, 하지만 나는 루드비크 생각밖에 없었고, 그러다가도 나는, 우습게도, 인드라 앞에서 내가 어떤 모습일까 자문해 보기도 했는데, 이렇게 속이 뒤집혀 있으니 틀림없이 추하게 보일 거야, 아니야, 아니었으면, 난 눈물을 짜진 않았어, 그냥 신경이 날카로워진 거야, 그뿐이야…….

이봐, 인드라, 이제 좀 놓아 봐, 원고를 쓰러 가야 해, 그다음에 곧바로 녹음을 하자, 그는 잠시 동안 계속 내 손을 잡고 있다가 다정하게 물었다, 왜 그러세요, 헬레나, 무슨 일이에요, 하지만 나는 그에게서 빠져나와 우리가 사용할 방이 준비되어 있는 인민위원회로 갔고, 그곳에 도착했고, 마침내 이 방의 텅 빈 공간 안에 나 혼자가 되었고, 의자에 무너지듯 주저앉아 이마를 탁자에 기댄 채 한동안 그대로 있었다. 너무도 머리가 아팠다. 가방을 열어 약을 찾았는데, 하지만 무엇하러 가방은 열어 본 건지, 나는 약을 가져오지 않았다는 것을 잘 알았다, 그러다가 인드라가 항상 온갖 약을 다 챙겨 다닌다는 것이 생각났다, 그의 트렌치코트가 옷걸이에 걸려 있었다, 주머니를 뒤져 보았더니 과연 약통 하나가 손에 잡혔다, 어디 보자, 두통, 치통, 신경통, 신경염을 위한 것이라, 영혼의 고통을 위한 약은 없구나, 하지만 적어도 머리는 가라앉혀 주겠지.

나는 방에 붙은 세면 칸 구석 수도꼭지로 가서 겨자 병에 물을 받아 약 두 알을 삼켰다. 두 알, 이 정도면 충분해, 아마 효과가 있을 거야. 하지만 영혼의 고통에 듣는 약은 없지. 이 알제나 통의 알약을 모조리 삼켜 버리면 모를까. 다량 복용하면 독이 되지. 한데 인드라의 약통은 거의 가득 차 있잖아. 이 정도면 충분할 거야.

그런 생각이 머릿속에 잠시 스쳐갔을 뿐, 단지 아주 순간적인 생각이었는데, 한번 그렇게 스쳐가자 그 생각은 끊임없이 다시 찾아와 나로 하여금 도대체 내가 왜 사는 것인지, 더 이상 버텨 봐야 무슨 의미가 있는 것인지 자문하게 만들었는데, 아니, 이것도 사실이 아니다. 나는 그런 생각은 하지도 않았다. 나는 아무 생각도 하지 않았다. 그 순간에 나는 단지 내가 살지 않게 되리라는 것만을 머리에 떠올렸을 뿐이고, 그러자 갑자기 아주 포근한 느낌이 들었다. 아주 이상하리만큼 포근한 느낌이어서 나는 막 웃고 싶어졌는데 어쩌면 정말로 웃기 시작했는지도 모르겠다.

약 두 알을 다시 혀 위에 얹어 놓았다. 약을 먹고 죽겠다는 결심을 한 것은 전혀 아니었다. 단지 나는 내 죽음을 내 손 안에 쥐고 있는 거야라고 말하면서 약통을 꼭 쥐고 있었을 뿐이고, 그것이 그렇게 쉽다는 것이 몹시도 기뻤는데, 마치 한 걸음 한 걸음 아주 조금씩 바닥 없는 심연으로 다가가는 것 같은 기분, 뛰어내리려고 그러는 것이 아니라 그냥 다만 한번 들여다보려고. 나는 다시 가서 컵에 물을 받고, 알약을 삼키고, 방으로 돌아왔다. 창문이 열려 있었다. 멀리에서 끊임없이 훠이훠이 하는 소리, 지저분한 트럭들과 더러운 오토바이들의 소음들이 들려왔다. 아름다운 모든 것, 내가 믿어 온 모든 것, 내가 살아 온 이유인 모든 것을 다 분쇄해 버리는 오토바이들, 그 소음은 참을 수가 없었다, 무력하고 가녀린 외침 소리들도 마찬가지, 그래서 창문을 닫았고, 그리고 나는 내 영혼 안에 다시 그 길고 집요한 고통을 느꼈다.

내 일생 동안 파벨은, 루드비크, 당신만큼 그렇게 한순간에, 그렇게 많이 나를 아프게 하지 않았어, 나는 파벨을 용서해, 있는 그대로의 그를 이해해, 그의 불꽃은 빨리 타 버리지, 그는 언제나 새로운 자양분, 자신을 바라보는 관객과 청중을 찾아나서야만 하는 거야, 그는 나에게 종종 상처를 입혔지만, 하지만 지금은, 내 고통 속에서, 아무런 분노 없이, 모성적으로, 그를 보게 돼, 이 허풍선이, 이 엉터리 광대가 내 품을 벗어나기 위해서 그 기나긴 세월 내내 애쓴 걸 생각하면 미소가 떠올라, 아! 어서 가, 파벨, 어서 가, 당신을 이해해, 하지만 루드비크, 당신은, 당신은 이해할 수가 없어, 당신은 가면을 쓰고 와서, 내게로 그렇게 와서, 나를 다시 태어나게 해 놓고는, 그렇게 다시 태어난 나를 파괴해 버렸지, 나는 당신, 오로지 당신만을 저주해, 그러면서도 또한 내게 돌아와 주기를, 돌아와 주기를, 나를 불쌍히 여겨 주기를 이렇게 빌어.

세상에, 어쩌면 단지 어떤 끔찍한 오해 때문인지도 몰라, 파벨이 당신에게 둘만 있을 때 무슨 말을 했을 수도 있으니까, 내가 그걸 아나, 그래서 당신한테 그것에 대해 물었지, 제발 왜 나를 더 이상 사랑하지 않는지 말해 달라고 빌고 또 빌었고, 나는 당신을 놓아 주려 하지 않았어, 네 번이나 당신을 잡았지, 하지만 당신은 아무 말도 들으려 하지 않았어, 오로지 이젠 끝났다, 끝났다, 완전히 끝났다, 돌이킬 수 없이 완전히 끝났다라는 말만 되풀이했지, 그래, 좋아, 끝났어, 결국 난 인정하고 말았지, 내 목소리는 다른 사람 목소리같이, 꼭 사춘기 전의 어린 여자애같이 소프라노였어, 그 높은 음성으로 나는 당신에게 그럼, 여행 잘해라고 말했지, 정말 우스워, 내가 왜 당신에게 여행 잘하라고 했는지 도무지 모르겠어, 하여간 그 말이 계속 내 입술에서 맴돌았어, 여행 잘해, 그럼 여행 잘해…….

내가 당신을 얼마나 사랑하는지 모를 거야, 내가 당신을 어떻게 사랑하는지 당신은 정말 몰라, 나를 그저 연애 사건이나 만들려 드는 하찮은 여자일 뿐이라고 생각하겠지, 당신이 나의 운명, 나의 삶, 전부라는 걸 당신은 상상도 못 하지. 어쩌면 당신은 여기에서 하얀 천에 덮인 나를 발견할지도 몰라, 그때 당신은 자신의 생애에서 가장 소중한 것을 죽게 만들어 버렸다는 것을 깨닫게 될 거야……. 아니면, 오오 어쩌나, 내가 아직 살아 있을 때 당신이 도착하고 그래서 나를 다시 구해 낼 수 있게 되는 거야, 그리고 당신은 내 곁에 무릎을 꿇고서 눈물을 쏟겠지, 그러면 나는 당신의 손을, 머리를 어루만지고, 당신을 용서할 거야, 모든 것을 용서할 거야…….

15

정말 달리 방법이 없었다. 나는 그 한심한 사건을, 그 자체만으로 끝나지 않고 계속 다른 것으로 괴물처럼 증식해 가는 그 고약한 농담을, 말끔히 치워 버려야만 했다. 너무 늦게 일어나는 바람에 기차를 놓쳤다는 단 하나의 이유, 그런 부주의 때문에 생겨나게 되었던 하루 일 전부를 모두 없던 것으로 만들고 싶었다. 그뿐 아니라 이날로 이어지게 되었던 그 모든 것, 내가 쟁취해 낸 그 어리석기 짝이 없는 성관계—이 또한 실수에 근거한 것이었다.—전부를 다 없애 버리고 싶었다.

나는 뒤에서 마치 나를 따라오는 헬레나의 발자국 소리가 들리기나 하는 것처럼 얼른 발걸음을 재촉하며 생각했다. 이 쓸데없는 지난 며칠간을 내 인생에서 지워 버릴 수 있다고 한들 그것이 내게 무슨 도움이 될 것인가, 내 인생의 일들 전부가 엽서의 농담과 더불어 생겨났던 것인데? 나는 실수로 생겨난 일들이 이유와 필연성에 의해 생겨난 일들과 마찬가지로 똑같이 실제적이라는 것을 느끼며 전율했다.

내 인생의 모든 일들을 전부 취소할 수 있다면 얼마나 좋을까! 하지만 그 일들을 초래한 실수들이 내가 한 실수들이 아니라면 무슨 권리로 내가 그것을 취소할 수 있겠는가? 사실 내 엽서의 농담이 심각하게 받아들여졌을 때 잘못했던 사람은 누구인가? 알렉세이의 아버지가(지금은 복권되긴 했지만 이미 죽어 버린 사람이 다시 살아나진 않는다.) 감옥에 갇히게 되었을 때 잘못했던 사람은 누구인가? 이런 실수들은 너무도 흔하고 일반적이어서 세상 이치 속에서 예외나 '잘못'도 될 수 없고 오히려 그 순리를 구성하는 것이었다. 그렇다면 누가 잘못한 것이란 말인가? 역사 자체가? 그 신성한, 합리적인 역사가? 그런데 왜 그런 실수들이 역사 탓이라고 해야만 할 것인가? 인간으로서의 나의 이성에만 그렇게 보일 뿐, 만일 역사에 자기 고유의 이성이 있다면, 무엇 때문에 그 이성이 인간들의 이해를 신경쓸 것이며 여선생처럼 꼭 진지해야 하겠는가? 그리고 만일 역사가 장난을 한다면? 그 순간 나는, 나 자신이, 그리고 내 인생 전체가 훨씬 더 광대하고 전적으로 철회 불가능한 농담(나를 넘어서는) 속에 포함되어 있는 이상, 나 자신의 농담을 아예 없던 것으로 만들 수는 없다는 것을 깨달았다.

광장('왕들의 기마 행렬'이 마을 반대편을 돌고 있었기 때문에 이제 다시 조용해진)의 벽에 기대어 놓은 커다란 표지판에는 붉은 글씨로, 오늘 오후 4시에 침발롬이 있는 악단이 그 카페겸 식당 정원에서 연주회를 열 예정이라고 씌어 있었다. 표지판 옆에 식당 문이 있었다. 버스 출발 시간까지 두 시간 가까이 남았고 또 식사 시간이 되기도 해서 나는 안으로 들어갔다.

16

아주 조금만 더 심연으로 가까이 다가가 보고 싶은 마음, 그것은 참 희한한 것이었다, 나는 난간에 기대어 들여다보고 싶었다, 마치 그렇게 바라보면 위안을 얻을 수 있고 마음이 진정이라도 될 것처럼, 마치 다른 곳에서는 불가능했으니까 이제 거기에서는, 심연의 저 깊은 바닥에서는 우리가 다시 만나게 되고 함께 있게 될 것처럼, 아무런 오해도 없이, 인간들의 추악한 짓거리, 늙음, 고통에서 벗어나서, 언제까지나……, 나는 옆의 세면 칸으로 돌아갔다, 내 몸 속에는 아직 약이 네 알밖에 들어 있지 않았다, 그러니까 아무것도 아니었다, 나는 아직도 심연으로부터 너무 멀리 있었다, 난간에도 닿지 못한 채였다. 남은 알약을 모두 손바닥에 쏟아 놓았다. 그때 복도에서 문 여는 소리가 들려왔고, 나는 소스라치게 놀라 알약을 모두 입에 털어 넣고는 얼른 단번에 삼키려 했다. 한 번에 넘기기엔 너무 많았다, 물을 꿀꺽꿀꺽 삼켜 보아도 소용이 없었다, 목구멍이 늘어나 몹시 쓰렸다.

인드라였다, 그는 일이 어떻게 되어 가느냐고 물었고, 나는 돌연 완전히 다른 사람이 되었다, 혼란의 흔적은 전혀 없었다, 그 이상한 소프라노 음성도 사라졌다, 나는 의식이 분명했고 흐트러짐도 없었다. 아, 인드라, 마침 잘 왔네, 부탁할 게 있는데. 그는 얼굴이 빨개지면서, 나를 위해서라면 어떤 상황에서든 무엇이든지 다 할 것이라고, 그리고 내가 이제 원래대로 회복되어 기쁘다고 말했다. 그래, 이제 좋아졌어, 근데 잠깐만 있어 봐, 뭘 좀 쓸 것이 있거든, 나는 자리에 앉아 종이 한 장과 펜을 집어들었다. 사랑하는 나의 루드비크, 내 온몸과 마음을 다하여 당신을 사랑했어, 그리고 이제 내 몸과 마음은 더 이상 살아갈 이유가 없어. 마지막으로 안녕, 사랑해, 헬레나. 나는 내가 쓴 것을 다시 읽어 보지도 않았다, 인드라는 내 맞은편에 앉아 나를 바라보고 있었다, 그는 내가 무엇을 쓰는지 모르고 있었다, 나는 종이를 접어 봉투에 넣으려 했다, 하지만 봉투를 찾을 수가 없었다, 인드라, 혹시 봉투 하나 없을까?

인드라는 조용히 탁자 옆 장으로 가서 문을 열고 안을 뒤졌다, 보통 때 같으면 다른 사람들 물건을 그렇게 뒤지지 말라고 한마디 했을 텐데, 지금은 봉투가 빨리 필요했다, 그는 하나를 가져다 주었다, 지방 인민위원회 주소가 상단에 박혀 있는 것이었다, 나는 그 속에 내 편지를 집어넣고 봉한 다음 루드비크 얀이라고 적었다, 기억하지, 인드라, 조금 전에 우리와 함께 있었던 사람, 내 남편하고 그 아가씨도 같이 있었고, 그래, 갈색 머리에 키가 큰 그 사람, 지금 나는 여기서 움직일 수가 없어, 네가 그 사람을 찾아서 이걸 좀 전해 줘야겠는데.

그는 다시 내 손을 잡았다, 가엾은 친구, 그는 대체 무슨 생각을 하고 있었을까, 나의 이 동요를 어떻게 이해했던 걸까, 무슨 일인지 짐작도 못 했을 텐데, 그가 짐작할 수 있었던 것은 단지 내게 무언가 곤란한 일이 있다는 정도가 전부였겠지, 그는 내 손을 잡고 있었다, 문득 나는 자신이 너무도 불쌍하다는 느낌이 들었다, 그런데 그때 그가 내게로 몸을 숙이더니 나를 끌어안고 입술에 키스를 해 왔다, 저항하려 했지만 그는 나를 놓아 주지 않았다, 이때 나는 그가 내 삶에서 키스를 나누는 마지막 남자라는 생각, 그것이 나의 마지막 키스라는 생각이 퍼뜩 스쳐 갔다, 그러면서 갑자기 격정적이 되어 나 역시 그를 꼭 끌어안았고, 입술을 열었다, 내 혀 위에 그의 혀가, 내 몸 위에 그의 손길이 느껴졌다, 그리고 나는 마치 현기증이 일듯 느끼게 되었다, 내가 이제 완전히 자유라는 것을, 나는 이제 완전히 자유이며 아무것도 중요하지 않다는 것을, 그들이 모두 나를 버렸고 나의 세계는 와르르 무너져 내렸으므로, 그러니까 나는 정말로 완전히 자유였고 내 마음 내키는 대로 할 수 있었다, 우리가 쫓아냈던 그 여자 기술자처럼 자유였다, 나와 그녀가 조금도 다를 바 없었다, 나는 결코 산산조각 난 내 옛 세계를 다시 끌어모아 붙여 보려 하지 않을 것이다, 정절을 지킨다니, 왜, 그리고 누구에게, 이제 나는 완벽하게 자유롭다, 우리 회사의 그 여자 기술자, 밤마다 침대를 바꿨던 그

창녀와 똑같이 말이다. 내가 계속 산다면 나도 매일 밤 침대를 바꿀 것이다. 나는 입속에서 인드라의 혀를 음미하고 있었다. 나는 자유로웠다. 나는 내가 그와 사랑을 나눌 수도 있다는 것을 알고 있었다. 그러고 싶었다. 어디에서든, 탁자 위든, 아니면 바닥에서든, 지금 당장, 빨리, 마지막으로 사랑을 나누는 것이다. 모든 것이 끝나기 전에 사랑을 나누는 것. 하지만 이미 인드라는 숙였던 몸을 다시 일으키고는 의기양양하게 미소를 지으며 얼른 갔다 오겠다고 말하는 것이었다.

17

식당 안은 담배 연기와 사람들로 가득 차 있었고, 여기저기 놓인 탁자 대여섯 개 사이로 웨이터 한 명이 커다란 쟁반에 피라미드 같은 접시 더미를 한쪽 팔로 쳐들고 미끄러지듯 돌아다니는데, 얼핏 보니 그 접시에는 감자 샐러드를 곁들인 빈식 커틀릿(일요일의 유일한 메뉴인 것 같았다.)이 담겨 있었다. 그러고는 전혀 조심하지도 않고 한 통로를 휙 지나 복도로 빠져나갔다. 그를 따라가 보니 복도가 끝나는 곳에 정원으로 나가는 문이 열려 있고 거기에서도 사람들이 식사를 하고 있었다. 맨 구석 보리수나무 아래 빈 테이블이 하나 있었다. 나는 거기에 가서 앉았다.

휘이휘이 하는 감동적인 외침 소리가 마을 지붕들을 넘어 그렇게 먼 데에서 여기까지, 인접한 집들의 벽으로 둘러싸인

이 정원 안에까지 들려오고 있었는데, 그 소리는 거의 비현실적인 느낌이 들게 했다. 그런 비현실적인 느낌 때문에, 나를 둘러싼 이 모든 것이 현재가 아니라 과거, 십오 년 혹은 이십 년쯤 전의 먼 과거라는 생각이 들게 되고, 지금 저 휘이휘이 하는 소리도 과거, 루치에도 과거, 제마네크도 과거인 것 같은 생각, 그리고 헬레나는 내가 그 과거에게 던지려 했던 돌멩이였다는 생각이 들었다. 지난 사흘은 그림자 연극이었을 뿐이다.

뭐라고? 지난 사흘만? 내 인생 전체가 늘 그림자들로 가득했다. 그리고 현재라는 것은 어디 자리할 곳도 거의 없을 정도다. 자동으로 앞으로 움직여 가는 보도(시간)와 그 위에서 반대 방향으로 달리고 있는 사람(나)을 머릿속에 그려 본다. 그런데 그 보도는 나보다 빨리 움직이기 때문에 내가 달려가는 방향과 반대편에 있는 목적지로 서서히 나를 데려가는 것이다. 이 목적지,(뒤편에 있는 희한한 목적지!) 그것은 정치 재판이라는 과거, 손들이 일제히 올라가던 그 강당이라는 과거, 검정 표지 병사들과 루치에라는 과거, 내가 여전히 홀려 있는 과거, 내가 해독하고, 해결하고, 매듭을 풀어 보려 무진 애를 쓰는 과거, 그리고 나로 하여금 사람 살듯이, 그렇게 앞을 보고 살아가지 못하게 만드는 과거, 그런 과거인 것이다.

과거에 최면이 걸린 나는 어떤 끈으로 거기에 자신을 묶어 놓으려 하고 있다. 복수라는 끈. 그러나 이 복수라는 것은 요 며칠 사이에 내가 확실히 알게 되었듯이, 움직이는 자동 보도 위를 달리는 나의 그 질주만큼이나 똑같이 헛될 뿐이다. 그렇다, 내가 제마네크 앞으로 나아가 그의 따귀를 때렸어야 했던 것은 바로 그때, 대학 강당에서, 제마네크가 『교수대 아래에서 쓴 르포』를 낭독하고 있었을 때, 바로 그때였고 오로지 그때뿐이었다. 미루어진 복수는 환상으로, 자신만의 종교로, 신화로 바뀌어 버리고 만다. 그 신화는 날이 갈수록 신화의 원인이 되었던 주요 인물들로부터 점점 더 분리되어 버린다. 그 인물들은 사실상(자동 보도는 멈추지 않고 계속 앞으로 움직인다.) 더 이상 예전의 그들이 아닌데, 복수의 신화 속에서는 조금도 변하지 않은 채 그대로 남아 있게 되는 것이다. 이제 예전의 얀이 아닌 다른 얀이 역시 예전의 제마네크가 아닌 다른 제마네크 앞에 서 있는 것이며, 내가 그에게 날려야 하는 따귀는 다시 되살릴 수도 다시 복구할 수도 없이 영원히 사라져 버리고 만 것이다.

접시 위 두툼한 커틀릿을 자르고 있는데 휘이휘이! 하는 소리가 마을 지붕들 위를 맴돌며 어딘지 구슬프게 아주 희미하게 들려왔다. 얼굴을 가린 왕과 그의 '기마 행렬'이 머릿속에 다시 떠오르면서, 사람의 몸짓들이 지닌 그 불가해성에 만감이 어려 왔다.

수 세기 전부터 모라비아 마을들에서는 꼭 오늘처럼 소년들이 이상한 메시지를 지닌 채 말을 타고 길을 떠나, 자신들도 이해하지 못하는 말, 낯선 방언으로 쓰인 말들을 감동적일 만큼 충실하게 읊어 내곤 한다. 아주 먼 옛날 사람들이 분명 무언가 아주 중요한 말을 하고 싶어 했던 것 같다. 그래서 장려하고도 불가해한 몸짓으로 군중에게 긴 연설을 하는, 듣지도 말하지도 못하는 농아 웅변가 같은 후손들에게서 오늘날 다시 태어나고 있는 것이다. 그들의 메시지는 결코 해독되지 않을 것이다. 단지 그것을 풀 수 있는 열쇠가 없기 때문만이 아니라, 아주 오랜 메시지와 새로운 메시지들이 서로 겹겹이 겹치고 쌓여 가면서 무슨 내용인지 파악조차 되지 못하는 그런 시대에, 이제 사람들은 인내심을 가지고 그런 메시지에 귀를 기울이려고도 하지 않기 때문이다. 오늘날에도 벌써 역사는 잊힌 것들의 망망대해 위에 떠 있는 가느다란 기억의 밧줄일 따름이지만, 시간은 계속 앞으로 나아가고, 이제 한정된 개개인의 기억 속에 모두 들어올 수조차 없는 또다른 수천 년의 세월이 이미 지나가 버리고 난 후인 시대가 다시 또 올 것이다. 수백 년, 수천 년이 또한 와르르 모두 무너져 내릴 것이며, 몇백 년의 그림과 음악, 몇백 년의 발견, 투쟁, 책들이 모두 무너져 내리리라. 불행한 일이 아니겠는가. 인간은 자기 자신의 개념 자체를 잃어버릴 것이고, 파악도 이해도 불가능한 인간의 역사는 의미를 상실한 도식적인 기호 몇 개로 축소되어 버리고 말 테니 말이다. 듣지도 말하지도 못하는 수천의 '왕들의 기마 행렬'은 무언지 뜻 모를 구슬픈 메시지들을 가지고 먼 곳에 있는 사람들에게로 떠날 테지만, 사람들은 그것을 듣고 있을 시간이 없을 것이다.

나는 그 식당 정원 한구석에, 빈 접시를 앞에 놓고 그렇게 앉아 있었다. 접시에 담겨 있던 그 송아지 고기를 내가 언제 먹었는지도 의식에 없었다. 나는 (지금부터 벌써!) 저 피할 수 없는 거대한 망각 속으로 흘러 들어간 느낌이었다. 웨이터가 홀연히 나타나 접시를 치우고 냅킨 뒷면으로 테이블보 위에 떨어진 빵부스러기들을 털어 내고는 다른 테이블로 민첩하게 옮겨 갔다. 그날 하루에 대한 회한이 엄습해 왔다. 그 하루가 허망해서만이 아니라 그 허망함 자체도 역시 잊힐 것이라는 생각 때문이었다. 내 머리 주위를 맴돌며 윙윙거리는 이 파리와 더불어, 꽃이 만발한 보리수에서 내 테이블 위로 흩날려 떨어진 저 황금빛 가루와 더불어, 또한 저 웨이터의 느리고도 한심한 서비스, 지금 내가 살고 있는 이 사회—이 사회 역시 마찬가지로 잊힐 것이다.—의 상태를 너무도 잘 보여 주는 저 서비스와 더불어, 이 사회의 모든 잘못과 오류 들, 내 머릿속을 떠나지 않고 나를 소진시킨, 내가 그토록 고치고 시정하고 다시 바로잡아 보려 애썼으나 소용없었던—이미 일어난 일은 일어난 일, 이제 어떻게 돌이킬 도리가 없는 것이므로—그 모든 잘못과 오류 들과 더불어 그렇게 잊힐 것이었다.

그렇다, 갑자기 모든 것이 선명하게 보였다. 사람들 대부분은 두 가지 헛된 믿음에 빠져 있다. 기억(사람, 사물, 행위, 민족 등에 대한 기억)의 영속성에 대한 믿음과 (행위, 실수, 죄, 잘못 등을) 고쳐 볼 수 있다는 가능성에 대한 믿음이다. 이것은 둘 다 마찬가지로 잘못된 믿음이다. 진실은 오히려 정반대다. 모든 것은 잊히고, 고쳐지는 것은 아무것도 없다. 무엇을 (복수에 의해서 그리고 용서에 의해서) 고친다는 일은 망각이 담당할 것이다. 그 누구도 이미 저질러진 잘못을 고치지 못하겠지만 모든 잘못이 잊힐 것이다.

다시 한번 나는, 미리 잊힌 것을 상상해 본 이 세상, 저 보리수, 테이블에 앉은 사람들, 웨이터,(점심 시간의 일로 이제 녹초가 된) 여기 정원 쪽에서 보니(길가에서 보면 아무 멋도 없었는데) 포도 덩굴이 우거진 지붕 때문에 아주 보기 좋은 이 식당 겸 여관을 바라보았다. 방금 웨이터(벌써 사람들이 많이 일어서고 다시 조용해진 이쪽의 일에 아주 지긋지긋해진)가 사라져 간 복도 쪽 열린 문을 보고 있는데 가죽 점퍼에 청바지를 입은 청년 하나가 나타났다. 그는 정원으로 들어서서 주위를 둘러보더니 나를 발견하고는 내 쪽으로 걸어왔다. 몇 초쯤 지나고서야 나는 그가 누군지를 알아보았다. 헬레나의 그 기술자였다.

사랑에 빠졌는데 사랑을 받지는 못하는 어떤 여자가 다시 돌아오겠다고 위협을 해 대면 나는 언제나 몹시 고통스럽다. 그래서 그 청년이 그녀의 편지를 내밀었을 때("제마네크 부인이 보내는 거예요.") 내가 처음으로 한 행동은 어떻게든 그 편지를 읽는 일을 미루는 것이었다. 나는 그에게 앉으라고 자리를 권했다. 그는 그렇게 했다.(테이블에 한쪽 팔꿈치를 괴고 이마를 찌푸린 채 느긋한 표정으로, 태양빛으로 빛나는 보리수 잎들을 바라보고 있었다.) 나는 편지를 앞에 내려놓고 그에게 물었다. "뭐 좀 들지 않겠어요?"

그는 어깨를 으쓱했다. 나는 보드카를 권했다. 그는 자신은 운전을 해야 하며, 무슨 술이든 음주 운전은 법으로 금한다고 말하며 거절했다. 그러면서 그는 내가 마시는 것은 기꺼이 옆에서 보고 있겠노라고 덧붙였다. 나는 전혀 술 생각이 없었지만 별로 열어 보고 싶지 않은 편지가 눈앞에 놓여 있었으므로 무슨 일이든 그것을 미룰 수 있으면 상관이 없었다. 나는 근처를 지나가고 있던 웨이터를 불러 보드카 한 잔을 주문했다.

"헬레나가 무슨 일 때문에 그러는지 모르시나요?" 내가 말했다.

"제가 어떻게 알겠어요? 편지를 읽어 보시죠." 그가 대답했다.

"급한 일인가요?" 내가 물었다.

"아니, 가다가 공격이라도 당할 경우를 대비해서 누가 제게 그 편지 내용을 외워 가게 하기라도 했다는 말씀이세요?" 그가 말했다.

나는 손끝으로 봉투를 집어 들었다가(지방 인민위원회라는 문구가 상단에 박힌 사무용 봉투였다.) 다시 테이블에 내려놓고는 무어라 할 말이 없어서 그냥 이렇게 말했다. "술을 드시지 않으니 안됐군요."

"결국 당신을, 당신의 안전을 위한 것이기도 한 건데요, 뭐……." 그가 말했다.

나는 이 말이 아무 의미 없는 말이 아니라 무언가 암시하고 있다는 것을 간파하였다. 이 녀석은 나와 같은 테이블에 앉아 있게 된 기회를 이용하여, 이제 집으로 돌아가는 길이 어떤 상황이 될 것인지, 과연 헬레나와 단 둘이 갈 수 있게 될 것인지 분명하게 해 놓으려던 것이다. 그는 아주 괜찮은 청년이었다. 그의 얼굴(조그맣고 창백하고, 주근깨가 박힌 얼굴에 코는 길이가 짧고 끝이 약간 치켜 올라가 있었다.)에서는 그의 안에서 일어나는 모든 일들이 그대로 다 읽혔다. 투명한 얼굴이었는데, 그것은 바로 영원히 고쳐지지 않는 어린아이 얼굴이기 때문이었다.(내가 고쳐지지 않는다고 말하는 것은, 비정상적으로 섬세한 그 얼굴 윤곽 때문인데, 그래서 이런 얼굴은 나이를 먹는다고 해서 더 남성적이 되지도 않고, 늙어도 정말 노인의 얼굴이 되는 것이 아니라 그저 어린아이의 늙은 얼굴이 되는 것이다.) 이런 어린아이 같은 모습이 스무 살짜리 청년의 마음에 들 리가 없는 법이고, 그래서 그는 어떻게 해서든 그것을 감추어 보려고 애쓸 수밖에 없는 것이다.(예전에—아! 이 영원한 그림자 연극이여!—우리 중대장 녀석이 그랬던 것처럼.) 옷 입는 방식으로,(어깨가 각이 진, 모양새 좋은, 잘 어울리는 가죽 점퍼) 그리고 행동으로.(꽤 대담한 듯하고, 약간 상스러운 데도 있는 듯하면서 때로 아무데도 관심 없다는 듯한 방자한 태도를 꾸미는 등.) 하지만 고심해서 연출해 낸 이 위장은 매순간 무너져 내렸다. 이 남자아이는 얼굴을 붉히기도 하고, 음성도 잘 조절하지 못해서 조금만 흥분해도 톤이 올라가고,(처음 보았을 때부터 나는 벌써 그것을 알아보았다.) 눈길이나 몸짓도 마음대로 제어하지 못했다.(아마도 그는 내가 그들과 프라하까지 동행할 것인가의 여부에 별 관심 없는 것처럼 보이려고 애썼겠지만, 내가 여기 남을 것이라고 분명하게 말해 주자 그의 눈빛은 너무나 확연히 드러날 만큼 환해졌다.)

정신이 없는 웨이터가 우리 테이블에 보드카 한 잔이 아니라 두 잔을 가지고 오자 그 기술자는 그냥 두라는 손짓을 하며 상관 없다고, 같이 한잔하겠다고 말했다. "혼자 드시게 하지 않으려고요!" 이렇게 말하고는 잔을 들어올렸다. "자, 건배하죠!"

"건배!" 나도 이렇게 답하고 우리는 잔을 부딪쳤다. 그러고서 몇 마디 나누던 중에 나는 그가 두 시간 후에 떠날 예정이라는 것을 알게 되었다. 왜냐하면 헬레나가 내일 바로 모두 방송이 될 수 있도록, 녹음된 자료 전체를 이곳에서 다시 검토하고, 필요한 경우에는 자신이 직접 쓴 해설을 녹음할 생각이기 때문이라고 했다. 나는 그에게 헬레나와 같이 일하기가 괜찮으냐고 물어보았다. 그는 또 한 번 얼굴을 붉히면서 헬레나는 씩씩하게 일을 잘해 나간다고, 그런데 다만 같은 팀 사람들에게 좀 너무 엄격하다고 했다. 근무 시간 이후에도 언제든 일을 하려 하고, 다른 사람들이 빨리 퇴근을 해야 하는지 어떤지 신경을 쓰지도 않는다는 것이었다. 나는 그 역시 빨리 집에 가려 하느냐고 물어보았다. 그는 아니라고, 일이 재미있다고 했다. 그러고 나서 그는 내가 헬레나 이야기를 꺼낸 것을 이용하여, 지나치듯 아무렇지도 않게 물어보았다. "그런데 헬레나는 어떻게 아시게 됐어요?" 내가 이야기를 해 주자 그는 무언가 좀 더 알아내려고 들었다. "참 괜찮은 여자죠? 헬레나 말이에요."

헬레나 이야기가 나오면 특히 그는 아주 흐뭇한 표정을 지었는데, 내가 보기에 그것은 그가 무언가를 감추려고 애쓰기 때문인 것 같았다. 왜냐하면 그가 헬레나를 열렬히 사모한다는 것을 모두가 다 아는 상황에서, 그는 사랑받지 못하는 남자라는 왕관, 그 치욕적인 왕관을 쓰지 않기 위해 무진 애를 써야만 했던 것이다. 나는 이 청년이 이렇게 태평스러운 태도를 보이는 것에 무슨 큰 의미를 두진 않았지만 그래도 내 앞에 놓인 편지의 무게가 조금은 가벼워졌고, 그래서 결국 봉투를 뜯어 보았다. "내 온몸과 마음을 다하여…… 더 이상 살아갈 이유가 없어…… 마지막으로 안녕……."

정원 저쪽 끝에 있는 웨이터를 발견하고 나는 소리쳤다. "계산서요!" 그는 고개만 끄덕하고는 늘 움직이는 궤도대로 곧 복도 쪽으로 사라져 버렸다.

"갑시다. 이러고 있을 시간이 없어요." 나는 그 어린애에게 이렇게 말했다. 내가 자리에서 일어나 정원을 가로질러 가자 그도 따라나왔다. 우리는 복도를 지나 식당 출입구로 갔고, 그래서 웨이터도 싫든 좋든 하여간 우리 뒤를 쫓아오지 않을 수 없었다.

"커틀릿 하나, 수프 하나, 보드카 둘."이라고 불러 주었다.

"무슨 일인데요?" 그 어린애가 조심스럽게 물었다.

계산이 끝나자 나는 그에게 얼른 헬레나에게 데려다 달라고 했다. 우리는 발걸음을 급히 옮겼다.

"무슨 일이 생긴 건데요?" 그가 내게 물었다.

"여기서 먼가요?" 내가 되물었다.

그는 똑바로 앞을 가리켰다. 나는 뛰기 시작했다. 인민위원회는 문 하나와 창문 두 개가 나 있는 하얗게 회칠을 한 단층 건물이었다. 안으로 들어서니 침침한 관청 내부가 나왔다. 창문 아래에 책상 두 개가 맞붙여 놓여 있었는데, 한쪽 책상 위에 녹음기, 노트, 그리고 손가방(그렇다, 헬레나 것이었다.)이 놓여 있었다. 책상 앞에는 의자 두 개가 있고, 한쪽 구석에는 금속 옷걸이가 세워져 있었다. 트렌치코트 두 벌이 걸려 있었다.

여자 것 하나, 남자 것 하나.

"여기예요." 청년이 말했다.

"그녀가 당신에게 편지를 건네준 곳이 여기란 말이죠?"

"예."

하지만 지금 이 방은 절망적일 만큼 텅 비어 있었다. 나는 "헬레나!" 하고 불러 보았다가 내 입에서 나온 그 희미하고 불안에 찬 음성에 질겁을 했다. 아무 대답도 없었다. 나는 다시 불러보았다. "헬레나!" 그러자 청년이 물었다.

"그녀가 그럼……?"

"그런 듯 싶어요."

"편지에서 그런 이야기를 한 건가요?"

"그래요." 내가 말했다. "이 방 말고 다른 방도 또 배정받은 게 있나요?"

"아니오." 그가 말했다.

"호텔에는요?"

"아침에 방을 비워 주고 나왔는걸요."

"그럼 분명히 여기 있다는 건데?" 내가 이렇게 말했을 때, 그 청년이 갈라지고 목멘 소리로 "헬레나!" 하고 부르는 소리가 들려왔다.

나는 옆방으로 난 문을 밀어 보았다. 역시 사무실이었다. 탁자, 휴지통, 의자 세 개, 장 하나와 옷걸이(첫 번째 방 옷걸이와 같은 것으로, 철제 몸통에 밑부분은 다리 세 개의 받침대로 받쳐져 있고 윗부분은 가지 세 개로 갈라져 있었다. 이 옷걸이에는 아무것도 걸려 있지 않았다. 어딘가 사람 비슷한 모양을 한 그 옷걸이는 꼭 고아 같았다. 아무것도 걸치지 않은 철제 몸통에 우스꽝스럽게 팔을 위로 치켜들고 있는 그 모습은 어쩐지 내 마음에 짙은 불안을 몰고 왔다.) 탁자 위 창문을 제외하고는 온통 벽뿐이었다. 문도 없었다. 이 건물에는 이 두 사무실밖에 없는 것이 분명했다.

우리는 첫 번째 방으로 돌아왔다. 나는 노트를 집어들고 뒤적이기 시작했다. 알아보기 힘든 메모들이 적혀 있었는데 (겨우 해독해 낸 단어 몇 개로 미루어 판단해 보자면) '왕들의 기마 행렬'에 대해서 쓴 것이었다. 무슨 메시지라든가 작별 인사 같은 것은 보이지 않았다. 손가방을 열어 보니 손수건, 동전 지갑, 립스틱, 분첩, 담배 두 개비, 라이터 등이 들어 있었다. 알약 통이나 빈 독약병 같은 것은 전혀 눈에 띄지 않았다. 몹시 흥분한 상태에서 나는 헬레나가 과연 무엇을 선택할 수 있었을까 열심히 생각해 보았다. 모든 가정 중에서 독약이 가장 유력했다. 하지만 그렇다면 작은 약병이나 통이 남아 있어야 했다. 나는 옷걸이 쪽으로 다가가서 헬레나의 트렌치코트 주머니를 뒤져 보았다. 비어 있었다.

"다락방에 있지 않을까요?" 청년은 내가 그 방을 뒤져 본 것이 얼마 되지도 않았는데 아무래도 별 진전이 없을 것 같아 보였는지 초조해하며 이렇게 말했다. 우리는 문이 두 개 있는 복도로 달려 나갔다. 윗부분 삼 분의 일이 유리로 된 문 하나로는 어렴풋이 마당인 듯한 곳이 내다보였다. 가까운 쪽에 있던 다른 문을 열자, 먼지와 검댕으로 뒤덮인 돌층계가 나타났다. 위로 올라갔다. 하나밖에 없는 천창으로(유리는 더러웠다.) 희미하고 침침한 빛이 겨우 스며들어 오고 있었다. 여기저기 물건 더미가 보였다.(산더미 같은 서류 뭉치와 망가진 낡은 의자들 외에 상자, 정원용 도구들, 호미, 삽, 갈고리 등.) 우리는 여기저기 발이 채이곤 했다.

나는 "헬레나!" 하고 부르고 싶었지만 겁이 나서 그럴 수가 없었다. 뒤를 이을 침묵이 끔찍했던 것이다. 청년도 역시 그녀를 부르지 않았다. 우리는 그 잡동사니들을 헤치며 아무 말 없이 어두운 구석구석을 찾아보았다. 우리 둘 다 모두 얼마나 흥분했는지가 느껴졌다. 그리고 무엇보다 가장 커다란 공포는 바로 우리의 침묵이었다. 그 침묵은 우리가 헬레나로부터 더 이상 아무런 대답도 기다리지 않는다는 사실, 우리는 이제 단지 어딘가 매달려 있거나 누워 있는 시체를 찾고 있을 뿐이라는 사실을 인정한다는 것과 같았다.

우리는 아무것도 찾지 못하고 사무실로 다시 내려왔다. 다시 한 번 나는 가구들, 탁자, 의자, 코트 두 벌이 걸린 옷걸이 등을 둘러보았고, 옆방으로 가서 또 탁자, 의자, 그리고 절망적으로 맨팔을 쳐들고 있는 옷걸이를 둘러보았다. 청년은 (괜히) 헬레나! 하고 부르고, 나는 (괜히) 장을 한 번 열어 보았다. 온갖 서류들과 접착 종이, 자 등의 사무 용품으로 가득한 선반들이 나타났다.

"이런, 다른 데도 분명 있을 거 아냐! 화장실! 지하실!" 내가 말했다. 그리고 우리는 다시 복도로 나왔다. 청년이 마당으로 나가는 문을 열었다. 마당은 아주 조그마했고, 한쪽 구석에는 토끼장 하나가 틀어박혀 있었다. 너무 무성하게 웃자란 풀들로 온통 뒤덮인 정원이 마당 너머로 이어졌고, 거기에는 과일 나무도 심어져 있었다.(그 와중에도, 내 머릿속 저 먼 어느 구석에선가 이곳의 아름다움을 하나하나 새기고 있었다. 초록빛 나뭇잎 사이에 걸린 푸른 하늘의 자락들, 울퉁불퉁하고 둘로 갈라진 나뭇등걸, 그리고 그 사이에 핀 해바라기들의 환한 빛.) 정원 맨 끝에, 목가적인 사과나무 그늘 아래 작은 오두막 같은 화장실이 하나 있는 것이 눈에 띄었다. 나는 그쪽으로 달려갔다.

좁다란 문설주 위의 큰 못 위로 걸치게 되어 있는 걸쇠(밖에서 잠글 때 똑바로 걸어 놓으면 되는)가 위로 올려져 있었다. 문과 문틀 사이 틈으로 손가락을 넣어 살짝 잡아당겨 보기만 해도 안에서 잠겨 있다는 것을 확인할 수 있었다. 그것이 의미할 수 있는 것은 단 하나, 즉 헬레나가 거기 있다는 사실밖에 없었다. 나는 가만히 "헬레나, 헬레나!" 하고 불러 보았다. 아무런 대답도 없고, 오직 사과나무 가지가 바람에 흔들려 화장실 벽에 스치는 소리만 들려올 뿐이었다.

화장실 안의 그 침묵은 최악의 경우를 말해 주는 것임을 나는 알고 있었다. 그러나 또한 이제 문을 강제로 여는 수밖에 없으며, 그 일을 해야 할 사람은 바로 나라는 사실도 알고 있었다. 다시 손가락을 문틈으로 집어넣어 있는 힘을 다해 잡아당겼다. 문은(고리로 잠겨 있는 것이 아니라 시골에서 흔히 그렇듯이 단순히 끈 하나로 고정된 것이었다.) 오래 버티지 않고 쉽게 활짝 열렸다. 헬레나가 지독한 냄새 속에서 나무 변기 위에 걸터앉아 있는 모습이 정면으로 드러났다. 그녀는 몹시 창백했지만 하여간 살아 있었다. 그녀는 나를 보고는 경악을 하며 화급히 치마를 끌어내렸으나 그런 노력에도 불구하고 치마는 허벅지 중간쯤까지밖에는 내려오지 않았다. 그녀는 양손으로 치맛단을 붙잡고 두 다리를 꼭 붙이고 있었다. "세상에, 얼른 저리 가요!" 그녀는 고통스럽게 외쳤다.

"어떻게 된 거예요? 뭘 먹은 거예요?" 내가 소리쳤다.

"저리 가라니까요. 내버려둬요!"

내 뒤로 청년이 모습을 나타내자 헬레나는 외쳤다. "저리 가, 인드라, 저리 가라니까, 얼른!" 그녀는 문 쪽으로 손을 뻗으며 반쯤 일어섰지만 내가 문과 그녀 사이를 가로막아 서는 바람에 비틀거리며 다시 변기에 주저앉을 수밖에 없었다.

그녀는 얼른 다시 일어나서 필사적인 힘으로(정말로 필사적이었다. 왜냐하면 거의 탈진된 상태여서 그녀에게는 남은 힘이 거의 없었기 때문이다.) 내게 달려들어 상의 옷깃을 붙잡고 늘어지며 나를 바깥으로 밀어냈다. 우리 둘 다 화장실 문턱까지 밀려왔다. "더러운 자식, 더러운 자식, 더러운 자식!" 그녀는 이렇게 울부짖었다.(꺼져 가는 희미한 목소리를 크게 내려고 미친 듯이 애를 쓰는 그런 노력을 울부짖음이라고 부를 수 있다면.) 그러면서 그녀는 나를 마구 흔들어 댔다. 그러더니 갑자기 나를 움켜쥐었던 손을 놓고는 정원 쪽을 향해 풀밭 위로 달아나기 시작했다. 그녀는 사라져 버리려 했던 것이지만 금세 드러나 버리고 말았다. 황망히 화장실에서 나오는 바람에 옷매무새를 가다듬을 경황도 없었고, 그래서 팬티(스타킹 고정용 속옷 역할도 겸하는, 어제 내가 보았던 바로 그 라스텍스로 된 팬티)가 무릎까지 흘러내려 걸음을 방해하고 있었다.(치마는 이제 제자리에 내려와 있었지만 스타킹은 종아리에 흘러내려 둘둘 말려 있고, 좀더 색이 짙은 스타킹 제일 윗부분과 고정용 밴드가 모두 드러나보였다.) 그녀는 몇 발짝 옮기더니, 아니 몇 번 비틀비틀 폴짝거리더니 (굽이 높은 구두를 신고 있었다.) 겨우 몇 미터도 못 가서 쓰러지고 말았다.(그녀는 햇빛을 받아 빛나는 풀밭 위에, 나뭇가지 아래, 활짝 핀 커다란 해바라기 발치에 쓰러졌다.) 일어나는 것을 도와주려고 내가 그녀 손을 잡자 그녀는 세차게 뿌리쳤고, 내가 다시 그녀에게로 몸을 숙이자 미친 듯이 허공에 팔을 휘둘러 대기 시작했다. 그중 몇 번은 나를 맞히기도 했다. 나는 온 힘을 다하여 그녀를 잡아 일으켜 세우고, 정신병자에게 구속복을 입히듯이 꽉 안아야 했다. "더러운 자식, 더러운 자식, 더러운 자식!" 그녀는 끊임없이 씩씩거리고 욕설을 퍼부으며 움직일 수 있는 손으로는 내 등을 계속 내리쳤다. 내가 그녀에게 (가능한 한 가장 부드럽게) "헬레나, 진정해요."라고 말한 순간 그녀는 내 얼굴에 침을 뱉었다.

팔을 풀지 않은 채 나는 그녀에게 말했다. "무얼 먹은 건지 말하지 않으면 놓지 못해요."

"저리 가요, 저리 가!" 그녀는 계속해서 미친 듯이 소리쳤다. 그러더니 어느 순간 갑자기 뚝 그치며 완전히 저항을 멈추고 말했다. "놓아 줘요!" 너무도 완연히 달라진 목소리(아주 희미하고 쇠잔한)여서 나는 팔을 풀고 그녀를 바라보았다. 나는 끔찍한 노력 때문에 일그러진 그녀의 얼굴, 꽉 다문 입, 멍한 눈, 잔뜩 웅크린 채 앞으로 숙인 몸을 공포에 질려 바라보았다.

"왜 그래요?" 내가 말했다. 그러자 그녀는 아무 말 없이 뒤로 돌아서서 화장실을 향해 갔다. 그때 그녀의 걸음걸이를 나는 결코 잊지 못하리라. 속옷이 걸쳐 있어 제대로 움직일 수도 없는 다리로 비틀비틀 아주 조금씩 떼어 놓던 한없이 느린 그 걸음. 4미터 정도밖에 되지 않는 거리였지만 그녀는 여러 번이나 멈추어 서야 했고 그때마다 그녀가(온몸이 뒤틀리는 것을 보면) 광란하는 창자와 얼마나 가혹한 사투를 벌여야 하는지를 알 수 있었다. 마침내 그녀는 화장실에 도달하여 (활짝 열려 있는) 문을 잡더니 안으로 들어가 쾅 닫았다.

나는 그녀를 일으켜 세웠던 자리에 그대로 서 있었다. 그리고 화장실에서 거칠게 숨을 내뱉는 소리와 고통의 신음 소리가 새어나오자 더 멀리 물러섰다. 그제서야 나는 내 옆에 그 청년이 있다는 것을 의식했다. 그리고 그에게 "여기 꼼짝 말고 있어요. 의사를 불러야겠어요."라고 명령했다.

나는 사무실로 들어갔다. 방을 들어서면서 벌써 탁자 위에 전화기가 있는 것이 보였다. 그런데 전화번호부가 보이지 않았다. 가운데 서랍 손잡이를 당겨 보니 열쇠로 잠겨 있었다. 옆 서랍들도 마찬가지였다. 다른 방으로 가 보았다. 이 방에 있는 책상에는 서랍이 하나뿐인데, 열려 있긴 했으나 사진 몇 장과 종이칼 외에는 아무것도 없었다. 나는 어떻게 해야 할지 난감했다. 그리고 (헬레나가 살아 있다는 것을 알게 되고 위험한 상태도 아닌 것 같자) 갑자기 온몸에 기운이 빠져 버리는 느낌이었다. 나는 한동안 가만히, 멍하니, 옷걸이(투항하는 병사처럼 팔을 높이 쳐들고 있는 그 앙상한 철제 옷걸이)만 뚫어져라 바라보고 있었다. 그러다가 (달리 어찌 해야 좋을지 몰라서) 장문을 열어 보았다. 서류 더미 위에 청록색 표지의 전화번호부가 놓여 있었다. 나는 전화번호부를 전화기 쪽으로 가져가 병원 번호를 찾아냈다. 그렇게 해서 전화번호를 돌리고 신호음을 듣고 있는데, 청년이 느닷없이 들이닥쳤다.

"아무도 부르지 말아요! 필요없어요!" 그가 외쳤다.

나는 무슨 영문인지 알 수가 없었다

그는 내게서 수화기를 빼앗아 끊어 버렸다. "글쎄 필요없다니까요……."

나는 대체 무슨 일인지 설명을 해 보라고 했다.

"독약을 먹은 게 아니에요!" 그는 옷걸이로 다가가며 말했다. 그러고는 자신의 트렌치코트 주머니를 뒤져서 약통 하나를 꺼냈다. 그는 뚜껑을 열고 통을 뒤집어 보였다. 비어 있었다.

"그녀가 먹은 것이 이거란 말이죠?" 내가 물었다.

그는 말없이 고개를 끄덕였다.

"어떻게 알죠?"

"그녀가 말했어요."

"이 통은 당신 거예요?"

그는 그렇다고 했다. 나는 그에게서 통을 빼앗아 들여다보았다. 알제나라고 표기되어 있었다.

"아니 그럼 이만한 양의 진통제가 아무 해도 없다고 생각하는 겁니까?" 내가 버럭 소리를 질렀다.

"진통제가 아니었어요." 그가 말했다.

"그럼 뭐가 들어 있었다는 거예요?" 내가 소리쳤다.

"변비약이오." 그가 결국 이렇게 내뱉었다.

나는 소리쳤다. 지금 나를 놀리고 있는 것이냐, 대체 어떻게 된 건지 알아야겠다, 그렇게 버릇없이 구는데 하나도 재미있지 않다. 나는 당장 대답하라고 명령했다.

내가 소리를 지르자 그 역시 소리를 질러 댔다. "글쎄 변비약이라니까요. 내 장이 나쁘다는 걸 만천하에 다 공개해야 합니까?" 그러니까 나는 그가 미련하게 성질을 부린다고 생각했는데 실은 그 말이 사실이었던 것이다.

나는 빨개진 그의 작은 얼굴, 위로 치켜올라간 코(작은 코이지만 그래도 수많은 주근깨가 충분히 자리 잡을 수 있는)를 바라보았다. 모든 것이 분명해졌다. 약통 상표는 그의 장에 문제가 있다는 우스꽝스러운 사실을 감추기 위한 것이었다. 그의 청바지와 깡패 같은 점퍼가 그 어린아이 같은 얼굴의 우스꽝스러움을 감추기 위한 것이었듯이 말이다. 그는 자신이 창피했고, 자신을 계속 따라다니는 사춘기를 어떤 결함처럼 짊어지고 있었던 것이다. 그 순간 나는 그가 너무나 사랑스러웠다. 그의 수치심(사춘기의 이 고결함)이 헬레나의 생명을 구했고 앞으로 이어질 긴 세월 동안 내가 편안히 잘 수 있도록 구원해주었던 것이다. 무어라 할 수 없이 고마운 마음으로 나는 옆으로 벌어진 그의 귀를 멍하니 바라보았다. 그렇다, 그는 헬레나의 생명을 구했다. 그러나 그것은 엄청난 굴욕을 대가로 한 것이었다. 나는 그것을 알고 있었고, 또한 그것은 무용한 굴욕, 아무 의미도 없고 전혀 공정하지도 않은 굴욕이었다는 것도 알고 있었다. 고칠 수 없는 것들의 사슬에 얽혀 들어간 또 하나의 고리. 나는 죄책감을 느꼈고, 얼른 그녀에게 달려가 그녀가 받은 모욕을 씻어 주고, 그녀 앞에 무릎을 꿇고, 이 어이없이 잔혹한 이야기의 모든 잘못과 책임이 내게 있음을 밝혀야만 한다는 절박한(불명확하긴 했지만) 심정이 되었다.

“이제 그만 그렇게 뚫어지게 쳐다보시죠.” 청년이 불쑥 내게 말을 던졌다. 나는 아무 대답 없이 그의 곁을 지나 복도로 나갔다. 그리고 마당으로 난 문을 향해 걸음을 옮겼다.

“거긴 가서 뭐하게요?” 뒤에서 그가 내 상의 어깨 부분을 움켜쥐며 잡아당기려 했다. 한순간 우리 시선이 부딪혔다. 나는 그의 손목을 잡아 내 어깨에서 치웠다. 그는 내 주위를 맴돌며 앞을 가로막았다. 나는 그에게 다가가 옆으로 밀치려 할 참이었다. 그때 팔을 휘두르며 그가 주먹으로 내 가슴을 내리쳤다.

타격이 별로 세지도 않았는데 그는 펄쩍 뒤로 물러나며 순진하게 권투의 방어 자세로 다시 내 앞에 버티고 섰다. 그의 얼굴에는 두려움과 무모한 대담함이 뒤섞여 있었다.

“당신이 그녀한테 뭐하러 가겠다는 거예요?” 그가 내게 소리를 질렀다. 나는 가만히 서 있었다. 청년의 말이 어쩌면 옳은지도 몰랐다. 고칠 수 없는 것을 고칠 능력이 내게 어디 있겠는가. 아무 반응도 없이 그렇게 서 있는 나를 보며 그는 고함을 질러 댔다. “그녀는 당신이 구역질이 난대요! 당신은 그녀에게 똥을 싸게 한대요! 진저리가 난다는 거죠. 그녀가 나한테 그랬어요! 정말이에요, 똥을 싸게 한대요!”

신경이 잔뜩 긴장되어 있을 때는 눈물도 잘 나지만 웃음도 잘 나오는 법이다. 그가 마지막에 한 말의 말 그대로의 의미가 내 입가에 웃음이 일게 했다. 그것이 불같이 그의 화를 돋구었다. 이번에는 그의 주먹이 내 입술에 와서 닿았고, 다음 주먹은 겨우 피했다. 그러고 나서 그는 마치 링 위에서처럼 얼굴 앞에 두 주먹을 모으고 뒤로 물러섰는데, 그렇게 주먹으로 얼굴을 가리니 너무 분홍빛을 띤 그 커다란 귀만 보였다.

나는 그에게 말했다. "자, 자, 됐어요. 나는 가겠어요."

그는 내 등에 대고 외쳐 댔다. "야, 이 비겁한 놈아! 니가 이 일에 상관이 있다는 거 내가 진작에 알고 있었다! 두고 봐, 내가 너 다시 찾아내고 말 테니까. 치사한 새끼!"

나는 거리로 나와 섰다. 축제 후에 늘 그렇듯이 거리는 텅 비어 있었다. 오직 바람만이 먼지를 살짝 일으켜 평평한 땅 위로 날려 보내고 있었다. 내 머리만큼이나 황량한 땅, 텅 비고 멍해진 내 머리, 오랫동안 아무 생각도 나지 않은 내 머리만큼이나 그렇게 황량한 땅.

얼마가 지나고 나서야 문득 나는 아직도 내 손에 '알제나'라고 표시된 빈 약통이 쥐어져 있다는 것을 깨달았다. 잘 들여다보니 그 통은 하도 오래 써서 온통 낡고 더러워져 있었다. 그 통은 벌써 오래전부터 그 청년의 변비약을 위장하는 데 사용되었던 것이 분명했다.

다시 시간이 한참 흐른 후에 그 통은 다른 통들을, 알렉세이의 바비투르 산 수면제 약통 두 개를 생각나게 했다. 그리고 나는 청년이 헬레나의 생명을 구했던 것이 전혀 아니었음을 깨달았다. 그 약통에 알제나가 들어 있었다 하더라도 결국 그것은 그녀에게 위장 장애나 일으킬 수 있었을 따름이었을 것이다. 게다가 청년과 내가 멀리에 있지도 않았다. 헬레나의 절망은 죽음의 문턱과 충분한 거리를 두고 삶과 계산을 치렀던 것이다.

18

그녀는 부엌에 있었다. 레인지 위에 몸을 숙이고. 등을 돌린 채. 마치 아무 일도 없었던 것처럼. "블라디미르요?" 그녀는 돌아서지 않은 채 내게 되물었다. "아니, 자기 눈으로 직접 봐 놓고는. 나한테 물어볼 게 뭐가 있어?" "거짓말하지 마. 블라디미르는 오늘 아침에 쿠테츠키네 손자하고 같이 오토바이를 타고 나갔어. 내가 알고 있다는 걸 당신한테 말하려고 온 거야. 그게 당신과 걔한테 왜 그렇게 마침 맞게 잘된 일이었는지 이제 알겠어. 그 라디오 방송국 여자 말이야. 왕 의상을 입는 동안 나는 거기에 있지도 못하게 해야 했던 이유도 알겠어. 걔가 왜 '기마 행렬' 속에 자리를 잡기도 전인데 침묵의 규칙을 지켜야 했는지도 알겠고 말이야. 모두들 참 잘도 꾸며 냈군."

내가 그렇게 침착하고 자신 있게 말하자 그녀는 당황했다.

하지만 금세 정신을 가다듬고 오히려 역공세를 펼쳐 피하려고 했다. 참으로 희한한 공세였다. 싸우는 두 사람이 서로 마주 보고 있지도 않다는 점에서만 보더라도 희한한 것이었다. 그녀는 등을 돌린 채 끓고 있는 면 수프에 고개를 숙이고 있었다. 그녀의 목소리는 차분했다. 거의 나른하기까지 했다. 오로지 나의 몰이해 때문에 이제서야 그 오래되고 진부할 만큼 명백한 사실을 큰 소리로 말하게 되었다는 식이었다. 내가 듣고 싶어 한다면 좋다, 들어 보라고 했다. 처음부터 블라디미르는 왕이 되고 싶어 하지 않았다. 그리고 블라스타는 그것이 의외가 아니었다. 옛날에는 '기마 행렬'을 만드는 데 마을 소년들은 아무도 필요하지 않았다. 그러나 요즘에는 당 지방위원회까지 해서 서른여섯 개의 단체가 여기에 관여한다. 이제는 무엇을 하고 싶어도 더 이상 아무것도 스스로 알아서 할 수가 없게 되었다. 모든 것이 상부 지시에 따라 움직이게 되어 있다. 예전에 왕을 지명하는 것은 소년들이었다. 이번 '기마 행렬'에는 상부에서 아이 아버지를 기쁘게 해 주기 위해 블라디미르를 지명했고, 모두가 이에 복종해야 했다. 블라디미르, 그 아이는 자신이 배경 있는 아이라는 사실이 부끄러웠던 것이다. 배경 있는 아이는 아무도 좋아하지 않는 법이다.

"그러니까 블라디미르가 나를 창피해한다는 거야?"

"걔는 배경 있는 아이가 되고 싶지 않은 거라고." 블라스타가 되풀이해서 말했다.

"그래서 쿠테츠키네하고 그렇게 꼭 붙어 다니는 건가? 그 얼간이들하고? 그 꽉 막힌 부르주아들하고?" 내가 물었다.

"그래, 그 때문이야." 블라스타가 답했다. "밀로스는 자기 할아버지 때문에 공부를 계속할 수도 없어. 오로지 그 노인네가 회사 소유주였다는 사실 하나 때문에 말이야. 그런데 우리 블라디미르에게는 모든 문이 열려 있는 거야. 당신이 그 아이의 아버지라는 단 하나의 이유 때문에. 걔한테는 그게 거북스러운 거야. 그 정도는 이해가 가?"

나는 평생 처음으로 그녀에게 분노를 느꼈다. 그들은 나를 속였다. 침착하게, 하루하루, 그들 둘은 '기마 행렬'을 기다리며 나를 관찰했던 것이다. 그들은 나의 조바심, 나의 흥분을 관찰했다. 태연하게 그들은 나를 관찰했고, 태연하게 그들은 나를 속였다. "이런 식으로 나를 속일 필요가 있었나?"

블라스타는 면에 소금을 치면서 나를 대하기가 쉽지 않았다고 말했다. 나는 나의 우주 속에 갇혀서 살고 있다는 것이었다. 나는 몽상가다. 그들이 내 이상을 가지고 잘못되었다고 하는 것은 아니지만, 블라디미르는 다르다. 내 노래들은 그에게는 히브리어나 마찬가지다. 전혀 그에게 흥미를 주지 못한다. 그는 따분하게만 생각한다. 나는 이를 할 수 없다고 여기고 받아들여야 한다. 블라디미르는 현대적이다. 그는 그녀의 아버지에게서 이 감각을 물려받았다. 그녀의 아버지에겐 진보적 감각이 있다. 그 마을에서 그는 최초로 트랙터를, 그것도 전쟁 이전에 샀던 사람이다. 그 후 그들은 모든 것을 몰수당했다. 어찌 되었든, 그들의 밭이 집단 농장에 속하게 된 뒤부터 예전만큼 수확을 거두지 못하고 있다.

"당신네 밭 같은 건 관심도 없어. 난 블라디미르 이놈이 어디로 갔는지 알고 싶은 거야. 브르노의 오토바이 경주에 갔겠지. 말해 봐!"

그녀는 계속 등을 돌린 채 면에 소금을 치면서 똑같은 넋두리를 이어 갔다. 블라디미르는 외할아버지를 닮았다. 턱과 눈을 빼닮았다. 그리고 '왕들의 기마 행렬' 같은 것은 그에게는 무슨 말인지도 모를 이상한 소리에 지나지 않는다. 그렇다, 내가 알고 싶다니까 말인데, 그는 경주를 보러 갔다. 가면 안 될 것이 무엇인가. 오토바이는 리본을 단 말들보다 그에게 훨씬 더 흥미롭다. 왜 안 되느냐. 블라디미르는 현대인이다.

오토바이, 기타, 오토바이, 기타. 멍청하고 낯선 이방 세계. 나는 그녀에게 물었다. "도대체 당신이 말하는 그 현대인이라는 게 뭔데?"

그녀는 계속 등을 돌린 채 면에 소금을 치면서, 자칫했으면 집 안을 현대식으로 해 놓지도 못했을 것이라고 대답했다. 그 현대식 스탠드 때문에 내가 얼마나 푸념을 늘어놓았는가. 그리고 그 천장 조명, 그것도 나는 도무지 맘에 들지 않았다. 이 현대식 스탠드가 얼마나 아름다운지 모두가 아는데 마치 전혀 안 그렇다는 듯이 말이다. 어느 집이나 다들 이런 스탠드를 쓴다.

"그만해." 나는 그녀에게 말했다. 하지만 그녀를 멈추게 하는 일은 불가능했다. 그녀는 이제 내친 김에 열이 올라 있었다. 돌아서지 않는 그녀의 등. 조그맣고, 적대적이고, 마른 등. 가장 나의 화를 돋군 것이 바로 그것이었는지도 모른다. 그 등. 그 등에는 눈이 없었다. 어리석은 자신감에 가득 차 있는 등. 말이 통하지 않는 등. 나는 그녀가 입을 다물게 만들겠다고 작정했다. 돌려세워 나와 마주하게 만들겠다고. 그런데 나는 그녀가 너무 역겨웠다. 손을 갖다 대고 싶지도 않았다. 다른 방식으로 해결하리라. 나는 찬장을 열고 접시를 집어들었다. 그리고 바닥에 떨어뜨렸다. 그녀는 말을 뚝 그치고 입을 다물었다. 하지만 돌아서지는 않았다. 다른 접시, 그리고 또 다른 접시들. 그녀는 여전히 등을 돌리고 있었다. 자기 안으로 움츠러든 채. 그녀의 등에서 나는 두려움을 읽었다. 그렇다. 그녀는 두려워하고 있었다. 하지만 그녀는 끈질기게 항복을 거부했다. 그녀는 수프를 젓는 것을 그만두고 꼼짝도 하지 않은 채 나무 숟가락을 꼭 쥐고 있었다. 마치 그것이 그녀를 구해 주기라도 할 것처럼. 나는 그녀를 증오했고 그녀는 나를 증오했다. 그녀는 꼼짝도 하지 않고 있었고, 나는 그녀에게서 눈을 떼지 않은 채 선반 다른 그릇들을 바닥에 계속 내던졌다. 나는 그녀를, 그리고 그녀와 함께 그녀의 부엌 전체를 증오했다. 현대식 가구와 현대식 접시들, 현대식 유리잔들이 있는 그녀의 이 표준형 현대식 부엌을.

나는 흥분하지 않았다. 부서진 조각들, 여기저기 흩어진 접시와 냄비 들로 뒤덮인 바닥을 서글픔과 피곤이 어린 눈으로 평온하게 바라보았다. 나는 내 집을 바닥에 내던졌던 것이다. 내 사랑하는 집, 내 안식처를. 내 가엾은 하녀가 짚는 그 다정한 지팡이의 인도 아래 자리 잡았던 나의 집을. 내가 동화와 멋진 요정들의 노래들로 가득 차게 했던 내 집을. 저기, 우리가 점심 식사를 하던 의자 세 개가 있다. 아아, 그 평화로운 가족 식사 시간에, 가족들을 먹이는 그 순진한 아버지는 구슬림을 당하고 속아 넘어갔던 것이다. 나는 의자들을 하나씩 들어 올려 다리를 부러뜨리고 부서진 냄비와 유리잔 옆에 던졌다. 그리고 그 위에 식탁을 뒤집어 엎었다. 블라스타는 등을 돌린 채 자신의 레인지 앞에 꼼짝하지 않고 서 있었다.

나는 부엌에서 나와 내 방으로 갔다. 거기에는 허공에 매달린 분홍빛 전구, 전기 스탠드, 그리고 흉물스러운 소파가 있었다. 풍금 위에는 내 바이올린이 상자 속에 들어 있었다. 나는 그것을 집어들었다. 4시에 우리는 식당 정원에서 연주회를 한다. 하지만 아직 1시밖에 안 되었다. 어디로 갈 것인가?

부엌 쪽에서 흐느끼는 소리가 들려왔다. 블라스타가 울고 있었다. 그녀의 흐느낌은 비통했고, 내 마음 깊은 곳에서 쓰라린 연민이 일었다. 십 분만 일찍 울 수는 없었을까? 그랬더라면 나는 나의 그 오랜 환상에 굴복하여 내 가엾은 하녀를 다시 되찾을 수 있었을 텐데. 하지만 이미 너무 늦어 버리고 말았다.

나는 집을 나섰다. '기마 행렬'의 외침 소리가 지붕들 위로 가물가물 울리고 있었다. 우리 왕은 가난하나 그만큼 덕이 높으시답니다. 어디로 갈까? 거리는 '기마 행렬'의 것이고 집은 블라스타의 것이고 술집은 취객의 것이었다. 그런데 나의 장소, 그곳은 어디인가? 나는 버림 받고 추방당한 늙은 왕. 덕이 높은 거지 왕. 후계자가 없는 왕. 최후의 왕.

그래도 다행히, 마을 저편에 들판이 있다. 들길. 그리고 십 분쯤 더 가면 모라바강물. 나는 강둑에 누웠다. 바이올린 상자를 머리에 괴고. 나는 그렇게 오랫동안 누워 있었다. 한 시간, 어쩌면 두 시간. 마지막에 이르렀다는 생각과 함께. 그렇게 갑자기, 그렇게 느닷없이. 자, 모든 것이 끝났다. 아무것도 이제 앞으로 이어질 것이 없는 것 같았다. 나는 언제나 두 세계를 동시에 살았다. 나는 그 두 세계 사이의 조화를 믿었다. 그것은 헛된 미망이었다. 지금 나는 그중 하나의 세계로부터 추방당한 것이었다. 현실 세계로부터. 내게 남은 것은 다른 하나의 세계, 상상의 세계뿐이었다. 그러나 내가 살아 나가는 데에는 그곳만으로, 그 상상의 세계만으로 충분하지 않았다. 누가 거기에서 나를 기다리고 있다 해도. 탈주병이 나를 외쳐 부른다 해도, 그가 언제나 나를 위해서 말과 붉은 베일을 간직하고 있다 해도. 아아, 이제야 그 탈주병을 이해할 것 같았다. 왜 그가 내게 베일을 벗지 못하게 한 채 모든 것을 자기가 이야기해서 알려 주려 했는지 이제 알게 되었다. 이제서야 비로소 나는 왜 왕이 얼굴을 가리고 있어야 하는지 이해할 수 있었다. 그것은 사람들이 그를 보지 못하도록 하기 위해서가 아니라 그가 아무것도 보지 못하도록 하기 위해서였던 것이다.

도저히 다시 일어나 걸을 수가 없었다. 단 한 발자국을 내디디는 일조차 엄두가 나지 않았다. 4시가 되면 그들은 초조해할 것이다. 그러나 일어나서 거기까지 갈 힘이 없을 것 같다. 나는 오직 여기에서만 편안한 느낌이 든다. 여기, 이 강가에서만. 여기에서 강물은 천천히, 수천 년 전부터, 흐르고 있다. 천천히 그렇게 강물이 흐르고, 나는, 천천히 그리고 오래오래, 여기 이렇게 몸을 누이고 머물러 있으리라.

그렇게 얼마가 지난 후 누군가 나를 불렀다. 루드비크였다. 나는 무슨 일이 또 일어나겠구나 싶었다. 하지만 이제 두렵지는 않았다. 더 이상 아무것도 나를 놀라게 할 일은 없었다.

그는 내 곁으로 와서 풀 위에 앉더니, 조금 있다가 곧 오후의 그 음악회에 가지 않느냐고 물었다. "거기 가 보고 싶나?" 내가 물었다. "응." "그것 때문에 프라하에서 온 거야?" "아니, 그것 때문은 아니야. 하지만 모든 일들이 처음 생각했던 것과는 다르게 끝나잖아." "그래, 완전히 다르게 끝나 버리지." 내가 말했다. "한 한 시간쯤 이렇게 들판을 헤맸어. 자넬 여기서 만나리라고는 생각지도 못했어." "나도 그래." "자네한테 부탁이 하나 있는데." 그는 내 눈을 똑바로 쳐다보지 못한 채 말을 이었다. 블라스타와 똑같이. 하지만 그의 그런 모습이 불쾌하지는 않았다. 오히려 마음에 들었다. 그런 모습에서는 조심스럽고 쑥스러워하는 마음이 엿보였다. 그리고 그런 조심스러움은 내 마음을 가라앉히고 아픔을 치유해 주는 것이었다. "자네한테 부탁이 하나 있는데."라고 했던 그는 이렇게 말했다. "조금 있다가 나도 자네들하고 같이 연주하게 해 주면 안 될까?"

19

버스가 출발하려면 아직 몇 시간이 더 있어야 하는 데다가 마음도 산란스럽고 하여 나는 오늘 하루 기억들을 모두 머리에서 몰아내 버리려고 애쓰며 마을을 벗어나 들판으로 나갔다. 쉬운 일은 아니었다. 청년의 주먹질로 찢어진 입술이 화끈거리고, 루치에의 모습이 다시 나타나서는, 내가 부당함에 보복하려 했던 모든 곳에서, 마침내 잘못을 저지른 책임자로 색출해 낸 사람이 바로 나 자신이었다는 사실을 상기시키는 것이었다. 나는 이런 생각 모두를 몰아내 버렸다. 그런 생각들이 끊임없이 되풀이하는 모든 것들을 나는 이제 잘 알기 때문이었다. 나는 머리를 텅 비우고, 오로지 멀리서 들려오는(벌써 겨우 희미하게만 들리는) 기사들의 외침, 나를 나 밖의 어디론가 데려가고 그래서 마음에 위안을 가져다 주는 음악만을 머릿속에 들여보내려고 무진 애를 썼다.

오솔길을 따라 마을을 한 바퀴 크게 빙 돌아 모라바강 강가에 이른 다음 하류 쪽을 향해 강을 따라 걸었다. 강 건너편에는 거위 몇 마리와 저 멀리 숲이 보였고 그 외에는 들판뿐이었다. 그러고 있는데 앞쪽 저편에 한 남자가 강둑 위 풀밭에 누워 있는 것이 눈에 띄었다. 좀 더 가까이 가자 누군지 알아볼 수 있었다. 그는 얼굴을 하늘로 향한 채 똑바로 누워 바이올린 상자를 머리에 베고 있었다.(그 주위에는 들판이 광활하게 펼쳐져 있었다. 수 세기 동안 그대로인 들판이었으나 이쪽에는 무거운 고압전선을 지탱하고 있는 철탑 때문에 상처가 나 있었다.) 그를 피해 가기는 쉬웠을 것이다. 그는 하늘만 바라보고 있었지 나는 보지 못했으니까. 하지만 이번에는 내가 피하고 싶은 것이 그가 아니었다. 나는 그에게 다가가 말을 걸었다. 그는 내 쪽으로 눈을 치켜들었다.(그 눈은 소심하고 겁에 질린 것같이 보였다.) 예전에 그의 큰 키를 몇 센티 더 크게 보이게 하던 그 숱 많던 머리카락이 이제는 듬성듬성 얼마밖에 남아 있지 않았고, 길고 초라한 머리카락 서너 가닥이 머리를 덮어 보려 하고 있었지만 소용이 없었다.(많은 세월이 지나고 처음으로 그를 이렇게 가까이서 다시 보는 것이었다.) 빠져 달아난 이 머리카락들은 우리가 헤어져 있던 세월을 상기시켰고, 갑자기 나는 그 이별의 시간, 그를 보지 못했던 그 긴 시간, 그를 피해 왔던 그 긴 시간을 후회하였다.(들릴락 말락 하게 멀리에서 기사들의 외침이 전해져 왔다.) 그리고 나는 그를 향하여 자책 어린 사랑이 갑작스레 솟아오르는 것을 느꼈다. 내 발치에 누워 있던 그는 팔꿈치를 괴고 몸을 일으켰다. 그는 덩치가 크고 굼떴는데 그의 검은색 악기 상자는 어린애의 관짝처럼 조그마했다. 나는 그의 악단(옛날에는 나의 것이기도 했던)이 저녁이 되기 전에 연주회를 연다는 것을 기억하고, 그들과 함께 연주할 수 있게 해 달라고 부탁해 보았다.

제대로 생각해 보지도 않고 그런 부탁을 해 버린 것이었다.(마치 생각보다 말이 먼저 나온 것처럼.) 그러니까 얼떨결에 그런 말을 한 것이긴 했지만 내 마음 그대로의 말이었다. 예전에 내가 떠나 버렸던 이 세계, 기사들과 얼굴을 가린 그들의 왕이 마을을 순회하고, 사람들이 주름진 셔츠를 입고 노래를 부르는 이 멀고 먼 옛날의 세계, 나에게는 고향, 어머니,(빼앗긴 내 어머니) 청춘이 하나로 뒤섞인 이 세계에 대한 사랑으로 사실은 내 마음이 가득했던 것이다. 하루 내내 내 안의 이 사랑은 조용히 자라나 이제 거의 울음으로 터져 나오려 할 만큼 활짝 피어나고 있었다. 나는 이 옛날의 세계를 사랑했고, 내게 피난처가 되어 달라고 빌고 있었다.

그러나 어떻게, 무슨 권리로? 바로 그저께만 하더라도 나는 단지 야로슬라프가 짜증나는 민속 음악의 화신이라는 이유 하나만으로 그를 피하지 않았던가? 오늘 아침까지도 나는 민속 축제에 불편한 심기로 다가가지 않았던가? 침발롬이 있는 악단에서 보냈던 내 젊은 시절의 행복한 기억을 떠올리지도 못하게 하고, 설레는 마음으로 고향을 자주 찾아오지도 못하게 했던 저 십오 년 동안의 장벽이 이렇게 갑자기 사라져 버린 것은 무엇 때문인가? 몇 시간 전에 제마네크가 '왕들의 기마 행렬'을 빈정거리는 소리를 들었기 때문일까? 민속 음악을 혐오하게 만든 사람이 그였는데 이제 와서 또 그가 나에게 그 음악을 다시 순수하게 만들어 줄 수 있다는 말인가? 그는 나침반에서 방향을 가리키는 바늘이고 나는 그저 그 바늘의 뒤쪽 끝에 불과한 것일까? 나는 그토록 오욕스럽게 그에게 얽매여 있는 것일까? 아니다. 내가 돌연 이 세계를 다시 사랑할 수 있게 된 것은 단지 제마네크의 냉소 덕분만은 아니었다. 내가 이 세계를 사랑할 수 있었던 것은, 오늘 아침, (뜻밖에도) 이 세계를 초라한 모습으로 다시 만났기 때문이다. 그렇게 초라한 모습으로, 그리고 무엇보다 아주 쓸쓸한 모습으로. 이 세계는 화려한 치장과 광고로부터 버림받았고, 정치적 선전으로부터, 사회적 유토피아들로부터, 문화 담당 공무원 집단으로부터 버림받았다. 이 세계는 내 세대 사람들의 열정에 찬 지지로부터 버림받았고 (또한) 제마네크로부터도 버림받았다. 이런 고독 속에서 이 세계는 정화되었다. 나에 대한 꾸짖음으로 가득한 이 고독은 마치 얼마 살지 못하는 사람과 같은 이 세계를 정화했다. 그 고독은 도저히 저항할 수 없는 최후의 아름다움으로 이 세계를 눈부시게 빛나게 하고 있었다. 이 고독이 그 세계를 나에게 되돌려준 것이었다.

연주회는 조금 전에 내가 점심을 먹고 헬레나의 편지를 읽었던 식당 정원에서 열릴 예정이었다. 야로슬라프와 내가 거기에 도착했을 때, 몇몇 나이 든 사람들이 (오후의 음악회를 느긋하게 기다리며) 이미 자리 잡고 있었고, 거의 그만큼 되는 취객들이 탁자 사이를 비틀거리며 옮겨 다니고 있었다. 맨 뒤쪽에는 보리수나무 주위에 의자 몇 개가 놓여 있고, 아직 회색 천에 싸인 콘트라베이스가 나무에 기대어 놓여 있었다. 두 걸음 정도 건너 침발롬이 열려 있고, 주름진 하얀 셔츠를 입은 한 사람이 앉아서 가벼운 나무 해머들을 가지고 소리가 나지 않게 살살 줄을 퉁겨 보고 있었다. 다른 단원들은 조금 떨어져서 있었는데, 야로슬라프는 그들을 소개해 주었다. 제2바이올린 주자는 지역 병원 의사이고, 콘트라베이스 주자는 지방 인민위원회 문화 담당 검열관, 클라리넷 주자는(그는 친절하게도 내게 자기 악기를 빌려 주고 나와 서로 교대로 연주하기로 했다.) 초등학교 교사, 침발롬 연주자는 공장의 기획 담당자였다. 내 기억에 있는 이 침발롬 연주자를 빼고는 전체적으로 모두 새롭게 개편된 팀이었다. 야로슬라프는 나를 소개할 차례가 되자, 내가 이 악단의 베테랑이자 창립 멤버이며 따라서 오늘의 명예 연주자라고 대단하게 소개를 했고, 그런 다음 우리는 보리수 주위의 의자에 자리를 잡고 연주를 시작했다.

아주 오랫동안 나는 클라리넷을 손에 잡아 보지도 못했지만 우리가 연주하기 시작한 곡을 잘 알았기 때문에 처음의 두려움을 곧 이겨 낼 수 있었고, 곡이 끝난 후 악기를 내려놓았을 때는 연주자들이 탄성을 올리며 찬사를 보내고 내가 연주를 안 한 지가 벌써 오래되었다는 것을 믿으려 들지도 않을 정도였다. 웨이터(내가 아까 그렇게 화급하게 계산을 치렀던 바로 그 사람)가 와서 나무 아래에 조그만 원탁을 마련하고 그 위에 유리잔 여섯 개와 버들가지로 둘러싼 술병 하나를 올려놓았다. 우리는 느긋하게 천천히 술을 마셨다. 네다섯 곡이 연주되고 나서 나는 교사에게 신호를 보냈다. 그는 클라리넷을 넘겨받으면서 내가 대단히 훌륭하게 연주를 해냈다고 다시 찬사를 보냈다. 이 찬사에 흐뭇한 마음으로 나는 보리수 아래로 가서 몸을 기댔다. 어떤 뜨거운 연대감이 내 마음을 가득 채웠고, 이 쓰라린 하루의 끝무렵에 나를 구해 주러 온 이 감정을 감사하게 맞이했다. 그런데 갑자기 루치에의 모습이 다시 눈앞에 어른거렸고, 나는 마침내 왜 그녀가 이발소에서 내게 나타났는지 그리고 그다음 날은 코스트카의 집에서 전설인 동시에 사실인 그 이야기 속에 등장했는지 이해할 수 있겠다는 생각이 들었다. 어쩌면 그녀는 나에게 자신의 운명이(몸이 더럽혀진 소녀의 운명이) 나의 운명과 닮았다는 것을 말해 주고자 한 것인지 모른다. 우리 둘은 서로 이해하지 못했기 때문에 서로를 비껴갈 수밖에 없었겠지만, 우리 삶은 둘 다 모두 유린의 역사라는 점에서, 우리는 피를 나눈 형제나 결혼한 부부와 같다고 말하고 싶었던 것인지 모른다. 루치에가 육체적인 사랑을 유린당하고 그녀의 존재에 대하여 가장 기본적인 가치를 박탈당한 것과 마찬가지로 나의 인생 또한 원래 의지하고자 했던 가치들을 빼앗겨 버렸다. 그것은 그 기원으로 돌아가서 보자면 아무 죄도 없는 결백한 것들이었다. 그렇다. 결백한 가치들이었다. 비록 루치에의 삶에서는 유린당한 것이라 해도 육체적 사랑에겐 죄가 없었다. 내 고장의 노래들, 침발롬이 있는 악단, 그리고 내가 증오했던 고향 도시에 아무 죄가 없는 것처럼. 내게 구토를 일으키던 초상화의 주인공 푸치크, 그 사람 또한 나에 대하여 아무런 죄가 없는 것처럼. 그리고 나에게 협박처럼 들리던 동무란 말도 '너'라든가 미래 그리고 그 밖의 수많은 다른 말들과 마찬가지로 아무런 죄가 없는 것처럼. 잘못은 다른 데 있었다. 그 죄는 너무도 커서 그 그림자가 죄없이 결백한 사물들(그리고 말들)을 사방으로 온통 뒤덮었고 또 유린했던 것이다. 루치에와 나, 우리는 유린된 세계에서 살아왔다. 그리고 그 세계를 불쌍히 여길 수 없었던 까닭으로 우리는 거기에 등을 돌렸고, 그리하여 그 세계의 불행과 우리 자신의 불행을 다같이 악화시키고 말았다. 내가 그토록 사랑했던, 그러나 정말 제대로 사랑하지는 못한 루치에, 네가 여러 해가 지난 뒤 나에게 와서 말하고자 한 것은 바로 이런 것인가? 유린된 세계에 대한 연민을 청원하러 온 것인가?

노래가 끝나자 교사는 클라리넷을 내게 건네주면서 오늘은 더 이상 연주하지 않겠노라고, 내가 자신보다 연주 솜씨가 훨씬 낫다고, 언제 여기에 다시 올지 모르는데 내가 계속 연주하는 것이 마땅하다고 했다. 야로슬라프를 슬쩍 바라보면서 나는 가능한 한 빠른 시일 내에 다시 돌아오는 것보다 더 바라는 것은 없다고 말했다. 야로슬라프는 진심이냐고 물었다. 나는 그렇다고 대답했고 우리는 다음 곡을 연주했다. 한참 전부터 야로슬라프는 의자에서 벗어나 있었다. 머리를 뒤로 젖힌 채 그는 모든 원칙을 무시하고서 바이올린을 아주 낮게 가슴에다 대고, 열심히 연주하며 쉬지 않고 이리저리 왔다 갔다 했다. 제2바이올린과 나도 계속 몸을 일으켜 세웠는데, 특히 즉흥 연주의 최고조에 이르려 할 때마다 자리에서 일어서곤 했다. 그런 순간들에는 환상과 정교성 그리고 깊은 교감이 요구되는데, 그때마다 야로슬라프는 우리 모두의 영혼이 되었고, 나는 이 거구 속에 감추어진 뛰어난 연주자의 모습을 감동 어린 눈으로 바라보았다. 또한 그는 (그 누구보다도) 내 인생의 유린된 가치들 중 하나에 속하기도 했다. 나는 그를 빼앗겼고, 나는 (나 자신에게 커다란 피해를 주며, 그리고 몹시 부끄럽게도) 그가 내게서 그렇게 약탈되는 것을 그냥 내버려 두었었다. 그는 아마도 나의 가장 충실한 친구, 가장 솔직한, 가장 결백한 친구였을 텐데 말이다.

그사이 청중은 조금씩 바뀌어 가고 있었다. 많지는 않았지만 처음부터 우리를 매우 따뜻하게 지켜봐 주던 청중들 속으로 일군의 젊은 남녀들이 몰려들어 와서 비어 있는 테이블에 자리를 잡고 (크게 소리를 지르며) 맥주나 포도주 등을 주문하였고 (알코올의 파고가 높아짐에 따라) 총력을 다하여 자신들의 그 맹렬한 욕구, 누가 보아 줘야 하고 들어 줘야 하고 인정해 줘야만 한다는 그 욕구를 표명하는 것이었다. 그러면서 분위기가 곧 바뀌어 더 시끄럽고 혼잡스러워지는 바람에(청년들은 테이블 사이를 이리저리 오가며 서로를 불러 대거나 여자 친구를 소리쳐 불렀다.) 나는 연주에 집중하지 못하고 정원 쪽을 너무 자주 쳐다보면서 노골적인 적대감을 품고 그 젊은 애들의 얼굴을 주시하고 있다는 것을 문득 깨달았다. 침이든 말이든 보란 듯이 아무 데나 뱉어 대는 긴 머리의 이 얼굴들을 바라보고 있자니 미숙한 나이에 대한 내 오랜 증오가 다시 솟아오르는 것이 느껴졌고, 멍청하기 짝이 없는 사내다움과 오만방자한 상스러움을 나타낸다고 생각되는 가면을 씌워 놓은 배우들을 보고 있는 것 같았다. 그리고 나는 그 가면 아래 그래도 다른(보다 인간적인) 얼굴이 숨어 있을 수도 있다는 것은 생각하고 싶지도 않았다. 끔찍한 것은 바로 가면을 쓴 그 얼굴들이 그 가면의 야만성과 저속성에 미친 듯이 몰두해 있다는 사실이기 때문이었다.

야로슬라프 역시 나와 같은 느낌이었던 것이 분명했다. 갑자기 바이올린을 내려놓더니 이런 청중 앞에서는 전혀 연주하는 기쁨을 모르겠다고 말했으니 말이다. 그는 이곳에서 일어나서 옛날처럼 들판으로 나가 작은 오솔길로 가자고 제안했다. 날씨도 좋고, 이제 얼마 안 있어 석양이 질 것이고, 저녁 온기가 가득할 것이며, 별들도 있을 것이다. 들장미 덤불에 멈추어 우리만을 위하여, 오로지 우리의 기쁨만을 위하여 예전처럼 그렇게 연주를 하자. 이제 우리에겐 조직된 연주회만을 위해 연주하는 습관(어리석은 습관)이 생겼는데 그런 것이 이제는 지긋지긋하다.

단원들 역시 음악에 대한 자신들의 열정에는 보다 친밀한 분위기가 필요하다는 것을 느끼고 있었으므로 처음에는 모두 거의 환호하며 동의를 했다. 그런데 콘트라베이스 주자(문화 담당 검열관)가 이의를 제기하고 나서면서, 원래 우리는 9시까지 연주를 하도록 되어 있고, 구역 동지들과 식당 지배인 역시 그렇게 믿고 있으며, 계획이 원래 그렇고, 그러므로 우리는 처음에 약속했던 것처럼 임무를 완수해야 하며, 그렇지 않으면 축제가 엉망이 될 것이라고 말했다. 밖에 나가서 연주하는 일은 다음에 할 수 있을 것이라고 했다.

그때 나무에 죽 연결된 긴 전선에 매달린 램프들에 불이 밝혀졌다. 아직 날이 어두워지지는 않고 해가 막 저물기 시작하려는 무렵이었기 때문에, 그 램프들은 밝은 빛을 퍼뜨리지는 못하고 마치 움직이지 않는 커다란 눈물 방울들처럼 잿빛 허공에 매달려 있었다. 닦아 낼 수 없는, 그리고 흘러내리지도 못하는 하얀색 눈물방울들처럼. 어떤 갑작스럽고도 설명할 수 없는 무력감이 덮쳐 와 모두를 사로잡았다. 야로슬라프는 다시 한번 (이번에는 거의 애원하며) 이제 정말 더 견딜 수가 없으며 들판으로 나가 들장미 덤불 곁에서 자신의 기쁨을 위하여 연주하고 싶다고 말했다. 그러고는 낙담한 몸짓을 하며 가슴에 바이올린을 대고 다시 연주를 시작했다.

우리는 이제 청중은 신경 쓰지 않고 처음보다 더 몰두하여 연주했다. 정원 분위기가 점점 더 무례하고 거칠어질수록, 아무도 안중에 없이 소란스럽게 떠들어 우리를 마치 버려진 외딴섬처럼 만들수록, 우울이 우리를 점점 더 죄어 올수록, 우리는 더 우리 자신 속으로 몰입해 들어가 다른 이들은 모두 잊어버리고 우리 자신을 위하여 연주를 했다. 음악은 하나의 아늑한 공간이었고, 그 공간은 소란스러운 취객들 가운데 둘러싸인 우리가 마치 차디찬 깊은 물 속에 떠 있는 유리 집 같은 것 속에 들어앉아 있는 듯한 느낌을 가져다 주었다.

"산들이 종이로 되어 있다면 — 물이 잉크로 변한다면 — 별들이 서기가 된다면 — 드넓은 이 세상 전체가 그 이야기를 쓰고 싶어 한다면 — 결국은 이르지 못하리 — 내 사랑의 유언으로." 가슴에서 바이올린을 떼지 않은 채 야로슬라프는 이렇게 노래했다. 그리고 나는 이 노래들 속에서(이 노래의 유리 집 속에서) 행복했다. 거기에서는 슬픔이 가볍지 않고, 웃음이 비웃음이 아니고, 사랑이 우습지 않으며, 증오심이 맥없지 않고, 사람들은 온몸과 마음으로(그래, 루치에, 온몸과 마음으로) 사랑하며, 행복은 사람들을 춤추게 만들고, 절망은 다뉴브강으로 뛰어들게 만들며, 그곳에서는 그러니까 사랑이 사랑으로, 고통이 고통으로 머물고, 아직 가치들이 유린되지 않았다. 그리고 나는 그 노래들 속에 나의 출구가 있고, 나의 본원의 표지가, 내가 배반한 나의 집, 그러나 그렇기에 더욱 나의 집인 집(배신당한 집에서야말로 가장 비통한 탄식이 솟아나오는 법이므로)이 있는 것 같았다. 그러나 나는 동시에 깨달았다. 이 나의 집은 이 세상에 속한 것이 아니며(이 세상 것이 아니라면 그 집은 대체 어떤 것인가?) 우리가 노래하는 것들은 모두가 단지 추억이고 기념물이며 더 이상 존재하지 않는 것을 상상으로 보존하는 일일 뿐이라는 것을. 그리고 나는 느꼈다. 나의 집 바닥이 내 발밑으로 꺼져 내려앉는 것을, 그리고 내가 클라리넷을 입에 문 채 수십 년 수백 년의 심연 속으로, 바닥 없는 심연(사랑이 사랑이고 고통이 고통인 곳) 속으로 미끄러져 들어가는 것을. 그리고 나는 유일한 나의 집은 바로 이러한 하강, 이러한 추락, 무언가를 찾고 갈망하는 이 추락이라고 나 자신에게 말하며 놀라고 있었다. 그리고 나는 그러한 나의 집에, 내 황홀한 현기증에 자신을 내맡겼다.

그러다가 나는 나 혼자 이런 황홀함 속에 빠져 있는 것인지 확인해 보려고 야로슬라프를 쳐다보았다. 그런데 그는(보리수가지에 매달린 램프가 그의 얼굴을 환하게 비추고 있었다.) 이상하리만치 아주 창백했다. 그는 이제 연주하면서 노래를 흥얼거리지도 않고 입을 꾹 다물고 있었다. 겁 많은 그의 눈에는 더욱 더 두려움이 가득 고여 있었다. 그는 음도 틀리게 내고 있었다. 바이올린을 쥔 그의 손이 자꾸 아래로 처지더니 그만 그는 연주를 멈추고 의자에 풀썩 주저앉고 말았다. 나는 그에게 다가가 무릎을 꿇고 앉아 물었다. "무슨 일이야?" 이마에 땀이 맺힌 채 그는 왼팔 윗부분을 움켜쥐고 있었다. "여기가 너무 아파." 그가 말했다. 다른 사람들은 야로슬라프에게 문제가 생겼다는 것을 알아차리지 못하고, 제1바이올린과 클라리넷이 빠진 채 연주의 황홀경에 완전히 몰입해 있었다. 침발롬 주자는 이 둘의 소리가 들리지 않는 것을 이용하여 단지 제2바이올린과 콘트라베이스만이 받쳐 주는 상태에서 자기 악기로 묘기를 보여 주고 있었다. 나는 제2바이올린(야로슬라프가 내게 의사라고 소개해 주었던 사람)에게 다가가 내 친구에게로 데려왔다. 이제 침발롬과 베이스 소리만 들릴 뿐, 제2바이올린은 야로슬라프의 왼쪽 팔목을 잡고 있었다. 그리고 한참 동안, 아주 한참 동안 그는 그의 팔목을 그렇게 잡고 있었다. 그러더니 눈꺼풀을 치켜올려 두 눈을 살펴보았다. 그다음에는 땀에 젖은 이마를 만져 보았다. "심장이야?" 그가 물었다. "팔하고 심장." 야로슬라프가 대답했다. 그는 파랗게 질려 있었다. 콘트라베이스도 이제 상황을 눈치채고는 놀라서 보리수에 악기를 기대 놓고 우리에게로 왔고, 그래서 오로지 침발롬 소리만 들리게 되었다. 그 사람만 아무것도 모른 채 행복하게 독주를 하고 있었던 것이다. "병원에 전화를 하고 올게요." 제2바이올린이 말했다. 나는 그를 붙잡으며 물었다. "대체 왜 그러는 건데요?" "맥박이 아주 약해요. 식은땀도 아주 심하게 흘리고요. 심근경색이 틀림없어요." 나는 "이런, 세상에." 하고 내뱉었다. "걱정 마요. 괜찮을 거예요." 그는 나를 이렇게 위로하고는 사람들 틈을 헤치고 서둘러 식당 쪽으로 갔다. 사람들은 이제 너무 취해서 우리 악단이 연주를 멈추었다는 것을 알아차리지도 못했다. 그들은 오로지 자기 자신들에게만, 맥주와 허튼소리와 욕설에만 온통 정신이 팔려 있었고, 그러다가 급기야 정원 반대편에서는 싸움판까지 막 벌어진 참이었다.

결국은 침발롬도 연주를 멈추고, 우리는 야로슬라프 곁에 빙 둘러서 있었다. 그는 나를 바라보며 이 모든 것은 우리가 그냥 여기에 머물러 있었기 때문이라고, 자기는 여기 있고 싶지 않고 들판으로 나가고 싶었다고, 특히 내가 왔기 때문에, 특히 내가 돌아왔기 때문에 그랬다고, 아름다운 별빛 아래 우리는 정말 아주 근사한 연주를 할 수 있었을 것이라고 말했다. "자꾸 말하지 마. 지금 절대 안정해야 해." 나는 그에게 말하며 생각했다. 그는 정말로 제2바이올린이 말한 것처럼 심근경색에서 회복되어 다시 일어날 것이라고, 그러나 그 이후의 삶은 모든 것이 완전히 달라진 삶, 열정적 헌신도 없고 악단에서 혼신의 힘을 다해 연주하는 일도 없어져 버린 삶, 인생의 후반부, 패배 이후의 후반부가 될 것이라고. 그리고 우리 운명은 죽음보다 훨씬 이전에 끝나는 일도 종종 있다는 생각, 종말의 순간은 죽음의 순간과 일치하는 것이 아니라는 생각, 야로슬라프의 운명은 이제 그 끝에 이미 도달한 것이라는 생각이 엄습했다. 엄청난 회한에 짓눌린 채 나는 그의 벗은 머리를 쓰다듬고, 그 머리를 애처롭게 가리려 하는 그 길고 가느다란 머리카락을 쓰다듬었다. 그리고 나는, 증오의 대상 제마네크를 쓰러뜨리는 것을 목표로 했던 이 귀향이 결국은 이렇게 땅에 쓰러신 내 친구를 두 팔에 안고 있는 것으로 귀결되었다는 사실을 확인하며 전율하였다.(그렇다, 나는 그 순간, 그를 두 팔로 안고 있는 나, 마치 나 자신의 확실치 않은 죄를 짊어지고 가는 것처럼 거대하고 무거운 그를 안고 가는 나, 군중 사이를 헤치며 그를 옮기고 있는 나, 눈물 흘리고 있는 나를 보았다.)

십 분쯤 그의 곁을 그렇게 지키고 있을 때 제2바이올린이 다시 나타나 우리에게 신호를 보냈다. 우리는 야로슬라프를 부축해 일으켜 세워 우리에게 팔을 둘러 의지하게 한 다음, 시끌벅적하게 소란을 피우고 있는 술 취한 젊은이들 무리를 헤치고 거리로 나섰다. 불을 환하게 밝힌 구급차가 기다리고 있었다.

1965년 12월 5일.

세계문학전집 29

농담

1판 1쇄 펴냄 1999년 6월 25일
1판 72쇄 펴냄 2024년 9월 19일

지은이 밀란 쿤데라
옮긴이 방미경
발행인 박근섭, 박상준
펴낸곳 (주)민음사

출판등록 1966. 5. 19. (제 16-490호)
서울특별시 강남구 도산대로1길 62(신사동) 강남출판문화센터 5층 (우편번호 06027)
대표전화 02-515-2000 팩시밀리 02-515-2007
www.minumsa.com

ISBN 978-89-374-6029-6 04800
ISBN 978-89-374-6000-5 (세트)

민음사 세계문학전집

세계문학전집 목록

1·2 **변신 이야기** 오비디우스·이윤기 옮김 서울대 권장도서 100선
3 **햄릿** 셰익스피어·최종철 옮김 서울대 권장도서 100선 | 미국대학위원회 선정 SAT 추천도서
4 **변신·시골의사** 카프카·전영애 옮김 서울대 권장도서 100선
5 **동물농장** 오웰·도정일 옮김 미국대학위원회 선정 SAT 추천도서 | 《타임》 선정 현대 100대 영문소설
6 **허클베리 핀의 모험** 트웨인·김욱동 옮김 《뉴스위크》 선정 100대 명저
7 **암흑의 핵심** 콘래드·이상옥 옮김 미국대학위원회 선정 SAT 추천도서 | 《뉴스위크》 선정 10대 명저
8 **토니오 크뢰거·트리스탄·베네치아에서의 죽음** 토마스 만·안삼환 외 옮김 노벨 문학상 수상 작가
9 **문학이란 무엇인가** 사르트르·정명환 옮김
10 **한국단편문학선 1** 김동인 외·이남호 엮음 국립중앙도서관 선정 청소년 권장도서
11·12 **인간의 굴레에서** 서머싯 몸·송무 옮김
13 **이반 데니소비치, 수용소의 하루** 솔제니친·이영의 옮김 노벨 문학상 수상 작가
14 **너새니얼 호손 단편선** 호손·천승걸 옮김
15 **나의 미카엘** 오즈·최창모 옮김
16·17 **중국신화전설** 위앤커·전인초, 김선자 옮김
18 **고리오 영감** 발자크·박영근 옮김
19 **파리대왕** 골딩·유종호 옮김 노벨 문학상 수상 작가 | 《타임》 선정 현대 100대 영문소설
20 **한국단편문학선 2** 김동리 외·이남호 엮음
21·22 **파우스트** 괴테·정서웅 옮김 서울대 권장도서 100선 | 미국대학위원회 선정 SAT 추천도서
23·24 **빌헬름 마이스터의 수업시대** 괴테·안삼환 옮김
25 **젊은 베르테르의 슬픔** 괴테·박찬기 옮김 논술 및 수능에 출제된 책(1998~2005)
26 **이피게니에·스텔라** 괴테·박찬기 외 옮김
27 **다섯째 아이** 레싱·정덕애 옮김 노벨 문학상 수상 작가
28 **삶의 한가운데** 린저·박찬일 옮김
29 **농담** 쿤데라·방미경 옮김
30 **야성의 부름** 런던·권택영 옮김
31 **아메리칸** 제임스·최경도 옮김
32·33 **양철북** 그라스·장희창 옮김 노벨 문학상 수상 작가 | 서울대 권장도서 100선
34·35 **백년의 고독** 마르케스·조구호 옮김 노벨 문학상 수상 작가 | 서울대 권장도서 100선
36 **마담 보바리** 플로베르·김화영 옮김 서울대 권장도서 100선
37 **거미여인의 키스** 푸익·송병선 옮김
38 **달과 6펜스** 서머싯 몸·송무 옮김
39 **폴란드의 풍차** 지오노·박인철 옮김
40·41 **독일어 시간** 렌츠·정서웅 옮김
42 **말테의 수기** 릴케·문현미 옮김
43 **고도를 기다리며** 베케트·오증자 옮김 노벨 문학상 수상 작가 | 서울대 권장도서 100선
44 **데미안** 헤세·전영애 옮김 노벨 문학상 수상 작가
45 **젊은 예술가의 초상** 조이스·이상옥 옮김 서울대 권장도서 100선
46 **카탈로니아 찬가** 오웰·정영목 옮김
47 **호밀밭의 파수꾼** 샐린저·정영목 옮김 《타임》 선정 현대 100대 영문소설 | 미국대학위원회 선정 SAT 추천도서 | 《뉴스위크》 선정 100대 명저 | BBC 선정 꼭 읽어야 할 책
48·49 **파르마의 수도원** 스탕달·원윤수, 임미경 옮김
50 **수레바퀴 아래서** 헤세·김이섭 옮김 노벨 문학상 수상 작가 | 국립중앙도서관 선정 청소년 권장도서

51·52 **내 이름은 빨강** **파묵·이난아 옮김** 노벨 문학상 수상 작가
53 **오셀로** **셰익스피어·최종철 옮김** 서울대 권장도서 100선
54 **조서** **르 클레지오·김윤진 옮김** 노벨 문학상 수상 작가
55 **모래의 여자** 아베 코보·김난주 옮김
56·57 **부덴브로크 가의 사람들** **토마스 만·홍성광 옮김** 노벨 문학상 수상 작가
58 **싯다르타** 헤세·박병덕 옮김 노벨 문학상 수상 작가
59·60 **아들과 연인** 로렌스·정상준 옮김 《뉴스위크》 선정 100대 명저
61 **설국** 가와바타 야스나리·유숙자 옮김 노벨 문학상 수상 작가 | 서울대 권장도서 100선
62 **벨킨 이야기·스페이드 여왕** 푸슈킨·최선 옮김
63·64 **넙치** 그라스·김재혁 옮김 노벨 문학상 수상 작가
65 **소망 없는 불행** 한트케·윤용호 옮김 노벨 문학상 수상 작가
66 **나르치스와 골드문트** 헤세·임홍배 옮김 노벨 문학상 수상 작가
67 **황야의 이리** 헤세·김누리 옮김 노벨 문학상 수상 작가
68 **페테르부르크 이야기** 고골·조주관 옮김
69 **밤으로의 긴 여로** 오닐·민승남 옮김 노벨 문학상 수상 작가 | 미국대학위원회 선정 SAT 추천도서
70 **체호프 단편선** 체호프·박현섭 옮김
71 **버스 정류장** 가오싱젠·오수경 옮김 노벨 문학상 수상 작가
72 **구운몽** 김만중·송성욱 옮김 서울대 권장도서 100선 | 국립중앙도서관 선정 청소년 권장도서
73 **대머리 여가수** 이오네스코·오세곤 옮김
74 **이솝 우화집** 이솝·유종호 옮김 논술 및 수능에 출제된 책(1998~2005)
75 **위대한 개츠비** 피츠제럴드·김욱동 옮김 《타임》 선정 현대 100대 영문소설
76 **푸른 꽃** 노발리스·김재혁 옮김
77 **1984** 오웰·정회성 옮김 《타임》 선정 현대 100대 영문소설 | 《뉴스위크》 선정 100대 명저
78·79 **영혼의 집** 아옌데·권미선 옮김
80 **첫사랑** 투르게네프·이항재 옮김
81 **내가 죽어 누워 있을 때** 포크너·김명주 옮김 노벨 문학상 수상 작가
82 **런던 스케치** 레싱·서숙 옮김 노벨 문학상 수상 작가
83 **팡세** 파스칼·이환 옮김
84 **질투** 로브그리예·박이문, 박희원 옮김
85·86 **채털리 부인의 연인** 로렌스·이인규 옮김
87 **그 후** 나쓰메 소세키·윤상인 옮김
88 **오만과 편견** 오스틴·윤지관, 전승희 옮김 미국대학위원회 선정 SAT 추천도서
89·90 **부활** 톨스토이·연진희 옮김 논술 및 수능에 출제된 책(1998~2005)
91 **방드르디, 태평양의 끝** 투르니에·김화영 옮김
92 **미겔 스트리트** 나이폴·이상옥 옮김 노벨 문학상 수상 작가
93 **페드로 파라모** 룰포·정창 옮김
94 **차라투스트라는 이렇게 말했다** 니체·장희창 옮김 국립중앙도서관 선정 청소년 권장도서
95·96 **적과 흑** 스탕달·이동렬 옮김 국립중앙도서관 선정 청소년 권장도서
97·98 **콜레라 시대의 사랑** 마르케스·송병선 옮김 노벨 문학상 수상 작가 | BBC 선정 꼭 읽어야 할 책
99 **맥베스** 셰익스피어·최종철 옮김 서울대 권장도서 100선 | 미국대학위원회 선정 SAT 추천도서
100 **춘향전** 작자 미상·송성욱 풀어 옮김 서울대 권장도서 100선
101 **페르디두르케** 곰브로비치·윤진 옮김
102 **포르노그라피아** 곰브로비치·임미경 옮김
103 **인간 실격** 다자이 오사무·김춘미 옮김
104 **네루다의 우편배달부** 스카르메타·우석균 옮김

105·106 **이탈리아 기행** 괴테·박찬기 외 옮김
107 **나무 위의 남작** 칼비노·이현경 옮김
108 **달콤 쌉싸름한 초콜릿** 에스키벨·권미선 옮김
109·110 **제인 에어** C. 브론테·유종호 옮김 BBC 선정 꼭 읽어야 할 책
111 **크눌프** 헤세·이노은 옮김 노벨 문학상 수상 작가
112 **시계태엽 오렌지** 버지스·박시영 옮김 《타임》 선정 현대 100대 영문소설 | 《뉴스위크》 선정 100대 명저
113·114 **파리의 노트르담** 위고·정기수 옮김 미국대학위원회 선정 SAT 추천도서
115 **새로운 인생** 단테·박우수 옮김
116·117 **로드 짐** 콘래드·이상옥 옮김 《뉴스위크》 선정 100대 명저
118 **폭풍의 언덕** E. 브론테·김종길 옮김 미국대학위원회 선정 SAT 추천도서
119 **텔그데에서의 만남** 그라스·안삼환 옮김 노벨 문학상 수상 작가
120 **검찰관** 고골·조주관 옮김
121 **안개** 우나무노·조민현 옮김
122 **나사의 회전** 제임스·최경도 옮김 미국대학위원회 선정 SAT 추천도서
123 **피츠제럴드 단편선 1** 피츠제럴드·김욱동 옮김
124 **목화밭의 고독 속에서** 콜테스·임수현 옮김
125 **돼지꿈** 황석영
126 **라셀라스** 존슨·이인규 옮김
127 **리어 왕** 셰익스피어·최종철 옮김 서울대 권장도서 100선 | 《뉴스위크》 선정 100대 명저
128·129 **쿠오 바디스** 시엔키에비츠·최성은 옮김 노벨 문학상 수상 작가
130 **자기만의 방·3기니** 울프·이미애 옮김
131 **시르트의 바닷가** 그라크·송진석 옮김
132 **이성과 감성** 오스틴·윤지관 옮김
133 **바덴바덴에서의 여름** 치프킨·이장욱 옮김
134 **새로운 인생** 파묵·이난아 옮김 노벨 문학상 수상 작가
135·136 **무지개** 로렌스·김정매 옮김
137 **인생의 베일** 서머싯 몸·황소연 옮김
138 **보이지 않는 도시들** 칼비노·이현경 옮김
139·140·141 **연초 도매상** 바스·이운경 옮김 《타임》 선정 현대 100대 영문소설
142·143 **플로스 강의 물방앗간** 엘리엇·한애경, 이봉지 옮김 미국대학위원회 선정 SAT 추천도서
144 **연인** 뒤라스·김인환 옮김
145·146 **이름 없는 주드** 하디·정종화 옮김
147 **제49호 품목의 경매** 핀천·김성곤 옮김 《타임》 선정 현대 100대 영문소설
148 **성역** 포크너·이진준 옮김 노벨 문학상 수상 작가 | 퓰리처상 수상 작가
149 **무진기행** 김승옥
150·151·152 **신곡(지옥편·연옥편·천국편)** 단테·박상진 옮김 《뉴스위크》 선정 100대 명저
153 **구덩이** 플라토노프·정보라 옮김
154·155·156 **카라마조프가의 형제들** 도스토옙스키·김연경 옮김
157 **지상의 양식** 지드·김화영 옮김 노벨 문학상 수상 작가
158 **밤의 군대들** 메일러·권택영 옮김 퓰리처상 수상 작가
159 **주홍 글자** 호손·김욱동 옮김 서울대 권장도서 100선 | 미국대학위원회 선정 SAT 추천도서
160 **깊은 강** 엔도 슈사쿠·유숙자 옮김
161 **욕망이라는 이름의 전차** 윌리엄스·김소임 옮김
162 **마사 퀘스트** 레싱·나영균 옮김 노벨 문학상 수상 작가
163·164 **운명의 딸** 아옌데·권미선 옮김

165 **모렐의 발명** 비오이 카사레스 · 송병선 옮김
166 **삼국유사** 일연 · 김원중 옮김 서울대 권장도서 100선
167 **풀잎은 노래한다** 레싱 · 이태동 옮김 노벨 문학상 수상 작가
168 **파리의 우울** 보들레르 · 윤영애 옮김
169 **포스트맨은 벨을 두 번 울린다** 케인 · 이만식 옮김
170 **썩은 잎** 마르케스 · 송병선 옮김 노벨 문학상 수상 작가
171 **모든 것이 산산이 부서지다** 아체베 · 조규형 옮김 《타임》 선정 현대 100대 영문소설
172 **한여름 밤의 꿈** 셰익스피어 · 최종철 옮김 미국대학위원회 선정 SAT 추천도서
173 **로미오와 줄리엣** 셰익스피어 · 최종철 옮김 미국대학위원회 선정 SAT 추천도서
174·175 **분노의 포도** 스타인벡 · 김승욱 옮김 노벨 문학상 수상 작가 | 《타임》 선정 현대 100대 영문소설
176·177 **괴테와의 대화** 에커만 · 장희창 옮김
178 **그물을 헤치고** 머독 · 유종호 옮김 《타임》 선정 현대 100대 영문소설
179 **브람스를 좋아하세요...** 사강 · 김남주 옮김
180 **카타리나 블룸의 잃어버린 명예** 하인리히 뵐 · 김연수 옮김 노벨 문학상 수상 작가
181·182 **에덴의 동쪽** 스타인벡 · 정회성 옮김 노벨 문학상 수상 작가
183 **순수의 시대** 워튼 · 송은주 옮김 《뉴스위크》 선정 100대 명저 | 퓰리처상 수상작
184 **도둑 일기** 주네 · 박형섭 옮김
185 **나자** 브르통 · 오생근 옮김
186·187 **캐치-22** 헬러 · 안정효 옮김 《타임》 선정 현대 100대 영문소설
188 **숄로호프 단편선** 숄로호프 · 이항재 옮김 노벨 문학상 수상 작가
189 **말** 사르트르 · 정명환 옮김
190·191 **보이지 않는 인간** 엘리슨 · 조영환 옮김 《타임》 선정 현대 100대 영문소설
192 **왑샷 가문 연대기** 치버 · 김승욱 옮김 퓰리처상 수상 작가
193 **왑샷 가문 몰락기** 치버 · 김승욱 옮김 퓰리처상 수상 작가
194 **필립과 다른 사람들** 노터봄 · 지명숙 옮김
195·196 **하드리아누스 황제의 회상록** 유르스나르 · 곽광수 옮김
197·198 **소피의 선택** 스타이런 · 한정아 옮김 퓰리처상 수상 작가
199 **피츠제럴드 단편선 2** 피츠제럴드 · 한은경 옮김
200 **홍길동전** 허균 · 김탁환 옮김
201 **요술 부지깽이** 쿠버 · 양윤희 옮김
202 **북호텔** 다비 · 원윤수 옮김
203 **톰 소여의 모험** 트웨인 · 김욱동 옮김
204 **금오신화** 김시습 · 이지하 옮김
205·206 **테스** 하디 · 정종화 옮김 미국대학위원회 선정 SAT 추천도서 | BBC 선정 꼭 읽어야 할 책
207 **브루스터플레이스의 여자들** 네일러 · 이소영 옮김
208 **더 이상 평안은 없다** 아체베 · 이소영 옮김
209 **그레인지 코플랜드의 세 번째 인생** 워커 · 김시현 옮김 퓰리처상 수상 작가
210 **어느 시골 신부의 일기** 베르나노스 · 정영란 옮김
211 **타라스 불바** 고골 · 조주관 옮김
212·213 **위대한 유산** 디킨스 · 이인규 옮김 서울대 권장도서 100선 | BBC 선정 꼭 읽어야 할 책
214 **면도날** 서머싯 몸 · 안진환 옮김
215·216 **성채** 크로닌 · 이은정 옮김
217 **오이디푸스 왕** 소포클레스 · 강대진 옮김 서울대 권장도서 100선
218 **세일즈맨의 죽음** 밀러 · 강유나 옮김
219·220·221 **안나 카레니나** 톨스토이 · 연진희 옮김 서울대 권장도서 100선

222 **오스카 와일드 작품선** 와일드 · 정영목 옮김
223 **벨아미** 모파상 · 송덕호 옮김
224 **파스쿠알 두아르테 가족** 호세 셀라 · 정동섭 옮김 노벨 문학상 수상 작가
225 **시칠리아에서의 대화** 비토리니 · 김운찬 옮김
226·227 **길 위에서** 케루악 · 이만식 옮김 《타임》 선정 현대 100대 영문소설 | 《뉴스위크》 선정 100대 명저
228 **우리 시대의 영웅** 레르몬토프 · 오정미 옮김
229 **아우라** 푸엔테스 · 송상기 옮김
230 **클링조어의 마지막 여름** 헤세 · 황승환 옮김 노벨 문학상 수상 작가
231 **리스본의 겨울** 무뇨스 몰리나 · 나송주 옮김
232 **뻐꾸기 둥지 위로 날아간 새** 키지 · 정회성 옮김 《타임》 선정 현대 100대 영문소설
233 **페널티킥 앞에 선 골키퍼의 불안** 한트케 · 윤용호 옮김 노벨 문학상 수상 작가
234 **참을 수 없는 존재의 가벼움** 쿤데라 · 이재룡 옮김
235·236 **바다여, 바다여** 머독 · 최옥영 옮김
237 **한 줌의 먼지** 에벌린 워 · 안진환 옮김 《타임》 선정 현대 100대 영문소설
238 **뜨거운 양철 지붕 위의 고양이 · 유리 동물원** 윌리엄스 · 김소임 옮김 퓰리처상 수상작
239 **지하로부터의 수기** 도스토옙스키 · 김연경 옮김
240 **키메라** 바스 · 이운경 옮김
241 **반쪼가리 자작** 칼비노 · 이현경 옮김
242 **벌집** 호세 셀라 · 남진희 옮김 노벨 문학상 수상 작가
243 **불멸** 쿤데라 · 김병욱 옮김
244·245 **파우스트 박사** 토마스 만 · 임홍배, 박병덕 옮김 노벨 문학상 수상 작가
246 **사랑할 때와 죽을 때** 레마르크 · 장희창 옮김
247 **누가 버지니아 울프를 두려워하랴?** 올비 · 강유나 옮김
248 **인형의 집** 입센 · 안미란 옮김
249 **위폐범들** 지드 · 원윤수 옮김 노벨 문학상 수상 작가
250 **무정** 이광수 · 정영훈 책임 편집 서울대 권장도서 100선
251·252 **의지와 운명** 푸엔테스 · 김현철 옮김
253 **폭력적인 삶** 파솔리니 · 이승수 옮김
254 **거장과 마르가리타** 불가코프 · 정보라 옮김
255·256 **경이로운 도시** 멘도사 · 김현철 옮김
257 **야콥을 둘러싼 추측들** 욘존 · 손대영 옮김
258 **왕자와 거지** 트웨인 · 김욱동 옮김
259 **존재하지 않는 기사** 칼비노 · 이현경 옮김
260·261 **눈먼 암살자** 애트우드 · 차은정 옮김 《타임》 선정 현대 100대 영문소설
262 **베니스의 상인** 셰익스피어 · 최종철 옮김
263 **말리나** 바흐만 · 남정애 옮김
264 **사볼타 사건의 진실** 멘도사 · 권미선 옮김
265 **뒤렌마트 희곡선** 뒤렌마트 · 김혜숙 옮김
266 **이방인** 카뮈 · 김화영 옮김 노벨 문학상 수상 작가 | 미국대학위원회 선정 SAT 추천도서
267 **페스트** 카뮈 · 김화영 옮김 노벨 문학상 수상 작가 | 국립중앙도서관 선정 청소년 권장도서
268 **검은 튤립** 뒤마 · 송진석 옮김
269·270 **베를린 알렉산더 광장** 되블린 · 김재혁 옮김
271 **하얀 성** 파묵 · 이난아 옮김 노벨 문학상 수상 작가
272 **푸슈킨 선집** 푸슈킨 · 최선 옮김
273·274 **유리알 유희** 헤세 · 이영임 옮김 노벨 문학상 수상 작가

275 픽션들 보르헤스·송병선 옮김 서울대 권장도서 100선
276 신의 화살 아체베·이소영 옮김
277 빌헬름 텔·간계와 사랑 실러·홍성광 옮김
278 노인과 바다 헤밍웨이·김욱동 옮김 노벨 문학상 수상 작가 | 퓰리처상 수상작
279 무기여 잘 있어라 헤밍웨이·김욱동 옮김 미국대학위원회 선정 SAT 추천도서
280 태양은 다시 떠오른다 헤밍웨이·김욱동 옮김 《타임》 선정 현대 100대 영문 소설
281 알레프 보르헤스·송병선 옮김
282 일곱 박공의 집 호손·정소영 옮김
283 에마 오스틴·윤지관, 김영희 옮김
284·285 죄와 벌 도스토옙스키·김연경 옮김 미국대학위원회 선정 SAT 추천도서
286 시련 밀러·최영 옮김
287 모두가 나의 아들 밀러·최영 옮김
288·289 누구를 위하여 종은 울리나 헤밍웨이·김욱동 옮김 노벨 문학상 수상 작가
290 구르브 연락 없다 멘도사·정창 옮김
291·292·293 데카메론 보카치오·박상진 옮김
294 나누어진 하늘 볼프·전영애 옮김
295·296 제브데트 씨와 아들들 파묵·이난아 옮김 노벨 문학상 수상 작가
297·298 여인의 초상 제임스·최경도 옮김 미국대학위원회 선정 SAT 추천도서
299 압살롬, 압살롬! 포크너·이태동 옮김 노벨 문학상 수상 작가
300 이상 소설 전집 이상·권영민 책임 편집
301·302·303·304·305 레 미제라블 위고·정기수 옮김
306 관객모독 한트케·윤용호 옮김 노벨 문학상 수상 작가
307 더블린 사람들 조이스·이종일 옮김
308 에드거 앨런 포 단편선 앨런 포·전승희 옮김 미국대학위원회 선정 SAT 추천도서
309 보이체크·당통의 죽음 뷔히너·홍성광 옮김
310 노르웨이의 숲 무라카미 하루키·양억관 옮김
311 운명론자 자크와 그의 주인 디드로·김희영 옮김
312·313 헤밍웨이 단편선 헤밍웨이·김욱동 옮김 노벨 문학상 수상 작가
314 피라미드 골딩·안지현 옮김 노벨 문학상 수상 작가
315 닫힌 방·악마와 선한 신 사르트르·지영래 옮김
316 등대로 울프·이미애 옮김 《타임》 선정 현대 100대 영문소설 | 《뉴스위크》 선정 100대 명저
317·318 한국 희곡선 송영 외·양승국 엮음
319 여자의 일생 모파상·이동렬 옮김
320 의식 노터봄·김영중 옮김
321 육체의 악마 라디게·원윤수 옮김
322·323 감정 교육 플로베르·지영화 옮김
324 불타는 평원 룰포·정창 옮김
325 위대한 몬느 알랭푸르니에·박영근 옮김
326 라쇼몬 아쿠타가와 류노스케·서은혜 옮김
327 반바지 당나귀 보스코·정영란 옮김
328 정복자들 말로·최윤주 옮김
329·330 우리 동네 아이들 마흐푸즈·배혜경 옮김 노벨 문학상 수상 작가
331·332 개선문 레마르크·장희창 옮김
333 사바나의 개미 언덕 아체베·이소영 옮김
334 게걸음으로 그라스·장희창 옮김 노벨 문학상 수상 작가

335 **코스모스** 곰브로비치·최성은 옮김
336 **좁은 문·전원교향곡·배덕자** 지드·동성식 옮김 노벨 문학상 수상 작가
337·338 **암 병동** 솔제니친·이영의 옮김 노벨 문학상 수상 작가
339 **피의 꽃잎들** 응구기 와 시옹오·왕은철 옮김
340 **운명** 케르테스·유진일 옮김 노벨 문학상 수상 작가
341·342 **벌거벗은 자와 죽은 자** 메일러·이운경 옮김 퓰리처상 수상 작가
343 **시지프 신화** 카뮈·김화영 옮김 노벨 문학상 수상 작가
344 **뇌우** 차오위·오수경 옮김
345 **모옌 중단편선** 모옌·심규호, 유소영 옮김 노벨 문학상 수상 작가
346 **일야서** 한사오궁·심규호, 유소영 옮김
347 **상속자들** 골딩·안지현 옮김 노벨 문학상 수상 작가
348 **설득** 오스틴·전승희 옮김
349 **히로시마 내 사랑** 뒤라스·방미경 옮김
350 **오 헨리 단편선** 오 헨리·김희용 옮김
351·352 **올리버 트위스트** 디킨스·이인규 옮김
353·354·355·356 **전쟁과 평화** 톨스토이·연진희 옮김
357 **다시 찾은 브라이즈헤드** 에벌린 워·백지민 옮김
358 **아무도 대령에게 편지하지 않다** 마르케스·송병선 옮김
359 **사양** 다자이 오사무·유숙자 옮김
360 **좌절** 케르테스·한경민 옮김 노벨 문학상 수상 작가
361·362 **닥터 지바고** 파스테르나크·김연경 옮김 노벨 문학상 수상 작가
363 **노생거 사원** 오스틴·윤지관 옮김
364 **개구리** 모옌·심규호, 유소영 옮김 노벨 문학상 수상 작가
365 **마왕** 투르니에·이원복 옮김 공쿠르상 수상 작가
366 **맨스필드 파크** 오스틴·김영희 옮김
367 **이선 프롬** 이디스 워튼·김욱동 옮김 퓰리처상 수상 작가
368 **여름** 이디스 워튼·김욱동 옮김 퓰리처상 수상 작가
369·370·371 **나는 고백한다** 자우메 카브레·권가람 옮김
372·373·374 **태엽 감는 새 연대기** 무라카미 하루키·김난주 옮김
375·376 **대사들** 제임스·정소영 옮김
377 **족장의 가을** 마르케스·송병선 옮김 노벨 문학상 수상 작가
378 **핏빛 자오선** 매카시·김시현 옮김
379 **모두 다 예쁜 말들** 매카시·김시현 옮김
380 **국경을 넘어** 매카시·김시현 옮김
381 **평원의 도시들** 매카시·김시현 옮김
382 **만년** 다자이 오사무·유숙자 옮김
383 **반항하는 인간** 카뮈·김화영 옮김 노벨 문학상 수상 작가
384·385·386 **악령** 도스토옙스키·김연경 옮김
387 **태평양을 막는 제방** 뒤라스·윤진 옮김
388 **남아 있는 나날** 가즈오 이시구로·송은경 옮김
389 **앙리 브륄라르의 생애** 스탕달·원윤수 옮김
390 **찻집** 라오서·오수경 옮김
391 **태어나지 않은 아이를 위한 기도** 케르테스·이상동 옮김 노벨 문학상 수상 작가
392·393 **서머싯 몸 단편선** 서머싯 몸·황소연 옮김
394 **케이크와 맥주** 서머싯 몸·황소연 옮김

395 **월든** 소로 · 정회성 옮김
396 **모래 사나이** E. T. A. 호프만 · 신동화 옮김
397·398 **검은 책** 오르한 파묵 · 이난아 옮김 노벨 문학상 수상 작가
399 **방랑자들** 올가 토카르추크 · 최성은 옮김 노벨 문학상 수상 작가
400 **시여, 침을 뱉어라** 김수영 · 이영준 엮음
401·402 **환락의 집** 이디스 워튼 · 전승희 옮김
403 **달려라 메로스** 다자이 오사무 · 유숙자 옮김
404 **아버지와 자식** 투르게네프 · 연진희 옮김
405 **청부 살인자의 성모** 바예호 · 송병선 옮김
406 **세피아빛 초상** 아옌데 · 조영실 옮김
407·408·409·410 **사기 열전** 사마천 · 김원중 옮김 서울대 권장도서 100선
411 **이상 시 전집** 이상 · 권영민 책임 편집
412 **어둠 속의 사건** 발자크 · 이동렬 옮김
413 **태평천하** 채만식 · 권영민 책임 편집
414·415 **노스트로모** 콘래드 · 이미애 옮김
416·417 **제르미날** 졸라 · 강충권 옮김
418 **명인** 가와바타 야스나리 · 유숙자 옮김 노벨 문학상 수상 작가
419 **핀처 마틴** 골딩 · 백지민 옮김 노벨 문학상 수상 작가
420 **사라진 · 샤베르 대령** 발자크 · 선영아 옮김
421 **빅 서** 케루악 · 김재성 옮김
422 **코뿔소** 이오네스코 · 박형섭 옮김
423 **블랙박스** 오즈 · 윤성덕, 김영화 옮김
424·425 **고양이 눈** 애트우드 · 차은정 옮김
426·427 **도둑 신부** 애트우드 · 이은선 옮김
428 **슈니츨러 작품선** 슈니츨러 · 신동화 옮김
429·430 **세계의 끝과 하드보일드 원더랜드** 무라카미 하루키 · 김난주 옮김
431 **멜랑콜리아 I–II** 욘 포세 · 손화수 옮김 노벨 문학상 수상 작가
432 **도적들** 실러 · 홍성광 옮김
433 **예브게니 오네긴 · 대위의 딸** 푸시킨 · 최선 옮김
434·435 **초대받은 여자** 보부아르 · 강초롱 옮김
436·437 **미들마치** 엘리엇 · 이미애 옮김
438 **이반 일리치의 죽음** 톨스토이 · 김연경 옮김
439·440 **캔터베리 이야기** 초서 · 이동일, 이동춘 옮김
441·442 **아소무아르** 졸라 · 윤진 옮김
443 **가난한 사람들** 도스토옙스키 · 이항재 옮김
444·445 **마차오 사전** 한사오궁 · 심규호, 유소영 옮김
446 **집으로 날아가다** 랠프 엘리슨 · 왕은철 옮김
447 **집으로부터 멀리** 피터 케리 · 황가한 옮김
448 **바스커빌가의 사냥개** 코넌 도일 · 박산호 옮김
449 **사냥꾼의 수기** 투르게네프 · 연진희 옮김
450 **필경사 바틀비 · 선원 빌리 버드** 멜빌 · 이삼출 옮김

세계문학전집은 계속 간행됩니다.